아버지를 찾아서

통영으로 떠나는 시간 여정

통 영 으 로 떠 나 는 시 간 여 정

아버지를 찾아서

김창희 지음

한울

/

프롤로그
나의 아버지, 남의 아버지

/

이 책은 아주 우연한 계기에 태어났다. 아버지가 남긴 상당한 분량의 필름과 문건을 발견했을 때의 놀라움과 그걸 글로 정리하지 않을 수 없다는 나름의 사명감이 그 출발점이었다. 더 정확하게 이야기하자면, 내가 내 인생의 상당 부분을 남의 인생 따라잡기로 살아온 마당에 아버지가 이토록 많은 자료를 남겨주셨는데 그걸 정리하지 않는 것이 말이 되느냐는 자격지심이 이 책의 밑바닥에 자리 잡고 있다.

손에 쥔 자료들을 정리하고 그 사이사이의 빈틈을 현장 취재로 메우는 것은 내가 늘 하던 일이었다. 이 작업을 시작할 때만 해도 어머니가 생존해 계셨고, 아버지의 행로를 잘 따라가면 꽤 많은 취재원들을 만날 수 있으리라 생각했다. 그렇게 가다 보면 내가 전혀 알지 못하던 아버지를 만날 수 있으리라 기대했다. 실제로 여러 갈래의 아버지 행로를 뒤따라가면서 많은 사람들과 많은 추가 자료들을 만났다. 전혀 알지 못하던 고빗길에서 만난 전혀 예상치 못한 증언들은 다시 한 번 놀라움을 안겨주기도 했다.

이 책은 그런 식으로 길을 가며 기록한 로드무비와도 닮았다. 여기에는 아버지가 간 길과 그 뒤를 쫓아 아들이 다시 간 길이 담겨 있다. 그 두 길은 당연히 상당 부분 겹치지만, 잘 들여다보면 같기도 하고 다르기도 하다. 같은 길인 줄 알고 갔지만 60여 년 세월의 무게를 이기지 못해 전혀 다른 장소가 되어 있는 경우도 있었고, 지워졌으리라 생각했던 길이 현대사의 지층 아래에서 솟아나듯 눈앞에 나타난 경우도 있었다.

그런 점에서 이 책은 아버지의 이야기라는 형식을 빌려온 내 이야기일 수밖에 없다. 이 책에 등장하는 아버지는 '내가 만난 아버지'이기 때문이다. 그런 아버지 이야기를 아버지가 세상을 떠난 지 꼭 반세기가 되는 해에 펴내는 아들의 심사가 예사로울 리 없다.

당연한 일이지만 아버지를 찾아가는 길에는 성공도 있었고 실패도 있었다. 성공담이 꽤 많았던 것은 나로서는 다행스러운 일이었다. 그러나 내가 전혀 몰랐던 아버지의 청소년기 혹은 내가 기억하지 못하는 나의 유년기의 흔적 찾기에 성공이 많았다고 해서 작업이 끝난 것은 아니었다. 이 일을 해나가는 과정에서 몇 가지 고민이 떠올랐다.

첫째, '이렇게 해서 만들어지는 책이 과연 무슨 소용이 있을까?' 하는 생각이 점점 강해졌다. 나는 뉴스를 쓰는 데 익숙한 사람이었고, 아버지의 삶은 뉴스와는 거리가 멀어도 한참 먼 것이었다. 이 세상에서 소시민으로서, 그것도 길지 않은 시간을 보낸 분의 행적에는 세상의 일반적인 시선으로 볼 때 '뉴(new)'한 것들이 별로 없었다. 무슨 일로건 신문에 한 줄짜리 뉴스로도 남을 일이 없었던 인생은 내가 글로 써본 적도 없었고, 그것을 책으로 정리해봐야 과연 남에게 무슨 의미로 다가갈지 확신이 서지 않았던 것이다.

둘째, '밑도 끝도 없는 이 일을 언제까지 계속할 것인가?' 하는 생각도 나를 괴롭혔다. 나는 과거에 몇 가지 사실들을 알게 되면 그것을 바탕으로 한 건의 기사를 참 잘도 써왔다. 그런데 본래 가족의 일이란 시시콜콜한 사실들의 엄청난 집적체가 아닌가? 들으면 들을수록, 알면 알수록 질문은 꼬리를 물었고, 다시 확인하고 따져봐야 할 일들도 끝없이 나타났다. 도저히 일을 끊어야 할 시점과 지점을 알기 어려웠다. 이 고민은 자연스럽게 첫 번째 고민, 즉 이런 소품들의 모둠이 무슨 소용이 있겠는가 하는 고민으로 이어졌다.

셋째, 처음에는 용감하게 시작했지만 시간이 흐를수록 '반세기 이상 전 아버지의 일'을 남에게 묻는 행위가 점점 면구스러워졌다. 고맙게도 대부분 사람들은 친절하게 전화를 받았고 대면해서 나누는 대화에도 응해주었지만 전화를 끊을 때 또는 작별 인사를 나누고 뒤돌아설 때 나의 뒤통수가 점점 근지러워지기 시작했다. '이런 대화가 그분들에게 도대체 무슨 소용이 있을까?' 하는 생각 때문이었다.

이런 고민들을 해결하는 방법은 한 가지밖에 없었다. 고민이 더 깊어지기 전에 일을 끊는 것이었다. 완성도를 따져서 해결될 일이 아니었다. '중단의 결단'이 필요했다. 그런데 거기에도 계기가 필요했는데, 송구스럽게도 어머니가 돌아가시면서 그런 계기를 마련해주셨다.

어머니의 별세를 접하면서 솔직히 당황스러웠다. 인간의 자연 수명이 한정되어 있다 보니 언젠가 어머니도 세상을 떠날 수밖에 없었을 터이지만 '돌아가신 아버지'에게 신경을 쓰느라 '살아계신 어머니'에게 무심했던 나로서는 적잖이 당황하고 부끄러울 수밖에 없었다. 그런 상황은 나로 하여금 자연스럽게 '이 일을 마쳐야 할 때가 왔구나!' 하고 생각하게 만들어주었다.

그렇게 해서 세상에 나오게 된 것이 바로 이 책이다. 밑도 끝도 없는 아버지 이야기의 한 토막일 뿐이다. 전달하고자 계획했던 메시지 같은 것은 애당초 있지도 않았다. 이 책에는 그저 과거의 사진들과 문건들을 바탕으로 해당 장소를 찾아가 내가 발견해낸 에피소드들의 모둠, 그리고 거기에 약간 덧붙인 나의 느낌들이 있을 뿐이다.

가급적이면 나의 생각보다는 옛 사진이 이야기 전개에 열쇠가 되도록 노력했다. 한때 옛 사진의 장소를 찾아 지금의 모습을 다시 찍은 사진도 함께 실어볼까 생각하다가 이내 포기했다. 요즘 그런 작업들이 없지 않지만 나는 '그때', '그곳', '그 상황'에 집중하고 싶었기 때문이다. 그래서 이 책에는 아버지와 어머니 등 선대가 남긴 사진과 문건 외에 내가 추가한 것은 단 한 점도 없다.

그렇게 과거를 복원하고 보니 이 책에는 특별한 연애의 이야기도 없고, 피 끓는 혁명의 이야기도 없다. 클라이맥스나 극적 반전 같은 것도 없다. 또 아버지 생애의 여러 가지 사실들을 찾아가는 여행의 기록이라고 하지만 그런 사실들 속에 감추어진 진실 같은 것이 따로 있지도 않다. 그렇지만 내가 슬쩍슬쩍 넘겨다본 사실들은 결코 무미건조하거나 무가치하지 않았다. 오히려 그렇게 맛본 자질구레한 일상사들을 통해 그 시대의 풍요로움을 실감했고, 나아가 내가 딛고 선 가족사의 토대를 한 번 더 돌아볼 수 있었다.

그것은, 적어도 나에게는, 아주 값진 기회였다. 특히 아버지가 결코 '주류'라고는 할 수 없는 삶 속에서도 '시민'으로서, '교사'로서, 나아가 한 '인간'으로서의 존엄을 지켜내려 노력하는 모습은 인상적이었다. 냉정하게 보자면 아버지는 참으로 애매한 존재였다. 경제적으로는 무능력하고, 신체는 병약했으며, 성격상 내놓고 자신을 드러내지도 못하는 소시민이었다. 거기에 덧붙여, 스스로 짊어진 짐도 만만치 않았다. 전통과 근대, 신앙과 과학, 이지와 감성, 자유와 공존 등 일견 대립적일 수밖에 없는 가치들을 아주 고지식하게 어느 한쪽도 놓치지 않으려 했다. 그런 시도는 때로는 성공적이기도 했고, 때로는 꽤나 고통스럽기도 했다.

나는 아버지의 삶을 평가하려는 것이 아니다. 그럴 위치에 있지도 않다. 그저 아버지의 길지 않은 삶을 뜯어보니 그런 요소들도 있었음을 알게 된 것뿐이다. 그러면서 어쩌면 나를 포함해 모든 삶이 비슷할지도 모른다는 생각을 얼핏

했다. 양가(兩價)의 접촉면에서의 분투! 세상의 일반적인 기준으로는 '성공'의 기록을 단 한 가지도 남기지 못한 아버지이지만, 그럼에도 그런 분투 과정을 이어가는 모습이 오히려 존경스럽게 다가왔다.

몇 년 동안 이 책에 매달리는 나를 지켜보던 아내가 어느 날 조심스럽게 물었다. 아내는 나의 아버지를 본 적이 없다. 간혹 어머니의 이야기를 나와 함께 들으며 그야말로 어렴풋이 느낌만 가졌을 뿐이다. "아버지가 이런 사진들이랑 기록들을 남겨주신 데에 뭔가 뜻이 있다면 그건 어떤 걸까?" 나의 빈 곳으로 새로운 문제의식이 밀려들었다. '아버지의 뜻'이라⋯⋯. 아내가 자답했다. "무작정 옛날 사진들 들여다보며 감상에 빠질 게 아니고, 아버지께서 당신 사진을 그렇게 열심히 찍어주셨던 것처럼 당신도 당신 아이들과 가족에게 관심 좀 더 많이 가지라는 것 아닐까?" 뭐라고 대거리할 말이 없었다. 현실로 돌아갈 때가 확실히 된 것 같았다. 깨우쳐준 것이 고마웠다.

혹시나 이 책을 읽어줄 분들에게 한마디만 하고 싶다. 나에게는 '나의 아버지'이니 남에게는 '남의 아버지'일 수밖에 없다. '남의 아버지' 이야기를 읽어보라고 세상에 내놓다 보니 또다시 뒤통수가 근지럽다. 도대체 소용에 닿지 않을 이야기들이기 때문이다.

그러니 읽고 나서는 모든 것을 잊어버리라고 권한다. '남의 아버지' 이야기까지 미주알고주알 기억하기에는 우리 삶이 너무 팍팍하므로. 그렇게 하고 나서는 '나의 아버지'에게 말을 건네보면 좋겠다. 우리 아버지들은, 생존해 계시건 돌아가셨건, 무엇인가 우리에게 답할 준비를 하고 계시므로.

2016년 3월
큰 숙제를 마무리하는 심정으로
김창희

01

통영 밤바다

확신하건대 아버지가 통영에서 처음 본 것은 밤바다였다. 만만치 않았던 그 날 여정을 다 소화하고 볕이 있을 때 통영항에 도착하는 것은 불가능했다. 배가 판뎃목의 좁은 해로를 빠져나올 때쯤이면 벌써 가볍게 일렁이는 검은 물결 위로 통영항의 휘황한 불빛이 시야에 들어왔겠다. 흔들리는 밤바다와 그 위로 쏟아져 내리는 원색 조명의 향연. 거기에 여기저기 멸치잡이 배들의 집어등과 배꾼들의 멸치 터는 가락까지 덧붙여졌다면 그것은 완전한 이국이었다.

아버지는 이날 남해 바다를 처음 보았다. 멀리 하얼빈에서의 유년 시절, 만주 봉천과 평양 대동강 변에서 보낸 소년 시절, 서울에서의 대학 생활, 그리고 충청도 계룡산 근처에서의 피난살이를 거쳐 이젠 바다를 건너지 않는 한 더는 내려갈 곳이 없는 한반도의 남쪽 끝까지 왔다. 그것도 만 서른 살 노총각이 초행길로 온 것이었다.

아버지의 심사는 복잡할 수밖에 없었다. '새 직장에 잘 적응할 수 있을까?' '아무래도 항구 사람들은 꽤나 억셀 텐데…….' '건강은 더 이상 악화되지 않을까?' 밤바다 위에 뜬 통영항이 더할 나위 없이 명료한 빛깔로 자신을 드러낼수록 이방인의 머릿속은 더욱 헝클어져 갔다.

본래 불빛은 보여주고 싶은 것만 비출 뿐 그늘 속에 든 것은 완벽하게 감춘다. 하물며 이방인의 눈에야……. 선명하게 드러난 것은 드러난 것대로, 밤의 어둠 속에 감추어진 것은 감추어진 것대로 속수무책의 이방인을 마구 찔러 왔다.

배에서 내리는 순간 쏟아지는 경상도 억양. 이번에는 고막이 부산하게 떨렸다. 계룡산 밑자락에서 땅만 파먹고 살던 사람들 사이에서 몇 년을 지낸 그에게 항구의 소음은 마구 난타하는 북소리였다. 하긴, 계룡산 아래에서는 본인이 말을 하지 않는 이상 소리라는 것이 없는 경우가 태반이었다. 낮에 공민학교에서 아이들 가르친 뒤 제 할 일 하다 불 끄고 자리에 누우면 그것으로 그만이었다. 적막. 밤은 그런 것이었다.

여기선 그렇지 않았다. 밤은 새로운 시작인 양 술렁거리고 있었다. 뱃사람들의 고함과 마중 나온 가족들의 외침이 뒤엉켰고, 김밥 등 야식 장사치들의 호객 소리와 지게꾼들의 아귀다툼도 뱃머리의 북새통을 한층 더 고조시켰다. 적막강산에서 이제 막 불야성에 도착한 얼뜨기 청년은 속사포처럼 쏟아지는 경상도 억양에 한동안 망연자실할 수밖에 없었다.

그러나 새로 만나는 도시의 야간 합창은 그에게 새로운 출발을 알리는 서주 같은 것이었다. 바다 위에 떠서 바라보던 낯선 도시의 몽환적인 분위기가 피와 살로 된 몸을 입는 순간이었다. 이제부터 발을 딛고 살아야 할 곳, 스스로 말을 섞어야 할 곳이었다. 때로는 폭포수같이, 때로는 노랫가락같이 이어지고 쏟아지는 남쪽 지방의 어조 위에 그는 그렇게 올라탔다.

아버지는 이렇게 지금으로부터 60여 년 전 빛과 소리로 통영과 만났다. 통영의 모든 것은 지극히 낯선 것이되 활기로 가득 찼으며, 감당하기 만만치 않은 것이되 새로운 의욕을 불러일으키는 것이었다. 첫 만남의 정황으로는 이런 게 차라리 잘된 일인지도 모르겠다. 명암이 분명한 풍경과 고저가 뚜렷한 어조 속에 아버지는 1953년 5월 25일 밤, 아주 늦은 시간에 통영항에 내려 그 속으로 걸어 들어갔다.

02

계룡산

회상

수화기 저편에서 들려오는 목소리에는 노인 특유의 짜증이 섞여 있었다. 몸이 아파 누웠는데 왜 공연히 전화해서 일어나게 만드느냐는 투였다. 전화를 그냥 조용히 끊을까 생각했다. 그러나 이내 '밑져야 본전'이라는 생각에 마음을 추슬렀다. 20여 년 언론 생활에서 건진 게 있다면 그건 '물어봐서 손해 볼 것 없다'는 금언 아니던가? 한 번 더 물어봐서 아니면 말고……. 묻는 목소리를 한 옥타브 올렸다.

"혹시…… 김필목 선생을 아십니까?"

"알지유!"

즉답은 물론이고 금세 어투가 바뀌었다. 단 한 번 되묻지도 않았다. 충청도 특유의 느직한 어투가 갑자기 달라졌고 앞 음절에 악센트까지 들어가 있었다.

"근데 댁이 뉘시라고요?"

이젠 질문까지 한다. 어쩌면 이렇게 한 사람의 이름 석 자가 노인의 60여 년 전 기억을 순식간에 일깨우며 그를 자리에서 일으켜 전화 받게 만들 수 있었을까? 이렇게 시작된 전화 대화가 서울과 공주 사이에서 30분 넘게 이어졌다.

계기는 한 장의 낡은 신분증이었다. 누군가 기입해 넣은 펜글씨도 탈색되어

아버지의 경천고등공민학교 교사 신분증. 이 한 장의 신분증이 내가 아버지를 찾아가는 긴 여행의 출발점이었다.

신경 써서 읽지 않으면 판독하기조차 힘든 것이었다. 한참을 들여다보았다. 발행 일자가 1950년 11월 12일이니 6·25 전쟁 발발 뒤 다섯 달이 채 지나지 않은 시점이었다. 9·28 서울 수복으로부터 따져도 두 달이 채 안 됐다. 말하자면 전쟁의 분위기가 아직 한반도를 뒤덮고 있던 시절에 아버지는 신설되는 한 시골 학교에 교사로 부임해 신분증을 받았던 것이다.

그 신분증에 '경천중학교'라고 적혀 있었음에도 나는 아버지의 지인을 통해 그 학교가 '경천고등공민학교'였다는 사실을 이미 알고 있었다. 그렇지만 그 학교의 교사 신분증을 아버지가 당신의 메모 꾸러미 속에 그대로 보관해두었다는 사실을 안 것은 아주 최근이었다. 말로만 듣던, 그래서 상상 속에만 존재하던 아버지의 임지가 갑자기 눈앞에 다가서는 것 같았다.

그러나 그것은 혼자만의 느낌이었을 뿐 그 학교가 실제 어떤 모습이었는지 궁금했다. 또 아버지는 도대체 무슨 생각과 연고로 이곳의 교사가 되었을까? 물론 고등공민학교이니 정규 학교는 아니다. 아버지는 그 시점에 대학을 중퇴한 상태여서 정식 교사 자격이 있을 리도 없었다. 그런 건 아무려면 어떤가? 어려운 시절 교사가 될 생각을 하고 그걸 위해 급여도 제대로 나올 것 같지 않은 벽지의 창설 학교를 찾았다는 사실이 어떻게 보면 신기하고, 또 어떻게 보면 신선하기도 했다.

이런 궁금증과 밑도 끝도 없는 생각의 실마리를 좇던 중에 2011년 봄 여기저기 인터넷을 살피다가 지금 충청남도 공주시 계룡면 경천리의 경천중학교가 과거의 경천고등공민학교를 계승한 학교라는 사실을 알았다. 무조건 그 학교 행정실의 팩스를 통해 교장 선생님 앞으로 편지를 보냈다. 이때도 '물어봐서 손해 볼 것 없다'는 심사였다. 정말로 팩스를 보낸 지 10분도 안 돼 한 중년 여성에게서 전화가 왔다. 자신을 경천중학교의 교장이라고 소개했다. 학교에 보관 중인 자료들 중에서 당장 아버지의 흔적을 찾기는 쉽지 않지만 그 학교의 교장으로 정년퇴직하고 지금껏 인근에 살고 계신 분이 있는데 그가 고등공민학교 창설 때부터 계시던 분이란다.

옳다구나 싶어 이 퇴직 교장 선생님 앞으로 바로 전화를 넣었는데 그 반응이 앞에 소개한 대로였다. 그 뒤의 대화는 일사천리였다. 마치 잠자던 기억의 수면 바로 아래에 그 학교의 초창기 역사가 잠복해 있다가 한순간에 활짝 기지개를 켜는 것 같았다. 어려운 시절의 일일수록 잊히지 않는 법이다. 아마도 전쟁 무렵에 동료 교사로서 학교를 함께 만들고 일궈나간 일 자체가 강력한 기억을 형성했던 것 같다.

"몸은 좀 약하셨는데 굉장히 유(柔)하면서도 자상한 분이셨지유. 보수랄 것도 없는 시절이었고 생활 자체가 힘들었는데……. 아, 할머니도 기억납니다. 참 건강한 분이셨지유."

경천중학교의 이종회 전 교장 선생이었다. 현 교장 선생의 소개로 연결된 이 선생은 첫인상과 달리 아주 또렷한 어조로 차근차근 설명을 이어나갔다. 이 선생의 얘기를 요약하면, 1950년 4월 이 지역의 경천감리교회에서 중학교에 진학하지 못한 인근의 적령기 청소년들을 모아 학교를 시작했는데 5~6명의 교사가 100여 명을 가르쳤다고 한다. 그러나 전쟁이 나고 이곳에도 북한군이 들어오자 대부분 피난 가는 바람에 학교도 쉬었다가 9·28 수복 뒤에 다시 추슬러 학교 문을 열었다는 것이다. 그 무렵 선친도 이 학교에 몸을 담게 돼 수학 과목을 맡았는데 외지 출신의 교사들은 교회 부속 건물에 가족과 함께 기거했다는 것이었다.

이 선생으로부터 아들의 이메일 주소를 얻어 선친의 사진첩에 남은 당시 사진과 몇몇 학교 관련 서류, 메모 등을 스캔해서 보낸 뒤 다시 통화했다.

"아, 그 뒷줄 왼쪽 끝에 서신 분이 선고장(先考丈)이유. 그 아래 나비넥타이 맨 분은 선고장과 함께 이북에서 내려오신 최도명 선생이구유. 나도 이 사진에 있구먼유. 가운뎃줄 오른쪽 제일 끄트머리에 눈 감은 사람이 바로 나유. 학교에서 나는 서무 일을 봤지유. 뒷줄 오른쪽에서 두 번째 안경 쓴 분은 이 교회 목사이자 교장이었던 주중근 선생이구먼유. 우리 집사람이유? 이 사진엔 없시유. 그리구 군복쟁이들은 군인은 아니구유, 그때는 그냥 그런 옷들을 많이 입었시유."

"그런데 학교는 교회에서 얼마나 떨어져 있었나요?"

"학교요? 이 교회가 바로 학교였슈."

'아, 그렇구나!' 교회란 곳은 주 중에는 늘 비기 십상인데 그 시절에 어디 가서 별도의 장소를 구할 필요가 있었을까? 그러고 보니 선친이 학교 교사(校舍)라고 측량도를 그려놓은 것도 결국은 교회 건물이었다.

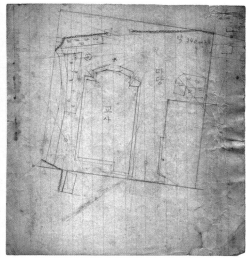

경천고등공민학교의 모체가 된 경천감리교회의 1951년 기념사진. 사진 배경의 교회가 바로 주 중에는 학교의 교사로 사용되었다. 이종희 선생은 이 사진에서 나의 아버지(뒷줄 왼쪽 끝)와 아버지에게 이 학교를 소개한 최도명 목사(가운뎃줄 왼쪽 끝에 나비넥타이를 맨 이)를 정확하게 지적해낸 것은 물론이고 자신(가운뎃줄 오른쪽 끝)을 포함해 이 사진의 등장인물들 한 사람 한 사람에 대해 상세하게 설명해주었다. 그는 마치 어제 일을 소개하듯 생생하게 기억을 더듬어갔다. '경천고등'이라는 제목의 측량도는 당시 아버지가 이 교회 건물을 학생들과 함께 간이 측량한 결과물이다. 소략하긴 하지만 '줄인자(축척)'도 정확하게 적용했고, 건물 현관의 모양새 등이 모두 정확하게 반영되어 있다.

이번 대화 중에도 이종희 선생은 정말 어려운 상황 속에서 가르치려 함께 애쓰던 노력들을 몇 차례나 강조한 끝에 이 학교 제1회 졸업생, 그러니까 선친이 이 학교에 꼭 1년 근무할 때 가르친 학생 한 사람이 지금도 이 마을에 살고 있다고 알려주었다. 장세홍 씨가 그 장본인이란다.

이번에도 무릎을 쳤다. 선생이 생존해 있으니 학생 중에도 당연히 생존해 있는 사람이 있겠구나 싶었다. 이 선생은 그 '학생'이 자신보다 불과 3년 아래란다. 하긴 그 시절엔 제 나이에 학교 가는 것도 쉬운 일이 아니었으니! 아무튼 또다시 바로 전화를 넣었다.

"혹시 김필목 선생을 아십니까?"

"알지유."

똑같은 어조에 똑같은 즉답이다. 그 이하 비슷한 소개를 거쳐 선친에 대한 기억을 물었다.

"선생님이 여기를 떠나 논산의 노성(魯城)에서 교사를 하실 때 내가 거기 찾아가서 예배도 함께 드리고 뵌 게 마지막이유. 서울 사는 동창들은 1년에 한두 차례 모임을 가지면서 선생님들도 함께 모셨다는데 김 선생님만은 전혀 연락이 닿지 않았다고 하데요."

이 '학생'은 선생이 전근 간 곳으로 찾아가 만나기까지 했다니 꽤나 선생과 가까웠던 것 같다.

"그때는 내가 공부를 좀 잘했시유. 그래서 선생님들과 접촉이 좀 있는 편이었지요. 특히나 김 선생님은 몸이 약해서 정양차 계룡산 밑으로 왔다고 말씀하셔서 우리가 계룡산 신원사(新元寺) 계곡에 가서 독사를 참 많이 잡아다 드렸어요. 그걸 할머니가 다려서 선생님께 드렸다고 하데요. 할머니는 좀 통통한 편이셨던 것 같은데 밝고 환한 웃음이 있었어요."

세심한 기억력이다. 그리고 참으로 좋은 사제 관계였던 것 같다. 이어서 이렇게 회고했다.

"수학을 참 세심하게 가르쳐주셨어요. 이과 과목은 다 가르치셨던 것 같기도 하네요. 측량도 할 수 있는 분이었으니까요. 우리가 공부하던 교회 건물을 선생님과 함께 측량해서 손바닥만 한 학습장에 몇백 분의 일인지 몇천 분의 일로 기록했던 일도 있었지유."

이 '학생'은 정말 대단하다. 그런 걸 일일이 다 기억하다니. 장세홍 씨의 설명은 이종회 선생의 그것에 비해 훨씬 구체적이었다. 역시 관심이 크면 매사가 달라지는 법인가 보다. 게다가 그 기억력 덕분에 앞에 소개한 측량도가 어떻게 해서 만들어진 것인지도 알게 되었다. 그건 수업의 일환으로 학생들과 함께 직접 측량한 결과물이었던 것이다.

인간의 기억력이란 선택적이다. 자기 편리한 대목만 저장하기 때문이다. 성에 안 차거나 별 가치 없다고 생각하는 대목은 어제 일도 가차 없이 지워버리지 않는가? 게다가 그건 대단히 왜곡이 심하기도 하다. 멋있는 행위는 남이 한 것도 자기 일로 멋대로 바꿔치기하는 일이 비일비재하다.

아버지에 대한 이 두 분의 기억은 그런 것과는 조금 달랐다. 우선 두 분이 기억하는 에피소드와 각각의 관점이 조금 달랐을 뿐 그 내용과 분위기는 완전히 일치했다. 이는 그들의 기억이 선택적일 수는 있으되 그 선택이 자의적이라고 할 것은 아니었다는 얘기다. 그리고 그들의 기억은 명료한 이미지를 형성하고 있었다. 기본적으로는 아주 친절하고 차분한 수업 분위기로, 그다음으로는 건강에 문제가 있던 분으로 아버지를 기억하고 있었다.

고마웠다. 이것이 내가 낯선 곳으로 낯선 사람들을 찾아 아버지의 흔적을 더듬기 시작한 뒤 처음 접한 반응들이었다. 이들의 기억이 일치했다는 것은, 뒤집어서 보자면, 아버지가 대단한 일을 한 것은 없더라도 나름대로 일관된 모습을 보였던 결과라고 할 수 있겠다. 이 사람이 기억하는 모습과 저 사람이 기억하는 모습이 다르다면 그것은 참으로 난감한 문제였으리라. 또 아버지에 대한 기억을 물었을 때 대수롭지 않다는 식의 반응이 나왔다면 그것 역시 난처하고 쑥스러웠을 것이다. 예컨대 "아, 그분, 그냥 그랬어요. 워낙 소극적인 분이 되어놔서 뭐 기억나는 게 별로 없네요"라든가 "그분, 별로 한 일이 없어요. 그저 몸이 약해서 고생 많이 하셨던 것만 생각나네요" 등의 반응 말이다.

사실 나는 아버지에 대해 아는 것이 별로 없다. 내가 아홉 살 때 돌아가셨으니 생각나는 면모가 얼마나 있겠는가? 그래서 얼마간은 두려운 마음으로 그 여정을 시작했다. 아버지의 궤적을 뒤따라 살펴보는 것이 꼭 가치 있는 일이 되리라는 확신도 없었다. 솔직히 말하면, 아직도 이 일이 우리 가족이 아닌 타인에게 의미 있는 일이 될지 잘 모르겠다. 그러나 이 계룡산 인근 마을 두 영감님의 반응은 이 일을 진행해도 최소한 남에게 시답지 않다는 소리를 들을 정도는 아닐 것이라는 확신을 나에게 심어주었다. 그 정도면 썩 괜찮은 출발을 한 셈이었다.

발견

이런 걸 뭐라고 표현해야 할지 잘 모르겠다. 일반적으로 사람들은 예상하지 못했던 상황과 마주치면 그게 우연인지 필연인지 묻는 경향이 있다. 아무 생각 없이 볼 때에는 우연인 것만 같은데 따지고 보니 그렇게 되지 않을 수 없는 상황 또는 요소가 있더라고 하면서 그렇게 묻곤 한다. 대개는 필연 쪽에 방점이 찍힌다. 하지만 나는 여전히 이게 우연인지 필연인지, 말뜻 그대로 정말 잘 모르겠다. 내가 느닷없이 수십 년 전 아버지의 흔적을 찾아 나선 일을 가리키는 말이다.

아버지가 남긴 기록들 가운데 지금으로부터 가장 가까운 것은 꼭 50년 전, 그러니까 아버지가 우리 나이로 마흔네 살밖에 안 돼 돌아가신 1966년 무렵의 기록이고, 자필 메모 내용 중에서 가장 먼 것은 대략 80년 전, 즉 아버지가 열다섯 살 되던 해인 1937년 당신을 평생 따라다닌 결핵이 발병했다는 기록이다. 물론 그 이전에 중학교와 국민학교(지금의 초등학교)는 각각 만주의 어디에서 다녔으며, 그보다 더 이전인 1923년 국내의 어디에서 태어나 어디를 거쳐 만주로 갔다는 간략한 이력서 기록까지 있으니 현재를 기준으로 할 때 대략 한 세기 전까지 더듬어볼 단서가 있는 셈이다.

결국 아버지는 당신의 길지 않은 생애 전체의 기록을 남겼다는 얘기다. 물론 기본적인 인적 사항에 그치는 것이 많고, 메모라고 해봐야 시시콜콜한 내용이 대부분이다. 그러나 거의 한 세기 전부터 시작되는 흔적들을 찾아본다니…….

그게 가당키나 한 얘기일까? 나도 어떻게 하다가 이 일을 시작하게 됐는지 잘 모르겠다. 무엇엔가 씌지 않고선 마음조차 먹을 수 없는 일이었다. 게다가 아버지의 행로는 한국인들이 가서 살았던 사실상의 최북단 도시 하얼빈에서부터 한반도의 가장 남쪽 끝 통영에까지 걸쳐 있었다. 그걸 다 돌아본다는 것은 물리적으로 가능한 일도 아니었다.

그런가 하면 아버지는 세상의 일반적인 기준으로 볼 때 남긴 것이 별로 없었다. 좋은 일로건 나쁜 일로건 신문에 이름 한번 나본 적이 없었고, 그렇다고 유산을 남긴 것도 없었다. 유산? 돌아가실 때 가족의 손에 남은 재산이라곤 서울 변두리 이문동의 판잣집 한 채가 다였다. 그것 외에는 동산, 부동산 아무것도 없었다. 대학 시절에 받았던 정부대여장학금이 꽤 되었던 모양인데 본인 사망의 경우 상환 의무가 자동 소멸하게 되어 있어 자식들에게 빚을 남기지 않은 것이 그나마 다행이라고 생각했다.

그런 아버지는 세상에 무수히 많았다. 그 무렵의 아버지들이 자식들에게 남겨줄 유산으로 무엇을 손에 쥐고 있었을까? 근근이 자식 교육시키고 살면 그것으로 족하다고 생각할 때였다. 또 일제강점기엔 한반도와 만주 사이에 통행 제약이 없었으니 남과 북을 오가며 생활한 것도 특이할 게 없었다.

도대체 아버지의 생애 자체로는 그것을 뒤따라 살펴볼 이유를 찾기 어려웠다. 설사 그런 노력을 기울인다 해도 그 결과로 무엇을 건질 수 있을지, 요즘 말로 견적이 잘 나오지 않는 일이었다. 그럼에도 이 일을 시작한 데에는 한 가지 계기가 있었다. '이유'라고 말하기는 어렵지만 그런 '계기'는 분명히 있었다.

2009년 가을이었다. 주말 같은 때 집 안을 정리하다 보면 가끔 어느 한구석에 먼지를 뒤집어쓴 채 놓인 종이 상자를 열어보는 일이 있지 않은가? 이사 갈 때 싣고 가서 어느 구석엔가 그냥 두었다가 다음 이사 갈 때 다시 싣고 가선 또다시 처박아두는, 그런 상자 말이다. 10년이나 20년이 지나면 어쩌다 그 상자가 눈에 들어오더라도 그 내용물에 대한 기억조차 흐려져 '저게 뭐였더라?' 하기 십상이다. 간혹 그 위에 더께더께 내려앉은 먼지를 쓸어내고 상자를 열어보면 거기서 수십 년 전 자신의 초등학교 졸업 앨범이나 부모님이 연애 시절에 주고받았던 편지 같은 것들이 나올 수도 있다. 그러면 누구든 먼지 구덩이 속에 들어앉아 두세 시간 동안 혼자 히죽거리며 삼매경에 빠졌을 것이다.

이런 경험이 한 번도 없는 사람이 있을까? 내가 그해 가을에 그랬다. 한 상자를 여니 다시 작은 종이 상자가 세 개 나왔다. 내가 장남으로 50여 년 살면서 집안에서 처음 보는 물건들이었다.

다시 그중에서 작은 상자 한 개를 열었다. 이번엔 첫눈에 그게 무엇인지 알아보았다. 필름이었다. 현상한 뒤 각 컷별로 자르지 않고 그냥 롤 상태로 둘둘 말아서 둔 것들이었다. 대개는 한지로 정성스레 포장되어 있었다. '아버지가 참 꼼꼼하게 잘 챙겨두셨구나!' 생각했다. 아버지가 가족들의 사진을 많이 찍어주곤 했기 때문에 그것이 아버지의 손길로 정리되었을 것은 분명했다. 한두 롤을 꺼내서 살펴볼지, 아니면 다른 상자를 먼저 살펴볼지 잠시 머뭇거리면서 벗겨두었던 뚜껑을 손에 들었다. 뚜껑의 안쪽에서 깨알 같은 글씨들이 눈에 들어왔다. 이런 식이었다.

1955.10.	약혼시대(통영)
No. 6. 1958.9.30.	추정태와 통영항
No. 20. 1959.1.12.	합천에서 처남과 함께
No. 28. 1959.3.1.	창희 첫돌

No. 41. 1959.5.　　　　서울 신흥사 소풍(김성환)

No. 44. 1959.6.23.　　　뚝섬 약초견학 채집

No. 48. 1959.8.7.　　　　부산 서모

No. 71. 1962.9.29.　　　유기제약 실습, 안희 두돓

　알 만한 내용도 있지만 전혀 들어본 적이 없는 상황도 많았다. 필름을 한지에 싸서 잘 갈무리해둔 모습을 처음 보았을 때보다 훨씬 크게 가슴이 요동쳤다. '이렇게 잘 정리해두다니……' 이것은 그냥 필름을 잘 보관해둔 것과는 다른 일이었다. 필름의 배열에 맞추어 가로 세로 칸을 나누고 각 칸에 위와 같은 내용들을 기입해놓았다. 필름이 든 작은 상자와 뚜껑을 나란히 놓고 보면 해당 필름의 내용이 무엇인지 한눈에 알아볼 수 있도록 만든 것이었다. '수제(手製) 데이터베이스'라고 해야 할까. 한 시절의 주요 이벤트들이 망라되어 있었다. 이것만 잘 살펴보아도 1960년을 전후한 시기의 아버지 개인사와 우리 가족의 움직임을 한눈에 꿸 수 있을 것 같았다.

　과거에 이안(二眼) 리플렉스 카메라에 주로 쓰던 12장짜리 6×6 센티미터 필름이 이런 방식으로 100여 롤 가까이 가지런히 정리되어 있었다. 단순 계산으로도 1000컷이 족히 넘는 분량이었다. 몇 롤을 직접 살펴보았다. 대개는 지금은 없어졌지만 어릴 때 집에 있던 앨범에서 본 내용들이었다. 그러나 이제는 그 이벤트의 일자와 내용까지 알 수 있으니 앨범으로 볼 때의 느낌과는 비교조차 하기 힘들었다.

　어머니께 이런 물건이 집에 보관되어 있었던 사실을 아느냐고 물었다. "그거 너의 아버지가 정리해놓은 거다." 대수롭지 않게 말씀하셨다. 나는 속으로 크게 놀랐다. '아, 어머니는 그 존재를 이미 알고 계셨구나!' 다만 말씀을 하지 않으셨을 뿐이다. 언젠가 자식들이 스스로 그것을 발견하고, 나아가 그 가치를 알

아주기를 기다리셨던 걸까?

그런데 그 순간 방에 들어갔다 나온 어머니께서 나에게 자그마한 양철 상자 하나를 내미셨다. 그 안에는 아버지가 매년 한 권씩 사용하던 메모용 개인수첩 10여 권이 차곡차곡 담겨 있었다. 제약회사 같은 데에서 매년 만들어 나눠주던 일정 정리용 수첩이었다. 가장 오래된 것은 1953년 치이고 가장 최근의 것은 1967년 치였다. 그것과는 별도로 교사 시절에 사용하던 교무수첩도 아주 촘촘히 여러 가지 내용이 기재된 상태로 여러 권 담겨 있었다. 1966년 치 수첩 가운데 아버지가 돌아가신 날짜 이후 부분에는 어머니가 이어서 주요 일정 등을 기입했고, 같은 양식으로 한 해 더 어머니가 수첩 메모를 작성했다.

갑자기 지나간 시대가 눈앞으로 확 다가왔다. '사진과 수첩 두 가지를 맞춰 보면 뭔가 그림이 그려지겠는데!'라는 생각이 절로 들었다. 무슨 궁리를 할 여지가 없이 그런 생각이 다가왔다.

그날부터 집 안 여기저기를 뒤져보았다. 워낙 오래된 물건을 잘 버리지 못하는 식구들의 습성상(그것은 이 물건들과 직접 관계가 없는 나의 아내도 마찬가지다!) 이 구석 저 구석에서 꾸역꾸역 무엇인가가 튀어나왔다. 예를 들면 이런 것들이었다.

앞에 소개한 경천고등공민학교 교사 신분증을 포함해 아버지가 생애의 각 단계에서 받았던 거의 모든 신분증들, 마찬가지로 각 시기마다 필요했거나 발급받았던 거의 모든 증명서들이 가지런히 정리되어 있었다. 물론 이것은 어머니의 보관 솜씨였다. 그뿐인가. 아버지와 어머니의 결혼식 부조 목록과 축사, 축문, 축전 등이 누런 한지 봉투 안에 고스란히 남아 있었다. 거의 바스러질 것 같은 누런 갱지 묶음이 있어 겉장에 등사된 글자를 겨우 읽어보았더니 그것은 1949년에 제작된, 일제강점기 만주 시절의 중학교 동창 명부였다. '조선신민당' 명의로 인쇄된 패지에 달필로 쓴 편지는 해방 직후 이북에 남아 있으면서 김일성대학에 재학 중이던 친척이 아버지의 외할머니, 즉 나의 할머니의 어머니가 돌아가셨다는 소식을 전해주는 내용이었다. 이때만 해도 남북 간에 편지 왕래가 가능했음을 체감했다. '체감'이라는 말은 이런 때 제격이었다. 어느 구석에선가는 아버지와 어머니 두 분이 신혼여행을 마치고 호텔에서 체크아웃을 할 때 받았던 계산서도 나왔다.

이렇게 찾아낸 자료들과 필름, 수첩까지 다 쌓아놓고 보니 꾹꾹 눌러 담아도 큰 여행용 트렁크 하나는 가득 찰 것 같았다. 개중에는 내가 어린 시절 심심할 때 아버지의 책상 서랍이라든가 책과 노트 보관 상자 같은 것들을 뒤적여 보면서 눈에 익은 것들도 꽤 있었다. 그것들을 여기저기서 다 끄집어내 모아놓고 보니 만만치 않은 양이었다.

그렇지만 문제는 그 양이 아니었다. 솔직히 말해 상상하지도 못했던 아버지의 흔적들을 하나하나 새로 발견할 때마다 가슴이 한 단계씩 벅차올랐다. 현실적인 효용은 전혀 없는 것들이었다. 그럼에도 사람이란 확실히 숫자로 표현되는 효용만으로 사는 것은 아닌 모양이다. 40여 년간 부재했던 아버지가 갑자기 나타난 것인데 그것을 무슨 효용으로 표현하거나 무슨 가치로 환산할 수 있겠는가?

그렇게 효용과 가치로 설명할 수 없는 것들 가운데 하나가 예를 들면 이런 사진이었다. 엄지손가락 한 마디 크기 정도나 되었을까? 게다가 여러 차례 짐짝들 속에서 구겨졌던 것을 다시 폈는지 그 작은 화면은 심하게 얽어 있었다. 얼핏 보기에 예닐곱 사람 정도가 등장하는 것 같기는 했지만 어떤 장면인지 종잡을 수 없었다. 그것은 몇 장의 오래된 사진들과 함께 별도의 봉투에 보관되어 있었다.

워낙 사진이 많다 보니 처음엔 그냥 넘길까 했다. 그러다 '혹시나……' 하는 생각에 고해상도로 한번 스캔해보았다. 그러길 잘했다. 정말 잘한 선택이었다.

아버지가 바이올린을 켜는 모습으로는 유일하게 이 사진 한 장이 남아 있다. 노래하는 최도명 목사와 바이올린을 켜는 아버지는 일생 동안 동행한 참 좋은 친구였다. 1952년 봄 충남 논산의 노성에서 찍은 것으로 추정된다.

구겨지고 색 바랜 화면 속에서 두 사람의 주인공이 부옇게 떠올랐다. 우선 나비넥타이를 맨 한 청년이 두 손을 맞잡고 입을 활짝 벌려 노래하고 있었다. 한눈에 알아볼 수 있었다. 최도명 목사였다. 그는 늘 노래하기를 즐겼다. 나비넥타이도 앞의 경천교회 기념사진에서 본 그대로였다. 그렇다면 옆에 또 한 사람의 주인공은……. 약간 고개를 숙이고 있어 얼굴이 모두 드러나지는 않았지만 바이올린을 켜고 있는 청년은 분명히 아버지였다. 갸름한 얼굴 윤곽에 다소 뻣뻣해 잘 쓸어 넘겨지지 않는 헤어스타일, 그리고 무엇보다도 최 목사와 짝을 이뤄 바이올린을 켜고 함께 노래하던 사람은, 내가 아는 범위 안에서는, 아버지 외엔 없었다.

나는 아버지가 노래하기를 좋아했고 기분이 좋으면 바이올린을 꺼내 켜기도 했던 것을 어렴풋이 기억하고 있다. 그러나 그런 장면이 아버지 본인이 남긴 사진 앨범 속에 한 장도 남아 있지 않아 늘 아쉬웠다. 사진 찍는 사람의 운명이 그런 것인가 보다. 그런 점에서 이 사진을 찾은 것은 정말 큰 발견이었다.

이게 언제, 어디서 찍은 것인지는 확실하지 않았다. 사진 뒷면에 기록이 없었다. 배경에 바위와 키 작은 나무들이 많이 보이는 점으로 미루어 어딘가로 야유회 또는 소풍 나온 상황이었던 것만은 분명했다. 그 여흥 시간이었을 것이다. 그리고 화면에 한복 차림의 젊은 여성들만 청중으로 나타난 점으로 볼 때에는, 앞으로 설명하겠지만, 1952년 봄 계룡산 아래 노성의 한 여학교에 근무하던 시절의 장면일 가능성이 있다. 물론 추측일 뿐이다.

자, 이쯤 되면 합리적 판단 기제가 잘 작동하지 않는다. 잘 알지 못하던 과거로부터 빛바랜 영상들이 쏟아져 들어왔다. 갈피를 잡기 어려웠다. 다소 충동적으로 몇 가지 결단을 했다(그 결단이 우연적인 것이었는지 필연적인 것이었는지는 아직도 잘 모르겠다). 우선, 무조건 이 모든 자료들을 디지털화, 말하자면 스캐닝하기로 작정했다. 그래야 원본에 손을 대지 않고도 정리가 될 것 같았기 때문이다. 그 작업 기간이 얼마나 될지는 가늠할 수 없었다. 둘째로는, 그 디지털화 작업이 끝날 때쯤 되면 그 자료들을 들고 아버지를 기억할 만한 사람들을 찾아 그들의 증언을 들어야겠다고 생각했다. 역사학자들은 '자료로 하여금 말하게 하라!'는 대단히 멋있는 경구를 잘 써먹지만 그것은 기본일 뿐이다. 파편화된 자료와 자료 사이에는 심연이 존재한다. 그 틈새는 결국 누군가의 기억과 합리적 추론으로 메울 수밖에 없다. 현대사가 특히 그렇다. 그 기억을 찾아가는 여행이 결국 나의 가장 큰 과제가 될 것 같은 예감이 들었다. 셋째로는, 그렇게 해서 '기록 + 기억'의 협업으로 아버지의 삶에 윤곽이 그려지면 그것을 한 권의 책으로 묶어내리라는 야심 찬 계획을 세웠다.

이런 무지막지한 계획 탓에 사진작가인 나의 오랜 친구 백학림 군이 무던히도 고생했다. 우리는 토요일에 시간이 날 때마다 그의 암실에서 만나서는 하루 종일 필름 인화와 스캔 작업을 병행했다. 서로 가능한 시간을 맞추다 보니 꼬박 1년 동안 열댓 차례 만나고서야 작업을 마칠 수 있었다. 백 군은 내가 필름의 각 컷을 디테일까지 알아볼 수 있도록 A4 크기로 전량 인화해주었다. 이것은 예상 외의 효과를 불러왔다. 그의 헌신적인 도움이 없었더라면 이 일은 시작 단계에서 좌초해버리고 말았을 것이다.

처음 필름을 발견하던 때로부터 1년여의 이런 준비 기간을 거쳐 사실상 처음으로 전화 연결을 시도했던 대상이 바로 앞서 소개한 경천의 두 영감님이었던 것이다.

냉면

이제 이야기가 계룡산 자락의 경천으로 되돌아가도 될 것 같다. 사실 그곳은 아버지로서는 중동에 부러진 대학 생활을 접고 무슨 일이 됐든 다시 시작한다는 의미를 담고 있는 동시에 사회인으로서 첫발을 내디딘 곳이었다. 그 새로이 시작하는 일이 '교사'였다는 점도 예사롭지 않았다. 급여가 있건 없건, 그곳이 어떤 학교이건 상관없었다. 교사로서 주어진 역할을 제대로 해낼 수 있을지, 아버지 스스로 시험대 위에 섰던 것이다. 이곳에서의 경험은 훗날 아버지의 운신에 큰 바탕이 되었다.

이 경천 시절의 단서는 신분증과 사진 외에 한 가지가 더 있었다. 최도명 목사(1926~2010년)의 증언이 그것이었다. 아버지가 투병 생활로 다소 우울한 소년기를 보낸 평양 시절부터 나중에 돌아가실 때까지, 비록 멀리 떨어져 사는 때도 있었지만, 마음만은 일생 동안 늘 함께했던 죽마고우였다. 누구보다도 아버지를 잘 아는 분이었고, 그래서 그의 증언은 결정적이었다.

"너희 집과 우리 집은 서울에 내려와서도 북아현동에서 서로 앞뒤로 붙어서 살았다. 너의 아버지는 1946년에 연희대학에 입학해서 그해 여름에 내려오고, 나는 이북에 인공 체제가 굳어져가던 1947년에 내려왔는데 우리 두 사람의 어

왼쪽 사진은 앞에 소개한 경천고등공민학교의 교사 신분증에 붙였던 것과 같은 사진이고, 오른쪽 사진은 배경과 옷차림 등으로 미루어볼 때 왼쪽 사진과 동일한 시간에 동일한 장소에서 찍은 것으로 보인다. 교사 신분증의 발급 일자가 1950년 11월 12일이니 그 직전에 경천학교(경천감리교회) 앞마당에서 촬영되었음 직하다. 쭈글쭈글한 와이셔츠와 구제품인 듯 꽉 끼는 상의 재킷, 그리고 군복 바지로 추정되는 하의 등의 콤비네이션이 전쟁 직후의 사정을 반영하는 듯하다.

머니가 워낙 가까운 사이라 서울 와서도 결국 한동네에서 살게 된 거다. 그런데 1950년 초에 평양신학교 동창생의 소개로 '경천'이라는 계룡산 자락의 한 동네에서 사람이 왔다. 새로 학교를 만드는데 거기 교사로 와줄 수 없겠느냐는 것이었다. 말하자면 '교사 초빙'이었던 셈이다. 그 사람은 자기가 새로 만들어지는 학교의 이사장 역할을 맡게 됐다고 소개했다."

10여 년 전 우연찮게 들어두었던 최 목사의 증언의 일부다. 그중에서 경천과 첫 대면하는 장면이다. 신학교 동창생의 소개라니 당연히 찾아온 대상은 최 목사였을 것이고, 그 얘기를 최 목사가 아버지에게도 전하며 동행을 권했던 것이다. 그때 최 목사는 이미 경남 진영의 한 학교에 가기로 약속이 되어 있었지만 동창생의 연을 우선시해 그 약속을 파기하고 경천의 학교로 가기로 작정했다고 한다. 아마 돌파력이 강한 평소의 성격에 따라 신설 학교라는 점이 오히려 그에게 도전 의식을 불러일으켰는지도 모르겠다.

"우리는 그때 농촌계몽운동을 한 거지. 학교는 일단 경천감리교회를 빌려서 시작하기로 해서 1950년 3월에 내가 먼저 내려갔다. 경천은 공주(군청 소재지)와 논산이 각각 40리 되는 딱 중간에 위치해 있었는데 그때만 해도 인근에 학교가 전혀 없어서 양쪽 모두에서 나이가 됐지만 학교에 가지 못하던 학생들이 몰려들었다. 한 학년에 20여 명씩 뽑았던 것으로 기억된다. 경천교회는 1905년인가 설립되어 그 인근에서 가장 오래된 교회이기도 하고, 시골 교회로는 제법 커서 지역 사업에도 열심이었다. 그렇지만 월급, 그런 게 제대로 나올 수 없는 시절이었다. 농촌운동 하겠다는 평소의 생각이 그 세월을 버티게 했다. 내 돈 써가면서, 학생들과 함께 모내기해서 받은 약간의 돈으로 학비와 학교 운영비를 충당하던 시절이었다."

이게 6·25 전쟁이 나던 해 봄의 상황이었다. 해방은 되었어도 그런 정치적 변화가 당시 국민의 대다수를 차지하던 농촌 지역 주민들의 살림살이를 낫게 만들어주지 못했던 모양이다. 그런 상황이 청년들의 피를 끓게 했고, 그런 피 끓는 청년들이 '농촌운동'을 위해 농촌 지역으로 들어갔다. 최 목사가 그런 청년들 가운데 한 사람이었으며, 아버지도 얼마나 적극적이었는지는 잘 모르겠지만 거기에 공감해 경천으로 갔다.

그 무렵 아버지는 다니던 연희대를 그만둔 상태였다. 그런 사실이 자필 이력서에는 "단기 4283년(서기 1950년) 5월 15일 연희대학교 이공대학 물리과 제2학년 수료"로 표기되어 있다. 전쟁이 일어나기 약 40일 전의 일이었다. 그 무렵 평생의 지병인 결핵이 다시 도져 학업을 계속할 수 없는 상황이 대학을 중도에 그만두도록 만들었다. 학교를 더 다니지 않기로 이미 결심한 상황에서 최 목사

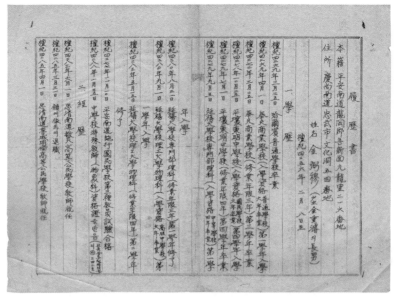

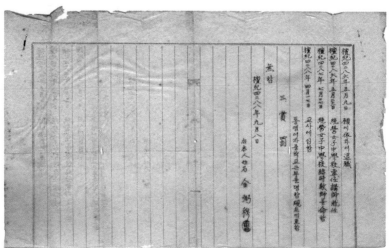

아버지는 일생 동안 구직과 시험 등을 위해 대동소이한 이력서를 자필로 여러 차례 작성했다. 이것은 통영여중의 정식 교사가 된 뒤인 1955년의 이력서로서 먹지를 대고 쓴 여러 벌의 이력서 중 한 벌이다. 이 이력서의 작성 목적은 분명하지 않다. 연희대학교 제2학년 수료를 포함한 각종 학력, 경천과 노성과 통영에서의 교사 경력, 각종 자격증 취득 사실, 본적(원적)과 현주소 등이 가지런히 정리되어 있다. 일제 말기의 전쟁과 해방 등으로 학제가 여러 차례 바뀜에 따라 아버지가 수학한 각급 학교의 수업 연한과 상급 학교 입학 자격 등이 복잡하게 바뀐 상황도 여기서 알아볼 수 있다.

의 권유가 있고 보니 '공기 좋은 곳에 가서 요양을 겸해 교사 생활을 하기'로 결심했던 것 같다. 그렇게 보자면 아버지의 경천행에는 '농촌운동'과 '요양' 가운데 아무래도 후자가 우선이었다고 보는 게 옳을 것 같다. 두 친구의 평생의 동행 관계를 볼 때 전자도 결코 작은 요인은 아니었겠지만 아버지의 그 시점의 개인적 사정을 볼 때 그렇다는 얘기다.

그런데 문제는 그런 게 아니었다. 최 목사가 창립 요원으로 이미 경천에 내려가 있던 상황에서 아버지도 6월 1일 자로 교사 사령을 받았다. '경천고등공민학교장' 명의의 사령이었다. 이미 대학 생활은 5월로 접은 뒤였다. 가기만 하면 되는 상황이었다. 그 상황에서 이유는 알 수 없지만 차일피일 부임이 늦어졌다. 아마도 건강 때문이었을 것이다. 그러다 덜컥 전쟁이 터졌다. 이제는 가고 싶어도 갈 수 없는 상황이 되고 말았다. 한강 인도교가 끊어지면서 9·28 수복 때까지 꼬박 석 달을 서울의 인공 치하에 묶인 것이다. 아버지의 '새 출발'도 자연히 전망을 세울 수 없는 지경이 되고 말았다. 하긴, 경천에서도 그때 교사건 학생이건 모두 흩어져 두 달 만에 학교가 없어지다시피 했다고 하니 그곳에 갔어도 상황은 마찬가지였을 것이다.

아버지가 인공 치하의 석 달 동안 서울에서 겪은 일은 나중에 다시 얘기하기로 하자. 지금은 경천 이야기를 하는 중이므로. 아버지는 천신만고 끝에 11월이 되어서야 경천에 도착했다. 할머니가 동행했다. 할아버지는 서울 수복으로 통행이 자유로워진 뒤에도 당분간 서울에 계속 머물러 있었던 것 같다.

그런데 재미있는 것이 그해 11월 12일 자로 발급된 교사 신분증이 '제2호'다. 그 전에 이미 교사진이 4~5명 정도 갖춰져 있었던 모양인데 뒤늦게 도착한 사람에게 '제2호'라니……. 그 사정은 나중에 알았다. 앞에서 소개했던 이종희 선생의 회고다.

"원래 학교가 시작될 때는 지역 유지들 가운데 김안제 씨가 이사장을 맡았어

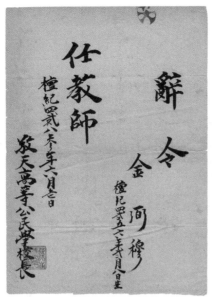
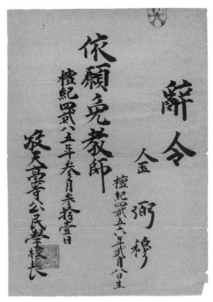

아버지가 경천고등공민학교에서 받은 1950년 6월 1일 자 '교사 임명' 사령과 1952년 3월 31일 자 '의원면직' 사령. 조악한 품질의 갱지이지만 가지런히 쓴 붓글씨가 인상적이다. 동일한 사람의 필체임을 한눈에 알아볼 수 있다. 앞에 소개한 이종희 선생은 이 사령장이 자신의 필체라고 확인해주었다.

요. 경천감리교회의 초대 교역자였던 김상문 목사님의 작은아들이지요. 이분은 한학을 하시기도 했지만 풍금도 잘 연주하고 교회 성가대도 지휘하고 …… 재주가 아주 많은 분이었어요. 그런데 사변이 나서 피난 간 뒤에 이분들이 동네로 복귀를 못했어요. 그래서 처음에 장소만 빌려줬던 경천교회의 주중근 목사님이 학교를 맡게 됐지요."

학교의 운영진이 바뀌다 보니 신분증을 다시 발급하게 되면서 원래의 초빙 순서를 감안해서 번호를 부여한 것으로 보인다. 나머지 교사들은 대부분 이 지역 출신이다 보니 '최도명 목사 제1호, 김필목 선생 제2호……'와 같은 식으로 배려했던 것 같다. 사실 번호가 무슨 의미가 있겠는가? 그것보다는 학교 체제가 재정비되면서 수업 분위기도 나름대로 정착됐던 것 같은데 그 과정에서 이 두 분의 역할이 꽤나 컸던 것 같다. 학과를 맡았던 교사는 네 분 정도였고, 이 지역 출신인 두 분이 국어와 영어를, 그리고 최 목사가 사회와 성경을, 아버지가 수학과 나머지 과학 과목을 각각 맡아 가르쳤다고 장세홍 씨는 회고했다.

"연희대학교 나온 선생님한테 배운다는 자부심도 있었어요. 김 선생님은 몸이 약해서 그런지 입꼬리를 조금씩 씰룩씰룩하시곤 했어요. 안면 근육에 조금 문제가 있으셨는지……. 그렇지만 수학을 정말 차근차근 잘 가르쳐주셔서 그 직후에 내가 군대를 공군으로 가려고 시험 보는 데에 결정적으로 도움이 되었어요. 참 많이 가르쳐주려고 무던히도 애쓰셨어요. 몇몇 사람만 불러서 '과외 수업'도 했다니까요."

난데없는 과외수업 얘기에 조금 놀랐다. 이어지는 장 씨의 설명은 이렇다.

"어느 날인가 수업이 다 끝난 다음에 몇 명만 마당으로 부르시더라고요. 가봤더니 나무 상자 몇 개를 쌓고 그 위에 편평한 판을 놓더니 다시 그 위에 참으로 뭐라고 설명하기 힘든 하얀 물건을 올려놓고는 '지금부터 이것으로 학교 건물을 측량하겠다'고 하시데요. 귀한 물건이었던 것 같아요. 구멍이 양쪽에 하나씩 있는 기구였는데 마당 네 귀퉁이로 옮겨 다니면서, 서너 번 옮겼던 것 같아요. 이쪽과 저쪽의 구멍의 초점을 맞춘 뒤 그 구멍으로 보이는 대로 기록하니까 평면도가 딱 나오더라고요. 우리도 돌아가면서 그 구멍으로 봤는데, 신기하데요. 말하자면 몇 사람한테만 시범을 보여주신 것이니, 그게 과외 공부가 아니면 뭐겠어요?"

그 과외 공부의 결과물이 지금 남아 있다. 앞에 소개한 측량도(23쪽)가 바로 그것이다. '참으로 뭐라고 설명하기 힘든 하얀 물건'은 아마도 측량에 일반적으로 사용되던 앨리데이드(alidade, 조준의)였을 것이고, 과외 공부의 날짜는 정확하게는 알 수 없지만 1951년의 어느 하루였을 것이다. 그날 이 학생은 잊을 수 없는 신기한 경험을 한 것이고, 실제 그 장면을 지금껏 잊지 않고 세세한 대목까지 기억해냈다. 그리고 그런 특별한 수업을 해준 선생님 역시 잊지 않고 있었다.

아버지는 그 무렵 측량에 관심이 많았던 것 같다. 나중에 다른 학교에 부임해서도 그곳에서 측량반을 조직해 학생들을 지도한 흔적이 있다. 이것은 대학에서의 전공이라든가 교사로서의 담당 과목과 관계없이 실용적인 기술로서 관심을 두었던 것 같다. 내가 언젠가 지리학과 토목공학 전공자에게 물어보니 해방 이후 측량은 이른바 '블루 오션'이었다고 한다. 일본의 측량 기술자들이 본국으로 돌아간 뒤 우리 손으로 직접 측량해 새 지도를 만들어낸 것은 1960년대에 이르러서라고 한다. 그사이에 재산권 정리와 새 나라 건설을 위해 측량에 대한 수요가 얼마나 컸겠나? 그런 흐름을 나름대로 포착한 현실적인 판단이었던 것 같다. 내가 아는 범위에서 이것은 아버지가 이른바 '돈이 될 만한 일'로서 관심을 가졌던 유일한 영역이었다. 물론 실현되지는 않았지만.

다시 장세홍 씨와의 대화 장면으로 돌아가자. 장 씨는 존경하던 선생님의 아들이라는 사람이 느닷없이 나타난 상황이 상당히 신기했던 것 같았다. 대화 중에 이따금씩 말을 끊고 나의 모습을 찬찬히 살펴본다는 느낌을 받곤 했다. 얼굴 생김새, 말하는 모습 등을 관찰했을 것이다. 어느 순간 대단히 큰 발견이나 한 듯이 "아, 얼굴 윤곽과 웃는 모습에 아버지 모습이 있네요!"라고 했다. 고마웠다. 노인들의 경험에서 우러나는 눈썰미는 피해 갈 수 없는 법이다. 하긴 발가락이라도 닮지 않았겠는가? 어떻게 그 아버지로부터 완전히 다른 물건이 나올 수 있었겠는가?

그런 식으로 '과외 공부' 얘기까지 막힘없이 옛 기억을 풀어내던 장세홍 씨가 갑자기 말을 멈추었다. 잠시 뜸을 들이더니 불쑥 던진 한마디는 대단히 당혹스러운 것이었다.

"아버지만 못해유."

아니, 이게 무슨 말인가? 처음엔 맥락이 닿지 않아 당황했다. 그러자 그는 다시 한 번 되풀이했다.

"아버지만 못하다구유."

이내 깨달았다. 아마도 이 영감님은 앞에 앉은 나에게서 존경하는 선생님의 옛 모습을 그려보곤 했는데 이야기를 주고받는 어느 단계에선가 문득 '아, 아버지보다 못하구나!' 하는 생각이 들었던 모양이다. 그 이유를 설명하지는 않았다.

나에게 이것보다 더 난감한 상황이 있을까? 내가 아버지보다 잘났다고 생각해본 적도 없고, 또 그렇다고 강변할 생각 역시 추호도 없지만, 그렇다고 아버지보다 못하다는 얘기를 들어서야 이건 아버지에게도 누가 되는 일 아닌가? 무조건 죄송하다고 할 수밖에 없었다. 그렇게 응급조치를 하긴 했지만 이 말은 아버지의 흔적을 찾아가는 작업 내내 나의 뇌리에서 떠나지 않았다. 실제로 '그때 아버지가 현명했구나!' 또는 '나는 저렇게 못할 텐데……' 생각한 적이 여러 차례 있었다. 특히 인간적인 그릇이랄까, 타인에 대한 공감 능력 같은 점에서 그랬다. 지금도 이 말은 나에게 큰 숙제로 남아 있다.

아무튼 당시 학생들이 잊지 않고 있는 면모는 다른 것도 있었다. 이북에서 온 두 외지인 선생님은 한 묶음으로 기억되는 일이 많았다. 역시 이 학교 1회 졸업생으로 대전의 한 감리교회에서 목회하다 은퇴한 이내강 목사와의 전화 통화 내용이다.

"내가 김 선생님한테 배웠지요. 수학을 가르치셨어요. 참 성실하고 공부를 또박또박 잘 가르치셨어요. 그 어머니도 굉장히 성격이 좋았어요. 최도명 선생님하고 두 분이 주일학교 교사도 하셨는데 교회 행사가 있으면 늘 두 분이 함께 노래하곤 했어요. 왜 그 냉면 노래 있잖아요? '맛 좋은 냉면이 여기 있어……' 하는 노래 말이에요. 아마 이북 사람들이라 냉면 노래를 했던 것 아닌가 생각되네요. 그 김 선생님의 아들이란 말이지요? 한번 만나보고 싶네요. 오세요. 내가 냉면이라도 한 그릇 사지요."

아하, 아버지 덕분에 못난 아들이 냉면 얻어먹게 생겼다. 이 목사를 내가 언제 만나게 될지는 모르지만 참 귀한 냉면이 될 것 같다. 그건 그저 한 그릇의 냉면이 아니라 이 목사의 추억과 감사의 뜻이 담기고 거기에 '그렇게 기억해줘서 고맙다'는 나의 감사의 뜻도 함께 버무려진, 그래서 머리를 맞대고 냉면을 먹는 두 사람의 속을 시원하게 쓸어내리는 동시에 가득 채우기도 하는, 세상에 두 번 다시 없는 진귀한 음식이 될 것이다.

열정

    아버지의 경천 시절은 나름대로 의미가 있었던 것 같다. 무엇보다도 교사로서의 첫 출발이 그런대로 합격점을 받았던 것으로 보인다. 누가 평가를 해서가 아니라 수업을 통해 형성된 학생들과의 관계가 아버지 자신에게도 나쁘지 않았기 때문이다.

    그다음은 아버지의 건강 문제였다. 이것도 경천에 도착한 직후 잠깐 결핵 재발 증세를 보여 본인은 물론 주위에서 걱정을 많이 했으나 다행스럽게도 그 뒤에는 별 문제가 없었다. 최소한 계룡산 지역을 떠나는 날까지는 재발의 징후가 없었다.

    여기서 재미있는 것은 내가 만나거나 전화로 통화한 거의 모든 경천 시절의 제자들이 아버지에게 뱀을 잡아다 드렸다는 얘기를 빼놓지 않았다는 점이다. 그게 각자 그렇게 한 것인지, 아니면 둘씩 셋씩 모여서 그런 일을 한 적이 있는데 제각각 얘기하다 보니 그렇게 횟수가 많아 보이는 것인지는 알 길이 없다. 앞서 냉면 얘기를 한 이내강 목사의 회고다.

    "선생님이 폐병을 앓아서 그때 우리가 계룡산에 가서 구렁이 같은 뱀들을 가끔씩 잡아다 드렸어요. 그러면 그걸 대개는 어머니가 다려주셨지만, 때로는 김

선생님 본인이 다려서 드시기도 했어요. 그거 먹고 효력을 많이 봤다는 말씀을
하시던 게 생각나네요.”

이 뱀탕 이야기는 단순히 시골이니 그랬겠거니 하기에는 상당히 여운이 남
는다. 밀접한 사제 관계의 한 징표로 읽히기 때문이다. 그 무렵 시골에서 학비
나 제대로 낼 수 있었을까? 학교 측도 수업료를 채근하지 않았다고 한다. 그렇
다 보니 학생들은 자기들을 위해 애쓰는 교사들에게 무엇이든 도움이 되는 일
을 해주고 싶었던 모양이다. 앞서 과외 지도를 받았다던 장세홍 씨의 기억이다.

“현금으로 수업료를 낸 기억이 없어요. 매달 얼마씩 낸다고 정해져 있었는지
도 기억이 나지 않고, ‘보리때’나 ‘가을걷이 때’에 얼마씩 냈던 것 같네요. 말하
자면 ‘보리 한두 말’이나 ‘쌀 한 말’쯤 냈던 것 같은데 그걸로는 선생님 대우했다
는 말조차 할 수 없지요.”

아버지는 비록 경제적으로는 쪼들렸을지언정 학생들로부터 ‘큰 정’을 받은
셈이다. 아마 뱀탕은 그 무렵 그들이 자신의 노력으로 존경하는 선생님에게 제
공할 수 있는 가장 큰 선물이었을지도 모른다. 거기에 덤으로 건강까지 적잖이
회복했으니 무엇을 더 바라겠는가? 아무튼 아버지 건강 때문에 이 땅의 뱀들이
참 많은 수난을 겪었다. 최도명 목사도 이 시절을 두고 “월급조차 제대로 받을
수 없는 상황이었으나 그때 우린 우리 할 일을 다했다”고 언급한 적이 있다. 아
버지도 같은 생각이었을 것이다.

나의 어린 시절 기억에도 아버지는 무슨 일이건 특별히 남 앞에 잘 나서려
하지는 않지만 주어지거나 맡은 일만은 확실하게 매듭짓는 분이었다. 나중에
약국을 운영할 때에도 밤늦도록 일을 마무리하고 정리하던 모습을 많이 보았
다. 사소한 일을 사소하게 넘기지 않았다. 일종의 완벽주의자였다고 해야 할지
도 모르겠다. 그런 점에서 “그때 우린 우리 할 일을 다했다”는 최 목사의 회고가
충분히 이해가 간다.

그렇게 산 시절은 공동의 경험에 참여한 모든 사람들에게 귀한 기억으로 남았을 것이 틀림없다. 가르치는 사람이나 배우는 사람이나 서로 절실하게 만났기 때문이다. 그 기간은 그리 길지 못했다. 아버지는 계룡산 언저리에 2년 반 머무는 동안 두 군데 또는 세 군데 학교에서 봉직했다. 최도명 목사의 행로도 대개 같았던 것 같다. 그중 경천고등공민학교에서 보낸 두 학기가 첫 1년에 해당한다. 그 경천 시절이 아쉽게도 1년 만에 막을 내린 것이다. 다시 장세홍 씨의 언급이다.

"김 선생님께서 왜 경천을 떠나시게 됐는지, 그 이유는 잘 기억이 나지 않네요. 다 사정이 어려울 때이긴 했지만……. 그런데 경천을 떠나서 바로 노성으로 가신 게 아니라 공주의 능인학교로 먼저 가셨다고요?"

경천이건 공주건 노성이건 다 거기가 거기인 인접 지역이다. 경천을 중심으로 보자면 북쪽으로 40리쯤에 공주 군청 소재지가 있었고, 남쪽으로 20리쯤에 논산군 노성면이 있었다. 경천은 그 사이에 유일하게 5일장이 서는 곳이었다. 말하자면 경천은 계룡산 아래 위치해 공주의 가장 변두리이긴 하지만 교통의 요지였다. 조선시대에는 호남대로 상에서 공주와 논산 사이에 유일하게 역원(驛院)이 있는 지역이기도 했다. 집성촌 또는 반촌(班村)도 별로 없어 비교적 사람과 물품의 이동이 자유로웠다. 경천감리교회는 바로 그런 지역에 개신교 교회 중에서 가장 이른 1905년에 들어선 교회였다. 그만큼 지역 활동이 활발했고, 이 교회에는 '두 사람이 들어도 꿈쩍하지 않을 정도로 큰 풍금'이 있어 교회의 자랑거리였다고 한다. 이 동네 주민들은 "비록 지금은 경천이 '오지'인지 모르지만 과거엔 '요지'였다"고 말한다.

외국인 선교사들이 공주와 경천에 감리교회를 세우면서 각각 영명학교와 원명학교라는 중등학교 과정의 학교도 함께 개설했다. 공주의 영명학교는 지금도 그 명맥을 유지하고 있지만, 경천의 원명학교는 일제 말에 폐교된 뒤 끝내 되살아나지 못했다. 그 대신 해방 후 경천 지역엔 역시 교회를 중심으로 '영수학원', '경천고등공민학교' 등의 또 다른 지역학교가 설립되었다. 바로 그런 시도의 일환으로 아버지도 이 지역에 갔던 것이다.

그러나 경천 지역 유지들이나 교회가 오랜 전통의 원명학교를 끝내 되살리지 못했다는 사실에서도 알 수 있듯이 학교를 유지하는 일 자체가 쉽지 않았던 모양이다. 처음에 아버지를 초빙한 학교의 설립 주체들은 6·25 피난 이후 학교로 아예 복귀하지 않았고, 교회가 이를 인수한 뒤 '교육법에 따른 고등공민학교'로 인가받은 것도 개교로부터 무려 2년 반이 지난 1952년 11월에 와서였다.

아마 경제적인 이유였을 것이다. 아무리 할머니와 아버지 두 식구에 불과하고 거주는 교회 사택에서 한다 쳐도 먹고사는 일 자체가 그리 편하지 못했던 것 같다. 농사지을 땅이 있는 것도 아니고 할머니 혼자 텃밭 수준 이상의 농사를 지을 수도 없는 노릇이었다.

여기서 1·4 후퇴 때 할머니와 아버지의 행로를 그대로 밟아 경천으로 내려왔던 친척 혁조 형님(1941년생)의 회고를 들어보자.

"우리 다섯 식구는 결국 너희 할아버지가 가르쳐준 경천 주소를 들고 너희 할머니와 아버지가 먼저 가 있던 경천으로 갔다. 화물열차로 서울역에서 조치원까지 갔는데 무슨 이유 때문인지 거기서부터 경천까지는 걸어갔다. 엄동설한에 세 살짜리까지 끼어 있는 우리 가족이 하루 만에는 도저히 갈 수 없는 거리였는데 아무튼 걸어서 갔다. 그때 피난민들은 그 동네 사람들이 문간방 한 칸씩 내줘서 거기서 살았다. 거기서 조금 살다가 우리는 상월면으로 가고 너희 아버지는 노성으로 나갔는데 두 곳이 3킬로미터밖에 떨어지지 않아 너희 할머니가 자주 내왕하셨고, 우리도 일요일이면 걸어서 너희 집에 가곤 했다. 그때 너희 집은 노성교회 옆의 사택이었고, 너희 아버지가 바리캉으로 우리 머리를 여러 번 깎아주셨다. 그때 너희 할머니는 앙고라토끼를 길러서 물레질로 직접 실을 뽑아 털 셔츠를 짜셨는데 나도 그걸 하나 받아서 입었던 기억이 난다. 교회 청년 중에 다리 저는 사람이 있었는데 그 청년이 토끼 먹일 풀을 뜯어다 주곤 했다. 또 그 토끼 잡은 것을 우리 집에 가져다주시면서 어머니한테 '삶아서 아이들 먹이라'고 하시던 기억이 난다. 언젠가 한번은 내가 이질을 앓았는데 이번엔 할머니가 뱀 껍질 말린 것을 가져다주시면서 그걸 갈아서 먹이라고 하셔서 내가 그걸 먹고 나았던 기억도 있다. 너희 할머니는 우리를 끔찍이 생각하셨단다."

자급자족이 어떤 수준이었는지 분명하게 드러난다. 이번에도 또 뱀 이야기다. 거기에 덧붙여 '앙고라토끼'까지 등장하는데, 이 토끼와의 인연도 앞으로 조금 더 살펴볼 대목이 있다. 농사지을 땅이 없는 사람이 할 수 있는 일이 그저 그런 수준이었을 것이다.

내가 노성에 한번 갔을 때 아버지의 노성 시절 교사 신분증에 담긴 주소 '논산군 노성면 읍내리 128'이란 곳을 찾아본 적이 있다. 노성면사무소로 들어가는 진입로 왼쪽의 아주 넓은 터였다. 무슨 음식점 간판이 달려 있긴 했지만 영업을 하진 않았다. 주위의 얘기를 들어보니 일제강점기에는 일본 사람들의 '잠실(蠶室)'이 있던 곳이란다. 누에를 치기 위해 넓은 터를 잡았던 모양이다. 해방 뒤에는 노성성결교회가 그 터를 물려받아 사택으로 쓰고 한때는 교회로도 사용했다고 한다. 아버지는 경천 시절과 마찬가지로 교회의 초청으로 이곳에 갔기 때문에 이곳의 방 한 칸을 사용하면서 마당에는 토끼도 기를 수 있었던 것 같다.

아무튼 아버지가 남긴 사령장과 신분증을 바탕으로 계룡산 지역 안에서의 이동 경로를 살펴보면 이렇게 된다.

사령	신분증
경천고등공민학교 임교사(1950.6.1)	
	경천고등공민학교 신분증명서 제2호 (1950.11.12)
공주능인고등공민학교 임교사(1951.8.31)	
	공주능인고등공민학교 신분증명서 제10호 (1951.10.19)
경천고등공민학교 의원면교사(1952.3.31)	
노성명륜고등공민학교 명교사(1952.4.1)	
	노성여자고등공민학교 신분증명서 제2호 (1952.5.5)
	노성고등공민학교 신분증명서 제7호 (1952.9.1)
	노성명륜중학교 신분증명서 제5호 (1953.4.1)
노성명륜고등공민학교 의원면교사(1953.5.19)	

경천학교 사령 일자와 신분증 발급 일자 사이에 5개월 이상 차이가 있는 이유는 이미 설명했다. 그다음에 이상한 대목은 경천에서의 의원면직 일자에 한 학기 앞서 공주 능인학교에 교사로 임용되고 신분증까지 받은 점이다. 그런 일은 논리적으로 불가능하다. 능인학교로 한 학기 동안 파견되지 않았을까 추정해보기도 했지만 그 시절에 그런 일이 있었을 것 같지도 않다. 게다가 '능인(能仁)'이란 무슨 뜻인가? 석가모니를 가리키는 표현이다. 그곳은 공주 군청 소재지에 불교 재단이 그 무렵 개교한 학교였다. 그 학교에 당시 신학생이던 최도명 목사가 함께 가는 것은 쉽지 않았다. 어쩌면 이 학교의 초빙에 아버지 혼자라도 갈 생각이 있었을지도 모르겠다. 그래서 신분증까지 나온 것이 아니었을까? 그렇게 마음이 흔들렸지만 아마 최종적으로는 가지 않고 경천에 1952년 초까지

근무하지 않았을까 생각된다.

이 연대기에서 두 번째로 이상한 것은 아버지가 논산의 노성으로 옮긴 뒤의 학교명이 뒤엉켜 있다는 점이었다. 그냥 고등공민학교는 무엇이고 여자고등공민학교는 또 무엇인가? 왜 사령과 신분증의 학교명이 제각각인가?

그 경위를 정확하게 알게 된 것은 최근의 일이었다. 경천과 노성을 묶어서 2011년 봄에 답사를 겸해 갔던 일이 있다. 그때 아버지가 노성 시절에 다녔다는 노성성결교회를 방문했다. 경천 시절의 제자인 장세홍 씨가 "김 선생님은 노성 시절에 노성성결교회에 다니셔서 그곳으로 찾아가 거기서 함께 예배도 드렸다"고 회고한 데에 따른 것이었다. 그 교회의 기록들 가운데 아버지 이름은 어디에도 남아 있지 않았다. 그때의 교인을 찾을 길도 없었다.

그럼에도 불구하고 현 담임목회자인 임종한 목사가 교회의 옛 기록을 뒤져 "1952년 4월 1일 조병철 전도사의 활약으로 노성여자고등공민학교를 본 교회 주택에서 창립하다"라는 대목을 확인해주었다. 한 가지 지렛대를 확보한 셈이었다. 경천에서와 마찬가지로 여기서도 신분증 일련번호가 제2호였던 것은 최도명 목사(당시 전도사)와 함께 창설 학교로 옮겼기 때문이리라. 이 점은 최 목사 편지(1998년 6월 23일)의 내용과 일치하기도 하고 조금 다르기도 하다.

"거기(경천)에서 멀지 않은 노성에 다시 학교를 세웠는데 그곳은 유교가 심한 곳이었다. 옛날 양반 자제들을 공부시키던 명륜당을 빌려 학교를 시작하고 제1회 졸업을 기념해서 찍은 사진도 있다. 그때 교장 선생님은 저명한 한학자였던 박재구 선생으로 기억하고 있다. 참 훌륭한 인격자셨지. 지금도 그의 품격과 고매한 지식을 생각하며 추억하게 된다."

'노성에 다시 학교를 세웠다'는 대목은 1952년 봄 노성에 새로 고등공민학교가 생겨 그곳의 창설 요원으로 옮겨가게 됐다는 얘기로 보이고, 사령과 신분증의 날짜가 다 그 무렵에 노성으로 갔음을 가리키고 있다. 그러나 여전히 학교

노성명륜고등공민학교 제1회 졸업을 기념해 당시 교사와 졸업생이 한자리에 모였다. 1953년 3월 6일의 일이었다. 뒤의 명륜당이 당시 이 학교의 교사로 쓰이던 노성향교의 명륜당이다. 앞줄 오른쪽 끝이 아버지이고, 오른쪽에서 세 번째 자리에 시선을 옆으로 두고 앉은 이가 최도명 목사다.

이름은 엉켜 있다. 알 수 없는 일이었다.

그러나 뜻이 있으면 길이 뚫리는 모양이다. 노성성결교회의 임 목사가 고맙게도 이 교회 교인은 아니지만 주민들 가운데 노성명륜학교의 설립자 가족이 있다며 이방헌·이성헌 형제 두 분을 소개해주었다. 그 가운데 동생 이성헌 씨가 뜻밖에 아버지가 보관하고 있던 '노성중학교 제1회 졸업 기념' 사진의 당사자 중 한 사람이었다. 그도 같은 사진을 갖고 있다고 했다.

이성헌 씨. 지금도 논산 지역에 거주하고 있는 분인데 출타 중이어서 내가 노성을 방문했을 때 직접 만나지는 못했고, 나중에 전화 통화만 했다. 그는 이 사진 뒷줄의 졸업생 일곱 명 가운데 오른쪽에서 세 번째에 선, 키가 훌쩍 큰 소년이었다.

"아, 김 선생님 알지요. 저의 선친이 노성학교 설립자 중 한 분인 이민두 선생입니다. 제가 그때 이 학교에 다녔고 노성성결교회에도 다녔지요. 그래서 양쪽으로 선생님을 잘 알지요. 그때 선생님은 읍내리의 교회 사택, 적산가옥에서 사셨어요. 교회가 여자 중학교를 설립했는데 김 선생님이 그 학교 선생님이라 교회 사택에서 사셨던 것 같아요."

이성헌 선생은 노성성결교회가 '여자 학교'를 세웠고 아버지가 그 학교의 교사였음을 분명히 알고 있었다. 그런데 자기도 아버지한테 배웠다니?

"아, 그거요? 그 무렵에 노성에 남녀 학교가 각각 생겼어요. 남학교는 유교 관계자들이 명륜당을 이용해서 6·25 직후에 세웠고, 여학교는 교회가 교회 건물을 이용해서 조금 뒤에 세웠지요. 여학교는 주로 피난 온 여학생들이 많이 다녔어요. 그런데 그게 각자 운영이 쉽지 않아 조금 있다가 합쳤어요. 합친 뒤 처음 교장은 여학교 교장이자 교회 목사였던 조병철 씨가 맡았지요. 나중엔 교장이 박재구 선생으로 바뀌었고요. 그런데 학교를 합치고 나서 여학생은 하나둘씩 떨어져 나가 결국 졸업할 때는 남학생만 일곱 명 남게 되었지요."

QED. 이 표현은 이럴 때 쓰는 게 맞겠다. 사실상 '증명 끝'이었다. 아버지는 여학교에서 한 학기 동안, 다시 통합된 학교에서 한 학기 남짓 가르쳤던 것이다. 이런 곡절을 내가 어떻게 추측이나마 할 수 있었겠는가? 조금 더 추가하면, 그때나 지금이나 당사자들은 '고등공민학교'라는 표현을 잘 사용하지 않았다는 점이다. 그저 같은 학령의 소년들이 다니는 '중학교'라는 표현을 통상 썼다. 그리고 '명륜(明倫)'이라는 표현은 그 무렵 유교 재단이 향교 내의 '명륜당'을 이용해 고등공민학교를 운영하는 일이 많아 여러 지역에 동일하게 나타나는 교명이었다. 그래서 다른 지역 학교와의 혼동을 피하기 위해 그 앞에 지역명을 붙여 '노성명륜중학교' 또는 그저 '노성중학교'라는 표현을 사용한 것으로 이해가 됐다.

마지막으로 남는 의문이 하나 더 있었다. '여학교'에 올 시점인 1952년 4월

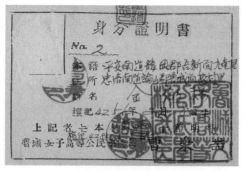

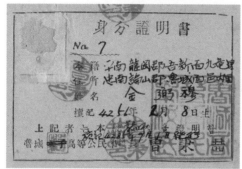

왼쪽 위부터 시계 반대 방향으로 아버지의 '노성여자고등공민학교'(1952년 5월), '노성고등공민학교'(1952년 9월), '노성명륜중학교'(1953년 4월) 교사 신분증명서다. 이처럼 학교 명칭이 수시로 바뀐 내력을 알고 보면 그 과정에 게재된 지역사회의 노력과 좌절, 교사들의 의지와 한계, 그리고 불가피하게 수반될 수밖에 없었을 학생들의 방황 등이 모두 머릿속에 그려진다. 사진이 귀한 시절이다 보니 인물사진을 재활용하기 위해 떼어내 별도로 보관했던 점도 눈에 띈다.

1일 자로 작성된 '노성명륜고등공민학교'의 사령장(51쪽)은 어떻게 이해할 것인가? 그건 아주 간단했다. 내 생각에, 그것은 사후에 작성된 것이었다. 아마도 이런 복잡한 설명이 쉽지 않으니 두 학교가 통합된 뒤의 어느 시점에 소급해서 발급받았던 것으로밖에 달리 해석할 길이 없었다.

일단 엉킨 실타래가 풀리니 홀가분했다. 어떤 일이든 과거를 찾아갈 때 선후관계가 뒤섞이면 머릿속도 동시에 혼란스러워져 도대체 이야기를 맞춰나갈 엄두가 나지 않는 법이다. 그런데 노성의 경우는 아주 말끔하게 정리가 된 것이다. 이렇게 문제가 풀리고 나니 자연스럽게 조금 더 보이는 대목도 있었다. 기독교와 유교 중심의 두 학교가 처음엔 각자의 사명감으로 출범했으나 모두 운영이 어려워지자 일단 통합하면서 처음엔 교회가 중심이 되었던 모양이다. 교사진을 통합해 운영하니 훨씬 밀도 있는 교육이 가능했을 것이고, 재정 운용도 한결 수월해졌을 것은 불문가지다. 그러나 차츰 여학생이 줄면서 학교 체제도 자연스럽게 지역사회의 전통적 기반인 유교 중심으로 재편되어간 것 같다. 그래서 교사도 노성향교 안의 명륜당을 사용했고, 교명에 아예 '명륜'이라는 표현까지 들어갔으며, 교장도 한학자인 박재구 선생이 맡게 된 모양이다. 그런데 그 박 선생에 대한 최 목사의 회고가 존경의 마음으로 가득 차 있다. 지역사회에서 종교의 벽이 허물어졌다고 하면 과한 해석일까? 다시 최 목사의 회고다.

"그 세월에 풍족한 곳이 어디 있었겠나? 그러나 교사들 사이의 분위기만은 대단히 좋았다. 검정 고무신 차림에 어렵게 살았지만 농촌운동 한다는 열정 때문이었다. 학생들 집을 방문할 때, 꽁보리밥에 졸인 고등어로 식사 대접을 받으면 그것은 최상의 식사였다. 민둥산에 땔감이 없어 잔디 뿌리 캔 뒤 그걸 털어서 불쏘시개로 썼을 정도니……. 그 졸업 사진(53쪽)에서 앞줄 사람들은 주로 교사들인데 오른쪽부터 너의 아버지(수학), 다음 한복 두루마기 차림은 이 동네 터줏대감이자 보성전문 법과를 나온 윤석홍 선생(공민, 윤리), 그다음은 나(역사, 지리), 그다음은 학교 육성회장 격인 조병철 목사다. 그다음부터는 이름은 기억이 나지 않는데 다시 순서대로 일본 와세다대 출신의 국어 선생, 그다음은 이북 출신으로 영어를 가르친 정 선생, 왼쪽 제일 끝은 과학 선생이다. 이렇게 첫 졸업생을 내기까지 애썼지만 거기도 학생 수가 자꾸 줄어 학교가 어려워졌다. 그러자 나를 경천으로 초청했던 김안제 이사장의 형님인 김만제 목사가 다시 대전의 학교를 소개하더라고. 그때 너의 아버지는 평양 시절의 연고를 따라 통영으로 갔고……. 결국 이 노성학교는 없어졌다고 들었다."

안타까운 얘기였다. 학교를 유지하는 일조차 어려웠다는 것이 정확히 어떤 상황인지는 알 수 없지만 교사들 급료를 거의 주기 어려웠던 것 아닐까 생각된다. 모든 일이 좋기만 하지는 않았던 모양이다. 열정이 그런 생계 문제를 다 덮고 해소시켜주지는 못했다는 얘기다.

얼마 전에 노성을 방문했을 때 그곳 향교 바로 옆에 붙은 명재 윤증 선생의 고택도 둘러보았다. 우암 송시열에 맞선 소론의 거두다. 그곳에서 만난 명재 선생의 종손은 노성학교와 관련된 내 얘기를 한참 듣더니 이렇게 덧붙였다.

"그때 노성학교가 향교의 명륜당을 교사로 쓰면서 이 고택의 사랑채를 교무실로 사용했어요."

그렇구나. 이곳에 가본 사람은 안다. 명재 고택의 앞에 우뚝 솟은 사랑채는 건물 자체가 시원스러울 뿐 아니라 아주 좋은 전망을 품고 있다. 이곳 사랑채에 앉으면 거기서는 공부를 해도 잘될 것 같고, 낮잠을 자도 시원할 것 같고, 그 밖에 무엇을 해도 절로 이뤄질 것만 같다. 사진에서처럼 대부분의 교사가 검정 고무신을 신고 있었지만 기개만은 남다르고 교사들 간에 종교의 벽을 넘어서서 아주 분위기가 좋았다는 것이 결코 허언이 아닌 것 같았다. 그러면 그럴수록 정말 의미 있는 시도였던 이곳 생활이 1년여 만에 끝난 게 못내 아쉽다.

표봉기 씨 찾기

시간 순서로는 조금 뒤의 일이지만 노성과 관련된 일이라 여기에서 얘기하는 것이 좋을 것 같다. 노성 생활을 마치고 통영으로 옮긴 직후의 일이다.

아버지가 통영 도착 직후에 어떤 일을 했는지를 확인하기 위해 수첩을 들춰보다가 '그 이름'을 발견했다. 수첩의 시작 부분을 몇 차례 살펴보니 유난히 여러 번 등장하는 이름이 있었다. '독서백편의자현(讀書百遍義自見)'이라고 할 것까지는 아니지만 그래도 자꾸 들여다보면 눈에 띄는 게 있는 법이다.

'표봉기(表鳳基).' 흔한 이름이 아니었다. 궁금했다. 누구일까? 여러 번이라야 세 번에 불과했지만 단기간에 세 번이나 등장한다는 것은 무엇인가 엮인 일이 있다는 뜻이었다. 게다가 그중의 한 번은 "발신 표봉기(위체 300환)"이라고 메모가 되어 있었다. 큰돈은 아니었지만 우편환으로 돈을 부쳐주기까지 했다면 그것은 무엇 때문이었을까 더욱 궁금했다.

그런가 하면 몇 년을 건너뛰어 아버지가 결혼하던 1957년 청첩장 발송 주소록에도 그 이름이 들어 있었다. 몇 년 전에 떠난 노성에 석 장의 청첩장을 발송했는데, 하나는 노성성결교회의 조병철 목사 및 교우 일동에게, 다른 하나는 노성학교 졸업식 사진에서 아버지의 바로 왼쪽에 앉았던 윤석홍 선생에게 각각

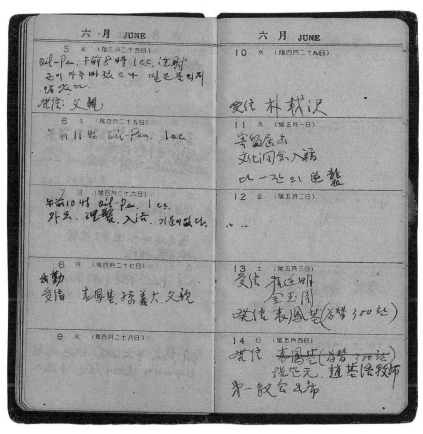

아버지가 통영에 도착한 직후인 1953년 6월 편지 등으로 연락을 주고받은 인물들이 기록된 대목. 6월 8일 난에 "수신 표봉기", 13일 난에 "발신 표봉기(위체 300환)"라는 메모가 적혀 있다.

발송하고, 마지막 한 장은 또다시 그 이름 '표봉기 씨' 앞으로 보낸 것이었다. 도대체 누구일까? 아버지와 노성의 인연이 불거질 때마다 빠지지 않는 그 사람이!

궁금하면 못 참는 법. 일단 아버지가 통영에 도착한 직후 전보나 편지를 보낸 사람들은 대개 노성 사람들일 거라고 추측했다. 떠난 곳에 '잘 도착했다'고 안착 인사를 보내는 것은 기본이다. 표 씨도 노성 사람일 거라고 일단 가정했다. 무조건 임 목사가 소개한 이방헌 선생에게 전화를 넣었다.

"표봉기 씨 이름도 쓰여 있어요? 그렇구만요. 교회 일을 열심히 하던 분인데 오래전에 돌아가셨어요. 살아 있으면 70대 후반쯤 됐을 겁니다. 그 아들이 목사가 됐지요."

교회 일을 열심히 했고 아들이 목사가 되기까지 했다? 순간적으로 머릿속에 혹시 '그 사람'이 아닐까 하는 생각이 들었다. 그래서 이내 되물었다.

"혹시 그분이 다리를 좀 저는 분이 아니었나요?"

"그래요! 그걸 어떻게 알았어요?"

또다시 퍼즐 몇 쪽이 차르르 맞춰졌다. 단서는 우연한 곳에 있었다. 경천과 노성 시절 내내 아버지 근처에 살던 혁조 형님의 기억 중에 "(노성에서) 교회 청년 중에 다리 저는 사람이 있었는데 그 청년이 토끼 먹일 풀을 뜯어다 주곤 했다"는 대목이 있었다. 그 말을 들으면서 나는 '할머니와 아버지는 여기서도 참 선한 이웃을 만났구나' 하고 생각했었다. 성도 이름도 모르지만 그런 이웃은 도대체 어떤 사람이었을까 하는 생각이 머릿속에 남아 있었던 것이다.

혹시나 하고 물었는데 그 이웃이 갑자기 '그게 바로 나요' 하고 모습을 드러내는 것 같았다. 그 청년이 당시 아버지보다 10년쯤 연하였다는 사실도 알게 됐다.

"그분 어머니가 아들 둘 데리고 명재 선생 고택에서 일하면서 살았어요. 표봉기 씨는 작은아들이에요. 어머니가 고생 많이 하셨어요. 표봉기 씨도 나중에 결혼한 뒤에 노성중학교 일을 봐주면서 살았지요."

아버지가 노성의 명륜고등공민학교 교사일 때 향교의 명륜당이 교사(校舍)로 쓰이고 바로 인접한 명재 고택의 사랑채가 교무실로 쓰였다는 사실은 이미 얘기했다. 바로 그 고택 살림살이를 맡아서 하던 분의 아들인 데에다 교회도 함께 다녔다니 자연히 아버지와 접촉이 있었을 것이다. 또 유난히 유교적 전통이 강한 동네에서 의지가지없이 타향살이하는 같은 신세이다 보니 두 집 간에 왕래도 꽤 있었을 것이고, 할머니를 위해 토끼 풀을 베어다 주는 수고도 마다하지 않았던 것 같다. 혁조 형님은 나와 몇 차례 통화할 때마다 이 청년에 대한 얘기를 빼놓지 않았다. 그만큼 살갑게 다가가며 살았기 때문이리라. 아마도 할머니는 혁조 형님네를 위해 그랬던 것처럼 이 청년네 집에도 토끼 잡은 것을 주었을 것이다. 그 시절에 선한 이웃에게 보은할 만한 물건이 무엇이 있었겠는가?

여기서부터는 순전히 내 추측이다. 아버지는 통영으로 떠나면서 책과 살림살이 세간 등 직접 들고 가기 힘든 물건들을 두고 오면서 표봉기 씨에게 '주소가 정해지면 알려줄 터이니 소포로 부쳐달라'고 부탁했던 것 같다. 우편환은 그 비용일 가능성이 높았다. 두 분은 그런 부탁을 하고 그런 부탁을 받아들이기에 가장 임의로운 사이였던 것 같다. 그렇게 가깝게 지내던 분이 이미 돌아가셨다니 안타까웠다.

그래도 미련이 남아 이번엔 노성교회의 임종한 목사에게 전화를 넣어 목사가 되었다는 그 아들의 연락처를 얻었고, 다시 그 아들로부터 어머니, 그러니까 표봉기 씨 부인의 연락처를 얻었다. 지금도 노성에 살고 있었고, 전화선을 타고 들려오는 목소리가 아주 또랑또랑했다. 다만 아버지가 노성을 떠난 뒤에 표봉기 씨와 결혼해서 노성에서 살기 시작했으니 사실상 아버지에 대해 직접 알 것은 없는 처지였다.

"내가 지금 일흔여섯(2011년 현재)인데 스물셋에 결혼했어요. 나도 원래 고향은 이북이지만 결혼한 뒤에 선생님 선친에 대한 말씀은 들은 게 없어요. 알려드릴 게 없어서 아쉽네요."

그러면서도 이분은 내가 표봉기 씨와 함께 아버지의 수첩에 등장하는 분들의 이름을 하나씩 짚어나가자 대부분 노성 분들이 맞다면서 그 내력들을 차분하게 설명했다. 누구는 방앗간을 하던 분이고, 다른 누구는 그 방앗간을 이어받아 경영하다 다시 아들에게 넘긴 분이며, 또 어떤 이는 오래전에 외국으로 나갔고, 어떤 사람은 명재 선생의 후손인데 나중에 노성중학교 교사까지 하다 정년

퇴직한 뒤 서울의 아들네 집에 가서 살았다는 얘기 등이었다. 그 기억력이 대단하다고 말을 건네자 "젊은 시절의 일들은 대개 기억하지요"라고 짧게, 그러나 유쾌하게 응답했다.

여기 등장하는 인물들의 공통점은 하나같이 이제 이 세상에 없다는 점이었다. 또 아버지의 수첩에 소식을 주고받은 것으로 이름이 등장하는 걸 보면 무엇인가 관계가 있다는 점이었는데 그것은 이분이 알 도리가 없었다. 그렇지만 전화를 통한 대화는 즐거웠다. 통화하는 내내 뭔가 아버지와의 인연의 고리를 찾아줄 수 없는 것을 안타까워했다. 그 마음이 전해져 왔다. 비록 내가 아버지의 선한 이웃들과 그들의 흔적을 더 이상 찾아볼 수 없었지만 나중에 결혼한 이 부인도 나에게 선한 이웃이라는 생각이 머릿속에 맴돌았다. 고마웠다.

인간의 흔적은 시간과 함께 잔인하게 지워진다. 어딘가에 남은 그 흔적의 끄트머리를 찾아 어린아이 직소퍼즐 맞추듯 이리저리 꿰어 맞춰보지만 그것이 완전할 리 없다. 전모는 결코 드러나지 않고, 이렇게 노성의 흔적처럼 어렴풋이 모습을 드러내는 듯하다가 중도에 자취를 감춰버리기도 한다. 그러다 보니 자칫 편견과 지금의 기준으로 편집되고 윤색되기 십상이다. 아쉬우니 추론에 추론을 덧붙이고 가설도 세워보지만 그것이 사실이라는 보장은 어디에도 없다.

이 작업의 가치는 무엇일까? 불완전하다는 걸 알면서도 '과거 찾기'를 계속 시도한다. 그게 인간의 운명인가? 이 '표봉기 씨 찾기'도 나에게 결국 실패인가? 그와 아버지가 맺었던 인연의 구체적인 모습을 확인하고 싶었으나 그렇게 하지 못했다는 점에서는 실패가 분명하다. 그러나 정말 실패일까?

그것이 실패이고 불가피한 운명이었다손 치더라도, 나는 그 운명을 넘어서는 가치가 거기에 있다고 생각한다. 어떤 삶의 굴곡에도 선한 이웃은 있기 마련이고, 희미하나마 그 흔적을 찾으면 그것으로 고마운 것 아니냐고.

노성에서 통영까지

아버지가 나름대로 체계적이고도 지속적으로 기록을 남긴 것은 통영 시절(1953년 5월 ~ 1959년 4월)이다. 이 시기에는 수첩은 물론이고 사진 등 여러 가지 흔적들이 많이 남아 있다. 결혼도 이때 했고, 장남인 내가 태어난 것도 이 무렵이었다.

이 시기가 되어서야 아버지는 비로소 '정착감'을 느꼈던 것이 아닌가 생각된다. 1946년 6월 평양을 떠난 뒤 1953년 5월 통영에 오기까지 그 어느 곳에서도 명확하게 '내가 있어야 할 곳'이라는 의식을 갖지 못했던 것 같다. 북아현동 시절은 청운의 뜻을 품고 대학 생활을 시작했으나 그 결과는 그리 신통한 것이 되지 못했고, 계룡산 시절은 사회인으로서의 첫 역할을 시작했고 사람 사는 정도 듬뿍 느끼긴 했지만 아무래도 임시로 있는 곳이라는 느낌이 강했던 것 같다. 경제적 사정 때문에 정착하기에는 한계가 있었다는 얘기다. 경천에서 1년 내지 1년 반, 노성에서 다시 1년 남짓 등 모두 2년 반 정도 계룡산 근처에서의 생활은 그렇게 해서 끝이 났다.

사실 아버지는 도시 사람이었다. 농촌 생활은 이 계룡산 지역에서 처음 겪는 일이었다. 반세기도 훨씬 이전에 도시와 농촌이 다르면 얼마나 달랐겠느냐고 생각할 수도 있다. 그러나 그건 엄연히 다른 것이었다. 그 당시의 도시는 새로운 세상으로 나아가는 출구였다. 새로운 세상은 기회를 의미했다. 기회를 잡은 사람과 그렇지 않은 사람이 참담하게 공존하는 세상이었다. 반면에 농촌은 그렇지 않았다. 농촌 공동체는 그곳에 사는 사람들의 안전장치이자 보호막인 동시에 새로운 시도를 막는 차단막이기도 했다.

아버지는 서울의 종로에서 태어나서는 신의주, 평양 등지를 거쳐 초등학생 시절에 중국의 거대한 도시 하얼빈에서 생활했다. 러시아인이 개척한 이곳은 국제도시였다. 그러나 그곳 생활이 행복했던 것 같지는 않다. 그다음은 봉천, 지금의 선양이었다. 청나라의 발상지인 이곳에서는 중학교를 나왔는데 역시 이곳에서도 결핵이 발병해 행복했다고 여겨지지는 않는다. 다음에 간 곳은 평양으로 정양차 머물렀고, 그다음은 서울에서의 대학 생활인데 이 역시 중도에 부러졌다.

도시의 아들이긴 했으되 결코 도시에서 행복한 경험을 갖지 못했다는 얘기다. 도시의 기회는 아버지를 찾지 않았던 것 같다. 그렇다고 아버지의 첫 농촌 경험이 아주 만족스러웠다고 보이지도 않는다. 충분히 좋은 이웃들을 많이 만났고, 또 자신이 어떤 역할로 이 사회에 기여할 수 있을지 그 가능성도 확인하긴 했으되 정착을 꿈꾼 것 같지는 않다.

그에 반해 통영 생활에 대해서는, 단언할 수는 없지만, 무언가 미래의 비전을 줄 것으로 기대했던 것 같다. 아버지가 그렇게 생각했던 흔적 중 하나가 바로 수첩의 기록이다. 워낙 정서적 표현을 남기지 않은 분이다 보니 명시적인 표현은 없으나 재미있게도 1953년 개인수첩의 기록은 노성을 떠나 통영으로 이동하는 사흘간의 여정부터 시작한다. 이런 식이다.

아버지가 체계적으로 남긴 기록의 첫 페이지. 1953년 5월 노성명륜고등공민학교를 사직하고 통영여자중학교에 부임하기 위해 무려 사흘에 걸쳐 통영으로 가는 여정을 기록했다. 이 여정은 아버지 인생의 새로운 시기로 들어서는 입구였다.

5월 19일(화)   노성명륜고등공민학교 사직. 작별인사

5월 22일(금)   우천으로 출발 연기

5월 23일(토)   논산발 이리착

5월 24일(일)   이리발 전주착(뻐스), 전주발 남원착

5월 25일(월)   남원발 순천착, 순천발 여수(트럭), 여수발 통영착(기선)

5월 26일(화)   통영여중 부임 인사

그해 5월 23일부터 25일까지 사흘 동안 여섯 가지 교통수단을 이용한 것으로 되어 있다. 특별히 교통수단을 표기하지 않은 구간은 기차 편을 이용했던 것으로 보인다. 또 그에 앞서 노성에서 논산역까지는 아마도 30리 길을 걸어서 갔을 것이고, 이때도 당연히 할머니와 동행했을 것이다. 두 분은 거의 일심동체였을 것이므로 아버지 혼자만 새 임지에 부임한다는 것은 생각도 할 수 없는 일이었다. 그리고 선생님과 헤어지는 것을 아쉬워하는 제자나 교회 동료가 있었다면 짐을 들어준다는 명분으로 한두 명이 논산역까지 동행했을지도 모른다. 짐? 사실 짐이랄 것도 별로 없었을 것이다. 할머니가 이북에서부터 애지중지 갖고 내려온 재산목록 제1호 '싱거 미싱' 같은 것은 앞서 설명한 대로 나중에 소포로 부쳐줄 것을 부탁하고 소소한 소지품들만 갖고 가볍게 떠났을 것이다.

5월에 길을 떠나는 사람들은 행복하다. 마침 그 전날 비까지 내렸다니 맑게 갠 5월의 어느 아침나절에 이 일행은 짐 보따리들을 이고 진 채 길을 떠났을 것이다. 굽이굽이 논길을 돌아나가고 야트막한 언덕을 넘으며 개울도 건널 때 길가 풀잎에 맺힌 이슬은 마치 다이아몬드가 부서지듯 반짝이지 않았을까? 그런 시골길을 두 시간 가까이 걸었을 것이다. 그렇게 걷는 중에 모자 사이에, 사제 사이에 이런저런 얘기를 나누었을 것이다. 지금 같으면 자동차로 10여 분 만에 갈 거리지만 그때야 어디 그렇겠는가. 남은 사람들의 입장에서는 아쉬운 마음이 앞섰을 것이고, 새로운 임지로 첫걸음을 떼는 아버지 입장에서는 벅찬 감정이 훨씬 더 강하지 않았을까?

아마 직접 언급들은 하지 않았을지 모르지만 이제 전쟁도 사실상 끝나고 정전협정 체결을 위한 휴전회담도 거의 막바지에 다다른 시점이니 이래저래 '새 출발'의 기운이 도처에 흘러넘쳤을 것이다.

논산역. 이제는 정든 이웃들과 헤어져야 할 시간이다. 동행했던 제자나 떠나는 선생이나 꽤나 훌쩍거렸을 것 같다. 이런 장면을 옛날 신파조라고 우습게 보는 건 정말 잘못이다. 전화(戰禍)가 휩쓸고 지나간 벽지 노성에서 중등학교에 제대로 진학하지 못한 청소년들이 모여서 공부하는 곳에 나타나 성의껏 가르치다 떠나는 선생님, 그를 중심으로 왜 감회가 없었겠는가?

아무튼 그렇게 꽤나 절절한 이별의 절차를 마치고 드디어 기차에 올라 이리(지금의 익산)역까지 두 모자가 이동했다. 거리는 100리 정도. 선로 사정에 특별한 이상만 없었다면 기차가 한 시간 남짓에 주파할 수 있는 거리였다.

그런데 이리에 도착한 다음에 문제가 생겼다. 이리는 호남선과 전라선이 갈리는 곳이다. 논산에서 호남선을 타고 가만히 있으면 목포까지 가게 되는데, 아버지와 할머니가 굳이 이리에서 내린 것은 목포보다는 아무래도 통영에 조금이라도 더 가까운 여수로 가기 위해 전라선으로 갈아타려 했기 때문일 것이다. 그 당시에도 통영을 경유해 부산과 여수 사이를 오가는 연안 여객선이 굉장히 많았다. 그래서 이리에서 기차 편만 잘 맞으면 여수까지는 200킬로미터가 채 안 되는 거리이니 당일에도 갈 수 있고, 통영 가는 배편도 바로 잡을 수 있었을 것이다.

그러나 무슨 연유인지는 알 수 없으나 일단 이리에서 일박한 뒤 이튿날도 거기서부터 여수까지 단숨에 간 것이 아니라 대단히 복잡한 여정을 시작했다. 우선 웬일인지 전주까지는 버스로 가고, 거기서 전라선 열차에 올라탄 것까지는 좋았는데 그게 남원까지만 가서는 서버린 모양이다. 전쟁 뒤 예측 불허인 철도 사정 때문이었을 것이다. 그래서 남원에서 또다시 하룻밤을 지냈다. 고작 남원까지 가는 데 뜻하지 않게 하루를 더 허비한 셈이었다. 그렇게 하고서 그다음 날, 그러니까 노성을 떠난 지 사흘째 되는 날에야 남원에서 다시 전라선에 올라타 순천까지 갔고, 거기서 다시 트럭을 얻어 타고서야 여수 항구에 다다랐다. 내 추측이지만 아버지와 할머니가 남해안을 본 것은 이때가 처음이었을 것이다.

그러고선 다행스럽게 그날 통영으로 가는 배편이 있어 최종 목적지인 통영 항에 드디어 도착할 수 있었다. 대단히 늦은 한밤중이었을 것이다. 지금 같으면 통영-대전 고속도로를 이용해 3시간이면 충분히 갈 수 있는 거리를 사흘이나 걸려서 이런저런 꾸러미들을 들고 통영 항구에 도착한 두 모자의 행색이 어땠을까? 길을 떠날 때 아버지는 가장 깨끗한 양복으로, 할머니는 아마 곱게 손질한 모시 적삼과 치마로 새 임지에 대한 기대를 표시했을지도 모른다. 그러나 뜻하지 않게 두 배 이상으로 늘어난 복잡한 여정을 소화하느라 꼬박 사흘을 길에서 보내고 한밤중에 오색 불빛의 항구에 도착한 두 분은 충분히 피로에 절었을 것이고, 행색 역시 충분히 초췌했으리라. 또 속사포처럼 쏟아지는 낯선 경상도 사투리의 홍수 속에서 모자간에도 할 말을 찾지 못했을 것 같다(1부 '통영 밤바다' 참조).

그러나 나는 이렇게 생각한다. 두 분, 그중에서도 특히 아버지는 그런 피곤한 와중에도 나름의 자부심이 가슴속에 샘솟는 것을 느꼈을 것이다. 이제 건강도 거의 회복했고, 계룡산보다는 훨씬 따뜻한 곳에서 생활하게 되었으며, 무엇보다도 자신을 통영으로 불러준 후원자가 그 학교의 교장 선생이자 '신앙의 선배'라는 점에 가슴이 뿌듯했으리라. 아마도 할머니와 아버지는 이곳 통영에서의 첫 밤을 그 교장 선생 댁에서 보냈는지도 모르겠다.

03

통영 Ⅰ

'촌사람 모던보이'

통영. 두말할 것 없이 참 아름다운 곳이다. 나이 든 사람들은 이곳 자기 고향을 '토영' 또는 '퇴영'이라고 말한다. 그래야 살갑다. 그렇게 말을 해야 고향이라는 느낌이 난다고 한다. 받침 'ㅇ'이 왜 사라지는지, 모음 'ㅣ'가 왜 덧붙는지는 국어학자들이 따질 일이다. 그에 반해 40~50대 토박이는 '충무'라고 말한다. 그 표현이 '충무공'에서 온 것임은 두말할 나위 없다. 그렇다고 그것이 유신 시절의 잔재라고 오해하지는 마시라. 이미 1955년에 통영군의 중심부인 통영읍만 충무시로 되었다가 그것이 40년 만인 1995년 통영군과 다시 합쳐 통영시가 되었다. 본래의 이름 통영을 회복한 셈이다. 그러니 지금 50대 이하의 사람들은 '충무'가 훨씬 입에 익은 표현인 것이다. 그런가 하면 '통영'이라는 표준어 발음은 오로지 30대 이하 젊은 사람들만의 몫이다.

이렇게 서너 가지 정겨운 명칭이 공존하는 도시 통영은 그만큼 다양한 아름다움을 갖고 있다. 항구? 물론 항구다. 그렇다고 다른 항구처럼 거친 곳인가? 전혀 아니다. 오히려 이곳은 사람이건 풍물이건 사근사근한 맛이 일품이다. 지방이라고? 서울이 아니니 당연히 지방이다. 그러나 이곳은 한반도의 어느 곳보다도 일찍 국제화되었고, 1950년대에는 언덕배기 판잣집에서도 비누만은 외국

산 '아이보리'를 썼다던가. "토영 바닥에 어장 안 하고 밀수 안 하고 사는 놈이 몇이나 될꼬?"(박경리의 『파시』 중에서)라는 말도 1950년대의 통영이 얼마나 특별한 곳이었는지를 상징적으로 보여주는 표현이다. 지금은 국제음악제가 그 국제성에 한몫 톡톡히 하고 있다. 그래서 "폐쇄적이면서 동시에 개방적인 분위기가 묘하게 어우러져"(윤대녕의 「통영-홍콩 간」 중에서) 아주 독특한 풍광과 역사와 문화의 결합체로서의 통영의 아름다움을 형성하고 있는 것이다.

그런 곳에 하루는 한 촌사람이 도착했다. 이 지역이 아직 '충무'가 되기 전의 일이었다. 계룡산 근처에서 왔으니 일단은 촌사람이라고 해도 무방하겠다. "한 촌사람 하루는 성내 와서 구경을 하는데……." 노래 가사처럼 구경부터 했을까? 아버지의 수첩에 따르면 그럴 여유가 없었다. 통영에 도착한 다음 날인 1953년 5월 26일 통영여중에 부임 인사를 하고 그 무렵 부산에 거주하고 있던 할아버지께 '잘 도착했다'는 전보를 쳤다. 다시 다음 날인 27일 바로 수업을 시작한 뒤 이번엔 최근까지 근무한 노성학교의 직원들과 학생들, 그리고 노성면의 이호근 면장, 황팔용 이장에게 역시 '무사 도착'을 알리는 전보를 보냈다. 그리고 28일에 또 전보를 쳤다. 노성성결교회의 조병철 목사와 죽마고우 최도명 목사가 수신인이었다. 이렇게 무려 사흘에 걸쳐 각지로 자신의 새 임지 도착을 알리는 절차를 끝냈다. 통영에 도착해서 가장 먼저 신경 써서 한 일이 '도착 신고'의 전보를 치는 일이었던 셈이다. 그렇게 하고서 다음 날인 29일에 '문화동 54'에 셋방을 얻어 짐을 옮겼다. 이제 자신이 직접 편지를 받을 수 있는 학교와 집, 양쪽의 주소가 확보됐다. 비로소 최소한의 정착이 이뤄진 것이다.

통영에 가서 아버지가 당시 이용했을 법한 우체국을 찾아봤다. 학교에서 우체국까지는 걸어서 10분이나 걸렸을까? 문화동에 있던 옛 통영여중 교사에서 가장 가까운 우체국은 통영중앙동우체국이다. 청마 유치환이 편지를 썼다던 바로 그 우체국이다. 청마의 가장 유명한 서간문 중 하나인 「행복」에는 전문(全

文)을 소개할 때 외에는 잘 인용되지 않는 구절이 있다.

행길을 향한 문으로 숱한 사람들이
제각기 한 가지씩 생각에 족한 얼굴로 와선
총총히 우표를 사고 전보지를 받고
먼 고향으로 또는 그리운 사람께로
슬프고 즐겁고 다정한 사연들을 보내나니

인터넷이나 인쇄물에서 이 편지를 소개하면서 '1953년 9월 19일' 소인을 삽화로 많이 사용하는 점으로 미뤄볼 때 아마 그때 쓰인 것인가 보다. 그렇다면 아버지가 자신의 도착을 알리는 전보를 칠 때는 이 글이 쓰이기 근 넉 달 전이었다. 전이면 어떻고 후면 어떻겠는가? 아버지도 뭔가 '생각에 족한 얼굴'로 이 우체국에 들어서서 '전보지를 받고' 어느 '에메랄드 빛 하늘이 환히 내다뵈는' 한쪽 창가로 다가간 뒤 나름의 골똘한 '사연'을 적어내린 '숱한 사람들' 중 한 사람이었을 것이다. 그러나 그 내용이 슬프지는 않았을 것이고, 눈앞에 내다보이는 하늘만큼이나 화창한 계획을 담고 있었을 것이다.

이렇게 자신의 생각과 계획 속에 아버지의 통영 생활은 시작됐다. 동시에 자신의 수첩에 아주 상세한 일지를 적기 시작했다. 아버지의 삶의 여정에서 이때부터 갑자기 '기록의 시대'가 시작된 것이다. 너무하다 싶을 정도로 상세하다. 앞에서 셋방을 얻어 독자적인 주소를 갖게 되었다고 얘기했는데, 수첩에 따르면 바로 그다음 날 문제가 생겼다.

5월 30일(토)   코 밑이 부어서 나이아신 복용
5월 31일(일)   면정(面疔)으로 와상(臥床)

6월 1일(월)　　　　이 충무공 동상 제막식, 동인의원 진찰, 유(油) Penicillin 주사

　　　　　　　　　오전 10시 2cc, 오후 9시 1cc

　이런 식이었다. 고작 나흘 동안 수업을 한 뒤 얼굴에 악성 종기가 나서 그다음 한 주간을 꼬박 집에 누워 있었다. 월요일에 병원에서 진단받은 대로 페니실린 제제를 사다가 집에서 당신 손으로 오전과 오후 한 차례씩 직접 주사를 놓았다. 폐병 이력 10여 년이면 이런 정도는 스스로 처리할 수 있게 되는 모양이다.

　여기서 '이 충무공 동상 제막식'이라는 대목이 눈길을 끈다. 아버지가 개인수첩과는 별개로 역시 1년 단위로 작성한 교무수첩을 보면 그 뒤에도 간혹 이날을 '동상 제막 기념일'이라고 표기한 것이 눈에 띄곤 한다. 아버지가 특별히 지역 역사에 관심이 많아 이날을 기억했던 것 같지는 않고, 아마도 매년 학교에서 기념식 같은 행사를 하지 않았나 생각된다.

　통영의 바닷가에 위치한 남망산에 가면 지금도 남쪽 바다를 굽어보는 이 동상을 볼 수 있다. 아주 아담하고 단정한 느낌을 주는 통영의 랜드마크다. 서울 광화문 네거리의 이순신 장군 동상에 익숙한 사람은 십중팔구 시시하다고 느낄 것이다. 왜냐하면 보는 이를 압도하는 기세가 없기 때문이다.

　그러나 내력을 알고 보면 얘기가 조금 달라진다. 원래 이 동상은 6·25 전쟁으로 이 지역에 피난 온 조각가 김경승 씨(1915~1992년)에게 지역민들이 의뢰해 1952년에 제막할 계획이었던 것 같다. 그해가 임진왜란이 발발한 1592년으로부터 꼭 여섯 갑자(6×60년)가 지난 해여서 이를 기억하려는 것이었다고 한다. 그런데 전쟁이 여전히 끝나지 않은 상황에서 아무리 작다 해도 등신대보다 큰 조각물을 청동으로 만드는 일이 쉬웠을 리 없다. 물자 부족이 여전할 때였다. 그래서 제작 일정도 한 해 늦어지고 아마 규모도 다소 줄어 현재의 모양이 되었던 것 같다.

01　02　03
04　05　06

남망산의 이순신 장군 동상은 지금도 통영의 랜드마크인 동시에 이 지역 사람들의 관심이 모이는 곳이다. 아버지는 약혼 시절의 어머니와 같은 귀한 손님이 방문할 때 이곳을 찾곤 했으며, 학생들의 시가행진도 이곳이 종착지인 경우가 많았다. 사진 5와 사진 6은 당시 통영여중 학생들이 이곳에 야외 촬영을 위해 나왔을 때 찍은 것들이다. 사진 6의 배경에 마침 같은 날 이곳에 나온 남학생들이 여학생들의 움직임을 촬영하는 모습이 잡혔다.

　　내 생각에는 그것이 오히려 잘된 일이었다. 또 이 남망산의 충무공 동상이 서울 광화문의 그것보다 훨씬 정겹고 좋다. 어떻게 보면 '위인'이라기보다 이웃집 할아버지의 느낌이다. 남망산의 규모라든가 고즈넉한 분위기와도 잘 맞는다. 그래서 박정희 대통령의 지시로 1968년에 세워진 '광화문 충무공'이 칼을 쥔 손의 위치가 잘못됐다는 등 온갖 구설에 휩쓸린 것과 달리 이 '남망산 충무공'은 작가의 일부 친일 경력에도 불구하고 큰 말썽 없이 오래가는 모양이다.

　　그런데 아버지가 학교에 출근도 하지 못하던 상황에서 이 동상 제막식 소식을 들었을 때 가졌던 느낌도 지금 나의 느낌과 비슷한 것이었을까? 단언컨대 그렇지 않았을 것이다. 지금의 내가 이 동상에 대해 살갑게 느끼는 것과는 전혀 달랐으리라고 생각된다. 우선 그때는 광화문의 동상이 세워지기 전이니 비교할 대상도 없었고, 무엇보다도 그날로 통영에 도착한 지 꼭 일주일째인 아버지는 그 무렵 여전히 '촌사람'이었다. 내 추측에 동상 제막 소식을 들은 아버지의 제1감은 '내가 노성과는 또 다른 의미에서 유구한 역사를 가진 도시에 왔구나!' 하는 것이었을 게다.

물론 그 전에 있던 노성 역시 상당한 역사를 가진 곳이기는 했다. 노성에는 지금으로부터 근 300년 전인 조선 숙종 대에 공자를 모시는 사당 궐리사가 세워져 지금껏 유지되고 있다. 소론의 거두 명재 윤증 선생의 고택이 있다는 얘기는 이미 한 바 있다. 그러나 아버지가 유교와 관련된 유적에 매력을 느꼈을 리 없다. 평소의 '모던보이' 또는 '근대화론자'의 기질대로 '그저 그렇겠거니……' 하는 정도의 감각이었을 것이 틀림없다.

아버지는 계룡산 지역으로 가기 전 20대 후반에 이르기까지 그 당시로서 받을 수 있는 교육을 대부분 받은 상태였다. 대학을 졸업하지 못해서 그렇지, 러시아와 중국이 마주치는 하얼빈과 당시 만주의 중심지 봉천, 그리고 평양과 서울에 이르기까지 대도시를 거치면서 그 나이의 청소년이 받을 수 있는 교육을 대개 다 받은 '도시의 아들'이었다. 거기에 자연과학을 전공했고, 영어 서적도 혼자 사전 찾아 읽기에 부족함이 없는 수준이었으며, 음악 등 예술적 소양도 독학에 의한 것일망정 상당한 정도로 갖추고 있었다. 그런 사람이 유교 또는 당쟁에 어떤 생각을 가졌을지는 불문가지다. 그런 청년이 농촌 지역을 잠시 거쳐 다시 도시로 돌아온 것이다.

그러면 민족주의에 대한 생각은? 이 대목은 따져볼 자료가 별로 없다. 그러나 그것 역시, 내가 생각하기에, 분명하다. 아버지는 전투적 민족주의자는 아니었지만 상당한 수준의 민족주의적 관점을 가졌던 것 같다. 어려서부터 '망국노'로 외국을 떠돌다 고향에 돌아온 입장에서 그렇게 되지 않을 수 없었을 것이다. 거기에다 북한 지역 출신으로서 기독교를 기반으로 하는 '우파 민족주의'의 성향을 가졌을 것은 거의 틀림없다.

우리가 한 세대 전의 아버지 또는 할아버지와 우리 자신의 생각을 비교하는 데에는 큰 한계가 있다. 상황이 다르니 같은 개념을 적용하기가 쉽지 않은 것이다. 게다가 한 세대 전의 이념과 생각의 갈래는 지금과 너무도 달랐다. 근대화론자는 좌파가 될 수도 있고, 조만식 류의 우파가 될 수도 있으며, 그런가 하면 '사회진화론자'로서 제국주의를 긍정하는 매판의 길로 들어설 수도 있었다. 실제 자신이 뿌리내린 토양에 따라 여러 가지 다른 생각의 갈래들이 만들어지고 있었다.

아버지가 새 도시에서 '물을 갈아 마시며' 적응하는 과정에서 병상에 누워 이 도시의 랜드마크가 마련된다는 소식에 어떤 소회를 가졌을지 따져보는 것은 결코 무가치하지 않을 것이다. 그 제막식에 가보지도 못한 채 가졌을 정서는 내가 그 동상에서 받은 아담하다는 느낌과는 전혀 달랐을 것이다. 전쟁으로 모든 것이 파괴되고 정치는 지리멸렬한 가운데 뭔가 푯대가 필요한 시절이었다. 삶의 모범이 절실했다. 그것이 개인적 굴곡을 극복한 역사적 인물이면 더욱 좋지 않았겠는가?

더 이상 생각을 끌고 나가면 소설이 되고 말겠다. 이쯤에서 그쳐야겠다. 아버지의 생각의 실마리가 이런 틀 속을 헤맸을 것은 분명하다. 그것이 아버지의 통영 시대의 출발점이었다. 동상 제막식에 갈 수 없는 형편이었음에도 수첩에 펜을 꾹꾹 눌러 그 제막식 소식을 남긴 의식의 이면에는 신기함을 넘어서서 이런 생각들이 담겨 있었다고 나는 생각한다. 그것은 통영이라는 도시가 가진 역사적 배경과의 첫 대면이었던 셈이다.

이북 출신 선생님들

"우리는 참 행운이었어요. 여고에도 그랬지만 특히 여중에 이북에서 피난 온 실력 있는 선생님들이 참 많았어요. 아마 피난 와서 부산을 거쳐 통영까지 많이 들 오셨던 것 같아요. 이 선생님들이 공부하는 방식을 참 많이 바꿨어요. 솔직히 말해 그 전에는 여자애들은 도시락 싸서 학교 보내면 그만이라는 생각들이 었어요. 공부를 하든 말든, 또는 어떻게 하든 집에서나 학교에서나 별 관심들이 없었다는 얘기지요."

그 무렵 통영여중에 재학했던 한 '학생'의 회고다. 그러고 보니 아버지만이 아니었던 모양이다. 예나 지금이나 전쟁의 가장 중요한 결과들 가운데 하나는 사람들을 섞는 것이다. 그렇게 해서 지방의 한적한 소도시 통영으로 흘러든 월남 지식인들이 꽤 있었던 것 같다.

"이북 출신으로는 수학을 가르치신 김필목 선생님이 있었고, 음악의 정관호, 국어의 윤현숙, 가사의 노신정 선생님도 있었어요. 노 선생님은 나중에 국무총리를 지낸 노신영 씨의 누나예요. 배구와 탁구를 잘 가르쳐주신 체육 선생님도 있었는데 성함이 기억나지 않네요. 이 체육 선생님은 배구부를 아주 강훈련시켜서 학교 밖 대회에서 여러 차례 우승도 했습니다. 또 음악을 가르쳐주신 김희조 선생님은 남편이 이북 분이었던 것 같네요."

평안도 지역, 그중에서도 특히 평양과 정주 등은 일찍이 중요한 교육 중심지였다. 남쪽 사람들 중에도 평양사범학교라든가 오산학교 등지로 유학한 사람을 심심찮게 찾아볼 수 있을 정도다. 그렇게 배출된 젊은 지식인들이 이번엔 전쟁의 참화 속에 남쪽의 대도시뿐만 아니라 지방의 이곳저곳으로 찾아들어 다음 세대의 육성에 기여하게 되었다. 전쟁은 불행이었지만 그나마 건강한 생태계의 순환이라고 할 만한 일이었다. 따지고 보면 통영여중의 주영혁 교장 선생도 고향은 경남 진해 웅천이지만 평양에서 오랫동안 교사 생활을 해서 이북 사람이나 마찬가지였다.

그건 그렇고, 자신을 가르친 선생님들의 고향을 줄줄이 꿸 줄 아는 이 '학생'은 누구인가? 정형숙 통영여중 동창회장이다. 내가 지금의 통영여중 행정실에 다짜고짜 '동창회장 연락처를 알려달라'고 해서 한 차례 통화를 했는데, 통화하고 보니 마침 서울에 거주하는 분이어서 직접 만나기도 했다.

처음에 나는 정 회장께 아버지 재임 기간 중 학교에 다닌 학생들을 소개해달라고 할 심산이었다. 그런데 전화 통화를 하면서 이야기를 들어보니 정 회장 자신이 아버지의 통영여중 재직 기간(1953년 5월 ~ 1959년 4월)과 거의 일치하는 시기에 학교를 다녔고(1954년 통영여중 입학, 1960년 통영여고 졸업), 본인이 아버지를 잘 안다는 것이 아닌가? 게다가 그는 아버지가 통영여중에 와서 두 번째 해인 1954년 1학년 2반의 담임교사였을 때 그 반의 반장이었다. 우연치고는 참 기묘했다. 내가 번지수를 잘 짚은 것인지, 일이 되려니 이렇게 부드럽게 되는 것인지……. 기묘한 인연은 거기서 그치지 않았는데, 그 얘기는 본론과 관계가 없으니 나중에 기회가 있으면 하기로 하자. '반장 학생'이 기억하는 아버지의 수업 모습은 이랬다.

"솔직히 말해 그 당시 선생님들 중에는 수업 시간 시작하고 5분 뒤에 들어와서 5분 일찍 나가는 분들이 많았어요. 그런데 김필목 선생님과 김희조 선생님은 정시에 들어오고 수업을 완전히 마친 다음에야 나가셨어요. 나는 반장이어서 선생님이 수업에 안 오시면 교무실에 가서 모셔오곤 했는데 이 두 김 선생님은 그런 일이 한 번도 없었어요. 그런 기억부터 나네요."

역시 반장이 기억할 만한 대목이다. 정 회장은 거기에 그치지 않고 수업 내용에 대해서도 일정한 기억을 갖고 있었다.

"김 선생님은 수학을 굉장히 꼼꼼하게 가르쳐주셨어요. 여학생들이 어디 수학을 하기 좋아하나요? 우리 동기 중에 대학을 간 친구는 모두 합쳐도 열 명이 안 될 거예요. 또 그때는 여학생들 사이에 소설책 보는 게 유행이어서 재미없는 수업 시간에는 교과서 아래 소설을 숨겨놓고 보기 일쑤였는데, 다른 선생님들은 그걸 알면 출석부로 머리를 때린다든가 했는데 김 선생님은 그런 일이 없었어요. 그런 모습을 보면서 저는 솔직히 '너무 무르다'고 생각하기도 했어요. 그렇지만 공부하겠다는 학생들한테는 정말 열심히 가르쳐주셨어요. 나도 그 하기 싫은 수학이지만 처음엔 반장이라는 의무감에, 또 선생님에게 싫은 소리 듣고 싶지 않아서 열심히 했어요. 수업 시간에 질문을 몇 번이고 되풀이해도 가르쳐주셨어요. 정말 한 번도 역정 내는 일이 없으셨어요. 그 덕분에 제가 수학의 기초를 잘 다져서 약학대학도 갔다고 생각해요. 지금 생각하면 고마울 뿐이지요."

실제 아버지의 교무수첩에 남아 있는 정 회장의 1학년 수학 성적을 한번 펼쳐보았다. 60년 이상 지난 일이기도 하거니와 나쁜 내용도 아니니 정 회장도 프라이버시 침해라고 생각하지 않으리라 믿고 조금만 인용해보자. 수학 과목에 대한 학기 중 각종 평가를 합산한 성적은 50점 만점에 40점이었다. 한 학급 안에 45점이 한 사람 있었고, 그다음에 43, 42, 41점이 각각 한두 명씩 나온 뒤의 순서였다. 나쁘지 않은 성적이었다. 그러나 '학년 말 종합고사'의 성적은 192점으로 압도적인 수위였다. 그다음 순위의 학생은 170여 점에 머물렀다.

이렇게 깨알같이 평가와 품행 등이 적힌 교무수첩은 교육사의 자료가 될 것 같다. 만약 그 시절을 연구하는 학자가 있다면 한번 보여주고 싶다. 정 회장의 흘러간 시절의 성적을 들먹거리는 게 목적이 아니고 교무수첩에 담긴 그 시절의 다양한 얼굴들을 보여주고 싶은 것이다.

그 무렵 아버지의 과제는 수업을 잘하는 것 외에 한 가지가 더 있었다. 아버지는 아무리 수업을 잘했건 어쨌건 그 시점에, 정확하게 얘기하자면, '무자격 교사'였다. 아버지가 그때까지 근무한 학교는 고등공민학교, 즉 국가가 일정 정도 관여하긴 하지만 학생이나 교사나 자격 요건이 자유스러운 곳이었던 반면 통영여중은 엄연한 공립학교였다. 정식 교사 자격이 필요했다. 그런데 그 자격을 갖추지 못한 채 통영여중에 온 것이었다. 그래서 이곳에서 아버지는 제도상으로 그런 게 있었는지조차 알 수 없는 '전임강사'였다. 그것은 평양 시절부터 인연을 맺어온 주영혁 교장의 큰 배려였다. 말하자면 '내가 당신을 믿으니 최대한 빠른 시간 안에 정식 교사 자격을 확보하라'는 주문이 첨부된 임용이었을 것이다.

아버지는 통영 도착 직후부터 이 정식 교원 임용 절차에 착수했다. 그걸 시시콜콜 얘기할 필요는 없을 것 같고, 결과를 먼저 얘기하자면 순항이었다. 때마침 그 무렵 절차가 마련되어 처음 실시된 '중학교 준교사 자격 검정고시'가 그 길을 열어주었다. 아마 노성을 떠나 통영으로 올 때 그 같은 정보를 이미 알고 있었을 것이다.

1953년 5월 하순 통영에 도착한 아버지는 7월 3일 원서를 제출하고 그달 25~26일 이틀간 부산에서 실시된 이 시험에 '물상'을 전공으로 응시했다. 연희대학 재학 시절 물리학과 수학을 전공한 것이 바탕이 되었을 것이다. 8월 말 합격 통보를 받고 다시 석 달 뒤인 11월 21일 정식으로 합격증을 받았다. 이를 바탕으로 아버지는 그다음 해인 1954년 7월 말 '임시교사' 발령을 받았다. 그 이

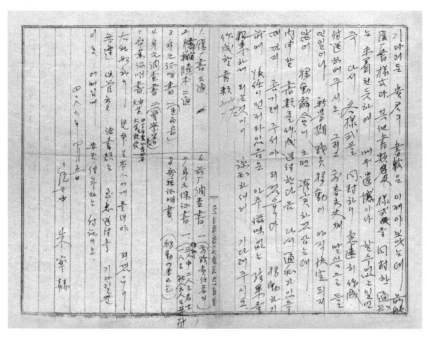

주영혁 통영여중 교장의 1953년 4월 5일 자 서신이다. 아버지가 통영으로 출발하기 한 달 반 전에 노성으로 우송된 것이다. 이 서한으로 미뤄볼 때 통영의 주 교장과 부산의 할아버지, 그리고 노성의 아버지 간에 '아버지의 통영행'을 위한 대화가 몇 달 동안 긴밀하게 오갔음을 알 수 있다. 서한의 주요 내용은 아버지가 발송했다는 임용 서류가 도착하지 않았으니 유감스럽지만 적시한 여덟 가지 서류를 다시 작성해 빨리 보내라는 것이었다. 고작 강사 채용에 이런 정도의 번거로운 절차가 필요했다는 사실이 놀랍다. 아무튼 아버지는 노성의 마지막 시기에 이런 서류들을 다시 떼기 위해 면사무소와 경찰서 등을 찾아다니느라 눈코 뜰 새 없었을 것이다. 주 교장이 큰 배려로 채용을 결단했지만 그 절차만은 엄정하게 밟고자 했음을 알 수 있다. 또 이 서한에는 명시되어 있지 않지만 주 교장은 아버지에게 강사 채용 후 정식 교사가 되기 위한 절차를 밟도록 채근했음이 분명하다. 편지 말미의 "어머님께 안부 전하라는 부탁이오"라는 구절은 평양 시절 한동네에 살며 나의 할머니와 절친으로 지냈던 주 교장의 부인이 할머니에게 보내는 인사다.

전에는 제도상으로 '임시교사'조차 아니었다는 얘기다. 그리고 몇 가지 서류 확인 절차를 거쳐 1955년 4월 정식으로 '교사'로 임용됐다. 주 교장의 기대를 저버리지 않고 최단 시간에 자격을 갖춘 것이다.

사실 시험 자체가 아버지에게 그리 부담이 되지는 않았을 것이다. 대학을 졸업하지 못했을 뿐이지 공부를 할 만큼은 다 했고, 이미 3년 가까운 교직 경험도

아버지가 통영에 도착한 뒤 반년이 채 안 된 1953년 11월 21일 자로 '중학교 준교사 자격 검정고시'의 '물상' 과목에 합격했음을 알려온 합격증과 그 뒤 '임시교사'(1954년 7월 27일 자), '교사'(1955년 4월 17일 자) 등으로 정식 임용되었음을 알려온 통지서들.

있었다. 수첩을 보니 1953년 6월 26일 자에 "이해남 『국민교육학』 독료(讀了)"라는 메모가 남아 있었다. 아마 전공과는 별개의 공통과목으로 치르는 교육학 시험을 위한 준비의 일환이었을 것이다. 그 밖의 공통과목으로는 국어와 사회 등도 있었는데 그 준비를 어떻게 했는지는 모르겠다. 그저 평소의 폭넓은 관심과 독서가 큰 도움이 되었으려니 생각할 뿐이다.

마침 이날은 5월 27일 수업을 시작한 날로부터 꼭 한 달 되는 날이어서 "첫 월급 7015환 수령"이라는 기록도 남아 있었다. 그것이 지금 기준으로 어느 정도나 되는 것이었는지는 잘 모르겠지만, 노성 시절과 비교하면 상당한 수준임에 틀림없었다. 이것도 '순항'의 일환이었다.

아버지는 그렇게 해서 시험은 쉽사리 통과했는데, 발표도 하기 전에, 아니 정확하게 말하자면 시험 응시원서도 내기 전인 6월 14일 계룡산 시절 재직했던 두 학교 중 하나인 경천학교의 조기호 교장(경천감리교회의 새 담임목사) 앞으로 무언가 '발신'한 것으로 개인수첩에 기재되어 있다. 대개 '발신'이라고 하면 전보를 보냈다는 뜻일 텐데 아버지는 그 말을 전보 또는 편지를 보냈다는 뜻으로 폭넓게 사용했던 것 같다. 처음에는 이것을 보면서 그저 잘 도착해서 열심히 아이들 가르치고 있다는 문안 인사이겠거니 생각했다. 그런데 한 달 반쯤 뒤에 다시 이렇게 메모가 되어 있었다.

8월 3일(월)　　수신 조기호(사령장)

사령장이라니? 한참을 생각했다. 떠난 지 1년도 훨씬 더 지난 학교의 새 교장이 뒤늦게 사령장을 보냈다니……. 아무래도 이것은 아버지가 요청한 것 같았다. 앞의 편지가 그런 내용이었을 것이다. 그렇게 추론을 하자 어렴풋이 그림이 그려졌다. 그리고 집에 보관되어 있는 그 학교의 사령장을 다시 찾아보았다. 역시 그랬구나! 앞의 2부 '계룡산'의 '냉면' 편에서 소개한 두 장의 사령(41쪽)이 바로 그것이었다.

결론부터 얘기하면 별것 아니었다. 또 상황 자체가 본질적으로 달라지는 것도 없다. 다만 사무 처리를 위해 그 학교 재직 시절의 사령장을 뒤늦게 만들어 보냈던 것이다. 정황을 맞춰보면 그렇다는 얘기다.

아마도 아버지는 시험 자체보다 시험에 합격한 뒤 정식으로 교사 발령을 받는 데에 필요한 과거의 경력을 어떻게 입증할지 신경 쓰고 있었던 것 같다. 물론 꼼꼼한 성격에 과거 재직했던 학교의 신분증은 모두 갖고 있었지만, 관계 당국에 문의한 결과 그것은 증빙 자료가 될 수 없다는 답변을 들었을 것이다. 살펴보니 노성의 학교에서는 임용과 의원면직의 서류를 다 갖고 있었다. 경천이 문제였다. 6·25 전에 개교해서 학교가 문을 닫았다가 다시 연 마당에 임용 서류가 당사자 수중에건 학교에건 남아 있을 리 없었다. 그 시절에 학교를 떠나는 일도 '나 그만두겠소' 하면 그것으로 끝이지 의원면직의 사령장으로 처리했을까 싶다. 바로 그 두 가지 서류를 아버지가 요청하고, 아버지가 그 학교에 재직할 때에는 있지도 않았던 새 교장이 그걸 만들어 보내주었던 것이다.

내가 그걸 확신하게 된 것은 우선 발행 시점이 근 2년 가까이 차이가 나는 임용과 면직의 두 가지 서류를 꺼내 보면서 필체와 양식이 너무도 똑같다는 점 때문이었다. 물론 한 학교이니 서무 담당자가 같아서 그럴 수도 있겠지만, 그것은 사실상 동일한 시점에 작성된 것이었다.

또 한 가지. 앞에서 소개한 나의 경천 방문 때 이종희 선생과 나눈 대화 때문이었다. 이 학교 초창기에 서무 담당이었던 이 선생은 이런저런 설명 끝에 아버지의 임용과 의원면직 서류 두 가지를 찬찬히 들여다보더니 혼잣말을 했다.

"이 글씨가 분명히 내 글씨이긴 한데……. 근데 나는 김 선생의 임용 시점 (1950년 6월 1일)에는 학교에 근무하지 않았고 6·25가 나고 수복이 된 다음부터 학교에 있었단 말이야……."

이 말을 들을 때는 그냥 무심코 넘겼는데 뒤늦게 그 맥락이 해석됐다. 본인도 당황했으리라. 분명히 자신의 글씨이기는 한데 발행 일자가 자신이 근무하지도 않았던 시점으로 된 문서가 자신의 필체이니…….

다음에 이분을 뵙게 되면 나의 이런 추론을 말씀드려야겠다. 그리고 당황하거나 이상하게 생각하지 마시라고 해야겠다. 이것은 위조 또는 변조된 서류가 아니고, 그저 뒤늦게 발행되었을 뿐인, 진실과 완전히 부합하는 서류임을 본인 스스로 잘 알지 않느냐고. 그리고 그 시절에 이렇게 뒤늦게나마 서류를 맞춰주신 덕분에 아버지가 정착 과정을 최대한 빨리 밟아 '좋은 교사'가 되는 일에 매진할 수 있었노라고.

앞에 언급한 '반장 학생', 즉 정형숙 통영여중 동창회장과 나의 '기묘한 인연'

을 설명하지 않고 지나가려니 뒤가 근질근질하다. 털어놓자면 이런 것이었다. 첫 통화 때 정 회장이 나의 취지 설명을 들은 뒤 질문에 하나하나 답변을 해나가다가 갑자기 말을 멈추고 거꾸로 나에게 묻기 시작했다.

"그런데 태어나기도 전의 일을 어떻게 그렇게 상세하게 질문할 수 있습니까?"

"아, 네……. 그저 아버지가 자료를 상세하게 남겨놓으셔서……. 그리고 제가 전에 언론사에서 일을 한 적이 있어서……."

"아, 그렇군요! 우리 딸도 언론사에 있었는데……. 어디 근무했어요?"

"어, 그래요? 저는 동아일보사였습니다만……."

"네에? 우리 딸도 같은 회사에 있었네요!"

이쯤 되면 전화기를 사이에 두고 대화하는 두 당사자가 동시에 경악하게 되는 법이다. 당연히 그 뒤에 내가 그 딸의 이름을 물었고, 알고 보니 정말 능력과 의식을 겸비한 훌륭한 기자로 근무하다 언론학을 공부하기 위해 유학을 떠난 후배였다. 회사 내의 이런저런 일들로 나와의 인연도 적지 않았다. 갑자기 대화의 주제가 '나의 아버지'에서 '정 회장의 딸'로 바뀌었다. 그래서 정작 내가 묻고 싶은 것들은 그다음에 직접 만나서야 들을 수 있었다. 세상에 이런 인연도 있기는 있는 모양이다.

염치

"그 후에 필목 선생님이 통영에 계실 때 최도명 목사님이 방문하셔서 그 어머니들과 함께 우리 집에서 파티를 했는데, 모두 함께 노래도 부르고 목사님과 선생님도 이중창을 신나게 하시고……. 참 재미난 하루 저녁을 지낸 생각이 납니다. 지금도 '저 못 가에 삽살개' 노래가 나오면 두 분 생각이 떠오릅니다."

아버지가 통영여중에서 교편을 잡고 있을 때 잠깐 함께 근무했던 주숙정 선생의 회고다. 그는 지금 미국 하와이에 거주하고 있지만 당시 주영혁 교장의 큰딸로서 서울에서 의학대학에 다니다가 전쟁 중에 잠시 부모님 곁에 와 있을 때 임시교사로 일했다고 한다. 앞에서도 조금 비쳤지만 주숙정 선생의 가족과 우리 집, 그리고 최도명 목사의 가족은 평양 시절부터 대단히 가까운 사이여서 이렇게 모처럼 즐거운 자리를 교장 선생님 댁에서 마련했던 것 같다. 주숙정 선생이 나와의 이메일 교환을 통해 남겨준 회고는, 앞으로 보겠지만, 아버지의 흔적을 재구성하는 데에 이루 말할 수 없이 중요한 역할을 하게 된다.

저 못 가에 삽살개 저 못 속에 맹꽁이
저 못 가에 삽살개 저 못 속에 맹꽁이

삽살개가 하는 말 어리석은 이놈아

그 맹꽁이의 말이 이 미련한 놈아

어리석은 맹꽁이 놈아

맹꽁 맹꽁 하는 이놈아

씽잉 트랄랄랄랄라 씽잉 트랄랄랄랄라

트랄랄랄라 트랄랄랄라 트랄랄랄랄라

아무튼 대단히 유쾌한 자리였던 것 같다. 꼭 술이 없어도 이렇게 즐거이 부를 수 있는 노래가 있고 함께 나눌 수 있는 추억이 있으니 시간 가는 줄 몰랐을 것이다. 나는 1960년대에 동네 교회의 형·누나들이 이 노래를 부르는 걸 처음 들었지만 몇 년 만에 만난 두 분이 흥겹게 이중창을 했다니 아마도 이건 일제강점기부터 많이 불렸던 모양이다.

아버지의 수첩에 최 목사의 통영 방문 기록이 있는지 찾아봤다. 1954년 수첩의 8월 10일(화) 칸에 "최도명 내통(來統, 통영에 옴)"이라고, 8월 24일(화) 칸에 "최도명 출발 이통(離統, 통영에서 떠남)"이라고 각각 적혀 있었다. 하긴 가장 가까운 친구가 모처럼 여름방학을 이용해 찾아왔는데 그 기록이 없을 리 없었다. 평양에서부터 서울의 북아현동을 거쳐 계룡산 지역까지 줄곧 함께했던 친구가 이제는 통영과 대전의 학교로 잠시 행로가 갈려 1년 이상 만나지 못했는데 반갑지 않았겠는가? 무려 보름을 함께 지냈다. 최 목사의 어머니도 당연히 동행했다. 그 무렵의 상봉 기념사진이 남아 있다.

이렇게 날짜를 짚어가며 주숙정 선생께 답신 메일을 보냈다. 아마 바로 이 방문 기간 중에 '삽살개' 노래도 불렀을 것이라고. 그리고 경천과 노성 시절에 두 분이 함께 '냉면' 노래를 불렀다는 당시 제자들의 기억이 생각나서 그런 노래는 하지 않았느냐고 물었다. 금세 답이 왔다.

01   02   03

04   05

1954년 여름 아버지와 최도명 목사가 통영 앞바다와 한산도 등에서 보름 동안 함께 지낸 흔적들. 한복을 입으면 그것대로, 수영복 차림이면 또 그것대로 맵시가 나는 두 분이었다. 최 목사와 그의 어머니의 통영 방문을 계기로 평양 시절 '절친'들이 당시 아버지와 할머니가 세 들어 살던 문화동 54 주택에 모였다. 사진 5의 뒷줄 왼쪽부터 아버지와 최 목사, 앞줄 왼쪽부터 나의 할머니 송근모 권사, 최 목사의 어머니 전영희 권사, 주영혁 교장의 부인 이보련 권사. 필름의 윗부분이 다음 컷과 조금 겹치는 바람에 사진이 온전하지 못하다.

　　　"두 분이 '삽살개' 이중창을 하신 것은 분명 54년 여름이었을 겁니다. 어머니
들과 최 목사님, 필목 선생님이 함께 찍은 사진(위의 사진 5)의 배경이 통영의 우
리 사택은 아니니 문화동 필목 선생님 자택이 아닐까 생각됩니다. 그리고 '냉면'

노래. 예! '삽살개' 다음에 박수갈채를 받은 이중창은 '냉면' 노래 맞습니다. '맛있는 냉면이 여기 있어. 값 눅고 맛있는 냉면이요. 냉면 국물 더 주시오. 아이구나 맛좋다'는 그 노래였는데 미처 말씀을 못 드렸군요. 어쩌면 아버지가 즐겨 부르던 노래를 그렇게 잘 아세요?"

'값 눅고'라는 표현이 눈에 쏙 들어왔다. 아, 그 시절에 평안도 사람들은 '값이 싸다'는 말을 그렇게 했구나! 그러고 보니 할머니도 그렇게 표현하곤 했다. '삽살개' 노래도 그렇지만 이 노래 역시 이중창으로 불러야 맛이 난다. 두 분은 참 좋은 콤비였던 것 같다. 주 선생은 아버지가 할머니와 함께 살던 문화동 자택에 대한 설명을 조금 덧붙였다.

"그 문화동 댁에 우리들이 자주 갔었고, 동물을 좋아하던 송 집사님(나의 할머니)이 게사니를 몇 마리 키우셔서 누구나 그 댁 대문을 들어서면 게사니들이 달려와 큰 소리로 '꽥, 꽥' 하며 인사를 하던 기억이 납니다."

'게사니'는 평양말로 '거위'를 가리킨다. 평양 출신의 극작가 이근삼 선생(1929~2003년)이 쓴 「게사니」라는 제목의 희곡도 있다. 이쯤 되면 평양 시절의 동네 분위기가 머나먼 남쪽 항구 통영에서 시청각적으로 재현된 듯한 느낌이 든다. 얼마 뒤에 주 선생은 다시 메일을 보내왔다.

"오늘은 (한국에 있는) 둘째 동생과 통화하면서 필목 선생님 이야기를 했답니다. 그 동생은 통영여중 1학년(1955년) 때 필목 선생님에게 기하를 배웠는데 아주 쉽고 재미나게 가르쳐주셔서 수학을 싫어하던 동생도 좋은 성적을 얻었답니다. 선생님은 모임에서 노래를 부를 때 '얘들아 오너라. 달 따러 가자'라는 노래를 자주 불렀지만 역시 '냉면' 노래를 제일 좋아하셨다고 기억하더군요."

얘들아 오너라. 달 따러 가자.

장대 들고 망태 메고 뒷동산으로.

뒷동산에 올라가 무동을 타고
장대로 달을 따서 망태에 담자.

저 건너 순이네는 불을 못 켜서
밤이면 바느질도 못한다더라.
얘들아 오너라. 달을 따다가
순이 엄마 방에다가 달아 드리자.

아버지의 노래에 대한 어머니의 설명은 이랬다. 이 '달 따러 가자'뿐만 아니라 모르는 노래가 없었고, 집에서도 무슨 노래인가를 늘 흥얼거렸다는 것이다. 특히 최 목사가 오는 때면 '냉면'과 '삽살개' 노래를 빼놓지 않고 함께 부르곤 했다고 한다. 노래가 있는 삶은 확실히 즐겁다. 활기가 넘친다. 아버지가 그리 활동적인 성격은 아니었지만 이렇게 노래하는 가운데 학생들과, 주위 지인들과 자연스럽게 어울렸다. 그러다 보니 주위 사람들에게 결코 소극적이라거나 내성적이라는 인상을 주지 않았던 것 같다.

그러면 동료 교사들과의 관계는 어땠을까? 역시 주숙정 선생의 회고다.

"통영여중의 교직원실 분위기는 대체로 온화하였고 이민기 교감, 김남주 교무주임께서 학교 운영을 잘하셨고 정말 외지에서 실력 있는 교사들이 많이 왔습니다. 그중에서도 필목 선생님은 언제나 밝은 성격에 말을 많이 안 하시고 큰소리로 농담도 안 하셨지만 필요할 때는 낮은 목소리로 차근차근 따져서 사람들이 주의하여 듣게 마련이었습니다. 여러모로 박식하시니 선생님 앞에선 함부로 아는 척하지 않았던 것 같습니다."

언젠가는 교무실에서 음악 선생님과 대화하는 중에 작곡에 대한 얘기가 나오자 이러저러한 곡조 다음에는 어떤 음이 와야 하는지를 오히려 아버지가 설명해 주위에서 놀랐던 적이 있다는 소개도 주 선생은 곁들였다. 작곡과 화성학에 관심을 갖고 평소 공부해둔 결과였을 것이다. 그런 식견이 물론 쉬운 것은 아니겠으나 자칫 주위로부터 경원을 자초하기 십상이다. 주 선생은 또 다른 일화도 들려줬다.

"학생들에게 자상하고 꼼꼼하게 수업하신 것은 다른 분이 설명한 대로입니다. 언젠가 우리 집 마루에 걸려 있던 엄청나게 큰 한난계(寒暖計, 온도계)를 수업에 쓰신다고 빌려가신 적이 있어요. 길이가 60 센티미터가량 되는, 정말 큰 한난계였어요. 마침 그날 학무국에서 예고도 없이 시학(視學, 요즘의 장학사)들이 지방 학교 시찰을 하러 나왔는데 필목 선생님의 수학 수업에 들어가 관찰한 후 직원 회의에서 선생님의 슬기롭고 조리 있는 수업을 대단히 칭찬하였습니다. 다른 교사들은 거의 다 별로 좋은 평을 못 받았는데 말입니다."

앞의 경우와 일맥상통하는 얘기다. 아마도 수업을 잘하셨을 것 같다. 그런데 그것이 다른 사람들과 공공연히 비교될 때 일반적으로 어떤 결과를 낳는지 우리는 잘 안다. 그래서 이런 이야기를 들으면서 '아, 위태로운데' 하는 생각부터 들었다. 사람 사는 세상이 그런 것이다.

아버지가 1953년 통영여중 부임 직후의 교무실 배치도와 담임을 맡았던 1학년 1반의 학생 좌석 배치도를 수첩에 그림으로 남겨놓았다. 이 가운데 교무실의 풍경을 살펴보면 교장실과 행정실이 함께 있었고, 그 옆에 교감 선생님을 포함해 15명의 교사가 오밀조밀 자리한 별도의 방이 있었다. 비교적 단출하고 가족적인 구성이었다.

게다가 아버지는 통영여중 부임 이후 반년쯤 되었을 때 학교의 사택(이것도 노성에서와 마찬가지로 적산가옥이었다!)으로 이사했던 모양이다. 거기에는 네댓 분의 외지인 교사가 각자 방 한두 칸씩 배정받아 살고 있어 자연히 이들과 가깝게 지냈던 것 같다.

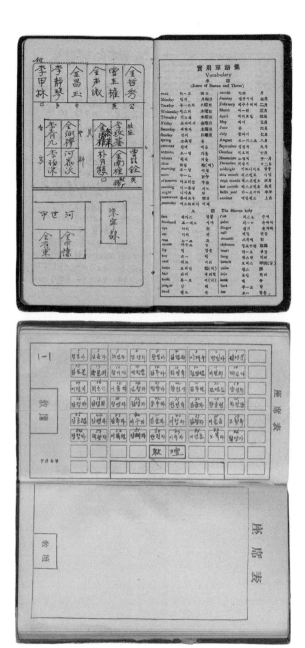

아버지가 1953년 개인수첩에 그려놓은 당시 교장실·교무실 배치도와
그해 교무수첩에 기입한 1학년 1반(담임 학급)의 7월 4일 좌석 배치도.

"내가 결혼(1957년)해서 사택에 가니 방이 두 칸인데 온돌방 한 칸은 너희 할머니가 쓰고 계시고, 나는 너희 아버지와 다다미방에서 살았지. 그 마당에 오래된 매화나무가 한 그루 있었는데 결혼 직전에 그게 모처럼 꽃을 피운 모양이데. 그래서 주위에서 '김 선생, 올해 결혼하려나 보다'고 얘기하곤 했다더라. 그 사택에는 우리 앞에 이종석, 하태옥, 최현덕 선생네가 이미 들어와서 살고 있었는데 다 결혼해서 온 사람들이었지. 애들도 한둘씩 다 있고……. 나도 이분들 부인들과는 가깝게 지냈고 너의 아버지도 자연히 이분들과 가깝게 지냈다. 또 집이 이렇게 학교에서 가까운 사택이다 보니 딴 선생들이 숙직 바꿔달라고 자주 그래서 너의 아버지가 그런 수고를 도맡아 하곤 했다. 특히 부산에 집이 있는 사람들이 주말에 자기 집에 가려고 그랬던 모양인데, 내가 맘속으론 '참 염치도 좋다. 하지 마소!' 하고 싶지만 그럴 수가 있나? 너의 아버지가 까다로운 사람이면 그런 부탁을 받았겠나? 착하고 만만하니 그런 부탁도 했을 거고, 한두 번 들어주다 보니 자꾸 더 부탁하게 되고……. 그랬던 것 같다. 도무지 남의 허물은 얘기하지 않는 사람이었으니……."

이런 기억대로라면 아버지는 결혼 전 총각 시절에는 훨씬 더 자주 일직과 숙직을 바꿔주었을 것이다. 아버지의 교무수첩 일정표에 여름방학과 겨울방학만 되면 유난히 일직과 숙직이 사나흘씩 연이어 표기되었던 이유가 바로 이것이었다. 착해서 그랬다니 어쩌랴? 내가 그 입장이라면 그렇게 하진 않았을 것이다. 요즘 같아선 그렇게 부탁할 사람도 별로 없겠지만.

그러나 그렇게 산 것은 그것대로 좋은 일이었다. 아버지가 그 '염치 좋은 교사'들로부터 숙직을 바꿔달라는 부탁을 받고 거기에 응할 때 어머니가 말리지 않은 것도 좋은 일이었다. 말린다고 말려지지도 않았겠지만 결과적으로는 그런 일들이 남들로부터 질시를 받을 수 있는 요소들을 미리 상쇄했을지도 모르겠다.

01 02 03

04

사진 1은 아버지가 1954년 11월 문화동 54의 셋집을 벗어나 문화동 167-3 학교 사택으로 옮긴 뒤 오랜 기간 이웃사촌으로 함께 산 이종석 선생의 가족이며, 사진 2~4는 아버지가 학교 및 교회 등의 인연으로 친교를 맺고 지내던 이웃사촌들의 모습이다. 이들은 단순히 아버지의 피사체가 되어주는 것으로 끝나지 않고 이 사진들을 선물로 받았을 것이다. 지금도 이들 가족의 오래된 앨범 어느 한구석엔 가는 이 사진들이 남아 있을 것이다.

이렇게 지금까지 살펴본 교사·학생·지인들과의 관계 등을 모두 뭉뚱그려 놓고 보면 아버지 삶의 방식이 대개 드러난다. 평소에는 조용하되 그럴 만한 분위기가 되면 충분히 유쾌하며, 일면 수동적인 듯하지만 일에 있어서만큼은 상당히 적극적이고, 개인적으로는 이지적이면서도 모둠살이에서는 남을 배려하는 헌신적인 스타일. 일반적으로 만나기 쉬운 유형은 아니었던 것 같다.

이렇게 정리하고 보니 조금 쑥스럽다. 그러나 내가 그렇게 본 것이 아니라 남들이 그렇게 보았다니 어떻게 하랴?

시가행진

앞에서도 교무수첩을 잠깐 들춰봤지만 이 수첩은 그 시절에 번거로운 '교육
외'의 일들이 얼마나 많았는지 단적으로 보여준다. 우리는 누구나 본인의 의지
와 관계없이 시대 또는 시절이 요청하는 일들을 하게 되어 있다. 그렇게 보자면
그것들은 '불가피'한 일이었을 수도 있다. 그러나 아버지가 성격상 거의 빠짐없
이 기록했을 것으로 보이는 1954년 한 해 잡동사니 일들의 목록을 보면 생각이
조금 달라진다.

위문문 작성, 잔디씨 채집, 극장 무단출입 단속, 복장검사, 상이군경 원호빳지,
동포애 성금, 영현 봉영(奉迎), 수복지구 위문품, 공병대 위문수건, 가두 조기청
소, 국립병원 위문, 함태영 부통령 환영식, 6·25 기념식……

대부분 전쟁의 끄트머리에서 벌어지는 일들이었다. 전쟁의 참화를 입은 것
도 억울하기 짝이 없는데 이제는 고통 분담의 명목 아래 전쟁의 뒤치다꺼리까
지 국민들이 맡고 있는 셈이었다. 학생이나 교사나 할 짓이 아니었다.
한 해 전인 1953년의 목록을 보면 더 기가 찬다. 보내야 할 무슨 무슨 카드와

마크는 왜 그리도 많았는지 모르겠으며, 위문금과 위문문도 수시로 할당됐다. 게다가 교사가 전근 갈 경우 '전별금'을 사실상 공개적으로 걸었던 모양이다. 학생 1인당 10환씩 건 기록이 아버지 교무수첩에 고스란히 남아 있다. 지금 생각하면 낯 뜨거운 일이었다. 몇 년을 수고한 선생님을 그냥 보내드릴 수 없다는 제자들의 기특한 생각, 그러나 각자 알아서 그 감사함을 표시하기에는 미약하고 천차만별인 각 가정의 사정 등이 두루 감안돼 이런 제도가 운용됐다고 이해해야 할까? 사실 조선시대부터 이 전별금이라는 관행이 있었던 모양인데 참으로 악습이었다. 이렇게 전별금을 건은 수첩 기록은 아버지가 이 학교에 재임하는 기간 내내 계속됐다.

그해는 휴전협정이 조인되던 해인지라 관련 행사를 포함해 학생들의 동원이 유난히 많았다.

6월 12일   휴전반대 학생궐기대회

6월 25일   시민대회 참가

6월 29일   6·25 교내 연예대회

7월 1일   국립병원 위문

8월 4일   비상소집(잔디씨 채집)

11월 28일   결핵예방 강연회

당시의 정부나 교육 당국은 학교를 가르치고 공부하는 곳이라기보다는 그런 허울 아래 전선(戰線) 지원부대쯤으로 여겼던 것 아닐까? 이런 행사들은 1950년대 후반으로 가면서 또 한 차례 기승을 부린다. 몇 년을 건너뛰어 1957년 교무수첩을 보면 '반공주간 행사'라는 것이 나온다. 6월 24일 월요일부터 한 주간 내내 전쟁과 관련된 각종 행사가 빼곡하다.

월: 훈화, 시 전체 기념식 참가, 시가행진

수: 학급 애국훈화, 좌담회

목: 동란 피해 조사

금: 위문문 쓰기

토: '민주주의와 공산주의' 웅변대회, 표어·포스터 발표 및 시상

휴전협정이 조인된 지 4년이나 지난 시점에 새삼스럽게, 그것도 학교에서 왜 전쟁의 피해 조사를 하는지는 참으로 모를 일이었다. 행사 내용도 다 고만고만한 것들이었다. 이런 행사를 통해 학생들이 전쟁의 참화와 그 내용, 그리고 그것의 함의를 얼마나 깨달을 수 있었을까?

정작 전쟁 발발일인 25일 화요일엔 왜 아무 행사가 없었는지 궁금해서 수첩을 더 찾아보니 일정표에 수요일부터 금요일까지 월례고사라고 표기되어 있었다. 행사에 동원되느라 공부할 시간이 없었을 테니 미리 하루라도 시험공부를 할 시간을 준 것이었을까?

그 무렵엔 시가행진이 참으로 많았다. 앞에서 본 대로 6·25는 물론이고 삼일절, 유엔데이, 학생의 날 등 계기만 있으면 여중생들이 고적대를 앞세우고 시가행진을 했다. 지방 소도시에서 여중생들이 큰북, 작은북을 치고 피리를 불며 펼치는 시가행진은 애교스러운 면이 없지 않았다. 행진 자체가 지방민들에겐 큰 구경거리요, 행진의 당사자인 학생들에겐 애향심을 기르는 중요한 장치이기도 했다. 아버지도 그런 행진의 사진을 빼놓지 않고 찍었다. 이미 반세기도 더 지난 이 시점에서 그 사진들을 보면 당시의 구시가지 모습과 그 무렵 사람들의 사는 모습이 아주 자연스럽게 드러난다. 행진 중에 쑥스러운 듯 혹은 스스로 대견한 듯 웃음을 머금은 여학생들의 표정을 보면 나도 절로 미소를 띠게 된다.

그러나 마냥 좋게만 봐줄 수 없었던 것은 역시 행사의 내용이었다. 예를 들

왼쪽 사진은 1959년 삼일절에 통영여중 학생들이 도천동 신축 교사 공사 현장에서 대형 태극기를 앞세우고 막 시가행진을 시작하는 모습이다. 이런 시가행진은 매년 열렸던 것 같다. 오른쪽 사진은 1958년 유엔데이를 맞아 두룡초등학교에 통영 시내의 각급 학교 학생들이 모두 모여서 개최한 기념식 장면이다. 각종 현수막과 만장형 플래카드가 행사장에 차고 넘쳤다. 사진을 확대해 그 내용을 읽어보는 순간 나는 고소를 금할 수 없었다.

어 1959년 3월 1일의 삼일절 기념 시가행진에 사용된 피켓의 내용은 이랬다.

    "삼일정신 받들어 북한동포 구출하자"

    "잊을손가 삼일운동 전취하자 통일성업"

앳된 얼굴의 여중생들이 이런 피켓을 무표정하게 들고 가는 장면은 차라리 한 편의 블랙 코미디였다. 아무리 들여다보고 다시 생각해봐도 '삼일정신'과 '북한동포 구출'이 어떤 관계를 갖는지 이해가 되지 않는다. '삼일운동'과 '통일성업' 또한 굳이 이해하려 들면 '민주주의 → 독립운동 → 통일'의 긴 논리적 연결고리 속에서 그 뜻을 헤아리지 못할 바 아니겠으나 그것이 이런 전투적 구호로 설명될 수 있는 것이었는지 알 수가 없다. 이 여학생들이 '전취(戰取)'라는 말의 뜻이나 알고 이런 걸 들고 갔을까? 아마도 이 표어는 학생들의 창작은 아니었을 게다. 그 기조와 매끄러운 표현으로 미루어보건대 이런 정도의 표어는 틀림없이 도 학무국 또는 문교부에서 표준 문안으로 '하달'되었음 직하다.

그건 유엔데이 행사 때도 마찬가지였다. 1958년 10월 24일 당시 충무 시내의 각급 학교가 여러 경로로 시끌벅적하게 시가행진을 해서 모두 두룡초등학교 운동장에 모였다. 모든 학교가 행진을 했으니 그 소도시의 큰 길, 작은 길이 얼마나 북적댔을까? 골목길 안의 코흘리개들이 뛰쳐나와 이 행렬을 뒤쫓는 모습도 눈에 선하다. 1950년대 지역 축제라고는 찾아볼 수 없던 시절에 이런 게 바로 축제였을 것이다. 거기까지는 좋다. 행사장 단상에는 엄청나게 큰 태극기와 국제연합기가 나란히 걸렸는데, 그 곁에 설치된 현수막과 각 학교 학생들이 들고 온 플래카드의 내용이 고소를 자아낸다.

여러 가지 문구가 운동장에 차고 넘쳤다. 그날이 유엔데이니 "평화의 사도 UN군에 감사하자", "공포와 궁핍 없는 유엔의 세계" 운운은 봐줄 수 있다. "전 국민의 호소로 유엔가입 추진하자." 이것도, 할 말은 많지만, 봐주자. 그러나 "삼일정신으로 유엔에 가입추진"에 이르러선 생각이 조금 달라진다. 유엔데이에 왜 삼일정신이 등장한 것일까? 삼일정신은 그 당시에 만병통치약이었나? 또 "선량한 이웃으로 평화스럽게 살자." 이건 도대체 무슨 말인가?

1991년 남북한 유엔 동시 가입이라는 한반도 상황의 극적인 변화가 있기까지 남북한은 각각 자신이 한반도의 유일한 합법정부라고 주장했고, 그 연장선상에서 유엔에는 자기만이 가입해야 한다는 입장을 고수했다. 이때도 마찬가지였다. 남한 정부의 유엔 가입이란 곧 북한은 가입하지 않고 혼자만 가입하는 것이라는 전제가 있었다. 그리고 그 무렵은 이승만 정부의 허황된 '북진통일' 구호가 하늘을 찌르던 시절이었다.

그런 마당에 여기서 '선량한 이웃'이란 누가 누구에게 그렇다는 뜻이며, '평화'는 도대체 어떤 상황을 말하는 것인가? 한 번만 더 생각해보면 모순이 분명한 구호들이 난무하던 시절! 동물농장도 아닌데 그런 모순된 주장들을 고민 없이 자연스럽게 받아들이던 시절의 우화(寓話)라고나 해야 될지 모르겠다.

그 구호라는 것들은 적어도 학생들의 작품은 아니고 먹물 꽤나 먹은 공무원들 중에서 누군가가 만들었을 터인데 그 저작권자가 누구인지 정말 궁금하다. 역사를 공부한다는 것은 그런 모순된 상황 또는 주장을 만들어낸 책임자를 밝히는 일을 당연히 해야겠지만 거기에 봉사하고 자신은 아무런 고민 없이 살아간 지식인들이 누구였는지를 밝히는 일도 해야 하는 것 아닐까? 먹물 먹은 사람들이 게으르고 고민하지 않으면 역사가 거꾸로 가는 법이기 때문이다.

이런 웃을 수도 울 수도 없는 상황보다 한 단계 더 나아간 일도 있었다. 지금은 상상하기 힘든 일이지만 당시엔 대통령의 생일을 전 국민이 축하했다. 아니, 정말 축하했는지는 잘 모르겠고 축하 행사를 했다. 이건 자발적인 행사가 아니라 주문배수였다. 정부가 학교를 어떻게 보는지, 국민을 어떤 존재로 보는지 잘 드러나는 경우였다. 1959년 3월 26일 통영여중 기념음악회의 몇 장면이다. 행사의 내용을 알 수 있는 현수막 등은 없지만 아버지의 필름 메모가 이렇게 되어 있었다.

No. 32. 1~5.   3월 26일 대통령 탄신 기념음악회. 110, 8, 1/50, 은파권환(卷換)

이것은 아버지가 정리해 남긴 100여 롤의 필름들 가운데 32번째 롤로서 그 롤의 12컷 가운데 1~5번 컷이 바로 이 기념음악회라는 뜻이다. 그 뒤의 암호 같은 숫자들과 메모는 필름의 성격과 촬영 조건 등을 기록한 것이다. 조리개 수치 8에 서터 스피드 1/50초로 촬영했고, 필름은 제품화되어 시중에서 판매되던 것을 쓰지 않고 당시 통영에 있던 은파사진관에서 폭 110밀리미터짜리 긴

1959년 3월 26일. 이날은 통영여중의 졸업식이 열린 날이었다. 이날 오후 재학생들은 학교 운동장에 모여 이승만 대통령의 84회 생일을 축하하는 음악회를 열었다. 학생들이 나와서 대통령 찬가를 부르고 찬양의 글을 읽는 등 온갖 미사여구가 넘쳐났겠지만 이 음악회에 참석한 학생과 교사들의 반응은 심드렁하기만 했다. 오른쪽 아래 사진은 이 음악회가 끝난 뒤 교사들이 빈 운동장에 남았다가 기념 촬영을 한 것이다. 배경에 보이는 한식·양식 절충형 2층 집이 이 고장 출신 김춘수 시인의 시에 등장하는 '호주 선교사네 집'이다. 이 사진들에 보이는 통영여중의 옛 교사도 일제강점기에 호주 선교사가 세운 진명학교의 교사였다. 지금은 이 통영여중 교사와 선교사 가옥 모두 철거되어 흔적도 없다.

필름을 가져다 카메라 용도로 잘라 팔던 것을 구입해 사용했다는 내용이다. 이 정도면 현수막이 있는 것보다 더 분명하게 사진의 내용을 기록한 것 아닐까?

사진에는 학생 둘이 나와서 뒤의 교사가 풍금으로 반주하는 데에 맞추어 무엇인가 노래 부르는 장면이 있다. 사진이니 소리가 들리지 않지만 그 노래는 틀림없이 '대통령 찬가'였을 것이다.

우리나라 대한나라 독립을 위해
여든 평생 한결같이 몸 바쳐 오신
고마우신 리 대통령 우리 대통령
그 이름 길이길이 빛나오리다.

또 한 학생이 나와서 책자에 담긴 이 대통령 관련 글을 읽기도 했고, 교사가 기념사를 하기도 했다. 그러나 교사와 학생들의 분위기는 심드렁하기만 했다. 운동장 뒤의 벤치에 앉아 손톱을 뜯는 교사도 있고, 지겹던 차에 사진 찍는 기미를 눈치채고 뒤돌아보는 학생도 있다.

그 무렵의 사진 한 장을 더 보자. 그 행사 나흘 뒤인 3월 30일 아버지는 할아버지가 근무하던 부산 조선방직을 방문해 그곳에 근무 중이던 친척 몇 분과 기념사진을 찍었다. 카메라를 삼각대에 고정시키고 자동 셔터로 찍은 것 같다. 왼쪽부터 아버지, 연배는 아버지보다 위지만 조카뻘이던 이희 씨, 아버지의 팔촌 동생 을목 씨 등이다. 정문을 배경으로 했는데 정문을 장식한 기념 조형물의 문구가 이렇다. "경축 이 대통령 각하 제84회 탄신." 거기에 '남북통일' 구호가 덧붙여졌다. 조형물 하단에 축하의 주체가 '조방 노조'라고 쓰여 있는 것도 이채롭다.

이승만 대통령의 생일을 축하하는 동시에 그를 남북통일이라는 민족의 숙원

앞의 통영여중 축하 음악회가 열리던 무렵 부산 조선방직 입구에 세워진 이승만 대통령 생일 축하 조형물. 지금 생각하면 '대통령 생일 축하'와 '남북통일'과 '노동조합' 등 전혀 어울리지 않는 문구들의 조합이 어떻게 가능했을지 궁금증을 불러일으킨다.

사업과 동일시하려는 취지였을 것이다. 그렇지 않아도 '감군 반대'다, '북진통일'이다 해서 궐기대회가 계속되던 무렵이었다. 그 와중에 한 인격체를 통일이라는 민족적 과업의 담지자로 부각시키는 작업이었던 것이다. 이런 것들이 바로 '권력의 인격화', '가부장적 질서의 영속화'라고 평가되는 후진적 정치 행태의 상징적인 장면이었다.

만약 지금 현직 대통령의 생일에 이런 조형물이 선다면? 상상도 할 수 없는 일이다. 이미 정치 질서에서 그런 가부장적 권위는 깨진 상황이므로. 그런 점에서 우리는 발전한 것일까? 아니, 한 번만 더 생각해보면 그런 전근대적 권위는 정말 깨진 것일까? 그것의 대체물로 우리는 무엇을 갖고 있는가? 꼬리에 꼬리를 무는 생각 속에 50여 년 전 사진들 위로 오늘날의 풍경이 겹쳐진다.

이쯤에서 그만해야 할 것 같다. 아버지의 수첩과 사진에 편편이 담긴 1950년대는 정말 희극이라고 해야 할지, 아니면 비극이라고 해야 할지 알 수 없는 시대였다. 전후 재건과 법치의 확립보다는 전근대적 권력욕이 난무하는, 정치적 폐허 비슷한 시절이었다.

그 허황된 전투 의지의 시대 끄트머리에서 서글프게도 학교가 이렇게 계속 유탄을 맞으며 비틀거리고 있었다. 나이 어린 학생들은 늘 권력이 가장 만만하게 생각하는 동원의 대상이었다. 그런 우격다짐의 와중에도 어떻게든 학생들 공부시킨다고 애쓴 선생님들이나 그 수업을 따라가려고 성의를 다한 학생들이나 모두 박수 받을 만한 '학교의 주인'들이었다. 새삼스럽지만, 반세기 전의 그 모든 주인들에게 위로의 인사를 건네고 싶다.

약혼시대

비바람이 아무리 몰아쳐도 꽃이 피는 것처럼 시절이 막돼먹었다고 해서 젊은이들 사이의 사랑을 막을 길은 없는 법이다. 아버지의 경우가 그랬다. 안정된 직장을 얻고 정식 교사 자격도 얻었으며 건강도 꽤 호전된 것으로 보이자 자연스럽게 결혼할 생각을 하게 되었다.

날짜와 장소는 어디에도 남은 기록이 없다. 그저 1955년 가을의 어느 날 부산에서였다는 것이 어머니의 기억이다.

"그때가 적삼이 아니라 뉴똥 저고리를 입었을 때니까 여름은 아니고 초가을쯤 됐을 거다. 너의 아버지를 한번 만나보겠느냐고 해서 나갔더니 할머니와 최목사 모친까지 다 와 계시데. 중간에 소개한 류경순 씨도 있었고. 이게 웬일인가 했지만 잠자코 있었더니 예배를 보자는 거야. 예배 보자는 걸 안 할 이유는 없으니 그대로 했지. 그랬더니 그게 약혼식이라는 거야, 세상에! 너의 아버지도 그날 처음 본 것이었는데……. 그날인가 다음번 만났을 때인가 사진관에 가서 사진도 찍었지. 지금도 그 사진이 집에 있지 않냐? 그게 그렇게 찍은 벼락치기 약혼 사진이다."

이런 황당한 약혼식이 어디 다시 있을까? 어머니는 그날의 일에 대해 "도대체 일이 어떻게 해서 그렇게 됐는지, 그때 왜 내가 잠자코 있었는지 설명할 길이 없다"고 했다. 물론 중간에 선 류경순 씨가 상당히 긴 기간 공을 들인 건 사실이다. 아버지 평생의 막역한 지우 최도명 목사(당시 전도사)의 약혼자로서 당시 어머니가 다니던 부산 제일영도교회의 후배였던 그는 약혼자로부터 아버지에 대한 얘기를 전해 듣고 어머니에게 자연스럽게 권유했다. 한번 만나보라고. 그 결과가 방금 얘기한 약혼식이 된 것이었다.

아버지보다 2년 아래(1925년생)인 어머니는 당시 부산 복음의원의 간호원이었다. 고향인 경상남도 합천에서 보통학교(요즘의 초등학교)를 졸업한 뒤 일제 말기에 경남도립 진주의원 부설 간호부·조산부 양성소에서 '간호부과'의 2년 과정을 마쳤다. 그리고 마산의원에서 2년간의 의무 근무도 해방 전에 다 거쳤다.

농촌이긴 하지만 크게 부족할 것 없는 집안에서 태어나서 그렇게 세상 구경도 할 만큼 했으니 고향 합천에 돌아가 있을 때 적당한 혼처만 나면 결혼할 타이밍이었다. 그런데 그게 차일피일하더니 공교롭게도 부산으로 시집가 살고 있던 큰언니의 소개로 복음의원 간호원으로 다시 가게 된 것이었다. 기독교 신앙을 전제로 설립된 병원이라는 점에 끌렸던 것 같다.

"일제시대에 마산병원 있을 때와는 비교도 안 되게 열심히 일했다. 내가 그 천막 병원에 가서 몇 달 안 지나니 휴전(1953년 7월 27일)이 됐는데 그때 사정이야 오죽했나? 그런데도 어떻게 힘들다 생각하지 않고 살았나 몰라. 장기려 박사가 누구든 거절 않고 할 수 있는 모든 일을 다해주는 걸 보면서 자연히 영향 받은 것도 있을 거다."

장기려 박사는 잘 알려져 있다시피 국민의료보험의 효시에 해당하는 청십자 의료보험조합을 설립하는 등 우리나라 공공의료 분야에 잊을 수 없는 발자취를 남긴 분이다. 최근의 메르스 사태를 계기로 공공의료의 결핍이 사회적 의제로 떠오른 시점에 더욱 생각나는 인물이다. 그뿐이 아니다. 그의 생각과 행동의

1955년 9월 초의 어느 날 아버지와 어머니의 약혼 기념사진. 처음 만난 자리가 약혼식이 되어버리는 등 그 경위가 다소 우격다짐 식이었던 것과 달리 두 분의 표정은 아주 차분해 보인다. 아무래도 피차간에 별다른 말이 필요 없이 분명한 느낌이 오갔던 것 같다.

원점에 해당하는 기독교 신앙에 비춰볼 때 그의 행적은 더욱 도드라져 보인다. '하느님 사랑'과 '이웃 사랑'을 일체화한 아주 드문 경우에 해당하기 때문이다. 그런 큰 인물 곁에 있으면 자연히 영향을 받게 되는 법인가? 어머니도 일에 매진할 뿐 결혼에 대해서는 크게 신경 쓰지 않았던 것 같다.

그러나 청춘 남녀가 만나는 일이 어디 때를 가리던가? 그렇게 열심히 일하는 와중에 교회 후배가 나서서 아버지를 '중매'한 것이었다. 어머니는 그때 이미 적은 나이가 아니었지만 꼭 결혼할 생각이 있었던 것도 아니고, 그러니 자신의 결혼 상대는 어떤 사람이어야 한다는 생각도 별로 없었다. 만약 결혼을 하게 된다면 '교회 안'에서 해야 되지 않겠느냐는 막연한 생각뿐이었다고 한다. 하지만 그것은 막연하긴 하지만 사실은 강력한 전제였다.

"내가 '고신' 안에서 자랐고, 그 안에서 생활했으니 의례히 그러려니 하고 지낸 거지. 그거 아니면 안 된다는 생각을 갖고 있는 건 아니었지만……. 지금도 다른 교회에 가면 왠지 옆집 간 기분이 드는 것과 비슷하지. 결과적으로 최 목사 부부가 우리 부부를 만나게 해준 셈인데 그게 다 '교회 안'에서 이뤄진 일 아니냐?"

나는 우리나라에, 지금은 많이 흐려지긴 했지만, 아직도 혼맥이 있다고 생각한다. 조선시대에는 사색당파의 토대로서의 학맥이 그 기준이었다면 요즘이야 출신 지역과 계층이 그 자리를 대신하는 게 차이점이 아닐까 싶다. 그런데 부모님의 혼맥은 그것과는 조금 달랐다. 아버지는 어차피 이런 것 저런 것 따질 것 없는 이북 출신이었다. 어머니는 합천의 유복한 집안 출신이긴 했으나 그렇다고 어머니가 그런 일반적인 기준을 중시했던 것 같지는 않다. 그런데 두 분이 동시에 똑같이 중시하는, 결혼의 유일한 조건이 바로 기독교 신앙이었고, 그중에서도 가급적 고신파이면 좋겠다는 생각이 있었던 것이다. 그러던 차에 아버지는 죽마고우 최도명 목사가, 어머니는 같은 고신파 교회의 교우였던 류경순 예비 사모가 각각 소개한 것이니 조건치고는 아주 잘 맞는 경우였을 것이다.*

나는 나중에 류경순 씨를 만나 그 '황당한 약혼식'의 전말을 비교적 상세하게 들을 수 있었다. 어떤 대목에서는 어머니의 기억보다 더 구체적이었고, 또 어떤 대목에서는 제3자의 객관적 시선이 돋보였다.

"아, 생각난다. 너의 어머니와 내가 나가던 제일영도교회 안에는 목사 사택 뿐만 아니라 여전도사 사택도 별도로 있었는데 거기서 우리가 그날 예배를 본 거다. 그때야 다방도 별로 없던 시절이니 그런 곳이 선보고 만나기에는 제일 좋았다. '박인순'이라고 60세 정도 된 여전도사가 그날 자기 사택을 내어준 거지. 그날 너의 아버지와 할머니, 최 목사와 그 어머니, 그리고 나에다가 너의 어머니가 복음병원 간호원 두 명을 더 데리고 왔다. 거기에 박 전도사가 있었으니 열 명 가까이 모였던 것 같네. 그때 박 전도사가 이렇게 모였으니 함께 예배드리자고 얘기했고, 박 전도사가 설교하면서 자연스럽게 결혼 얘기를 했다. 그러니까 그날 일은 꼭 약혼식을 전제로 모인 것은 아니었지만 약혼이 되어버렸다고 표현하는 게 맞을 거 같네."

모임의 장소뿐만 아니라 그 모임의 정황에 대한 설명이 어머니의 설명보다 한결 분명하다. 말하자면 장소 제공자인 박 전도사라는 이가 분위기를 약혼으로 몰아갔고, 그에 대해 참석자들 가운데 어느 누구도 반기를 들지 않았다는 얘기다. 요즘 같으면 있을 수 없는 일이었다. 류경순 씨는 그 약혼식의 후일담도 전해주었다.

"내가 너의 아버지한테야 직접 들을 수 없었지만, 아무튼 너의 어머니는 그렇게 너의 아버지를 한번 만나고 나서 홀딱 반했다. 굉장히 좋아했다. 그 뒤에

---

* 여기서 '고신파' 또는 '고려파'란, 우리나라 개신교의 장로교회 중에서 일제강점기 신사참배를 거부한 순교자들의 신앙을 이어받았다고 자임하는 근본주의 계열의 교단이다.

내가 병원에 놀러 가면 나를 얼마나 반겨주던지……."

이렇게 현장에 있던 제3자의 관찰을 바탕에 두고 어머니의 이야기를 돌이켜 보면 당시의 맥락이 더욱 뚜렷해진다.

"처음 만나보니 몸이 약하긴 해도 좋은 대학 다녔고 사람 반듯한 데다 똑똑 하고……. 또 몸이 약해서 내가 돌봐줘야겠다는 사명감 같은 것도 생기더라. 솔직히 그때야 사랑이고 뭐고 따지기보다 그런 생각이었지."

왜 그 자리를 박차고 나가지 않았는지 그 이유의 일단이 나오기 시작한다. 어머니 입으로 '도저히 설명할 길이 없다'던 그 이유 말이다.

"말하자면 썩은 새끼줄에 목이 매인 것처럼 나도 무의식중에 끌려간 것인데 그렇게 하고도 햇수로 3년 만에 결혼을 하지 않았냐? 만약 그때 약혼을 하지 않 았으면 아마 결혼이 이뤄지지 않았을지도 모르지. 그사이에 반대가 얼마나 많 았는지 아냐? 고향에서는 고향대로, 병원 사람들은 병원 사람들대로 안 된다는 거야. 주로 건강상의 이유를 대더라고. 한번은 교회 사람이 부산 선착장에서 최 목사 예비부부랑 함께 있는 너의 아버지를 우연히 본 모양이데. 그러더니 나한 테 와서 '아니, 그냥 서 있기도 힘들어서 스틱을 짚고 있는 사람하고 어떻게 결 혼을 하냐?'면서 극구 말린 일도 있었다. 그런데 참 이상하데. 그런 말들을 들을 때마다 대꾸는 안 했지만 속으로 '그러면 어떠냐?'는 생각이 들더라고. 그런 말 들로 고통스러웠다면 내가 못 견뎠을 텐데 눈도 깜짝하지 않고 그냥 수월케 받 아넘기게 되더라고."

'도저히 설명할 길이 없다'던 이유가 사실상 모두 나왔다. 지금 같아선 있기 어려운 일이지만 처음 만난 날 자리에 앉는 순간 모든 게 결정되었던 것이다. 그에 앞서 두 사람 사이를 오간 예비부부의 충실한 중개 활동이 효과를 본 것인 지도 모른다. 그러나 결혼이 어디 정보만으로 하는 것인가? 그런 예비지식을 바 탕으로 첫 만남의 첫 순간에 '됐다!'는 판단이 내려진 것이라고 나는 생각한다.

아버지가 1955년 9월 27일 부산 가는 길에 바이올린 활(弓)을 수선한 기록(500+2500환). 아버지는 내가 어릴 때에도 간혹 집에서 가족을 위해 바이올린 연주를 하곤 했다. 바이올린 소나타와 같은 본격적인 곡을 연주할 수 있었는지는 분명하지 않지만 최소한 가곡이나 동요 같은 곡들은 비교적 자유자재로 연주했던 것으로 기억된다.

잠시 '스틱 청년' 얘기를 마무리하자. 어머니는 그 뒤에 아버지를 만난 자리에서 조심스럽게 그 얘기를 꺼냈던 모양이다. 그랬더니 아버지는 크게 웃으면서 그분이 그날 보았다는 청년이 바로 자신이 맞다면서 이렇게 설명하더라는 것이다.

"마침 도 학무국이 주관해서 치르는 시험이 있어서 며칠 부산에 가 있었는데 가는 길에 고장 난 바이올린 활을 갖고 가서 고쳐온 일이 있었다. 아마 부산에 갈 때 또는 통영으로 돌아오는 길에 그 활을 긴 통에 넣어서 들고 있는 걸 보고는 그렇게 생각했을 수도 있겠다."

이런 전언을 듣자마자 아버지의 수첩을 들춰봤다. 어느 구석에선가 '바이올린 활' 얘기를 본 것 같았기 때문이다.

4288년(1955년) 9월 27일   바이올린 궁(弓, 활) 수선 선금 500환

이렇게 앞뒤가 맞을 수가! 부산에 9월 27~29일 사흘간 머물면서 전차표 사고, 점심 사먹은 비용 등을 상세히 적어놓았는데 그중에 이 대목이 있었다. 대처로 나간 김에 안경(2000환)도 하나 사고, 평소 사고 싶었던 『성서 핸드북』(1500환)도 한 권 구입하고, 만년필(700환)도 한 자루 샀는데 바이올린 활 수선 대금이 그중에서 가장 컸다. 그다음 날 치른 잔금까지 합치면 도합 3000환이 들었기 때문이다. 이 수첩 기록 덕분에 두 분이 처음 만난 날도 이보다는 당연히 앞이었을 것이니 9월 초의 어느 주말쯤이었겠다고 추정할 수 있었다.

아무튼 이런 '스틱 청년' 에피소드가 오히려 약이 되었던 것일까? 두 분은 그 뒤 부산과 통영을 오가며 사랑을 키워갔다. 그 시절의 흔적이 두 통의 필름으로 남아 있다. 하나는 어머니가 통영으로, 하나는 아버지가 부산으로 각각 나들이 갔던 때의 기록이다. 그런데 재미있는 것은 그 무렵엔 약혼자라 해도 두 사람만 따로 만나는 일이 많지 않았던 모양이다. 대개 '객꾼'들이 끼어 있었다. 약혼식에서도 그랬고, 이 사진들에서도 그랬다. 그러나 그러면 어떻고 아니면 어떠랴. 이미 두 사람의 마음은 정해져 있었는데.

두 분이 만난 것은 아무리 꼽아봐야 대여섯 번에 불과했다. 통영 앞바다가 환히 내려다보이는 남망산 정상에서 두 분이 1955년 10월에 기념사진을 찍었

1955년 10월, 어머니가 아버지의 결핵 재발 이전에 통영을 찾았을 때 남망산, 세병관 등지에서 찍은 기념사진들. 두 분이 나란히 선 사진도 있지만 대개는 어머니를 그럴듯한 곳에 세워놓고 아버지가 찍은 것들이다. 왼쪽 위 사진에서 어머니의 옷고름이 살짝 흔들리는 것만큼이나 이날 미풍 속에 두 분의 마음도 가벼웠을 것이다.

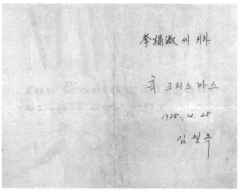

아버지가 약혼 직후인 1955년 말 어머니에게 보낸 크리스마스카드. 잘 살펴보니, 이것은 제품화된 카드가 아니라 16세기 플랑드르 르네상스의 대표적 화가 피터르 브뤼헐(Pieter Brueghel)의 〈베들레헴의 인구조사〉를 책에서 오려내어 붙인 것이었다. 서로 좋아한다는 사실을 확인하고서도 정중하게 '이복숙 씨 귀하'라고 쓴 뒤에 적은 내용도 '축 크리스마스' 한마디 뿐이었다. 고지식하면서 다소 요령부득이었던 아버지의 성격을 잘 보여준다.

다. 바로 약혼한 다음 달이니 약혼식 이후 처음으로 만나는 자리요, 처음으로 두 사람이 직접 함께 찍는 사진이었을 것이다. 아버지는 2년 반 전 자신이 처음 통영에 도착했을 때 제막식을 했던 바로 그 충무공 동상이 내려다보는 코앞에 약혼녀와 함께 선 것이었다.

다시 그 뒤 아버지가 부산을 방문했을 때에는 장기려 박사 이하 복음의원의 직원 거의 전원이 문 앞으로 나와서 현판을 중심으로 자세를 잡았다(389쪽). 사진기가 별로 많지 않던 시절이었으니 사진 한 장 찍자는 말에 누구도 싫어하지 않았던 것 같다. 그렇게 사진을 몇 장 찍고 나서는 어머니를 포함해 간호원 몇 사람이 신영도(新影島)라는 곳으로 나들이 나간 장면도 남아 있다(397쪽). 복장이 긴팔 옷이고 카디건 같은 것들을 걸친 것으로 보아 아직 겨울이 오기 전에 가을이 깊어가던 어느 날이었던 것 같다.

이렇게 아버지와 어머니는 각자의 삶의 자리에서 자신의 일을 하면서 동시에 두 분이 함께 만들어갈 새 인생을 설계해가는 가운데 1955년이 저물어가고 있었다. 아마도 이 무렵이 아버지의 그때까지의 삶 중에서 가장 밝은 시기였을 것이다. 그것은 전혀 새로운 국면이었다. 한 생명이 다른 한 생명을 만나는 것보다 더 큰 일이 어디 있었을까? 한 가지 걱정거리만 빼놓고는 모든 것이 좋았다.

손님

　좋은 일은 오래가지 않는 법인가? 그 꿈결 같은 약혼시대에 아버지에게 한 손님이 찾아왔다. 천형(天刑)과 같은 결핵이었다. 결정적인 발병이었다. 늘 그렇지만 이번에는 특히 그 위세가 만만치 않았다. 아버지가 1956년 8월에 작성한 것으로 보이는 '병력'은 이렇다.

1955년(33세) 2월	슈-브. 그 후 방심하여
10월경	점차 악화
10월 15일	X선 사진 촬영. 혈침(血沈) 1시간 2mm
11월 하순	취상(就床) (至 現在)
12월 4일부터	약 1개월간 혈담(血痰)

　10월경 결핵이 다시 악화됐다면 바로 약혼 직후 통영의 남망산으로, 부산의 신영도로 어머니와 함께 사진 찍으며 다니던 바로 그 시기였다. 그래서 호사다마(好事多魔)라고 하는가?

　아버지는 낙담했다. 설마 하던 걱정거리가 현실로 나타났기 때문이다. 이번

病歴　金○穆 (34才)

1937年 (15才)　肺門周圍浸潤巢 或은 肺門淋巴腺腫
38年 (16才)　肺尖加答兒. 休學歸鄕
39年 9月 (17才)　海州療養院에 入院. (体重 12貫?)
　　　겨울에 結核性 肋膜炎 併發
40年 6月 (18才)　9個月後 退院 (肋膜腔 穿刺하면 健康해진다아고있는)
　　　京城 療養病院에서 兩側 肋膜腔 摘出
　"　10月　4個月 靜養後 退院
1940年 10月 (18才) 부터 ┐ 5年間 半農 1941年 무렵 呼吸促迫, 呼氣痙攣
1945年 10月 (23才) 까지 ┘ 自宅 休養　体重 不增加
45年 10月 (23才)　中學校 編入學
46年 2月 (24才)　슈-ㅂ?
　"　6月 (24才)　越南　9月 大學 入學

1947年 1月? (25才)　下痢에서 小喀血 (1~2 c.c.)
　　　約 10日間 乾酪 臥床
　　　療養中 때때로 슈-ㅂ? 하여　1個 休學生 되다가
194? 年 5月 (28才)　退學
195? 年 5・6月 무렵　敎員生活 忠淸道 시골에서 3年間
1953年 5月　現役으로 轉職, 敎員生活 繼續. 約 4年間 無事하다가
195?年(재) 2月　슈-ㅂ?　그後 放心해서
　"　10月 頃 漸次 惡化　10月 15日 X線사진 撮影, 血沈 1時間 2mm
　"　11月頃 就床 (至現在)　藥物使用 (化學劑)
　　　12月 4日부터 約 1個月間 血痰　11月 22日부터 INAH 每日 150mg
　　　　　　　　　　　　11月 24日부터 S.M. 3日에 1回 毎日 使用
　　　　　　　　　　　　以下 1月 7日까지　S.M. 12g 使用하다 中止 (相當期間)
　　　　　　　　　　　　INAH 每日 使用 (150mg~)
　　　　　　　　　　　　4月 3日부터　PAS 每日 12g 使用

7月 7日부터　PAS 　9g ┐使用
　　　　　INAH 100 mg ┘

1955年 11月 무렵　1956年 8月 까지(20개월?)
　　S.M. 　12g
　　INAH 　38.4g ┐使用 總合
　　P.AS. 　1400g ┘

아버지의 자필 병력 기록. 이 기록을 통해 나는 아버지의 병력과 투병 과정뿐 아니라 그로 인한 삶의 곡절까지 함께 확인할 수 있었다.

에는 병마가 쉬이 물러가지 않을 것이라는 예감을 가졌다. 그래서 '파혼'의 마음을 굳혀갔다. 아버지가 잘 쓰던 표현대로 '사람 구실' 못할 것 같으면 결혼해야 소용없다는 것이었다. 왜 버젓한 처녀 한 사람 데려다 결핵 환자 수발이나 들게 하겠느냐는 판단이었다.

"그러다가 나는 목회의 길로 가기 위해서 부산 고려신학교에 다니면서 (너의) 아버지와 어머니의 결혼을 성사시키게 되지. 약혼하고 결혼을 앞두고 아버지는 (1956년 8월경) 결핵으로 마산요양소에 입원하게 되는데, 실망과 낙담 속에 있을 때 대전에 있던 내가 비가 억수같이 쏟아지는 속에 마산에 가서 용기와 희망을 주는 말로 신앙적인 권면을 하게 되고……."

최도명 목사의 회고다. 아버지가 결혼을 거의 포기했다는 얘기다. 그런 마음가짐은 어떤 것이었을까? 위기가 닥치면 사람은 그것에 결사 항전하거나 지레 겁을 먹고 자포자기한다. 자포자기는 체념의 동의어다. 어쩔 줄 몰라 하는 경우? 그것은 아무것도 적극적인 행위를 하지 않는다는 점에서 자포자기나 다름없다. 그런 점에서 둘 중 하나밖에 없다. 역사책에는 '백척간두'니 '최후의 일인'이니 해서 전자의 사례들이 많이 등장하지만 범인들은 후자로 기울기 십상이다. 아버지는 어느 쪽이었을까? 최 목사의 설명을 들어보면 후자 쪽으로 기울었던 것 같다. 무엇인가 불행한 일이 다가오고 있음을 느꼈던 것인지도 모른다.

그도 그럴 것이 결핵은 아버지의 소년 시기 이후 늘 결정적인 시기에 발병하곤 했다. 이번이 벌써 세 번째였다. 첫 번째는 만주 봉천에서 중학교를 마칠 무렵(1937년, 15세)이었다. 이지적이면서도 감성이 풍부했던 소년은 청춘의 꽃이 막 피려는 순간에 학업을 중단할 수밖에 없었다. 결국 귀국해서 해주, 경성 등지의 요양소를 거쳐 평양에 거처를 정하고 해방 무렵까지 장기간 요양을 했다. 두 번째는 서울에서 대학을 다니던 시절(1947년, 25세)로, 그때부터 조금씩 증세를 보이던 것이 점차 심해져 이번에는 대학 학업을 중도에 포기해야 했다. 그러고선 계룡산 지역으로 가서 요양을 겸해 교사 생활을 했던 것이다. 그 뒤 상태가 호전되고 통영에서의 생활도 정착되면서 이제는 다 나았겠지 하던 것이 그만 '방심'의 틈을 뚫고 악성으로 다시 얼굴을 들이민 것이다.

그 시절에 결핵이라는 병마를 만난다는 것은 사실상 죽음을 뜻했다. 회복할 가능성이 그리 높지 않았던 것이다. 그것도 세 번째 도전에 직면한 당사자에게 얼마나 회복의 의지가 발동될 수 있었을까? 그런 점에서 이번 발병은 아버지의 그때까지의 삶을 통틀어 가장 큰 위기였다.

그런 상황에서 최 목사의 격려는 큰 위안이 되었을 것이다. 어려서부터 무슨 얘기든 나눌 수 있는 사이였으니 아버지는 약혼녀에 대한 자신의 심정을 충분히 알렸을 것이다. 특히나 최 목사 예비부부는 중매자이기도 했다. 아마도 최 목사는 아버지 자신의 회복 의지를 북돋우는 데 주력했을 것이다. 혹시 구약성서의 야곱이 얍복강 나루에서 밤새도록 하느님의 천사와 씨름한 것처럼 그렇게 매달려 노력하면 반드시 좋은 결과가 있을 것이라고 권유했을지도 모른다. 이 야곱의 일화는 할머니가 두고두고 인용하던 것이기도 했다.

그러나 어머니의 설명으로는, 아버지가 그 무렵 파혼까지 고려했다는 사실은 전혀 몰랐다는 것이었다.

"최 목사가 그런 일이 있었다고 하면 분명히 그런 일이 있었을 게다. 두 분은 온갖 얘기를 다 나누는 사이였으니까. 그렇지만 나한테는 그런 얘기를 하거나 기미를 비친 적이 전혀 없다. 아마 마음속으로 그런 생각을 했던 모양이지. 검사 결과 세균이 나오고 재발한 것이 확인되니 본인도 낙망이 되고, 내 신세도 생각해서 더 그랬을 거다. 그런 마음을 그 당시에 알았던 건 아니지만, 나도 그 무렵에 '이렇게 약한 사람을 배반하는 것은 있을 수 없는 일이고 오히려 그 사람을 돌볼 책임이 나한테 있다'는 생각이 들었다. 만난 지 얼마 되지도 않는데 무슨 사랑이 있었겠냐? 그렇지만 그런 마음은 훨씬 강해졌다."

1950년대의 사랑법이다. 그것을 요즘의 기준으로 사랑이라고 이름 붙일 수 있을지 없을지는 모르겠지만 서로 상대방을 생각하는 마음은 똑같았음이 확인된다. 그래서 어머니도 약혼자를 위해 움직이기 시작했다. 우선 복음의원 책임자인 장기려 박사에게 알렸다. 이미 장 박사는 아버지와 몇 차례 만나서 인사도 하고 모임에 함께 가기도 하면서 사실상 '예비 장인(丈人)' 역할을 하던 상황이었다.

국립 기관인 마산결핵요양소는 가기 쉬운 곳이 아니었다. 그러나 장 박사의 주선으로 그곳에 입원했다. 외국 소설을 보면 알프스 산록처럼 공기 좋고 물 맑은 곳에 위치한 '새너토리엄(sanatorium)'이 가끔 등장한다. 이게 바로 결핵 요양소다. 마산요양소는 비록 산간 오지는 아니지만 일제강점기부터 비교적 신경써서 운영해오던 기관이었다. 1950년대에는 드러난 결핵 환자만도 130만 명이 넘고, 그 가운데 연간 4만 명 이상이 숨지던 시절이었다. 입원하는 일이 쉽지 않았을 것이다.

1955년 11월 말부터 집에서 자리를 깔고 누웠다니 그해 가을 학기까지는 어떻게든 수업을 마쳤을 것이다. 그러나 1956년 봄 학기는 제대로 수업을 하지 못한 것 같고 여름(1956년 6월 12일)부터는 아예 휴직을 했다. 아마도 그해 8월 초쯤 마산요양소에 입원했던 것 같다. 앞서 소개한 아버지의 자필 '병력'이라는 것은 요양소에 들어간 직후인 8월 말에 작성된 것으로 보인다. 발병 이후 다소 지체되긴 했지만 약혼 상태에서 어머니의 덕을 톡톡히 본 셈이었다.

마침 그때는 우리나라에 스트렙토마이신이라는 항생제가 막 도입되던 시기였다. 결핵 치료에 획기적인 약물이었다. 그 이전엔 결핵에 듣는 항생제가 없었다. 오로지 화학 제제만 있었을 뿐이다. 아버지의 '병력'에 등장하는 투약 기록을 봐도 자리에 눕기 전에는 아이나(INAH)와 파스(PAS)뿐이었는데 "11월 26일부터 S.M.(스트렙토마이신) 3일에 2/3g씩 병용"과 같은 대목이 등장한다. 어머니가 제공해준 것이었다고 한다. 마산요양소에서도 이 약의 도움을 받았을 것이다.

이렇게 보면 어머니가 아니었더라면 아버지는 더욱 어려운 지경에 처했을 것이다. 어머니가 아버지를 구했다고 해도 과언이 아니었다. 그런 점에서 어머니는 아버지를 만난 뒤 삶의 굴곡을 거치면서 '선한 이웃'의 역할을 통해 더욱 끈끈한 연으로 묶이고, 마침내 평생의 반려가 된 경우였다.

아버지도 1956년 하반기 마산의 요양소에 있으면서 점차 호전되어가는 병세를 스스로 관찰하면서 마음을 다잡았던 것 같다. 더 정확하게 이야기하자면, 허물어져가던 아버지 마음의 빈터를 어머니가 차고 앉아 버텨주었던 것이다. 어머니는 그 무렵 마산요양소를 혼자서 방문한 적도 있고, 순회 진료를 마치고 부산으로 돌아가는 길에 장기려 박사, 운전기사 등과 함께 방문한 적도 있다고 한다. 장 박사는 그때뿐 아니라 늘 "몇 달만 요양하면 완치되니 걱정하지 마시오"라고 아버지와 어머니를 격려했다고 한다. 약도 약이지만 이런 격려가 더욱 큰 힘이 되었을 것이다.

반년쯤 지나자 병세가 눈에 띄게 호전됐다. 객담 검사에서 확인되는 세균의 숫자가 확연히 줄었다. 드디어 위기가 지나간 것이다. 세균의 숫자가 줄어드는 속도보다 훨씬 빠르게 진행된 것이 있었다. 어머니를 향한 사랑의 마음이었다. 자신의 무너져가는 마음을 지탱하고 오히려 더 큰 의지로 자신을 일으켜 세워준 사람. 그 사람과 평생을 함께하고 싶은 마음이 분명해진 것이다. 해가 바뀔 무렵 청혼을 하고, 날짜를 잡고, 퇴원 준비를 서둘렀다. 마음이 바빠졌다.

가장 큰 위기 뒤에는 역시 가장 큰 기쁨이 올 수밖에 없다. 아버지의 삶에 지금까지와는 전혀 다른 시기가 이제 막 시작되는 순간이었다. 그때까지 아버지는 늘 할머니와 함께했을 뿐이었다. 꼭 두 식구였다. 할아버지는 늘 따로 돌았다. 이제 비로소 한 식구가 느는 것이다. 두 식구와 세 식구는 질적으로 다르다.

새 생명들도 곧 생길 것이다. 그뿐인가? 학교도 복직하면 이제는 부담 없이 학생들을 가르치고 거리낌 없이 교사들과도 어울릴 수 있게 될 것이다. 자신감은 그 무엇과도 바꿀 수 없는 새로운 자산이 아닌가?

이제 새로운 시기로 나아갈 차례다. 그러나 그에 앞서 잠시 숨을 고를 필요가 있다. 여기까지 워낙 숨 가쁘게 달려오느라 아버지 삶의 '원형'을 살펴보지 못했다. 내가 생각하기에 아버지는 평양에서 보낸 청소년기에 그 후의 삶에 결정적인 영향을 미칠 몇 가지 요소를 이미 마련해두고 있었다. '원형(prototype)'이라는 말이 너무 거창하다면 그저 '기본 요소들(basic factors)'이라고만 해도 될 것 같다.

누구나 그런 것이 있지 않은가? 청소년기에 맺은 교우 관계, 그 사이에서 숙성시킨 생각의 갈래들과 은밀하게 도모했던 크고 작은 반역들, 또 그 시기에 남몰래 읽는 가운데 가슴이 터질 듯 벅차오르게 했던 책들……. 그런 의미에서 청소년기는 비밀로 가득 찬 시절이고 그다음 행로의 원형질이 될 수밖에 없는 운명의 기간이다. 잠시 시계를 뒤로 돌린다.

할아버지 이야기

이쯤에서 먼저 할아버지 이야기를 꺼내는 게 좋을 것 같다. 아버지는 늘 할머니와 동행했다. 아버지가 있는 곳에는 대개 할머니가 함께 있었다. 계룡산 밑의 경천에서 뱀탕 끓이던 시절에 그러했고, 노성에서 통영으로 가는 그 멀고 험한 길에도 두 분은 함께 있었다. 아버지의 약혼식에 등장하는 가족도 할머니뿐이었고, 평양 시절의 친분 있는 가족들과의 만남에도 할아버지의 자리는 없었다.

그렇다면 할아버지는 어떻게 된 건가? 왜 안 계신가? 사정 모르는 사람은 '전쟁 통에 가족이 흩어졌나? 그게 아니라면 그 이전에 이미 돌아가셨나?' 하고 지레 짐작할지도 모르겠다.

그러나 그런 게 아니었다. 할아버지의 부재는 그의 방랑벽에 기인한 일이었다. 앞부분에서 아버지의 필름 메모들 가운데 "No. 48. 1959.8.7. 부산 서모"라는 대목을 예시한 적이 있다. 나는 처음엔 '서모'가 무슨 뜻인지 몰랐다. 그 필름의 사진들을 인화해 어머니께 보여드리자 대뜸 이런 반응이 돌아왔다.

"작은할매네!"

'작은할매'라니? 작은할아버지의 아내? 할아버지의 동생에 대해선 들어본 적

어머니께 보이자 단박에 "작은할매네!"라는 외침이 튀어나온 사진. 아이를 안고 있는 인물이 그 '작은할매'다. 부산 범일동 할아버지 자택 앞에서 찍은 것으로 보인다. '작은할매'가 안고 있는 아이는 할아버지와의 사이에서 낳은 아이가 아니고 당시 할아버지 자택 근처에 살던 아버지의 사촌 형님(할아버지의 형님의 아들)의 딸이다. 이 당숙이 생활이 어려워 딸을 남의 집 양자로 주는 바람에 우리 형제는 남한 지역 유일의 사촌 형제를 잃고 말았다.

이 없는데…… . "아니, 작은할매라니까!" 어머니는 왜 그 말의 뜻을 모르느냐는 듯이 다시 되풀이했다. 그제야 나는 깨달았다. '아, 할아버지의 작은 부인!' 다시 말하면 할아버지의 첩이었다. '서모'는 '庶母'였던 것이다. 국어사전에 보면 '서모(庶母)'는 "아버지의 첩"이라고 설명되어 있다.

그런 것이었다. 할아버지는 긴 시간 할머니 곁을 떠나 이 '작은할매'와 함께 생활했다. 그런 시간 내내 할머니는 아버지와 함께했으니 아버지의 기록 속에서 할아버지가 차지할 공간은 별로 없었던 것이다.

그러나 아버지는 할아버지가 돌아가셨을 때 그의 '약사(略史)'를 기록해 남겼다. 오로지 할아버지만을 위한 기록이었다. 여기에는 할아버지의 개인사가 상당히 종합적으로 담겨 있다. 그것은 상당 부분 아버지 본인의 개인 이력이기도 했다. 좀 길지만 전체를 인용한다.

주후 1901년(辛丑) 음 5월 29일 평안남도 용강군 오신면 구룡리 217번지에서 김순현(金舜鉉) 씨의 2남으로 탄생하시니라. 자(字)는 화중(華仲).

故雲岩義城金公重璿氏略史

主後一九〇一年(辛丑) 陰五月二十九日 平安南道龍
岡郡 吾新面九龍里 二一七番地에서 金榮鉉氏의
貳男으로 誕生하시니라. 字는 華仲
五歲時에 父親을 여의이시었으나 幼時부터 漢學을
修學하시니 文才가 出衆하시더라
一九一九年(十九歲) 宋瑾模氏와 婚姻하고 分家하
여 若干의 土地를 分配받었으나 活動的性格은
좀은 鄕里에 묻혀 있을 수 없어 드디어 뜻을 세워

서生活舞台를 찾아 故鄕을 떠나, 서울에 居住中
一九二二年 長男 亨穆을 얻었고 同年 여수를
빌고 順安 義明學校에 入學하여 新學問을 工夫
하며, 한편 勤書로서 傳道에 貢獻하시니라
그後 新美州·平壤·鎭南浦 等地를 轉々하시다가
一九三四年 넘은 活動舞台를 찾아 滿洲로 移住
하르빈, 奉天 等地에서 살길을 얻어 生活이 安
定되매, 故鄕의 一家親戚을 비롯하여 여러
親知에게 物質的인 또는 精神的인 援助와 指導를
주어 生活을 開拓하게 하고, 或은 死境에 이른 者

를 救出하여, 그 恩德을 입은 者가 많더라
一九四五年 故國光復과 同時에 還國하여 서울에 居
住하다가, 大五動亂으로 南下하여
朝鮮紡織會社에서 消費組合副理事로서 學生事業
에 盡力하시며
一九五八年 義城金氏御史公派譜修纂에 財務로
參劃하여, 同譜中 九龍洞 宣務郎公後孫弼聖派譜
를 親히 進補整理하시고, 編纂頒布에 盡力하시니라
一九六〇年 上京後 高血壓症으로 因하여 隱居하시다가
一九六二年 五月二日 腦溢血을 일으켜 聖二二日(陰

四月九日) 午前一時〇分 서울 城北區 安岩洞一〇四番地
의 二에서 永眠하시니 享年 六二歲러라

遺家族
　妻 米窪模
　長男 亨穆
　孫 起熙
　　 安熙
長姪 乃穆

1962년 할아버지가 별세한 뒤 아버지가 친필로 정리해 남긴 할아버지의 '약사(略史)'. 할아버지와 아버지의 행로가 집약적으로 정리되어 있다.

5세 시에 부친을 여이시었으나 유시(幼時)부터 한학을 수학하시니 문재가 출중하시더라. 1919년(19세) 송근모 씨와 혼인하고 분가하여 약간의 토지를 분배받았으나 활동적 성격은 좁은 향리에 묻혀 있을 수 없어 드디어 뜻을 세워 새 생활무대를 찾아 고향을 떠나 서울에 거주 중 1923년 장남 필목을 얻었고, 동년 예수를 믿고 순안(順安) 의명학교(義明學校)에 입학하여 신학문을 공부하며, 한편 권서(勸書)로서 전도에 공헌하시니라.

그 후 신의주, 평양, 진남포 등지를 전전하시다가 1934년 넓은 활동무대를 찾아 만주로 이주, 하르빈, 봉천 등지에서 살 길을 얻어 생활이 안정되매 고향의 일가 친척을 비롯하여 여러 친지에게 물질적 또는 정신적인 원조와 지도를 주어 생활을 개척하게 하고, 혹은 사경에 이른 자를 구출하여 그 은덕을 입은 자가 많더라. 1945년 고국 광복과 동시에 환국하여 서울에 거주하다가 6·25 동란으로 남하하여 조선방직회사에서 소비조합 부이사로서 후생사업에 진력하시며, 1958년 '의성김씨 어사공파보' 수찬에 재무로 참획하여, 동보 중 '구룡동 선무랑공 후손 필성파보'를 친히 추보정리하시고 편찬반포에 진력하시니라.

1960년 상경 후 고혈압증으로 인하여 은거하시다가 1962년 5월 21일 뇌일혈을 일으켜 익 22일(음 4월 19일) 오전 1시 0분 서울 성북구 안암동 104번지의 22에서 영면하시니 향년 62세러라.

이 약사에 따르면, 할아버지는 결혼 직후인 1920년경 고향을 떠났다. 아버지는 할아버지의 특징을 '활동적 성격'이라고 묘사하며 '새 생활무대'로 수도 서울을 택했다고 소개했다. 아마도 고향을 떠날 때에는 분배받았던 '약간의 토지'도 처분했을 것이다. 농사의 기반이 되는 땅을 처분했으니 이제 땅으로부터도 해방되어 어떻든 '뜻을 세운' 대로 도시인으로서 살 길을 개척해야 했다.

이 대목에 대해 나는 이렇게 생각한다. 아버지는 할아버지의 출향을 '활동적 성격'이라는 개인적 요소로 환원시켰지만 사실 그것은 이제 막 자본주의가 이식되기 시작한 한국 사회에서 대가족 구성원들이 각자 살 길을 모색하는 가운데 농촌 사회가 해체되어가던 시대적 상황의 일환이었을 것이다. 전통적인 농촌 사회가 해체되고 도시화가 급속히 이뤄진 것은 1920년대의 특징이었다. 그런 사회구조의 변화는 1910년대 토지조사사업의 결과였고, 1920~1930년대에 급속하게 진행된 식민지적 근대화의 토대를 제공했다. 이 무렵 농촌 사회 구성원들이 토지로부터 이탈하는 현상이 빈번했던 것이다. 그러나 그들이 도시로 나간다고 일자리가 기다리고 있던 것은 아니었다. 할아버지도 서울에 정착하지 못하고 10여 년 동안 평안남도의 고향 용강 주변 여러 도시들(순안, 신의주, 평양, 진남포)을 전전한 것을 보면 벌이가 시원치 않았거나 마땅히 할 일을 찾지 못했던 것 같다.*

할아버지는 1934년 '넓은 활동무대를 찾아' 당시 만주 중에서도 조선인들이 정착한 가장 먼 도시인 흑룡강성 하얼빈으로 갔다.** 겨울이면 송화강의 찬바람이 얼굴에 칼날처럼 다가서는 곳이다. 이왕 고향과 고국을 떠날 바엔 이렇게 멀리 가는 것도 한 가지 방법이었다. 어머니는 아버지로부터 전해들은 이 하얼

● 할아버지의 고향인 '평안남도 용강군 오신면 구룡리'는 이 약사에 소개된 '의성김씨 어사공파 선무랑공 후손 필성파'의 세거지였다. 집안에 전하는 족보와 친척 어른들의 설명에 따르면, 우리 조상들은 15세기 후반 조선 성종 무렵 구룡리에 입향해 450년 이상 이곳을 중심으로 살아왔고, 1945년 해방 무렵 150호 정도의 집성촌을 이루고 있었다. 대동강에서 멀지 않은 구룡리는 1904년 우리나라에 최초로 안식일교회가 세워진 네 곳 중 하나로 지금도 친척들 중에는 안식일교회 교인들이 대단히 많다. 할아버지가 다닌 의명학교도 안식일교회가 1907년에 세운 학교로서 삼육대학교의 전신이다. 할아버지가 사역했다는 '권서(勸書)'는 성경과 신앙 서적을 권하며 기독교를 선교하는 사람을 가리키는 말로서 할아버지도 20대 청년 시절에 안식일교회 교인이었음을 알 수 있다.

●● 하얼빈은 1909년 10월 26일 안중근 의사가 일본의 이토 히로부미를 저격해 사살한 곳이자 최근엔 겨울 빙등(氷燈) 축제로 우리에게 잘 알려진 곳이다. 중국에서 열 번째로 큰 도시로서 흑룡강성의 성도다. 중국 동북 지방의 끝부분 송화강 변의 한적한 어촌이던 이곳에 본격적으로 도시가 형성된 것은 1898년 러시아가 시베리아 횡단철도를 블라디보스토크까지 연장하는 동청철도(東淸鐵道)를 부설하면서부터다. 그 이후 러시아인의 집단 거주지가 형성되는 등 도시화가 급속히 진행됐으며, 1932년 만주국이 세워지면서 일본군이 진주했다.

빈행 무렵의 이야기를 한 가지 기억하고 있었다.

"너희 아버지가 언젠가 그러더라. '내가 국민학교 5학년 때 아버지 찾아서 하얼빈 갈 때 우리 오마니도 귀 뚫고 삐딱구두 신고 갔소!'라고. 나중에 할머니 귓불을 자세히 보니 그 뚫은 자리가 있어. 막히긴 했지만."

30대 초반의 농촌 지역 출신 여성이 이역 하얼빈으로 돈 벌러 먼저 떠난 남편 찾아간다며 귓불 뚫어 귀고리 하고 하이힐까지 신은 뒤 10대 초의 아들과 손잡고 떠나는 1930년대의 풍경화를 상상해보라. 기대와 두려움이 동시에 다가왔으리라. 그러나 할머니는 하얼빈에서 이내 귀고리를 빼고 하이힐도 벗어던졌다. 그 이유는 간단했다. 그곳에 가보니 거기서도 할아버지의 벌이가 신통치 않았던 것 같다. 나의 오래된 기억 중의 할머니 증언 한 가지.

"하르빈 역에서 사과 장사를 하지 않았냐? 큰 광주리에 사과를 담아서 들쳐 메고 역에 기차가 들어와 설 때마다 냅다 창문께로 다가가서 '사과 사시오!'라고 외치는 거지. 그런 장사가 한둘이 아니니 서로 아귀다툼이 심했지. 너희 아버지도 어려서 함께 장사하느라 고생 많이 했다."

안중근 의사가 이토 히로부미를 저격한 바로 그 역에서 할머니와 아버지는 사과 행상을 했던 것이다. 겨울이면 기온이 영하 40도까지 떨어지고 목탄 타는 연기가 온 시가지를 뒤덮는 하얼빈에서의 생활은 이만저만 고생이 아니었을 것이다.

할아버지는 한두 해 만에 다시 근거지를 봉천으로 옮겼다.* 이곳에서 무슨 일을 했는지는 모르지만 생활이 꽤 나아졌던 모양이다. '약사' 중에서 "살 길을 얻어 생활이 안정되매 고향의 일가친척을 비롯하여 여러 친지에게 물질적 또

---

* 봉천(지금의 선양)은 청나라의 발상지이자 현재 요령성의 성도로서 중국 동북 지방에서 가장 큰 도시다. 1932년 만주국이 세워진 뒤 일본의 중국 동북 지방 지배의 주요 기지로 발전해 만주국 제1의 도시가 되었다.

는 정신적인 원조와 지도를 주어 생활을 개척하게 하고, 혹은 사경에 이른 자를 구출하여 그 은덕을 입은 자가 많더라"라고 자못 감격 조로 기술한 대목이 그런 가능성을 짙게 시사한다.*

　그렇지만 호사다마라고 그만 봉천에서 아버지의 폐결핵이 발병하고 만다. 아마도 그 단초는 하얼빈에서의 고생에 있었을 것이다. 아버지의 자필 '병력'은 그 시절을 이렇게 기록하고 있다.

1937년(15세)	폐문(肺門) 주위 침윤증 혹은 폐문 임파선종
1938년(16세)	폐첨가답아(肺尖加答兒).** 휴학 귀향
1939년 9월(17세)	해주요양원***에 입원(체중 12관)
	겨울에 결핵성 부고환염 병발(체중 13관? 12관 반?)
1940년 6월(18세)	9개월 후 퇴원. (편도선 적출하면 건강해질 듯하다
	고 했음)
	경성요양병원****에서 양측 편도선 적출
1940년 10월	4개월 요양 후 퇴원
1940년 10월(18세)부터	5년간 평양 자택 휴양
1945년 10월(23세)까지	

　•　　여기 등장하는 '사경에 이른 자'에 대해서는 나중에 다시 한 번 언급할 기회가 있다.
　••　　폐첨(肺尖, 폐의 꼭대기 부분)에 생기는 염증(catarrh). 폐결핵의 초기 증상으로 의심된다.
　•••　미국의 감리교 선교의사 셔우드 홀이 1928년 10월 27일 황해도 해주에 설립한 폐병 요양원. 정식 명칭은 '해주 구세(救世)요양원'이다. 우리나라 최초의 크리스마스 실(Christmas Seal)이 발행된 곳으로도 유명하다. 나중에 소개하겠지만, 아버지의 젊은 시절 장서들 가운데 하나인 『요양복음』도 이곳에서 발행된 책이다.
　••••　안식일교회 재단이 1936년 서울 동대문구 휘경동에 설립한 병원이다. 이곳은 당초 일반 병원으로 설립됐고, 설립 직후 국내 병원들 중에서는 최초로 부속 간호학교와 결핵 요양 병동을 건립했다. 설립 당시의 정식 명칭은 '경성요양원'이었고, 현재 삼육의료원 서울병원(옛 서울위생병원)의 전신이다.

1937년이면 아버지는 그 전해 봄 하얼빈국민학교를 졸업한 뒤 바로 봉천상업학교에 입학해 2학년에 재학 중이던 때다. 이때 처음 폐결핵에 걸린 사실을 알게 됐고, 한 해 뒤 귀국해 해주요양원, 경성요양병원 등을 거쳐 결국 1940년부터 해방 때까지 평양에서 요양하며 지냈다. 할머니도 만주 생활을 접고 보호자로서 귀국해 함께 지냈다.

나는 이 '병력'을 보고서야 아버지가 '결핵성 부고환염' 증세도 함께 앓았다는 사실을 처음 알았다. 그게 어떤 증상이고 어떤 결과를 가져오는 것인지 '혹시나' 해서 찾아보았더니 '역시' 그런 것이었다. 내가 태어나지 못했을 수도 있었던 것이다. 이로써 더 이해하게 된 것도 있었다. 아버지는 그 뒤에도 간혹 '사람 구실' 운운하는 메모를 남기곤 했는데, 그것은 이 소년 시절의 트라우마가 머릿속에 각인된 결과였던 것이다. 심지어는 나와 내 동생들이 태어난 뒤에도 종종 그런 표현을 사용하곤 했다. 소년 시절의 상처가 아버지의 정서에 얼마나 큰 상흔으로 남았는지 어렴풋이 이해가 됐다. 결국 아버지는 만주 생활에서 그저 병만 얻어 돌아온 것이 아니라 그런 마음의 상처까지 함께 안고 돌아온 것이었다.

참고로, 우리가 알 만한 인물들이 만주의 역사에 그 이름을 남긴 연대를 살펴보면 아버지의 만주 체류 시기와 일정 부분 겹친다. 청나라의 마지막 황제였던 푸이(溥儀, 1906~1967년)가 일본의 꼭두각시인 만주국 황제로 추대되던 1934년에 아버지는 할아버지를 뒤따라 만주로 건너갔고, '쇼와 시대의 요괴(昭和の妖怪)'라고 불리는 기시 노부스케(岸信介, 1896~1987년) 전 일본 총리가 만주국의 경제를 쥐락펴락하던 시기(1936~1940년)에 하얼빈, 봉천 등지를 옮겨 다니며 소년 시절을 보낸 셈이다. 이 모든 것은 박정희 전 대통령(1917~1979년)이 1940년 신경(장춘)군관학교에 입학하거나 1944년 관동군에 배치받기 전의 일이었다. 이런 이야기를 하는 것은 아버지나 할아버지가 이런 사람들과 관계가 있었다는 뜻이 아니고, 그저 연대를 맞춰보기 위한 것일 뿐이다.

　할아버지와 할머니, 그리고 아버지의 세 식구는 1920~1930년대에 걸친 10여 년 동안 서울, 하얼빈, 봉천 등지로 앞서거니 뒤서거니 옮겨 다니며 그런대로 함께 생활했던 것 같다. 대부분 할아버지가 앞서가고 할머니와 아버지가 뒤따라가 합류하는 방식이었다. 이를 두고 어머니는 할아버지의 '풍운아 기질'의 결과였다고 언급하곤 했다.

　그렇지만 1938년 '귀향' 이후는 사실상 두 가족으로 나뉜 셈이다. 그 무렵 봉천의 할아버지 곁에 아버지가 '서모'라고 표현하고 어머니가 '작은할매'라고 부른 한 인물이 등장했다. 할아버지의 두 집 살림이 시작된 것이다. 그렇지만 할아버지는 가장으로서의 의무를 그런대로 수행해 평양 대동강 변에서도 경관이 수려하고 공기가 맑은 것으로 유명한 을밀대 아래 경상리에 할머니와 아버지를 위해 집을 한 칸 마련하고 당신도 국내에 들어올 때마다 이 집에 들르곤 했다. 애매한 공존 또는 병존이었다. 이제 그 시절의 평양으로 가보자.

평양 경상골

'쓴 약'을 함께 먹는 친구

2005년 내가 민간 대북지원단을 따라 방북했던 적이 있다. 북한 지역에 가면 남쪽 사람들을 위한 필수 코스 중 하나가 옥류관에서의 식사다. 나는 그때 냉면도 여러 가지 변용이 가능하다는 사실을 처음 알았다. 면의 종류에 따라, 소스의 차이에 따라 대단히 다른 종류의 냉면이 태어날 수 있다는 사실을 눈으로 직접 봤으며, 당연히 맛도 보았다. 원하는 만큼 제한 없이 제공한다기에 미련스럽게 모든 종류의 냉면을 적어도 두 번씩은 맛보았던 것 같다.

밥상을 함께하면 말도 조금 편해지는 법이다. 술까지 한 순배씩 돌자 '안내원 동무'들도 조금 긴장이 풀어진 듯했다. 그래서 식사를 끝내고 옥류관을 나서며 물었다.

"평양 시내에서 옛날 경상리가 어디쯤 됩니까?"

"경상리요? 지금 우리가 밥 먹은 여기가 바로 경상리 아니요?"

'아, 그렇구나!' 어릴 때 할머니로부터 귀에 못이 박히도록 '경상리' 또는 '경상골'이라고 듣던 바로 그곳에 내가 지금 와 있구나! 감회가 새로웠다. 뭐라 말을 잇기가 쉽지 않았다.

"그런데 그건 왜 묻소?"

아차 싶었다. 이 사람들이 반기지 않는 얘기를 굳이 할 필요가 없는데 내가 매를 자초했구나 싶었다.

"아, 그건 …… 별일 아니고 …… 옛날에 우리 할머니와 아버지가 그곳에 사셨다고 해서……."

말을 더듬었다. 안내원의 얼굴이 밝지 않았다. 밝을 리 없었다. 나는 아무도 묻는 사람이 없는 가운데 방금 이런 자백을 한 셈이었다. '우리 집은 원래 평양 한복판에 있었지만 북한 정권이 들어선 뒤 그게 싫어서 남한으로 갔습니다.' 자기네가 싫다는데 그걸 반기는 사람이 있다면 그건 바보이거나 성인일 터. 그러나 어차피 엎질러진 물이다 싶어 몇 마디 덧붙였다.

"그럼 모란봉과 을밀대는 어느 쪽인가요?"

"저쪽이요."

안내원은 옥류관을 등지고 맞은편 야트막한 언덕을 가리키며 퉁명스럽게 말했다. 비교적 큰 주택들이 자리 잡고 있었다. 을밀대라든가 부벽루가 직접 보이진 않았다.

"한번 가볼 수 있을까요?"

"잘 알면서 지금 농담하십네까?"

"……."

경상골은 아버지의 고향과 같은 곳이다. 물론 고향은 아니다. 그렇다 보니 친척들 중에서도 아버지가 청소년 시기를 보낸 경상골 시절에 대해 아는 사람이 별로 없다. 과거엔 촌수가 가까운 몇몇 분이 그곳과 그 시절을 알았을지 모르지만 이제 아버지와, 그리고 나와 촌수를 꼽아볼 정도가 되는 어른들 가운데 그런 기억을 가진 분은 없다. 모두 이 세상 사람이 아니다. 게다가 아버지 스스로 남긴 그 시절의 사진도 전혀 없다.

그저 아버지가 남긴 이력서 따위를 바탕으로 큰 틀의 시기를 짚어볼 수는 있겠다. 아버지는 만주에 살면서 국민학교와 중학교 과정을 마쳤다. 거기까지는 학령을 정확하게 맞췄다. 그런데 그 과정에서 문제가 발생했다. 만주의 낯선 상황과 차가운 공기가 그렇지 않아도 허약하던 식민지 소년의 가슴으로 거칠게 파고들었다. 평생을 따라다닌 결핵을 그때 얻었다. 열대여섯 살밖에 안 된 소년에게 결핵은 치명적이었다. 일단 만주를 떠나야 했다. 이게 만주 지역과의 완전한 이별이었다. 그 뒤 해방과 냉전시대를 거치며 보통 한국 사람으로서 그 지역을 방문한다는 것은 불가능한 일이었으므로.

유소년기의 기억을 만주에 묻고 1938년 말 국내로 돌아온 아버지는 해주요양원, 경성요양병원을 전전했다. 폐결핵에는 감기가 아주 안 좋은데 편도선을 떼어내면 감기에 덜 걸린다는 처방에 따라 '편도선 적출'도 했다.

이렇게 아버지가 병든 소년이 되어 할머니와 함께 평양 대동강 변의 경상리 32번지에 정착한 것이 1940년 10월이었다. 항생제가 개발되기 전이었다. 학교에도 갈 수 없었고 만나는 사람도 제한됐다. 그의 유일한 과제는 '요양'이었다. 18세 소년은 우울했다. 낙을 찾기 어려웠다. 이런 상황은 해방 무렵까지 꼬박 5년 동안 계속되었다. 일제 말기의 암흑기는 아버지 개인에게도 암흑기였던 셈이다.

그렇다고 모든 게 어둡기만 했던 것 같지는 않다. 비록 병자로서의 귀향이었지만 마음만은 편했을지도 모른다. 낯선 만주 땅에서 초등학교는 중국어로, 중학교는 일본어로 수업하는 학교에 다녔으니 그게 마음이 편했을 리 없다. 그러다가, 비록 고향은 아닐지언정, 풍광 좋고 같은 언어에 같은 말씨를 쓰는 사람들이 있고, 게다가 선한 이웃도 만나지 않았나? 평생 힘이 되어준 이웃들이다. 그리고 그들은 고스란히 한 세대를 뛰어넘어 지금 바로 이 시점에 70여 년 전 그 시절을 증언해주는 희귀한 증인이 되어주기까지 했으니 나에게도 선한 이웃이다. 물론 이 시절의 사진은 아무것도 남은 것이 없지만 기억이 사무칠 때 그것이 몇 장의 사진보다 훨씬 생생할 수 있다는 점을 나는 이분들의 증언을 통해 번개에 맞듯 선연히 깨달았다.

우선 최도명 목사의 얘기를 들어보자. 최 목사는 바로 이 평양 시절 아버지의 지기가 되어 평생을 죽마고우로 지낸 분이다. 내가 언젠가 아버지의 기록을 정리하는 일이 있을지도 모르겠다는 막연한 생각에 20여 년 전인 1990년 최 목사로부터 들어두었던 증언이다.

"평양의 경상골은 대동강 변의 을밀대와 부벽루 사이의 모란봉 공원 지역으로 공기가 맑아 요양하기에는 아주 그만이었다. 일제시대에 주변에는 일본의 신궁도 있었다.

그때 김 선생은 '절대 요양'이 필요한 상황이었다. 왜정 말에 약도 없어, 영양을 취하고 휴양하는 수밖에 없었다. 그런 시대이다 보니 할머니께서 정말 애를 많이 썼다. 하나밖에 없는 아들이니……. 당시 할아버지는 만주에 있으면서 오가는 상황이었다. 정말 한자리에 오래 머물러 있지 못하던 분이었다. 그때 경상리의 김 선생 집은 한와 기와집으로 방은 두 칸보다 많았던 것으로 기억된다. 대청도 있었고……. 부연(附椽, 겹처마를 설치하기 위해 서까래 끝에 덧대는 짧은 서까래)도 달린 번듯한 집이었다. 할아버지가 '밖'으로 많이 나다니는 분이긴 했지만 돈을 잘 벌고 가족에 대해서도 책임을 지는 분이었기 때문에 그렇게 생활할 수 있었던 것으로 기억된다.

이 무렵에 우리는, 어머니들도 함께, 집에서 과히 멀지 않은 창동교회에 다녔는데 김 선생이나 나나 모두 거기서 김화식 목사님으로부터 1941년에 세례를 받았지. 그 김 목사의 큰아들은 우리보다 나이가 조금 많았는데 나중에 〈가고파〉의 작곡가로 유명해진 김동진이 바로 그 사람이다. 셋째 아들 동환이가 우리하고 연배가 같았다."

이런 설명의 분위기를 보면 대개 느껴지겠지만, 최 목사는 이 시절의 아버지와 우리 가족의 상황에 대해 속속들이 설명해줄 수 있는 유일한 분이었다. 그 이유는 아주 간단했다. 그는 아버지보다 몇 년 연하이긴 했으나 이 시절 한동네에 사는 유일한 동년배 친구였기 때문이다. 게다가 당시 30대 중반이던 할머니는 최 목사(당시는 평양신학교 재학생)의 어머니, 그리고 또 한 분의 어머니(나중에 통영여중의 교장이 되는 주영혁 선생의 부인)와 더불어 '삼총사'라고 불릴 정도로 가까운 사이였다. '가깝다'는 말은 틀린 표현이 아니지만 참 부족하다. 왜 부족한지는 나중에 설명할 기회가 있을 것 같다. 일단 최 목사의 얘기를 조금 더 들어보자.

"당시 폐병이라고 하면 누구든 같은 자리에 있으려 하지 않았다. 그렇지만 김 선생은 성격이 워낙 깔끔해서 교회에서 인정을 받았고 말과 행동에 실수가 없었다. 나와 함께 청년회와 성가대 일을 했다. 그렇지만 교우 관계는 넓을 수가 없어 나만 그 집에서 먹고 자고 했을 뿐이다. 그러나 오후 3시 발열 시간이 되면 나를 내버려두고 자기 방으로 가 체온계를 입에 물고 눕곤 했다. 또 내가 그 집에 놀러가곤 했지 김 선생은 우리 집에 온 적이 거의 없다. 스스로 조심하느라 그랬던 것 같다.

김 선생은 집에서 안정하면서 과학 방면의 책을 많이 읽었다. 『파브르 곤충기』가 기억난다. 김 선생 덕에 나도 신학생이면서도 당시 과학 책을 많이 읽었다. 내가 '인삼을 많이 먹으라'고 하면 김 선생은 '그 근거가 뭐냐?'고 따지곤 했다. 한약은 검증되지 않았고, 그러니 인삼이라고 해봐야 '풀뿌리'에 불과하지 않느냐는 식이었다. 천생 과학자였다. 그래서 너의 할머니가 무던히도 속상해하셨다. 그래서 나보고 오라고 하셔서 할머니가 직접 달인 한약을 같이 먹으라고 하기도 하셨다."

10대 후반부터 20대 초반을 한동네에서 보낸 두 친구가 꽤나 가까웠던 모양이다. 친구를 위해 쓰디쓴 한약까지 함께 먹어주는 사이였던 걸 보면 그렇다.

그런 두 친구의 관계는 앞에서 설명한 것처럼 나중에 '달콤함'으로도 이어졌다.

"김 선생의 취미는 독서였다. 이와나미 문고판을 많이 갖고 있었다. 그렇지만 음악도 좋아했다. 당시 흔치 않던 축음기를 갖고 있었고, 베토벤, 모차르트, 쇼팽 등의 레코드판도 많이 모았다. 취미 생활 하기에 음악이 가장 좋지 않았겠나? 그러나 음악을 듣기만 했던 것이 아니라 스즈키 바이올린과 기타도 갖고 있었고, 책을 보고 혼자 공부해서 그런 악기들을 다룰 줄 알았다. 클래식 말고 〈애수의 소야곡〉, 〈두만강〉 같은 유행가도 즐겨 불렀다. 그런가 하면 캐논 카메라도 갖고 있어서 사진도 많이 찍었던 것으로 기억된다. 상대적으로 풍족한 생활이었다. 할아버지가 '한량'이긴 했지만 똑똑하고 책임감이 강했기 때문에 그런 생활을 할 수 있었다."

사실 이런 설명을 들으면서 나는 그 말이 곧이들리지 않았다. 아니 때가 어느 때인데 그런 생활을 할 수 있다는 말인가 하는 생각이 들었다. 폐병쟁이 소년이 혼자서 책을 읽다 보면 이것저것 사 모으게 될 것이다. 거기까진 고개가 끄덕여진다. 자연스럽다. 그런데 축음기도 갖고 있었다고? 그게 당시로선 보통 물건인가? 게다가 일제 바이올린과 기타도 갖고서 독학으로 연주법을 익혔다고? 이쯤 되면 돈의 문제를 넘어서서 그게 과연 현실적으로 가능한 일인지 의아스럽다. 그런데 카메라는 도대체 어떻게……. 현실감이 느껴지지 않았다.

여기서 두 가지 의문이 선명하게 떠올랐다. 첫째, 할아버지는 도대체 어디로 다니면서 무슨 일을 하셨기에 이렇게 번듯한 집을 마련했으며 아들의 호사가 수준급에 이르도록 할 수 있었을까? 특히나 아버지는 하얼빈과 봉천에서의 만주 생활 중에 폐병을 얻지 않았나? 그건 간단히 얘기하자면 할아버지가 그때에 (적어도 하얼빈 시절에는) 가족을 제대로 살피지 못한 결과였다. 그런데 가족들이 국내의 평양으로 돌아온 뒤에는 개과천선이라도 했다는 말인가? 그런데 그건 최 목사가 그렇게 얘기하고 내가 검증할 길이 없으니 그렇다 치자.

둘째, 아버지는 르네상스인답게 다방면에 관심을 보였던 것 같은데 그렇다고 해서 독학으로 바이올린 연주까지 했다는 대목만은 믿기지 않았다. 그건 절대음감을 갖추고 운지법도 피나게 연습해야 될까 말까 한 문제였다. 과연 그게 1940년대의 평양에서 가당키나 한 일이었을까?

그러고 보니 몇 가지 기억이 있었다. 우선 냄새의 기억이었다. 내가 어릴 때 아버지의 바이올린 케이스를 열면 말로 설명하기 힘든 냄새가 나곤 했다. 결코 싫지는 않았지만 그렇다고 일상생활에서 흔히 맡을 수 있는 냄새도 아니었다. 그것이 바이올린 활에 바르는 로진(rosin, 송진의 일종)의 냄새임을 안 것은 한참 뒤의 일이었다. 아무튼 언제부터인지는 알 수 없지만 아버지가 바이올린을 갖추고 있었고 그것으로 연주를 했던 것만은 분명한 사실이었다.

또 우리 집 어느 한구석에 옛날 사용하던 릴 테이프가 하나 처박혀 있어 그걸 재생할 수 있는 육중한 장치를 어렵사리 찾아 들어본 적도 있었다. 바이올린 연주가 아니어서 아쉽긴 했지만 스피커에서 흘러나오는 30대 후반 아버지의 노랫소리는, 그걸 사후 수년 만에 듣는 아들의 감격스러운 심정은 논외로 하더라도, 담백하고 좋았다. 물론 성악가 수준은 아니었지만 시쳇말로 폼 잡지 않고 정확하게 부르는 노래였고 아주 편안하게 들을 수 있는 가락이었다. 이와 관련해서는 어머니도 한 가지 기억을 갖고 있었다.

"우리가 이문동에서 약국을 할 때 근처에 색소폰을 전공하는 경희대 음대 학생이 한 사람 있었는데 그 학생이 아르바이트로 야간업소 같은 데에서 일했던 것 같다. 일 나갈 때인지 일 끝내고 들어올 때인지 모르겠는데, 우리 약국에 들를 때 그 학생이 들고 온 악보를 보고 너의 아버지가 생전 처음 보는 곡을 입으로 흥얼흥얼 따라 불러 그 학생이 깜짝 놀란 일이 있다. 그 학생이 그러더라. 자기네는 전공자이니 당연히 처음 보는 악보도 대강 따라 부를 수 있지만 전공자도 아닌데 초견(初見) 악보를 어떻게 읽어낼 수 있냐고."

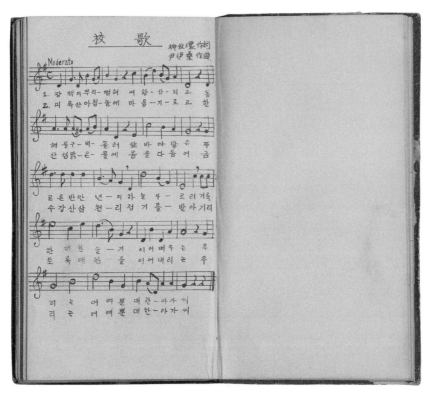

아버지의 음감과 노래를 더 이상 글로 설명하거나 사진으로 보여줄 수 없는 것이 무척 아쉽다. 다만 음악에 대한 관심을 보여줄 수 있는 방법이 없을까 궁리하던 차에 1953년도 교무수첩 뒷부분에 아버지가 직접 만년필로 기입한 통영여중 교가의 악보가 눈에 띄었다. '작사'를 한 유치환이나 '작곡'을 한 윤이상 모두 통영 출신이었고, 아버지에 조금 앞서 통영여중 교사를 지낸 분들이었다. 이들과 아버지의 통영여중 재직 시기는 전혀 겹치지 않았다. 교가 악보의 유인물이 있었을 터인데 굳이 그것을 손으로 그려 넣은 이유는 잘 모르겠다.

하긴 동네 약국의 늙수그레한(그때는 40대만 되어도 그렇게 보였다!) 약사 아저씨가 악보를 읽어내니 놀랄 만도 했겠다. 그 음감은 훈련의 결과라기보다는 타고난 것이었을 텐데 그게 어디서 유래한 유전자인지는 잘 모르겠다. 할아버지의 노래는 내가 들어본 적이 없고 할머니의 노래는 앞에서 말한 릴 테이프에 한두 곡 남아 있어 다시 들어보았다. 그걸 들으면서 정식 학교교육을 받은 적이 전혀 없는 분이지만 참 당당하고 쾌활하게, 그리고 즐기면서 노래를 부른다는 느낌을 받았다. 아무래도 아버지의 음감에 대해서는 모계 쪽의 손을 들어주어야 할 것 같았다. 그것이 다시 자식대로 전승되지 않은 것은 대단히 유감스러운 일이었다.

/

보물지도

/

2010년 가을, 부고를 받았다. 최도명 목사께서 돌아가셨다는 소식이었다. 참 건강한 분이었는데 안타까웠다. 타고난 건강 체질에 낙천적인 성격이어서 함께 있으면 늘 즐거워지는 분이었다. 은퇴한 뒤 80대 중반까지 가족과 더불어 건강하게 지내셨다는 사실에서 위로를 받을 수밖에 없었다.

최 목사와 아버지의 각별한 친분은 이미 설명한 대로다. '쓴 약을 함께 먹어주는 친구'였던 것이다. 그런 만큼 내가 듣고 싶은 얘기가 많았다. 앞서 소개한 것처럼 20여 년 전 평양 시절의 얘기를 일부나마 들어둔 것이 나로서는 다행이라면 다행이었다. 그러나 아버지의 기록을 본격적으로 정리하기 시작하면서 '조만간 한번 찾아뵈리라'고 마음속으로 가장 크게 꼽아두었던 분이 최 목사였기 때문에 아쉬움이 컸다. 역시 시간은 우리의 생각과 계산을 기다려주지 않는 것 같다.

그러나 어쩌겠는가. 사람의 생이 본인이건 타인이건 그 의지로 좌지우지할 수 있는 것이 아닌 것을. 그렇게 나는 나대로 상실감에 젖어 있던 가운데 2011년 봄이 다 지나갈 무렵 통영을 방문한 적이 있었다. 우리 가족이 6년간 이 아름다운 도시에 살면서 크게 연을 맺었던 두 곳(학교와 교회) 중의 한 곳, 충무제일교회를 찾아보는 것이 목적이었다.

속으로 좀 쑥스러웠다. 이미 반세기보다 더 오래전에 이 교회에 다녔던 사람의 흔적을 알 수 없겠느냐고 불쑥 찾아가서 묻는 것 자체가 쉬운 일이 아니었다. 나는 수사관도 아니고 이제는 기자도 아니지 않은가? 그렇다고 아버지가 남긴 보물지도가 갑자기 발견돼 그걸 쫓는 보물 사냥꾼도 아니고……. 말문을 트는 것 자체가 쉬운 일이 아니었다.

그래서 나 나름대로 고심한 끝에 한 가지 방법을 찾아냈다. 우선 아버지의 사진들 가운데 이 교회와 관련된 것들을 추려보았다. 50컷이 넘었다. 적은 양이 아니었다. 이걸 모두 외장 하드디스크에 담았다. 그리고 아버지의 메모를 바탕으로 각 컷에 대해 일일이 설명을 달았다. 촬영 일시와 장소, 그리고 내가 아는 범위에서 등장인물과 상황 등등.

이런 준비 작업을 마치고 고속버스에 올라타 통영 터미널에 내리자마자 바로 교회로 찾아갔다. 사무실에 들어서서 이 교회의 젊은 부목사와 마주 앉았다.

"제가 두 가지 용건이 있어서 왔습니다. 첫째는, 오래전에 저의 선친께서 이 교회를 다니셨는데 그때 교회와 관련된 사진을 남긴 것이 꽤 있어서 그걸 기증하고 싶은 겁니다. 혹시 교회의 역사 같은 걸 정리하실 계획이 있다면 도움이 되지 않을까 해서요."

처음엔 다소 놀라던 젊은 목사의 얼굴에 약간의 미소가 돌았다. '됐다!' 바로 교회 사무실의 컴퓨터에 나의 외장 하드디스크를 연결해 사진과 설명문 등 준비해간 것을 모두 내려받았다. 1분도 채 걸리지 않았다. 화면에서 사진을 넘기며 대강의 설명도 즉석에서 덧붙였다.

"이분은 이 교회 두 번째 담임 교역자셨던 양승달 전도사님. 한 1년 정도 계시다가 부산으로 가셔서 거기서 목사 안수를 받으셨지요. 혹시 이분 사진이 교회에 남아 있을까요?"

통영제일교회(현 충무제일교회)와 교우들의 이모저모. 사진 1은 이 교회 제3대 교역자인 김현중 목사가 자택에서 금붕어를 돌보는 모습. 사진 2는 교우들이 그 자녀들과 함께 장좌도로 해수욕 갔다가 쉬는 장면. 사진 3은 아버지를 통영으로 불러준 통영여중 교장인 동시에 이 교회의 첫 장로였던 주영혁 선생의 가족과 함께. 사진 4는 할머니와 마침 우리 집을 방문한 할머니의 동년배 교우들. 사진 5는 이 교회 제2대 교역자였던 양승달 전도사가 부산의 북부교회로 옮겨간 뒤 아버지가 그곳을 찾아갔을 때. 사진 6은 이 교회 청년 회원들과 함께 바닷가에서. 사진 7은 양승달 전도사가 한산도에서 여름 수양회를 진행하는 모습. 사진 8은 한산도 제승당을 방문한 이 교회 청년 회원들.

"아니요. 없습니다. 그런 분이 우리 교회의 아주 초창기에 계셨다는 기록은 있지만 사진은 처음 봅니다."

"그다음은, 양 전도사님 다음에 교회를 맡으셨던 김현중 목사님이네요. 아, 이렇게 그 가족과 당시 교인들이 함께 찍은 사진도 있네요. 이건 김 목사님이 금붕어를 기르시는 모습이라고 설명이 붙어 있고요."

"아, 김 목사님도 역대 교역자 명단에서 성함을 봤을 뿐 사진으로 뵙는 건 처음입니다."

이런 대화가 한동안 오간 끝에 자연스럽게 나의 두 번째 용건으로 나아갔다.

"이렇게 나름대로 의미 있는 기록들을 선친께서 남겨주셔서 이게 도움이 될 만한 곳에는 당연히 드려야 한다고 생각하고 있습니다. 그러면서 그 당시의 아버지를 아실 만한 분이 지금도 이 교회에 계신다면 혹시 소개해줄 수 없을까 하는 기대를 갖고 왔습니다. 아버지를 알 만큼 연세가 드신 분이라면 이 사진들에 대해 저보다 훨씬 풍부하게 설명하실 수도 있을 거고요."

젊은 목사가 고개를 끄덕였다. 취지가 충분히 전달된 것 같았다. 그 교회에 사진을 기증하고 싶다는 것은 나의 솔직한 뜻이기도 했다. 그 사진들이 무슨 보물이라도 되는 양 꽁꽁 싸매둬서야 무슨 소용일 것인가? 그렇다고 그게 돈을 받고 팔 물건도 아니지 않은가? 내가 아버지로부터 '값없이' 받은 것을 나도 '값없이' 누군가에게 주어 그 사람 역시 기쁨을 얻을 수 있다면 그것이야말로 아버지가 이렇게 사진을 정리해서 남겨준 본래의 뜻이 아니겠는가? 그 본래의 뜻에 충실하고자 했다.

아마도 이 젊은 목사는 나와 함께 사진을 넘겨보는 가운데 이미 머릿속으로 그 시대를 알 만한 교인들을 꼽아보았던 것 같다. 즉답이 돌아왔다.

"그 시절을 아실 만한 분은, 지금 제 머릿속에 떠오르기로는, 은퇴한 두 분 자매 권사님밖에 없는데……. 그중에 언니 분은 연세가 좀 많으셔서 말씀하시기가 편한 상태가 아니고……. 또 동생 분은 지금 얼추 계산해보니 그 무렵 통영여중 재학생이기도 해서 아주 적격인 것 같은데 요즘 몇 년째 다른 지방의 아들 집에 가 계셔서……."

아, 단서가 있기는 있구나 싶었다. 당장 그곳 통영에서 대면할 수 없는 것이 아쉬웠지만 이 정도 되면 사실상 다 된 것이나 다름없다. 나아가 운이 좋으면, 통영 시절의 교회와 학교 양쪽의 인연을 모두 건질 수 있는 기회가 될지도 모른다는 기대에 부풀었다.

그런데 그것은 크게 부족한 판단이었다. 이 젊은 목사가 내게 연락처를 알려준, 현재 경상북도 구미에 거주하는 그 동생 권사는 내가 기대는커녕 상상조차 할 수 없던 증언의 매개체 역할을 톡톡히 했다. 그분이 내게 소개해준 것은 아버지의 옛 시절로 들어가는, 그야말로 보물지도였다. 내가 평양 얘기를 하다가 갑자기 통영 얘기를 하는 이유가 바로 여기에 있다.

'그 맑은 시냇물'

내가 경상북도 구미로 전화를 건 것은 젊은 목사를 만난 바로 그날 해가 질 무렵 통영의 한 호텔 방에서였다. 그날따라 오후부터 여름을 재촉하는 비가 주룩주룩 내렸다. 낮에는 통영의 지리를 익힌답시고 우산을 든 채 이곳저곳 혼자 걸어 다녔더니 몸이 꽤나 노곤하던 참이었다.

그렇지 않아도 그 젊은 목사가 미리 전화를 해와서 내가 전화할 것을 알고 있었다면서 반겨주었다. 그 동생 권사는 아버지, 어머니, 할머니는 물론이고 첫 돌이 지나자마자 통영을 떠난 나의 이름과 당시 모습까지 기억하는 분이었다. 세상에 이런 일도 있구나 싶었다. 학교와 교회에서 만난 아버지에 대해선 "마음의 깊이가 있는 선생님이셨다"고 추억했다.

김애자 권사였다. 1940년생으로 1952~1954년에 통영여중에 재학했던 이 분은 한참 동안의 전화 통화 끝에 "나보다 아버지를 훨씬 잘 기억할 친구가 있다"면서 부산에 거주하는, 역시 한 교회의 권사인 동급생의 연락처를 알려주었다.

그는 주임정 권사였다. 통영여중 동급생으로 같은 교회에 다녔으며 마침 우리가 살던 집에서 한두 채 건너에 그의 집이 있었다고 했다. 그뿐인가? 그는 당시 통영여중의 교장 주영혁 선생의 딸이라는 것이었다. 주영혁 교장이 누구인가? 바로 아버지를 통영으로 불러준 장본인 아닌가? 그리고 그럴 수 있었던 인연은 평양 시절 이웃에 살아 시작된 것이 아니었던가? 갑자기 이야기가 달라졌다. 나는 주 교장의 자녀를 찾아볼 생각은 전혀 못했는데 기억이 자기 발로 또다른 기억을 불러내고 있다고 해야 할지, 심해에 살던 화석종(化石種) 물고기 실러캔스가 잠깐 몸을 뒤틀어서 수면 위로 모습을 보인 것과 같다고 해야 할지…… 증언의 범위가 통영을 넘어 평양에까지 이를 수 있다는 생각에 잠시 전율했다.

역시 바로 전화를 넣었고, 통영 시절의 여러 일화를 들었다. 마치 내가 연락해오면 들려주기 위해 준비하고 있었던 것처럼 느껴질 정도였다. 사람들에겐 특별히 주고받은 물건이 없어도 함께 도모한 일이 있다면 그것에 대해 지워지지 않는 생생한 기억이 남는 모양이다. 나는 그 기억의 대상이 아버지를 포함해 우리 가족이라는 사실에 감사할 수밖에 없었다. 그 상세한 얘기는 다른 자리에서 하는 게 좋을 것 같다. 지금은 평양 시절을 되짚어보다가 잠시 얘기가 비켜난 것이므로.

주임정 권사는 대화 끝에 아버지 주 교장 선생의 고향이 경남 진해의 웅천임에도 불구하고 20년 가까이 평양에서 교편을 잡아 그때 나의 아버지, 할머니와 인연을 맺었고 자기 형제들도 모두 평양에서 태어났다고 소개했다. 이어 그는 "나는 해방될 때 대여섯 살밖에 안 돼 평양 시절을 잘 기억하지 못하지만 나보다 여덟 살 위인 언니는 훨씬 더 많은 기억을 갖고 있을 것"이란다. 점입가경이었다. 우리 나이로 여든 살이 넘은 언니가 지금 살아 계시다는 말인가? 그렇단다. 다만 지금 거주하는 곳이 바다 건너 하와이라는 점이 아쉽다고 덧붙였다.

물론 국제전화를 할 수도 있는 일이지만 이런 구구한 내용은 시간의 압박을 받을 수밖에 없는 전화로는 소화하기 힘든 것이었다. 어떻게 하와이 할머니께 연락을 넣을까 생각하던 중에 부산의 주임정 권사로부터 다시 전화가 걸려 왔다.

"마침 하와이 언니한테서 전화가 와서 필목 선생님 얘기를 했더니 그렇게 반 가워할 수가 없었어요. 게다가 언니는 6·25 때문에 다니던 대학을 쉬면서 아 버지(주영혁 교장)가 계시던 통영여중에서 잠시 임시교사로 일하기도 했지요. 그러니까 단기간이나마 필목 선생님과 함께 같은 학교의 교사로 재직했던 셈 이지요. 언니가 전화로 그러더라고요. 수업 종이 울려서 해당 교실로 가는데 마 침 필목 선생님과 함께 복도를 걸어가면서 대화라도 나눌라 치면 학생들이 수 군수군했다는 거예요. 처녀 총각이 뭐 저렇게 다정하게 대화를 나누느냐는 것 이었겠지요. 언니는 존경하는 선생님과 대화하는 것뿐이었는데……."

주숙정. 그 언니의 이름이다. 앞에서 '저 못 가에 삽살개' 노래를 기억해 알려 주었던 바로 그 주숙정 선생이다. 하와이에서 정신과 의사로 일하다 이제는 은 퇴한 분이다. 나는 그 동생 주임정 권사에게 이메일 주소를 받은 뒤 2011년 6월 근 보름 동안 거의 매일 하루에 한두 통씩 주숙정 선생과 장문의 이메일을 주고 받았다. 아마 연애편지도 이렇게 자주 애틋한 사연을 담아 쓸 수는 없으리라.

주 선생은 미국으로 떠난 지 50년이 넘었음에도 왕성한 기억력을 보여주었 다. 솔직히 말해 더 놀라운 것은 이국땅에서 그렇게 긴 기간 살았는데도 전혀 어색하지 않은 한국어 문장 구사 능력과 그 능력을 뒷받침해주는 타이핑 능력 이었다. 나는 주 선생으로부터 70년 전 일제강점기 말기의 평양의 경상골 정경 과 어려운 상황일망정 그곳에서 서로 믿고 의지하며 정겹게 살던 선한 이웃들 의 이야기를 마치 활동사진 보듯 그려볼 수 있을 만큼 들었다. 마음 깊은 곳으 로부터 우러나는 감사를 드리지 않을 수 없었다. 아마 주 선생도 기꺼운 마음으 로 그 시절을 회상했을 것이다.

"나는 1932년 평양에서 태어나 종로소학교 2학년이던 1942년부터 열네 살,

아버지와 주숙정 선생이 함께 나온 사진은 아무리 찾아봐도 이것 한 장밖에 없었다. 1955년 봄 통영여중의 제6회 졸업 기념 사진이다. 이 사진을 스캔해서 하와이의 주 선생께 보냈더니 둘째 줄 오른쪽에서 두 번째가 자신이라고 알려주었다. 주 선 생으로부터 왼쪽으로 한 사람 건너 바로 아버지가 앉아 있다.

해방될 때까지 경상골에서 살았어요. 보내주신 최도명 목사님의 글을 읽자니 경상골의 맑은 시냇물이 그리워지네요. 우리가 경상골 안의 모란봉 가까운 언덕 집에서 신궁산(神宮山) 바로 밑의 일본 주택으로 이사하면서 송근모 집사님(나의 할머니)과 이웃해 살게 되었지요.

송 집사님 댁은 우리 집에서 계단만 내려가면 바로 있었는데 신축한 깨끗한 한옥이었어요. 나는 그 댁에 잔심부름을 많이 다녀서 마루가 언제나 반질반질한 걸 봤어요. 가끔 만주에서 돌아오신 아버님(나의 할아버지)이 앉아 계실 때도 있었고, 마당 한구석엔 앙고라토끼장이 있었는데 부지런하신 송 집사님이 전쟁으로 모든 것이 부족할 때 앙고라 털실을 만드셨던 기억도 어렴풋이 납니다. 송 집사님이 동물 사랑하시는 것은 평양 시절부터 유명하였어요. 내가 초등학교 때 친구 집에서 고양이 새끼를 한 마리 얻어 왔는데 잘 먹지 않아 죽을 뻔한 것을 송 집사님이 댁으로 가지고 가서 살려내서 잘 키우셨던 기억도 납니다.

우리는 학교 가거나 밖에 나갈 땐 필목 선생님 방밑을 지나다녔지요. 송 집사님은 우리 집에 오셔서 사랑하는 아들 이야기를 많이 하셨는데 만주에서 아버님이 불쑥 오시면 필목 선생님이 금시 달려와 '오마니, 아바지 오셨어!' 하고 모셔가던 생각이 납니다."

거의 오래된 흑백영화의 한 대목이다. 카메라가 평양 상공에 있다가 갑자기 줌인해서 경상골 어느 골목길의 이 집 저 집 앞마당을 잡아낸 것 같다. 혹시나 해서 1930년대의 신문을 찾아보니, 당시 토끼 사육 사업이 선풍을 일으키고 있었다. 특히 앙고라토끼로부터 털을 얻기 위해 사육하는 일이 전국 각지에서 성행하고 있었다. 그런가 하면 카메라 고도가 조금 높이 올라간, 보다 큰 그림도 있다.

"우리가 처음 신궁산 밑 일본 주택으로 이사 갔을 때는 앞마당에 터가 꽤 넓어 사과나무, 배나무, 앵도나무 등 열 그루가 넘는 나무들로 마치 과수원 같은 기분이었고, 대문을 열면 경상골 가운데를 지나가는 시냇물이 바로 앞에 있었는데, 지금 뉘앙스로는 조금 어감이 다를지 모르지만 그때 평양 사람들은 그걸 그저 조금 큰 시냇물이라는 뜻으로 '개골창'이라고 했습니다. 모란봉 밑에서 빠른 속도로 물소리도 요란하게 흐르는 개울이 아래로 내려오면서 수량이 차츰 많아지고 폭도 넓어져 개골창이 되었지요. 언젠가 그 넓은 뜰에 집들이 지어져 우리 집터가 작은 동네가 되었는데 아마 송 집사님 댁도 그때 지은 집이라고 생각됩니다.

송 집사님 댁은 바로 개골창 옆이었는데 대문에서 조금 떨어져 개골창을 건너는 다리가 있어서 그 새로 난 작은 동네 사람들이 다 그 다리를 건너 모란봉 쪽으로 올라갈 수도 있고 아랫동네나 시내로 나갈 수도 있었습니다. 시냇물 건너편에 있는 집들은 모두 그렇게 다리를 놓아 건너가게 되어 있었는데 아랫동네로 내려갈수록 집도, 다리도 많아졌어요. 개골창과 나란히 뻗은 길은 장터까지 하나뿐이었는데, 그 길을 걸어 좀 더 내려가면 저의 아버지가 근무하시던 숭인상업학교의 붉은 벽돌 건물이 나오고, 거기서 더 내려가면 대동강이었지요. 송 집사님 댁과 우리 집은 모란봉과 장터의 중간 부분이어서 꽤 조용했고, 시냇물도 모란봉 개울처럼 깨끗하진 않았으나 늘 흐르는 맑은 물이었지요. 우리 형제들이 어릴 때 놀던 곳은 모란봉이고 그때 보았던 맑고 깨끗한 시냇물이 지금도 종종 꿈에 나타나 마음을 즐겁게 해준답니다."

이 묘사를 읽는 것만으로도 마음이 즐겁지 않은가? 아버지가 이 시절의 사진으로 남긴 것은 단 한 점도 없다. 아니, 있어도 굳이 볼 필요가 없다. 주 선생의 설명만으로 쇄락한 시냇물 소리가 들리고, 마을 사람들이 시냇물에 걸린 다리를 건너 모란봉으로, 장터로 부지런히 오가는 그림이 꼭 손에 잡힐 것 같다.

나중에 통영여중 교장이 되지만 이때만 해도 숭인상업학교의 평교사였던 주영혁 선생 부부도 이곳이 비록 타향일망정 20년 가까이 터 잡아 살았고 여섯 자녀를 모두 여기서 낳았다면 경상골이 고향이라고 말한다고 해서 이상할 것이 전혀 없다. 할머니와 아버지도 원래 선대의 고향은 평양에 인접한 용강군이지만 이 무렵 정양차 '물 맑고 공기 좋은' 경상골에 자리 잡고 있었다. 할아버지가 만주에서 왕래하기 편하도록 평양을 선택했는지도 모를 일이었다.

어쨌든 당시만 해도 고향을 떠나 외지로 나가 사는 일이 그리 많지 않던 때여서 두 집 모두 엄밀한 의미에서는 타향이었겠지만 그럴수록 한번 가까워진 관계는 시간이 갈수록 더욱 견고해졌다. 그 관계가 기독교 신앙을 매개로 한 것이었다는 점에 시대적 특징이 있었다. 때는 또 얼마나 엄혹했던가? 제2차 세계대전 기간의 공출과 징용 등 경제적·사회적 압박에 더해 기독교인들은 신사참배라는 또 하나의 난제와 씨름하던 시기였다. 이때 평양을 중심으로 신사참배 거부 움직임이 일었던 것은 잘 알려진 사실이다.

주영혁 선생(1901~1992년)의 당숙인 주기철 목사(1897~1944년)가 끝내 신사참배를 거부하고 1944년 4월 평양형무소에서 순교한 것이 대표적인 사례였다. 주 선생 댁과 우리 집은 그때 모두 이런 근본주의 신앙에 의기투합했다. 이 시절을 회고하는 주숙정 선생의 어조에 여러 가지 울림이 있었다. 찬찬히 들어볼 필요가 있다.

"어머니는 창동교회에 열심히 다니면서 여러 교우들을 만나고, 특히 무엇이든 새것을 배우길 좋아하여 그때 어머니가 해준 이북 음식 녹두지짐, 비지 등은 지금도 우리 형제들이 좋아한답니다.

경상골 일본 주택으로 이사하고부터는 그때만 해도 40 전후로 많이 젊으셨던 우리 어머니, 송 집사님(나의 할머니), 전영희 집사님(최도명 목사의 어머니) 등 세 어머니는 매일 만나면서 함께 성경 공부, 기도, 찬송을 하시고 번갈아 독창으로 song contest도 하셨어요. 아버지가 며칠간 출장이라도 가시면 세 분이 우리 집에서 함께 주무시기도 했지요. 요즘처럼 다양한 교회 행사가 없던 그 시절에는 교우 간의 그런 단순한 친목이 퍽 소중했으리라 생각됩니다.

2차 대전이 시작되자 신사참배가 강요되고 기독교 신자들에 대한 압박이 날로 심해졌는데 평양 산정현교회의 주기철 목사님이 신사참배 거절로 마즈막으로 수감(1941년 8월의 제4차 검거. 주 목사는 이때 2년 8개월 수감 후 감옥에서 순교)된 이후 신사참배를 인정한 사람들이 교회를 운영하게 되자 그 부인, 아들, 노모가 목사 사택에서 쫓겨나 여기저기 셋방살이를 했지요. 그때 산정현교회를 떠난 사람들이 많았다고 들었습니다.

어머니가 창동교회를 떠난 것이 언제인지는 정확히 모르겠으나 아마도 그 교회 김화식 목사님이 처음에는 신사참배에 반대해 주 목사님과 함께 감옥에 가셨다가 그 후에 일경의 위협에 굴해 출옥하신 것이 계기가 된 것 같습니다. 김 목사님은 박학하시고 유능한 분이라고 들었으며, 지금 생각하면 다 이해할 수 있는 일인데…….

주 목사님이 해방되기 한 1년 전 옥중에서 돌아가시던 그 무렵부터 해방될 때까지 최도명 목사님이 '지하교회'라고 표현하신 가정예배가 매주 우리 집에서 열렸던 것으로 생각됩니다.

많은 교우들이 우리 집에 자주 오셨는데 그중엔 감옥에 계시던 주기철 목사님의 부인 오정모 집사님과 역시 옥중에 계시던 한상동 목사님의 부인도 계셨습니다. 이렇게 친목예배가 열리는 날 학교에서 돌아오면 찬송 소리와 그 은혜로운 분위기가 언제나 감동스러웠습니다. 또 식량이 부족한 때였지만 각자 집에 아껴두었던 쌀이나 밀가루 등을 싸가지고 오면 요리 솜씨 좋기로 유명한 문창님이 순식간에 별미를 만들어 즐겁게 식사를 나누었습니다. 최도명 목사님도 어머니 전 집사님과 함께 참석하셨다는데 필목 선생님도 한번 오셔서 좋은 소감을 말씀하시더라고 들었습니다."

이 설명 역시 그림이 그려진다. 지하교회라는 것이 꼭 비밀리에 모인 것은 아니었던 모양이다. 그리고 '신앙의 근본'을 지킨다는 사명감과 동지애가 이들 사이를 튼튼하게 이어줬던 것 같다. 그러니 만나면 즐거울 수밖에! 함께 예배하기 위해 만나는 일 자체가 축제이기도 했으리라. 그렇다 보니 주숙정 선생도 이 '가정예배'를 '친목예배'라고 표현하게 되었던 것 같다. 하긴 요즘도 교회의 본질적인 기능 중 하나가 '코이노니아(koinonia, 그리스어로 '친교'라는 뜻)'라고 하지만 아무래도 요즘은 그 코이노니아의 본뜻을 피부로 느끼기 쉽지 않다. 그러나 이 경상골 언덕배기에서 열리곤 했던 일제 말의 예배, 그리고 그와 더불어 마련됐던 소박한 밥상 공동체, 또 그런 순간순간에 확인할 수 있었던 동지애…… 그 모든 것의 총합이 이른바 코이노니아가 가리키는 본뜻이 아닐까 생각된다.

이 자리에 할머니는 당연히 정규 멤버였고, 아버지는 그렇지 않았던 것 같다. 이 점에 대해서는 최도명 목사의 설명이 있다.

"일제 말에 교회들을 합치고 일본 말로 설교하게 되자 '은혜'가 떨어져 지하 교회를 운영하게 되었다. 그 교회가 주영혁 장로님 댁에서 모였던 것 같다. 김 선생은 병 때문에 잘 가지 않았으나 나는 어머니에게 이끌려 이 교회에 나가곤 했다."

그렇다고 아버지가 이 교회에 아주 안 가지는 않았던 모양이다. 주숙정 선생의 한 가닥 기억이 그런 상황을 보여준다. 이 무렵 병약했던 아버지의 신앙은 "조심스레 하느님과 함께 살아가는 일"(마가 6:8)이었을 것이다. 이렇게 서로가 서로에게 힘이 되고 의지처가 되어주는 아름다운 관계 속에 해방의 날이 왔다. 그러나 그것은 새로운 고난의 시작이기도 했다.

아름다운 청춘

"모든 스무 살은 완벽한 모델이다."

어느 카메라 회사의 홍보 문구다. 그렇다. 아름답지 않은 스무 살은 없다. 그리고 그 나이 때의 아름다움은 완벽하다. 이렇게 조금 바꿔서 말해도 같은 뜻일 거다. "모든 스무 살은 완벽한 아름다움이다." 아무리 경제적으로 어려워도, 정치적으로 제아무리 억압의 골이 깊어도, 혹은 요즘 많이 쓰는 말로 아무리 '아파도' 그런 상황과는 관계없이 스무 살은 아무런 수식어 없이 그저 스무 살이다.

취업난에 등록금 문제로 고민이 큰 요즘 스무 살들의 경우는 좀 달리 생각할 수도 있겠다. 달리 생각할 이유가 충분히 있다. 공감한다. 그러나 그런 생각에 어설픈 위로를 보내기보다는 나 나름으로 이렇게 얘기하고 싶다. 대한민국 시기를 포함해서 유사 이래 한반도에 존재했던 어느 시대건, 아니 이건 너무 크니 범위를 조금 좁히자면, 적어도 임진왜란 이후 조선 후기 이래 어느 시대건 과도기와 변혁기가 아닌 적이 없었다. '우리는 선배들보다 힘든 시대를 살고 있다'고 하지 않은 적이 거의 없었다는 얘기다.

내가 직간접으로 경험한 범위에서만 보더라도, 개발 연대에는 그 세대대로, 긴급조치 시대에는 그 세대대로, 졸업 정원제 시대에는 또 그 나름대로 각각 이유는 다르지만 고민이 깊었다. 지금의 처절한 고민을 상대화한다고 비난하지 마시길. 그런 고민을 포함해서 청춘에는 충분히 아프고, 충분히 아름다운 여러 얼굴이 있다는 점을 얘기하는 것뿐이니까.

아버지의 스무 살은 어땠을까? 나는 처음엔 그저 '암울한 식민지 시대의 말기'와 겹쳐지는 '병약한 청소년기'를 그려보았을 뿐이다. 몸도, 마음도 아플 만큼 아팠으리라는 얘기다. 그때 아버지는 대학은커녕 일제 말기 4년 혹은 5년제의 중학교를 만주의 봉천에서 3년만 이수한 채 고급 과정을 남겨두고 쉬는 상태였고, 그렇다고 남들처럼 취직해서 경제활동을 하는 것도 아니었다. 한마디로 어정쩡했다. 다방면의 독서와 음악적 취향도 병약한 한 소년이 자기 내부로 침잠하는 과정의 일환이었겠거니 생각했다.

그런 나의 인식을 결정적으로 수정해준 것이 주숙정 선생의 기억이다. 해방 상황으로 가기 전에 그 기억에 의존해서 아버지의 일제 말 스무 살 전후 상황을 잠시 짚어보는 것도 좋을 것 같다.

"필목 선생님이 몸이 약하시단 말씀은 자주 들었으나 우리 6남매 형제들이 볼 땐 언제나 옷을 단정히 잘 입으시고 모자나 cap을 항상 쓰셔서 인상적이었어요. 그때는 만주에서 살다 오셨기 때문에 다른 청년들과 좀 달리 옷을 입으시나 보다 생각했어요. 저보다 두 살 위의 언니는 필목 선생님이 멋있는 분이라고 칭찬했었습니다. 필목 선생님은 violin을 타셨고 음악 작곡에도 능하셨을 뿐 아니라 수학 등 다방면에 재능이 많으신 참으로 멋있는 분이셨습니다."

아무래도 여기서 방점이 찍히는 곳은 '다재다능한 청년'보다는 '멋있는 청년'이다. 당시 열 살 남짓(초등학교 고학년 ~ 여중 1학년)한 소녀의 눈에 비친 이웃집 청년의 모습이랄까. 바이올린으로 어떤 곡을 연주했는지, 어떤 책을 읽는 걸 봤는지를 묻는 것은 너무 가혹한 질문이다. 70년 전 시대적 상황에 대한 설명은 조금 더 있다.

"우리 어머니가 '친형제보다 더 가까운 믿음의 친구' 송 집사님, 전영희 집사님과 함께 세 분이서 즐겁게, 재미나게 지나신 때를 생각하면 최 목사님, 필목 선생님도 꼭 한 가족같이 느껴집니다. 그러나 그처럼 가깝게 살면서 직접 얼굴을 보고 이야기한 적이 없었던 것이 후회스럽지만 70년 전의 사회 환경이니 지금과 비교할 수 없겠지요. 해방 후에도 우리 가족은 1947년에 우여곡절 끝에 모두 월남해서 먼저 내려와 계시던 사랑하는 송 집사님, 전 집사님을 반가이 이남 땅에서 만나게 되었습니다.

그때 정의여고(선교사가 지은 미션 스쿨)를 졸업하지 못한 채 폐결핵 진단을 받았던 두 살 위 언니도 함께 내려왔는데 월남 후에 병이 악화되어 꽃다운 18세에 가버렸습니다. 당시는 특효약도 없고 충분한 영양을 취할 형편도 못 되었지만 필목 선생님은 '지혜로운 투병'과 송 집사님의 '지성스러운 간병'으로 병을 물리치셨지요."

여러 가지 설명이 다 들어 있다. 한 가족같이 대단히 가까운 관계였지만 따로 대화를 나눌 여건은 아니었다는 점을 보면 '남녀칠세부동석'이라는 식의 윤리관이 이때까지도 엄연히 존재했던 모양이다. 또 바로 주위에서 이렇게 결핵으로 이른 나이에 숨지는 일이 많았음에도 아버지가 그 고비를 넘긴 걸 보면 어쨌든 결과적으로 성공적인 투병 생활을 한 것 같다. 당시만 해도 결핵은 이러저러하게 투병하면 완치할 수 있다는, 요즘 시쳇말로 '견적'이 나오는 병이 아니었다. 죽든가 살든가였다. 그만큼 죽음이 가까이 있었다는 얘기다. 그런 점에서 주숙정 선생의 회고 가운데 '병을 물리쳤다'는 표현이 자못 실감이 난다. 그리고 그렇게 병을 물리쳤다면 거기에는 아버지 본인의 '지혜로운 투병'과 할머니의 '지성스러운 간병' 외에 다른 요인을 찾기도 어려웠으리라.

항생제의 효시로 꼽히는 페니실린이 대량 생산되기 시작한 것은 제2차 세계대전 기간 중 1941년 미국에서였다. 당시 우리나라의 식민 종주국이던 일본은 미국의 적성국이었다. 그런 일본의 식민지, 그중에서도 수도에서 멀리 떨어진 지방에까지 항생제가 공급됐을 리 없다. 또 결핵 퇴치에 큰 공을 세운 스트렙토마이신이 개발된 것은 그보다도 한참 지난 1952년이었다. 이 무렵에 결핵을 다스리는 데 도움이 될 약이라고는 화학요법제 정도였으리라. 아버지가 어떻게 투약을 했는지는 알 수 없다. 그러나 나는 확신한다. 투약을 어떻게 했건 할머니가 외아들을 위해 지성으로 마련해준 각종 한약에 집에서 기르던 닭과 토끼, 그리고 앞마당의 신선한 푸성귀 등이 몸보신에 큰 역할을 했을 것을.

솔직히 말해 당시 아버지의 건강은 '병을 물리쳤다'고 단언하기에는 조금 미심쩍은 데가 있었다. 아버지 스스로 작성해놓은 '병력'을 보면 이 시기에 대한 표현은 딱 두 줄이다.

1940년 10월(18세)부터 1945년 10월(23세)까지 5년간 평양 자택 휴양. 체중 부증가(不增加).
1941년 이른 봄(早春) 기관지염, 기관 경련(氣管 痙攣).

이 정도면 건강이 회복됐다고 확신할 수는 없었을 것이다. 시간이 가면서 특별한 병증(病症)이 나타나지 않으니 한편으로는 안도하면서도 체중이 늘지 않는 현상을 두고선 아무래도 완치에 이르지 못했다는 신호가 아닌가 싶어 내심 불안했으리라. 그래서 '체중 부증가'라고 굳이 기록해두었던 것 같다.

다만 몸을 움직이기에 훨씬 좋아진 것만은 부인할 수 없었다. 아버지의 자필 이력서(39쪽)에 따르면, 제2차 세계대전 종전이 임박하던 1944년 11월 10일 '평안남도 시행 국민학교 제3종 교원 시험'에 합격했다. 이런 교원 시험에 응시한 것 자체가 스스로 활동할 만하다고 판단한 결과가 아니었을까 생각된다.

'국민학교 제3종 교원'이 어떤 범주였는지는 잘 모르겠다. 정식으로 사범학교를 나온 것은 아니니 아마도 준교사 같은 것이 아니었을까? 또 이 시험을 치른 것도 정말 학업을 더 이상 계속하지 않고 사회인으로서 교사가 되고자 했던 것인지, 아니면 그저 평소 공부해둔 내용의 점검 차원이었는지도 잘 모르겠다. 그 뜻을 헤아리기 어렵지만 결과적으로 그 후 삶의 여정에 '예고편'이 되었다고 생각된다. 아버지는 길지 않은 한평생에 교사로 지낸 시기가 성년 이후 가장 길었고, 주위 사람들에게 남긴 인상도 '김필목 선생'으로서의 이미지가 가장 선명했다.

아무튼 이렇게 교원 시험에는 합격했을망정 당장 임용될 수 있는 상황은 아니었다. 1944년이나 1945년이면 학생이건 교사건 다니던 학교도 상당수 그만두었을 때이니 신규 교원 임용은 꿈도 꿀 수 없는 일이었을 게다.

10대 후반부터 20대 초반까지 아버지의 청소년기는, 한 치의 차이도 없이 누구에게나 그렇듯, 아주 특별한 시기였다. 아버지는 그 시기에 얻어야 할 모든 것을 얻었다. 최소한의 건강 회복을 이뤘고, 비록 학교에 다니지는 못했지만 자연스럽게 자신의 관심이 이끄는 대로 폭넓은 독서를 통해 간접적이나마 세상과 접촉하면서 음악적 자질까지 확인하고 개발해가던 시기였으니 내면도 충일했을 것으로 보인다. 거기에 더해 스스로는 초보적이나마 교사의 세계에 접했으며, 주위 사람들에게는 멋있는 청년의 인상을 주기까지 했으니 무엇을 더 바랄까. 아, 한 가지가 더 있다. 아버지는 이 시기에 '쓴 약'을 함께 먹어주며 평생의 곡절을 같이할 죽마고우까지 얻었으니 이만하면 아버지의 스무 살은 차고 넘치는 행복한 청춘(beatissima juventus)이었다고 할 만하지 않은가?

아버지는 해방되던 해의 가을, 그러니까 만 20세가 넘은 상태에서 평양의 동명중학교(일제강점기 '평양 제3공립중학교'의 후신) 4학년에 편입했다. 당시 동명중학교는 원래 자리 잡고 있던 평양 중심가의 신양리(新陽里)를 벗어나 1941년 대동강 건너의 율리(栗里)로 교사를 옮긴 상태였다. 아버지는 이미 만주 시절에

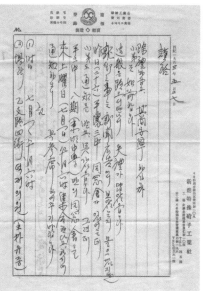

나는 아버지의 이력서에서 '1946년 7월 1일 평양 동명중학교 제4학년 졸업'이라는 대목을 처음 보았을 때 솔직히 의심했다. 평양의 '동명중학교'는 어떤 방식으로도 검색이 되지 않기 때문이다. 남북 분단으로 검증할 수 없게 된 평양 지역의 허룩한(또는 가공의) 학교 이름을 적당히 써넣은 것 아닌가 생각했다. 그러나 이 동창회 통지문을 통해 그 학교가 일제강점기 평양 제3공립중학교(이른바 평3중)의 후신이고, '동명중 출신'이 '평3중 제8회 졸업생'임을 결정적으로 확인할 수 있었다. 또 그 뒤 관계자들의 증언을 통해 그 교명이 1년간만 존속해 평양 사람들도 잘 모를 수 있다는 점을 알았다. 아무튼 이 동창회 통지문은 나로 하여금 아버지가 손수 남긴 기록의 정확성과 신빙성을 더는 의심하지 않게 만들어준 중요한 전환점들 중의 하나였다.

중학교 3년 과정을 마친 상태였으니 뒤늦게나마 다행스러운 일이었고, 당시는 중학교 4학년만 마치면 대학 진학 자격이 주어지던 때였다. 그래서 이렇게 뒤늦게 중학교 1년을 마저 마치고 1946년 여름 대학에 응시하게 된 것이었다.

이렇게 말하고 보니 이 시기의 사진이 한 장도 남아 있지 않은 것이 더욱 아쉽다. 특히 최 목사의 설명대로라면 아버지는 당시로서는 희귀하다고 할 수밖에 없는 캐논 카메라도 한 대 갖고 있어서 이런저런 장면들을 심심찮게 찍었을 터인데 남은 것이 전혀 없다.

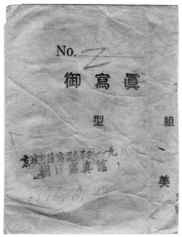

현재 나에게 남은 아버지의 가장 오래된 사진. 정확하게는 필름 형태로 남아 있다. 이 필름이 담겨 있던 봉투에는 '1946.6.23'이라는 아버지의 연필 글씨가 남아 있다. 그 무렵은 아버지가 연희대 입학시험을 보기 위해 상경해 있던 때였으니 입학원서에 붙이기 위해 사진관에서 촬영한 사진이었을 것이다. 필름 봉투에 고무 스탬프로 찍혀 있는 '아사히사진관'의 주소는 '경성부 종로구 공평동 119'이다. 현재 이곳은 지하철 1호선 종각역 북쪽의 옛 화신과 신신 백화점 인근이다. 당시 할아버지의 사무실이 그 근처 청진동에 있었기 때문에 사진을 촬영할 사진관도 이곳으로 선택했을 것이다.

그 대신 1946년 여름, 평양 시절을 마감하고 서울로 올라와 연희대학교 입학시험에 응시하던 무렵의 사진, 흔히 쓰는 말로 '원판 필름'이 한 장 남아 있다. 그것은 입시원서에 붙이기 위해 사진관에서 제대로 돈 주고 찍은 인물사진이었을 터인데, 달리 말하자면 평양 시절을 마감하고 서울에서의 대학 생활을 시작하는 기념사진이었다고도 할 수 있다. 필름이 담긴 종이봉투에는 촬영 일자가 '1946.6.23'이라는 아버지의 연필 글씨로 남아 있다.

이른바 '원판 필름' 형태로 남아 있는 이 인물사진을 처음 보았을 때 나는 그 핼쑥한 표정에서 '식민지의 창백한 청년' 인상을 읽었다. 그러나 그게 아니었다. 이 시기의 이야기를 모아보면 볼수록 아버지는 자존감이 분명한, 그리고 아름다운 청년이었다. 비록 몸이 마음먹은 만큼 건강해지지 않았는지 모르지만 그것도 점차 호전되어가는 중이지 않았던가. 건강이 부족한 분량만큼은 자기 의지로 메워나가겠다는 의지도 읽힌다. 이것은 현재 나의 손에 남은 아버지의 가장 오래된 사진이다.

스무 살의 책꽂이

아버지는 계룡산 시절이 끝나는 1953년 5월까지 자필 기록을 남긴 것이 거의 없다. 수업의 교안이라든가 편지, 독서록, 메모 등을 작성하지 않은 것은 아니겠지만 지금 남아 있는 것이 없다는 얘기다. 계룡산 시절에 거쳤던 몇몇 학교의 교사 신분증 내용을 자필로 적었던 것이 통영 이전 시기의 필적이라고 확정할 수 있는 사실상의 전부였다.

서른한 살부터는 거의 기록광이라고 해도 과언이 아닐 정도로 세세한 기록을 남긴 분이 어떻게 서른 살까지는 자필로 쓴 흔적을 전혀 남기지 않을 수 있었을까? 사실 잘 이해가 가지 않는 대목이었다.

그런데 아버지가 남긴 문건들을 살펴보는 과정에서 눈에 띄는 것이 하나 있었다. 말하자면 아버지의 장서 목록이었는데 가지런한 펜글씨로 정리한 다섯 쪽짜리 메모였다. 횡서가 아닌 종서로 노트에 작성한 뒤 그것을 뜯어내서 별도로 보관한 것이었다. 대략 150권 정도 되는 것 같았고, 그중 80퍼센트 이상이 일본어 서적이었다. 많은 양이라고 할 수는 없겠지만 대충 훑어보기에 그 책들이 포괄하는 범위는 대단히 넓었다. 물론 그 책들은 지금 나에게 전혀 남아 있지 않다. 목록으로만 존재하는 것들이다.

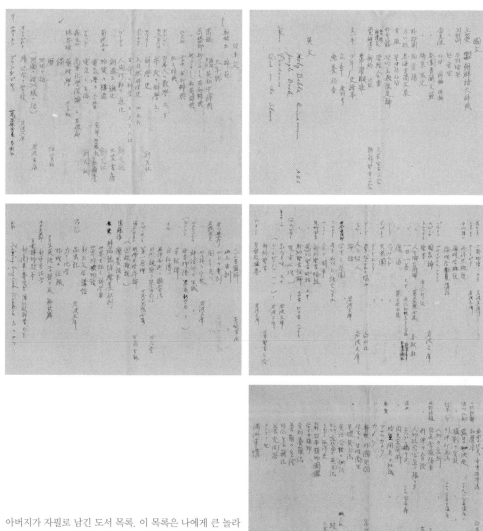

아버지가 자필로 남긴 도서 목록. 이 목록은 나에게 큰 놀라움과 함께 풀어야 할 숙제도 남겨주었다. 이 '스무 살의 책꽂이' 편은 그 숙제 풀이에 해당한다.

그 내용은 잠시 뒤에 살펴보기로 하고, 이 목록을 보면서 가장 먼저 머리에 떠오른 의문은 이게 도대체 언제 작성되었느냐는 점이었다. 일견 아무런 단서가 없었다. 지금이야 워드프로세서로 문건을 작성하면 그 파일에 자동으로 작성 일자가 남겠지만 손으로 쓰던 시절에는 본인이 직접 날짜를 적어놓기 전에는 알 길이 없었다. 바로 그게 맹점이었다. 아무리 많은 기록이 남았어도 그만큼 따져볼 빈 구석이 많다는 얘기였다.

그중에서도 이 목록의 작성 시점은 중요한 문제였다. 왜냐하면 다른 것도 아니고 장서 목록이라는 것은 그 시점의 아버지 의식 세계의 단면을 살펴볼 수 있는 아주 결정적인 단서였기 때문이다. 지금 내가 돌아가신 분을 상대로 "그때 아버지가 가졌던 기독교 신앙은 너무 보수적이었던 것 아닌가요?" 또는 "음악적 소양이 대단하셨다는 얘기를 많이 들었는데 그 시절에 음악 공부를 도대체 어떻게 하셨어요?"라고 물어볼 수는 없는 노릇이다. 물어볼 수만 있다면 참으로 좋겠다. 물어볼 게 너무도 많다. 반세기 부재의 벽을 뚫고 소통한다는 것, 얼마나 멋진 상상인가? 제자들에게 자상하기 그지없는 교사였다고 하지 않는가? 아버지 성격상 밤을 새워서라도 부자간의 대화를 이어갔으련만…….

쓸데없는 소리다. 각설하고, 이 도서 목록의 작성 시점을 알 수만 있다면 그렇게 직접 질문은 할 수 없더라도 그 대신 간접적으로나마 특정 시점의 아버지의 생각을 엿볼 수 있으리라는 것이 나의 생각이었다.

나는 이 목록이 최소한 통영 시절 또는 그 이후에 작성된 것은 아니라고 판단했다. 말하자면 작성 시점의 하한선을 '계룡산 시절'로 그은 것이다. 그 이유는 두 가지였다. 첫째, 아버지는 통영여중 교사 시절 이 도시의 유서 깊은 서점 '이문당'(1945년 해방되던 해에 문을 열었고 2014년 자리를 옮겨 지금껏 운영되고 있는 유수한 서점이다!)과 거래하면서 꽤나 많은 책들을 구입했고 그 목록이 수첩 여기저기에 많이 남아 있는데, 그렇게 구입한 책들이 이 목록에는 전혀 담겨 있지 않았다. 특히 '교육학', '교수법' 등의 책들이 이 무렵 구입한 특징적인 것들이었는데 그게 이 목록에는 없다는 얘기다. 둘째는, 내가 서지학자의 흉내를 조금 내본 것인데, 아버지는 통영에 도착하던 무렵까지만 파란색 잉크(아마도 파카 제품이었던 것 같다!)를 사용했고 그 이후에는 그 잉크를 사용해 남긴 기록이 거의 없다. 최소한 지금 남아 있는 기록들은 그렇다는 얘기다. 그런데 이 목록은 바로 그 파란색 잉크로 작성된 것이었다.

그래서 내 나름의 추론으로는, 이 목록은 내용과 형식의 양면에서 통영에 가기 이전에 작성됐다고 보는 게 합리적이다. 그렇다면 혹시 앞에 얘기한 것처럼 노성을 떠나면서 누군가에게 이 책들을 소포로 부쳐달라고 남겨놓으면서 그 목록을 작성했던 것은 아닐까 생각해보기도 했지만 그것도 명확한 증거가 없는, 그저 추측이었을 뿐이다.

그렇다면 문제는 통영 이전의 어느 시기에 작성됐느냐는 것인데 그건 솔직히 잘 모르겠다. 크게 나눠보자면, 결핵으로 요양하던 평양에서의 청소년 시절(1938~1946년, 16~24세), 서울 북아현동에서의 뒤늦은 대학생 시절(1946~1950년, 24~28세), 그리고 계룡산에서의 교사 시절(1950~1953년, 28~31세) 중의 하나일 것이다. 대부분 20대이거나 최소한 20대의 일부가 걸쳐 있는 시기다. 20대에 책을 모으기 시작할 무렵 대개 이런 장서 목록을 한 번쯤 작성해본 경험들이 있지 않을까? 그런 점에서 세 시기 모두 충분히 가능성이 있었다.

그래서 이번엔 목록에 나타나는 책들에 대해 내가 확인할 수 있는 수준에서 발간 연도를 한번 따져보았다. 가장 늦게 발간된 책을 확인하면 최소한 그 이전에 이 목록이 작성되었다고는 할 수 없기 때문이다. 이건 목록 작성 시점의 상한선을 설정하는 일이었다. 분량이 가장 많은 일본어 책들의 발간 연도를 확인할 수 없어 유감스러웠다. 그나마 몇 권 안 되는 한국어 책들도 1940년 또는 1941년 이후에 발간된 것은 전혀 없었다. 발간 연도가 가장 늦은, 그러니까 아버지가 이 목록을 작성하던 시점에 '가장 새로운 책'은 ≪문장(文章)≫ 폐간호였다. 기록을 찾아보니 1941년 4월에 발간된 것이었다. 그런 점에서 또다시 세 시기 모두 가능성이 있었다.

그러나 책에 대한 아버지의 욕망으로 미뤄볼 때 그중에서 가장 오래된 시기, 즉 평양 시절의 후반부(1942~1945년, 20~23세 무렵)에 작성됐다고 보는 것이 옳을 것 같았다. 만약 북아현동이나 계룡산 시절에 작성됐다면 해방 이후 발간된 한국어 책이 이처럼 하나도 끼어 있지 않을 가능성은 전혀 없었기 때문이다. 특히 해방 정국에서 조악한 인쇄술에 생경한 한글맞춤법으로 얼마나 많은 책들이 쏟아져 나왔나? 아버지처럼 책에 욕심이 많은 사람이 그런 책들 가운데 단 한 권도 구입해서 보관하지 않았다? 그럴 가능성은 말 그대로 '0'였다.

이렇게 장서 목록의 작성 시기를 '비정(比定)'하고 나자 곤혹스러웠다. 너무 앞서 나가는 책들이 많았기 때문이다. 솔직히 말해 대학에서 철학을 전공한 나로서도 전혀 읽어보지 않은 철학 서적들이 줄줄이 포함되어 있었다. 평양 시절 중에서도 해방 직전 시기라면 겨우 스물두셋 정도였을 터인데…….

그런 당혹감을 잠시 뒤로 물리고 일단 책의 내용들을 대강 살펴보면 이렇다. 우선 수학 또는 자연과학과 관련된 책들이 가장 많았다. 전부 일본어 책이었다. 전체 목록 중에서 대략 20퍼센트 가까운 분량이었다. 역시 소년 시절부터 일생 동안 지속된 관심사를 반영하는 것이었다. 언젠가 최 목사가 언급한 『파브르 곤충기』도 당연히 있었다. 화학과 물리학과 수학 관련 서적들의 수가 서로 비등비등했다. 『신중등화학(新中等化學)』, 『물리의 정복(物理の征服)』, 『백만인의 수학(百萬人の數學)』 같은 것들이었다. 대개 학습서이거나 그것보다 약간 높은 수준의 책들이라고 보면 될 것 같았다.

이 가운데 눈에 띄는 것은 '자연과학사'와 관련된 책들이 다수 포함되어 있었다는 점이다. 내가 그런 분야가 있다는 사실을 안 것은 비로소 대학에 와서였다. 교양과정에서 송상용 교수로부터 그 분야의 강의를 들으며 대단히 큰 매력을 느꼈지만 그 전에는 그런 영역의 학문이 존재한다는 사실 자체를 나는 몰랐다. 그런데 아버지는 대학에 가기 전에 이미 『과학사』, 『대자연과학사』, 『생명의 과학』 같은 책들을 보았던 것 같다. 물론 목록에 있다고 그 책들을 다 읽었으리라는 보장은 없다. 그러나 그 부류의 책이 한두 권도 아니고 여러 권 있는 걸 보면 단순히 관심을 갖는 수준을 넘어섰던 것이 분명하다.

이렇게 과학 분야와 거의 비슷한 분량으로 많은 것이 기독교 관련 서적들이었다. 한국어, 일본어, 영어 성경은 기본이었는데 그중에서 한국어와 일본어 성경은 모두 주석본들이었다. 성경을 꽤나 뜯어보려고 노력한 흔적이었다. 또 루터의 『기독교강요(基督敎綱要)』, 밀턴의 『실낙원(失樂園)』, 반 룬(Hendrik Willem van Loon)의 『성서 이야기(聖書物語)』 등 고전에 해당하는 서적들도 많았다. 물론 일본어 번역본들이었다. 『성서』, 『일일일선(一日一善)』, 『부활』 등 톨스토이의 책들도 여러 권 포함됐고, 한글 서적으로는 한국 보수주의 신학의 원조 격인 박형룡 박사의 번역본 『칼빈주의 예정론』이 유일했다.

이 분야의 책들 가운데 다소 의외라고 생각됐던 것은 『회교개설(回敎槪說)』, 『셈족의 종교(セム族の宗敎)』, 『신신앙의 생성(神信仰の生成)』과 같은, 신학이 아닌 종교학 분야의 책들이었다. 근본주의에 가까운 신앙을 갖고 있긴 했으되 나름대로 그것을 객관화하려는 노력이었다고 생각됐다. 신선하게 느껴졌다. 그것은 '아, 아버지가 꽉 막힌 사람은 아니었구나!' 하는 안도감 같은 것이었다. 여기서 한 걸음 더 나아가 영어 서적 중에 『God in the Slums』라는 것이 있어 깜짝 놀랐다. 꼭 동일한 책인지는 모르겠지만, 인터넷 검색을 해보니 1930년대 영국 구세군의 빈민 구제 사업과 관련된 책이라는 설명이 나왔다. 의도했건 아니건 신앙의 문제를 사회적 현안과 연결시켜보려는 노력의 일환이 아니었을까 생각해봤다.

그다음에, 앞에서도 잠시 언급했지만, 나의 입장에서 가장 곤혹스럽기도 하고 자존심도 상하는 대목이 철학 분야의 책들이었다. 그 제목들을 읽어내려 가면서 속으로 비명을 질렀다. 그러면서 '에이, 이것들은 그저 구해놓기만 했을 뿐이지 읽지는 않았을 거야!'라고 생각했다. 아들로서는 참으로 치사한 위안이었다.

그 실상은 이랬다. 우선 뉴턴의 『프린키피아(Principia)』가 나오는 순간 경악했고, 플라톤의 『프로타고라스(Protagoras)』에서는 입을 다물지 못했으며, 스피노자의 『국가론』에 이르러서는 이 목록을 잠시 덮고 싶었다. 솔직히 말해 나로서는 대강의 내용들은 알지만 그중에 단 한 권도 원전이건 번역본이건 처음부터 끝까지 읽어본 적이 없는 책들이었다. 그뿐인가. 잠시 『논어(論語)』와 『채근담(菜根譚)』이 나오더니 존 스튜어트 밀의 『자서전』, 자크 마리탱의 『형이상학 서론』, 허버트 스펜서의 『제1원리』로 그 관심의 영역은 끝없이 이어져 나갔다. 아니, 그 시절에는 이런 책들이 20대의 교양서적이었나? 그 순간 나는 아버지에 대해서, 그리고 그 세대에 대해서 다시 생각하게 됐다. 아버지가 그 책들을 읽었건, 혹은 읽지 않고 장서 목록만 화려하게 장식했건, 관심의 수준이 최소한 그 정도는 됐구나 싶었다.

이 대목에서 한 가지 짚을 것이 있다. 그것은 스펜서의 『제1원리』다. 지금은 이 영국 학자의 책을 거의 읽지 않는다. 그런데 일제강점기에 한국 지식인들이 가장 많이 읽은 철학 서적 중 하나로 꼽히는, 다소 미묘한 책이다. 그의 메시지는 '사회진화론'으로 요약되고, 그것은 제국주의와 그 식민정책을 긍정하는 철학적 바탕으로 해석된다. 요즘 식으로 말하자면 '식민지 근대화론'을 당연시하는, 그래서 일제의 식민정책에 호응하고 그에 따라 우리나라도 일본이 앞서 간 길을 따라 빨리 근대화하는 것만이 우리의 살 길이라는 식으로 사고하게 만드는 책이었다는 얘기다. 그런 당대 지식인들의 흐름을 아버지도 피해가지 못했다.

철학 서적은 아니지만 '문제의 책'이 한 권 더 있었다. 히틀러의 『나의 투쟁』 일본어판이 바로 그것이었다. 나는 일제강점기에 이 책이 얼마나 많은 식민지 지식인들에 의해 읽혔는지 알지 못한다. 나의 대학 시절인 1970년대에도 오래된 한국어 번역본이 친구들 사이에 돌아다니는 것을 어깨너머로 본 적은 있으나 당대의 번역본이 있다는 얘기는 들어본 적이 없었다. 아마도 2000년이 넘어서야 제대로 국내에 출판되지 않았나 싶다. 연구용이건 대중용이건 문제의 책이 출판되는 것은 바람직한 일이다. 그러나 그런 관점과 관계없이 일본어본은 일제강점기에 일본과 나치 독일이 동맹국이어서 출판되었던 것이 아닐까? 아무튼 아버지는 자연스럽게 이 책을 접했던 것 같다. 대단히 선동적이고 정치공학적인 이 책에 대해 그리 큰 매력을 느꼈을 것 같지는 않지만.

이 두 권의 '문제의 책'은 어떤 의미에서건 당대 지식인들의 피부에 와 닿는 절실한 문제를 다루고 있기 때문에 도외시하기 쉽지 않은 책이었다. 변방 또는 식민지 지식인들이 그런 세계적 스케일의 번역서를 대할 때 특히 그렇다. 남들이 읽으면 나도 읽고 싶은 법이다. 요즘 식으로 얘기하면, 『정의란 무엇인가』, 『이기적 유전자』 등이 베스트셀러라고 하니 나도 한번 읽어볼까 하는 마음이 드는 것과 같다. 과거에 비해 지금은 서평 문화가 상당히 발달해 새 번역본이 나오면 길잡이를 자임하는 이런저런 글들이 많이 나오긴 하지만 과연 그 책의 깊이와 넓이, 그리고 한국적 상황에서의 한계 등을 조리 있게 짚어주는 것들이 얼마나 될까? 어쩌면 그때나 지금이나 우리는 번역물들의 흐름에 그냥 내팽개쳐져 있다고 말하는 게 맞을지도 모른다. 20대 초반의 젊은이에게 '당신이 알아서 비판적 시선을 갖추라'고 요구하는 것은 무리다.

그렇지만 그런 걱정은 여기서는 접자. 그건 지금 당면의 관심사와는 다르므로. 아버지의 책 목록에서 그다음 그룹을 살펴보는 것으로 넘어가자. 그건 개인적인 관심사를 반영하는 영어 학습서와 사전들, 문학작품, 그리고 각종 실용 서적 등이었는데, 이게 또 만만치 않았다.

영어 학습서는 기초 영문법 또는 영어 회화를 다루는 것들이어서 수준이 그리 높은 것 같지 않았지만 사전은 다양하게 구비되어 있었다. 몇 가지 '영일(일본식 표현으로는 英和) 사전'들이 눈길을 끌었다. 『Jungle Book』, 『Pendennis』 같은 영문 소설들도 학습용이었을 것이다.

그러나 소설류는 예상외로 별로 없다시피 했다. 괴테의 『파우스트』, 『젊은 베르테르의 슬픔』이 보였고, 앞서 얘기한 톨스토이의 각종 소설들도 있었다. 국내 소설로는 이광수의 『사랑』, 『단종애사』, 박계주의 『순애보』 등 그 무렵 유행처럼 읽혔던 소설이 있는 정도였다. 그런 점에서 아버지는 정서보다는 사변이 자신에게 더 가까운, 그런 청춘의 유형이었던 것일까?

마지막으로 실용서인데, 개인적인 관심사가 반영된 다양한 영역의 책들이 등장했다. 그중에 가장 중요한 것은 역시 아버지 본인의 결핵 요양과 관련된 것들이었다. 『요양복음(療養福音)』, 『요양독본(療養讀本)』, 『폐병예방요양교칙(肺病豫防療養教則)』 등이 그것이었다. 비록 종수는 그리 많지 않았지만 아마 늘 곁에 두고 하루에 한두 번씩 들춰보던, 손때 묻은 책들이었을 것이다.

실용서 가운데 가장 많은 것은 사진과 관련된 것들이었다. 평양 시절 아버지의 거의 유일한 친구였던 최도명 목사는 그 시절에 아버지가 캐논 카메라를 갖고 있었다고 기억했다. 그래서 그랬는지 사진 촬영술에 대한 각종 안내 서적들뿐만 아니라 암실, 인화 등과 관련된 것까지 무려 12권이나 되었다. 평양 시절에 어디 가서 물어보고 배울 곳도 마땅치 않다 보니 독학으로 모든 것을 익혔던 것 같다. 이 일은 나중에 살펴보겠지만, 통영 시절에도 계속되어서 아버지의 중요한 취미 활동이자 '세상을 보는 눈'의 역할을 하게 되었다.

또 한 가지 취미 활동이었다고 해야 할까? 『편곡하는 방법(編曲の仕方)』, 『음

악지휘법(音樂指揮法)』,『화성학(和聲學)』등의 책자는 취미라고 하기에는 너무 전문적이고 꼭 소용이 닿는다고 말하기 힘든 내용들이었다. 음악적인 소양이 있었다 치더라도 손대기 힘든 영역이었다는 얘기다. 다분히 현학적 취향으로 보이는 이 대목도 나중에 통영 시절에 재미있는 에피소드와 연결되었다.

이 사진과 음악이 공적으로나 사적으로나 암울했던 시절에 자신의 삶을 윤택하게 하는 개인적 취향과 관련된 것이었던 반면 한글과 한국어에 대한 관심은 그것과는 조금 달랐다. 최현배의『우리말본』,『한글갈』이라든가 이광수의 『춘원서간문범』, 방인근의『춘해서간문집』같은 것들이 그것이었다. 문세영이 펴낸『수정증보 조선어대사전』도 있었다. 비록 권수가 많지는 않지만 우리 것을 지켜내야 한다는 의식이 있기 전에는 쉽지 않은 일이었다. 앞서 언급했듯이 일제강점기 후기의 대표적인 문예지 ≪문장≫의 폐간호를 갖고 있었던 것도 꼭 문학적 관심이라기보다는 한국어와 한글에 대한 관심 때문이 아니었을까 생각됐다. 적절한 표현인지는 모르겠지만 기특한 일이었다. 한 가지 아쉬움이 있다면, 그것은 시집이 한 권도 눈에 띄지 않는다는 점이었다.

이렇게 얼마 되지도 않는 장서 목록을 들여다보는 과정에서 참 많은 생각을 했다. 아버지 의식의 여러 단면이 드러나 보였기 때문이다. 그러나 이 장서 목록의 끝부분을 보다가는 웃음이 터지고 말았다.『실리 양계법(實利 養鷄法)』,『양계의 실제(養鷄の實際)』,『시국 양계법(時局 養鷄法)』등 닭치는 방법이 줄줄이 나오나 싶더니,『양토문답(養兎問答)』,『앙고라토끼(アンゴラ兎)』와 같은 토끼 기르는 방법까지 책에 의존한 흔적이 나타났다. 웬만하면 그냥 경험으로 할 일이건만 어쨌든 책에 의존하는 건 이미 청소년 시절부터 체질화되어 있었던 모양이다. 노성 시절 또는 그보다 훨씬 이전인 평양 시절부터 할머니께 "앙고라토끼는 말입네다……" 하면서 그 유래며 특징, 주의할 점 등을 이런 책들에 근거해 상세히 설명해주었을 것이다.

아버지의 평양 시절 책꽂이 모습을 찍은 사진이 있을 리 없다. 이 사진은 아버지가 1959년 통영에서 상경해서 대학에 다시 들어간 해 여름의 책꽂이 모습이다. 주로 화학, 생물학 등 전공 서적 위주이지만 간간이 철학 서적 등이 보인다. 지금은 이 책들이 한 권도 남아 있지 않다.

이렇게 뜯어서 살펴보니 참 아름다운 20대의 서재였다는 생각이 들었다. 세상과 반성적 거리를 유지하면서도 그와 동시에 세상과 아주 실용적인 관계를 맺는, 그리고 세상을 형이상학적으로 추상화시켜 보면서도 그와 동시에 삶의 윤택함을 추구하는 매개체가 바로 이 장서들이었기 때문이다. 그만하면 충분히 아름다운 청춘이었다.

05

서울 북아현동

/

새로운 시작

/

"어느 날 밤 자다가 뛰쳐나가 보니 밖이 벌겋더라. 경상골 언덕 위의 신궁이 불타고 있었다. 궁사들이 불을 질렀다고도 하고, 궁사들이 그 불에 타 죽었다고도 하더라. 그게 해방이었다. 그런데 그때는 그게 해방인 줄도 몰랐다. 그 다음 날 너의 아버지에게 와서 라디오를 켜서 귀를 세워 듣고서야 해방된 줄 알았다."

최도명 목사가 기억하는 1945년 8월 15일 밤과 그다음 날의 상황이다. 당시 일제의 평양 신궁은 경상골의 지척에 있었다. 경상골을 설명할 때 '신궁산 아래'라고 하는 걸 보면 신궁의 소재지가 경상골이었는지도 모르겠다. 아무튼 스무 살 전후의 두 청년은 누구보다도 생생하게 그 불타는 현장을 지켜보았을 것이다. 그리고 그다음 날 라디오를 타고 재차 전해진 일왕의 항복 선언을 '귀를 세워' 듣는 두 서북 청년의 얼굴이 보이는 것 같다.

여러 사람의 얘기를 모아보면, 8월 15일 정오에 행해진 일왕의 항복 선언 방송(물론 녹음방송이었다)은 방송국 관계자들이 일부러 그렇게 했다는 말이 있을 정도로 잡음이 아주 심했을 뿐 아니라 일상어와는 아주 다른 왕실 어투여서 거의 알아들을 수가 없었다고 한다. 게다가 내용도 일본이 연합국의 포츠담 선언을 수락해 '전쟁을 종결'한다는 것일 뿐 일본이 '항복'을 한다거나 조선이 '해방' 또는 '독립'을 이루게 된다는 직설적인 언급을 전혀 담고 있지 않았다. 그래서 그날은 광복의 기쁨에 겨워 태극기를 들고 길거리로 뛰쳐나와 '만세'를 부르는, 우리가 교과서 같은 데에서 보곤 하던 장면은 서울 등 일부 지역을 제외하면 거의 나타나지 않았다고 한다.

그렇게 그날이 지나간 뒤 다음 날 서울 서대문형무소 등에서 독립운동가들이 석방되고 방송국이 전날 일왕의 방송을 재차 요약 소개하면서 사람들은 비로소 해방과 광복에 대해 인식하고 환호하며 길거리로 나서게 되었다. 그런 점에서 평양의 두 청년이 8월 16일에 라디오를 다시 듣고서야 해방된 줄 알았다는 설명은 전혀 이상한 게 아니다. 한반도의 상당수 사람들이 그렇게 할 수밖에 없었다.

평양 신궁에 불이 난 시점에 대해서는 그 얘기를 나에게 전해준 분들의 증언이 제각각이다. 최 목사와 같이 해방 당일인 8월 15일 밤이었다는 기억이 있고, 하루 전인 8월 14일 밤이었다는 주장도 있는가 하면, 해방 이틀 뒤인 8월 17일 밤이었다는 말도 있다. 모두 한밤중이었다는 점만은 일치하지만 날짜가 조금씩 다르다. 역사적 사실은 그중 어느 하나이겠지만 역사학자가 아닌 나로서는 굳이 그걸 가릴 생각과 능력이 없다.

그러나 이 점만은 분명하다. 할머니와 할머니의 '신앙 동지'들이 신사참배 문제로 혹독한 고생을 겪은 마당에 그 고생의 근원이던 '일본 귀신'들이 사는 집이 불타며 해방이 왔다는 사실, 기독교인 청년의 눈에 그것보다 더 극적으로 해방을 증언할 수 있는 것이 달리 있었을까?

다시 그 감격 직후의 상황에 대한 최 목사의 증언이다. 많이 알려진 상황이긴 하지만 해방 정국에서 좌우의 대립, 북한 주민들의 혼선 양상 등을 북한 거주 기독교인의 시각으로 나름대로 솔직하게 보여준다.

"해방 후에 소련군이 연합군의 일원으로 평양에 진주한다고 해서 환영을 나갔는데 몇 차례 펑크가 났지. 거짓말한다고 사람들이 화가 많이 났어. 그러더니 어느 날(8월 26일) 밤에 몰래 들어오데, 보무당당하게 오지 않고. '참 이상하다. 승전국이 어찌 저렇게 도둑놈처럼 들어오나?'라고 생각했지. 그뿐인가? 그 뒤 하는 짓이, 노서아 말로 '다와이, 다와이'('달라'는 뜻)라고 하면서, 도둑질과 강간이니, 노서아 놈만 보이면 지붕 위에 올라가 석유통을 두드려서 동네에 알렸지. 그러면 여자들은 숨고.

그 뒤 김일성 장군 환영 대회(10월 14일)가 열린다고 해서 모란봉 경기장에도 나갔는데 가보니 새파란 30대더라고. 뒤에서는 사람들이 '들어가라'고 소리를 질러대지, 앞에서는 '저 새파란 놈은 우리가 아는 김일성이 아니다'고 하면서 다시 몰려나가지, 이렇게 경기장 대문 근처에서 군중이 엉키면서 넘어지고 밟히고 아수라장이 됐어. 결국 경기장에는 그 김일성에게 동조하는 사람들만 남았던 것 같아.

그때부터 투쟁이 시작됐다. 우선 강간에 도둑질하려던 노서아 놈들이 이북 사람들한테 많이 죽었지. 때려 죽이고, 삽으로 찍어 죽이고. 그러다 어느 날 평양 시청 앞에서 현준혁이 총에 맞아 죽었어(9월 3일). 처음엔 민주당 계통에서 죽인 줄 알았는데 공산당 계통에서 죽였다고 하더라고. 조만식 선생과 함께 차를 타고 갈 때 조 선생을 죽이려던 게 그만 실수로 현준혁을 죽이게 됐다는 거야.

그런 걸 눈으로 보면서 이북 사람들은 화가 많이 났단다. 어떻게 일본과 싸운 사람을 죽일 수 있냐고. 공산 정권을 더 강하게 혐오하게 됐어. 그러던 차에 신의주 학생들이 불을 붙였는데(11월 23일), 평양신학교에서는 내가 주모자야. 해방되던 해 12월에 등사기로 '삐라'를 밀어서 뿌리고 붙였지. '물러가라, 공산당!' 그런 내용이었어. 너의 아버지도 거기에 동조했다가 보위부에 먼저 잡혀 들어갔다. 그때가 해방 이듬해 봄이나 여름의 어간쯤 됐을 거다. 너의 아버지는 한 달쯤 살다가 나왔고, 나도 결국 집에 있다가 끌려갔는데 눈 가리고 데려간 데가 나중에 알고 보니 평양역 앞 간장공장 지하실의 유치장이었다.

그렇게 끌려가서 다시 한 번 깜짝 놀랐지. 진남포 경찰서장, 강원도당 비서 등등 공산주의자들도 많이 끌려와 있더라고. 왜정시대에 운동자들이긴 했지만 말기에 지조를 지키지 못했다고, 그래서 회색분자라고 몰아쳐서 숙청하려던 것이었지. 나는 거기서 두 달을 산 뒤 눈을 가린 채 또다시 평양시청 앞의 석탄 공사로 끌려갔는데 그게 소련의 CIC라고 했던 것 같아. 나에 대한 조사를 맡았던 한인 2세가 협박을 하는데 아오지 탄광이나 시베리아 벌목장으로 끌고 가겠다는 거야. 그러면서 '협조하면 편히 살고……'라고 덧붙이더라고. 그게 자기네 정보원이 되라는 것이지. 열흘간 집에 가서 반성하라며 내보내주데. 집에 갔더니 아버지가 이남으로 가라고 해서 내려오게 됐지. 그게 1947년 초의 일이다.

너의 아버지는 나보다 일찍 1946년에 육로로 넘어왔다. 물론 평양에도 김일성대학이 있긴 했지만 그쪽 체제 아래에서 공부하기도 싫고 해서 연희대학에 시험 봐서 유학을 온 거지."

시간 순서가 약간 뒤엉키긴 했지만 아주 구체적이다. 직접 겪지 않고서는 말하기 어려운 대목도 많다. 월남한 기독교인의 반공·보수 관점에서 당시 북한 권력의 향배와 민심의 흐름을 나름대로 생생하게 증언하고 있다.

최 목사 증언의 적실성을 따지는 것은 별개의 문제로 치고, 나의 관심은 그 가운데 한 대목에 꽂혔다. 해방 직후 북한 정권하에서 아버지가 당국에 잡혀간 적이 있다는 얘기가 바로 그것이었다. 나로서는 아주 인상적이었다. 그 무렵 건강을 간신히 추스른 아버지는 해방 직후 9월에 무려 스물네 살의 나이로 평양 동명중학교 4학년 과정에 편입했으니(그때는 지금과 학제가 달라 가을 학기가 제1학기, 봄 학기가 제2학기였다) 모종의 정치적 저항에 관련된 시점은 제1학기를 마친 겨울방학 무렵이었고, 그 때문에 연행된 것은 제2학기를 거의 마칠 무렵이었을 것이다. 이 증언에 따르면, 아버지는 적극적인 행위자라기보다 '종범' 정도였던 것 같다. 그럼에도 아버지가 좌익이든 우익이든 정치적 행동에 연루됐다는 사실 자체가 놀라웠다.

내가 아는 한 아버지는 '행동가'가 아니었다. 전혀 그런 체질이 아니었다. 그보다는 '샌님' 과(科)에 훨씬 가까웠다. 그런데도 정치적 저항에 관여가 되었다니……. 이 에피소드를 전해들은 어머니는 과거에 할머니도 이 일을 언급한 적이 있다고 소개했다.

"너희 아버지가 이남에 내려오기 전에 무슨 일엔가 연루되어 경찰 같은 데에 끌려간 적이 있는 모양이더라. 할머니 말씀이 '도맹이(최도명 목사 이름의 평양 발음)는 눈치껏 피해가는데 필목이는 고지식해서 경찰에 끌려가서 한동안 고생했다'고 하시더라. 구체적인 내용은 나야 모르지. 너의 아버지가 직접 얘기한 적도 없고……."

아마 할머니는 아버지와 함께 먼저 월남하는 바람에 최 목사도 결국 연행돼 고생한 사실을 몰랐을 수도 있다. 또 내 경험에 의하면 적극적인 행동가는 오히려 당국에 적발될 확률이 적다. 그 대신 어쩌다 한번 그런 일에 가담하거나 주변에서 사소한 심부름을 해준 사람이 마음의 준비도 없이 수사망에 걸려들어 고생하는 경우가 왕왕 있다.

이렇게 생전 처음 와본 유치장 또는 조사실에서 한 달을 고생하며 아버지는 무슨 생각을 했을까? '해방 이듬해 봄이나 여름의 어간'이라면 1946년 4~6월 중의 어느 시점이었을 것이다. '병력'에 이 무렵의 건강 상태가 아주 간단히 언급되어 있다.

1946년 2월(24세)   슈-브?

아버지가 1956년에 자필로 작성한 '병력'을 통해 해방 직후의 개인적 상황을 간접적으로 확인할 수 있다. 1945년 10월에 (동명)중학교에 편입했고, 그다음 해 2월에 결핵의 징후('슈-브')가 나타났으며, 그럼에도 불구하고 6월에 중학교를 마치고 서울로 내려와 9월에 연희대학교 전문부에 입학했다. 이것이 아버지가 연루되었던 모종의 정치적 사건의 전후 상황이었다.

물음표까지 기록 그대로다. '슈브(Schub)'는 요즘은 잘 사용하지 않는 말로 결핵 등의 증상을 일컫는다. 뭔가 결핵의 징후가 다시 보이는 듯한데 정확하게는 잘 모르겠다는 뜻이다. 오랫동안 쉬다가 다시 다니기 시작한 학교생활이 고달팠을 수도 있고, 모종의 정치적 사안에 휩쓸려 들어간 것이 부담이 되었을 수도 있다. 아무튼 겨울방학을 거의 마칠 무렵 결핵 재발의 징후가 보였던 것이다. 그런 상황에서 유치장에 갇혀 한 달 동안 있었으니 몸과 마음이 썩 편하지 않았을 것은 불문가지다. 더 이상은 잘 모르겠다. 그 밖에 '유치장에서의 한 달'을 살펴볼 단서는 어디에도 없다. 자신의 행동을 후회했을까? 정당화했을까? 혹은 더 큰 저항을 꿈꿨을까? 어느 쪽도 손에 잘 잡히지 않는다.

잘 모르면 억지로 추측하지 않는 편이 낫다. 그 대신 약간 방증할 수 있는 길을 찾아보자. 아버지는 통영 시절 야당지로 꼽히는 신문을 구독했다고 새로 부임한 교장 선생으로부터 꽤나 미움을 샀던 모양이다. 그럼에도 그 신문의 구독을 끊지 않았다는 것이 어머니의 기억이었다. 이와 관련된 이야기는 나중에 조금 더 할 기회가 있겠다. 이런 처신으로 미뤄볼 때 아버지는 현실에 대해 일정한 비판의식을 가졌다고 해야 할 것 같다.

'비판의식'이란 무엇인가? 그것은 '현존하는 정치적·사회적 권위'를 상대로 하는 것이다. '이미 죽은 권력'에 대해 칼날을 벼리는 것은 비판의식이 아니다. 그런 비판의식이 북한에서는 그 정권에 대해, 남한에서는 역시 해당 지역의 정권에 대해 각각 표출되었던 것이다. 그렇게 보면 아버지가 조용하고, 성실하고, 친절한 성격이기는 했으되 무조건 샌님 과는 아니었겠다는 생각이 든다.

이렇게 생각하는 사람이 있을지도 모르겠다. 북한 정권에 반대하다 남한으로 내려왔다면 남한 정권에 대해 우호적이어야 하지 않느냐고. 그런데 남한 정권에 대해 또다시 이런 비판적인 의식을 가져서야 되겠느냐고. 나는 그렇게 생각하지 않는다. 그런 판단은 정말 도식적이고도 피상적인 것이다. 어느 쪽이 됐건 문제가 있으면 비판적으로 인식하고 사고하는 것이 오히려 자연스러운 일이다. 쉽게 말해 양쪽에 각각 특유한 문제가 있을 수 있고, 그런 측면을 눈여겨보는 것이야말로 건강한 사고다. 그렇게 하지 않는 사고야말로 편 가르기 또는 고정관념의 산물일 뿐이다. 여기서 지식인의 비판의식은 '살아 있는 권력'을 향해 있어야 한다는 명제를 다시 한 번 확인한다.

그런 점에서 아버지의 비판의식은 일정한 행동 수준으로 나아가지 못하고 대부분 머릿속의 생각에 그쳤다 하더라도 늘 자신이 선 자리가 어디인지 잊지 않고 그것을 뜯어보는 노력의 산물이 아니었을까 생각된다.

아버지의 해방 국면을 마치면서 작은 에피소드 하나. 사실 에피소드랄 것도 없고 아버지의 관심의 한 편린쯤 된다고 하는 게 옳겠다. 아버지의 메모 묶음들 가운데 색이 바래디바랜 옛날 신문 쪼가리가 하나 끼어 있었다. 정말 그것은 '쪼가리'였다. 1958년 12월 2일 자 ≪한국일보≫ 지면의 일부를 찢어서 쑤셔 박아둔 것이었다. 나도 처음엔 그저 우연히 끼어 있는 것이겠거니 생각했다. 그런 일이 가끔 있지 않은가? 책이나 서류를 상자에 넣을 때 가장 아래나 위에 신문지를 넣어 먼지가 들어가지 않게 하는, 그런 것이 우연히 남아 있는 것이려니

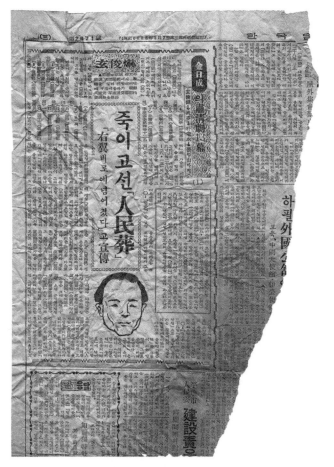

통영 시절 아버지가 현준혁이 소개된 당시 ≪한국일보≫의 지면을 다소 '난폭한
방법'으로 스크랩해둔 신문 조각. 지금 이 상태도 많이 편 것이고 처음에는 완전
히 구겨진 형태로 상자 안에 들어 있었다.

했다. 그런데 또 그렇게 보기엔 너무 구겨져 있었다.

바로 그 신문의 지면을 찬찬히 들여다보다가 '아하!' 했다. 해방 공간의 북한에서 활동하던 현준혁의 사망에 대한 장문의 기사였다. 앞에서 최 목사의 언급 중에 등장한 바로 그 '현준혁'이다. 그는 당시의 북한, 특히 평양 사람들에게 상당히 큰 인상을 남겼던 것 같다. 아마도 갑자기 등장했다가 극적으로 죽었기 때문에 더욱 그랬을 것이다. 그런데 그 현준혁이 10여 년 뒤 남한의 신문에 소개되자 아버지는 통영 시절에 그 기사를 읽다가 다소 난폭한 방법으로 '스크랩'해 두었던 것 같다.

현준혁과 아버지는 평안도 사람이라는 점 외엔 아무런 관계가 없다. 1906년 평안남도 개천군에서 태어난 그는 경성제국대학 법문학부를 졸업하고 대구에서 교사로 일하던 가운데 독서회를 조직해 공산주의 문헌들을 탐독하면서 항일운동에 관여했고, 그러다 체포되어 무려 8년간 투옥되는가 하면 출옥한 뒤 다시 활동하다가 또 체포되어 서대문형무소에 투옥되기도 했다. 해방 무렵 그는 고향에 돌아와 있다가 재건 조선공산당의 평남도당 위원장으로 발탁되었으나 민족주의자 조만식 선생과 공동전선을 추구하다가 같은 국내파 경쟁자 그룹에 의해 제거되었다는 것이 지금까지의 정설이다. 나름대로 합리적인, 그리고 민족주의적 성향을 보인 공산주의자였다는 얘기다.

그러나 1950년대의 남한 사회에서는 아무리 '합리적' 또는 '민족주의적'이라는 수식어가 붙는다 쳐도 공산주의자는 공산주의자였을 뿐이다. 그에 대한 문헌은 나오기 힘들었다. 그런데 어쩌다 현준혁의 면모 가운데 일부나마 긍정적으로 묘사하는 기사가 언론에 소개된 것이다. 김일성 그룹의 무자비한 권력투쟁 또는 일련의 숙청을 부각시키다 보니 그 피해자가 상대적으로 그럴듯하게 그려질 수 있었던 것 같다. 아무튼 아버지는 상당히 반가웠던 모양이다. 타향에 나가면 고향 까마귀도 반갑다고 하지 않는가?

나는 이 대목에 대한 아버지의 생각을 좀 더 알았으면 좋겠다는 기대랄까 희망이랄까 하는 것이 있었다. 왜냐하면 월남한 서북인으로서 '사상계 그룹'과 비슷하게(또는 그들의 인식에 공감하여) 남한 사회에 대한 비판적 인식을 갖는 것까지는 이해할 수 있었지만 떠나온 고향을 지배하는 정치체제에 대해 어떤 생각을 가졌었는지는 알 수 있는 단서가 거의 없었기 때문이다. 떠날 때 다소 불편한 상태로 또는 비판적인 생각을 갖고 남한으로 온 것은 사실이나 그렇다고 재산을 빼앗겼다거나 생명의 위협을 받을 정도는 아니었다. 그래서 더욱 궁금했다. 그러나 내가 아는 범위에서 아버지는 월남 이후 어머니를 포함해 어느 누구에게도 그와 관련해 단서가 될 만한 언급을 남긴 것이 없다.

이 현준혁 관련 스크랩 기사를 읽으면서 혹시 그런 단서가 없을까 하는 생각을 잠시 하기도 했으나 여기서도 그런 징후는 별로 보이지 않았다. 내가 눈이 어둡기 때문일까?

기억의 문

아버지가 평양에서 서울로 유학을 온 것은 1946년 가을이었다. 스물네 살때의 일이었다. 그러나 그것이 서울과의 첫 대면은 아니었다. 앞에 소개한 할아버지의 '약사'에 나타난 대로 아버지는 1923년 서울에서 태어났고, 만주에서폐병을 얻어 귀국한 뒤 1940년 여름을 꼬박 서울 휘경동의 경성요양병원에서났다. 어떤 의미에서든 서울과의 인연이 적지 않았던 것이다.

그런데 아버지의 기록에는 당신의 출생지가 나타나 있지 않다. 할아버지의'약사'에서 "서울에 거주 중 1923년 장남 필목을 얻었고"라는 대목이 유일하다.그 넓은 서울에서 도대체 어디라는 것인가? 사소한 일 한 가지도 그냥 넘기는법이 없던 아버지가 이런 출생 정보를 남기지 않은 것이 나에게는 작지 않은 의문이었다. 내가 들어서 아는 것은 아버지가 '종로 근처'에서 태어났다는 정도였다. '종로 근처'라는 얘기는 '종로'는 아닐 가능성이 크다는 말이기도 했다. 유감스럽게도 어머니도 그렇게 들었을 뿐이라고 했다. 어머니와 같이 탁월한 기억력을 가진 분이 기억을 못한다면 그건 어머니가 듣고 잊은 것이 아니라 아버지나 할머니 또는 할아버지가 그 이상으로 언급한 적이 없었기 때문일 것이다.

이렇게 추측을 해본다. 1920년대에 서울로 새로 유입되는 사람들에게 주어지는 일거리는 대개 시장 주변에 있었을 것이고, 그 무렵 서울 종로 지역의 시장이란 조선시대 시전의 흔적들(종로 1~4가의 대로변)과 배오개(梨峴, 종로 4가 사거리와 원남동 사거리 사이에 있던 언덕) 남쪽의 시장(광장시장 자리)이었을 것이다. 할아버지도 그 언저리에서 새로운 세계를 도모하고자 청운의 뜻을 품고 결혼 직후 고향을 떠나 할머니와 함께 서울로 왔고, 그렇게 상경한 지 얼마 안 되어 아버지가 태어났다. 그러니 태어난 장소 또는 동네라고 해봐야 종로에서 북쪽 또는 남쪽으로 조금 떨어진 배후지의 셋방이었을 가능성이 높다. 시골에서 가진 것 없이 상경한 20대 초반의 부부가 살 수 있는 곳이 얼마나 대단한 곳이었겠는가? 그리고 일거리를 찾아 이사도 여러 번 다녔을 것이다. 그래서 아버지는 물론이고 할아버지와 할머니도 아들이 태어난 장소를 정확하게 기억하지 못했을 가능성이 높다.

1920년대 초가 우리나라 대도시에 새로운 도시 빈민층이 형성되기 시작하던 무렵이라는 점도 감안할 필요가 있다. 일제 초기 토지조사사업으로 농촌에서 삶의 터전을 잃은 빈곤층이 도시로 대거 유입되던 시기였던 것이다. 할아버지가 결혼과 함께 분배받았다는 '약간의 토지'가 서울에서 셋집이나마 얻을 수 있는 종잣돈이 되었다면 다행이었겠다.

그러나 이 신혼의 부부가 아들을 낳고 산 곳은 한미했을망정 서울살이를 시작할 무렵의 뜻까지 그렇게 낮지는 않았던 것 같다. 이 아들의 어릴 적 이름 '경봉(京鳳)'이 그런 정황을 시사한다. 서울의 봉황! 이름에 우선 서울이라는 지명이 들어가고, 거기에 상서로운 동물 봉황까지 덧붙인 뜻이 가상하다. 그것은 할아버지 자신의 삶의 의지였을 수도 있고, 아들의 미래에 대한 희망을 담은 것이었을 수도 있다. 어느 쪽이든 결국은 같은 뜻이다.

그렇게 귀하게 태어난 아들이 이제 해방으로부터 꼭 1년이 지난 시점에 세 번째로 서울살이를 하게 되었다. 첫 번째는 스스로 기억하지 못할 유년기였고,

두 번째가 만주에서 귀향한 뒤 잠시 경성요양병원에 입원한 때였던 반면, 이번에는 본인의 결단에 따른 유학이었다. 할아버지가 자신의 미래를 개척하기 위해 서울을 찾았던 것과 본질적으로 다르지 않았다. 사람들은 예나 지금이나 '큰 뜻'을 가질 때 서울을 찾곤 한다. 그렇게 하는 것이 바람직한지는 둘째 치고 어쨌든 현실은 그렇다.

아버지가 세 번째로 서울 생활을 시작한 때는 앞에서 아버지의 연희대학 입학원서 사진을 살펴볼 때 언급한 대로 1946년 6월 무렵이었다. 정치적·사회적으로 복잡하기 이를 데 없던 시점이었다. 예를 들면 이런 식이었다.

당시 충칭 임시정부 관계자의 가족들이 미군 LST 수송선을 타고 난민 자격으로 부산항에 도착해 미군이 마구 뿌려대는 DDT 흰 가루를 뒤집어쓴 채 고국 땅에 첫발을 내디딘 게 그해 5월 12일의 일이었다. 그 무렵 육로로, 해로로 귀국 행렬이 이어졌다. 사실상 '거지 떼'의 몰골이었다는 회고담이 많다.

그런 와중에 6월 3일에는 남한에서만이라도 단독정부를 수립해야 한다는 이승만의 이른바 '정읍 발언'으로 정국이 소용돌이쳤다. 이에 대항해 미군정 당국의 지원 아래 김규식과 여운형으로 대표되는 좌우합작위원회가 구성된 것은 7월 25일의 일이었다. 그러나 9월 7일 조선공산당이 불법화되고 박헌영 등에 대해 체포령이 내려지면서 정국은 다시 한 번 크게 요동치더니, 마침내 10월 1일 대구에서 대규모 군중 시위가 일어나 이 사태는 전국으로 확산되기에 이르렀다.

그렇게 갈피를 잡을 수 없게 정치적 의지와 의지가 길항하는 시점에 아버지는 '세상'으로 나왔다. 나라의 해방에 아버지의 해방이 겹쳐졌다. 소년 시절을 규정해온 병으로부터의 해방이었다. 모든 것이 바뀌었다. 사는 곳이 바뀌었고, 만나는 사람이 달라졌으며, 쓰는 말과 글이 새로워졌다. 그것은 갖가지 상처에서 새살이 돋는 경험이었다. '긴 소년 시절'을 마감하고 이제 막 '지체된 청년 시절'을 시작하는 참이었다.

『파브르 곤충기』를 읽던 소년이 몇 년 뒤 이렇게 해방 공간의 대학 전문부 과정에서 이과를 선택하고, 다시 1년 뒤 정식으로 학부에 진학에서 물리학을 자신의 전공으로 선택한 것은 결코 우연이 아닐 것이다. 그것은 어찌 보면 자연스러운 발전이자 관심사의 진화였을 것이다. 또 자연의 원리를 탐구하고 싶다는 근본주의 성향의 발현이었는지도 모르겠다.

아버지는 그런 자신의 계발 과정으로서의 서울살이를 통해 본인의 미래를 개척했을까? 유감스럽게도 그렇지 못했다. 한마디로 얘기하자면, 상경한 본래의 목적인 대학 생활 자체가 건강 때문에 원활하지 못했다. 위태위태하게 소강 상태를 유지하던 건강이 해방 반년 뒤 도지는 듯하더니 끝내 발목을 잡고 말았다. 정말 아쉬운 대목이다. 공부는 기회가 될 때, 가능하면 20대에 승부를 봐야지 그렇지 못할 경우 후회하게 되는 법이다. 그런 후회가 아버지의 마음속 어느 한구석에 두고두고 남았던 것 같다.

이제 아버지의 대학 생활을 살펴볼 차례다. 그런데 연희대 재학 시절인 동시에 서울 북아현동에 거주하던 20대 중반(1946년 6월 ~ 1950년 11월)에 대해서는 안타깝게도 본인의 기록과 주위 사람들의 기억을 거의 찾을 길이 없었다. 아버지의 흔적을 따라가기에 가장 어려운 시기였다.

국내에서의 유년기와 만주에서의 소년기는 애당초 포기했으니 아예 논외로 하고, 지금 내가 되짚어볼 수 있는 가장 먼 과거에 해당하는 해방 직전 평양에서의 청소년기는, 이미 설명한 바와 같이, 나름대로 골격을 잡아볼 수 있었다. 경상골에서의 정겨운 이웃들과의 모둠살이가 바로 그것이었다.

그러나 그보다 시기적으로나 지리적으로 훨씬 가까운 6·25 전쟁 직전의 서울 북아현동 시절만은 따라잡기가 영 쉽지 않았다. 아버지는 일시적인 하숙 생활을 제외하면 이 시기에도 주로 할머니와 함께 생활했다. 1946년 연희대학교에 진학함으로써 정든 평양을 떠나 학교에 가까운 서울 북아현동에 터를 잡고 유학 생활을 시작했던 것이다.

이 시절 할머니의 무용담 한 가지. 우리는 지금 남북한 지역 간의 왕래가 정확하게 언제부터 불가능하게 되었는지 잘 알지 못한다. 아버지가 1946년 가을에 평양에서 서울로 유학을 왔으니 그때는 분명히 왕래에 문제가 없었을 것이다. 그해 말쯤 서울 북아현동에 할머니와 아버지가 정착할 때에도 평양 경상골의 집을 그대로 둔 채 몸만 왔다. 할머니는 그 집 얘기만 나오면 "계란 노른자 같은 땅에 집이랑 세간이랑 다 놔두고……"라는 후렴구를 몇 차례씩 반복하곤 했다. 그 무렵 필요에 따라 평양과 서울을 오가는 것은 할머니의 몫이었다. 여기서부터는 어머니의 기억이다.

"물건을 가지러 가기도 하고, 몇 차례 평양을 왕래하셨다는 얘기를 들었다. 그런데 평양 가실 때는 어디서 구했는지는 모르겠는데 '다이아찡'이라는 약을 구해서 평양 가서 팔았다고 하시더라. 그게 항생제가 나오기 전에 염증 같은 데에 효력이 좋다고 소문난 화학요법제였는데 서울에나 있지 지방에서는 구경도 하기 어려운 물건이었다. 그러니 그걸 한 보따리 구해서 지방에 가면 돈이 좀 됐던 모양이지. 할머니도 꼭 장사를 한다는 관념은 아니셨던 것 같고, 어차피 평양 가는 발걸음이 쉬운 것은 아니니 가는 길에 그런 걸 갖고 가서 팔아서 여비도 쓰고 돈도 좀 마련하고 그러셨던 것 같더라. 아, 싱거 미싱은 무거운 물건이 돼놔서 할머니가 직접 갖고 오지 못하고 할아버지가 사람 시켜서 몸체만 갖고 왔다고 하더라. 그 발틀 갖고 오지 못한 걸 할머니가 못내 아쉬워하셨다."

참 대단한 할머니였다. 어차피 아버지가 경제활동에 소질이 없었으면 할머니라도 죽 그 길로 나갔더라면……. 아무튼 남북한 지역 간에 왕래가 가능했던 시절의 얘기다. 소위 삼팔선이 막힌 뒤에도 할머니는 한두 차례 더 그 어려운 길을 오갔던 것 같다.

친척들에게 들은 이야기가 있다. 북한 지역에 고향을 둔 사람들의 대부분은 이른바 한국전쟁 기간 중의 1·4 후퇴 때 남하한 사람들이다. 그런데 아버지와 같은 유학 케이스를 포함해 사업, 전근 등의 다양한 이유로 그 이전(1945~1950년)에 이미 남한 지역에 내려와 있던 사람들도 꽤 된다는 것이다. 그런데 그 두 그룹의 정서가 상당히 다르다는 얘기였다. 갈 수 없는 고향을 그리워하고 북한 정권을 비판적으로 보는 것은 같지만 그 양상과 강도는 분명히 다르다고 한다. 그러고 보니 어머니도 아버지가 "우리 고향 참 좋소. 같이 가봅시다"라는 말 이외에 북한 정권에 대해 언급하는 것은 들어본 기억이 없다고 했다. 조금 미묘한 문제이긴 하지만 월남 시점에 따른 정서의 차이가 꽤 그럴듯하다고 생각됐다.

각설하고, 이 시기에 대해서는 아버지 자신이 체계적인 기록을 남기지 않았다. 학교에서 사용하던 교과서와 수업 노트, 스스로 장만했던 것으로 보이는 약간의 영문판 전공 서적 등이 내가 어릴 적에는 집안의 이 구석 저 구석에 조금씩 있기도 했으나 이제는 그것도 극소수를 제외하면 찾아볼 길이 없다. 몇 번 이사 다니고, 몇 번 장마에 비가 들이치다 보면 이런 것들은 가장 먼저 폐기되는 것들이다. 한두 차례는 장마가 그친 뒤 7~8월의 뙤약볕 아래 쭈글쭈글해진 책자와 노트 등을 펼쳐 말려보기도 했다. 그럴 때면 책장을 넘길 때마다 벤젠이 끝없이 이어지는 유기화학 구조식이라든가 진자(振子) 운동의 그림과 공식 같은 것들을 보면서 '나도 아버지처럼 열심히 공부하면 이런 암호문을 해독할 수 있을까?'라고 생각하곤 했다. 그러나 대한민국의 고식적인 교육 체제 아래에서 고교 시절 문과를 택한 나는 그런 공부를 할 기회를 갖지 못했다. 그 암호문은 나와는 영원히 관계없는 영역으로 남고 말았다. 그사이에 그런 책들도 한 권씩 두 권씩 없어져 갔다. 장마를 거칠 때마다 책의 부피는 20~30퍼센트씩 커져 갔고, 그걸 감당하기 위해서는 계속 더 큰 공간이 필요했기 때문에 그만큼씩 폐기 처분하는 것은 불가피한 일이었다.

나는 20대의 대학생이 그런 학습의 흔적 외에 자신의 수첩이라든가 사진첩,

일기와 같은 개인적인 기록을 체계적으로 남겼다는 얘기를 들어본 기억이 없다. 한편으로 열심히 공부하고, 다른 한편으로 하고 싶은 일(즐기고 노는 일을 포함해서!)을 집요하게 하는 것이 20대 초·중반의 청춘에 주어진 특권이다. '기록'은 그들의 몫이 아니다. 아버지가 수첩 메모 형태의 기록을 의식적으로 남기기 시작한 것도 만 30세가 되던 1953년의 일이었다. 물론 이런저런 증명서 같은 것들을 꼼꼼히 챙겨두기 시작한 것은 그보다 조금 앞선 27세 때, 즉 1950년의 일이었다. 그럴 수 있었던 것은 특히 6·25 전쟁이 발발하고 9·28 수복이 이뤄진 뒤 각종 신분증명서가 생명만큼 귀중하던 시대 상황과도 관계가 깊다.

그 모든 것은 아무리 빨라도 1950년 가을 이후의 일이었다. 그 이전 시기에 대해서는 나중에 자필 이력서 등으로 정리한 기록이 있을 뿐 당대에 기록한 글이나 사진, 증서 등이 거의 남아 있지 않다.

'기록'이 없으면 '기억'을 찾겠다는 다짐 속에 나름대로 취재 능력을 발휘해보기도 했지만 결과는 신통치 않았다. '조금만 더' '조금만 더' 하고 스스로를 채찍질해가며 찾아보았지만 허사였다. 아쉽지만 어떻게 하겠는가? 나의 능력이 거기까지인 걸.

여기서 그런 나의 실패기 몇 가지를 기록해두는 것도 나쁘지 않을 것 같다. 우선 이 북아현동 시절에 출석했던 교회에서 단서를 찾지 못한 것이 결정적이었다. 할머니와 아버지는 어느 곳이든, 어느 시절이든 교회에서의 교우 관계를 중심으로 생활을 영위했다. 이곳에서도 마찬가지였다. 할머니는 "교인들이 합심해서 '북아현정교회' 예배당 건물을 신축했더니 바로 난리(6·25 전쟁)가 나서 이 예배당을 제대로 사용해보지도 못하고 교인들이 흩어져버렸다"는 말씀을 여러 차례 되뇌곤 했다. 여기서 '북아현정'이란 '북아현동'의 일제강점기 행정 지명일 것이다.

그래서 북아현동교회를 찾아가면 누가 됐든 그 시절의 지인이 있으리라 기대했고, 현재의 이 교회에서 직분을 맡고 있는 몇몇 분이 그런 나의 수고를 자기 일처럼 도와주기도 했지만 결과적으로는 아무도 찾을 수 없었다. 시간의 벽을 실감했다. 시간이 가면 어느 조직이든 구성원이 바뀌고 주인이 교체되는 법이다. 교회라고 해서 예외가 아니다.

그 교회에서 내가 찾은 게 있다면 『북아현교회 50년사』에 등장하는 교회 초창기(1949년 2월 6일) 사진에서 할머니와 아버지의 젊은 시절 모습을 확인한 것이었다. 천막 교회 건물을 배경으로 모든 교인이 기념 촬영을 한 것이었다. 그 천막 교회는 아마도 할머니가 다른 교인들과 합심해 지었다는 그 신축 예배당 이전 시기의 건물이었을 것이다.

나의 두 번째 실패는 할머니가 이 북아현동 시절에 아주 가까이 지냈던 이웃 한 분을 찾지 못한 데에 있었다. '김영실'이라는, 지금 생존해 있다면 80세가 넘었을 여성을 찾지 못한 것이다. 내가 군이 '할머니'라고 하지 않고 그저 '여성'이라고 표현한 것은, 내가 아는 한 그분은 결혼을 한 적이 없었기 때문이다. 늘 흰 한복 저고리에 개량 한복 스타일의 짧은 검정 치마 차림이었던 그는 내가 초등학교에 다니던 1960년대까지도 우리 집과 왕래가 있었지만 어느 시점부터인가 그것이 끊어졌다. 6·25 전쟁 직전 대학생 아버지의 모습을 한동네의 지근거리에서 지켜보았던 지인 한 분이 끝내 모습을 나타내지 않은 것이다.

그러던 중에 내가 지금 섬기는 교회의 어른 한 분과 대화를 나눈 일이 있었다. 그분이 오랫동안 아현동에 살았노라고 하기에 그저 "김영실이라는 여성을 혹시 아느냐?"고 물은 적이 있다. 아무 기대 없이 정말 막연하게 물은 것이었다. 그런데 돌아온 답은 뜻밖의 내용이었다. "나의 외사촌 누님인데 어떻게 아느냐?" 등잔 밑이 어두웠다. 조바심에 바로 되물었다. "지금 살아 계십니까?" 안타깝게도 그분은 10여 년 전에 이미 별세하셨다는 얘기였다. 내가 아버지의 흔적을 찾고자 마음을 먹기도 전에 이미 이 세상 분이 아니었던 것이다. 안타깝다는

01

02

03

『북아현교회 50년사』에 수록된 이 교회 초창기의 모습과 교인들(사진 1). 이 사진에서 둘째 줄 오른쪽에서
네 번째가 40대 중반의 할머니이고, 할머니의 오른쪽 뒤편으로 짧은 머리에 교복 차림으로 선 이가 20대
중반의 아버지. 사진 2는 이때로부터 약 10년 뒤의 할머니 모습이지만 비슷한 외관임을 쉽게 알 수 있다.
사진 3은 아버지의 연희대학 재학 시절 모습으로 추정되는 사진으로 역시 비교가 가능하다.

말에 더 이상 보탤 표현이 없었다.

한 가지 실패담이 더 있다. 교회나 동네가 아니라 바로 대학 생활 자체를 함께한 동료들 가운데 아버지를 기억하는 분을 찾지 못한 것이다. 어머니로부터 아버지의 대학 동료 한 분의 이름을 들은 적이 있었다. 안세희 전 연세대 총장이 그분이었다.

"너의 아버지가 '지금 연세대 물리학과의 안세희 교수가 동기생'이라고 얘기하더라."

이 한마디를 단서로 또 한 차례 '밑져야 본전'이라는 생각으로 안 전 총장의 전화번호를 수소문해 연락을 넣었다. 아버지의 이름을 대자마자 "아, 이름이 기억나는데요"라는 답이 돌아왔다. 기대가 컸다. 그러나 거기까지였다. 그런 이름의 동기생이 있었던 것은 기억이 나는데 아무리 생각해도 더 이상 구체적으로 떠오르는 것이 없다는 것이었다. 그러나 고맙게도 안 전 총장은 인내심을 갖고 나의 긴 설명을 들어주었다.

이리저리 정황을 맞춰보니, 안 전 총장은 아버지보다 한 해 빠른 1945년 가을에 연희대 전문부 이과에 입학해서 1년 만에 전문부를 마친 뒤 개인적인 이유로 1년을 쉬었다가 1947년 가을 학기에 아버지와 함께 이공대학 학부(당시는 '이학원')의 물리학과에 진학한 분이었다. 말하자면 전문부는 1년 선배이고 학부에서는 동급생이었던 셈이다. 당시 전문부는 3년을 다녀야 했으나 해방 직후 전문 인력의 수요가 많아지자 문교부 지시에 따라 1년만 다닌 학생도 시험을 통과하면 바로 학부로 진급시켜주는 경우가 드물게 있었는데, 내가 설명하는 아버지의 이력대로라면 안 전 총장 본인이나 아버지나 그런 많지 않은 경우에 해당한다는, 안 전 총장의 상세한 설명을 들을 수 있었다.

이런 대화를 통해 당시 정황을 꽤 이해할 수 있었다. 이 무렵 극도로 건강이 악화된 아버지가 학부 진학 뒤 수업에 거의 나가지 못하면서 동급생들과 함께 생활할 기회가 거의 없었고, 결국 중도에 학업을 접고 말았으니 졸업생 명부상으로도 확인할 수 있는 길이 없었던 것이다.

안 전 총장은 통화를 마친 뒤 실망하는 나를 배려해 직접 동기생 몇 분과 통화를 했다. 언감생심, 내가 그걸 직접 부탁하기는 어려웠는데……. 자신의 전문부 1년 후배, 즉 아버지의 전문부 동기생들 가운데 아버지와 마찬가지로 1년만에 학부로 진학한 몇 분에게 나를 대신해 질문해주었던 것이다. 그는 첫 통화 이후 30분도 지나지 않아 나에게 직접 전화를 걸어주었다.

"김창희 씨가 동창회다, 어디다 직접 전화하는 수고를 할 것 같아 내가 먼저 알아봤습니다. 충분히 얘기를 들었으니 내가 알아보는 게 훨씬 손쉽지 않겠어요? 결론을 얘기하면 별 소득이 없네요. 좋은 소식을 전해주지 못해 아쉽습니다. 아버지와 똑같은 순서로 학교를 다닌 동료 교수 두 분이 있어서 나도 오랜만에 안부를 전할 겸 전화해봤는데 나보다도 더 기억을 못하네요. 그 당시로서는 공부도 잘하셨던 분 같은데 안타깝습니다. 앞으로 혹시 좋은 소식 듣게 되면 다시 알려주겠습니다."

어떻게 모든 시도가 성공하겠는가? 아버지 생애의 단계마다 지금만큼 지인을 확인할 수 있었던 것만 해도 거의 기적에 가까운 일이 아니었을까? 안 전 총장의 마음 씀씀이가 고마웠다. 그 이상을 바라는 것은 과도한 욕심이 될 터였다.

안 전 총장과의 전화 통화 이후 우연한 기회에 다시 아버지의 서류 뭉치에서 한 장의 주소록을 발견했다. 등사본으로 된 이 주소록은 '이학원 제1학년 학생 주소록'이라는 제목을 달고 있었고, 1948년 1월 6일에 작성된 것이었다. 말하자면 아버지가 1946년 가을 학기부터 1년간 전문부 과정을 마치고 1947년 가을 학기에 학부에 진학해서 한 학기 수업을 마친 시점이었다. 모두 25명의 이학원 1학년 재학생 중에는 아버지와 안 전 총장이 모두 포함되어 있었다.

이것을 바탕으로 안 전 총장에게 다시 한 번 연락해볼까 하는 생각이 들었

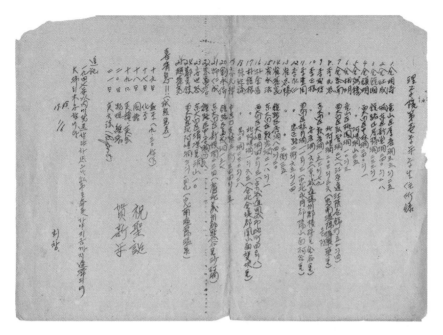

1948년 1월 6일에 작성된 '연희대 이학원 제1학년 학생 주소록'이다. 1947년 가을 학기에 시작된 학부 1학년의 1학기 과정이 끝나고 겨울방학 시기에 작성된 것으로 보인다. 모두 25명의 재학생 가운데 아버지가 5번, 안세희 전 연세대 총장이 23번에 기재되어 있다.

다. 그러나 이내 포기했다. 이 같은 종이쪽지를 바탕으로 아버지의 연희대 재학 사실을 증명하는 것이 나의 목적이 아니었기 때문이다. 아버지 삶의 일정 기간에 함께했던 사람들의 증언을 듣고 싶었던 것이었다. 그런 마당에 이런 주소록을 바탕으로 무슨 얘기를 더 할 것인가?

이렇게 해서 단서가 잡힐 듯 말 듯 했던 몇 갈래 시도가 결과적으로는 모두 무위로 끝났다. 북아현동 시절 아버지의 흔적은 몇 장의 문서와 사진, 그리고 아버지 본인의 '병력' 기록으로 그칠 가능성이 높아졌다. 열릴 듯 말 듯 하던 '기억의 문'이 끝내 열리지 않은 것이다. 문고리를 잡고 여러 차례 두드려보기도 하고 담장 너머로 '거기 누구 없느냐?'고 소리쳐 불러보기도 했지만 별 소용이 없었다. 나름대로는 백방으로 노력을 기울였건만 기억의 문은 열릴 기미조차 없었다. 나의 의지도 차츰 까무러져 갔다.

그러던 중에 해방 직후 평양에서 갓 유학 온 아버지를 만났던 분의 기억을 단편적으로나마 들은 것은 나름대로 소득이었다. 꼭 북아현동에서의 생활과 관련된 것은 아니지만 소중한 기억이었다. 그 기억을 되살려준 분은 김규환 아저씨(1938년생)였다.

앞으로도 몇 차례 언급할 기회가 있겠지만, 그의 아버지 김기주 씨와 나의 할아버지 김중준 씨는 내외종 간이었다. 즉, 나의 할아버지의 고모가 평안남도 강서의 김해김씨 집안에 시집가서 낳은 아들이 김기주 씨였다. 김기주 씨에게 우리 집은 외가였고, 그 아들 규환 아저씨에게는 진외가였다. 그런 관계를 넘어서서 이북 시절부터 두 집안은 서로 많이 의지하며 살았다. 특히 월남한 이후에는 우리 집이 일방적으로 신세를 많이 졌다. 아버지도 일이 있을 때마다 '기주 숙부와 의논했다'는 기록을 남겼다. 그는 아버지의 후원자이자 요즘 말로 '멘토' 였다. 그 '기주 숙부'의 큰아들이니 아버지에게는 육촌 동생이 되는 김규환 씨의 증언이다.

"내가 해방되던 해 3월에 안암동에 살면서 종암국민학교에 입학했는데, 아마 2학년 때였던 것 같다. 그때 이북에서 서울로 유학 온 필묵 형님을 처음으로 봤다. 형님이 나를 보더니 공부 잘하라며 백지를 여러 장 겹쳐서 송곳으로 가지런히 구멍을 뚫고는 그 구멍에 맞춰 일일이 줄을 친 다음에 그걸 철끈으로 묶어서 아주 근사한 공책을 한 권 만들어줬다. 내가 뭘 물어봐도 대충 넘기는 일이 없었다. 정말 형님은 얌전하면서도 성실한 분이었는데⋯⋯. 그런가 하면 중준 아저씨(나의 할아버지)는 그때 만주에서 막 돌아오셨다고 들었는데 활달하고 멋쟁이 스타일이었다고 기억된다."

그러고 보니 내가 초등학교 저학년일 때에도 아버지는 그렇게 송곳 구멍에 맞춰 줄을 치고는 그걸 묶어서 공책을 만들어주곤 했다. 나는 그게 싫었다. 다른 아이들처럼 표지에 만화 캐릭터가 들어가고 각 페이지의 줄도 이미 인쇄되어 있는 공책이 훨씬 멋있어 보였기 때문이다. 이런 수제(手製) 공책이 얼마나 귀한 것인지 그 시점에는 깨달을 수 없었다.

규환 아저씨는 그 밖에도 우리 가족과 함께 충청도 '경천'으로 피난 갔던 이야기와 대학 시절 여름방학 때 통영의 우리 집을 방문해서 나의 어머니를 처음 만났던 기억 등을 시간 가는 줄 모르고 한참 동안 회상했다. 북아현동의 기억이 아니면 어떤가? 참으로 귀한 시간을 규환 아저씨와 함께했다.

스스로 선택한 길

요즘 각급 관공서와 공공기관에서는 기록 전산화 작업이라는 것을 한다. 과거의 기록을 스캐닝해서 영구 보관하는 동시에 이를 필요로 하는 사람들에게 열람할 수 있게 하거나 종이 문서로 발급해주는 것이다. 이런 작업을 통해 과거의 기록들이 많이 되살아나고 있다.

그렇지 않을 경우 장마에 쓸려 일실되거나 폐지로 팔려나갈 운명의 기록들이 생생하게 그 모습을 드러내고 있으니 '되살아나고 있다'는 표현이 결코 과언이 아니다. 공문서들은 이렇게 전산화되지 않을 경우 설사 소멸의 운명을 면한다 하더라도 수십 년 동안 아무도 들처보지 않아 새카맣게 내려앉은 먼지 속에서 필요한 대목을 찾아내는 일 자체가 만만치 않았을 것이다.

누구나 아는 상식을 너무 길게 얘기하는 것인지도 모르겠다. 내가 연세대를 찾아 아버지의 해방 직후 학적부를 확인하는 데에는 채 10분도 걸리지 않았다. 수수료를 500원쯤 냈던가? 60여 년 전에 작성된 누런 서류가 문서 발급 담당 교직원의 키보드 터치 몇 번만으로 순식간에 원본 모양새 그대로 내 눈앞에 제시됐다. 원본을 직접 복사한 것이 아니고 디지털 파일의 출력본이었다.

이 학적부의 영인본에서 눈에 띄는 대목은 이런 것들이었다.

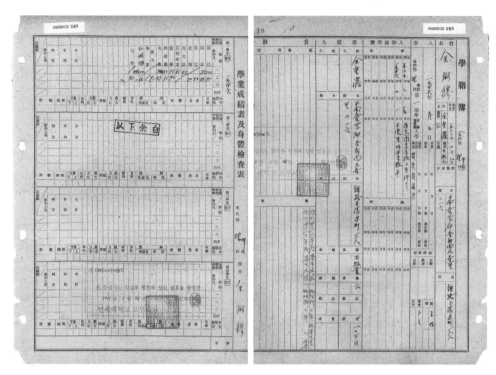

연세대학교에 가서 발급받은 아버지의 연희대학교 재학 시절의 학적부 영인본. 여기에는 내가 전혀 알지 못했던 할아버지의 직업과 직장으로 추정되는 주소 등이 기재되어 있는가 하면, 아버지의 전문부 1학년 시절의 학업 성적과 두 차례의 휴학 사실 등도 상세하게 담겨 있었다.

· 1946년 9월 5일 시험에 의한 입학

· 보증인: 김중준

· 거주지: 서울 종로구 청진동 188

· 보증인 직업: 출판업

· 자산: 10만 원

아버지와 관련된 사항들보다는 '보증인'으로 되어 있는 할아버지 관련 내용들이 먼저 눈에 들어왔다. 사실 나는 할아버지에 대해 아는 것이 거의 없다. 다섯 살 때 돌아가신 할아버지를 알아야 얼마나 알겠는가? 할아버지 관련 기록을 보거나 얘기를 들은 적도 거의 없다. 어쩌다 어머니의 먼 기억을 통해 신기루 같은 할아버지의 존재와 움직임을 간접적으로 대했을 뿐이다. 그런데 이 학적부에 갑자기 할아버지가 등장한 것이다. 요즘 식으로 말하자면 보호자, 당시 표현으로 보증인은 학생의 아버지가 되는 것이 가장 자연스러운 일이었을 것이다.

얘기가 나온 김에 할아버지 이야기를 조금 해보는 것도 좋을 것 같다. 여기 등장하는 할아버지 거주지의 주소는 지금도 같은 지번으로 존재하는 곳이다. 종로 쪽에서 들어가자면 청진동 해장국 골목의 끄트머리쯤에 해당되는 곳으로 종로구청에서 그리 멀지 않은 위치다. 최근 그 일대가 재개발되어 큰 건물이 들어서고 말았지만 얼마 전까지만 해도 그곳엔 일제강점기의 적산 건물이 자리 잡고 있었고, 한때는 그 건물에 국내 유수의 한 통신사가 들어서기도 했다. 또 기록을 찾아보니 해방 직후에는 한 친일파 인사가 이 건물을 소유한 상태에서 한글학회에 내주어 사용하도록 했던 적도 있었다.

그런 큰 건물이 할아버지의 개인 소유였을 리는 없고, 또 아파트와 같은 집합주택 형식의 거주 공간으로 쓰였을 리도 없다. 해방 직후 서울 한복판 도심지의 다층 건물은 사무용 공간이었을 수밖에 없다. 그렇다면, 추측이긴 하지만, 학적부의 다음 칸에 할아버지의 직업으로 되어 있는 출판업이 아무래도 단서인 것 같다. 어떤 출판사였는지는 알 수 없지만 할아버지는 해방 직후 만주에서 서울로 돌아와 출판사에서 근무했고, 바로 그 출판사가 이 청진동 건물에 입주해 있었다고 보는 것이 가장 합리적인 추측일 것이다. 그런 상황에서 아버지가 평양에서 상경해 대학에 입학하니 그냥 그곳을 거주지로 표현했던 것 같다. 물론 다른 단서가 없으니 순전히 나의 추측일 뿐이지만.

이런 추측이 맞다면, 아버지는 학교에 제출하는 서류에는 그렇게 기재했어도 그곳은 거주할 수 있는 곳이 아니었다. 그래서 학교에 가까운 북아현동 쪽에 별도의 공간을 마련했던 것 같다. 처음에는 하숙을 하거나 앞서 언급한 안암동의 '기주 숙부' 댁에 일단 거처를 정했을 것이다. 그러다가 할아버지의 지원으로 북아현동 언덕배기에 두어 칸짜리 집을 마련한 뒤 평양에서 올라온 할머니와 아버지가 함께 거주했던 것으로 보인다. 할아버지는 주소지는 이 북아현동 집에 두고 있었지만 함께 거주하지 않았던 것 같다.

여기서 한 가지만 더 추측을 덧붙여보자. 1953년 통영 시절 이후 아버지가 사용하던 개인수첩에는 별도로 살면서 직장 생활을 하던 할아버지의 주소가 기재되어 있곤 했다. 거주지는 대개 부산시 범일동이었고, 직장명은 시기별로 달라 서너 가지가 등장하는데, 그중 연대가 가장 앞서는 것이 '대한민주여론협회'라는 곳이었다. 그 직장의 사무실은 부산시 광복동이었다. 이름만으로 추정해본다면, 아마도 요즘 여론조사 기관의 선구 격인 단체가 아니었을까 생각된다.

인터넷으로 검색해보니 '대한민주여론협회'라는 단체는 1949~1956년에 간간이 몇몇 언론에 소개되곤 했다. 건국기에 '민주국가 육성'을 위한 '가두 조사' 등을 했던 것으로 되어 있다. 그 조사 내용을 소개한 언론 기사도 몇 건 남아 있다. 그리고 이 단체는 부설 기관으로 '민주여론사'라는 출판사도 운영한 것으로 되어 있다. 그러나 여론조사 전문가 몇 사람에게 이 단체를 아는지, 또 이 단체가 우리나라 여론조사의 역사에서 차지하는 위치가 어떤 것인지 물어보았지만 신통한 답을 얻지 못했다.

그래서 더 상세하게 파악할 수는 없었지만 할아버지는 이미 해방 직후 시기부터 그 나름대로 의미 있는 역할을 자임하며 설립된 이 사회조사 단체에서 직장을 얻어 근무했던 것으로 내 마음속에 그냥 정리해버렸다. 또 이런 사회조사 단체는 우리 사회에서 거의 처음 등장하는 것이었을 터이니 직업군 분류에서 마땅히 설명할 말도 없어 그저 '출판업'으로 했다고, 이것도 내 마음대로 정리해보았다. 만약 할아버지가 이 단체에 근무한 것이 맞다면 이 단체가 출판업도 병행했으니 그것이 꼭 자의적인 직업 분류라고 할 수도 없을 터였다. 그러나 이런 나의 생각은 나중에 조금 바뀌었다.[*]

이쯤에서 다시 아버지 얘기로 돌아가자. 이 학적부에 기록된 전문부 1학년의 성적은 나쁘지 않았다. 성적 얘기는 그저 그 정도로만 하자. 그리고 비고란에는 두 차례의 휴학 기록이 남아 있는데 그게 그 맥락을 새기기가 만만치 않았다. 도대체 어떻게 그런 상황이 가능했는지 이해가 되지 않았다.

단기 4281년도 학생명부에 물리과 2년 재학생으로 휴학

단기 4282년도 학생명부에 물리과 3년 재학생으로 휴학

단기 4281년이면 서기로 1948년이니, 1947년 가을에 학부(물리과)에 진학한 뒤 1948년 봄 학기까지 1학년은 제대로 마쳤고, 그해 가을 2학년으로 진학한 직후 혹은 몇 달 다니다가 휴학했다는 얘기가 된다. 그러면 단기 4282년(서기 1949년)에는 아무리 해도 3학년이 될 수가 없다. 2학년 과정의 첫 학기만 휴학했다 해도 1949년에는 한 해 내내 2학년 과정을 수강할 수밖에 없었을 것이기 때문이다. 그런데 1949년에 3학년 재학생으로서 휴학을 했다니? 뭔가 앞뒤가 잘 맞지 않았다.

그러나 복잡하게 따지지 말자고 생각했다. 그 시절에 무슨 일인들 불가능했을까? 그저 '3학년 휴학'이라고 하니 과정이야 어찌 되었든 '2학년 수료'라는 점만 생각하기로 했다.

그렇게 생각하고 아버지의 옛 기록들을 뒤적이다가 재미있는 서류 두 점을 발견했다. 발급자는 모두 '연희대학교 총장대리 김윤경'으로 동일했으며, 발급

● 이 문제는 6부 '통영 II'의 '다시 할아버지 이야기'에서 자연스럽게 재론할 기회가 있겠다.

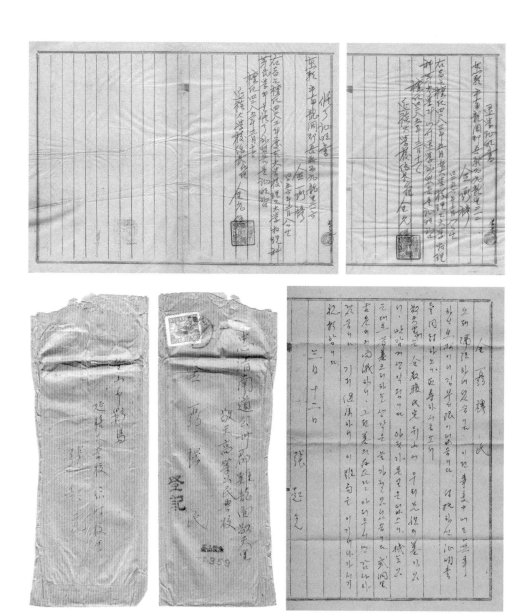

아버지는 1952년 초에 이미 연희대학교 총장이 발급하는 '수료증명서'와 '퇴학증명서'를 발부받아 보관하고 있었다(사진 윗줄). 이렇게 사실상 동일한 내용의 증명서가 여러 가지 버전으로 발급된 데에는 당시 장기원 이공대학장의 배려가 게재되어 있었던 것 같다. 사진 아랫줄은 이 같은 두 가지 증명서가 담겨 있던 편지 봉투의 앞뒷면과 그 안에 동봉되어 있던 장기원 학장의 사신(私信)이다.

210 아버지를 찾아서

일도 아버지의 계룡산 경천 시절 말기인 '1952년 3월 11일'로 동일했다. 다만 서류의 제목이 하나는 '수료증명서'였고, 다른 하나는 '퇴학증명서'였다. 두 가지 모두 먹지를 대고 달필의 동일한 필체로 작성한 부본(副本)이었다. 수료증명서는 1950년에 이 학교 물리과 제2학년을 수료했다는 것이고, 퇴학증명서는 1950년 5월에 이 학교 물리과 제3학년에서 퇴학했다는 것이니 내용도 사실상 똑같았다.

아마도 아버지가 이미 경천 시절에 정식 교사가 되기 위한 자격시험을 치르기로 결심하고 '전문학교 졸업 이상'의 학력을 증명하기 위해 준비했던 서류가 아니었을까 생각된다. 그런데 아버지의 모교인 연희대학교가 이렇게 동일한 내용을 두 가지 버전으로 작성해 발급한 이유는 잘 모르겠다.

추정해볼 만한 약간의 단서는 있다. 이 두 가지 서류에는 모두 총장 직인(職印)과는 별도로 '장기원(張起元)' 이공대학장(1903~1966년) 명의의 사인(私印)도 찍혀 있었는데, 장 학장이 연희대학교가 전쟁으로 피난 가 있던 부산 현지에서 이 두 가지 증명서를 담아 보낸 편지 봉투와 동봉했던 그의 사신(私信)까지 아버지는 보관해두고 있었다. 그 사신의 내용을 보면 단순한 교수·학생 관계를 넘어서서 두 분이 꽤나 가까운 관계를 유지했던 것 같다. 두 분은 모두 평안도 출신이었다. 그래서 장 학장이 '수료'나 '퇴학'과 관련된 증명서 양식이 정착되기 전 단계에서 당사자가 필요에 따라 알아서 사용하라는 취지로 이렇게 보내주었던 것이 아닐까 생각해본다. 그런 것이었다면 고마운 일이었다.

이렇게 '이수' 또는 '수료' 얘기까지 나아갔으니 이젠 불가피하게 아버지가 대학 생활을 마감한 과정을 설명해야 할 것 같다. 대학 생활의 내용에 대해서는 아무것도 파악된 것이 없이 그 마감을 얘기하자니 조금 쑥스럽긴 하다. 그렇지만 어쩌랴? 억지로는 쓸 도리가 없는 것 아닌가? 다만 개인적 기록으로나마 그 마감의 단서를 쥘 수 있었던 것은 나로서는 다행이라면 다행이었다. 그 기록은 다름 아니라 앞에서도 언급한 '병력(病歷)'이었다.

1946년 6월(24세) 월남, 9월 대학 입학

1947년 1월(25세) 하숙에서 소객혈(1~2cc), 약 1개월간 발열, 취상(就床)

재학 중 이따금 슈-브? 하여 일시 휴학했다가

1950년 5월(28세) 퇴학

이 기록에 따르면 만 4년 동안 연희대에 적을 두고 있었으나 전문부를 한 학기 마친 시점에 벌써 결핵 재발의 조짐이 나타났다. 객혈을 하고 열까지 나서 하숙집에 누운 상태가 되었으니 가까스로 대학에 진학한 입장에서 얼마나 한심스러웠을까? 그 뒤 할머니가 놀라서 서울로 뛰다시피 올라왔을 것이며, '하나뿐인 아들을 이대로 죽일 참이냐?'며 할아버지를 닦달해 각종 약품을 구하고 하숙에서 나와 아들과 함께 살 주택까지 마련하기에 이르렀을 것이다. 그 닦달하는 모습은 안 봐도 뻔하다. 할머니가 따로 사는 할아버지를 찾아가 억센 평안도 사투리로 몰아붙이는 장면은 그 뒤에도 몇 차례 더 등장한다. 그런 추궁과 강박이 늘 이번처럼 성공적이지는 않았지만.

할머니의 상경과 도움으로 그럭저럭 그해 겨울방학과 봄 학기를 넘긴 아버지는 그 어렵다는 전문부 이수 시험까지 통과해 학부에 진입했지만 아무래도 무리였던 모양이다. 휴학, 복학 등의 복잡한 과정을 거쳐 끝내 1950년 봄 학기가 끝날 무렵 학교를 떠났다. 표현은 '퇴학'이라고 되어 있지만 '자퇴'였을 것이다. '대학 중퇴생'이 된 것이다. 어렵사리 겨우 이어가던 청운의 꿈이 마침내 좌초하는 순간이었다.

이제 학생으로서 학교에 머무는 일은 불가능해졌다. 학생 시절이 끝났다는 얘기다. 그것도 졸업이 아니라 중도 포기의 형태로. 그렇다고 해서 청춘까지 아주 끝난 것은 아니겠으나 병약해 대학을 포기한 청년에게 무슨 즐길 일이 남아 있겠는가? 소년기에 만주에서 돌아와 정양했던 것처럼 이번에도 가장 중요한 과제는 정양이었다. 그러나 그때와 다른 점이 있다면 지금은 17세 소년이 아니라 나이로는 어엿한 28세의 청년이라는 점이었다. 움직일 수만 있으면 무엇으로든 생계를 해결해야 하는 처지가 되었다는 얘기다.

그래서 선택한 일이 시골 고등공민학교의 교사직이었다. 학교를 접었으되 다시 학교로 돌아가는 격이었다고 해야 할지……. 어차피 정규 학교가 아니니 정식 교사의 자격이 필요했던 것도 아니었다. 설사 그런 게 필요했다 하더라도 정부가 감독할 능력을 갖추지 못했던 시절이었다. 이 학교를 먼저 안 것은, 앞에서 소개한 대로 최도명 목사였다. 충청남도 공주군 계룡면 경천리의 경천고등공민학교였다. 신설되는 학교라고 했다. 최 목사가 함께 가자고 권했다. 계룡산 자락의 한적한 시골이니 건강도 돌보고 학교교육 제대로 받지 못한 청소년들을 가르쳐 보람도 찾자고 했을 것이다.

사실 이것은 아버지의 운명적인 선택이었다. 교사직은 내가 생각하기에 아버지에게 가장 잘 어울리는 직업이었다. 아버지와 연을 맺었던 여러 사람들을 만나면서 그런 생각은 더욱 굳어졌다. 평양 시절에도 초등학교 교사 시험을 쳐서 합격한 적이 있었다. 본인이 의식을 했건 아니었건 이제 그 운명적인 길로 비로소 접어드는 것이었다.

최 목사는 나에게 보낸 편지에서 자신이 1950년 3월에 경천으로 내려갔다고 했다. 아버지의 이 학교 사령은 그해 6월 1일 자로 되어 있었다. 연희대 중퇴가 5월로 되어 있으니 그사이에 빈 시간대가 없다. 그렇다면 대학을 그만둔 뒤 갈 곳을 찾은 것이 아니라 오히려 대학을 더 다니기 어렵겠다고 판단한 단계에서 갈 곳을 물색한 뒤 대학을 떠났다고 보는 게 사실에 가까울 것이다.

대학생으로서의 꿈을 접은 것은 불행한 사태였으되 거기서 자포자기하거나 되는대로 적당히 산 것 같지는 않다. 나름대로 분명한 계획을 세우고 그 과정에서 명분도 찾아가는 한 청년의 모습이 보인다.

그런데 문제는 그렇게 대학을 떠난 시점이 6·25 전쟁이 터지기 불과 한 달 전이었다는 점이다. 미래는 아무도 알 수 없는 것. 인간에게 주어진 시간은 현재일 수밖에 없다. 현재에 충실할 때 미래는 우리에게 주어지는 보너스 같은 것일 게다. 다만 이 압도적인 현재의 도전으로 인해 아버지의 계획은 실행에 옮겨지기도 전에 좌초할 운명이었다. 왜냐하면 무슨 이유 때문인지 경천학교의 개교 일정에 맞춰 부임하지 못하고 차일피일하던 중에 전쟁이 나고, 그래서 서울에 발이 묶이는 바람에 학교 부임은커녕 온갖 신고를 겪어야 했기 때문이다.

아마 아버지는 그 시점에 학교를 떠난 것을 크게 후회했을지도 모른다. 전쟁 시기에 학생 신분이 얼마나 도움이 되는지는 일제 말기를 지나온 사람들은 다 안다. 그러나 어떻게 하겠는가? 이미 엎질러진 물이었다. 하루 앞도 모르는 인간의 한계를 확인했다고 해야 할지……. 전대미문의 전쟁 상황에 순응하는 수밖에 다른 길은 전혀 없었다. 전혀!

고통의 길, 희망의 불씨

"그러고 보니 1950년 7월에 서울에서 필목 선생님을 뵌 적이 있습니다. 그해 4월에 서울 혜화동에 있던 여자의과대학 예과에 입학하여 공부하던 중 6·25 사변이 일어났고, 국군이 후퇴할 때 한강교를 끊어 서울에서 빠져나가지 못하고 어쩔 수 없이 친구 집에 머물고 있던 중 어떻게 알았던지 송 집사님이 다니던 교회를 찾아갔습니다. 그때 부산에서 함께 올라와 연희대학에 입학한 친척 오빠와 함께 갔습니다."

앞에서 평양 시절을 바로 눈앞에 보는 풍경화처럼 전해주었던 하와이 주숙정 선생의 회고다. 나는 주 선생이 전쟁 시기에 아버지를 만났으리라고는 꿈에도 생각한 적이 없었다. 그저 평양 시절과 그 뒤 몇 년을 건너뛰어 통영여중 시절의 기억까지 들을 수 있는 데에 감지덕지했을 뿐이다. 그런데 이메일이 몇 차례 오가며 평양 시절에 대한 회고가 끝나고 해방 두 해 뒤 주 선생 가족이 월남하는 과정까지 설명했는가 싶었는데 그다음 날 위와 같이 시작하는 메일이 왔다.

이 첫 대목을 읽는 순간 나의 몸에 찌릿 전류가 흘렀다. 그토록 두드려도 열리지 않던 기억의 문이 예기치 못한 순간에 갑자기 열린 것이다. 자칫 공문서를 통한 지극히 재미없는 파악으로 끝날 것 같던 서울 북아현동 시절이 주숙정 선생의 기억을 타고 다시 그림처럼 눈앞에 펼쳐지기 시작했다.

게다가 전쟁이라는 극한 상황에서의 만남은 그것 자체로 극적일 수밖에 없었다. 1950년 7월이라는 시점은 또 어떤가? "서울을 사수하겠다"고 호언장담하던 이승만 정부가 개전 사흘 만에 한강 다리를 끊어 서울 시민을 모두 옴짝달싹 못하게 만들어놓은 채 서울을 떠나버린 뒤였다. 서울 시민은 아무것도 할 수 있는 일이 없었다. 아니, 궁리조차 할 수 없었다. 무슨 일이든 생각한다는 것 자체가 위험을 자초하기 십상이었다. 전쟁 통에 위험이라는 것은 목숨을 담보로 하는 일이었다. 정말 죽은 듯 엎드려 있는 것이 최선이었다.

그런데 주 선생은 처지가 그렇지도 못했던 모양이다. 그에게는 인공 치하의 서울에 머무른다는 일 자체가 위험을 자초하는 것으로 다가왔다. 우선 그의 아버지 주영혁 선생은 해방 직후 평양에서 공산당원이 되기를 거부해 학교에서 쫓겨난 분이었다. 그래서 모진 고생 끝에 가족 전체를 몇 차례에 나누어 월남하는 길을 택했다. 주숙정 선생도 중학교 시절 그런 연고로 고향이나 다름없는 평양을 떠나 서울로 온 것이었다. 게다가 그의 가족은 해방 전 신사참배 거부로 평양감옥에서 순교한 주기철 목사의 가까운 인척으로서 이미 순교한 주 목사의 부인도 해방 직후 북한 당국에 협조하지 않다가 숨졌고, 그 장남까지 당국과 대립하던 상황이었다.

그렇게 척지고 떠난 북한 당국의 지배권이 어느 날 갑자기 서울까지 확대되었던 것이다. 주숙정 선생 가족들 가운데 일부 서울에 거주하던 사람들은 불안할 수밖에 없었다. 신분이 드러나는 순간 그들의 목숨은 아무도 보장할 수 없었다. 그래서 서울을 탈출할 수 있는 방법을 백방으로 모색하던 시점이었다. 목숨이 경각에 달려 있었다고 해도 과언이 아니었다. 바로 그때에 평양 시절부터 가까이 지냈던 할머니와 '멋있는 청년' 아버지가 생각났던 모양이다.

물론 아버지의 위험한 정도가 그런 수준은 아니었다. 본인이 유명인사도 아니었고 그렇게 드러난 반공투사를 친척으로 두고 있지도 않았다. 그러나 왜 불안하지 않았겠는가? 앞에서 1946년 상반기의 평양 시절에 북한 당국에 잡혀가 한 달간 조사를 받았다는 얘기를 했다. 약자는 지레 겁을 먹는 법이다. 아마도 서울을 탈출할 생각까지는 갖지 않았지만 아주 조심스럽게 상황을 주시하고 있었던 모양이다.

"송 집사님은 뵙지 못하고 필목 선생님이 교회로 오셔서 5년 만에 만났습니다. 무더운 여름날이었고 시국도 험악한 때여서 모두 다 지치고 초조하여 별로 이야기도 많이 못하고 서로 격려하는 인사만 하고 돌아왔는데 필목 선생님도 매우 수척하셨고 피로해 보였습니다. 저는 그 후 주기철 목사님의 두 아들과 함께 11명의 농아(聾啞) 학생들과 구사일생으로 전쟁터를 넘어 부산으로 무사히 돌아왔습니다."

주 선생은 자신이 찾아갔던 그 교회의 이름을 기억하지 못했다. 당연한 일이었다. 60여 년 전에 꼭 한 번 찾아갔던 장소의 이름을 기억하기란 쉬운 일이 아니었다. 그리고 그저 잠시 앉아 격려하고 걱정하는 대화를 나누었을 뿐 그곳에서 아무런 일도 일어나지 않았다. 무슨 일인가 일어나고야 말 것 같은 불안한 조짐이 대기 속에 가득했으나 그곳에서만은 끝내 아무 일도 없었다. 서울을 벗어나는 데에 도움이 될 만한 특별한 정보도 얻지 못했다. 다만 그곳, 그 상황의 인상만은 뚜렷했던 것 같다. 무더운 여름날 무척 수척하고 피로해 보이던 청년의 모습이 선연히 떠오른다.

거기까지는 좋은데 한 가지 잘 이해되지 않는 대목이 있었다. 모처럼, 그것도 전쟁으로 목숨이 경각에 달린 상황에서 고향의 후배가 찾아왔는데 그 교회에서 멀지도 않은 곳에 있던 집으로 안내하지 않은 점은 조금 이상했다. 아무리 피로하기로서니 그 정도 여유도 없었을까?

그런 관심을 담아 주 선생께 답장을 보냈다. 우선 내가 아는 범위에서 그 교회에 대한 설명을 했다. 교회의 명칭은 북아현교회이고, 위치는 그때나 지금이나 똑같은데 인터넷 지도에서 검색하면 이화여대와 중앙여고의 경역이 마주치는 곳쯤에 있으며, 아마도 그때 굴레방다리 근처에서 차를 내려 북아현동 길로 접어든 뒤 경의선 철로를 건너 다시 한참을 걷다가 왼쪽의 언덕 위로 올라갔을 것이라는 등의 설명을 보냈다. 이렇게 상황과 주변 여건을 설명하면 무엇이 됐든 기억의 실마리를 더 찾을 수 있으리라고 기대했다. 그렇게 하고선 내 나름의 추측을 한마디 덧붙였다.

"당시 주 선생님께서 아버지를 찾아가셨던 때는 제가 알기에 참으로 애매하던 시점이었습니다. 아버지는 전쟁으로 연희대 재학 시절을 접은 것이 아니라 그 전쟁이 나기 한 달쯤 전에 당신의 건강이 극도로 악화돼 학교를 중퇴하셨습니다. 그러고선 누군가의 소개로 계룡산 근처의 한 학교에 발령을 받아놓고 계셨는데 건강 때문인지 차일피일하던 중에 그만 6월 25일 전쟁이 터지고 만 겁니다. 그래서 그해 9월 28일 서울 수복 때까지 꼬박 석 달을 서울에 발이 묶이고 만 것이지요. 주 선생님께서 말씀하신 대로 '매우 수척하고 피로해 보이는 모습'이었던 배경은 그런 것이었다고 생각합니다. 아마 결핵 환자가 되다 보니 집으로 가자고 권유할 수도 없지 않았을까 생각됩니다."

하루 만에 답장이 왔다. 기억의 문은 활짝 열어젖혀졌다.

"1950년 여름에 몇 번 마포 근방으로 나가 한강을 건너려고 했으나 실패해 답답하고 초조해하던 중에 어머니로부터 들었던 송 집사님 교회의 이름이 생각났습니다. 인민군들과 공산당원들이 날치던 낯선 서울 시내를 친척 오빠와 함께 사람들에게 물으며 언덕길을 많이 올라가 그 아현동의 교회를 찾은 기억이 납니다.

그 교회의 장로 한 분이, 아마 이북에서 오신 분 같은데, 매우 조심스럽게 말씀하시길, 송 집사님은 그 교회의 중견이신데 누구에게나 주소를 알릴 수 없다고 하시더군요. 그날은 주일이 아닌 늦은 오후였는데 심히 무더웠고 아마 필목 선생님이 교회에서 무슨 일을 하셨던지 윗옷을 벗은 채 나오셨어요. 말씀드린 것처럼 몸이 많이 수척해 보였지만 따뜻한 미소로 맞아주셨습니다. 너무나 반가워 말이 잘 나오지 않았고 피차에 절박한 사정을 잘 아는 형편이라 많은 말도 못하고 서로 조심하자는 말씀을 나누고 돌아왔습니다."

조금 더 구체화됐다. 아버지를 찾아간 이유도 분명해졌고, 그러나 기대했던 소득은 별로 없었으며, 그 교회에서 마주친 사람과 정황이 어떠했는지도 알 수 있었다. '수척한 모습'도 '윗옷을 벗은 채'라고 더욱 분명해졌다. 주 선생은 아마도 이 보충 설명 메일을 보내고 나서도 당시의 정황을 더 기억해내기 위해 애를 쓰셨던 모양이다. 며칠 뒤 조금 더 상세한 설명이 왔다. 활짝 열린 채 닫힐 줄 모르는 기억의 문!

"인민군이 들어온 지 한 달이 더 넘은 때여서 서울에 살긴 정말로 무서웠습니다. 곳곳마다 전단과 가두방송으로 대학생들의 학교 출석을 강요하는 한편 많은 사람들이 이유 없이 잡혀가고 죽임을 당했는데 공산 치하에서 살아보지 않은 호기심 많은 또는 열심쟁이 친구들은 등교하는 즉시 트럭에 실려 갔습니다. 우리는 어떻게 하면 서울을 빠져나갈까 사방으로 찾아다니며 도움이 되는 information을 얻거나 함께 갈 사람이 없나 찾던 중이었습니다.

그 북아현동교회를 찾아갔을 때 그 장로님이 매우 조심스럽게 함부로 송 집사님 주소를 줄 수 없다고 하신 것도 아마 그곳에서도 강제징병이나 이웃에 숨어 관찰하는 '빨갱이'들을 경계한 것 같았습니다. 또 필목 선생님이 그 교회 근방에서 윗옷을 벗은 채 나오신 것은 아마 집에 안 계시고 다른 곳에 피신하고 계셨기 때문인지도 모르겠습니다. 기독교인들은 물론 target이 되었고, 또 월남한 사람들도 감시를 받았지요."

이제 비로소 확실하게 이해가 됐다. '월남한 기독교인'에 '청년'이었던 아버지는 그때 집에 있지 않고 어딘가에 피해 있었던 것이 확실하다. 그대로 집에 있다가는 십중팔구 의용군으로 징발되었을 것이다. 그래서 비슷한 처지의 사람들(아마도 주로 그 교회 청년들)과 함께 그 징발을 피하기 위해 토굴이든 골방이든 은밀한 곳에 자리 잡고 숨어 있었고, 그 장로님이라는 분이 아마도 외부 세상과 통하는 통로였던 것 같다. 그분의 눈에 주 선생은 위험한 인물로는 보이지 않았던 모양이다. 그러니 '면접' 결과, 아버지에게 연락해서 만날 수 있도록 주선했으리라.

기억의 문을 통해 그 당시의 느낌까지 흘러나오기 시작했다. 다시 이틀 뒤에 온 주 선생의 메일.

"절박한 마음으로 북아현동교회에 가 필목 선생님을 뵀을 때 너무나 반갑고 마음이 벅차서 말이 잘 나오지 않았답니다. (중략) 선생님은 셔츠도, 티셔츠도 입지 않으시고 손에 빗자루와 쓰레받기를 들고 계셨어요. 아마 교회에서 피신을 하시면서 근처를 좀 정리하는 중이셨든지…… 날씨가 매우 무더워 윗옷을 다 벗어버린 것이겠지요. 그래서 몸이 많이 마르셨다고 느꼈어요."

수년 만에 만나지만 아무것도 도움이 될 수 없는 상황. 두 사람 모두 참으로 답답했을 것이다. 평양 시절 '세련된 옷차림으로 악기를 들고 다니던 멋진 청년'이 이제 수척하고 무기력한 모습이 된 것에 가슴이 아팠을 수도 있다. 각자 비슷한 이유로 위험에 처해 있다는 동병상련만은 분명했겠지만 현실적인 도움은 찾을 길이 없었다. 천지 사방 어디로부터도 도움의 손길은 오지 않았다. 그러나 궁하면 통한다는 말처럼 조금 더 절박한 상황이던 주 선생은 위험을 무릅쓰고 나름대로 길을 찾았다. 아버지와는 관계없는 별도의 행로였지만 그 가슴 아픈 사연을 조금 적어두고 싶다.

"그 당시 서울 시내에 있던 농아학교에서 가르치던 주영해 아저씨(주기철 목사의 아들)를 찾아서 11명의 농아 학생들을 데리고 열흘 넘게 걸어 전선을 넘었습니다. 이 학생들의 기숙사에 식량이 떨어져(이것은 사실이기도 했습니다) 각 집에 데려다준다는 구실로 나는 그 아이들의 선생으로 가장해 길을 떠난 것입니다.

공산군 치하에서 한 달이 지난 때였으므로 검문소를 지날 때마다 까다로웠고, 인민군은 벌써 경상도 함창, 상주까지 침입하여 끝없이 걸었는데 오는 길에 인민군 시체에서 비상용 식료(볶은 쌀을 면으로 만든 주머니에 넣어 몸에 걸쳤음)를 벗겨 먹기도 하고 신을 벗겨 신기도 했답니다.

마지막으로 조그만 마을을 지날 때 18세 미만의 소년 인민군 5~6명이 함지박에 고추장, 마늘을 반찬으로 점심을 먹고 있었는데 우리 피난민에게 친절히 길을 가르쳐주었습니다. 영해 아저씨가 '숙정아, 이젠 일선을 넘었다'고 하셨고, 1마일도 가기 전에 무장한 국군이 순식간에 산에서 내려와 우리를 둘러싸고선 간첩인가 심사한다며 국군 부대 안의 한 방에 가두었습니다. 그때 국군은 동행했던 친척 오빠를 데리고 그 마을로 가선 점심을 먹고 있던 소년 인민군들을 다 사살했다고 합니다. 그 대가로 우리를 군 트럭에 태워 함창까지 실어다 주었지만 오빠는 그 일로 마음의 충격을 많이 받았나 봅니다."

전쟁의 가장 전형적인 상황이라고 해야 할까? 개인의 선의가 철저하게 배신당하는, 그리고 배신할 것을 강요하는 상황이 이런 것 아닐까? 그렇게 강요한 사람은 체제의 이름 아래 전혀 죄의식을 갖지 않았겠지만, 아마도 그 오빠는 일생 동안 그 일로 괴로워했을 것이다. 고통은 체제의 몫이 아니다. 그것은 가증스럽게도 오로지 개인의 몫일 뿐이다.

그 무렵 아버지의 고통도 종류는 다르지만 상당했던 것 같다. 인민군이 점령한 3개월을 꼬박 숨어 있어야 했기 때문이다. 주숙정 선생은 '윗옷을 벗었다'고 점잖게 표현했지만 염천의 수개월 동안 빈집 골방 같은 곳에 장정 여러 명이 숨

죽이고 쭈그려 앉아 있는 장면을 한번 머릿속에 그려보라. 윗옷은커녕 하의조차 제대로 입었을까 싶다. 손님이 왔다니 그나마 바지나 적당히 꿰고 나온 것이 아니었을까?

그런 고생을 한 것이 도대체 무엇 때문이었나? 그 시점에는 북한 당국의 의용군 징발을 피하기 위한 것이었다고 생각된다. '의용군 징발'이란 표현은 사실 '둥근 삼각형'과 같이 형용모순이지만 역사나 세상사란 본래 그렇게 생겨먹은 모양이다. 그런 모순의 그물망에 아버지도 끝내 걸려들고 말았다. 여러 달 숨어 고생한 것도 아무 소용없이. 내가 어릴 때 할머니로부터 귀에 못이 박히도록 들었던 무용담이 그 내용을 담고 있다. 지금 같으면 비교적 육하원칙에 맞춰서 듣다가 중간중간 끊고 질문도 했겠지만 그때는 그저 옛날이야기로만 들었던 것이 못내 아쉽다.

어느 시점에 어디에서 그렇게 되었는지는 분명하지 않지만(그건 '옛날 옛적에'로 시작하는 모든 옛날이야기의 특징이다!), 한번 추정해보자면, 전쟁이 나던 해 9월 15일 인천상륙작전이 성공하고 9월 28일 서울 수복은 아직 이뤄지기 전의 어느 시점이었을 것이다. 나중에 다시 살펴보겠지만 그 무렵 유엔군은 서울의 인민군을 무력화하기 위해 엄청난 공습을 가했고, 그 공습의 주요한 목표 지점 중 하나가 연희고지와 경의선이 모두 포함된 북아현동 지역이었다. 동네 전체가 불바다가 되는 마당에 어느 곳엔들 숨어 있을 도리가 없었을 것이다. 또 전세가 뒤집힌다고 판단한 인민군은 그 무렵 의용군 또는 전쟁 수행에 필요한 각종 인력을 거의 무차별적으로 징발했다. 기억을 더듬어 골자를 간추리면 할머니의 무용담은 이렇다.

"누가 숨이 넘어가게 우리 집으로 달려오더니 필목이가 인민군한테 잡혀간다고 알려주는 게 아니냐? 몸빼 차림으로 냅다 뛰쳐나가서 인민군 행렬이 갔다는 쪽으로 무작정 달렸다. 어딘지는 모르겠는데 한참을 가니 사람들이 줄지어 북쪽으로 가는 게 보였다. 필목이 이름을 연신 부르며 뒤에서 앞으로 가면서 대열을 한참 살펴보니 필목이가 중간에서 말도 제대로 못하고 그저 손짓으로만 자기가 거기 있다고 표시를 하더라. 그래서 옳다구나 하고 대장 같은 사람한테 바로 쫓아가서 이런 아이는 병자라서 데려가 봐야 아무 쓸 데가 없다고 무조건 매달렸지. 그런데 내가 무슨 소리를 해도 들은 척도 하지 않더라. 그래도 계속 따라갔지. 얘기할 기회다 싶으면 또 사정 얘기를 하고. 그랬더니 밤중이 되어서야 필목이를 슬쩍 빼주기에 그 길로 냅다 달리다시피 해서 집으로 데리고 돌아왔다.”

지금 이렇게 정리해놓고 보니 참 절박하면서도 다른 한편으로는 참 어리숙한 시절이었다고 생각된다. 몸뻬 차림의 40대 여인이 허겁지겁 아들 이름을 외쳐 부르며 북행 대열을 기웃거리는 장면은 왠지 영화 같은 데에서 본 듯하다. 그러고는 통사정이 시작된다. 할머니의 평소 어투를 흉내 내보면, “이 아이는 결핵 환자라 군인으로 부려먹을 수도 없고 까딱하다간 가는 길에 송장이나 치게 될 텐데 그런 아이를 뭐하러 수고스럽게 데려가느냐?”고 했을 것이다. 그것은 상당히 객관적인 얘기이기도 했다. 그 상황의 그림이 그려진다.

그런데 다음 대목은 정말 그랬을까 싶기도 하고 슬며시 웃음이 나온다. 처음엔 들은 척도 않던 인솔 지휘관이 밤중에 남들 눈에 잘 띄지 않게 빼줬다는 대목이 그것이다. 할머니의 통사정이 효과를 보긴 본 모양이다. 그리고 할머니가 쫓아가서 이렇게 앞뒤 재지 않고 달려들지 않았더라면 아버지는 본인의 입으로는 절대로 그런 사정을 말할 위인이 못 되었다. 한두 번은 자신이 환자라 걷기조차 힘들다는 얘기를 했을 수는 있겠지만 그게 그 사람들 귓가에나 남았겠는가? 할머니도 할머니지만 그 지휘관도 인간적 배려가 있는 사람이었던 것 같다. 상상하기 쉬운 케이스는 아니지만 할머니 무용담의 맥락이 그러하니 그대로 믿을 수밖에!

그런 얘기 끝에 할머니는 어린 우리 형제를 앞에 앉혀두고 "그때 이 할미가 너희 애비를 데려오지 않았더라면 너희는 태어나지도 못했지"라는 말을 덧붙이기도 했다. 그건 당연한 얘기다. 그렇다고 그 얘기를 듣는 어린 손자들이 감격해하며 당신에게 달려들어 하염없이 눈물을 뿌리고 감사의 인사를 할 것을 (우리는 어느 나라의 영화에서 그와 비슷한 장면을 참 많이도 보았다!) 기대하지는 않았을 것이다. 그러기에는 우리가 너무 어렸다. 그저 우리가 태어나지도 못했을 것이라는 말이 알 수 없는 울림이 되어 뇌리에 남으며 할 말을 잊었던 기억이 난다.

할머니는 이 얘기를 할 때면 입에 침이 튀도록 신이 나서 말씀하시곤 했다. 이야기의 결말이 해피엔딩이고, 손자들 앞에서 당신의 존재감을 분명히 할 수 있는 더할 나위 없이 적확한 사례였으니 할 수만 있다면 수백 번인들 되풀이하지 못했을까? 만약 지금 할머니에게 그런 얘기를 들을 수만 있다면 내가 동원할 수 있는 모든 미사여구를 가져다 할머니의 노고를 상찬하고 손자로서 최대한 감사의 인사를 건네겠건만…….

그것은 다 부질없는 상상이고, 지금 돌이켜 반추해보면, 할머니의 무용담 가운데 늘 첫째 자리를 차지하던 이 이야기는 서북 지방 여인의 강인한 기질과 아들에 대한 애정을 총체적으로 한데 묶어 보여주는 것이었다. 이 일로 두 모자는 더할 나위 없이 강력한 연대의 끈으로 묶였으리라.

만약 아버지가 그때 그 행렬에서 빠져나오지 못했다면 평양이 됐든, 압록강변이 됐든 무사히 걸어서 도착할 수 있었을까? 대단히 불경스러운 생각이지만, 아버지는 하릴없이 걷다가 황해도조차 채 벗어나지 못하고 스스로 체력이 다해 쓰러지고 말았을 가능성이 크다. 그렇지 않더라도 그 행렬이란 얼마나 유엔군 공습의 중요한 목표물이었겠는가? 아무튼 이 일은 아버지가 전쟁에서 만난 가장 결정적인 고빗길이었다.

아버지와 함께 의용군이 되어 북으로 가던 사람들 중 몇몇은 병 때문이든 폭격 때문이든 목적지에 가지도 못한 채 목숨을 잃었을 것이고, 또 몇몇은 그렇게 살아남아 우리가 1·4 후퇴라고 부르는 인민군의 재남하 기간에 중공군과 함께 전선을 따라 내려왔다가 중부 전선 근처의 어느 전장에서 목숨을 잃었을 것이다. 혹시 그때 유엔군에게 포로로 잡혀 수용소에 갇혔다가 남이든 북이든 선택해서 갔을지도 모르겠다.

　　내가 확신할 수 있는 것은, 의용군이 위의 어느 경우도 아니고 곱게 북으로 퇴각해 돌아간 경우는 거의 없었으리라는 점이다. 또 위의 경우도 태반은 결국 전쟁 통에 목숨을 잃었고, 남쪽 또는 북쪽에 살아남았어도 자신이 전혀 의도하지 않았던 상황에 맞닥뜨려 그 상황이 요구하는 틀 속에서 자신의 운명을 만들어갔으리라.

　　아버지는 천행으로 그런 파리지옥과 같은 상황을 빠져나왔다. 그래서 자신이 본래 선택했던 길로 갈 수 있었다. 그 모든 고통과 불행 중에도 최소한의 희망의 불씨는 죽지 않고 살아남아 있었다.

/

불바다

/

이 인공 치하의 북아현동 상황은 다른 자료를 통해서도 접할 수 있었다. 서울역사박물관이 2009년 서울생활문화자료조사의 일환으로 북아현동 일대의 도시 역사와 도시 생활의 변화상을 조사하고 그 결과물을 『안산자락, 고갯마을 북아현』이라는 책자로 펴낸 적이 있다. 나는 이 자료집을 펼쳐보면서 그 상세함과 방대함에 감탄했다. 그중에는 이 지역에 현재 거주하는 주민들의 구술 생애사도 포함되어 있었는데 거기에 6·25 무렵의 다양한 증언이 채록되어 있었다. 그중 일부는 이렇다.

(9월 15일) 오전 10시경 미군 폭격기 4대가 북아현동에서 서울역 방향으로 쏜살같이 저공비행을 하며 굴속을 향해 수십 차례나 폭격을 가했다. 현장은 금방 아수라장이 됐다. 굴 밑에 있던 나는 이제 죽었구나 하고 그대로 엎드렸다. 잠시 뒤 굴속 화차에 실려 있던 휘발유, 경유 등이 연속으로 터져 밖으로 튕겨 나오면서 큰 소리와 함께 폭발해 불길이 활활 타올랐다. 드럼통이 터지면서 불기둥이 200미터쯤 공중으로 치솟다가 밖으로 확 튀어나와 민가를 덮쳤다. 초가 등 민가가 불길에 휩싸이고 연쇄적으로 불길이 번졌다. 북아현동 일대가 삽시간에 불바다로 변했다.

이 불바다를 아버지도 똑같이 경험했을 것이다. 9월 15일은 바로 유엔군의 인천상륙작전이 이뤄진 당일이었다. 이날부터 유엔군은 결사적으로 저항하는 인민군을 무력화시켜 서울을 탈환하기 위해 엄청난 양의 폭탄을 인천과 서울 지역에 퍼부었다. 그 공습 목표 중 하나가 바로 이 북아현동을 지나는 경의선 터널이었다.

이야기가 잠깐 옆으로 새는 것을 허용해주기 바란다. 터널은 어디에 만들어지는가? 그것은 자동차나 기차가 직접 넘기 힘든 언덕 또는 산지에 부득이 만들어진다. 평원에 터널이 있다는 말은 들어본 적이 없다. 우리는 언제부터인가 도시를 평면으로 인식하는 경향이 있다. 서울에 오래 산 사람도 종로와 청계천로와 을지로의 지표 고도가 조금씩 다르다는 사실을, 심지어 서울 중심지가 수많은 고개와 야산으로 겹겹이 둘러싸여 있다는 사실을 인식하지 못한다. 남산의 세 개 터널을 필두로 사직터널, 금화터널 등을 얘기하면 그때서야 "아, 그렇구나!" 한다. 그런데 그러면서도 북아현동의 터널을 언급하면 고개를 갸우뚱한다. 그곳에 터널이 있었던가? 이건 지역 주민이 아니면 본 적도 없고 생각하기도 어렵기 때문이다.

그것은 자동차의 통행과는 전혀 관계없고 오로지 경의선 열차가 수색을 거쳐 파주, 문산 쪽으로 나아가도록 만들어진 것이다. 그런데 서울역을 출발한 경의선 열차는 우선 충정로의 동아일보 사옥 뒤편에서 터널로 접어들어 북아현동에 와서 잠시 지상으로 나온 뒤 굴레방다리 근처를 지나 또 터널로 들어갔다가는 이화여대 근처에서 다시 지상으로 나온다. 그렇게 해서 신촌역과 연세대 앞을 지나 수색 쪽으로 나아가는 것이다. 북아현동 지역에 이렇게 터널이 두 개씩이나 생기게 된 이유는? 간단하다. 굴곡이 심한 야산을 중심으로 형성된 동네이기 때문이다. 그러나 그 터널들이 자동차가 다니거나 시민의 통행이 빈번한 지역에 있지 않아 우리의 일상적인 기억 속에 없는 것이다.

여기서 한 단계만 더 생각해보자. 터널이 두 개씩이나 있을 정도로 굴곡이 심한 동네는 도대체 어떤 동네였을까? 우리는 북아현동 지역이 지금 서울 중심지에서 대단히 가깝고 조선시대의 사대문을 중심으로 따져보아도 서대문 바로 밖이니 사람들의 왕래가 많았을 것으로 생각하기 쉽지만 그렇지 않았다. 조선시대에는 수색, 금촌, 파주 쪽의 대규모 농경지와 연결되는 길목이었을 뿐 야산 지역이어서 민가나 농경지가 별로 없었다고 한다. 조선시대의 성저십리(城底十里, 서울 성곽 바로 밖에 설정된 일종의 개발제한구역)에 해당하는 구역이었다. 게다가 18세기 이후 영조의 의소세손(사도세자의 어려서 죽은 장남, 즉 정조의 친형)의 묘와 정조의 후궁 화빈의 묘 등이 이곳에 들어서면서 민간인 출입 금지 구역이 되기까지 했다. 그러다가 이런 왕실의 묘들이 모두 1930~1940년대에 다른 지역으로 이전하면서 비로소 이 지역에 민가들이 본격적으로 들어서기 시작한 것이다.

아버지가 살던 집도 이 무렵 비어 있던 왕실 묘역의 한 귀퉁이에 지어진 것 같다. 할아버지가 땅을 사서 직접 집을 지었는지, 아니면 지어진 집을 사서 들어온 것인지는 모르겠지만 당시의 지번으로 '북아현동 산35의 1'(지금의 북아현동 209-28)인 언덕배기의 집에 입주한 것은 1947년 초의 일이었을 것이다. 그곳은 서울역을 떠난 경의선 열차가 두 번째로 통과하는 터널의 입구로부터 100미터 남짓 떨어진 남쪽 언덕이었다. 아버지가 숨어 있던 북아현교회 부근도 아버지의 집에서 볼 때 경의선 건너 맞은편 북쪽 언덕에 자리 잡고 있었는데 그곳 역시 이 터널로부터 300미터가 채 안 되는 위치였다. 마침 친척 형님으로부터 들었던 이야기가 생각난다.

"너희 북아현동 집은 우리 아버지(김육묵 씨, 아버지의 육촌 형님)가 주소를 갖고 있어서 찾아간 것인데, 너희 아버지와 할머니는 그때 이미 경천으로 떠난 다음이어서 '빈집'에 들어갔던 셈이다. 그 집은 야산 언덕의, 나무가 별로 없는 곳에 자리 잡고 있었고 아래를 내려다보면 김포, 파주 쪽으로 가는 터널이 보였다. 방은 두 개가 아니었나 싶다. 우리 가족이 그 집에 머물 때까지도 서울에 계셨던 너희 할아버지가 한 번인가 다녀가시기도 했다."

나와는 팔촌 간인 혁조 형님의 회고다. 1950년 12월도 거의 다 지나갈 무렵 매서운 추위가 몰아칠 때 황해도 황주에서 거의 마지막 피난민용 화물열차를 타고 서울에 도착한 형님네 다섯 식구가 당시 비어 있던 아버지의 집에 들어 한 달 정도 머물 때 보았던 기억이다. 열 살 소년의 기억으로는 아주 명료하다. 아래로 경의선 터널이 보이고 야산 언덕에 자리 잡은 집이라는 점이 아주 분명하지 않은가? 내가 인터넷으로 옛날 지번이 어떻게 바뀌었는지 검색해서 찾아가 본 그 위치도 그런 기억의 그림과 일치했다.

이제 다시 1950년 9월 15일의 '불바다' 상황으로 돌아가자. 언제 경의선 철도 운행이 중단됐는지는 모르겠지만, 적어도 9월 초 유엔군의 공습이 심해지면서부터는 잠정적으로 철도 기능을 더 이상 할 수 없었을 것이다. 인민군이 바로 이곳 양쪽 터널에 군수물자를 숨겨놓았기 때문이다.

이 같은 정보를 유엔군도 알았던 모양이다. 그러니 이 터널을 집중 폭격했을 터인데, 그 모든 폭탄이 정확하게 터널로만 향했겠는가? 두 터널을 중심으로 반경 1~2킬로미터 안의 주택가는 모두 쑥대밭이 되면서 그 범위 안에 있던 주민들의 생사도 오직 하늘에 달려 있었을 것이다.

그런 마당에 아버지의 집과 교회 부근이 안전했을 리 없다. 아마도 할머니와 아버지는 따로따로 있어 서로의 안부가 궁금했을 것이며, 그에 앞서 두 분이 거주하던 집 자체가 온전히 폭격을 피했다고도 보기 힘들다. 아버지의 평양 및 북아현동 시절 자료가 하나도 남지 않은 이유가 바로 이날의 공습 때문이었을 가능성도 있다.

모든 사람이 우왕좌왕했으리라. 일부는 가족의 사망에 울부짖었을 것이고,

일부는 불붙은 집에서 가재도구를 꺼내느라 동분서주했을 것이며, 일부는 지하 은신처에서 나온 뒤 가족을 찾아 골목골목을 헤맸을 것이다. 개미굴이 부서지면 개미들이 갈피를 못 잡는 것과 크게 다르지 않았을 것 같다.

아버지도 그런 혼란 속에 지상으로 나왔다가 바로 인민군의 눈에 띄었을 게 뻔하다. 국군과 유엔군의 지상군은 여전히 멀리 있었고 인민군이 퇴각을 준비하며 대규모 징발을 도모하던 무렵이었다. 그만 그 마지막 고비를 넘기지 못했던 것이다. 할머니의 용맹에 힘입어 북행 대열에서 빠져나온 것이 다행이라면 다행이었다.

서울시민증

9·28 서울 수복으로 아버지의 6·25는 사실상 끝이 난 것 같았다. 정말 끝났을까? 아직 한두 가지 난제가 남아 있었다. 아마 내가 아버지의 서류 더미에서 이것을 발견하지 못했다면 그런 정황을 알 수 없었을 것이다.

그 단서는 '서울특별시민증'이라는 빛바랜 신분증이었다. 아버지가 남긴 가장 오래된 신분증이 바로 이것인데 이걸 보면서 처음엔 '아, 이런 게 있네!' 하는 정도였을 뿐 별다른 생각을 갖지 못했다. 서울 시민이 서울시민증을 갖는 게 특별할 이유가 없지 않은가? 발급자가 당시 '서울특별시장'이던 '이기붕'으로 되어 있는 것 역시 '그렇군!' 하는 수준이었다. 그런데 그다음에 발급 일자를 보고선 조금 재미있다는 느낌이 들었다. '단기 4283년 11월 3일.' 말하자면 전쟁이 일어난 1950년 중에서도 서울이 수복된 직후인 11월 초에 발급된 증명서였던 것이다. 이 발급 시점에 생각이 미치면서 과거에 읽었던 몇 가지 내용이 머리에 떠올랐다.

(오빠에 대해) 옥바라지고 뭐고 경황이 없이 된 시초는 시민증에서 시작된다. 보통 사람도 양민임을 입증하는 증명서가 있어야 자유롭게 나다닐 수 있는 제도가

9·28 수복 후에 비로소 생겼는데 그때는 그걸 시민증이라고 했다. 나중에야 대한민국 국민이면 다 받을 수가 있었지만 그 제도가 처음 생긴 때가 때이니만치 양민과 잠복해 있는 적색분자를 구별하려는 목적성이 강했다. 따라서 아무에게나 발급해주는 게 아니라 엄격한 심사를 거쳤다. 심사도 받기 전에 문제가 생겼다. 반장은 시민증 발급 신청서류를 집집마다 나누어 주면서 우리 집만 쏙 빼놓았다. 그건 밀고를 당할 때보다 더 큰 충격이었다. 시민증이 없으면 죽으라는 소리나 마찬가지라고 여길 만큼 그게 사람 노릇 할 수 있는 기본 요건이 될 때였다. 반쯤 등신이 된 것처럼 모든 환난을 말없이 견디던 엄마도 땅을 치며 탄식을 했다.

몇 년 전 타계한 박완서 씨(1931~2011년)의 자전적 소설『그 많던 싱아는 누가 다 먹었을까』의 한 대목이다. 바로 이것이었다. 시민증이 없으면 불심검문에서 불순분자로 몰려 죽어도 어디 가서 하소연할 길이 없다던 바로 그 시민증이었던 것이다. 이것 없이는 어디 멀리 가는 것은 둘째 치고 자기 집 문밖을 나다닐 수가 없었던 것이다. 박완서 씨의 이 소설을 다시 찾아 읽으면서 '아, 아버지가 그걸 발급받긴 받았구나' 하는 생각이 들었다. 말하자면 60년도 더 지난 시점에서 아들이 느끼는 안도감, 이것이 말이 되는 것일까? 아무튼 나는 안도의 한숨을 내쉬었다.

하긴 아버지가 그 심사에서 문제가 생길 소지는 별로 없었을 것이다. 병자로서 3개월을 꼬박 이웃 청년들과 함께 '지하'에 숨어 있었으니 인공 치하에서 부역을 하고 싶어도 할 수 없는 상황이었기 때문이다. 이 시민증을 발급하는 전 단계 조치인 심사라는 것이 인공 치하에서 부역을 했는지, 또는 평소 '빨갱이' 성향이 있었는지 등을 따지는 것이었을 텐데 그 점에서 아버지는 일단 벗어나 있었다고 봐야 할 것 같다.

그렇지만 세상사가 어디 꼭 그런가? 박완서 씨 가족처럼 힘 있는 이웃과 등

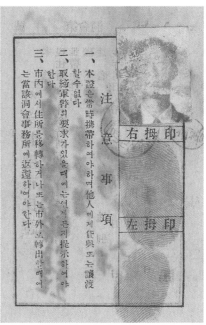

아버지가 1950년 11월 3일 발급받은 '서울특별시민증'의 앞면과 뒷면. 나는 처음에는 이 빛바랜 신분증명서가 내포하는 의미를 잘 알아채지 못했다. 여러 가지 기재 사항의 정보도 정보려니와 그 증명서의 배후에 담겨 있는 불안과 초조, 그리고 안도의 한숨까지 알아채기까지는 조금 시간이 걸렸다.

이라도 지게 되면 그날로 자신의 운명이 어떻게 될지 알 수 없는 시절이었다. 나는 당시 아버지의 상황에 대해 파악하거나 판단할 수 있는 아무런 자료가 없다. 아버지와 이웃 간의 관계를 짚어볼 수 있는 기억의 문은 끝내 나에게 열리지 않았기 때문이다.

사실 그런 심사 과정상의 어려움을 아버지가 직접 겪었는지 여부와 상관없이 한 가지 더 궁금한 것이 있었다. 그 심사 과정을 주도한 소위 남하파(南下派) 또는 도강파(渡江派)에 대해 아버지는 어떤 생각을 가졌을까 궁금했다. 왜냐하면 양식 있는 시민들이 그 점에 대해 울분을 토로한 기록들이 여기저기 남아 있기 때문이다.

10월 16일: 인공국(人共國) 시절에 '계속 남진 중(南進中)'이란 말이 웃음거리로 유행하더니 지금은 '남하'란 말이 세도가 당당하게 쓰여지고 있다.

지난 6월 27일 "우리는 중앙청에서 평상시와 다름없이 일 보고 있으며 우리 군은 이미 의정부를 탈환하고 도처에서 적을 격파하여 적은 전면적으로 패주하고 있는 중이니 시민은 안심하고 직장을 사수하라" 하고 목이 메도록 거듭 되풀이하여 방송하는 사이에 정부는 '남하'하고, 모당(某黨)은 국민을 포탄 속에 속여서 내버려두고 당원끼리만 비밀로 연락하여 '남하'를 권면하였다 하고, 정부의 고관 혹은 모당의 당원이 아니더라도 눈치 빠른 사람들은 약삭빠르게 피란하여 정처 없이 나선 것이 그럭저럭 가다 보니 대구나 혹은 부산에서 우연히 정부와 행동을 같이 하게 되어 이른바 '정부를 따라 남하'한 것이 되고 (중략) 그리고 어리석고도 명청한 많은 시민(서울 시민의 99퍼센트 이상)은 정부의 말만 믿고 직장을 혹은 가정을 '사수'하다 갑자기 적군(赤軍)을 맞이하여 90일 동안 굶주리고 천대받고 밤낮없이 생명의 위협에 떨다가 천행으로 목숨을 부지하여 눈물과 감격으로 국군과 UN군의 서울 입성을 맞이하니 뜻밖에 많은 '남하'한 애국자들의 호령이 추상같아서 '정부를 따라 남하한 우리들만이 애국자이고 함몰 지구에 그대로 남아 있는 너희들은 모두가 불순분자이다' 하여 곤박(困迫)이 자심하니 고금천하(古今天下)에 이런 억울한 노릇이 또 있을 것인가.

이미 정부의 각계 수사기관이 다각적으로 정비되었고 또 함몰 90일 동안에 적색 분자와 악질 부역자들이 기관마다 마을마다 뚜렷이 나타나 있으니 이들을 뽑아내어서 시원히 처단하고 그 여외(餘外)의 백성들일랑 '얼마나 수고들 하였소. 우리들만 피란하게 되어서 미안하기 비길 데 없소' 하여야 할 것이거늘, 심사니 무엇이니 하고 인공국의 입내를 내어 인격을 모독하는 일이 허다하고, 심지어는 자기의 벅찬 경쟁자를, 평소에 자기와 사이가 좋지 않던 동료들을 몰아내려고 하는 일조차 있다는 낭설이 생기게끔 되었으니 거룩할진저, 그 이름은 '남하'한 애국자로다.

김성칠 교수(1913~1951년)의 6·25 일기 『역사 앞에서』의 한 대목이다. 역사학자답게 객관성의 틀을 유지하면서도 당시의 쓰라린 심정을 잘 담아내고 있다. 반세기 이상의 세월이 지났음에도 당대의 서울 시민들이 '남하파'에 대해 가졌던 신랄한 정서가 읽는 이의 가슴을 후벼 판다. 절대다수의 시민을 속인 채 도망갔다 돌아온 사람들이 무슨 낯짝으로 사실상 자기들 때문에 고생한 서울 시민들을 심사하느냐는 것이다.

　지금 이 일기를 읽어도 느낌이 선연하게 다가오는데 그 당시야 오죽했을까? '정부'와 '정부를 따라다니는 사람들', 그리고 그들의 우두머리인 '지도자'의 행태는 많은 것을 생각하게 한다. 한 줌도 안 되는 그들은 자신들의 행태가 그들 아닌 99퍼센트 사람들의 운명에 어떤 영향을 미쳤는지 스스로 생각해보기라도 했을까? 한 번이라도 생각해봤다면 그렇게 뻔뻔하게 고개 들고 누군가를 심사한다고 할 수 있었을까? 정말 자기 성찰이 없는, 그런 부류의 사람들과는 한 하늘을 머리 위에 이고 살고 싶지 않다. 아버지도 비슷한 심사였을 것이다. 다만 그들이 자신의 명줄을 쥐고 있는 마당에 어찌 감히 대거리할 수 있었겠는가? 안타깝고 서글픈 일이었다.

　아버지는 그런 아픈 심사를 꾹꾹 눌러 담으며 이 시민증을 신청했을 것이다. 그렇게 봐서인지, 아버지가 그 뒤에 발급받은 각종 신분증의 사진들은 늘 정면을 응시하는 단정한 자세인 반면, 이 시민증의 사진만은 그렇지 않게 보였다. 왠지 고개도 약간 왼쪽으로 기울였고 턱도 조금 든 자세다. 보기에 따라선 조소(嘲笑)가 섞인 것 같기도 했다. '감히 너희들이 나를 심사해?'라는 억하심정이 읽힌다.

　이 사진이 조금만 더 선명했더라면 이런 나의 추측을 검증해볼 수 있었겠지만, 유감스럽게도 이 서울특별시민증에 붙어 있는 사진은 상태가 아주 불량했다. 아예 인화할 때부터 그랬던 것일까? 이 무렵 대도시 또는 관공서 주변에는 사과 궤짝을 이용해 암실을 만들고 20~30분 만에 속성으로 사진을 인화해주던 '가두 암실' 또는 '궤짝 사진관'이 유행했다고 한다. 시민증뿐만 아니라 병적증 명서, 야간통행증 등 대여섯 가지의 증명서를 늘 소지하고 다니지 않으면 불안 하던 시절이었다. 신분증을 갖고 있지 않다는 이유만으로 봉변을 당하고, 심지 어 군경의 불심검문 끝에 사살되었다는 얘기도 심심치 않게 들리던 시절이었 으니 그 가두 암실이 얼마나 성업이었을지 상상이 간다. 아버지도 그렇게 해서 북아현동 동사무소 또는 서대문구청 인근의 가두 암실 같은 곳에서 신분증 사 진을 찍었을 터인데 그 수준이 실망스러웠다. 표정을 살펴볼 수 없는 것이 못내 아쉬웠다.

그러던 차에 아버지의 서류 더미를 정리하다 몇 장의 신분증 사진을 더 발견 했다. 그중에는 서울특별시민증의 사진과 동일한 사진도 두 장 포함되어 있었 다. 그 두 장 모두 사진 뒷면에 '1950년 10월'이라고 촬영 일자가 명기되어 있었 다. 서울특별시민증의 발급을 신청하기 위해 9월 28일 서울 수복 직후 촬영해 서 받아두었던 여분의 증명사진들 가운데 일부였던 것이다.

하긴 이 사진을 찍은 직후 아버지는 계룡산 인근의 농촌 지역으로 갈 예정이 었으니 사진 찍기가 쉽지 않은 그곳에서 각종 필요에 따라 사용하기 위해 꽤 여 러 장의 증명사진을 준비했을 것이고, 유품 중에 남은 두 장의 증명사진은 실제 그렇게 사용된 흔적을 담고 있었다. 모두 뒷면에는 몇 차례씩 이곳저곳에 붙였 던 풀칠의 흔적과 그로 인해 사진에 붙어 떨어져 나온 바탕 증명서의 인쇄 양식 일부 등이 고스란히 남아 있었다.

그런 흔적도 흔적이려니와 이 사진들에서 나는 앞서 추정했던 '조소', 조금 더 심하게 표현하자면 '야유'의 느낌을 더욱 선연하게 받았다. 내가 아는 한 아 버지는 이런 표정을 짓는 분이 아니었다. 어떤 상황에서도 자신의 감정을 드러 내는 일을 조심하는 분이었다. 그런데 이 사진만은 그렇지 않아 보였다. 지하

아버지의 서울특별시민증에 붙었던 것과 동일한 증명사진 두 장. 두 장 다 이런저런 증명서에 붙였다 떼어내어 몇 차례씩 재활용한 흔적이 뒷면에 남아 있으며, 심지어 계인(契印)의 흔적을 담고 있기도 했다. 이 사진은 불과 한 달 뒤 계룡산 아래 경천에서 촬영된 사진(37쪽)의 표정과 비교해볼 만하다. 바로 이런 것이 전쟁의 상흔일 것이다.

생활 3개월의 여파인지 유난히 광대뼈가 튀어나와 보이는 가운데(주숙정 선생이 보았다는 '수척한 모습'이 바로 이런 모습이었을 것이다) 시선을 약간 위로 두어 현실과의 거리감이 강하게 느껴진다. 일부러 카메라를 외면했던 것 같기도 하다. 김성칠 교수가 대단히 논리적으로 설파했던 '남하파'에 대한 비판의식을 아버지는 표정과 시선으로 표출하고 있었다고 나는 생각한다.

　어쨌거나 이런 절차를 거쳐 시민증을 발급받았다면 그다음에 할 일은 무엇이었을까? 그것은 이미 정해져 있었다. 6개월 지각했지만 경천으로 가는 일이었다. 아버지는 그 '경천행'을 바로 실행에 옮겼다. 그렇게 서둔 데에는 서울에 한시도 더 머물고 싶지 않다는 강박감도 작용했으리라. 이미 대학은 그만둔 데다 석 달을 '지하 생활자'로 고생했지, 그나마 그것도 소용없이 의용군으로 끌려가다 천신만고 끝에 돌아왔지, 막판에는 못 볼꼴까지 봐가며 심사 받아 시민증을 받은 마당에 서울에 무슨 덧정이 남아 있었겠는가?

그 증거가 있다. 이 모든 이야기를 시작하는 모두에 소개한, 아버지의 경천학교 교사 신분증(20쪽)의 발급 날짜가 그해 11월 12일이었다. 그러니까 서울시민증을 받은 지 9일 뒤였다. 당시의 교통 사정으로 미뤄볼 때 바로 길을 떠나 한강을 건너고 몇 번씩 교통수단을 번갈아 이용해가면서, 심지어 일정 구간에서는 걸어서 공주에 도착했을 것이다. 그렇게 하고서 학교에 신고하고 신분증을 신청해 받았을 터이니 그건 요즘 기준으로 보자면 서울시민증을 받은 다음 날 교사 신분증을 받은 것이나 진배없는 일이었다.

그것은 '서울 탈출'이었다고 얘기해도 과언이 아니었다. 더 이상 희망을 가질 것이 없는 서울을 떠나겠다는 생각! 그런 생각을 실현할 수단이 예정되어 있었던 것이 정말 다행이었다. 그런 점에서 경천은 아버지에게 탈출구인 동시에 지금까지와는 상당히 다른 시간과 공간으로 구성된 신천지였다. 실제가 그랬다. 그리고, 더 중요한 것은, 이미 살펴본 것처럼 아버지는 경천에서 또다시 선한 이웃들을 만났다는 점이다.

흰 사발 발굴 작업

해방과 전쟁 이야기를 마무리하기 전에 가까운 친척들 이야기를 조금 할 것이 있다. 아버지는 외아들이다 보니 형제와 자매가 아무도 없었다. 따라서 우리 형제에겐 친가 쪽의 사촌이 있을 수 없다. 물론 어머니의 형제들이 있으니 외사촌과 이종사촌은 있다. 어린 시절, 마침 멀지 않은 곳에 살던 이종사촌들과는 자주 왕래했던 편이다. 그러나 주위에서 "성(姓)이 같은 사촌 형제들이 모두 모이니 10여 명이 넘었다"거나 "사촌 형(또는 누나) 따라 놀러갔다"는 식의 이야기를 들을 때면 대단히 신기하면서도 미묘한 결핍감을 느끼곤 했다. 확실히 친형제 또는 일가 형제들의 존재와 그들의 세(勢)는 심리적으로, 경우에 따라서는 현실적으로 아주 든든한 울타리였다. 적어도 내가 어린 시절에는 그랬다.

우리 형제와 달리 아버지에게는 친가 쪽의 사촌이 있었다. 할아버지의 형제는 모두 세 분이었는데, 큰할아버지와 작은할아버지가 나의 할아버지와 달리 각각 몇 분의 자녀를 두었기 때문이다. 그러나 국토의 분단이 문제였다. 큰할아버지의 아들 한 분(1914년생)과 작은할아버지의 아들 한 분(1926년생)만이 아버지(1923년생)와 마찬가지로 해방 이후 고향을 떠나 서울에 정착했다. 할아버지 3형제 중에서는 나의 할아버지만 서울로 왔다.

그렇다 보니 나에게는 당숙이 되는 아버지의 사촌 형제 두 분은 나의 할아버지와 할머니를 사실상의 부모로 여기고 생활했다. 물론 사촌 형제 세 분의 친밀감도 친형제나 다름없었다. 특히 아버지에게 친형제가 없었던 데에다 가족도 반쪽이다 보니 더욱 그랬을 것이다. 아버지의 그다음 촌수 인척으로는 육촌 형님 한 분(1915년생)과 팔촌 동생 한 분(1923년생)이 더 있었다. 나의 어릴 적 기억으로는 이분들에게도 나의 할아버지와 할머니가 친부모나 다름없었다. 이것은 북한 지역에 선대의 고향을 둔 사람들 대부분의 공통적인 현상이었다.

나는 족보라는 것을 별로 신뢰하지 않는 편이지만, 그렇다는 걸 전제로 조금만 얘기하자. 가까운 친척들에 대한 설명에는 도움이 되기 때문이다. 집안에 전하는 『파보(派譜)』와 친척들이 갖고 월남한 『가승(家乘)』, 그리고 집안 어른들의 설명을 종합하면, 우리는 '의성김씨' 중에서 제9세에 분파된 '어사공파'다. 대종회에서는 이를 '사공공파'라고 부른다. 그 어사공파의 주력이 제13세 때 평양으로 이주했고, 제16세에 평양 인근 용강으로 다시 옮겨 앉았는데, 그중의 일부가 제18세 대인 15세기 후반 평안남도 용강군 오신면 구룡리에 정착해 450년 이상 집성촌을 이루고 살았다는 것이다. 즉, 제18세 길보(吉寶) 할아버지가 우리의 입향조(入鄕祖)다. 해방 무렵 구룡리의 친척들은 약 150호에 이르는 큰 마을을 이루었다고 한다.

그 후 제24세까지는 단일 세계(世系)로 내려왔고, 그 이후 마을이 커지자 제26세부터 작은 혈족 단위로 명칭이 붙었는데 주로 제26세 할아버지들에게 시집온 할머니들의 고향이 택호(宅號)가 되면서 그것이 그대로 혈족 단위의 이름이 되었다고 한다. 지금 들어도 상당히 정겨운 이름들이다. 예컨대 '누정방'은 같은 용강군 안의 지운면 유보리 유정(柳井) 마을에서 시집온 할머니의 고향 마을 이름을 평안도 사투리로 발음한 것이고, '주라집'은 지운면 현암(絃岩)리, 즉 줄바위 마을에서 시집온 할머니의 고향 마을 이름에서 나온 것이었다. 나의 혈

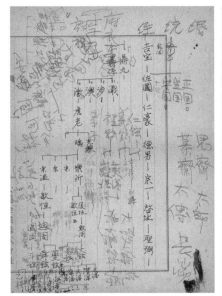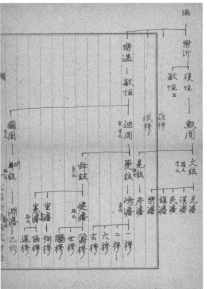

아버지가 손글씨로 '족보 학습'을 한 흔적들. 왼쪽 사진은 아버지가 양면 괘지에 구룡동 입향조인 제18세 길보(吉寶) 할아버지로부터 세계(世系)를 적어 내려가는 가운데 누군가 집안 내력을 잘 아는 분이 옆에서 주요한 선조들의 성함을 연필로 써가며 설명하던 정황을 담고 있다. 오른쪽 사진은 그 메모지가 복잡해지고 칸도 모자라자 아버지가 제28세 우(瑀) 할아버지 이하를 별도로 정리한 것이다. 가장 아래 항렬에 제34세인 아버지(弼穆)와 월남한 사촌(乃穆, 協穆), 육촌(六穆), 팔촌(乙穆) 등의 이름이 모두 보인다. 나의 이름이 없는 점과 누군가 선대의 사정에 밝은 분을 만난 점 등으로 미뤄볼 때 통영 도착 이후부터 결혼을 전후한 시기 사이의 어느 시점(1953~1957년)에 부산에서 작성된 것으로 추측된다.

족에 해당하는 '곱집'은 마찬가지 논리로 중화군 양정면 고읍(古邑)리에서 시집온 할머니의 택호에 따라 붙은 이름이었다. 그 밖에 '덜산집'은 '사산(寺山)'이라는 지명에서 왔다고 한다. 부계가 다 똑같다 보니 작은 계통은 모계에 따라 구분했던 것 같다. 발음도 재미있고 그 나름대로 의미도 있는 이름들이었다.

아무튼 이 마을 출신 또는 그 후손이라면 제24세를 공통의 할아버지로 모시는 셈이니 제35세인 나와 같은 항렬일 경우 촌수로 22촌을 넘지 않는다. 이것은 아주 간단한 산수로 확인할 수 있다. (35 − 24) × 2 = 22. 우리는 10촌만 넘어도 촌수로 잘 세지 않는다. 그런 마당에 22촌이라니! 그러나 근 500년을 한마을에서 살다 보니 그 관계가 꽤나 끈끈했다고 한다. 그 이전 족보 기록의 진위에 대해서는 따지지 않더라도 나를 기준으로 하면 22촌, 아버지 대를 기준으로 하면 20촌 이내의 인척들이 혈연과 지연으로 묶여 상부상조하며 살았다는 얘기다. 우리 친족회장으로서 남한 지역에서 태어난 2세들의 유대를 형성해주기 위해 애썼던 겸희 씨(1926~2015년)는 이런 인상적인 교훈을 남겼다.

"이런 족보 이야기는 그저 한번 들어두면 되고, 중요한 것은 그런 바탕 위에서 형성되는 친족들 간의 자연스러운 관계다. 우리가 과거에는 농경사회와 유교사회에서 형성된 수직적 관계 속에 있었다면 이제는 그것을 넘어서서 친족들 간에 수평적 관계를 잘 만들어가야 한다."

나는 족보 또는 친척 간의 관계와 관련해 이보다 더 현대적이고 인상적인 이야기를 들어본 적이 없다. 지금도 그 교훈을 아주 귀중하게 간직하고 있다. 나보다 한 세대 앞인 아버지는 아무래도 전통적인 수직적인 관계 속에 훨씬 더 많이 엮여 있었을 것이다.

많이 돌아왔다. 이제 아버지의 가장 가까운 혈족인 사촌 동생 협목 씨(1927~1948년)에 대한 이야기를 해보자. 나에게 당숙이 되는 그는 아버지가 해방 직후 서울의 연희대학에 유학 오던 것과 비슷한 시기에 서울로 와서 육군사관학교에 들어갔고 임관 후 역시 서울 지역에 근무하다 돌아가신 분이다. 그 모든 일이 아버지의 북아현동 시절에 일어났다.

내가 태어나기도 전에 돌아가신 그의 사망과 매장 기록을 찾아보려고 생각한 것은 우연한 계기에서였다. 한동네에 사는 이웃사촌 임승준 박사와의 대화가 아니었더라면 나는 이 일에 엄두도 내지 못했을 것이다. 임 박사는 군(軍) 관련 일을 한 경험 때문인지, 나는 지나가는 말로 당숙에 대한 얘기를 했을 뿐이었는데, 그 말을 잡아채 되묻고 되묻더니 아주 명쾌하게 몇 가지 해법을 제시하는 것이었다.

나의 당숙 김협목 씨로 추정되는 사진. 이 책의 원고를 출판사에 넘긴 직후 아버지의 자료들을 챙기던 중에 빛바랜 편지 봉투 하나에서 이 낡고 손때 묻은 사진이 툭 떨어졌다. 봉투 안에는 할아버지와 할머니, 그리고 또 다른 당숙 한 분(김내목 씨)의 사진과 함께 이 사진이 들어 있었다. 모두 내가 직접 볼 수 없었던, 상대적으로 젊은 시절의 모습들이었다. 아마도 아버지가 '가족'이라고 인식하던 범위 안의 인물들만 별도로 사진을 모아두었던 것 같다. 계급장 없는 군복 차림인 점으로 미루어 1948년 봄 육군사관학교에서 훈련받던 무렵의 스물두 살 청년 협목 씨의 모습이라고 생각된다.

우선 나의 얘기는 이런 내용이었다. 협목 씨는 해방 직후 육군사관학교(단기 과정)에 들어가 소위로 임관했으나 그만 몇 달 만에 우연한 사고로 순직하고 말았으며, 그때는 국립묘지가 생기기 전이라 군에서 주선해 망우리 어딘가에 산소를 썼는데 그 뒤 전쟁이 나고 또 우리 가족이 1950년 11월 이후 지방에 살게 되면서 산소를 돌보지 못했고, 그로부터 10년 가까이 지난 1959년 4월 이후 다시 서울에서 살게 되면서 산소를 찾으려 했으나 그때는 이미 망우리 일대에 묘지들이 너무 많이 들어차 도저히 찾을 수 없었다는 것이었다.

아버지뿐 아니라 할아버지, 할머니 등 온 가족이 이분의 산소 찾는 일에 꽤나 신경을 썼던 것 같다. 그런 흔적이 아버지가 남긴 수첩에 여러 차례 등장한다. 그중 하나. 1961년의 추석날이다. "망우리 묘지로 아버지, 내목 형님과 함께 협목 묘를 찾아보러 갔다가 확인 못하고 돌아왔다." 여기서 '내목 형님'은 아

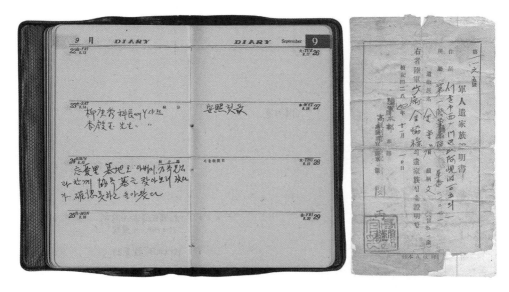

왼쪽 사진은 아버지가 1961년 추석에 사촌 형님 등과 함께 사촌 동생 협목 씨의 산소를 찾으려 시도하다 실패했다는 기록
이며, 오른쪽 사진은 협목 씨가 할아버지의 둘째 아들로 호적에 등재된 탓에 그의 사망 이후 할아버지가 '아버지(父)'의 자
격으로 '군인 유가족'이 되었음을 보여주는 1951년의 증명서다. 너무 여러 차례 접었다 폈다 하는 바람에 이 증명서가 잘라
졌던지 뒷면에 다른 종이를 덧대 고정시켰다. 그만큼 이 증명서가 우리 가족에게 요긴하게 사용되었음을 알 수 있다.

버지의 또 다른 사촌이었다.

　비록 한 줄짜리 메모지만 이렇게 당숙의 산소를 찾는 일은 우리 집안의 숙원
사업 중 하나였다. 그 방법은 이런 식이었다. 나도 어려서 할머니와 함께 볕이
좋은 어느 일요일 오후 망우리 묘지의 어디엔가 가서 비석이 없는 산소들 가운
데 할머니가 "여기쯤인 것 같다"고 지적하는 곳 몇 군데를 모종삽으로 조금씩
파봤던 기억이 있다. 할머니 설명은 이랬다. "그때는 비석 세울 겨를이 없어 흰
사발 안쪽에 이름, 죽은 날짜 같은 것들을 먹으로 쓴 뒤 비석 세울 자리에 야트
막하게 엎어서 묻었다. 나중에 와서 그걸 확인하고 비석을 세울 생각이었다. 그
런데 난리(전쟁)가 나고 시골에 가 있느라⋯⋯." 말하자면 그 '야트막하게 엎어
서 묻어둔 흰 사발'을 발굴하는 작업을 영문도 모르는 나를 포함해 온 가족이

기회 있을 때마다 했던 것이다.

아무리 사정이 그렇기로서니 아무도 없는 괴괴한 공동묘지에서 조손(祖孫)이 이리저리 돌며 땅을 파는 장면을 누가 보았다면 한 편의 납량 드라마를 연상했을지도 모르겠다. 게다가 그때 진짜 그 산소의 주인이라도 나타났더라면……. 나는 어린 나이였음에도 식은땀이 났다. 한두 군데 그렇게 파본 뒤 "빨리 가자"고 할머니를 채근했던 기억이 난다.

아버지에게는 사촌 동생이요 할아버지와 할머니에게는 조카인 고인의 산소를 우리 가족은 왜 그렇게 집요하게 찾았을까? 그저 혈육의 정 때문이었을까? 할아버지는 해방 직후 어느 시점엔가 혼자 월남해 총각으로 죽은 이 조카를 당신의 호적에 둘째 아들로 입적해두었다. 이 나라의 공식 기록에 따르면 그는 나의 숙부가 되는 셈이다. 그래서 유가족증명서도 할아버지 명의로 발급된 게 남아 있다. 할아버지는 언젠가 통일이 되면 당신 동생을 만났을 때 '네 아들이 죽은 건 안타까운 일이지만 그 기록과 산소를 내가 이렇게 건사했노라' 말씀하시고 싶었던 것일까? 또 달리 생각해보면 직계가족이 아님에도 군인의 유가족이 되어 나라에서 연금까지 타먹었는데(실제 그것은 우리의 어려운 살림살이에 꽤나 요긴하게 사용되었다) 산소 하나 제대로 간수하지 못한 데 따른 자괴감 때문이었을까? 모든 것은 추정일 뿐 나로서는 알 길이 없다. 어쩌면 그 두 가지 이유가 다 맞을지도 모르겠다.

아무튼 아버지 돌아가시고 반세기 가까이 중단되었던 그 '흰 사발 발굴 작업'이 이제 고인의 조카에 의해 우연한 기회에 재개된 것이다. 하긴 나도 그 연금의 수혜자들 가운데 한 사람이니 책임이 없다 할 수 없는 것일까? 그렇다고 할머니나 아버지처럼 막무가내로 망우리에 가서 이 묘지 저 묘지 파헤칠 수는 없는 노릇이었고 임 박사의 조언에 따라 아주 합법적인 우회로를 선택했다.

우선 고인의 흔적이 나라의 공식 기록에 어떻게 남아 있는지를 확인했다. 동작동 국립묘지에 가묘 또는 위패가 남아 있는지 찾아보는 것이었다. 그건 의외로 간단했다. 인터넷으로 조회할 수 있었기 때문이다. 워낙 동명이인이 있기 어려운 이름 때문인지 자판을 몇 번 두드리자 금방 기록이 나타났다.

김협목 육군장교 중위 군번 11271, 소속 제1육군병원, 사망 1948.10.29

아, 우리 가족 가운데 아무도 기억하지 못하는 사이에 당숙의 위패가 동작동 국립현충원의 현충탑 안에 봉안돼 있었던 것이다. 사이버 참배를 했고 추모글도 남겼다. "돌아가신 지 60여 년 만에야 아저씨의 위패가 국립현충원에 봉안되어 있다는 사실을 알았습니다. 죄송스럽기 그지없습니다. 명복을 빕니다."
내친 김에 조금 더 나아갔다. 국방부 사이버 민원을 통해 군 당국에 고인의 기록을 요청하는 일이었다. 이것도 아주 간단했다. 고인과의 관계를 증명하는 제적등본 등의 서류를 첨부해 고인의 인사 및 사망 기록을 발급해달라고 요청하면 그만이었다. 얼마 뒤 통지가 왔다. 국립현충원의 기록보다 조금 더 구체적이었다.

김협목 소속 제1육군병원, 계급 고(故)중위, 군번 11271, 임관 일자 48.7.29,
구분 戰死, 사망일 48.10.29, 임관 구분 육사 6기

대한민국 정부가 수립되기 직전에 임관해 꼭 석 달 근무한 뒤 돌아가신 것이었다. 허망한 사실이었다. 임관 일자와 군번을 바탕으로 조금 더 수소문해보았다. 당숙은 육군사관학교 6기 졸업생이니 포항제철을 만든 박태준 씨와 동기생이었다. 이때는 정부 수립 전으로 그 명칭도 '조선국방경비사관학교'였다. 장교 수요가 워낙 많아 석 달 단기 훈련을 시킨 뒤 바로 임관시켜 내보내던 시절이었

다. 6기생의 군번은 11198부터 시작하는데 235명 졸업생에게 졸업 성적 순서에 따라 군번을 부여했다는 것이다. 그러면 당숙은 적어도 3분의 1 안에 드는 '훌륭한 성적'이었다. 그리고 그때는 제주도와 여수·순천 지역 등의 사태로 임관과 동시에 그쪽으로 배치되는 경우가 많았는데 당숙은 그런 위험한 지역으로 가지도 않고 서울 대방동의 제1육군병원에 배치되었으니 그것도 행운이라면 행운이었다. 다만 그 행운이 오래가지 않았다는 점이 못내 아쉽다.

이렇게까지 확인하고 나니 이제는 본래의 숙원 사업, 즉 산소를 찾는 일이 문제였다. 여기서도 임 박사의 조언은 적중했다. 우선 망우리묘지관리사무소의 기록을 조회해보라는 말에 따라 그곳에 갔다. 아, 여기도 기록이 있었다. 무려 60여 년 전에 묘지 관리인이 펜글씨로 아주 가지런히 쓴 기록이 '묘적대장(墓籍臺帳)'에 남아 있었다. 양식은 일제강점기에 '경성부'에서 쓰던 것을 이어서 사용했기 때문인지 일본어로 되어 있었다.

김협목 4281년(1948년) 11월 2일 매장, 사인 외상성뇌출혈(外傷性腦出血), 4등지 3평, 일금 60원, 주소 서울시 대방동 제1육군병원

추가로 알게 된 사실들이 꽤 있었다. 구체적인 의학적 사망 원인, 매장지의 등급과 면적, 산역(山役)의 비용, 군부대의 매장 의뢰자 등등. 다만 매장 위치는 유감스럽게도 기록되지 않았다. 이에 대해 관리인은 손사래를 치며 말했다. "이 정도라도 확인한 게 다행이지요. 매장 장소요? 어휴, 60년 넘게 관리가 안 됐는데 이미 나무가 들어서고 평지가 되었어도 벌써 됐겠지요. 비석이라도 있으면 모를까……. 찾을 수 없습니다." 그는 단언했다. 속으로 '혹시 묘지 정리하는 과정에 흰 사발 같은 게 나온 적은 없을까?' 묻고 싶었지만 속으로 꾹 눌렀다. 무슨 부질없는 소리냐는 답이 돌아올 게 뻔했다. 정말 이 정도라도 확인한 게 다

행이다 싶어 그냥 발길을 돌렸다.

결국 나는 무엇을 확인했나? 몇몇 사실들을 알게 된 건 분명하지만 애당초의 과제는 해결이 불가능함을 확인했을 뿐이다. 벌써 평지가 되고도 남을 만큼 시간이 흘렀음을 새삼 확인한 것이다. 이 단계에서 임 박사가 한 번 더 나를 부추겼다. 인사 및 사망 기록을 공식 확인했고, 망우리 매장 사실도 분명하니 이 모든 서류를 첨부해 이번엔 국방부 유해발굴단에 발굴을 요청해보라는 것이었다. 고인이 창군(創軍) 무렵의 장교인 데다 당시 함께 순직한 사람의 매장 기록도 있을 수 있고, 나아가 1948년 당시 망우리 묘역은 지금보다 훨씬 좁았을 것이니 당국이 스스로 그런 내용들을 확인하고 일부 발굴도 시도해 산소 위치를 찾아줄 수 있을 것이라는 얘기였다.

긴가민가하면서 유해발굴단에 서류를 보내고 연락을 넣었다. 나는 이 단계에서 발굴단에 근무하는 '박남수 원사'라는 실무자와 통화하면서 감동했다. 그는 서류를 검토하고 찬찬히 내 이야기를 듣더니 이렇게 말했다.

"그런 분의 유해를 찾아 국립묘지로 모시는 게 우리가 하는 일입니다. 충분히 시도해볼 만합니다. 말씀하신 대로 지금의 망우리 묘지 전체를 파볼 수는 없는 노릇이고, 매장된 것으로 추정되는 영역(당시의 묘역)을 좁히는 것이 문제인데 그건 제가 서울시에 직접 확인해보겠습니다. 잘하면 한나절 정도만 발굴팀을 투입해도 찾을 수 있겠습니다."

한껏 기대가 높아졌다. 이렇게 쉽게 해결되는 수도 있는가? 그다음 날 박 원사로부터 전화가 왔다. 유감스럽게도 당숙이 매장되던 1948년 무렵의 망우리 묘지 영역을 확인할 수 있는 방법이 서울시에 없다는 것이었다. 그건 납득하기 힘든 일이었지만 서울시가 그렇게 답변했다니 나로서는 달리 방법이 없었다. 박 원사는 "지금은 발굴단이 나서기 힘들지만 다른 단서가 조금만 더 나오면 언제든지 연락을 달라"는 말로 희망의 심지를 남겨두었다. 이렇게 고마울 수가!

얼굴을 직접 본 것도 아니고 전화 통화만 두 차례 한 박 원사에게 직접 감사의 뜻을 표시할 수 없는 것이 안타까웠다.

이런 과정을 지켜보면서 한번은 어머니가 말씀하신 적이 있다. "나는 그이를 잘 모르지. 결혼하기 10년쯤 전에 죽은 사람을 내가 어떻게 알겠노? 다만 할아버지가 그이에 대해 여러 차례 말씀하시는 것은 들었다. 똑똑하면서도 성격이 참 활달했다고 하시더라. 아마 그이한테 여자 친구도 있었다고 하지? 간호원이었다고 하던가……. 장례식 때는 너희 할아버지와 몇 분이 가셨다고 하더라. 아이고, 말도 마라. 그 산소 찾는다고 나도 몇 차례나 가고……. 그렇지만 수십 년도 더 지난 산소를 어디 가서 찾겠노? 세월이 그만큼 지났으니……."

그렇게 나도 이 일을 잊고 지냈다. 그러다가 다시 몇 년 뒤 서울시 관계자 한 분과 우연히 저녁 식사를 하는 자리에서 이 이야기를 했더니 자신이 한번 찾아봐주겠다고 했다. 며칠 뒤 연락이 왔다. '배드 뉴스(bad news)'와 '굿 뉴스(good news)'가 각각 하나씩이었다.

우선 '배드 뉴스'부터. 1994년 망우리의 미신고 분묘 4000여 위에 대해 강제 처리(개장)한 일이 있어 혹시 '김협목의 분묘'가 거기 포함되지 않았을까 생각해 그 명단을 일일이 확인했으나 그중에는 포함되지 않았으며, 이미 그 이전에 봉분이 없어져 '묘적대장'의 기록을 근거로 서울시립묘지 장사관리시스템에 이름이 등재되어 있을 뿐이라는 것이었다. 말하자면 60여 년 전에 조성된 그 묘지는 이미 20여 년 전에도 확인할 수 없었다는 것이다.

그러나 사실은 이것도 '굿 뉴스'였다. 왜냐하면 협목 씨의 묘가 무연고 분묘로 분류돼 시 당국에 의해 파묘되고 화장 처리되는 운명을 면했다는 말이기 때문이었다. 비석도 없고 돌보는 가족도 없는 가운데 봉분마저 저절로 사그라들어 스스로 흔적을 감춤으로써 망우리 땅의 일부로 잦아들었다는 얘기였다.

그분이 전하는 '굿 뉴스'는 이런 것이었다. 망우리묘지관리사무소의 '묘적대장'에 협목 씨 전후에 매장되었다고 기재된 분들 가운데 몇 분의 산소가 지금까지 현존하고 있다는 것이었다. 이것은 대단히 중요한 단서였다. 이 말을 듣고 내가 직접 가서 확인까지 했다. 협목 씨보다 사흘 전에 매장된 송 모 씨의 산소(순환도로 상의 11번 전주 바로 아래)와 나흘 후에 매장된 강 모 씨의 산소(12번 전주 바로 위)가 지금도 그 자리에 그대로 존속하고 있으며, 두 산소 사이의 거리도 약 50미터에 불과했다. 그곳은 한국인이 가장 사랑하는 화가 중의 한 사람인 이중섭 화백(1916~1956년)의 산소와 의열단원 오재영 선생(1897~1948년)의 산소로부터 조금만 걸어 올라가면 되는 위치였다. 마침 협목 씨와 같은 해에 별세한 오재영 선생의 기일을 확인하니 협목 씨보다 약 두 달 앞선 8월 30일이었다.

관리인들의 설명에 의하면, 망우리 묘지가 요즘의 공원묘지들처럼 묘 자리를 미리 정리해둔 것은 아니었지만 대개 빈자리가 있으면 매장 요청이 들어오는 순서대로 내주곤 했기 때문에 협목 씨의 산소도 송 씨와 강 씨의 산소 사이 또는 그 언저리 어딘가에 있었을 가능성이 높다는 얘기였다. 그렇다면 유해발굴단이 과히 넓지 않은 지역을 탐침(探針)해 '흰 사발'을 찾거나 일부 평토화된 공지 등에서 유해를 발굴해 DNA 검사를 한다면……. 몇 년 전에 박 원사가 말한 '다른 단서'가 바로 이런 것이라고 생각됐다.

이 '흰 사발 발굴 작업'의 이야기는 2016년 초 현재 여기까지다. 할머니와 아버지를 포함해 우리 가족이 그토록 찾고 싶어 했던 협목 씨 산소를 찾은 것은 아니지만 그 대강의 범위를 확인하는 수준까지는 가 있는 것이다. 그러나 이렇게 확인한 희망의 단서를 다시 유해발굴단에 제시하며 발굴을 요청할지는 마음을 정하지 못했다.

세월이 지나면 산소도 평토화되고, 사람의 이름도 잊히며, 그리고 아무 일 없었다는 듯이 그렇게 새롭게 살아가는 거다. 산소가 평토화되었다고 해서 당숙이 망우리 묘지의 두 전주 사이의 어딘가에 스스로 잦아들어 있다는 사실 자체는 바뀌지 않는다. 그렇게 산바람과 새소리가 정겨운 가운데 제각각의 사연을 가진 갑남을녀들이 묻힌 그곳의 흙의 일부로 돌아간 것이다. 그걸 지금 찾아내서 비슷한 이유와 똑같은 모습으로 잠들어 건조하기 이를 데 없는 국립묘지로 옮긴다고 해서 무엇이 좋을까? 내가 자연스러운 세상의 이치를 잠시 역진하는 우를 범했던 것 아닐까? 이미 나는 당숙의 산소를 찾는 과정에서 참으로 많은 것을 알게 되고, 그 과정에서 정말 생각지도 못했던 많은 배려를 받았으니 그런 점에 만족하고 이쯤에서 멈춰서는 것이 현명하지 않을까? 그런데 여전히 궁금한 것이 하나 있기는 하다. 할머니를 포함해 우리 가족이 그토록 찾고 싶어 하던 그 흰 사발은 아직도 그 자리에 그대로 묻혀 있을까?

06

통영 II

결혼식, 신혼여행, 그리고 연하장

　통영이었다. 눈을 뜨니 반년 전에 자신이 누워 있던 통영의 바로 그 방이었다. 꿈결 같았다. 언제 시간이 그토록 흘렀는지 알 수 없었다. 그동안 참 많은 일이 일어났다. 마산의 요양소에서 절망 속을 헤매던 일과 청혼하고 결혼식 날짜 잡은 일 사이에는 심연이 버티고 있었다. 그뿐인가? 서울시민증을 받자마자 서울을 떠난 뒤 6년 남짓 동안의 일들도 마찬가지였다. 바로 어제 일인지, 10년 20년 전의 일인지 분간이 가지 않았다. 계룡산을 거쳐 통영에 정착하며 참 많은 사람을 만났고 참 여러 굴곡을 거쳤다. 마음이 따뜻한 사람들로부터 가슴에서 우러나는 정을 참 많이도 받았다.

　이제 그 모든 일들이 배경의 희뿌연 그림으로 물러서고 있었다. 전면의 광경은 전혀 새로운 장면이었다. 지금까지 서른다섯 해를 살면서 한 번도 경험해보지 못한 새로운 삶이었다. 과연 그것은 어떤 것일까? 그 삶을 지탱해낼 수 있을까? 살짝 걱정이 스쳐 지나갔다. 그러나 지금은 그걸 걱정할 때도 아니고, 걱정할 필요도 없다. 장기려 박사도 "이젠 됐다"고 판정을 내려주지 않았나? 장 박사가 자신의 후배인 마산요양소의 소장으로부터 충분히 듣고 내린 판단일 터이다. 무슨 걱정을 더 하랴? 지금 필요한 것은 자신을 갖는 일, 그것뿐이다. 자, 준비를 서두르자.

아버지는 이런 생각의 언저리에 있었을 것이다. 마산요양소를 퇴소한 게 1957년 3월 7일이었고, 결혼식 날짜는 그달 20일로 잡혀 있었다. 주어진 시간은 2주도 채 되지 않았다. 지난 1월 말 약 20일간의 휴가를 얻어 부산으로 가 할아버지께는 이미 상황을 충분히 설명드렸고, 주례를 맡아줄 박손혁 제일영도교회 목사도 찾아뵈었다. 학교와 교회에도 그때 공지를 했고 친척들에게는 할아버지가 알아서 기별을 했을 것이다. 이렇게 기본적인 준비는 끝났으니 남은 것은 아버지 본인의 준비였다. 그때부터 정말 숨 가쁜 결혼식 준비가 시작됐다.

3월 11일   부산으로

    12일   영도. 구두 주문.

    13일   양복 코트 주문. 결혼반지 주문. 청첩장 주문.

    14일   청장 인쇄 완료.

    15일   청장 발송. 고려신학교 졸업식 참관.

    16일   비닐빽 준비.

    18일   국제시장 구두 찾고, 양복 찾고.

    19일   국제시장에서 내의 구입. 어머니 동행.

    20일   결혼식. 해운대로 신혼여행 출발. 국제 투숙.

일주일여 만에 뚝딱 결혼식이 치러졌다. 그 와중에 지기 최도명 목사의 신학교 졸업식 일정도 끼어 있어 거기에도 참석했다. 이렇게도 결혼식을 할 수 있구나 싶을 정도로 일사천리로 모든 일이 진행됐다. 하긴 일본식 다다미방일망정 학교 사택에 방 두 칸을 얻어 할머니와 함께 사용하고 있었으니 집 걱정 없겠다, 건강도 일단 회복됐다고 판정 났겠다, 그 밖에 무슨 번거로운 절차가 필요

아버지와 어머니의 결혼식 장면과 당시 결혼식 순서. 1957년 3월 20일 부산 제일영도교회에서 열렸고, 그날 들러리는 신랑 쪽에는 아버지의 죽마고우였던 최도명 목사, 신부 쪽에는 어머니와 함께 복음의원에서 간호사로 근무했던 김금선 씨였다.

했겠는가?

결혼식은 부산 제일영도교회에서 열렸다. 어머니가 다니던 교회였다. 하객들은 모두 예배당의 마룻바닥에 앉고 양가의 가족들만 창문 옆에 몇 자리 마련된 장의자에 앉았다. 신랑은 국제시장에서 급히 맞춘 양복 차림이었던 데 반해 신부는 면사포와 화관은 서양식이되 예복은 요즘과 같은 서양식 드레스가 아니라 한식이어서 말하자면 절충식인 셈이었다.

"결혼식 때 내가 입은 옷 가운데 저고리는 돈을 주고 맡겼지만 치마는 내가 직접 기숙사에서 주름 잡고 광목 사서 안감 대고 지은 거다. 혼수로 양단, 뉴똥, 비로도, 이렇게 한복을 세 벌 지었던 것 같은데 치마는 모두 내가 직접 미싱 돌려서 한 거다."

어머니는 이렇게 비교적 시간을 갖고 차근차근 당신의 손으로 직접 준비한데 반해 아버지는 그것이 불가능했다. 양복과 구두는 대신 맞춰줄 수도, 직접 지을 수도 없는 노릇이었다.

그러나 직접 하건 남의 손을 빌리건 그건 나중 문제이고, 더 중요한 문제는 그 모든 비용이었다. 예물을 포함한 결혼식 비용과 새로 장만한 약간의 살림살이, 신혼여행 경비 등을 모두 할아버지가 부담했다는 것이 어머니의 설명이었다. 당시 할아버지는 부산 조선방직의 소비조합 임원이었다. 그것이 어느 정도나 경제적 능력을 갖출 수 있는 자리인지는 모르겠지만 요즘처럼 모든 절차를 돈으로 도배하다시피 하는 결혼식이 아닌 이상 감당할 정도는 되었던 모양이다. 할아버지에 대해선 나중에 별도로 조금 더 얘기하도록 하자.

결혼식을 마치면 신랑과 신부는 시끌벅적한 피로연을 뒤로하고 호젓하게 신혼여행을 떠나는 게 일반적인 순서다. 그런데 그게 꼭 그렇지 않았던 모양이다. 두 분이 보관해뒀던 결혼식 부조와 축문 더미를 넘기다 보니 무슨 계산서가 한장 나왔다. '단기 4290년(서기 1957년) 3월 22일'에 부산 해운대에 있는 '국제호텔'이란 곳에서 '206호 투숙객'을 상대로 2박 3일 동안의 투숙 비용을 청구하는 계산서였다. 말하자면 신혼여행 때 묵었던 호텔의 청구서였다.

신기했다. 신혼여행 계산서까지 남기다니. 우선 계산서에 기재된 청구 금액은 2만 1100환이었다. 그것만으로는 신혼여행의 분위기를 짚어보기 어려웠다. 그래서 국제호텔이 어떤 곳이었는지 알아봤다. 인터넷 검색으로는 찾기가 어려웠다. 결국 두 분 결혼의 결정적인 매개역인 동시에 지금까지 해운대에 살고 계신 류경순 씨(고 최도명 목사의 부인)께 여쭤봤다.

"그 당시로는 해운대에서 가장 좋은 호텔들 가운데 하나였다. 2층 건물이었던가, 3층 건물이었던가……. 지금은 옛날 건물들이 다 없어지고 고층 건물들

아버지와 어머니가 신혼여행 가서 묵었던 부산 해운대 국제호텔의 2박 3일 계산서.

이 들어섰지만 국제호텔이 있던 자리는 해운대 바닷가에서도 가장 좋은 위치였다. 지금 노보텔 앰배서더 부산이 있는 자리가 바로 옛날 국제호텔 자리다."

정말 해운대 해수욕장 주변에서 가장 좋은 길목에 위치한 곳이었다. 지금은 신혼여행을 해외로 나가는 추세이지만 제주도도 가기 힘들던 시절에 부산에 근무지를 갖고 있고 결혼식도 그곳에서 올린 덕분에 자연스럽게 해운대라는 최고의 신혼여행지를 찾고, 거기에 덧붙여 최고의 호텔을 잡았던 셈이다.

그곳에서 두 분은 호젓하게 두 분만의 시간을 가졌을까? 계산서를 살펴보니 두 분이 결혼식 마치고 이 호텔에 투숙한 날 저녁에 무려 여덟 명이 함께 식사한 것으로 기록되어 있었다. 이에 대한 어머니의 설명은 전혀 예상하지 못한 내용이었다.

"결혼식 마친 다음에 복음의원 앰뷸런스 타고 신혼여행을 갔다. 왜 그 앞이 툭 튀어나온 앰뷸런스 있지 않냐? 그때만 해도 국내 병원 중엔 그런 차를 갖춘 데가 거의 없었는데 우리는 미국에서 그걸 기증받아 순회 진료 같은 데 아주 요긴하게 잘 사용했지. 색깔도 아주 예뻐서, 요즘 가끔 연두색 버스가 보이던데, 바로 그런 연두색 바탕에 빨간 십자가 그려진 차였다.

장 박사가 그 차를 내줘서 타고 가려는데 굳이 장 박사 당신도 신혼여행지까지 가야겠다고 올라타는 거라. 그러니 내 들러리 섰던 후배 김금선 씨, 우리를 소개한 류경순 씨, 그때 부산에 있던 너의 아버지 팔촌 동생 을목 씨까지 다 탔지. 거기다 운전사와 우리 두 사람까지 더하면 몇 명이냐? 나머지 한 명은 누구였는지 기억이 나지 않네.

그것뿐인 줄 아나? 이틀 밤 자고 통영으로 갈 때도 병원으로 돌아갔던 앰뷸런스가 해운대로 다시 와서 우리를 태우고 갔는데 그 차가 올 때 보니 장 박사가 또 타고 오는 거라. 그래서 내 큰언니까지 더해서 네 사람이 통영까지 가지 않았겠나? 장 박사는 통영에서 하룻밤 잔 뒤 그 차편으로 부산으로 돌아가셨지. 누구한테나 잘해주는 분이었지만 나에게는 아버지 같기도 하고 큰오빠 같기도 해서 정말 살갑게 대해주셨다."

이런 설명을 들으면서 장 박사가 참 따뜻하면서도 유쾌한 분이라는 인상을 받았다. 약간의 격의 없는 장난기가 있다는 느낌도 들었다. 그런데 앞에 언급한 결혼식 축문 더미 속에서 장 박사의 축문을 발견하고는 경악했다. 가감 없이 그 내용을 그대로 옮겨보자. 일단 보수적 기독교 신앙이 전제되어 있음을 감안하고 읽어야 한다.

하나님 아버님의 뜻에서 구원을 받은 두 분이 하나가 되는 축복을 받게 된 것을 감사합니다. 주 그리스도와 하나 되는 것으로 이 축복을 받을 줄 믿사오니, 늘 정신을 차리고 존절하여, 주님의 말씀을 기억하고 살어지이다.

인생은 행복을 위함이라기보다는 정의와 성결을 위함인 줄 아오니, 흑암의 세상을 밝히기 위하여 힘쓰소서. 주님의 희생과 순종을 기억하고 모든 정욕을 이기고 희생으로 봉사하소서.

나는 이 축문을 읽고 적지 않게 당황스러웠다. "늘 정신을 차리고 존절(撙節)하라"는 것까지야 어른이 자식 내지 제자뻘 되는 후학에게 할 수 있는 말이겠다 싶었다. 하지만 그다음에 "인생은 행복을 위함이라기보다는 정의와 성결을 위함……" 운운하는 대목에서 머리가 조금 복잡해졌다. 한편으로는 '왜 축문이 갑자기 결연한 선언문 분위기로 가나?'라는 의구심이 들기도 했지만, 또 다른 한편으로는 '보수주의 신앙이 영·육의 기계적 이분법을 전제하긴 하지만 이렇게 세상사에의 개입을 적극 권장하기도 하는구나!'라고 신선한 느낌도 받았다. 그러나 마지막 대목은 또 완전히 달랐다. 이제 막 출발하는 신혼부부더러 "정욕을 이기라"니……. 거의 야훼가 모세에게 준 십계명 같은 분위기였다.

어머니는 신혼여행 기간에 봄바람이 꽤 불어 추운 날씨였고, 둘째 날 아버지와 함께 외출했다가 들어오는데 바람이 세게 불어 코트 깃을 한껏 여민 것 외에는 별로 기억나는 게 없다고 했다. 나는 그 말을 들으면서 '장 박사가 그토록 엄중하게 타일렀는데 신혼여행 기분이 났겠어요?'라고 농담으로 되받으려다 참았다.

그런데 한참 뒤에 다시 생각해보니 새삼 씹어서 소화할 대목이 없지 않았다. 요즘 결혼식에 갈 때 소위 부조라는 것을 어떻게 하는가? 결혼 당사자 또는 그 가족과의 관계에 따라 체면치레할 정도로 약간의 현금을 봉투에 넣은 뒤 봉투 뒷면에 자기 이름만 쓰면 끝이다. 요즘은 아예 앞면에 '祝 結婚'이라고 조악한 한문 서체로 인쇄된 봉투를 사용하는 경우도 많다. 나도 요즘은 그런 봉투를 쓴다. 10여 년 전만 해도 하다못해 '祝 脫노총각'이라는 식으로 몇 자라도 직접 쓴 내지로 부조금을 싸서 봉투에 넣곤 했지만 이제는 그 정도의 수고도 하지 않는

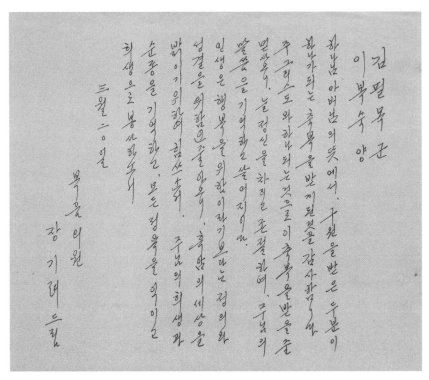

김필복 군
이복숙 양

하늘 아버님의 뜻 에서, 구원을 받은 두분이
하나가 되는 축복을 받게된것을 감사합니다
우리스도 와 하나 되는것으로 이 축복을 받은 줄
믿쓰오니, 늘 정신을 하려 근절하여, 구님의
말쓰을 기억해 쓸어지이다.
인생은 행복을 위한 이라기보다는 정의와
성결을 위함인줄 앎으니, 혹암의 세상을
밝이기 위하여 힘쓰쓰며, 구님의 희생과
순종을 기억하고, 모든 령육을 익일
희생으로 봉사하옵소서

三월 二○ 일

복음 리원
장 기려 드림

당시 복음의원 원장이던 장기려 박사가 아버지와 어머니의 결혼식에 보낸 축문. 단정한 필체도 인상적이었지만 그 내용은 훨씬 더 인상적이었다.

다. 현금이 축하의 모든 것이 되어버린 것이다.

비록 장 박사처럼 준엄하게 '한 말씀' 할 처지는 못 되더라도 자기만이 할 수 있는 '한마디'는 있지 않을까 싶다. 결혼식 때 부모님이 받은 축문들 중에는 장 박사 외에도 자기만의 축하 표현을 한 것들이 꽤 많았다. "열심으로 서로 사랑할찌니", "질서라 압박 말고, 사랑이라 버릇없이 말라" 등과 같은 경구가 있는가 하면 '결혼'을 '結魂(영혼의 결합)'이라고 멋들어지게 표현한 경우도 있었다. 사실 이런 게 없으면 결혼식에 간다는 것이 정말 체면치레에 불과한 일이다. 그런데 이렇게 생각하면서 나 스스로도 젊을 때 쓰곤 하던 '한마디'조차 아직 되살려 실행에 옮기지 못하고 있다. Mea culpa!

각설하고, 이렇게 여러 사람의 큰 축복 속에 두 분은 신혼살림을 시작했다. 그해 연말에는 학교 언덕 바로 아래에 드디어 자택을 마련해서 학교 사택에서 나왔다. 아버지가 자신의 명의로 된 '첫 집'을 갖게 된 것이었다. 그것은 안채와 바깥채가 분리된 꽤나 번듯한 집이었다. 그러나 그 비용은 전적으로 할아버지가 부담했다고 한다. 당시 공립학교 교사에 호봉까지 낮던 아버지로서는 자기 힘으로 집을 마련할 방도가 없었다. 그런 점에서 아버지는 경제적으로는 능력도, 소질도 없는 편이었다. 전형적인 딸깍발이였던 것이다.

딸깍발이건 어떻건 즐거운 것은 즐거운 것이다. 그해 연말에 아버지는 직접 제작한 성탄절 카드 겸 연하장을 지인들에게 발송했다. 그 카드가 한 장 집에 남아 있다. 나도 어린 시절 그 누런 종이 위에 아마추어 솜씨로 제작된 카드가 아버지의 책상머리에 압정으로 꽂혀 있던 것을 기억한다. 이 카드에는 압정 자국이 지금도 그대로 남아 있다.

나의 아내는 이 카드를 한참 들여다보더니 글씨가 번진 모양이나 선의 부드러운 정도 등을 볼 때 바탕 그림은 등사(stencil)가 아니라 석판화(lithography)로 제작된 것 같다고 했다. 아버지가 직접 그림을 그리고 글씨까지 쓴 원본 카드를

아버지가 결혼한 해인 1957년 연말에 직접 그려 갱지에 인쇄한 성탄절 카드 겸 연하장. 이제 두 분은 공식적으로 이름을 나란히 쓰는 관계가 된 것이었다. 모두 발송한 뒤 이 한 장만은 남겨 반으로 접은 뒤 아버지의 책상머리에 압정으로 꽂아두었던 흔적이 있다.

소형 인쇄소에 맡겨 프레스기로 찍어낸 뒤 그 위의 색칠은 직접 한 것으로 보였다. 열 장이나 스무 장쯤 찍었을까? 아주 유쾌한 기분으로 그림을 그리고 색을 입혔을 것이다.

이 카드에서 연하장에 해당하는 지면에 강아지가 그려진 것은 신년(1958년)이 12간지로 볼 때 개의 해여서 그랬던 것 같다. 그 새해는 상당히 시끌벅적한 해가 될 조짐들이 벌써부터 나타나고 있었다.

고양이와 닭이 있는 풍경

내가 아버지의 필름 상자를 발견(정말 이것은 '발견'이었다!)했을 때 비로소 어머니가 건네준 물건들 가운데 하나가 아버지의 수첩들이 담긴 또 다른 상자였다. 아버지가 직접 사용했던 수첩들이 10여 년 치 이상 고스란히 남아 있었다. 그것은 1년 단위로 사용하는 조그만 메모용 수첩들이었다. 아마도 어머니가 간혹 장롱에서 꺼내 들춰보며 옛일을 회상하는 용도로 사용되었을 것이다.

아버지는 이것을 일기장처럼 사용한 것이 아니고 그때그때 중요한 일들을 메모해두는 정도의 기능으로 생각했던 것 같다. 어떤 때는 거의 매일 여백이 없을 정도로 꽉꽉 채워서 쓰는가 하면 어떤 때는 한 달 이상 공란으로 남겨두기도 했다. 그 내용 중에서 1958년 2월 말~3월 초의 내용은 이랬다.

2월 28일　　저녁때부터 진통(陣痛) 시작
3월　1일　　하오 11시 41분 혹은 42분경 남아 분만[겸자(鉗子) 분만]

여기서 '남아'는 아직 이름을 갖기 전의 나를 가리키는 것이었다. 아마 내가 어머니 배 속에서 안 나오려고 상당히 버텼던 모양이다. 산통이 몇 시간 계속됐

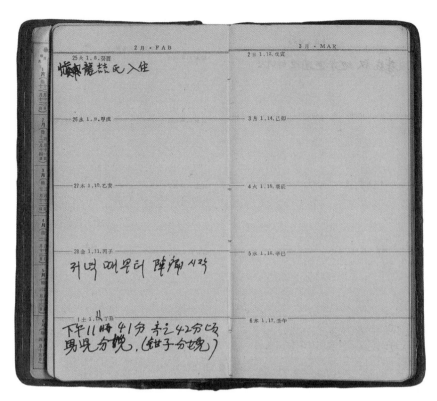

내가 태어나던 날의 아버지 수첩 기록. 여기 적힌 '저녁때' 또는 '하오 11시 41분 혹은 42분경'이라는 시각
이 정확히 어느 날이었는지는 어머니의 설명을 듣고서야 제대로 알 수 있었다. 기록과 기억의 관계는 참으
로 오묘한 것이었다.

고, 그래서도 안 나오니 할 수 없이 겸자라는 기구로 끄집어냈던 것 같다. 그렇
게 강제로 꺼낼 때 목에 탯줄이나 걸리지 않은 게 다행이라면 다행이었다. 참
어렵사리 태어난 것이었다. 산모나 신생아나 모두 파김치가 됐을 것이다. 아버
지는 나중에 내 동생이 태어나던 날에는 "순산(順産), 모자(母子) 건강"이라고
표기했지만 내가 태어나던 날에는 그렇게 쓸 수 없었던 것이다.

　　내가 석가모니도 아니니 태어난 날과 그 상황을 기억하지 못하는 것은 당연
한 일이다. 그것은 고스란히 어머니의 몫일 뿐이었다. 그러나 그날의 상황을 알

고부터는 아이 낳는 일이 예사롭지 않게 느껴졌다. 그래서 요즘은 누가 아이를 낳았다는 소식이 들리면 "순산했습니까?"라고 마음을 담아 묻는다. 그러나 요즘은 그런 기미가 비치기도 전에 제왕절개를 선택하는 세상이니 다 쓸데없는 생각일지도 모르지만.

이 수첩을 좀 더 들여다보면 재미있는 대목이 있다. 아마 내가 태어난 날의 양력과 음력 날짜가 수첩에 잘못 인쇄되어 있었던 모양이다. 그때는 아무래도 음력을 많이 사용하던 시절이었으니 두 날짜가 맞는 것은 아주 중요한 일이었을 터이다. 아버지가 직접 수첩에 음력 날짜를 고쳐놓은 것이 보인다. 그리고 수첩 윗부분을 보니 2월이 약자로 'FAB'라고 인쇄되어 있다. 아무튼 그런 시절이었다.

그리고 또 한 가지. 이 수첩 기록만 놓고 보면 어머니가 무려 만 24시간 이상 산통을 겪은 것처럼 보인다. 어머니의 기억.

"그런 건 아니고……. 몇 시간인가 진통이 계속되다가 너를 낳았는데, 그게 자정이 되기 직전이었던 모양이더라. 그때 너희 아버지 얘기가 밤 11시가 넘으면 그다음 날로 쳐야 한다고 해서 네 생일이 그다음 날인 3월 1일이 된 거다."

그렇다면 수첩 '3월 1일' 칸에 적혀 있는 '밤 11시 41분 혹은 42분경'이라는 시각은 정확하게는 2월 28일이지만 그다음 날인 3월 1일의 자시(子時, 밤 11시~새벽 1시)로 보아 그 칸에 기입된 것이었다. 역시 기록에는 기억이 추가되어야 제대로 상황이 복원되는 법인가 보다.

아무튼 이런 것들이 내가 태어나던 날 전후의 사정이었다. 그 상황을 기록한 메모들을 보면서 어머니께 뒤늦게 송구스러웠다. 그런가 하면 이런 기록을 남긴 아버지에 대한 생각은 조금 다른 것이었다.

나는 이 기록 덕분에 내가 태어난 시각을 정확히 알게 되었다. 그걸 안다고 특별히 달라질 것은 아무것도 없다. 특히 사주(四柱) 같은 것에 관심이 없는 나로서는 그걸 알고 싶은 마음도 없었다. 그럼에도 이 몇 줄의 메모를 가만히 들여다보는 가운데 아버지에 대한 '고마움'과 '송구스러움'이 동시에 가슴 한쪽에 차올랐다. 그 몇 줄의 메모를 기입하며 아버지의 가슴은 또 얼마나 벅차올랐을까? 단 하나의 형용사도 없는 무미건조한 기록이지만, 나는 그 글자들 사이에 서려 있는 아버지 자신에 대한 자족감과 생명에 대한 외경과 미래에 대한 기대를 모두 읽어낼 수 있다. 나는 그것이 눈에 선하다.

내가 태어난 날 이후 한두 달 정도의 기록 가운데 일부를 뽑아보면 이렇다.

4월 1일(화)	합천 장모 내충(來忠)
7일(월)	고양이 해산. 5마리
9일(수)	어머니 부산 전집사님 댁으로 향해 마산행 배로 출발 / 부산 다녀올 예정
16일(수)	어머니 부산서 귀충(歸忠)
18일(금)	장모 합천으로 귀택(歸宅) 향발(向發)
5월 6일(화)	닭에게 알을 안김
7월 21일	규환 내충(來忠)
22일	방학
8월 5일	규환 이충(離忠)
8일	부산 착. 아버지의 병상 방문
12일	귀충(歸忠)
9월 6일(토)	카메라 Ricohflex 중고품 구입함. H₩ 28,000

여기서 '내충(來忠)', '이충(離忠)' 등의 표현은 통영의 당시 이름이 '충무(忠武)'여서 '충무로 왔다' 또는 '충무를 떠났다'는 뜻이다. 아버지의 장모(나에게는

외할머니)께서 딸이 첫 해산을 했다니 당연히 보러 오셨을 것이다. 그런데 날짜를 대충 맞춰보니, 한 일주일쯤은 두 할머니가 함께 계시다가 그다음 일주일은 친할머니께서 자리를 비켜주신 것 같다. 부산 친구 댁에 가신다는 명분으로. 그게 서로 편했을 것이다. 그러다 다시 한 이틀 함께 계신 뒤 사돈 간에 정중하게 인사하고 헤어지신 것 같다. 그 자체로 아름다운 풍경이다.

또 한 가지 눈에 띄는 현상이 있다. 내가 태어난 지 한 달쯤 뒤에 우리 집 고양이가 새끼를 다섯 마리나 낳았다. 그것도 외할머니께서 와 계신 상황에서. 집 안이 그득했을 것이다. 상상이 된다. 할머니, 아버지, 어머니 달랑 세 식구 살던 집에 아이 태어나고 외할머니 오시고, 고양이까지……. 그랬더니 다시 그로부터 한 달쯤 뒤에는 우리 집 마당에 헛간을 만들어서 키우던 암탉에게 알을 품게 했다. 아, 생산하는 김에 화끈하게 한번 해보자고 생각했던 것일까? 유감스럽게도 수첩에는 그 뒤에 이 암탉이 병아리를 깠다는 기록이 없다. 아마 그게 성공했더라면 당연히 기록으로 남기지 않았을까?

그뿐만 아니라 당시 대학생이던 아버지 내당숙의 아들(앞에서 설명한 김규환 아저씨)이 방학을 맞아 찾아오기도 하고, 그런가 하면 할아버지로부터 편찮다는 소식이 와서 아버지가 부산에 다녀오기도 했다.

아무튼 이렇게 북적대고 부산스러운 상황은 우리 집에서는 대단히 새로운 것이었다. 그 이전에는 늘 할아버지와 할머니, 그리고 아버지의 세 분(그것도 나중에는 할아버지가 '독립'하고 나서는 두 분)이 각지를 돌아다녔고, 또 그중의 일정 기간에는 아버지 혼자 요양원에서 지내기도 했는데, 이제 상황이 완전히 바뀐 것이었다. 그것도 하얼빈같이 북풍이 몰아치는 남의 땅이 아니라 내 나라, 내 땅 중에서도 가장 따뜻한 곳 남쪽 바닷가에서 가정을 이루고, 주위 사람들로부터 존중받는 교육자가 되고, 아이까지 생산했다니……. 아, 그리고 고양이, 닭…….

아버지의 용의주도한 성격은 당시 귀중품들의 제품 번호를 수첩에 일일이 기록해두었던 데에서도 확인된다. 1950년대 우리 집에서 가장 귀중한 물건은 이북에서 고생스럽게 갖고 내려온 '싱거(Singer) 미싱'과 통영에서 중고로 구입한 '리코플렉스(Ricohflex) 카메라'였다. 아버지의 기록 덕분에 나는 재봉틀(Y4916211)이 1927년 스코틀랜드에서 생산된 것이고, 카메라(dia 18622)가 1956~1958년 기간에 일본에서 생산되어 이안(二眼) 카메라의 사실상 완성판으로 평가되던 '뉴 다이아' 모델임을 알게 되었다. 이 두 가지는 이제 제대로 작동하지 않지만 지금도 아버지의 유품으로 남아 있다.

　　그래서 생각 끝에 아버지는 2만 8000환이라는 거금을 들여 카메라를 한 대 구입했다. 평양 시절에 있었다는 카메라는 언젠가 없어졌던 모양이다. 당신이 처한 이런 상황은 정말로 처음 겪는 일들이었다. 익숙하지 않은 풍경들이었다. 익숙한 일에는 절대로 카메라 렌즈를 들이대지 않는 법. 자기 집으로 들어가는 골목길이라든가 매일 일하는 사무실의 정경 같은 것을 사진에 담아두는 사람은 거의 없다. 이색적인 것, 이국적인 것, 평소에 잘 볼 수 없던 것, 신기한 것……. 여행객들은 이런 것들이 다시 보기 어려울 수도 있으니 기록으로 남기자며 열심히 카메라를 놀리지 않는가? 만약 우리 삶이라는 것도 큰 틀에서 '나그네 길' 비슷한 것이라고 한다면, 아버지의 당시 정서도 '여행객' '나그네'의 그것과 본질적으로 비슷했을 거라고 나는 추측한다. 신기했던 것이다.

그래서 중고품임에도 당시 교사 월급으로는 적지 않은 돈을 털어서 카메라를 사고, 바로 그다음 날인 9월 7일부터 사진에 허기진 사람처럼 용감무쌍하게 가족과 주위 사람들의 이 모습 저 모습을 필름에 담기 시작했다. 그 결과, 이렇게 반세기가 지난 뒤에 이런저런 장면들을 뜯어볼 수 있게 된 것이다.

그것은 생각하면 생각할수록 아버지의 '나그네 의식'에서 비롯된 것이 분명했다. 아버지의 앵글에 담긴 그 어떤 것도 당신에게는 익숙한 것이 아니었다. 전혀 아니었다. 그곳엔 송화강의 칼바람 대신 남국의 훈풍이 있었고, 와자지껄한 중국어와 일본어의 소란 대신 귀여운 여중생들의 재잘거림이 귓가를 채웠으며, 무엇보다도 새로운 가족의 소중한 존재들이 자신에게 덧붙여졌다. 30대 중반에 처음으로 맞은 이 상황은 어느 것 하나 새롭지 않은 것이 없었다. 그것이 언제 사라질지 모른다고 생각했던 것일까? '새로운 고향'의 모습을 더욱 기억하고 싶었을 것이며, 영원히 남기고 싶었을 것이다. 그런 나그네 의식은 이렇게 표현할 수 있을지도 모르겠다. 유년 시절부터 무수히 많은 곳을 전전하는 바람에 있는지 없는지도 불분명한 원초적인 고향과 이렇게 뒤늦게 찾은 새로운 고향 사이에 존재하는 긴장감 또는 불안감이라고.

아버지가 그렇게 막연한 불안감 속에서 가졌던 기록의 소망은 일정 정도 성공했다. 당신이 남긴 필름들이 '영원한 생명'을 얻었다고까지는 할 수 없으나 반세기 만에 망각의 어둠을 오롯이 벗어나 자식에게 새로운 충격으로 다가서고 그에 의해 새로운 빛을 얻고 있으니 말이다.

사진을 찍는 아버지의 행위 저변에 깔린 그런 근원적인 불안감이 어머니에게까지 전달되었는지는 알 수 없다. 그러나 어머니가 아버지의 사진을 찍는 모습을 지켜보면서 때로는 현상과 인화 작업에까지 동참한 것은 대단히 신기한 경험이었음이 분명하다.

"새로 산 카메라가 중고품이긴 했지만 남이 오래 쓰던 것도 아니고 화면이 크고 좋다면서 그것으로 너희 아버지가 본격적으로 사진을 찍기 시작했다. 그뿐인 줄 아냐? 직접 사과 궤짝 안에 전구를 붙여서 암실을 만들고, 거기서 필름을 빼낸 뒤 초록색 그릇에 약품을 풀어서 현상한 뒤에는 인화까지 너희 아버지가 손수 다 했다. 간혹 방 안에서 불 다 끄고 붉은 전구 하나만 켜놓고 인화하는 걸 보기도 했는데 인화지를 무슨 약품과 빙초산 용액에 담그니까, 아 글쎄, 조금 전에 찍은 모양이 둥실 떠오르데!"

이렇게 어머니가 지켜보는 가운데 '새로운 빛'을 얻은 필름들은 예를 들어 이런 것들이었다. 이 카메라를 구입한 뒤 두 번째로 촬영한 필름 롤이다. 촬영 일지를 보자.

		조리개 수치	셔터 스피드	피사체
8	9월 22일 오전 7시	4	1/25	책상에 붙어선 창희
9	9월 22일 오전 11시	5.6	1/10	젖 먹는 창희
10	9월 23일 오전 7시	5.6	1/25	고양이하고 창희
11	9월 23일 오후 2시	8	1/50	서지완, 이규환
12	9월 23일 오후 2시	8	1/50	자초상(自肖像)

앞의 석 장은 태어난 지 6개월 남짓 된 나의 모습이다. 각자 다른 모습을 다른 날짜 또는 다른 시간에 촬영했다. 시간대와 장소에 따라 노출과 셔터 스피드를 다르게 한 것이 눈에 띈다. 아마도 카메라 테스트의 성격이 있었을 것이다.

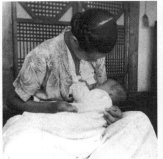

1958년 9월 22~23일 이틀 동안 통영 문화동 258 우리 집 울타리 안에서 벌어진 각종 풍경들. '책상에 붙어선 창희', '젖 먹는 창희', '고양이하고 창희'는 물론이고 아버지의 '자초상'과 우리 집에서 자취하던 두 통영중학교 학생까지 모두 그 무렵 본격적으로 사진을 찍기 시작한 아버지의 피사체가 되었다.

특히 세 번째 장면은 6개월여 전 나의 외할머니까지 와 계시던 상황에서 새끼를 다섯 마리나 낳아 온 가족으로부터 경탄과 축하를 한 몸에 받았던 바로 그 고양이다.

이어서 우리 집 문간방에서 자취하던 두 통영중학교 학생을 마당으로 불러내 기념사진을 한 장 찍어준 뒤 아버지는 스스로 당신의 초상도 한 장 촬영해 남겼다. 이때 처음으로 삼각대에 카메라를 세우고 자동 셔터를 사용해보았을 것이다. 아버지는 그 뒤 자주 그렇게 했다. 여기서 배경이 보이는가? 마당의 닭장! 알을 품기는 했으나 결실을 맺지 못했던 바로 그 닭들이다. 또 그 닭장의 왼

그토록 물맛이 좋았다는 우리 집 뒤꼍의 우물과 거기서 물을 긷는 어머니. 당초 이 집에 이사 들어갈 때는 우물에 도르래가 없었으나 힘들게 두레박줄을 올리는 어머니의 모습을 보고 아버지가 도르래를 구해와 직접 설치해주었다고 한다.

쪽 뒤편으로 보이는 옆집은 그 무렵 통영 출신의 한 시인이 살던 집이다. 어머니 설명에 따르면, 사진 왼쪽에 우리 집과 옆집 사이의 싸리울이 있는데 당시 우리 집에는 우물이 있고 그 집에는 없었기 때문에 그 울을 조금 터서 우리 우물을 자유롭게 사용할 수 있게 해주었단다.

"우리 집 우물물 맛이 얼마나 좋았는지 아나? 옆집은 그것을 거저 잘 먹었지. 아마 그 집이 우리보다 조금 먼저 이사 왔고 이사 나간 것도 우리보다 조금 앞이었는데 이사 갈 때 그 시인이 우리 집에 인사 와서는 너의 아버지와 함께 마루에 앉아 한참을 얘기하더라. 뭐, 물 잘 마셨다는 얘기도 있었겠지. 하이고, 그런데 말도 마라. 그 시인이 글 쓰는 사람들 만난다, 시집 낸다 해서 서울 가 있는 일들이 꽤 있었는데 그만 그때 그 마누라가 춤바람이 난 거라. 한동안은 함께 사니, 안 사니 하더니 이사 갈 때 같이 간 걸 보니 함께 살긴 산 모양이지."

이렇게 사진과 촬영 일지를 맞추고 그 두 가지를 함께 보면서 기억까지 보태니 완전히 새로운 이야기가 등장한다. 이게 새로운 빛이 아니면 무엇인가?

나는 선친이 옳았다고 생각한다. 그 나그네로서의 불안감도 결과적으로 옳았고, 언제 사라질지 몰라 위태롭게 지켜보던 장면들이 살아남아 이렇게 고양이와 닭이 있는 풍경으로 우리 눈에까지 들어오게 되었으니 그것을 붙들어두겠다던 의지도 옳았던 것이다.

가족, 그리고 나

　아버지가 그토록 맹렬하게 사진을 찍게 된 가장 직접적인 계기는 아무래도 늦게 얻은 아들인 나에게 있었던 것을 부인할 수 없다. 어머니도 "너 찍어주려고 카메라를 한 대 산 거다"고 말씀하시곤 했다. 하긴 노총각이 병마를 이기고 드디어 결혼해 자식까지 낳게 되었으니 스스로 대견하기도 하고 주위의 모든 상황이 신기하기도 했을 것이다. 그것은 '재생(再生)'인 동시에 '신생(新生)'이었기 때문이다.

　1958년 11월 3일, 내가 태어나서 8개월이 막 지난 시점이다. 이부자리 위에서 공을 갖고 노는 장면이 잇달아 세 장 남아 있다. 촬영 시간을 보니 오전 8시였다. 그날은 월요일인 데에다 '학생의 날' 기념식과 시가행진이 예정된 날이어서 아침부터 마음이 분주할 수밖에 없었다. 그런데 출근 준비를 하던 아버지의 시야에 잠에서 막 깨어난 내가 들어왔던 모양이다. 정말 눈에 넣어도 아프지 않았던 걸까? 그 바쁜 출근 시간에 필름 아까운 것 생각하지 않고 연속해서 셔터를 누르는 아버지의 모습이 내 머릿속에 그려진다. 와이셔츠는 다 입었을까? 방바닥 또는 이부자리 위에서 무릎을 꿇거나 엉거주춤 주저앉아 파인더 속에 내 모습을 잡았을 것이다. 아마도 이날 아버지는 '그만 찍고 출근하라'는 어머니의

아버지의 관심 덕분에 나는 그 시절의 어느 누구보다도 많은 유년 시절의 모습을 남기게 되었다. 그런 점에서 이 사진들에 담긴 것은 나의 모습 이전에 아버지의 시선과 관심이었다.

며칠 출타했다 돌아오는 아버지를 맞는 어린 시절의 나의 모습. 부끄러운 듯, 반가운 듯 표정이 무엇인가 말하려는 것 같다. 이것은 정확하게 아버지의 시선과 아들의 시선이 마주치는 장면이었다.

채근에 못 이겨 아쉬운 마음으로 학교로 향했을 것이 틀림없다.

그런 사진은 여럿 더 있다. 그다음 해 3월 28일부터 사흘 동안 아버지는 할아버지를 뵈러 부산에 다녀오셨다. 마침 들고 갔던 카메라의 필름에 여분이 있었던 모양이다. 30일 오후 귀가하는 아버지의 눈에는 사흘 만에 만나는 아들의 수줍은 듯 반기는 미소가 들어왔다. 입꼬리가 올라가며 눈으로 무엇인가 말하려는 모양새다. 입 밖으로 내서 말하지 않아도 아버지는 그 말을 다 이해했을 것이다. 그 즉시 아버지는 여분의 필름을 아들을 위해 쓰기로 작정했던 것 같다. 그렇게 해서 아버지를 반기는 아들의 모습이 그 시야에 잡혔다.

이렇게 필름의 전후 사정까지 내가 알 수 있게 된 것은 전적으로 아버지의 용의주도한 필름 갈무리 덕분이다. 아버지는 촬영 뒤 필름을 직접 현상한 뒤 그것을 전혀 자르지 않았다. 돌돌 말린 롤 형태로 중성지에 싼 뒤 그것을 다시 종이 상자에 담아 보관했다. 게다가 대부분의 필름마다 촬영 순서대로 촬영 시점과 촬영 조건, 피사체 등을 구체적으로 기록해놓았다. 그러니 해당 필름이 언제 어디서 어떤 순서에 어떤 내용과 방식으로 촬영되었는지를 한눈에 알아볼 수 있도록 보관되어 있는 것이다. 이 '아버지를 반기는 아들'의 모습도 33번 필름의 끄트머리에 두 컷 들어 있는 것 중 하나다.

물론 아버지가 나만 촬영했을 리 없다. 사진에는 당연히 모든 가족이 돌아가며 다 등장한다. 그렇지만 할아버지와 할머니를 포함해 가족 전체가 화면에 잡힌 사진은 아주 드물다. 그 희귀한 것들 중의 하나는 이렇다. 1958년 9월 27일은 추석이었다. 모처럼 할아버지가 부산에서 오셨다. 아마 그 전날 밤에 오셨을 것이다. 직장에 함께 근무하는 손자뻘 되는 친척 한 분을 대동했다. "네가 태어난 뒤 할아버지의 통영 왕래가 잦아졌다"고 어머니가 언급하셨던 날들 중의 하루가 바로 이날이었을 것이다.

모처럼 가족이 모두 모인 데다 카메라까지 그 직전에 구입하고 보니 아버지는 당연히 "기념사진 한 장 찍자"고 했을 것이다. 그래서 추석 당일 정오 무렵에 모든 식구가 집 마당에 자리를 잡았다. 할아버지와 할머니가 모처럼 나란히 앉았지만 표정이 신통치 않다. 영 어색하기만 하다. 웃고 있는 것은 어머니와 나뿐이다. 아버지는 막 머리를 쓸어 넘기던 중이었던 것 같다. 그게 아니라면 삼각대 위에 얹힌 카메라의 자동 셔터가 제대로 작동하지 않아 당황한 순간이었는지도 모르겠다. 이 자리에 함께한 친척(나에게 촌수로는 형님뻘 된다!)은 마치 어떤 표정을 지어야 할지 잘 모르겠다는 모습이다. 이렇게 해서 초가을의 향기로운 양광(陽光)이 내려쬐는 바닷가 동네의 앞마당에서 참으로 어정쩡한 가족 사진이 한 장 태어났다.

추석과 같이 모처럼 가족이 모두 모이는 날은 기념사진 찍기 좋은 날이었다. 마침 카메라도 한 대 샀겠다, 할아버지도 부산에서 통영으로 오셨겠다……. 1958년 추석에 모처럼 당시의 가족이 모두 담긴 사진이 한 장 남았다. 추석 오후에 아이들 놀이터가 된 남망산에서의 사진도 정겹다.

  그날 오후 이 사진의 등장인물들 가운데 할아버지와 할머니를 제외한 전원이 남망산으로 나들이에 나섰다. 뒤편 멀찌감치 이순신 장군 동상이 보이는, '충무공 시비(詩碑)' 앞이다. "한산섬 달 밝은 밤에 수루에 혼자 앉아……"로 시작하는 그 유명한 시가 새겨진 기념비다. 마침 추석을 맞아 몇 그룹의 아이들이 놀러 나왔던 모양이다. 그 무렵 지방 소도시에서 명절날 오후 아이들이 가기에 알맞은 곳이 달리 있을 리 없었다. 그런 상황에서 한 아이가 카메라 앞으로 접근하는 바람에 보기에 따라선 대단히 산만한 사진이 되고 말았다. 그렇지만 나는 이 사진이 아주 마음에 든다. 동네 아이들이 있는 그대로 자연스럽게 등장하고, 우리 가족도 그 동네 풍경의 일부분으로 자리 잡은 모습이 아주 편안하다. 게다가 그 자리는 꼭 3년 전인 1955년 10월 두 분의 약혼 직후 어머니가 통영을 방문했을 때 아버지가 어머니의 뒷모습을 기념으로 담아두었던 바로 그 장소이기도 했다(3부 '통영 I'의 '약혼시대' 114쪽 참조).

어머니와 나. 모든 표정이 편안하고 자연스럽다. 그 시절에는 우리 가족 모두가 그랬을 것이다.

가족들이 둘씩 셋씩 짝지어 등장하는 사진은 상당히 많은 편이다. 여럿 나올 때는 대개 내가 끼어 있는 경우가 많았다. 그중에서도 어머니와 나, 두 사람만 등장하는 사진들은 대부분 일요일 외출 또는 한가한 시간대를 배경으로 하는 경우가 많았다. 작심하고 찍었다는 얘기다.

두 모자가 양산으로 따가운 햇볕을 가리고 있는 사진에는 "1958년 9월 14일 (일) 정오 세병관 앞에서 창회 업고"라는 메모가 붙어 있다. 세병관에서는 역시 해군 모자가 썩 어울리는 법이다.

또 한 장의 사진은 역시 일요일이던 1958년 11월 9일 오전 11시에 촬영된 것으로 우리 집의 앞마당이다. 내가 태어나서 첫 겨울을 향해가는 시점이었다. 이 사진은 등장인물들의 표정이 아주 재미있다. 나는 뭔가 관심 가는 것을 발견해 그쪽으로 시선을 돌리고 있고, 젊은 날의 어머니는 그런 아들을 안고 아버지를 향해 아주 자연스러우면서도 편안한 표정을 짓고 있다. 첫아이를 낳은 직후였기 때문일까? 젊은 어머니의 눈빛이 유난히 반짝인다.

할머니와 나. 할머니의 거칠지만 따뜻했던 손길이 이 사진을 통해 아주 또렷하게 되살아났다.

　　나는 어머니만큼이나 할머니의 품속에서도 자랐다. 커서도 할머니의 거친 손을 잡는 것이 아주 편안했다. 왼쪽 사진은 앞에서 내가 어머니와 함께 양산 아래 있던 날의 오전이었다. 몸빼 차림의 억센 이북 할머니의 팔이 나를 안고 있다. 절대로 떨어뜨리면 안 된다는 결기를 보는 것 같다.

　　나는 평소에 내가 할머니를 닮았다는 생각을 해본 적이 없는데, 이 사진을 보면서 눈매와 귀의 생김새가 얼추 비슷하다는 생각이 들었다. 가족이라는 게 평소엔 느끼지 못하지만 잘 살펴보면 뭔가 닮은 게 있긴 있는가 보다. 할머니가 돌아가신 지 사반세기 만의 만각(晩覺)이 쑥스럽기 그지없다.

　　오른쪽 사진은 앞의 것보다 약 한 달 뒤인 한글날의 한낮이었다. 나의 똥과 오줌을 받아내던 기저귀를 빨아 넌 마당에서 할머니와 그 품에 안긴 나의 모습이다. 할머니는 직사광선에 눈이 부셨던 모양이고, 나는 시선 방향이 해를 피하는 가운데 아주 편안해 보인다. 여기서도 여지없이 할머니의 주름진 억센 손이 나를 감싸 안고 있다. 나는 그 손안에서 더할 나위 없이 편안했다. 그 뒤에도

나의 첫돌 사진. 세병관 쪽이 내려다보이는 통영 우리 집 앞마당에서 할아버지가 마련해 온 한복을 입은 가운데 선물인 목마를 옆에 두고 찍었다. 이 목마는 그 뒤 서울에서 내 동생의 애마 구실까지 톡톡히 했다.

수십 년 동안 그랬다.

해가 바뀌어 그다음 해 3월 내가 첫돌을 맞던 날이다. 역시 그 전날에 할아버지가 부산에서 오셨다. 어머니 기억에 의하면 할아버지가 부산에서 배를 타고 오면서 나의 한복을 장만해온 것은 물론이고 선물로 목마까지 사서 그것을 배에 싣고 오셨다는 것이다. 나는 아버지, 어머니는 물론이고 할머니와 할아버지에게 받을 수 있는 것을 그때 이미 다 받았다.

할아버지가 준비해온 한복을 차려입고 옆에 그 목마를 두고 찍은 첫돌 기념사진이다. 가족의 사랑을 아기라고 해서 모를 리 없다. 의자를 붙들고 선 모습이 더없이 즐거워 보인다. 피사체가 편안하면 사진사도 편안한 모양이다. 아버지는 이 사진이 꽤 마음에 들었던지 필름을 사진관에 맡기면서 '중간 사이즈 1', '큰 사이즈 1', '중간 사이즈 2' 등으로 여러 차례에 걸쳐 확대 인화를 부탁한 흔적이 필름 하단에 남아 있다. 뒷면에 쓰다 보니 글자가 거꾸로 읽힌다. 할아버지와 외할머니께 각각 한 장씩 보내지 않았을까 싶다. 집에도 한 장 액자에 넣어두었던 것은 두말할 필요도 없다. 그것은 다른 사진에서도 확인된다(4부 '평양 경상골' 중의 '스무 살의 책꽂이' 176쪽 참조).

돌이켜보면 이때가 우리 가족이 가장 편안하던 시절이었다. 축복이 넘쳐나던 때였다. 아버지는 나의 첫돌 이틀 뒤 수첩에 "창희 키 72.5cm"라는 기록을 남겼다. 모든 것을 기억해두고 싶었음에 틀림없다.

도다리쑥국

어머니께 내가 한번 물었던 적이 있다. 혹시 '도다리쑥국'을 아시느냐고. 요즘 통영을 대표하는 음식으로 꼽히는 메뉴다. 나는 당연히 어머니도 도다리쑥국을 통영 시절에 드셨으리라 생각하고 물었던 것이다. 어머니의 대답은 뜻밖이었다.

"그게 뭐냐?"

한참 동안 설명을 듣고서야 어머니는 과거에 드시던 음식들에 대해 이야기를 풀어놓았다.

"맵짜한 바닷바람 속에서 막 움튼 해쑥을 뜯어 넣고 이런저런 제철 생선들과 함께 국을 끓이면 그게 참 시원했다. 그렇긴 했지만 그것이 꼭 도다리였던 것은 아니다. 그게 도다리면 어떻고, 다른 생선이면 어떻겠노? 요즘 그런 메뉴는 다 장삿속으로 만든 것 아니겠나?"

어머니는 그 이름만 모를 뿐 이미 드시긴 드셨던 거다. 그리고 어머니의 설명을 통해 그 메뉴의 정착 과정이 머릿속에 그려졌다. 말하자면 통영 사람들의 가장 일상적이고 임의적인 메뉴로 존재하던 음식이 세월을 타고 비싼 도다리를 넣는 방식으로 고정되면서 지금 우리에게 통영의 대표 메뉴처럼 알려진 것이었다.

　음식 이야기가 나오자 어머니는 아주 즐겁게 옛 기억을 한 가지 들려주었다.

　"통영 하면 멸치가 유명하지 않냐? 내가 언젠가 한번 멸치잡이 배를 타고 바다로 나간 적이 있다. 원래 여자는 그 배에 잘 안 태운다고 하데. 경위는 잘 기억나지 않지만 어찌어찌해서 그 배를 타고 나가서 막 잡아 올린 멸치를 먹어보기도 했다. 그거 참 맛이 있데. 어떻게 먹는지 아나? 펄떡펄떡 뛰는 멸치를 한 마리 들어 올려서 한 손으로 멸치 대가리를 잡고, 다른 한 손으로 꼬리를 잡은 다음에 대가리 잡은 손을 살살 흔들다가 휙 당기면 그 대가리랑 뼈가 쏙 빠져나온다. 그러면 남은 부분을 초장에 찍어서 바로 먹는 거지. 그거 참 별미더라."

　설명만 들어도 군침이 돈다. 어머니는 원래 입맛이 조금 짧다고 해야 할지 새로운 음식을 즐겨 드시지 않았다. 그러나 젊은 시절에 몇 차례 드셨던, 싱싱한 멸치회만은 두고두고 기억에 남았던 모양이다. 그 얘기를 하면서 유난히 입맛을 다시셨다. 그 밖에 어머니는 다른 분의 '통영 음식 예찬'을 들려주기도 했다.

　"한번은 너희 아버지의 동료 교사 한 분이 이렇게 말씀하시데. '사모님, 사모님, 저는 통영에 살면서 상추 먹는 게 가장 좋아요. 이렇게 사시사철 상추 먹을 수 있는 데가 어디 있겠어요?' 그분이 아마 서울 출신이었지⋯⋯. 그 시절에 여름 한철 아니면 어디 가서 상추를 먹을 수 있었겠노? 그래서 기회만 되면 그 선생님은 상추를 즐겨 드시더라. 그건 너희 아버지도 마찬가지였다. 이북에서야 상추 먹어볼 기회가 있었겠나?"

　상태가 조금 흐리지만 아버지의 식사 장면이 한 장의 사진으로 남아 있다. 점심시간에 무슨 일로인가 우리 집에 들렀던 동료 교사 한 분이 마침 식사 중이던 아버지를 찍은 장면이다. 소박한 식탁이다. 그렇지만 커다란 소쿠리에 상추가 한가득 담겨 있고, 아버지가 이제 막 상추를 한 쌈 싸고 있는 중이다. 왼손에 상추를 두세 잎 포개 들고 오른손으로는 그 위에 쌈장을 바르고 어머니가 그날

1958년 10월 무렵 아버지의 식탁. 마침 점심 시간에 집으로 돌아와 식사 중인 아버지의 모습을 동료 교사가 찍어준 것이다.

특별히 만든 생선 조림도 한 가지쯤 있었을 것이다. 이제 마지막으로 밥을 한 숟가락 올린다. 상당히 정성이 들어간 동작이다. 이제 곧 입안에서 매콤한 맛과 단물이 함께 흐를 그 순간을 기대하면서.

사실 통영은 상추건, 멸치건, 또는 도다리쑥국이건 싱싱한 제철 음식을 먹기에 더할 나위 없이 좋은 곳이다. 그러나 유감스럽게도 어머니로부터 더 이상 음식에 대한 이야기를 듣지 못했다. 내가 더 묻지 못했기 때문이다. 묻지도 않는데 일상사에 대해 일부러 설명을 더 할 이유도 없었을 것이다. 하긴 '도다리쑥국'이라는 명칭도 없던 시절이니 특별히 설명할 용어도 부족했을 것이고.

식사하는 장면은 아니지만 음식과 관련된 사진이 하나 더 있긴 하다. 역시 어느 날 점심 식사를 위해 집으로 들어선 아버지의 눈에 김장하는 장면이 눈에 띄었던 모양이다. 카메라를 찾아 한 컷 담았다. 마침 아버지를 제외한 세 식구가 자연스럽게 한 앵글에 들어왔다. 첫돌이 채 안 된 내가 마루에서 무엇인가 장난감을 갖고 놀고 있는 가운데 어머니는 배추를 다듬고, 할머니는 배춧속을 버무려 넣고 있다. 겨울을 나기 위한 준비를 하고 있는 것이다.

그런데 사진을 자세히 살펴보니 마루 위의 오른쪽에는 최근에 쑨 듯한 메주

"1958년 12월 9일 오후 1시"라고 메모가 붙어 있는 김장 사진. 초점이 잘 맞지 않았지만 아버지를 제외한 가족 전원이 한 앵글에 들어 왔다. 통영에서의 마지막 겨울 채비였다.

가 가지런히 놓여 있고, 여닫이 방문의 창호지도 갓 바른 것처럼 온전하다. 다른 사진들을 보면 평소에 내가 구멍을 꽤 냈던 것 같은데 이렇게 온전한 걸 보면 이 무렵 겨우살이를 위해 새로 창호지를 발랐음에 틀림없다.

이렇게 해서 아버지가 어머니와 함께한 두 번째 해도 저물고 있었다. 그다음 해는 큰 변화가 일어난 해였다.

나의 첫걸음

이 무렵 집안의 관심의 추는 거의 나에게 맞춰져 있었다. 아버지의 연배를 염두에 두면 이해가 가지 않는 것도 아니었다. 우리 나이로 서른다섯에 결혼해서 그다음 해에 나를 낳았다. 어머니는 그보다 불과 두 살 아래였다. 어머니는 그런 나이를 두고 '처녀 총각으로는 환갑 지나서 결혼한 셈'이라고 표현하곤 했다. 그만큼 자식에게 쏟는 관심과 애정이 각별할 수밖에 없었다.

사진을 보아도 그렇다. 수시로 내가 등장한다. 지금처럼 디지털 카메라가 있어서 이 장면 저 장면 쿡쿡 찍었다가 마음에 안 들면 지워버릴 수 있는 시절이 아니었다. 그런데도 나와 관련된 일이라면 아버지는 필름 아까워하지 않고 거의 연속 촬영처럼 카메라 렌즈를 들이대곤 했다. 거의 다큐멘터리 수준이었다. 나는 행복한 피사체였다.

오른쪽 페이지에 있는 사진 석 장 중에서 앞의 두 장에 담긴 내용은 예비 동작에 불과했다. 마지막 장면만이 의미 있는 내용이었고, 본래 그것이 목표였을 것이다. 그런데도 어머니와 함께 있으면서 걸음마를 준비하는 동작까지 다 필름에 담았다. 그도 그럴 것이 그날은 내가 처음으로 혼자 힘으로 걸음을 뗀 날이었다. 그것은 나의 개인사로 보나 부모님의 입장에서 보나 가히 '역사적'이라

내가 내 힘으로 첫걸음을 뗀 날의 기록. 이것은 내게
달나라에 가는 것보다 훨씬 큰 의미를 갖는 일이었다.

고 해도 과언이 아닌 장면이었다. 아버지가 그걸 놓칠 리 없었다.

촬영 일지에 "1959년 4월 17일 오후 4시 창희"라고 표기되어 있는 걸 보니 내가 만으로 1년하고도 한 달 반이 지난 시점이었다. 남들보다 상당히 늦은 셈이었다.

아마도 아버지는 학교에서 퇴근해 막 귀가한 참이었을 것이다. 그때 어머니가 "얘가 오늘 걸었어요!" 하고 알려준다. 그러면 아버지는 "정말이냐!"고 되물으며 "어디 다시 한 번 걷게 해보시오"라고 했을 것이다. 그게 바로 이 장면이다. 고스란히 추측된다.

아버지가 남긴 사진들은 그 피사체가 사람이든 건물이든, 혹은 풍경이든 대개 정면에서 단정하게 촬영된 것들이다. 사람으로 치자면 의관을 정제한 상태에서 그린 조선시대의 초상화 비슷한 사진들이다. 단정하긴 하되 썩 재미있지는 못하다. 그런데 이건 마루가 비스듬히 나오고 아이의 바짓가랑이도 한쪽이 올라가 있다. 연출할 여유가 없었던 것이다.

아이 스스로도 지금 자기가 한 짓이 무엇인지 그 의미를 잘 모르는 것 같다. 다음 발걸음을 어떻게 떼야 할지, 손을 어디에 두어야 할지 난감해하는 느낌이 역력하다. 그와 동시에 아이와 엄마의 표정에서는 자부심과 신기함 같은 것들이 가득 묻어난다. 이제 겨우 '호모 에렉투스(homo erectus)'가 된 것이고 '호모 사피엔스(homo sapiens)'까지 되려면 아직 세월이 한참 남았지만 그것은 아랑곳없다. 바로 그 순간이 중요할 뿐이다.

그러면 '그 순간'은 무엇인가? 한 번만 더 생각해보면 이렇게 첫걸음을 뗀다는 것은 사실 모든 문제의 출발점이기도 했다. 부모의 손길에서 벗어나 자기 걸음으로 이동해 자기가 가고 싶은 곳으로 가고 거기서 자기 의사대로 사고를 치게 되었을 것이기 때문이다. 말하자면 모든 아이들에게 '가족으로부터의 독립'은 이렇게 일찌감치 준비되고 있었던 것이다. 그럼에도 그것을 박수 치고 환호하며 기뻐해주는 것, 그것이 가족인지도 모르겠다.

이야기가 어차피 나를 중심으로 돌아간 마당이니 조금 더 나아가자. 앞의 장면보다 한 달여 앞에 나의 첫돌이 있었다. 그런데 아예 1959년도 수첩의 1월 첫날부터 내 얘기로 시작한다.

1일   창희 10달.

2일   창희가 죽을 조금 먹고 잘 놀았다.

3일   어머니, 부산서 귀충무. 아기 쓸 많은 선물 가지고. 창희가 요즘은 자꾸 젖
       아닌 음식을 먹으려고 한다.

4일   소련 달로켇 발사 성공

5일   합천행은 너무 추워서 연기

6일   창희 발열 39°, 설사. 여행은 또 연기

이런 식이다. 합천으로 첫 처가(나의 외가) 나들이를 계획했지만 날씨가 추운데다 내가 고열에 설사까지 하니 출발을 하루 이틀 연기했던 모양이다. 마침내 8일부터 14일까지 합천을 다녀와 할아버지가 계신 부산까지 왔는데, 그만 거기서 모자(母子)가 연탄가스에 중독되고 말았다. 아버지는 할아버지와 함께 자고 어머니와 내가 한방에서 잤는데 바로 내가 잔 방이 문제였던 것이다.

15일   창희 모자가 연탄까스 먹고 중독, 종일 와상(臥床). 링게르 200cc.

중독의 정도가 심하지 않았던지 어머니와 내가 하루 만에 자리에서 일어났고, 일가족이 어머니의 근무처였던 복음의원으로 장기려 박사 등을 방문했다.

19일	나만 귀충. 창희와 창희모는 예방주사 맞기 위해 부산에 남았다.
20일	창희 Tuberculin 접종.
22일	창희 체중 21.5lb(10.575kg). Tuberculin 반응 음성. BCG 접종, 종두.
	돌 지난 아이보다도 무겁다.
23일	창희와 창희모, 내목 형님과 함께 오다.
25일	창희 키 약 70cm, 작은 편이다.
30일	창희 두드러기, 괴로운 모양.

한 달 내내 거의 이런 식이다. 여기서 특별히 눈에 띄는 것은 나의 발육 상황과 예방접종 등의 건강관리에 대한 기록이었다. 이것은 그 뒤 나의 동생들이 태어난 뒤에도 마찬가지였다. 유난히 투베르쿨린 반응 검사를 자주 하고 기회가 되면 엑스레이까지 찍곤 했다. 모두 결핵 검사였다. 자신의 폐병이 자식들에게 옮겨가지 않았는지 신경을 많이 썼던 것이다. 어느 부모인들 마음이 달랐을까만 그런 기록들 하나하나가 주는 울림은 예사롭지 않았다.

그런 와중에 2월 말엔 집안의 일가친척들이 모두 통영의 우리 집으로 모였다. 할아버지를 비롯해 친가 쪽은 물론이고 나의 외가인 합천에서도 외할머니 등 몇 분이 오셨다. 이유는 앞에 소개한 내 첫돌 잔치였다. 그날의 행사가 여러 장의 사진으로 남았다.

사실 이런 행사보다 더 중요했던 것은 이 무렵부터 할아버지가 통영의 우리 집으로 왕래를 시작했다는 점이다. 늘 할아버지는 별도였고, 그 당시도 부산에 따로 살림을 내고 있었다. 아버지도 이런저런 일이 있을 때면 항상 부산을 방문하곤 했지만 마음 한구석엔 늘 찜찜한 대목이 있었다. 그런데 손자가 태어난 것을 기화로 할아버지는 할머니와 아버지 내외가 있는 통영으로 발걸음을 하기 시작한 것이다. 그것은 중요한 진전이라면 진전이었다. 그렇다고 할아버지가 부산 생활을 완전히 접지도 않았지만.

그렇게 해서 많을 때는 다섯 식구가 북적대는 살림살이가 된 것이다. 두 사람에서 다섯 사람으로! 한두 해 사이에 얼마나 엄청난 변화인가? 손자를 매개체로 식구들이 자연스럽게 다시 모이는 계기가 된 것이었다.

그 무렵의 에피소드 하나. 아버지와 어머니는 할머니에 대해 불만이 하나 있었다. 손자에게 너무 먹이려고 드는 것이 늘 화근이었다. 시골 할머니의 손 큰 정이라고 해야 할까? 어머니에게서 초유(初乳)가 잘 나지 않았다고 한다. 그걸 안타깝게 생각하는 것까지는 좋았는데 할머니로서는 손자가 뭘 못 먹는다는 점이 끝내 가슴에 걸렸던 모양이다. 아주 묽게 죽을 쑤고 그중에서도 위에 뜨는 맑은 물을 살짝 떠서 나에게 먹였다고 한다. 상당히 궁리를 하긴 하셨던 것 같다. 그런데 태어난 지 며칠 되지도 않은 신생아가 그걸 소화할 리 없었다. 내가 배가 부풀어 오르는 가운데 거의 악을 쓰듯이 우는 바람에 온 집안이 한바탕 뒤집어지다시피 했는데 어찌어찌하여 겨우 수습했다는 것이 어머니의 기억이었다.

그런 할머니가 만들어낸 에피소드는 계속 이어진다. 하와이의 주숙정 선생이 들려준 이야기다.

"송 집사님(나의 할머니)은 첫 손자를 보시고 너무나 좋아 한시도 아기를 눕혀놓지 않고 무릎 위에 안고 쉴 새 없이 자꾸 먹이셨는데, 평소 세심한 필목 선생님은 아무 말 없이 계시긴 했지만 속으론 걱정이 되셨던 모양입니다. 드디어 작은 목소리로 혼자 '멕에 죽일려네……'라고 중얼거렸는데 그만 그걸 송 집사님이 들으셨던 것 같습니다. 그게 어찌나 섭섭했던지 송 집사님은 우리 어머니한테 오셔서 속상하다고 털어놓으셨습니다. 저는 그 생각을 할 때마다 웃음이 납니다. 그것은 '지극한 효자' 필목 선생님의 '아버지 사랑'이었으니까요. 아마 평생 받을 사랑을 그때 다 받으셨을 겁니다."

주 선생은 참 많은 걸 깨우쳐주셨다. 이렇게 모든 식구들로부터 받은 사랑의

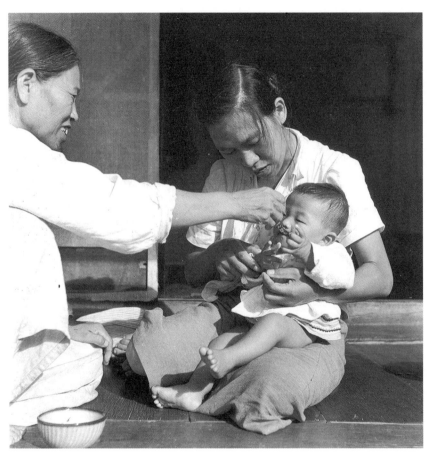

할머니와 어머니의 지극한 사랑이 담긴 장면. 이 사진을 찍으면서도 아버지는 '맥에 죽일려네……'라고 속으로 중얼거렸을까? 그 생각만 하면 늘 웃음이 나온다.

양을 어떻게 계량할 수 있을까? 그런 모습을 보여주는 사진이 한 장 남아 있다. 어머니가 안고 있는 나에게 할머니가 무엇인가를 떠먹이는 장면이다. 이때 어머니도 아버지처럼 생각했을까? 나도 웃음이 나온다. 그러면서 동시에 할머니의 무명 치맛단 아래로 꼬질꼬질 긴 때에 눈길이 가서 떨어지지 않는다.

할머니 이야기

할머니(1904~1990년)는 그런 분이었다. 주숙정 선생이 여러모로 알려준 것처럼, 할머니는 한평생 기독교 신앙을 모든 것의 중심으로 삼으면서 생활도 따뜻한 마음으로 일관하신 분이었다. 지금도 할머니 생각만 하면 가슴이 따뜻해지면서 한없이 벅차오른다. "멕에 죽일려네……" 이야기도 그 일환이다.

나의 어릴 적 기억으로도 할머니는 분명히 우리 가족의 '중심'이었다. 아버지는 생활의 크고 작은 일들을 모두 할머니와 의논했고, 할머니의 결정에 따랐다. 할머니와 동행하는 삶은 비단 청소년기까지 국한된 일이 아니었다. 어머니의 회고다.

"나는 너의 아버지 월급을 만져보기나 한 줄 아나? 결혼하고 통영 와서 살 때 너의 아버지는 교사 월급 받으면 바로 할머니 갖다 드리고, 나는 그거 받아본 적이 없다. 그러면 할머니는 그걸 주머니에, 왜 그 몸뻬 앞에 차고 다니는 주머니 있지 않냐. 그 주머니에 넣고 다니시면서 교회에 헌금하고, 필요하다는 사람 있으면 쥐어주고……. 손은 얼마나 크시던지……. 통영 살 때 나는 내가 간호원 하면서 조금 모아두었던 것 갖고 쓰곤 했다."

어머니도 물론 생활비야 다시 할머니에게서 받았겠지만 그 답답한 심정을 이해할 수 있을 것 같다. 스스로 직업 갖고 경제활동을 하다가 결혼해서 와보니 집안의 경제권이 전통적인 방식대로 시어머니에게 있는 상황, 얼마나 답답했을까? 게다가 그 시어머니가 손까지 커서 이것저것 가리지 않고 남에게 퍼주는 체질이었다니.

할머니의 그런 신앙과 체질은 그 어머니(아버지의 외조모, 나의 진외증조모)로부터 물려받은 것이었던 모양이다. 그런 면모는 아버지가 정리해놓은 외조모 약사에서 다소나마 찾아볼 수 있다.

고 김성도(金成道) 여사는 주후 1878년 음 8월 26일 평안남도 용강군 다미면 치의리 김중구(金重九) 씨의 2녀로 출생하니라. 7세 때부터 한문을 배우며 한글과 산술에 능통하여 그 당시에 여류학자(女流學者)요 여중군자(女中君子)라 칭송을 받더라. 1894년에 동군 오신면 도대리 송주락(宋周洛) 씨에게 출가하여 1901년에 장녀 경모(京模)를, 1904년에 2녀 근모(瑾模)를 낳으니라. 1907년에 부군을 여이니 30세의 미망인이 되어 시부모에게 효성을 다하더라.

1918년에 예수를 믿고 장로교회에 입교하여 향리에 월매리(月梅里)교회*를 세우는 데에 많이 힘쓰니라. 성경을 평생의 반려로 삼았고 하나님과의 교통을 그치지 아니하였고, 산간벽지로 두루 다니시며 복음 전하기를 낙으로 여기었고, 자녀에게 믿음을 간곡히 권하더라.

1947년 3월 4일(음 2월 12일) 황해도 겸이포읍에서 숙환으로 세상을 떠나시니 향년 70세이더라. 유족으로 북한에 장녀 경모와 손 2남 1녀가 있고, 남한에 2녀

• 평안남도 용강군 오신면의 '월매리교회'는 다른 글에서는 '매촌(梅村)교회'라는 이름으로 나타나기도 한다. 할머니의 조카뻘 되는 송원영 전 신민당 국회의원(1928~1995년)이 《현대문학》 1967년 9월 호에 쓴 회고담 「매촌교회」가 같은 교회를 소재로 한 글이다. 아버지보다 5년 아래인 송원영 전 의원은 개인적으로 "내가 해방 후에 고려대학교에 다니며 학생운동 할 때 형님(나의 아버지를 지칭)의 두루마기를 빌려 입고 나가서 연설한 적도 있다"고 회고하기도 했다.

근모와 손자가 있으니 자녀들의 신앙은 실로 고 여사의 유산이라 할 것이니라.

(1953년 음 8월 25일 기)

여기서 '차녀 송근모'가 바로 나의 할머니다. 그 할머니의 어머니가 별세하신 시점(1947년 초, 아버지의 연희대학교 전문부 이과 1학년 재학 시절)만 해도 남북 간 편지와 사람의 왕래가 가능한 시점이었을 테니 뒤늦게나마 기별을 받은 할머니가 한 번쯤 당신 어머니의 산소를 찾아보았을 것 같기도 하다. 황해도 겸이포는 할머니와 아버지의 고향인 평안남도 용강과는 대동강을 사이에 두고 마주보는 곳이며, 당시 할머니의 언니가 시집가서 살고 있는 곳이었다.

이 진외증조모의 별세 소식을 전해주는 편지(1947년)와 초벌 약사(1949년)가 아버지가 정리한 앞의 약사(1953년, 통영 시절)와 함께 지금도 남아 있다. 북에서 온 두 가지 문건은 당시 겸이포에 살던 아버지의 이종사촌 형님의 글씨인 것으로 보인다.

여기서 알 수 있다시피 할머니와 그 어머니는 두 가지 가치를 공유했던 것 같다. 하나는 기독교(그중에서도 장로교회) 신앙이고, 또 다른 하나는 적극성이었다. 홀로 된 여성이 1910~1920년대에 40, 50대의 나이로 교회 설립과 전도에 그토록 적극적으로 나서는 일은 결코 쉽지 않았을 것이다.

할머니는 여지없이 그런 어머니의 판박이 딸이었다. 그런 체질이다 보니 하얼빈으로 봉천으로 불원천리 남편을 찾아가는가 하면, 병약한 아들 구완하랴 의용군 징발되어가는 아들 찾아오랴 온갖 수고를 마다하지 않으면서, 그런 쉽지 않은 삶의 바탕에 늘 기독교 신앙을 두고 있었던 것이다.

그렇지만 그런 적극성과는 조금 다른 면모도 할머니는 갖고 있었다. 이건 나의 기억이다.

내가 서울 이문동에 살면서 대학에 다니던 시절이었다. 어느 날 뒷집에 사는

故 金成道女史 略史

故 金成道女史는 主後 1878年 陰 8月 26日 平安南道 龍岡郡 多美面 懺衣里 金重九氏의 二女로 出生하니라. 7歲 때부터 漢文을 배우며 한글과 算術에 能通하여 그 當時에 女流學者요 女中君子라 稱頌을 받더라. 1894年에 同郡 吾新面 桃紙里 宋周洛氏에게 出嫁하여, 1901年에 長女 京模를, 1904年에 二女 瑾模를 낳으니라 1907年에 夫君을 여의니 30歲의 未亡人이 되어, 媤父母에게 孝誠을 다하더라. 1918年에 예수를 믿고 長老敎會에 入敎하며, 鄕里에 月梅里敎會를 세우는데에 많이 힘쓰니라. 聖經을 平生의 伴侶로 삼았고, 하나님과의 交通을 그치지 아니하였고, 山間僻地를 두루 다니시며 福音 傳하기를 樂으로 여기었고, 子女에게 믿음을 懇曲히 勸하더라. 1947年 3月 4日(陰 2月 12日) 黃海道 第二浦邑에서 宿患으로 世上을 떠나시니 享年 70歲이더라. 遺族으로 北韓에 長女 京模와 孫 二男一女가 있고, 南韓에 二女 瑾模와 孫子가 있으니, 子女들의 信仰은 實로 故 女史의 遺産이라 할것이니라.

(1953년 ? 8월 ?일 ?)

아버지가 정리해놓은 당신의 외할머니 약사. 북한 지역에 있던 아버지의 이종사촌 형님이 보내준 내용을 재정리한 것으로 보인다.

할머니의 친구 분이 나를 조용히 부르셨다. 워낙 임의롭게 그 집에 드나들던 편이라 아무런 생각 없이 그 할머니와 마주 앉았다. 그런데 그 자리에서 들은 이야기는 나를 얼어붙게 만들었다.

"너, 며칠 전에 술 마시고 들어와서 토하고 잠든 적 있냐? 너의 할머니가 그 다음 날 나를 찾아와서 우시더라. 낙심천만이라고. 그런데 그 얘기를 들어보니 그냥 술 마셨다고 하시는 말씀이 아니더라. 그날 할머니가 뭐라고 하신 줄 아냐? '난 나의 어머니 때부터 시작해서 4대째 신앙 갖고 사는 게 유일한 자랑거리였는데 이제 그게 손자 대에 와서 끊기게 생겼으니 이 일을 어떻게 해야 하느냐'면서 우시더라."

나는 그 자리에서 단 한마디도 할 수 없었다. 변명을 할 수 없었던 것은 물론이고, 할머니 이야기의 옳고 그름도 따질 수 없었다. 차라리 할머니가 나에게 직접 말씀하셨더라면 사죄하든, 눙치든 뭐라고 얘기를 했겠지만 이렇게 객관화된 이야기로, 그것도 아주 조심스러운 어조로 전해 듣는 데에야 무슨 말을 보탤 수 있었을까. 그 장면을 생각하면 지금도 얼굴이 화끈거린다.

어른의 훈계는 이런 것인가 보다. 둘러서 뒤늦게 알게 된 진심! 그것은 직접 대놓고 조목조목 짚어가면서 하는 것보다 몇십 배, 아니 몇백 배나 강력한 메시지가 되고 울림이 되어 지금도 나의 뇌리에서 떠나지 않고 있다. 할머니는 그 후에도 돌아가실 때까지 그 이야기를 나에게 직접 하신 적이 없다. 물론 내가 뒷집 할머니로부터 그 이야기를 들었노라고 말씀드린 적도 없다.

그러나 그날 이후 한 가지 아주 분명해진 것이 있다. 그 좋은 할머니의 유일한 자랑거리가 사라지게 해서는 안 된다는 다짐이었다. 내가 지금도 기독교 신앙을 갖고 있는 가장 강력한 이유를 생각해보면 그것은 다름 아니라 이 같은 할머니의 눈물이다. 말로 설명되지 않지만 말보다 훨씬 강력한 진심은 그런 것인가 보다.

한 가지 이야기가 더 있다. 아버지가 돌아가신 뒤 손자들은 할머니의 자존심의 근거인 동시에 근심의 원천이기도 했다. 내색은 하지 않으셨지만 두 손자가 유신과 신군부 시절 평탄한 대학 생활을 하지 못하는 것이 못내 가슴에 걸렸던 것 같다. 돌아가신 뒤 할머니가 늘 옆에 두고 보시던 큰 글씨 성경을 들춰본 적이 있다. 거기서 삐뚤빼뚤 어설픈 한글로 쓴 메모가 한 장 나왔다.

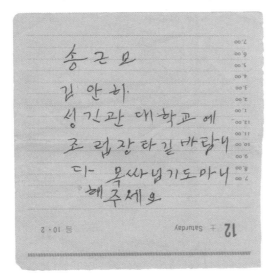

작은 손자가 어렵사리 들어간 대학을 제대로 마칠 수 없는 상황이 되자 할머니가 목사님께 기도해달라고 부탁했던 메모. 어느 할머니라고 이런 정성과 성심이 없을까만 이 어설픈 한글 메모 속에 할머니의 진심이 오롯이 드러나 보인다.

"김안히 성긴관대학교에 조럽장 타길 바랍니다. 목싸님 기도 마니 해주세요."

학교교육을 받아본 적이 없는 할머니가 성경을 읽기 위해 독학으로 익힌 한글로 남긴 메모였다. 아마도 내 동생이 대학 생활을 계속할 수 없는 상황이 되자 그 상황을 타개할 수 있는 길을 하느님에게서 찾고자 했던 것 같다.

할머니는 그렇게 직접 밖으로 드러내놓고 말씀은 하지 않았어도 그 모든 근심과 소원을 하느님과의 대화 속에 용해시키고, 거기서 새로운 희망의 단서를 발견하던 분이었다. 그렇다 보니 밖으로 드러나는 할머니의 모습은 늘 쾌활했다. 자신의 얘기를 많이 하기보다는 주로 남의 얘기를 들었고, 자신의 걱정을 드러내기보다는 남의 걱정에 함께해주던 모습이 지금도 기억에 새롭다. 돌이켜 생각해보면, 이런 할머니가 없었더라면 아버지도, 우리 형제도 있기 어려웠을 것이다. 그것은 의심의 여지없이 아주 분명한 사실이다.

문제는 할아버지였다. 사실상 남남이 되어버린 할아버지를 할머니가 어찌할 수 없었던 것이다. 게다가 할아버지가 청년 시절 안식일교회와 그 계통의 학교에 다닐 때 가졌던 기독교 신앙을 결혼 이후에 버리고 보니 할머니로서는 더더욱 신앙에 의지할 수밖에 없었던 것으로 보인다. 그렇다고 할머니가 할아버지에 대해 섭섭한 감정을 가족들에게 내놓고 이야기한 적도, 내 기억에는 전혀 없다. 오히려 말로 다할 수 없는 안타까움을 아들과 손자들에 대한 간절한 염원으로 전환시키고, 나아가 그것을 신앙의 형태로 승화시킨 것이 할머니의 모습이었다고 기억된다. 그런 할머니의 자장을 벗어날 길이 없다.

다시 할아버지 이야기

　　마침 할머니 이야기를 했으니 이참에 앞에서 하다 만 할아버지 이야기도 조금 더 하는 게 좋겠다. 1938년 아버지가 만주 봉천에서 요양차 귀국하면서 할아버지와 할머니, 그리고 아버지의 많지도 않은 세 식구가 사실상 두 가족으로 나뉜 것까지는 이미 얘기한 대로다.

　　그때만 해도 이산의 명분이 분명했다. 아버지는 폐병 치료를 위해, 할머니는 그런 아들을 보살피기 위해 만주보다 기후가 나으면서 고향에도 가까운 평양을 찾았고, 할아버지는 가족의 생계를 위해 여전히 봉천에 머물렀다. 이 이산은 '아버지 병이 낫기까지'의 한시적인 것이었다. 할머니와 아버지가 살도록 할아버지가 구입해놓은 평양의 집(경상리 32번지)이 꽤 그럴듯한 한옥이었다는 증언은 최도명 목사에게 들었다. 그곳에 할아버지가 종종 들르곤 했다는 사실도 주숙정 선생으로부터 확인했다.

　　이때 이미 할아버지는 '작은할매'와 함께 딴살림을 차리고 있었지만 할머니가 그 같은 사실을 알고 있었는지는 잘 모르겠다. 모든 것은 해방 직후 분명해졌다. 만주에서 귀국한 할아버지가 가족이 있는 평양으로 오지 않고 서울로 갔던 것이다. 그것까지도 그렇다고 치자. 왜냐하면 서울이 훨씬 큰 도시였으니

1958년 연말의 어느 날 할아버지가 통영에 온 때였다. 아마도 다시 부산으로 돌아가기 위해 집을 나서는 순간인지도 모르겠다. 할아버지가 외투까지 차려입고 마당에 섰을 때 아버지가 그 모습을 카메라에 담고 보니 마침 배경에 할머니가 잡혔다. 틀림없이 아버지가 권했을 것이다. 함께 사진 한 장 찍으시라고. 할머니는 사양하다 마지못해 할아버지와 나란히 사진 한 장을 남겼다. 그러나 그사이에 치마 색깔에 맞춰 저고리를 갈아입은 것이 눈에 띈다.

'풍운아'에게는 그런 곳이 어울렸다. 그러나 1946년 아버지(물론 할머니와 함께였다!)가 유학차 상경했을 때에도 역시 북아현동에 거주할 집을 한 칸 마련해주긴 했지만 정작 당신이 이곳으로 합류하지는 않았다. 이제 상황이 명료해진 것이다. '작은할매'가 있는 한 할아버지와 할머니가 재결합할 가능성은 없었다. 할머니는 할아버지의 법적인 부인일 뿐이었다.

이제 할머니와 아버지의 모자(母子) 관계는 훨씬 끈끈해졌고, 불가분리의 것이 되었다. 그 이후 때때로 할아버지를 찾은 것은 아버지였다. 대학에 재학 중이던 북아현동 시절(1946~1950년)에는 학비도 받아야 했을 것이며, 통영 시절(1953~1959년)에는 결혼 문제 등도 상의해야 했을 것이다. 아버지는 집안의 대소사를 꽤 세밀하게 할아버지께 알리고 상의했던 것 같다. 어머니의 기억.

"할아버지가 오셔도 할머니는 저녁 식사까지만 차려드리고는 교회에 가셔서 이튿날이 되어서야 오시곤 했다. 아침 해드리고는 다시 교회로 가고. 그런 상황을 지켜보던 너희 아버지가 한번은 할머니한테 개우*를 했어. '오마니, 오마니! 모처럼 오신 아바지한테 어쩌면 그렇게 하십네까? 좀 잘 대해드릴 수 없습네까?'라고. 혼자만 생각했으면 될 것을 그만 말해버리고 만 거지. 그런데 이북 할머니 성격이 오죽해? '이놈의 새끼, 평생을 너 위해 희생 다했건만 그래 놨더니 이제 애비 편드누나!'라고, 할머니가 '죽일 놈, 살릴 놈!' 하며 얼마나 무섭게 욕을 퍼부어대는지……. 그만 너희 아버지가 쩔쩔매며 '오마니, 잘못했시요!'라고 싹싹 빌었다. 너희 아버지 생각이야 오랜만에 만난 할아버지한테 좋은 말 몇 마디라도 건넬 수 없느냐는 단순한 생각이었겠지만 할머니 입장이야 어디 그렇나? 그렇게 좋은 할머니가 불온변색**하는데 기가 차더라."

이때가 아마 아버지가 성인이 되어 유일하게 할머니로부터 질책을 받은 경우였을 것이다. 그 계기는 할아버지에게 있었다. 아버지로서는 어떻게 할 수 없는 존재! 기정사실로 인정할 수밖에 없는 상황! 그런 것들을 전제로 한 말이었겠지만 할머니는 도저히 그런 현실을 인정할 수 없었다. 게다가 그 무렵 할머니의 화를 북돋우는 일이 한 가지 더 있었다. 다시 어머니의 기억.

"어느 날 할머니가 조선방직에 할아버지와 함께 있는 친척들한테 무슨 말을 들으셨던 모양이더라. 할아버지가 작은할매와 그 집에 드나드는 작은할매의 조카한테 땅을 사줬다고. 그 조카를 할아버지도 꽤 좋게 보셨던 모양인데. 그 사람들 고향인 산청에 논밭을 사줬다는 말을 듣고 할머니가 가만히 계셨겠나? 이북 사투리로 '당신이 나한테 평생 해준 게 뭐 있느냐? 나한테도 디디고 눌러도 꺼지지 않는 땅 사주시요!'라고 해대서 통영 집도 결국 세(貰)가 아니라 할아버지가 사주셨다고 나중에 들었다."

---

* '우개(憂慨, 근심하고 개탄함)'라는 표현의 어순을 바꾼 것으로 보인다.
** '발연변색(勃然變色)'이 정확한 표현이다. 그 뜻은 '왈칵 성을 내어 얼굴빛이 달라짐'이다.

대단한 생활력이었다. 아마 아버지가 건강 챙기고 집 한 칸이나마 갖출 수 있었던 것도 이런 할머니의 억척스러움의 결과였을 것이다.

다시 할아버지 이야기로 돌아가자. 그 무렵 할아버지는 부산에 위치한 당시 우리나라 최대의 방직 회사인 조선방직에서 '소비조합 부이사'로 있었다. 나로서는 이 '소비조합'이 조선방직 내의 어떤 조직인지, 또 '부이사'가 어느 정도의 위치인지 알 길이 없다. 정부의 전시 가격통제 정책에 묶여 있던 조선방직에 1953년 일부 자유 판매의 길이 열리자 이를 촉진하기 위해 만들어진 조직과 직책이 아니었을까 추측할 따름이다.[*]

이와 관련해서는 친척들 사이에 전하는 일화가 한 가지 있다. 앞의 할아버지 약사(126쪽)에 소개된 대로 만주에서 할아버지가 구출해준 '사경에 이른 자'가 바로 1951년 9월 당시 이승만 대통령에 의해 조선방직 관리인으로 임명된 강일매 씨이며, 강 씨가 그 은혜를 갚느라 해방 후 여러모로 할아버지의 뒤를 봐주었다는 것이다. 그 목숨을 구해준 구체적인 정황은 알 길이 없다.

이렇게 할아버지가 1953년에 조선방직에 직장을 얻기 전에도 강일매 씨와 관계를 맺었던 흔적은 조금 더 발견된다. 강 씨는 해방 이후 시기에 조선방직을 맡기 전까지 '국민문화동지회 회장', '국민문화영화사 사장', '대한민주여론협회 회장', '중앙통신사 사장', '동화백화점 사장' 등의 직책을 맡았던 것으로 국사편찬위원회의 한국근현대인물자료에서 검색된다. 대개 강 씨 스스로 만든 정치·문화운동 조직이라고 생각된다. 이 가운데 아버지가 남긴 가장 오래된 개인수첩인 1953년도 수첩에 할아버지의 직장으로 기록된 것이 바로 '대한민주여론

---

[*] 전시체제에서 조선방직이 생산한 모든 제품은 정부가 관리했고, 정부가 지정한 곳에서 정부가 지정한 가격으로 판매됐다. 그러나 1953년 1월 4일 정부의 '면사포 관리 강화 요령'에 따라 조선방직의 면제품도 자유 판매의 길이 열렸다. 배석만, 「해방 후 조선방직의 경영과 그 성격」, ≪지역과 역사≫, 9호(2001), 94쪽 참조. 아버지의 1953년 수첩에는 할아버지의 직장이 당초 '대한민주여론협회(부산시 광복동 3가 5)'로 표기되어 있었으나 그해 어느 때인가 '조선방직회사 소비조합'이라는 표기가 추가되어 있다.

조선방직 소비조합 시절의 할아버지. 왼쪽 사진에서 뒷줄 가운데 선 이가 할아버지이고, 오른쪽 사진은 집 무실에서의 할아버지 모습이다.

협회'였다. 이 조직은, 앞(206~209쪽)에서 내가 설명했던 것처럼, 여론조사 기관으로 보이지만 꼭 그런 것도 아니었던 모양이다. 오히려 중립적인 여론조사 기관이라기보다는 정치인 또는 정당의 외곽 기관 비슷한 성격이었던 것으로 추측된다.● 그렇다면 할아버지는 강 씨가 이승만 대통령의 비호 아래 조선방직의 관리인으로 자리 잡기 전인 해방 공간에서부터 그와 동행하며 그의 실무자 역할을 했던 것 같다.

내가 집 밖에서 강일매 씨의 이름을 처음 들은 것은 대학 시절 한국 노동운동사를 공부할 때였다. 1950년대 조선방직 노동쟁의에 대한 강 씨의 무모한 대처 방식을 보며 할아버지가 한때 그와 함께했다는 사실 자체가 부끄러웠다. 그런데 최근에 자료를 살펴보면서 할아버지는 이미 그 이전부터 강 씨와 함께했

● 각종 자료를 검색해보면, '대한민주여론협회'는 제2대 정·부통령 선거를 앞둔 1952년 6월 19일 임시 수도 부산에서 여론조사를 실시하기도 했으나(《민주신보》 1952년 6월 19일 자) 그보다는 여수·순천 사건에서 부상을 입어 병원에 입원 중인 국군 장병을 위문하는가 하면(《자유신문》 1948년 12월 11일 자) 제헌의회 소장파 의원들의 행동을 비난하면서 국회 안에 '비한(非韓)행동조사위원회'를 설치할 것을 청원하는(《동아일보》 1949년 6월 21일 자) 등의 정치적·사회적 행보가 더욱 두드러졌다.

다는 사실까지 알게 됐다. 아마도 그의 실무자들 가운데 한 사람이었던 것 같다. 어쩌면 '조선방직 소비조합'이라는 것이 이승만의 정치자금을 마련하는 루트 중 하나였을지도 모르겠다.

어찌할 것인가? 이미 역사의 공간에 기정사실로 자리 잡고 있는 분들의 행동을 되돌릴 수 없는 것을. 한때 나는 할아버지의 이런 이력을 기록으로 남겨야 할지 고민하기도 했다. 그러나 이내 마음을 고쳐먹었다. 내가 쓰지 않는다고 사실이 바뀌는 것은 아니며, 오히려 그것을 더 정확하게 기록하면서 가족사 안에서 연속과 단절이 어떤 양상으로 나타나는지를 따져보자고 마음먹었다. 그것이 내가 할아버지 이야기를 되짚어볼 때의 기본적인 생각이었다.

어머니의 기억은 조금 더 있었다. 아버지와의 결혼 무렵의 이야기다.

"너희 아버지가 무슨 돈이 있었겠냐? 신혼여행도 할아버지가 조방에 데리고 있던 친척 시켜서 해운대 국제호텔에 예약해줘서 갔다. 그리고 강일매 사장이 할아버지 앞으로 몇십만 원을 줘서 그걸로 예식 하고, 옷장 만들고, 결혼반지 사고 다 하지 않았나?"

강 씨는 내가 생각했던 것 이상으로 우리 가족사에 깊숙이 들어와 있었다. 어머니는 강 씨를 한 번도 직접 만나본 적이 없지만 당신과 같은 경남 합천 출신이다 보니 강 씨 주위에 그와의 연줄로 생활이 편 사람들이 꽤 있다는 정도의 사실은 이미 알고 있었다. 내가 태어나기 전의 우리 집도 도움을 꽤나 받았던 것은 분명한 사실이다. 만주에서의 은혜를 또 다른 은혜로 갚은 것이었다고 해야 할지…….

아버지가 강 씨에 대해 어떻게 생각했는지는 알 길이 없다. 그러나 아버지의 수첩 곳곳에 강 씨의 서울 집 주소(지금 서울 중구 필동의 '한국의 집' 자리)가 남아 있는 것으로 보아 할아버지가 부산과 서울을 왕래할 때에는 그곳에 머물렀던 것이 아닌가 짐작되기도 한다. 그렇지 않고서는 그 집 주소가 아버지 수첩에 적혀 있을 이유가 별로 없다. 아버지에게 강 씨는 그저 '은혜를 은혜로 갚은 사람' 또는 '할아버지를 통해 당신에게도 도움이 되는 사람' 정도였을까? 뭔가 손에 잡힐 듯하면서 잡히지 않는 장면이다. 그 장면에는 그림자가 어리어 있다.

그러면 아버지는 할아버지에 대해선 어떤 생각을 갖고 있었을까? 두 분은 체질과 생활 방식 자체가 많이 달랐다. 아버지는 몸이 약했던 데다 근본주의 기독교 신앙을 기준으로 일생 경건하고 성실한 생활을 지향했다. 나는 어렸을 때 집에 축대를 쌓는다거나 방을 고치는 것과 같은 소소한 공사를 할 때면 일꾼들이 새참으로 막걸리 마시는 장면을 볼 때마다 '왜 아버지는 술을 마시지 않을까?' 생각하곤 했다. 아버지는 그런 자리에 어울리지 않는 것은 물론이었고, 어떤 술자리에도 함께하지 않았다고 한다. 어머니는 당신이 아는 한 아버지가 일생 동안 술을 입에 대지 않았다고 이야기하곤 했다.

그에 반해 헌헌장부 스타일에 두주불사형인 할아버지는 늘 좌중을 주도하는 권위를 갖고 있었다. 할아버지에 대한 친척들의 기억의 첫 번째 자리에 서는 것도 술 이야기다. 그렇다고 마냥 술만 마시는 스타일은 아니었던 모양이다. 내가 성인이 되어서 이런저런 기회에 친척 또는 친지를 만나게 되었을 때 "너희 할아버지가 부산 시절에 나를 조용히 부르더니 살림에 보태 쓰라며 수십만 환을 주신 적이 있다"는 식의 이야기를 여러 차례 들었다. 그렇지만 할아버지는 아버지와 달리 청년기에 기독교 신앙을 버렸다.

두 분이 생각과 행동으로 함께할 수 있는 것이 도대체 한 가지라도 있었을까? 나는 한때 '아버지가 할아버지를 얼마나 못마땅하게 생각했을까?' 추측해본 적이 있다. 그러나 실제 아버지가 할아버지에게 대들거나 멀리한 흔적은 전혀 없다. 어머니가 기억하는 범위에서도 그렇다. 그렇기는커녕 극진하게 대했다. 그것은 할머니에게나 작은할매에게나 마찬가지였다.

아버지에게도 아버지는 아버지였을 뿐인가? 비록 할머니와의 관계에 금이

씀씀이가 크고 술을 좋아했던 할아버지는 늘 친척들의 구심점이었다. 왼쪽은 부산 시절 아버지를 포함해 가까운 친척들과 자리를 함께한 할아버지의 모습이고, 오른쪽은 할아버지가 별세하기 1년 전인 1961년 7월 8일 서울 광나루의 버드나무집 에서 열렸던 회갑연의 기념사진이다. 아버지는 이날 무려 70명 정도의 친척과 할아버지 친지들이 참석했으며 연회 비용으로 10만 환이 들었다고 기록해놓았다.

갔고, 함께 살지도 않았으며, 가끔 만나도 살가운 내색을 하기는커녕 권위부터 차리는 할아버지였지만 시시때때로 소식을 전하고 문안하는 것이 아버지의 길지 않은 인생에 계속된 일이었다.

그런 점에서 아버지는 분명히 그 시대의 아들이었다. 자신의 생각과 취향은 더할 나위 없이 '모던'했지만, 일상적인 생활, 특히 할아버지·할머니와의 관계에서는 '전근대(前近代)'의 선을 한 치도 넘어서지 않았다. 그런 양면이 전혀 모순되지 않게 아버지 내부에 공존하고 있었다.

'통영여중 (비)공식 찍사'

아버지는 아무도 위촉하지 않았지만 통영여중의 '전속 사진사'였다. 당시로서는 꽤 귀한 물건이던 카메라를 갖고 있으면서 그것으로 가족들만 찍었을 리없다. 학교 행사가 열리는 날이면 늘 사진기를 메고 나가곤 했다. 특별한 날이아니더라도 날씨가 맑거나 누군가와 동행해 풍경 사진이라도 찍고 싶은 날이면 마음 내키는 대로 카메라를 지참하곤 했다. 당시의 제자들 중에는 '김필목선생'이라고 하면 "아, 노란 케이스에 든 카메라를 늘 왼쪽 어깨에 메고 다니던호리호리한 선생님"이라고 기억하는 이들이 꽤 있다.

그렇게 촬영해서는 때에 따라 사진 속의 인물들에게 인화해서 나눠주기도했다. 간혹 필름의 특정 컷 아래 '중 5', '대 3' 등과 같이 만년필로 쓴 메모가 달려 있기도 하다. 필름의 매끄러운 면 말고 현상액으로 처리하는, 약간 거친 면에는 펜으로 글씨를 쓰는 일이 가능했다. 필름을 잘 살펴보면 해당 숫자는 교사또는 학생 등 등장인물의 수와 대개 일치했다. 아버지는 직접 처리하든 아니면사진관에 맡기든 그 숫자만큼 인화해서 나눠주었을 것이다. 어쩌면 지금도 통영의 어느 집 장롱 속의 빛바랜 앨범 속에는 그렇게 아버지의 손때 묻은 사진들이 고이 잠자고 있을지도 모른다.

1959년 4월 초 통영여중의 옛 문화동 교정에서 열린 입학식 이모저모. 이날 입학한 학생들은 1962년 봄에 통영여중을 제13회로 졸업했을 것이고, 만약 통영여고에 그대로 진학했다면 1965년 봄에 제14회로 졸업했을 것이다. 여중과 여고의 졸업 횟수가 조금 어긋나 있다.

그것은 누가 위촉했든 아니든 '전속 사진사'의 도리였다. 더 정확하게는, 그 시절에 카메라를 갖고 있는 사람이 마땅히 해야 할 일이었을 것이다. 그런 일은 학교의 공식 행사 때에 특히 많았다. 먼저 내가 '세계 최고의 입학식'이라고 생각했던 장면들을 한번 보자.

1959년 4월 7일 오전 10시 통영여중의 당시 문화동 교정에서 열린 입학식 장면이다. 신입생들을 가운데 세우고 2, 3학년 언니들이 양옆으로 도열해 섰다. 그런 가운데 교장 선생님이 훈화를 하는 중이다. 멀리 배경으로 보이는 게 뭔가? 바로 봄의 해풍이 불어오는 한려수도 다도해다. 남망산과 한산도, 미륵섬……. 산비탈 언덕을 깎아 만든 학교가 되다 보니 그런 바다가 내려다보이는 아주 아담하고 깨끗한 교정이었다. 그 언니의 언니들도 바로 이 자리에서 이런 모습으로 입학식을 가졌을 것이다.

아직 교복을 제대로 갖춰 입은 학생이 거의 없다. 치마·저고리를 단정하게 차려입은 아이, 언니 교복을 물려받아 입고 온 아이, 집에서 입던 대로 온 아이 등이 섞여 있다. 복장은 그렇게 제각각이지만 기대와 긴장이 함께 서린 표정만은 한결같다. 교장 선생님이 훈화를 하는데 마이크도 보이지 않는다. 그러나 학생들은 여간 귀를 쫑긋 세우고 듣는 것이 아니다. 한마디라도 놓치면 큰일 난다는 표정들이다. 이 사진에서 교장 선생님의 말소리가 들리지 않는가?

입학생 대표로 선서하는 아이도 교복을 차려입지 못하기는 마찬가지였다. 아마 이 아이는 교복을 물려줄 언니가 없었던 모양이다. 이 선서 장면의 배경으로 개나리라도 피었음 직한 언덕 위에 큼지막하게 자리 잡은 주택은 일제강점기에 호주 선교사가 살던 집이다. 통영이 일찌감치 이국풍을 갖추는 데에 일조했던 건축물이다.

아무튼 어려운 시절이었지만 이렇게 바다를 향해 탁 트인 곳에서 입학식을 하는 학교가 얼마나 있었을까? 이곳에서 생활한 학생들은 모두 세상을 향해 활짝 열린 가슴을 가졌을 것이다. 살아가는 과정에 각자 여러 구비를 거쳤겠지만 적어도 이곳에서 생활하던 기간만큼은 그랬을 것이다.

한 가지만 더. 선서 장면에서 교장 선생님 왼쪽 뒤편 계단에 아이들이 앉은 모습이 조그맣게 보인다. 또 운동장에 선 학부모 한 사람이 아기를 업고 있는

01

02

03

04

05

06

1959년 3월 말에 열린 통영여중 제10회 졸업식 이모저모. 사진 1은 통영 시내의 어딘가 사진관에서 나와서 기념 촬영을 하기에 앞서 그 준비 단계에서 아버지가 찍은 장면이다. 아버지의 필름 롤에 포함되어 있었다. 약간 어수선한 가운데 이제 막 정돈되어가는 분위기다. 이 사진의 앞줄 교사들 중에는 당연히 아버지가 없다. 그것이 '찍사'의 운명이다. 그러나 사진 2와 같이 잠시 뒤 엄숙한 분위기에서 공식 촬영이 진행되자 아버지는 얼른 앞줄 왼쪽으로부터 다섯 번째 자리에 들어가 자리를 잡았다. 무릎 위에 카메라가 놓여 있다. 이것은 낱장으로 보관된 기념사진이다. 나머지는 아버지가 촬영한 이날 졸업식의 이런저런 모습이다.

것도 눈에 띈다. 정말 이 시절에는 어느 곳에나 아이들이 차고 넘쳤다. 흔한 말로, 길을 걷다 발에 걸리는 것이 아이들이었다. 그 베이비붐이 아버지 사진 곳곳에서 실증된다. 나도 그 세대의 일원이다. '세상을 복잡하게 만들어서 죄송합니다.'

다시 장면이 바뀌어서, 이번에는 졸업식이다. 입학식보다 열흘 남짓 앞서 1959년 3월 26일에 열린 통영여중 제10회 졸업식이다. 당시는 4월 개학이었다. 지금보다 졸업과 입학이 한 달씩 늦었다.

졸업식 장면에서 재미있는 것은 이날 모든 졸업생들의 머리 오른쪽에 큼지막한 리본이 하나씩 달려 있었다는 점이다. 여중생들의 분위기에 딱 맞는 '코디네이션'이었던 것 같다. 졸업식 진행 중에는 물론이고 기념사진을 찍고 교문을 나설 때까지도 모두 그것을 달고 있었다. 아마 이들은 하루 종일 그것을 달고 있었을지도 모른다. 요즘 이렇게 해봐도 재미있을 것 같다.

다음은 다시 졸업식에 앞서 열린 통영여고(3월 25일)와 통영여중(3월 21일)의 사은회 장면이다. 참 대조적이다.

먼저 여고의 경우는 사진에서 벌써 슬픔과 아쉬움이 잔뜩 묻어난다. 먼저 졸업생들의 '감사의 말씀'이 있었던 모양인데 일어선 학생은 물론이고 자리에 앉은 학생들의 상당수가 눈과 입을 가리고 훌쩍인다. 이러면 사은회 분위기는 시종일관 가라앉게 되어 있다. 아마 그것을 반전시키려고 했던 것일까? 당시 음악 과목 담당이던 정관호 선생이 일어나 바이올린 연주를 하고, 사회 과목을 맡았던 최치완 선생이 송가를 불렀다. 요즘 같아선 사은회에서 교사들이 연주와 노래로 제자들을 달래려 하는 정경을 상상하기 어렵다. 아무튼 그때는 그랬던 모양이다. 어릴 때 집에 있던 앨범에서 이날 최 선생이 노래 부르는 장면 아래 '알로하오에'라고 작은 글씨로 쓰여 있던 걸 기억한다.

이해에 졸업식을 며칠 앞두고 각각 열린 통영여고(사진 1~4)와 통영여중(사진 5~6)의 사은회 이모저모. 두 사은회는 아주 대조적이었다. 그럴 수밖에 없었다.

> 검은 구름 하늘 가리고 이별의 날은 왔도다
>
> 다시 만날 날 기다리며 서로 작별하여 떠나리
>
> 알로하오에 알로하오에 꽃 피는 시절에 다시 만나리
>
> 알로하오에 알로하오에 다시 만날 때까지

이 노래가 제자들을 달래는 데에 기여를 했는지 아닌지 나로서는 알 길이 없다. 아마도 불난 데 기름 부은 격이 되지 않았을까? 가만히 생각해보면, 여고 졸업생들의 이런 분위기가 이해되지 않는 것도 아니다. 당시 여성의 대학 진학률

이 얼마나 되었을까? 이제 학교 울타리를 완전히 벗어나는 순간이니 만감이 교차했을 것이다. 더구나 친구나 선생님들과 헤어진다는 사실도 이들의 한창 물오른 감성을 타고 눈물샘을 자극했을 것이다. 학생별로 책상 위에 다과 봉투가 제공되어 있지만 그걸 뜯은 학생은 거의 보이지 않는다.

그에 반해, 필름 상태가 별로 좋지 않지만, 여중의 사은회는 전혀 달랐다. 공간 배치부터 여고와 달랐다. 교사와 학생들 사이에 무대 같은 빈 공간이 크게 마련되어 있었다. 대표 학생이 감사의 인사를 하고 교사의 당부의 말씀이 끝나기 무섭게 바로 '연회' 분위기로 넘어간 것 같다. 한 학생이 넓은 공간으로 나와 춤을 추는 장면이 한 컷 잡혔다. 학생들도 즐거운 표정이 역력하다.

통영여중 졸업생들은 대부분 통영여고로 진학했을 것이다. 학제에 따라 중학교를 졸업하긴 하지만 비슷한 곳에서, 게다가 일부 과목은 같은 선생님들로부터 배우는 가운데 계속 생활하게 되니 졸업한다는 사실을 크게 실감하지 못했던 것 같다. 그러니 여중 졸업은 여고 졸업과 달리 축제 분위기가 되었을 수밖에!

내친 김에 학교 행사 한 가지 더! 이 장면들은 1959년 4월 9일 통영여중의 개교기념일에 맞추어 진행된 신축 교사의 상량식이다. 말하자면 신축 교사의 뼈대가 완성되는 순간이었다. 아마도 이날 육성회가 학교 측에 그동안의 지원 내역을 설명하고 학교 측은 이에 대해 감사의 뜻을 표하며, 마지막으로 건물의 안전을 기원하는 고사를 지내고 상량문을 마룻대에 올려 마무리하는 행사가 열렸던 것이다. 요즘 같으면 저렇게 완성되지도 않은 공사 중인 건물 안으로 학생들을 불러 모으는 일이라든가 학교에서 고사를 지내는 일 등이 전혀 허용되지 않겠지만 그때는 학교 측의 재량에 따라 이런 일도 가능했던 모양이다.

아무튼 이 건물을 짓게 된 경위를 담은 공식 상량문과 함께 학교 관계자들이 적은 소원지 등을 줄에 미리 매달아 놓았다가 진행자의 "상– 량– !" 구호에 맞

01

02

03

1959년 4월 9일 통영여중의 개교기념일에 맞추어 진행된 신축 교사의 상량식. 골조만 완성된 건물의 단상에 '상량'이라는 글씨가 뚜렷하다(사진 1). 도천동의 신축 교사는 통영여고와 통영여중이 나란히 들어섰기 때문에 이날 행사도 여고와 여중이 함께 진행했던 것 같다. 이 건물의 안전을 기원하는 고사(사진 2)에 이어 이날 행사의 하이라이트인 상량문을 대들보에 끼워 넣기 위해 줄에 매달아 올리는 장면(사진 3)도 있다. 통영여고 홈페이지에서 학교 연혁을 확인해보니 이 건물은 반년 뒤인 그해 가을에 완공되어 10월 16일 낙성식을 가졌다.

추어 이를 끌어올리는 결정적인 순간이 카메라에 포착됐다. 이날의 하이라이트였다. 요즘처럼 다 지어진 아파트에 입주하는 세상에서는 찾아보기 힘든 장면이지만 그것이 개인의 주택이든 이런 공공건물이든 건축 과정에 입주 예정자들이 참여하고 각 단계가 끝날 때마다 함께 모여 축하하는 절차를 거치는 것은 우리 건축의 전통이었다.

이 사진을 건축 전공자에게 보여주었더니, 이것은 전통 한옥 구조는 아니고 해방 직후에 미군 공병대에 의해 우리나라에 소개되기 시작한, 전형적인 삼각형 트러스 구조(truss structure)라는 것이었다. 무거운 대들보가 없이도 건축물의 상부 무게를 비교적 용이하게 분산시킬 수 있는 진화된 건축 방식이라는 얘기였다. 그리고 목재를 다듬은 가로와 세로 비율도 지금과 상당히 달라 보인다면서 재미있어 했다. 역시 세상은 아는 만큼 보인다는 얘기가 맞는 것 같다.

이런 의미 있는 장면을 찍는 데에 아버지는 열두 컷짜리 필름 한 롤 가운데 이미 열한 컷을 소진했다. 이제 마지막 한 컷만 남았다. 그래서 마지막 컷에는 어떤 장면이 담겼는지 살펴봤다. 그런데 잘 이해가 되지 않았다. 그 앞까지는 전부 신축 교사 내부에서 진행된 이런저런 장면들이었는데 이건 갑자기 장면이 바뀌어 야산 중턱에 웅기중기 모여 선 사람들 모습이었다. 이게 도대체 뭐지? 확대해서 인화한 뒤 한참 동안 들여다보다가 무릎을 쳤다.

내 추측이긴 하지만, 이랬던 것 같다. 아버지는 상량식 행사를 마치고 신축 교사를 나서다가 건물 밖에서 이 행사를 지켜보던 동네 주민들을 발견했던 것이다. 상량식 행사를 보았다기보다 그저 상량식이 진행되는 신축 교사를 밖에서 지켜보고 있던, 말하자면 이 행사에 초대받지 못한 손님들이었다. 동네에 이미 '통영여중이 새 건물 상량식 한다더라!' 하는 소문은 짜하게 났을 것이고, 그 당시에 이런 것보다 더 큰 구경거리가 뭐가 있었을까? 그러니 이 행사에 오라는 초대를 받은 것은 아니지만 구경 삼아 가보자는 심정으로 한두 명씩 모여들었을 것이다. 그게 동네 할아버지, 할머니, 아저씨, 아이 할 것 없이 30~40명쯤 되었던 것 같다.

아버지가 이 동네 사람들을 찍기 위해 일부러 필름을 한 컷 남겨둔 것은 아닐 것이다. 그저 우연히 한 컷 남은 것을 이 사람들 찍는 데에 쓴 것 아닐까 생각

아버지가 통영여중 신축 교사 상량식 장면들을 찍다가 마지막 한 컷 남은 필름에 신축 교사 밖에 구경 나와 몰려섰던 동네 주민들을 담았다. 이들 초대받지 못한 보통 사람들의 몸짓과 표정이 아주 생기발랄하고 재미있다.

된다. 그런데 사람들이 몰려선 곳을 들여다보다가 이런저런 몸짓들이 재미있어 그곳만 잘라서 확대해봤다. 그랬더니 더욱 재미있었다.

서로 장난치는 동네 아줌마들, 스님처럼 차려입은 할아버지, 뭔가를 열심히 찾고 있는 모녀, 그리고 수많은 아이들……. 여기도 베이비붐 시대의 흔적이 명확하다. '아이 업은 아이' 모습이 얼마나 많은가? 복장은 또 어떤가? 요즘 기준으로 봐서는 대단히 허름해 보이지만 뭐 꼭 브랜드가 붙은 기성복을 입어야 맛인가? 동네 구경 간다고 나름대로는 다 '외출복'을 입고 나온 것처럼 보인다.

나는 이 장면을 보면서, 조금 과장하자면, 르네상스 시기의 네덜란드 화가 피터르 브뤼헐(Pieter Brueghel)이 그린 〈농부의 결혼식〉이라는 그림이 생각났다. 앞서 아버지가 약혼 시절에 어머니에게 보내는 크리스마스카드에 오려 붙였던 그림 〈베들레헴의 인구조사〉의 작가, 바로 그 사람이다(3부 '통영 I'의 '약혼시대' 115쪽 참조). 농민들이 동네 결혼식에서 대단히 자유로운 몸짓으로 그들 특유의 생명력을 표현하는 장면이 화면을 가득 채우고 있다. 이 장면이 그 정도에 미치지는 못해도 버금갈 정도는 되는 것 같다. 이런 보통 사람들, 그리고 초대받지 못한 손님들에게 이날 아버지의 마지막 시선이 꽂혔다.

통영 사람들

20세기가 낳은 위대한 사진가 아우구스트 잔더(August Sander)는 지구상에 존재하는 모든 직업의 사람들을 찍겠다는 야심 찬 계획을 세웠다. 물론 그 계획은 달성되지 못했지만 그가 찍은 〈빵집 주인〉 같은 사진들은 정말 영혼을 박아낸 것 같은 깊은 인상을 남겼다. 아버지가 그런 계획을 세운 것도 아니고, 또 남긴 사진들이 그에 견줄 바도 아니지만 아버지의 사진에는 1950년대 말 통영 사람들의 모습이 아주 자연스러운 형태로 담겼다. 때로는 일상적인 모습으로, 때로는 카메라 렌즈를 응시하는 모습으로 그 시절, 그 장소를 증언하고 있다.

그 가운데 가장 많은 것은 아무래도 통영여중의 동료 교사와 학생들이었다. 학교 운동장에서, 소풍 장소에서, 또는 학생들을 인솔해 교외로 나간 현장에서 교사들은 아버지에게 가장 익숙한 피사체였다. 때때로 사진에 관심을 가진 학생들과 함께 야외로 이른바 '출사' 나갔을 때에도 동행한 교사들은 그들에게 아주 익숙한 피사체일 수밖에 없었다. 그렇게 해서 아버지가 직접, 혹은 학생들이 애정을 담아 찍은 1950년대 후반 통영여중 교사들의 모습이 상당수 남아 있다.

그런가 하면 아버지는 교사들의 행사에 빠짐없이 참석해 그 경과를 기록으로 남기기도 했다. 스스로 체육 활동을 즐기는 편은 아니었지만 그런 곳에도 나

01

02

03

통영여중 교사들의 망중한. 사진 1은 1958년 가을의 어느 날 통영여중 운동장의 양지 바른 곳에 모여 앉은 교사들이고, 사진 2는 같은 날 남망산으로 학생들을 인솔해 이른바 야외 출사 나간 현장의 교사들이다. 사진 1은 정문순(중 3), 사진 2는 강숙자(중 3) 학생이 각각 촬영한 것으로, 이 두 학생의 필름 롤이 아버지의 필름 상자에 포함되어 있었다. 사진 3은 비슷한 때 학생들을 인솔해 미륵섬 용화사로 소풍 나간 교사들의 여유로운 모습을 아버지가 자동 셔터로 잡은 것이다.

몰라라 하지 않은 것이다. 특히 교사들의 학교 대항 배구 경기를 지켜보며 찍은 사진들은 그 쉽지 않은 동세(動勢)를 잘 포착했다. 이 카메라를 구입한 지 한 달 밖에 지나지 않은 시점이었는데도 셔터 스피드와 노출 등의 특성을 잘 파악했던 것 같다.

그 밖에도 기회 있을 때마다 한 장씩, 두 장씩 동료 교사들의 표정을 필름에 담는 일은 아버지의 일상사였다. 해당 인물의 개인적인 성격과 특징이 화면에서 잘 느껴진다. 어쩌면 지금보다 반세기 이상 전의 시기에 멋쟁이들이 더 많았다고 느껴지기도 한다.

그에 반해 학생들의 모습은 교사들의 사진처럼 성격을 보여주기보다는 활동

1958년 교육 주간 행사로 열린 교사들의 배구 경기 장면들. 아마추어 배구 선수들의 짧은 체공 시간을 잘 포착해 피사체의 운동감이 확실하게 느껴진다. 아무래도 공격 모습이 두드러진 왼쪽 팀이 아버지에게 '우리 편'이었던 것 같다.

아버지의 필름들 속에는 학교 행사 중에 혹은 시간 날 때마다 한두 장씩 찍어두었던 동료 교사들의 개인적인 모습이 많이 남아 있다. 각각의 모습에서 개인의 성격까지 읽을 수 있을 것 같다.

01

02

03

04

05

06

사진 1은 1958년 유엔의 날에 통영 시내 각급 학교의 연합 집회 참석차 두룡초등학교로 가기 위해 줄지어 시가지를 지나는 통영여중생들. 사진 2와 사진 3은 그해 11월 체력검사 모습들. 멀리뛰기를 하는 학생은 '정문순(중 3)'이고 높이뛰기를 하는 학생은 '하혜숙(중 2)'이라는 설명이 붙어 있다. 사진 4는 그해 학생의 날 기념식에서 북치는 고적대 소녀. 사진 5는 그해 용화사 소풍 중 여흥 시간에 춤추는 소녀. 사진 6은 1959년 초 교사 신축 공사 현장에서 벽돌을 나르는 어린 학생들.

01   02

사진 1은 어느 가을날 부둣가에서 마주친 하역 노동자들. 사진 2는 한실(지금의 해양과학대 부근) 또는 도천동(두룡초등학교 앞 매립지)에 있었던 것으로 보이는 소형 조선소. 땅바닥에 깔아놓은 나무들로 미루어볼 때 이제 배가 완성되어 진수하기 위해 옮기는 모습인 것 같다. 사진 3은 통영 시절 이웃에 살던 '식이'라는 이름의 청년. 당시 나전칠기 강습소에 다니며 '장인(匠人)'의 꿈을 키우고 있었다. 사진 4는 한산도 제승당에서 방문객들에게 이곳의 유래를 설명해주는 촌로. 사진 5는 1950년대 후반 통영제일교회의 김현중 목사와 그 가족. 사진 6은 이 교회 교우로 추정되는 인물. 형형한 눈빛이 인상적이다. 사진 7은 남망산 오르는 길목의 노점상(학생 작품). 사진 8은 부산 가는 배 위에서 마주친 지인들과 구두닦이 소년.

중심일 수밖에 없었다. 체력검사 때 학생들이 멀리뛰기 또는 높이뛰기를 하는 장면을 포착하는가 하면, 소풍 가서 여흥 시간에 춤을 추는 모습을 담기도 했으며, 추운 겨울날 교사 신축 공사 현장에서 손을 호호 불며 노력 봉사를 하는 여학생들의 앳된 모습을 남기기도 했다.

역시 가장 많은 것은 학생들의 시가행진 장면이었다. 그만큼 이 시절에는 각종 절기 때마다 고적대를 앞세운 시가행진이 많았다는 얘기인데, 재미있는 것은 행렬이 통영 시내를 지나다 보니 자연스럽게 옛 시가지와 당시 주민들의 모습이 사진에 함께 담겼다는 점이다. 지금은 사라진 '보건약국'의 간판이 보이는가 하면, 당시 차고도 넘쳤던 아이들의 모습도 많이 잡혔다.

통영이 교사와 학생들만으로 이뤄진 도시는 아니지 않은가? 당연히 일반 시

03   04   05

06   07   08

민들의 모습도 아버지의 사진 여기저기에서 많이 눈에 띈다. 아우구스트 잔더
처럼 계획적인 촬영은 아니었지만 다양한 직종에 속하는 사람들의 모습이 그
때그때 잡혔던 것이다. 말하자면 '일하는 사람들'이었다. 이들이야말로 통영을
통영으로 만들어가는 사람들이었다. 아버지는 그렇게 이들과 함께 한 시절을
보냈다.

통영의 향기

통영에는 랜드마크가 몇 가지 있다. 남망산과 거기에 있는 이순신 장군 동상이 그 하나다. 이 동상은 아버지가 처음 통영에 도착할 무렵에 제막한 바로 그것이다. 또 하나는 아무래도 세병관을 꼽지 않을 수 없다. 지금은 앞에 큰 건물들이 가로막아 별로 재미가 없지만 한때 바다를 내려다보며 군령을 내리던 기상이 절로 느껴지는, 조선시대의 대단한 목조건물이다.

요즘 통영에 여행 간다는 사람에게 어디 갈 생각이냐고 물으면 가장 먼저 나오는 대답이 '동피랑'이다. '아, 그럴까?' 싶었다. 그곳은 최근 공공 미술을 통해 다분히 인위적으로 마련된 '볼거리'의 측면이 강하다. 통영이라는 도시의 역사와 문화가 녹아 있는 장소는 아니라는 말이다. 통영을 대표하는 장소일 수도 없다고 나는 생각한다.

통영이라는 도시의 '장소성'과 그것을 엮어낸 이곳 '사람'들의 향기를 제대로 느끼려면 우선 남망산과 세병관, 이 두 곳을 둘러보아야 한다. 이 두 곳에서 각각 도시의 전경을 내려다보아야 비로소 '아하, 통영이 이렇게 생겼구나!' 느낄 수 있고, '이곳 사람들이 이렇게 사는구나!' 실감할 수 있다. 공교롭게도 세병관은 육지 쪽의 언덕 위에 자리 잡아 바다 쪽을 굽어보는 반면, 남망산은 바다

쪽의 언덕에서 육지 쪽을 바라보는 형국이어서 시선 방향이 서로 마주친다. 얼마나 좋은가? 통영의 전혀 다른 부감도(俯瞰圖)를 두 가지 얻는 것이나 마찬가지다.

이 가운데 먼저 남망산으로 가는 것이 좋다. 아버지도 늘 그렇게 했다. 통영의 원래 항구인 강구항(江口港)에서 바다 쪽으로 작은 곶이 하나 뻗어나가 항구를 감싸 안고 있다. 자연 방파제 역할을 해서 통영항을 천혜의 항구로 만들어준다. 바로 이 곶의 끝에 야트막하게 들어선 봉우리가 바로 남망산이다. 해발 72미터라고 하니 사실 '산'이랄 것도 없다. 그저 이쪽저쪽으로 통영항과 먼 바다를 동시에 내려다볼 수 있는 작은 언덕이다.

지금은 그 산이 남쪽을 바라보고 있다는 뜻에서 '남망산(南望山)'이라고 부르지만 아버지는 이곳을 꼭 '남방산(南芳山)'이라고 불렀다. 메모에서도 꼭 그렇게 '향기 방(芳)' 자를 사용했다. 그때는 이 이름이 많이 쓰였던 것 같다. 지금이야 이곳에 있는 이순신 장군의 동상이 남쪽의 왜구를 노려본다는, 호국의 뉘앙스를 담아 '남망산'으로 부르는 모양이지만 아버지에겐 그것보다 '남국의 향기'가 더 좋았던 것 같다.

하긴 박경리가 1960년대 초에 쓴 소설 『김약국의 딸들』을 보아도 '남망산'은 없고 온통 '남방산'뿐이다. 김약국의 셋째 딸 용란이 다시 찾아온 옛 애인 한돌이를 만나 숨 막히는 정사를 벌인 곳도 '남방산'의 사장(射場) 터였고, 서울에 유학 중인 둘째 딸 용빈이 방학을 맞아 고향으로 돌아올 때 그를 실은 윤선(輪船)이 '부웅-' 하고 뱃고동 소리를 울리던 곳도 '남방산'의 뒤편이었다. 이 뱃고동 소리만 들리면 선창가에서 딸을 기다리던 어머니 한실댁의 가슴도 뛰기 시작했다. 이렇듯 이곳은 늘 좋고 반가운 곳이었다.

그런가 하면 이곳 출신 김춘수 시인이 그의 대표작 「꽃」에서 "나의 이 빛깔과 향기에 알맞는/ 누가 나의 이름을 불러다오"라고 읊은 것도 우연이 아니었

추일여정(秋日餘情)

다. 통영은 확실히 자기 빛깔과 향기를 가진 도시였던 것이다.

아버지가 찍은 남망산 사진에서도 그런 향기가 난다. 지금도 마찬가지이지만, 남망산은 사진 촬영의 대상이기도 했고 통영항을 내려다보며 사진 찍는 포인트이기도 했다. 과거 카메라가 귀하던 시절엔 아예 이곳에 사진사가 상주해 산책 나온 통영 시민들이나 여행객을 상대로 사진을 찍어주기도 했다. 그만큼 전망이 좋으면서 아기자기한 맛까지 있다.

남망산 둘레에 난 산책로를 따라 오르다가 통영시민문화회관 앞에서 오른쪽 언덕 아래쪽으로 시선을 돌리면 통영항의 전모가 한눈에 들어온다. 아버지는 그런 자리를 찾기 위해 꽤나 여러 번 답사했을지도 모르겠다. 언덕 바로 아래에 있는 큰 건물은 지금도 그 모습 그대로 남아 철공소로 사용되고 있어 내가 촬영 지점을 확인하는 데 도움이 됐다. 언덕배기에 선 소나무 두 그루를 걸어서 사진을 찍은 걸 보면 나름대로 격자 효과 같은 것을 노렸는지도 모르겠다. 그냥 '통영항이 이렇게 생겼다'고 기록을 남기는 게 아니라 '내가 이렇게 통영항을 보고 있다'는 느낌을 한결 명료하게 주는 효과 말이다.

1958년 9월 30일 낮 2시경 맑은 날씨에 촬영된 이 사진은 초점이 아주 잘 맞은 데다 필름의 보관 상태도 훌륭해서 수십 배로 확대해도 화소가 깨지지 않았다. 멀리 항구의 뱃머리나 출항하는 통통배 위에서 사람들이 꼬물대는 모습까지 확인될 정도다. 가을로 들어서는 문턱에서 항구도시의 넉넉하고 한가로운 모습이 선연히 전달된다. 우리 옛 그림들의 제목을 흉내 내서 나 혼자 '추일여정(秋日餘情)'이라고 제목을 붙여봤다. 가을의 향기가 나지 않는가?

통영여중 학생들은 해마다 삼일절이면 고적대를 앞세우고 시가행진을 한 뒤 이 남망산 정상의 이순신 장군 동상에 참배하고 해산했다고 한다. 1959년의 삼일절, 그렇게 행사를 모두 마치고 남망산을 내려오는 길에 아버지가 동료 교사들을 불러 모았던 모양이다. 지금의 시민문화회관 왼쪽 언덕에서 역시 통영항

조춘방담(早春芳談)

을 배경으로 여유로운 모습을 담았다. 겨울 코트들을 입고 있지만 동장군은 벌써 멀찌감치 물러갔다. 카메라를 앞에 놓고 "벌써 봄이 다 왔나 봐!"라고 서로 얘기하는 것 같다. 표정들이 그런 분위기를 전해준다. 제목을 붙이자면 '조춘방담(早春芳談)'쯤 되지 않을까? 자동 셔터로 놓고 아버지도 얼른 앞줄 왼쪽에서 두 번째 자리에 들어와 앉았다.

　　앞의 '추일여정'을 파인더에 담은 날 동행했던 교사를 남망산의 해송진(海松陣) 근처에 앉게 하고 한려수도 쪽 앞바다를 내려다보는 뒷모습을, 또 그 무렵의 어느 햇빛이 아주 맑은 날 오후 통영여중 교무실에서 한복 차림의 여교사가 남망산과 그 뒤의 아득한 섬들을 건너다보는 뒷모습을 각각 찍은 것은 말하자면 보너스다. 특히 여교사의 뒷모습 중에서 살짝 역광으로 처리되어 실루엣으로 나타나는 한복과 동백기름이라도 바른 듯한 머리매무새가 아주 감각적이다. 비록 뒷모습이지만 그의 시선이 푸르다 못해 눈이 시린 하늘 아래 이 섬에서 저 섬으로 건너뛰다 마침내 해협 너머를 향하고 있음을 넉넉히 알 수 있다.

그 멀고 가까운 섬들이 빚어내는 풍광을 보여주거나 묘사하는 것은 자고로 사진가들은 물론이고 모든 문객들의 크나큰 도전 과제였다.

버려진 섬마다 꽃이 피었다. 꽃피는 숲에 저녁노을이 비치어, 구름처럼 부풀어 오른 섬들은 바다에 결박된 사슬을 풀고 어두워지는 수평선 너머로 흘러가는 듯싶었다. 뭍으로 건너온 새들이 저무는 섬으로 돌아갈 때, 물 위에 깔린 노을은 수평선 쪽으로 몰려가서 소멸했다. 저녁이면 먼 섬들이 박모(薄暮) 속으로 불려가고, 아침에 떠오르는 해가 먼 섬부터 다시 세상에 돌려보내는 것이어서, 바다에서는 늘 먼 섬이 먼저 소멸하고 먼 섬이 먼저 떠올랐다(김훈의 『칼의 노래』 중에서).

다음 페이지에 있는 이 두 장의 보너스에서는 모두 '본다'는 행위(남망산'에서' 또는 남망산'을')가 강조되어 있는데, 남망산을 끼워 넣으면 어떻게 해도 사진이 된다는 것을 증명이라도 하는 듯하다. 위쪽 사진은 '송하객수(松下客愁)'라고, 아래쪽 사진은 '망망창창(茫茫蒼蒼)'이라고 각각 제목을 붙여봤다.

이렇게 남망산을 둘러보고 내려오면 항구다. 항구는 사람들이 오가는 곳. 그곳에도 향기가 있다. '조춘방담'의 바로 그날 정오가 가까울 무렵, 아버지가 항구로 내려와 만(灣)을 빙 돌아 시가지 쪽으로 가려는 순간 배가 한 척 항구로 막 들어왔다. 부산과 여수 사이를 오가는 연안여객선 경복호였다. 그 시간이라면 이 배가 여수에서 들어오는 길임을 통영 사람들은 다 알고 있었다. 따사로운 햇볕 속에 봄바람과 매화 향기라도 싣고 오는 길이었을까? 앞의 조각배 두 척을 근경으로 걸었고, 동피랑이 자연스럽게 배경으로 잡혔다. 동피랑의 막 봄물 오르는 연한 나뭇가지들과 초가지붕들의 얌전한 조화가 더할 나위 없다. 지금은

송하객수(松下客愁)

망망창창(茫茫蒼蒼)

춘풍화향(春風花香)

행주별송(行舟別送)

바닷가에 줄지어 선 횟집, 모텔 등으로 인해 동피랑 전체를 한눈에 살필 수 없지만 여기는 전모가 오롯이 담겼다. 바닷가 길에 면한 일본식 이층집들과 언덕바지의 초가집들이 대비되면서도 그 공존의 모양새가 어색하지 않다. 반세기 전 동피랑이 지금의 그곳보다 한결 의젓해 보인다. 이 장면은 '춘풍화향(春風花香)'이라고 명명했다.

그런가 하면 바로 그 경복호가 나가는 장면도 있다. '1958년 11월 27일 정오 부산행'이었다. 날짜는 다르지만 여수에서 들어온 바로 그 배였다. 통영여중 서무실의 '박 서기'라는 분이 전근을 가게 되어 학생들이 마침 점심시간을 이용해 배웅하러 나온 모습이었다. 학생들의 손 인사를 맞받아 떠나가는 배 위에서 손을 흔드는 이들 중의 한 사람이 박 서기였을 것이다. 배경은 동피랑에서 조금 더 바다 쪽으로 나간 남망산이다. 떠나가는 배와 배경의 육지가 지근거리에 있는 것도 재미있고, 학교 직원 한 사람 전근 간다고 학생과 교사들이 항구까지 나와서 배웅하던 시절, 그런 때가 과연 언제 있었던가 싶기도 하다. 여기는 '행주별송(行舟別送)'이라고 이름을 붙여보았다.

내친 김에 통영 향기가 느껴지는 '풍경화' 두 장을 더 감상하자. 모두 1959년 8월 여름방학 무렵, 통영 인근 부속 섬들이 그 배경이다. 두 군데 모두 오래전에 연륙(連陸)되어 육지나 다름없지만 지금도 통영 사람들은 이곳들을 '섬'이라고 부른다.

하나는 우리 시대의 고승 효봉 스님이 한국전쟁 기간 중에 머물며 제자들을 가르쳤다는 용화사(龍華寺)가 있는 미륵섬의 정경이다. 바로 그 절의 저수지 아래 봉평동 샘물가의 빨래터 모습인데 완전히 한 폭의 풍경화다. 비록 생활은 넉넉하지 못했을망정 부인네들이 한여름 샘물가에서 한가롭게 빨래하며 나누는 대화가 귓가에 들리는 것 같다. 그래서 이 정경은 '천변가화(泉邊佳話)'라는 이름을 얻었다. 왼쪽 먼 배경으로 통영항이 살짝 보인다. 지금 용화사 아래에 있는

천변가화(泉邊佳話)

성하한연(盛夏閑煙)

'봉수돌샘길'이라는 골목 이름이 바로 이 풍경의 흔적일 것이다.

　이렇게 부인네들이 만들어내는 그림 같은 정경이 춘정을 불러일으켰던 것일까? 마침 아버지와 비슷한 때에 통영 미륵섬에 와 있던 한 효봉 상좌승이 선방의 구들장을 뜯어 밖으로 내팽개치는 등 소동을 부린 일이 있었다. 그 상좌승이 당시를 회상하며 최근 시 한 편을 남겼다.

　봄날은 간다고 누가 말했나/ 봄날은/ 죽어라고 가지 않았다/ 아지랑이/ 아지랑
　이였다// 저 건너 거제도/ 다음날도/ 그 다음날도 아지랑이였다// 공안(公案) 한
　개가 전부였다// 용화사 위/ 도솔암/ 거기 있다가/ 새 절 미륵봉 미래사 토굴 방
　고래// 내 스무살 내 말세였다/ 다음날도/ 그 다음날도 아지랑이였다// 어쩌겠
　느냐 불(佛)이라는 곳 중생이라는 곳 오도 가도 못하는 그곳
　― 고은, 「통영 미륵도 그때」

　또 하나는 장개섬(장좌도)이라는 아주 작은 무인도로 가는 길목의 한 농가 정경이다. 한 가족이 마당에서 무슨 일인가를 각자 하고 있긴 한데 움직이고 있다기보다는 정물에 가까워 보인다. 그 집의 주부가 지피고 있는 마른 가지 태우는 연기가 그런 분위기를 한껏 돋우고 있다. 그래서 나는 여기에 '성하한연(盛夏閑煙)'이라고 이름 붙였다.

　남망산에서 출발해 통영의 전경을 본 뒤 이러저러한 세부적인 모습들을 보았다면 마지막에는 다시 전경으로 마무리하는 것이 바람직하겠다. 그러기에 적합한 곳이 바로 세병관(洗兵館)이다. 요즘 쭉쭉 올려지은 건물들이 전망을 방해한다면 그 뒤의 산복도로로 올라서도 좋겠다. 물론 출발과 마무리의 장소, 즉 남망산과 세병관은 서로 바뀌어도 관계없다.

　마침 세병관은 아버지가 근무하던 통영여중 교사의 바로 아래 자리 잡고 있

향원익청(香遠益淸)
2제(二題)

었다. 우리 집에서도 비스듬히 내려다보이는 위치였다. 통영에 가면 누구나 한 번쯤 가보는 곳인데 건물이 시원시원하게 크면서도 균형이 잘 잡혀 있고, 현판의 크기도 보는 이를 압도한다. 건물에서 기상이 느껴진다는 게 바로 이런 걸두고 하는 말이다. 이 세병관은 '삼도수군통제영(三道水軍統制營)', 즉 조선시대의 해군 총사령부 중에서도 가장 핵심이 되는 객사(客舍) 건물이었다. 조선시대지방 관아의 객사란 그저 관영 여관 구실만 했던 것이 아니다. 그것은 왕의 위패를 봉안하고 정기적으로 제사를 지내는가 하면 각종 의례를 집행하는 상징적이면서도 핵심적인 공간이었다.

그런데 이 세병관을 그 건물 자체만으로 평가한다면 절반밖에 못 보는 것이다. 거기선 전망이 중요하다. 이 건물은 높다란 언덕 위에 자리 잡고 있어서 바다를 보는 맛이 일품이다. 남망산을 마주 보는 전망이 아주 그만이다.

아버지가 맡았음 직한 '남국의 향기'를 따라가다 보니 여행 가이드 비슷한 역할이 되고 말았다. 아버지도 누군가 손님이 올 경우 이 남망산과 세병관을 찾아사진 찍기를 즐겼다. 약혼 시절에 최상의 손님이 누구였겠는가? 멀리서 아주 잠깐씩 다녀가던 그 시절의 어머니는 아버지에게 향기 그 자체였다. 향원익청(香遠益淸)! 어머니가 통영을 찾았던 그날에도 바로 그 두 곳 모두를 찾아 기념사진을 남겼다. 그 사진들에는 아주 특별한 남국의 향기가 담겼다. 1955년 10월의어느 날이었다.

그대와 헤어진 남해안 풍경들이
새벽꿈에 소나기처럼 쏟아졌다
— 황동규, 「겨울 통영에서」 중에서

세상을 향해 열린 창

"소련 달로켙 발사 성공"

앞서 '나의 첫걸음' 편에서 소개한 아버지의 1959년 수첩 메모들 가운데 한 대목이다. 당시에는 'rocket'의 우리말 철자법이 요즘과 같은 '로켓'이 아니라 '로켙'이었던 모양이다. 여기서 '달로켙'이란 정확하게 말하자면 '달 탐사 우주선'과 그 우주선을 싣고 지구에서 달까지 우주 공간을 항행하는 추진체인 '로켓'을 함께 가리키는 것이었다.

하여간 개인수첩의 기록으로는 아무래도 뜬금없다. 가족의 소소한 생활을 챙기는 일과 학교에서 수학을 잘 가르치는 일, 그리고 신앙심을 더 돈독히 하는 일에 마음을 매달고 있는 것 같던 아버지의 수첩에 갑자기 우주선이 나타났으니.

당시는 구소련이 우주 진출을 주도하던 시절이었다. 1957년 10월 4일 인류 최초의 인공위성 스푸트니크(Sputnik) 1호가 발사되고, 다시 1961년 4월 12일 유리 가가린(Yury Gagarin)을 태운 역시 인류 최초의 유인우주선 보스토크(Vostok) 1호가 무중력 상태에서 지구를 한 바퀴 돈 뒤에 귀환한 것 등은 모두 소련이 이룬 쾌거였다. 바로 그 1957년과 1961년의 중간인 1959년 1월 4일 또

한 차례의 '인류 최초'의 역사가 이뤄졌다. 달 탐사 우주선 루니크(Lunik) 1호가 같은 나라 과학기술자들의 손에 의해 우주로 쏘아 올려졌다.

이것은 스푸트니크와는 또 다른 차원에서 신기원을 이루는 일이었다. 우주 공간으로 인공위성을 쏘아 올리는 것도 쉬운 일이 아니었겠지만 그 인공위성을 다른 천체인 달의 궤도 속으로 정조준해 집어넣은 뒤 그로부터 달 탐사 데이터를 송신받기까지 했다니 정말 '옥토끼'의 정체를 곧 알아낼 수 있을 것처럼 세계가 흥분하던 시절이었다. 전쟁 복구의 고된 삶 속에 갇혀 있던 한반도 주민들에게 달 탐사 우주선 뉴스는 정말이지 꿈결 속의 이야기 같았을 것이다.

"소련 달로켓 발사 성공"이라는 이 한 줄의 짧은 메모 속에는 그런 흥분감과 신기함, 그리고 그 일을 미국이 아닌 소련이 해낸 데 따른 당혹감이 고스란히 담겨 있다. 한반도의 지방 소도시에서 여중 교사로 살며 뒤늦게 아들 하나 두었다고 감지덕지해하던 김필목 선생도 겉보기와 달리 마음속에 그렇게 '세상을 향해 난 창'도 하나 정도는 마련해두고 있었다. 그 창을 통해 바깥세상을 흘끗 흘끗 넘겨다보며 자신도 그 세상의 일원임을 늘 확인하곤 했다.

그것은 가정과 통영이라는 소도시를 넘어선 다른 세상에 대한 관심이 아버지의 가슴속 어딘가에서 꿈틀대고 있었음을 보여주는 대목이었다. 한곳에 정착하지 못하고 60여 평생 국내외의 이곳저곳으로 끊임없이 떠돈 할아버지의 아들이 바로 아버지 아닌가? 아버지의 유소년기는 자연히 할아버지의 방랑에 동행하는 생활로 점철되었다. 그런 방랑이 꼭 즐겁지는 않았을 것이다. 그렇다고 이방에서의 삶이 '상처' 또는 '트라우마'로만 남았다고 단정할 필요도 없다. 그 시절에 누군들 가진 것 없는 망국민으로서 온전한 삶을 누렸을까? 그래서 성년이 된 아버지가 관심과 행태에 있어서는 할아버지와 달랐더라도 마음속에 숨은 열망까지 다르지는 않았으리라는 것이 내 생각이다.

그러나 그 '다른 세상'을 향한 창은 가끔씩만 열리곤 했다. 개인의 생활 또는 이해관계와 직접 관계없는 일로서 아주 드물게 그 창에 등장한 일들은 이런 것이었다. 이번엔 세계 양강 중 하나인 미국에 대한 관심 때문이었을까? 아버지는 뒤늦게 대학에 다시 다니기 위해 상경한 다음 해인 1960년, 이틀 동안 잇달아 이렇게 기록해두었다.

6월 19일(일)　Eisenhower 대통령 방한
6월 20일(월)　ike 환영

아이젠하워 미국 대통령은 제2차 세계대전 말기에 유럽 연합군 사령관으로서 노르망디 상륙작전을 성공시켜 일약 영웅 반열에 올랐고, 1952년 대통령에 당선된 뒤에는 이승만 대통령의 '북진 통일' 주장을 물리치고 한국전쟁의 휴전을 성사시킨 뒤 '자유의 전사', '평화의 사도'로 꼽혀왔다. 게다가 그의 방한은 미국 대통령으로서는 첫 방한이었다.

1960년 당시의 신문을 보면 한국 국민들이 그를 얼마나 열렬하게 환영했는지 지금까지도 그 열기가 느껴질 정도다. 아버지가 아이젠하워의 행렬을 직접 지켜보며 태극기와 성조기를 흔들기 위해 가두로 나갔는지는 알 수 없다. 아마도 수첩에 그의 애칭까지 동원해 "ike 환영"이라고 기록해두며 자신의 환영의 마음을 다시 한 번 되새겼을 것이다.

그러나 이 반세기 전의 '환영 소동'은 그 시점을 다시 한 번 눈여겨볼 필요가 있다. 그것은 4·19 혁명으로부터 꼭 두 달 뒤였다. 혁명의 열기가 채 가시기 전에 우방국의 원수가 한국을 찾은 것이다. 그의 방한에는 당연히 혁명의 승인과 격려의 의미가 담겨 있을 수밖에 없었다. "한국 국민들의 모범이 조국의 방위와 독립, 그리고 대의정치의 강화를 위하여 목숨을 바치는 여러 나라 사람들에게 귀감이 되기 바란다"는 아이젠하워의 인사말도 그런 분위기를 십분 감안한 것이었다.

시민혁명의 성공이 당시 만학도였던 아버지의 일상에 어떤 영향을 미쳤는지는 잘 모르겠다. 별것 없었을 것이다. 혁명이란 그런 것이다. 정치와 정부와 정책이 어떻게 바뀌든 가진 게 없는 사람들의 일상이 바뀌는 데에는 상당한 시간이 걸리는 법이다. 그러나 소시민들이 혁명에서 느끼는 자족감과 성취감은 대단할 수밖에 없었다. 세상을 보는 눈과 그 어려운 세상을 헤쳐 나가는 몸짓에는 과거와 달리 자신감이 가득 차 있었을 것이다.

아버지는 아이젠하워 방한 직전 4월의 상황을 이례적으로 상세하게 메모해 두었다.

4월 7일(목)   제2학기 개강. 체중 49kg

    8일(금)   탁상시계 날치기 당함

    14일(목)   박호풍 학장 서거

    17일(일)   부활주일. 학장 장례. 경복궁 구경

    19일(화)   전대학생 데모. 계엄령 선포

    20일(수)   휴교

    24일(일)   창희 유아세례. 윤봉기 목사. 중앙교회

    25일(월)   대학교수단 데모

    26일(화)   전국 학생 데모. 이 대통령 하야 성명

    29일(금)   개교

    30일(토)   학도호국단 운영위 위원장 사임

5월 5일(목)   이사장 김경진 사표

    11일(수)   이사진 배척 맹휴 돌입

    12일(목)   부친 내경(來京)

18일(수)	등교했으나 약학과 교수단 맹휴(盟休, 동맹 휴학)로 휴학 상태
19일(목)	4·19 희생학생 합동위령제
20일(금)	수업 재개
23일(월)	두통으로 결석(이질?)
28일(토)	약학과 수업 중지

이런 식이다. 간혹 개인사가 섞여 있긴 하지만 세상사의 흐름을 한 달 이상 줄기차게 기록한 것은 분명 이례적인 일이었다. 아버지의 길지 않은 일생에 유일무이한 기간이었다. 물론 4월 29일 개교 이후의 상황은 아버지가 속한 대학의 일이니 꼭 세상사라고 할 것도 아니지만, 정치 상황의 폭발적인 변화가 구체제에 음으로 양으로 줄을 대고 있던 학교 또는 기업의 내부 혁신으로 이어지는 것은 과거나 지금이나 똑같다.

그런 흐름의 연장선상에서 아이젠하워 대통령의 방한이 이뤄졌던 것이다. 그는 정말 타이밍을 잘 맞췄다. 아이젠하워의 방한 자체는 이승만 대통령의 초청으로 4·19 혁명 직전에 확정된 것이었지만 그 의미는 완전히 달라졌다. 혁명에 대해 지지 의사를 밝히는 외국, 그것도 미국의 대통령을 환영하지 않을 도리가 있었겠는가? 재미있는 것은 아이젠하워 방한 직후의 메모다.

6월 29일(수)　≪사상계≫ 1년분 주문

슬며시 웃음이 나오는 대목이다. 혁명의 뒤끝에 ≪사상계≫ 정기 구독이라! 만학도에 약학 전공자였으니 그런 잡지를 볼 여유도, 이유도 특별히 없었다고 할 수 있지만 세상사를 좀 더 체계적으로 이해하고 싶다는 욕구가 있었던 모양이다. 그런 점에서 ≪사상계≫는 혁명의 계절에 아버지가 세상을 보는 눈을 한층 심화시키기 위해 스스로 선택한 새로운 창이었던 셈이다. 그 선택은 꽤 그럴 듯한 것이었다. 그 시절 《사상계》는 우리나라 지식인들이 인식의 지평을 넓히는 데 크게 도움을 준 비판적인 잡지였기 때문이다. 어머니의 기억 한 가지.

"너희 아버지를 통영여중으로 불러준 주영혁 교장이 전근 가고 새 교장이 왔는데, 언젠가 한번 학교에서 《동아일보》 보는 교사들을 조사한 일이 있었던 모양인데. 그때 너희 아버지하고 또 두 사람(최현덕, 하태옥 선생)만 집에서 《동아일보》를 봤던 모양이라. 그래서 그 새 교장한테 꽤나 싫은 소리를 들었던 모양이더라. 그렇지만 너희 아버지도 고집이 꽤나 세다. 교장이 뭐라고 하든 말든 끊지 않고 계속 보더라."

1950년대 중·후반 자유당 시절에는 이른바 야당지로 꼽혔던 《동아일보》와 《경향신문》에 대한 구독 방해 사례가 선거 때마다 빈발했다. 한심한 노릇이었다. 그럼에도 불구하고 보던 신문을 계속 구독한 아버지의 뱃심도 대단하다. 그때에도 아버지의 내면에 그런 비판의식이 분명했던 모양이다.

그런 아버지의 행동 유형은 이렇게 설명될 수 있을지도 모르겠다. 즉, 평소에는 타인을 적극적으로 공감하고 배려하며 이해하되 스스로 설정한 어떤 원칙을 벗어나는 일이 요청되면 단호하게 거부하는 유형! 쉽지 않은 삶의 방식이었다. 어쨌거나 《사상계》에 앞서 《동아일보》도 아버지가 세상과 소통하는 대단히 중요한 창이었던 셈이다.

역시 통영 시절은 아니지만 세상사에 대한 아버지의 관심을 보여주는 흔적이 한 가지 더 있다. 필름 박스에 든 각 롤들을 살펴보던 중에 색다른 내용이 한 가지 눈에 띄었다. 뜻밖에도 그것은 대학생 시위대의 모습들이었다. 이 70번 필름 롤에 대해 아버지가 달아놓은 설명은 "고려대학 행정협정 촉진 데모"였다. 다시 수첩을 살폈다. 1962년 6월 6일 난에 "고대생 행정협정 체결 촉진 데모"라고 쓰어 있었다. 아마 한미행정협정(SOFA)을 빨리 체결하라는 촉구 시위인 것 같았다. 이번에는 인터넷으로 그날 시위의 내용을 확인했다. 역시 그런 것이었다.

지금은 그런 개별적인 시위에 대해 아무도 기억하지 못하지만, 그 시점에 지지부진하던 한미행정협정 교섭을 빨리 재개하고 체결하라는 고려대 학생들의 시위가 그날 오전에 있었다. 군정 치하에서 미국 대사관을 향해 가두행진을 도모했다는 점이 한국과 미국 양국 정부의 관심을 크게 불러일으켰던 모양이다. 당시 최덕신 외무장관이 이 문제로 당일 오후 새뮤얼 버거 주한미국대사를 불러 장시간 회담했다는 기사도 보였다.

당시 우리 집은 안암동에 있었다. 고려대 정문에서 불과 얼마 떨어지지 않은 곳이었다. 아버지는 이 시위대를 보고 얼른 집으로 들어가 카메라를 들고 나왔으리라. 그러고는 안암동 로터리 부근에서 경찰 바리케이드에 막힌 시위대의 모습을 여러 각도에서 담았다. 무려 일곱 컷이었다. 시위대뿐만 아니라 경찰도 보이고 길 가다 멈춰선 시민들의 모습도 보인다. 다양한 모습을 담으려고 노력한 흔적이 역력하다. 그러나 한때 신문기자를 했던 아들이 냉정하게 말하자면 이 시위대 사진에는 낙제점을 줄 수밖에 없다. 죄다 시위대의 꽁무니에서 시위대의 뒷모습을 담은 것들이었기 때문이다. 경찰 대치선 앞에서 시위대의 절실한 얼굴들을 담을 엄두는 내지 못했던 것 같다.

그러나 아무려면 어떤가? 그 당시 어떤 시민이 이런 시위대의 모습을 자신의 카메라에 담으려고 했을까? 나는 여기서 또 한 번 아버지의 내부에 '세상을 향해 열린 창'이 있음을 확인했다. '시민 김필목'의 모습을 봤다고 하면 지나친 말이 될까? 어머니도 아버지가 이런 시위에 관심이 많았다고 기억하고 있었다.

"그때 너희 아버지가 다시 다니던 대학(동양의약대학)이 안암동의 고려대 근처에 있었는데 그 학교야 거의 데모를 하지 않았던 것 같은데 고려대는 4·19의 진원지 아니냐? 이런저런 데모가 많았다. 너희 아버지가 가끔씩 최루탄에 눈

우리 집이 서울 안암동으로 이사 온 뒤인 1962년, 집 근처의 고려대 학생들이 벌인 한미행정협정(SOFA) 체결 촉구 시위의 장면들. 시위 사진으로는 썩 훌륭하다고 할 수 없지만, 나는 사회현상에 대한 아버지의 관심을 확인할 수 있는 자료라는 점에서 귀중하게 생각하고 있다.

이 새빨개져서 집에 들어오곤 하던 걸 보면 꽤나 길게 그걸 지켜보곤 했던 것 같더라. 거기 휩쓸리지는 않았겠지만 식구들이야 얼마나 걱정을 많이 했는지 아냐?"

그런 '시민 김필목'의 관심의 흔적이 이 같은 시위 사진들로 남았던 것이다. 이 사진들은 시위대를 지켜보던 아버지의 관심과 시선도 담고 있는 것이었다.

여기서 사족 하나. 앞에서 언급한 아버지의 통영여중 시절 ≪동아일보≫ 구독 관련 일화는 내가 1980년대 초반 ≪동아일보≫ 기자 시험에 지원해 합격하자 어머니가 들려준 이야기였다. 이 이야기를 들은 나는 자못 마음에 어떤 울림이 있었지만 어머니는 그 일화를 들려주면서도 별다른 감정 표현을 하지 않았던 것으로 기억된다. 조금 의외였다. 아버지가 그렇게 압박을 받아가면서도 고수하던 신문을 이제 아들이 제작하게 되었는데 이렇게 무덤덤하다니……. 그때에는 그런 미묘한 기색을 두고 재차 따져볼 생각을 못했다.

그러나 지금 돌이켜 생각해보면 어머니 입장에서 '세상을 너무 그렇게 고지식하게 살려고 하지 마라!'는 메시지가 아니었을까 생각된다. 이것은 순전히 나의 추측이지만, 어머니가 그때 차마 입 밖에 내지 못하고 마음에 묻어두었던 말은 '우리 집안에 고지식한 사람은 너희 아버지 한 사람이면 족하다'는 이야기였을지도 모른다. 나는 고지식한 인간인가 아닌가 다시금 생각해보게 된다.

내부를 향해 난 창

옥스퍼드 영어사전이 2013년 선정한 '올해의 단어'는 'selfie'였다. 우리말로 '셀카'다. 스마트폰에 카메라가 내장되면서 자기 자신 또는 자신을 포함한 동료들의 모습을 카메라에 담는 일이 세계적인 선풍을 몰고 온 것이다. 이런 현상은 2014년 미국의 시사 주간지 ≪타임≫에 의해 '올해의 발명품'으로 선정된 '셀카봉(selfie stick)'의 급속한 유포로 한층 강화됐다.

이제는 셀카 찍는 모습이 전혀 어색하거나 신기하지 않다. 시도 때도 없이 여기저기서 자기 자신을 향해 스마트폰을 들이대는 모습이 너무도 익숙한 풍경이 되어버렸다. 스마트폰이라는 물건이 그렇게 급속도로 우리 생활 문화를 바꿔버린 것이다.

전통시대에는 지극히 개인적이고 일상적인 모습은 기록하거나 공개하지 않는 것이 미덕이었지만 이제는 그것을 서로 나누고 공감의 매개물로 삼게 된 것이다. 그것조차 나누지 않으면 더 이상 공감대를 확인할 수 있는 길이 없어져버린 것 같다.

이런 셀카의 확산을 두고 사회학자들은 '나르시시즘' 혹은 '자아도취', '자기애'라는 평가를 내놓고 있다. 그런가 하면 셀카가 단순히 자기 모습의 기록에 머물지 않고 페이스북, 트위터, 인스타그램 등의 SNS를 매개로 광범위하게 유통되고 공유되는 현상에 주목해 '불안과 소외의 산물'이라고 진단하기도 한다.

다시 반세기 이상 전의 아버지 이야기로 돌아가자. 아버지가 요즘의 셀카와 유사한 '자초상(自肖像)'을 심심치 않게 찍었다면 그것도 '자기애' 또는 '불안감의 산물'이었을까? 한번 생각해볼 여지가 있다. 아버지는 삼각대와 자동 서터 기능을 활용해 상당수의 자초상 사진을 찍은 것은 물론이고, 일생 동안 찍은 증명사진들을 거의 빼놓지 않고 모아두었다. 그것은 결코 쉽지 않은 일이었다. 아버지는 도대체 왜 집요하다고 할 정도로 자신의 모습을 기록으로 남기고 수집해두었을까? 그 기록벽(癖)은 조금 들여다볼 필요가 있다.

다음 페이지에 있는 사진들은 아버지가 통영 시절 자신의 모습을 찍은 것들 가운데 일부다. 하나같이 시선이 정면을 향하고 있다. 카메라 렌즈를 직시하고 있다는 얘기다. 카메라가 없던 시절에 화가가 거울을 보고 자신의 초상화를 그릴 때의 시선 방향과 똑같다. 촬영자로서의 아버지의 시선과 피사체로서의 아버지의 시선이 결국 만나게 되어 있다.

그때는 촬영 방향이 180도 전환되는 카메라를 내장한 스마트폰이 있을 리 없었고, 셀카봉 같은 물건도 없던 때다. 이런 자초상 사진을 찍으려면 먼저 자신이 설 자리를 눈대중으로 저만치 앞에 잡고 초점까지 대충 맞춘 뒤 자동 서터 기능을 작동시키고 얼른 예정한 자리로 뛰어가 서는 수밖에 없었다. 주어진 시간이 10초나 되었을까? 촬영자와 피사체의 1인 2역을 하다 보니 마음이 급했겠지만 하나같이 시치미 뚝 떼고 심상한 얼굴과 자세로 카메라를 응시하고 있다. 그런 절차를 거쳐 촬영된 자초상이라는 사실을 아는 나로서는 이 장면들을 볼 때마다 수면 아래에서 바쁘게 발길질하는 우아한 백조의 모습이 연상되어 절로 미소 짓게 된다.

그렇지만 내용을 살펴보면 꼭 웃을 수만은 없는 장면들이다. 각 장면에서

01

02

03

04

05

사진 1은 1958년 10월 21일 통영여중의 미륵섬 용화사 소풍 중에 짬을 내어 찍은 자초상이고, 사진 2는 1958년 9월 30일 통영여중 교무실에서 찍은 것이다. 그리고 사진 3은 1958년 9월 23일 문화동 자택 마당의 닭장 앞에서, 사진 4는 1959년 3월 1일 역시 자택 마당에서 멀리 내려다보이는 세병관을 배경에 두고, 사진 5는 1959년 3월 28일 부산 가는 경복호 배 위에서 각각 촬영한 자초상 사진이다.

'우아한 백조'는 아주 명료한 사회적 · 공간적 배경 속에 등장하고 있다. 사진 1은 학교 소풍 중에 학생들을 뒤에 두고, 사진 2는 학교 교무실에서 무엇인가 일하는 모습으로 각각 등장했다. 둘 다 교사라는 사회적 역할을 확연히 보여준다. 그에 반해 사진 3은 가장으로서 자택의 마당에서 아주 여유롭게 포즈를 취한 것이다. 역할이 다르다. 그런가 하면 사진 4는 아예 화면의 오른쪽 절반을 통영의 상징물들 중의 하나인 세병관에 할애함으로써 자신의 공간적 입지를 분명히 했으며, 사진 5는 배 위에서 외출 정장 차림으로 등장해 자신이 항구도시에서 일하는 인물임을 드러내고 있다. 모두 고유한 소리와 냄새가 있는 배경들이다. 그런 사회적 · 공간적 배경 속에서 '나'라는 인물의 역할도 대부분 뚜렷하다. 나는 이 모든 것들이 아버지가 자신의 역할을 스스로 확인하고 증명하는 장치가 아니었을까 생각한다.

이 사진들에서 또 하나 재미있는 점은 대부분이 당시의 12장짜리 6×6 필름의 마지막 열두 번째 컷으로 촬영되었다는 것이다. 카메라가 대체로 남을 위한 물건일 수밖에 없던 시절에 어쩌다 한 번씩 그 비싼 필름의 1/12 정도는 자신을 위해 사용하기로 작심했던 걸까?

내가 아는 아버지는 술과 담배는 물론이고 일체의 잡기를 할 줄 몰랐다. 스스로 금했던 것 같다. 그것은 당시 근본주의 신앙의 소산이기도 했다. 말하자면 자신을 위해 또는 자신이 즐기기 위해 돈을 쓰는 일이 책을 구입하는 일 외에는 거의 없었던 것이다. 그런 마당에 필름의 1/12을 이제 '정상인'이 된 자신을 기록하는 일에 사용한다는 것은 나름대로 큰 결단이었다. 아버지가 자신에게 베푼 모처럼의 너그러움이자 스스로 누린 호사였다고 생각된다. 그런 너그러움과 호사의 결과가 자신의 시선과의 만남이었다는 사실은 대단히 흥미롭다.

그뿐이 아니다. 자신의 삶의 편린들을 이렇게 데이터베이스처럼 기록하고 모아놓은 아버지 덕분에 나도 1950년대 한 소도시의 물리적 · 정서적 풍경을

01

02

03

07

08

09

04   05   06

연대순으로 살펴본 아버지의 증명사진들. 사진 1은 연희대학교 전문부 이과 입학원서 또는 학생증(1946년 6월 23일 촬영). 사진 2는 연희대학교 이공대학 물리과 2학년 무렵(1948~1949년 추정). 사진 3은 서울특별시민증(1950년 10월 촬영). 사진 4는 경천고등공민학교 교사 신분증(1950년 11월 발급). 사진 5는 경천 시절(1950~1952년 추정). 사진 6은 노성명륜 고등공민학교 교사 신분증(1952년 3월 촬영). 사진 7은 제2국민병수첩(1953년 6월 발급). 사진 8은 공무원증(1955년 5월 발급). 사진 9는 약사국가고시 수험표(1963년 2월 발급). 이 가운데 사진 2와 사진 5를 제외한 모든 사진은 해당 신분증의 발급 일자 또는 사진 뒷면의 메모로 촬영 일시를 아주 분명히 확인할 수 있다. 다만 사진 6과 사진 7은 사실상 동일한 사진으로 보인다. 사진 5는 증명사진은 아니지만 경천 시절의 평화로운 분위기를 담고 있다고 생각돼 여기에 포함시켰다.

마치 손바닥 속의 세밀화 보듯 찬찬히 들여다보는 호사를 누리게 됐고, 나아가 잊었던 아버지의 시선까지 만나게 된 것이다.

이런 자초상 사진들이 꽤 남은 것과 마찬가지로 각종 증명사진 및 그와 유사한 사진들의 수집과 보관도 꼼꼼하게 이뤄졌다. 그 가운데 몇 가지만 살펴본다.

증명사진의 특징은 자신이 찍고 싶어서 찍은 사진이 아니고, 그 배경에 사회적·공간적 성격이 나타나지 않는다는 점에 있다. 무엇인가 사회적·행정적 필요에 따라 찍기를 요청받은 것들이다. 자신이 찍어서 남기고 싶었던 모습이 아닐 수도 있는 것이다. 그러나 아들의 입장에서는, 대단히 미안한 얘기지만, 아버지의 실제 모습을 찾는 데 앞의 자초상들보다 훨씬 귀중한 모습들이다.

앞 페이지에서 볼 수 있듯이, 증명사진들을 연대순으로 늘어놓고 보면 20대 초반(사진 1)부터 만 40세(사진 9)까지 20년 가까운 세월의 변화가 고스란히 드러난다. 얼굴 표정은 삶의 더께를 숨길 수 없기 때문이다. 20대 초는 그때나 지금이나 분명히 아름다운 청춘인 반면, 반세기 전의 30대와 40대는 지금과 달리 확연히 장년이었음을 알 수 있다.

그런가 하면 폐병이 다시 도진 대학 재학 시절의 모습(사진 2)에서는 핏기 없는 파리한 표정을 한눈에 읽어낼 수 있다. 한국전쟁 당시 1950년 6~9월의 3개월 동안 인민군이 점령한 서울에서 할머니의 용맹 덕분에 간신히 의용군 징집을 피한 뒤 서울특별시민증 발급을 위해 촬영한 사진(사진 3)은 이미 삶의 여유를 잃어버린 모습이다(235~237쪽 참조). 경천 시절(사진 4, 사진 5)과 노성 시절(사진 6)에 겨우 얼굴에서 병색을 지우고 비교적 자연스러운 표정을 되찾았다.

이렇게 상황을 파악하고 보면, 이 증명사진들에는 아버지가 거쳐 온 삶의 궤적이 모두 담겨 있다. 증명사진의 성격상 앞의 자초상 사진들처럼 화면에 공간적·사회적 배경이 잘 드러나지는 않지만 어쩌면 얼굴 표정과 기색만으로도 자초상들보다 훨씬 더 깊은 차원에서 기록물의 역할을 하고 있다고 생각된다.

아버지는 이렇게 때로는 자초상으로, 때로는 증명사진으로 각 시기마다 스스로를 점검하고 싶었는지도 모르겠다. 그렇지만 이 모든 것은 나의 추정일 뿐이다. 아버지는 이 모든 일들이 그저 재미있어서 한 일인지도 모른다. 다만, 한 가지 분명한 것은 아버지가 세상을 향해 열린 창을 갖고 있었던 것과 마찬가지로 자신의 내면을 향해 난 창도 갖고 있었다는 점이다.

이렇게 아버지 자신의 내면을 향한 창문 너머로 나도 고개를 기울여본다. 그 내부의 풍경은 결코 간단하지 않다. 자족감과 불안감, 인내와 활력이 모두 보인다. 사진 속의 아버지보다 이미 스무 살도 더 먹은 아들의 눈에는 그런 것들이 대개 읽힌다. 망국 백성의 불가피한 방랑과 병마와의 끝없는 드잡이, 전쟁 상황에의 끝없는 침몰과 마침내 찾은 남국의 안락함. 이런 것들도 아버지 시선의 뒷면에 깔려 있다. 알고 보는 데에야 감출 수 없는 일이다.

그런가 하면 물리학과 수학을 전공해 엄밀함을 추구하다 보니 자칫 무심하다고 할 수도 있는 얼굴 표정에서는 잘 살펴보면 음악을 사랑하고 즐길 줄 아는 청년의 자족적인 기미도 분명히 읽힌다. 근대적 사고와 리버럴한 세계관을 갖고 성실하면서도 남을 배려하는 자세로 살고자 노력했던 '시민'의 면모도 나는 읽어낼 수 있다. 생활 태도에 있어서만은 전근대의 울타리를 결코 벗어나본 적이 없고 고집스러울 만치 소시민의 범주에 머물렀던 '시대의 아들'의 내면도 얼핏 보이지 않는가? 조금 더 나아가자면, 현실 세계에 속한 성실한 시민의 면모에 덧붙여 진지한 신앙인의 자세까지 이 사진들에서 확인할 수 있다고 하면 지나친 말이 될까?

나의 눈에는 그런 것들이 분명히 보인다. 그러나 사진 속의 인물은 무엇인가 말을 할 듯하면서도 끝내 아무 말도 하지 않는다. 그의 목소리를 들을 길이 없다. 그의 생각도 알 방도가 없다. 통영 생활이 얼마나 행복한 것이었는지, 그 무렵 그에게 신은 과연 어떤 존재였는지, 그의 불안감의 원천은 무엇이었는지를 결국은 아무것도 가르쳐주지 않는다.

그러나 어찌 생각하면 그런 말 없는 시선을 마주하는 것이 오히려 나은 것 같기도 하다. 훨씬 많은 것을 더욱 구체적으로 물어볼 수 있기 때문이다. 오늘도 나는 묻는다. "통영 바닷가의 이맘때 바람도 따스하던가요? 밤바다에서는요? 그 바람결이 지친 마음에 위로가 되던가요?"

07

어머니 이야기

수녀 또는 간호원

"혹시······ 어머니께서······ 수녀님이 아니셨던가요?"

묻는 말이 아주 조심스러웠다. 아버지의 통영여중 시절 제자 한 분을 찾아 통영 시내 한 카페에서 마주 앉았을 때 그로부터 들은 첫마디가 이랬다. 나는 적잖게 당황스러웠다. 전혀 예상하지 못한 질문이었다.

"아닙니다. 어머니는 간호원이셨습니다."

"그래요? 우리는 모두 선생님께서 수녀님과 결혼하신 줄 알았는데······. 선생님이 천주교 신자여서 수녀님을 만나게 됐다고······."

그가 여중 시절 이후 70대 초반이 된 지금까지 아버지의 결혼에 대해 머릿속에 갖고 있던 스토리는 이런 식이었다. 나에게 보여주기 위해 갖고 나왔다며 자신이 수기(手記)로 작성한 자서전 원고 노트를 펼쳐 그 가운데 아버지의 결혼 이야기가 나오는 대목을 보여주기까지 했다. 핸섬하지만 건강이 좋지 않던 노총각 선생님이 어떤 계기에 수녀님을 만나 사귀게 되었고, 결국 그 수녀님이 선생님과 결혼해 그를 잘 돌봐줌으로써 건강도 되찾게 만들어주었다! 1950년대 판 순애보에 해피엔딩까지 덧붙였으니 여중생들의 이야깃거리로는 최고작이 었을 것이다.

집으로 돌아와 어머니께 물었다. "혹시 통영여중 학생들 사이에 어머니가 처녀 시절 수녀였다는 소문이 있었던 것을 아시느냐?"고. 어머니의 답은 간단했다. "나는 그런 얘기 들어본 적이 없다."

이 '수녀와의 결혼' 스토리에 대한 내 생각 역시 아주 간단하다. 백색 제복의 간호원이 수녀로 오인되고, 거기에 여중생다운 상상력이 가미되었을 것이다. 여기서 사실과 상상력이 교직(交織)하도록 만든 계기는 어머니가 '간호원'이었다는 점이었으리라.

이제는 어머니 이야기를 해야 할 것 같다. 사실 나는 아버지의 사진과 기록들을 정리하면서 어머니를 주인공, 즉 이 이야기의 대상으로 삼을 생각을 전혀 하지 못했다. 그것은 어머니를 소홀히 생각했기 때문이 아니라 내가 어머니와 '함께' 이 이야기를 정리해가고 있다고 생각했기 때문이다. 어머니 스스로도 이 일에 관한 한 당신의 역할을 '동역자(co-worker)'로 여기셨던 것 같다. "나 있을 때 많이 물어봐라." 늘 그렇게 말씀하시곤 했다.

그런 줄로만 알았다. 그런데 그게 아니었다. 어느 날 더 이상 어머니와 이 일을 상의할 수 없는 순간이 찾아왔다. 2014년 9월 28일, 어머니가 영면(永眠)에 드셨다. 마지막 순간까지 흐트러짐 없이 곱게 가셨다. 치매기가 조금도 없이 하느님으로부터 받은 육신과 정신의 힘을 다 소진하고 고요히 길고 긴 잠에 드셨다. 그 순간, '수녀' 이야기가 잠시 나의 머리에 스쳤다.

어머니가 이 세상에서 보낸 세월은 꼭 아흔 해였다. 서른셋에 결혼하셔서 고작 10년을 아버지와 함께하셨고, 그 뒤 홀로 삼남매 키우며 고생 많이 하셨다. 그 세월이 근 반세기였다. 삼남매가 모두 제 짝을 찾아 결혼한 뒤에는 하느님 섬기는 일과 손자들 걱정하는 일이 어머니의 몫이었다.

절대적인 단절! 자식과 손자들을 무조건 걱정해주는 육친을 모두 여읜 것이다. 아버지 일로 묻고 답할 동역자도 잃어버렸다. 이제 이 일도 오로지 나 혼자 감당해야 할 일로 남았다.

그뿐인가? 어머니 유품을 정리하면서 나는 한 번도 본 적이 없던 어머니의 처녀 시절 앨범을 처음 접했다. 그 앨범의 첫 몇 장을 넘기는 순간 가슴속에 큰 파도가 일었다. 그리고 머릿속에서 모든 생각의 단초들이 순식간에 지워지며 분명한 사실 한 가지가 오롯이 떠올랐다. 어머니는 당신의 이야기를 접어두고 늘 나의 질문에만 답하곤 했던 것이다. 하고 싶은 이야기가 무수히 많았겠지만 결코 그것들을 먼저 내세우지 않았다. 젊어서는 아버지의 조력자로, 삶의 마지막 순간에는 아들의 조력자로 만족하셨다.

만각(晚覺)이었다. 회복이 절대적으로 불가능한 착오였다. 어떻게 한다? 방법은 한 가지밖에 없었다. 뒤늦은 일이지만 어머니도 이제 이 이야기의 주인공 자리를 차지하게 할 수밖에 없었다. 그것은 어머니로 하여금 이 작업의 '동역자'에서 '대상'으로 자리를 옮겨 앉게 하는 일이었다. 쉬운 일이 아니었다. 왜냐하면 이제 더 이상 어머니에게 묻는 일이 불가능해졌기 때문이다. 그게 나의 가장 귀중한 권리이자 자산이었는데 그 질문을 받아줄 가장 중요한 동역자이자 대상이 이 세상을 떠난 것이었다. 이 시간 이후엔 오로지 나의 힘만으로 상황을 설명하고 정리해내야 했다.

또 하나의 문제는 어머니의 젊은 시절에 대해 내가 아는 것이 절대적으로 부족하다는 데 있었다. 그렇지만 어떻게 하랴? 어머니의 처녀 시절도 이 작업에 부족한 대로 포함시키지 않으면 앞으로 다른 기회를 별도로 잡기는 쉽지 않아 보였다. 이 어머니 이야기는 그런 곡절을 거쳐 마련되었다.

어머니의 앨범을 넘기며 가장 먼저 눈에 들어온 장면은 일제강점기의 간호 학교 시절(1940~1942년) 모습들이었다. 정확하게 말하자면, 그 학교는 '경상남도립 진주의원 간호부·조산부 양성소'였다. 어머니의 표현에 의하면, "학비와 기숙사비를 모두 도에서 관비(官費)로 지원"하는 2년제 교육과정이었다. 비록

어머니의 간호학교 재학 시절 모습. 어머니 앨범에 똑같은 하얀 원피스 차림
의 동료들 독사진이 여럿 남아 있는 것으로 보아 이 복장은 당시 학교에서 지
급된 교복이었던 것 같다.

어머니는 함께 입학한 동료가 모두 다섯 명이라고 회상하곤 했다. 왼쪽 사진에서 가운데, 오른쪽 사진에서 왼쪽 끝이 그 시절의 어머니다.

시대는 불행했을지언정 어머니로서는 열여섯부터 열여덟 살까지 가장 꿈 많던 시절이었다.

10대의 어머니가 나의 시야에 처음으로 들어왔다. 아들이 50대가 될 때까지 한 번도 본 적이 없던 모습이었다. 어머니는 돌아가신 뒤에야 비로소 그 모습을 드러내 보여주었다. 때로는 사진관에서, 때로는 수업 중에 짬을 내어 동료들과 함께, 때로는 어떤 날을 기념하는 자리에서 당시 진주의원 관계자들과 함께 카메라 앞에 섰다. 장소는 그렇게 다르지만 하나같이 조신하면서도 편안한 자세들이었다.

"그때 간호부과는 격년으로 신입생을 뽑았는데, 숫자도 다섯 명밖에 안 됐다. 그 이름들이야 다 기억나지! '야마자키 유키코(山埼雪子 또는 山埼由紀子)'라는 일본 순경 딸이 있었고, 통영이 고향인 '정한'이라는 아이, 그리고 '구쌍가매', '하또차례'에다 나까지 모두 다섯 명이었다."

집 떠나 처음 해보는 객지 생활이었던 데다 병원에 딸린 기숙사에서 함께 지내다 보니 동료들과 꽤 친근한 관계를 맺었던 모양이다. 이 동료들 이야기를 할 때면 아흔 살 가까이 된 어머니의 눈빛이 유난히 반짝이곤 했다. 가장 꿈이 많았을 그 시절의 이야기를 더 듣지 못한 것이 안타깝다. 게다가 이 이야기를 할 때 어머니는 진주의원 시절 등 결혼 전 모습이 담긴 앨범의 존재를 전혀 언급하지 않아 나로서는 그런 사진의 존재를 알지 못했다. 사진을 놓고 얘기했더라면 훨씬 더 구체적이고도 현장감 있는 대화를 나눌 수 있었을 텐데……. 정말 어머니는 마지막 순간까지 '아들의 조력자'로서 만족하셨던 걸까? 안타까울 뿐이다.

그럼에도 불구하고 어머니가 직접 들려준 그 시절의 이야기가 조금 더 있긴 하다. 그리 즐거웠던 기억들은 아니다.

"진주에서 공부하던 두 번째 해였던 것 같은데, 병원에서 빨리 창씨개명 하라고 학생들을 꽤나 들볶았다. 직접 집으로 연락까지 해가면서 어찌나 성가시게 굴던지……. 관비로 공부하던 입장이니 그걸 무시할 수가 없었지. 그렇다고 창씨개명은 나 혼자 결정할 수 있는 게 아니지 않나? 가족뿐만 아니라 친척들까지 함께 상의해서 같은 성(姓)으로 고쳐야 호적에도 부모·자식 관계를 분명히 하고 친척 관계도 제대로 알 수 있지 않았겠냐? 그 무렵 고향의 친척들이 상의해서 '합천 이씨'를 '망월(望月)씨'로 고쳤다고 연락이 오더라. 합천 근처 어딘가 '망월산'*이 있는데 거기 조상들 산소가 있다고 하더라."

이런 과정을 거쳐 어머니의 이름은 입학 때는 '이복숙(李福淑)'이었지만 졸업 때는 '모치즈키 요시코(望月淑子)'가 되었다. 어머니는 새로운 성 '모치즈키'가 발음이 이상하다며 마음에 들어하지 않았다. 내가 어렸을 때 어머니와 이모님

---

* 망월산은 합천군의 읍내에서 8킬로미터 정도 떨어진 용주면 월평리에 있다. 이곳에 경주 이씨의 한 분파인 합천 이씨의 시조묘 등이 자리 잡고 있다.

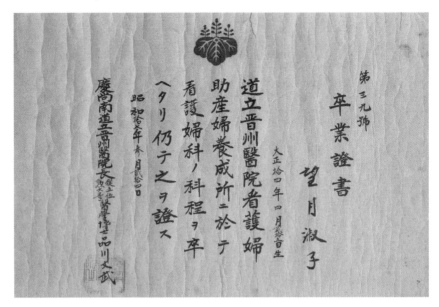

第三九號

卒業證書

望月淑子

大正拾四年四月惷旨生

道立晉州醫院者護婦

助産婦養成所ニ於テ

看護婦科ノ科程ヲ卒

ヘタリ仍テ之ヲ證ス

昭和拾七年春月貳拾四日

慶尙南道立晉州醫院長健立壹醫壇博士品川文武

어머니의 간호학교 졸업장. 졸업 연도인 '소화 17년'은 1942년이었다. 어머니가 1941년 무렵 창씨개명을 한 뒤 해방 때까지 약 4년 동안 공문서에 사용한 새 이름 '望月淑子'가 적혀 있다. 이 간호학교의 모체인 '경 상남도립 진주의원'이 뜻밖에 최근에 뉴스의 초점이 된 적이 있다. 2013년 홍준표 경남지사가 '적자 누적' 을 이유로 폐쇄해버린 '진주의료원'이 바로 그 병원의 후신이었다. 이 뉴스를 들으면서 당시에 어머니는 무슨 생각을 했을까?

들이 그런 대화를 나누는 것을 들은 기억이 있다. 물론 원치 않는 창씨개명이었 다는 점이 새 이름에 만족하지 못한 더 큰 이유였을 것이다.

어머니는 해방도 한참 지난 시점에 이 창씨개명 때문에 무안을 당한 일이 있 다고 털어놓은 적이 있다. 그것도 다름 아닌 아버지로부터였다.

"결혼하고 통영 살 때인데, 어느 날 너희 아버지가 내 도장을 보더니 이게 뭐 냐고 묻데. 그게 조그만 뿔로 만든 출근부 날인용 도장이었는데, 왜 그런 거 있 지 않냐? 이름 전체가 아니라 한두 자만 파는 것. 거기 '숙자(淑子)'라고 쓰여 있 으니 누구 것이냐고 묻게 된 거지. 내가 있는 대로 얘기했지. 창씨개명 한 이름 인데 간호학교 졸업한 뒤 마산의원에 근무하던 시절에 쓰던 거라고. 그랬더니,

아 글쎄, 너희 아버지가 그 도장을 마당으로 휙 집어 던져버리데. 아니꼽고 더 럽다는 얘기지. 너희 아버지는 그런 사람이다. 고지식하고 고집 세고……."

나는 아버지가 창씨개명을 했는지, 했다면 그 새로운 이름은 무엇이었는지 를 전혀 알지 못한다. 그와 관련된 아버지의 기록은 어디에도 없기 때문이다. 기록이 없는 것은 그런 사실이 없었기 때문이었을 수도 있고, 그런 사실을 기억 하고 싶지 않아 기록으로 남기지 않았기 때문일 수도 있다. 어느 쪽인지 가늠이 되지 않는다. 어머니도 이 대목에 대해서만은 아버지로부터 들은 바가 전혀 없 다고 했다.

창씨개명 압력이 기승을 부리던 1940~1941년 무렵 마침 폐병으로 외국계 선교사들의 병원에 입원해 있거나 평양에서 요양하며 학교에도 다니지 않았기 때문에 그런 광풍에서 비켜설 수 있었던 것 같기도 하다. 그러나 창씨개명을 하 지 않고서는 응시 자체가 어려웠을 '국민학교 교원 시험'에 일제 말인 1944년에 합격했다는 기록이 있는 걸 보면 아무래도 창씨개명을 했을 가능성이 높아 보 인다. 어머니 표현대로 '고지식한' 성격에다 상당히 예민하던 연배에 그런 일을 겪다 보니 그것이 일종의 정서적 상처로 남아 오랜 시간이 지난 뒤에까지 그런 돌발적인 행동을 유발했을 수 있었겠다.

최근에 '진주의원 간호부 양성소'를 승계한 '경상대학교 간호대학'에 문의한 일이 있었다. 혹시 일제강점기 간호부 양성소 시절의 서류들을 보관하고 있다 면 거기서 어머니의 학적부 등을 찾아보기를 원한다는 취지였다. 하루 뒤에 연 락이 왔다. 각종 전산 기록과 문서고의 옛 기록을 모두 살펴보았지만 유감스럽 게도 관련 자료를 찾지 못했다는 얘기였다. 담당 직원은 어머니와 관련된 자료 뿐만 아니라 일제강점기의 자료 자체가 없다는 설명을 하면서 대단히 미안해 했다. 유감스럽긴 피차 마찬가지였지만 그것이 담당 직원이 미안할 일은 아니 었다.

이 직원은 그런 대화 끝에 어머니가 이 학교와 인연을 맺었다는 간접적인 증거는 있다면서 일제강점기 졸업생 명단이 실린 『경상대학교 간호교육 80년사(1926~2006)』를 보내주었다. 거기에는 1942년 제8회 졸업생이 '3명'이라며 그이름을 "시마사끼구상가매, 이복순, 하또레처"라고 소개하고 있었다. 졸업 연도 외에는 모든 것이 뒤죽박죽이었다.

아마도 기록이 아니라 누군가의 증언을 토대로 정리하는 가운데 받아쓰기(dictation)가 잘못된 것 같았다. 당시 졸업장 등 공식 기록에는 모두 창씨개명을 한 이름이 들어 있었을 터인데 대부분 한국식 이름으로 표기된 것 자체가 그랬다. 그러나 어머니 이름이 잘못된 것은 물론이고, '시마사끼'는 유일한 일본인 학생의 성 '야마자키(山埼)'를 잘못 받아쓰면서 다른 인물인 '구쌍가매'와 한 인물인 것처럼 붙여서 표기했고, '하또레처'도 대단히 어색한 어순이라는 점에서 '하또차레'를 잘못 기재한 것이라고 생각됐다. 이렇게 모든 게 엉키다 보니 졸업 인원이 달라진 것은 당연한 일이었다. 이렇게 엉망인 '기록'을 보면서 오히려 어머니의 '기억'의 신빙성이 더욱 크게 다가왔다.

어차피 나는 어머니가 이 학교를 졸업했는지를 증명하는 데에 목적이 있지 않았다. 그건 증명할 필요가 없는 일이었다. 나는 졸업증명서나 학적부 같은 것 없이도 이미 어머니가 이 학교에서 2년 동안 교육을 받은 뒤 졸업했으며 그런 바탕 위에서 몇 곳의 병원에서 간호원으로 근무했다는 사실을 '의심의 여지가 없는 사실'로 인식하고 있다. 어머니의 창씨개명 이름이 담긴 졸업장과 어머니의 생생한 설명 외에 무엇이 더 필요할까? 다만 공식 기록을 통해 내가 알지 못하는 그 시절 어머니 삶의 편린들을 추가로 확인하고 싶었던 것뿐이다.

이미 나는 '기록'이 증언할 수 없는 일도 어머니로부터 들어서 알고 있었다. 예를 들어 어머니가 이 간호학교를 졸업할 때의 일화가 그런 것이었다.

"그때 서부 경남에는 도립병원이 진주와 마산 두 군데에 있었는데, 1, 3, 5등

마산의원 시절의 사진들도 어머니의 앨범에 꽤 남아 있었다. 왼쪽 사진은 '사에키 야쓰시(佐伯恭)'라는 새 이름을 가진 조선인 직원(앞줄 가운데 군복 입은 이로 추정)이 학병으로 나가게 된 것을 계기로 병원 직원들이 함께 찍은 사진이다. 이 사진을 확대해보니, 오른쪽 현수막의 '축 출정 사에키 야쓰시 군'이라는 큰 글씨 왼쪽으로 '경상남도립 마산의원'이라는 작은 글씨가 확인됐다. '조선인 학병제'가 공표된 게 1943년 10월이고 실제 학병으로 나간 것이 1944년 1월이니 이 사진은 그사이 기간에 촬영됐을 것이다. 축하한다는 표현과 달리 직원들의 표정이 모두 어두워 보인다. 이런 분위기도 어머니의 마산 시절을 단축하는 요인이 됐을 것이다. '사에키 군'은 과연 살아서 돌아왔는지도 궁금하다. 앞으로부터 셋째 줄 왼쪽에서 다섯 번째가 어머니다. 오른쪽 사진은 당시 진료 장면을 한 직원이 촬영할 때 깜짝 놀라 돌아다보는 어머니 모습이 반쪽만 담겼다. 사진 뒤편의 거울에 이안(二眼) 카메라를 든 촬영자의 모습이 보인다.

은 진주에 남기고, 2, 4등은 마산으로 보내게 되어 있었다. 우리 다섯 명 중에 한 명만 일본인(야마자키 유키코)이다 보니 그 아이에게 1등을 주려고 선생들이 어지간히 노력했다. 그래서 결국 2등으로 졸업한 나는 마산으로 가게 된 거지."

어머니는 그렇게 해서 가게 된 마산이 썩 마음에 들지 않았던 것 같다.

"왜 그리도 그 생활이 싫던지……. 대동아전쟁 시기이다 보니 월요일마다 여자들은 몸뻬 차림을 한 가운데 온 직원이 신마산으로 훈련 나가는 것도 싫었고, 신사참배 하는 것도 마음에 안 들었고……. 기숙사에 있을 때는 더러 편지 검열도 했다. 그래서 단체 생활을 하지 않으면 이런 일도 없지 않겠나 생각했다. 결국 2년 의무연한을 마치고 하루도 더 하지 않고 병원 생활을 그만두고 합천으로 돌아가 버렸다."

이렇게 해서 어머니의 첫 외지 생활은 일단 '진주 2년, 마산 2년'으로 끝이 났다. 1944년 3월 31일의 일이었다. 그때 열아홉 살이었다. 개인적으로는 꿈도 크고 기대도 많았겠지만 실제 외지에서의 간호원 생활이 그리 즐거웠던 것 같지는 않다. 그렇게 돌아온 셋째 딸을 외할머니가 상당히 반겨 맞았다고 한다.

"어느 날인가 여름철이었는데 남의 집 우물에 빨래하려고 어머니(나의 외할머니)와 함께 갔더니 옆의 사람들이 라디오를 들고 왔다 갔다 하면서 수군수군하데. 그리고 그 잘 들리지도 않는 라디오 주위로 청년들이 하나둘씩 모여서 귀를 기울이더니 해방됐다고 하더라. 내가 스무 살 때 일이다."

만 스무 살의 어머니는 이렇게 고향 우물가의 빨래터에서 해방을 맞았다. 아버지가 평양에서 친우 최도명 목사와 함께 '귀를 세워' 라디오를 듣던 바로 그 시각에 어머니는 고향 합천의 우물가에서 동네 청년들이 같은 내용의 라디오 방송을 '귀를 기울여' 듣는 가운데 함께 해방의 소식을 들었던 것이다. 이제는 그 싫던 이름 '모치즈키'도 더 이상 쓸 이유가 없어졌다.

"빨래한 걸 들고 집으로 돌아왔더니 어디서 나왔는지 태극기가 하나 우리 집에 있데. 광목에 태극과 괘를 재봉틀로 박은 것이었는데 아주 단단하게 잘 만들었더라. 그걸 들고 읍내로 나가서 나도 '독립 만세'를 불렀지. 정말 속이 다 후련하더라."

합천에서의 유년기

고향에서의 어머니를 이야기하려면 외지로 나가기 전 유년 시절부터 살펴보는 게 좋겠다. 어머니의 고향 경상남도 합천은 해인사가 아니더라도 산자수명(山紫水明)한 곳이다. 게다가 가야산 자락에 있는 지역이다 보니 옛 가야국 연맹들이 합천과 그 인근 서부 경남의 여기저기에 있었을 것이다. 그런 점에서 그 나름대로 역사적 자부심도 상당한 지역이다.

아버지보다 2년 아래로 1925년 그곳에서 태어난 어머니는 합천공립보통학교(지금의 합천초등학교)를 졸업했다. 어머니 자신은 졸업 횟수를 '제26회'로 기억했고, 오래전에 자필로 기록한 이력서에는 '1938년 3월 20일 졸업'이라고 되어 있었다.

"합천국민학교는 6·25 때 폭격으로 불이 나는 바람에 서류가 다 타버렸니라. 그래도 내가 졸업한 횟수야 내 스스로 기억하고 있지."

앨범에는 초등학교 졸업 무렵이라고 생각되는 사진들이 여러 장 포함되어 있었다. 혼자 찍은 사진도 있고, 당시의 동무들과 함께 찍은 사진들도 있었다. 모두 처음 보는 모습들이었다. 약간 오동통한 볼에 옅은 미소를 지으면서도 당당한 어머니 모습이 인상적이었다.

01 02 03

04 05

사진 1은 어머니의 1938년 초등학교 졸업 기념사진으로, 하단에 '경남 합천 아사히(朝日) 사진관'이라고 돋을새김되어 있다.
공교롭게 아버지가 1946년 연희대학교 입학원서에 붙이기 위해 증명사진을 찍은 곳도 서울의 '아사히 사진관'이었다. 사
진 2~5에서 어머니는 흰 저고리에 검정 치마를 입은 똑같은 복장으로 친구들과 기념사진 포즈를 취했다. 간호학교 시절과
비교해볼 때 아직 소녀티를 벗지 못한 때였다. 사진 5의 뒷줄 오른쪽에서 두 번째가 어머니로서 긴 머리채가 눈길을 끈다.

이 사진들은 당연히 앞모습을 찍은 것들이었다. 이 사진들 가운데 어느 한 장을 보고서야 길게 기른 댕기 머리를 확인할 수 있었다. 어머니를 포함해 사진 속의 몇몇 인물이 곱게 기른 긴 댕기 머리를 어깨 앞으로 당겨놓았다. 이제 곧 자를 것을 앞두고 기념하고 싶었던 것일까?

이 사진들은 초등학교 졸업 무렵에 찍은 것이 분명했다. 어쩌면 초등학교 졸업 앨범에 들어간 것들일 수도 있었다. '혹시나' 하는 마음에 이번에는 합천초등학교로 문의했다. 학교 행정실에서 해묵은 옛 자료를 뒤지는 수고를 해주었다. 하루 뒤에 연락이 왔다. 어머니의 이름이 어머니가 기억하는 바로 그해의 '졸업자 명부'에서 확인되긴 하지만 그 밖에 생활기록부라든가 졸업 앨범 등의 구체적인 기록은 한국전쟁을 거치며 모두 일실됐다는 것이었다. 진주에서와 마찬가지로 여기서도 어머니의 '개인적인 기억과 기록'을 '공식 기록'과 교차대조 (crosscheck)하는 일은 이미 오래전에 어렵게 되어 있었다.

그러나 그러면 어떤가? 개인적인 기억과 기록이라고 해서 그것이 관공서의 기록보다 값어치가 떨어지는 것이 아니다. 적어도 나는 그렇게 생각한다. 특히 아버지의 기록을 정리해가는 과정에서 그런 생각은 더욱 굳어졌다. 개인적인 기억과 기록이 공식 기록보다 훨씬 정확하고 한층 깊이가 있으며 더욱 많은 메시지를 담고 있는 경우가 왕왕 있다. 어머니의 기억과 기록도 그러했다.

그런데 기억과 기록은 반드시 '질문'의 과정을 거쳐야만 제 가치를 드러낸다는 점이 문제다. 누군가 물어주어야만 기억은 망각의 심연을 헤치고 수면 위에 모습을 드러내는 법이다. 기록도 마찬가지다. 그 자체로 알려주는 정보는 대단히 제한되어 있다. 기록과 기록 사이에 가로놓인 부정합(不整合)의 골짜기가 얼마나 깊은지 따져보고 가늠해봐야 한다. 그 골짜기를 합리적 추론으로, 혹은 또다른 기록을 찾아 메우지 않는 이상 전체상을 그리는 일은 여전히 오리무중인 경우가 많다.

만약 내가 이 사진들을 어머니 생존 시에 봤더라면, 그리고 내가 묻기만 했더라면, 어머니는 이 사진에 등장하는 인물들 하나하나의 과거와 현재에 대해 길고 긴 이야기들을 풀어놓았을 것이다. 어쩌면 이 사진들을 함께 보기만 했어도 내가 묻지 않더라도 당신이 곱게 차려입은 한복은 누가 지어주었는지, 그 삼단 같던 댕기 머리는 언제 잘랐는지를 기억 속에서 되살려 모두 설명해주었을 것이다. 언젠가 합천에서의 유년 시절을 회상하는 가운데 초등학교 2학년부터 6학년까지 같은 분이 담임선생님이었는데 그가 창씨개명을 한 이름이 '이와마사 요시코(岩政淑子)'라고 들려주기도 했으니 그런 회상을 할 때 이 사진들이 함께 있었더라면……

이제는 그 전체상을 복원할 길이 영영 없어 보였다. 어머니는 사진 속에 고운 자태만 남겨놓고 당신의 기억 속에 담긴 이야기들은 모두 안고 떠나셨기 때문이다. 이미 떠나버린 사람의 기억은 검색이 불가능하다.

그렇다고 아무것도 알 수 없는 것은 아니다. 또 다른 방법이 있다. 어머니의 고향은 달나라나 북한 지역도 아니고 지금의 내가 얼마든지 마음만 먹으면 찾아갈 수 있는 곳이다. 그리고 그곳에는 아직 어머니의 친정 식구들이 엄연히 자리 잡고 있다. 그들에게 대신 질문할 수도 있다. 그것이 아버지 고향의 친척들과 근본적으로 다른 점이다.

아버지는 선대의 고향이 이북 지역인 데다 할아버지가 출향한 뒤 서울에서 태어났으며 일생 동안 저 멀리 하얼빈에서부터 남쪽 바닷가의 통영에 이르기까지 몇 년에 한 번씩 근거지를 옮겨 다녔다. 고향으로 돌아갈 수 없는 삶이었다. 어쩌면 고향 자체가 아예 없거나 고향을 잃어버렸다는 원천적인 의미에서도 '실향민(失鄕民)'이라고 할 수 있었다. 그러나 어머니는 근본적으로 달랐다. 고향에 일가친척들이 여전히 살고 있으니 외지에 나왔다가도 언제든지 마음만 먹으면 돌아갈 수 있었다. 어머니가 마산에서의 간호사 생활을 쉽게 접은 것도

이 사진은 어머니가 간직했던 가장 오래된 사진들 중 하나다. '1937년 1월 30일'이라고 촬영 일자가 적혀 있으니 초등학교 5학년 말이고, '이별이 아쉬운 벗을 떠나보내다'라는 문구로 미루어볼 때 동급생 한 명이 전학 등으로 학교를 떠나게 된 것을 기억하기 위해 촬영했던 것 같다. 가장 뒷줄의 오른쪽에서 첫 번째가 어머니다. 중앙의 인물이 어머니가 '이와마사 요시코'라는 이름으로 기억한 당시 담임선생일 것이다.

돌아갈 고향이 있었기 때문이었다.

　그런 점에서 아버지와 어머니는 전혀 다른 환경에서 성장했고, 그에 따라 전혀 다른 사회적 DNA를 가졌다고도 할 수 있다. 방랑객(放浪客)과 정주자(定住者)의 차이라고 해야 할까? 그만큼 기질도 달랐다. 아버지는 내성적인 듯하면서도 방문이든 이사든 어딘가로 옮겨가는 일에 큰 부담을 느끼지 않았던 것 같다. 어쩌면 할아버지와 마찬가지로 그런 일을 즐긴 것 같은 느낌마저 준다. 그에 반해 어머니는 어딘가로 가는 일 자체를 썩 내켜하지 않았다. 오죽하면 결혼하고 근 2년 만에 고향으로 첫 발걸음을 한 뒤로 다시 20여 년 만인 1982년 어머니의 오빠(나의 외삼촌)가 돌아가셨을 때에야 다시 고향을 찾았을까? 뿌리가 옮겨

'합천보통학교 수학여행단'이라고 기재되어 있는 것으로 보아 어머니가 6학년이던 1937년 하반기의 단체 사진으로 보인다. 배경이 어디인지는 알 수 없지만 '국위선양'이라는 대문짝만한 글씨에서 그 시절 군국주의의 냄새가 물씬 난다. 어머니는 여학생 그룹의 앞에서 다섯 번째 줄의 왼쪽에서 첫 번째 소녀다. 학생들의 오른쪽에 선 이는 역시 이와마사 선생인 것 같다.

가면 고향도 바뀐다고 생각했던 것일까? 그런 사고방식 역시 '정주자' 기질의 또 다른 양상인지도 모르겠다.

　아무튼 어머니는 가셨어도 여전히 그 고향은 그대로 있고, 그곳에 정주한 일가들도 상당수 그대로 있다. 여전히 고향을 지키고 있는 외할머니의 친정(어머니의 외가) 쪽 친척 한 분의 설명에 따르면, 나의 외할머니는 친정이 상당한 부자였음에도 "소 한 마리와 논 열 마지기만 받아서 이씨 집안으로 시집왔다"면서 두고두고 불만스러워했다는 이야기를 들려준 적이 있다. 그런 불만의 내용이 시사하듯이 나의 외가는 일제 말기의 공출 등 여러 가지 어려운 상황에서도 생활 자체가 어려웠던 것 같지는 않다. 비교적 유복했다는 얘기다.

그러나 어머니가 초등학교를 졸업할 당시에 합천에는 상급 여학교(여자고등보통학교) 자체가 없었다. 가장 가까운 진주의 여학교로 진학하는 경우도 거의 없었다. 당시 어머니도 특별한 일이 없는 한 보통학교를 졸업하고 고향에서 몇 년 지낸 뒤 적당한 혼처가 나타나면 결혼하는, 가장 일반적인 길을 밟으려 했을 것이다.

그런데 어떤 계기가 있었는지 보통학교 졸업 2년 뒤에 어머니는 '관비'로 전액 지원하는 진주의 간호학교에 가서 입학시험을 치르고 당당히 합격해 '유학'을 떠났던 것이다. 외가의 사정에 비춰볼 때 일시적으로 상급 학교 진학이 유예됐던 것이 경제적인 이유 때문이었던 것 같지는 않다. 내가 아는 한, 외가는 지방 읍 소재지에서 중농(中農) 정도의 경제 수준을 유지하고 있었기 때문이다. 그보다는 상급 학교에서 공부하고 싶은 열망과 외지에 대한 기대감, 그리고 '전액 관비 지원'에 따른 자존감 등이 두루 복합돼 유학을 간 것이 아니었을까 추측된다. 어머니의 보통학교 동기생 한 사람이 먼저 이 학교에 유학한 것이 자극제가 된 것 같기도 하다. 어머니는 간호학교 시절을 회상할 때마다 이 '관비'라는 표현에 은근히 힘을 주곤 했다.

한 가지 이해해야 할 것은, 지금도 사정이 크게 달라지지 않았지만, 합천은 경상남도 중에서도 여타 지방과 격절되어 오지에 가깝다는 점이다. 내가 고등학교 1학년 여름방학에 처음으로 혼자 외가를 찾아간 일이 있었다. 고속버스 편으로 서울에서 대구까지 간 뒤 거기서 시외버스로 갈아타고 합천으로 가면서 무수히 많은 낭떠러지 고갯길을 지났다. 또 그 고갯길들은 왜 그리도 구불구불하던지……. 그 돌아가는 고갯길을 열 개까지인가 세다가 중간에 그 숫자를 잊어버려 더 이상 세지 못했다. '한반도 안에 이렇게 멀고 외진 곳이 있나?' 하는 생각이 절로 들었다. 시외버스 터미널로 마중 나온 외할머니의 첫마디도 "이 먼 길을 니 혼자 우에 왔노?"라는 것이었다. 그때의 느낌을 담아두었던 한 편의 시가 있다.

초행천리
얄사한 신작로마다
푸른 기억 뿌려
목을 세우고

살포롱이 가는 해 데불고서
천 굽이 풀길을 날아

고개 넘어
배암처럼 뚫린 길로
포개논 산마을을 가면

솔내음
흙내음
깍지 낀 도토리 바람에 날고

해 받는 동네 어구에서
가슴츠레
꼬마 웃음 보인다.

— 김창희, 「외가로 가는 길」(1973년)

합천은 이렇게 외부와 왕래가 원활하지 못하다 보니 고향을 지키는 사람이 많은 만큼 바깥세상을 동경해 떠나는 사람도 상당히 많았다. 여기서 외지로 진출한다고 하면 그것은 진주나 마산, 혹시 조금 더 멀리 나간다면 대구를 뜻했다. 어머니는 그중에서 유서 깊은 도시 진주를 선택했던 것이다.

돌아온 고향

　'진주 유학' 시절과 '마산 근무' 시절의 이야기는 앞에서 했다. 그렇게 정확하게 4년을 지낸 뒤 돌아온 고향에서 스무 살에 해방을 맞은 이야기 또한 이미 했다. 그 뒤는 해방된 나라, 다시 찾은 고향에서 본래의 이름으로 자유롭게 지낸 20대 시절이었다. 이제 소녀티는 확실히 벗었다.

　이 시절의 사진들에서 알 수 있다시피 다시 돌아온 고향에서 어머니의 활동은 대개 교회학교에서 청소년들을 가르치거나 동년배들과 어울리는 일이었다. 농촌 사회가 거의 그렇듯이 특별히 작심하고 나서지 않는 한 당시 표현으로 '과년'한 처녀가 할 수 있는 사회생활은 별로 없었다. 그런 때 숨통을 틔워준 것이 바로 교회 생활이었다. 그것은 가정 밖에서 여성이 취할 수 있는 거의 유일한 활동 거점이었다. 사진들에 등장하는 20대 여성들은 대부분 동년배이자 좁은 농촌 사회에서 이리저리 얽힌 친척들인 동시에 교회 활동을 함께하는 동료들이기도 했다.

　내가 아는 범위에서 사진의 등장인물들 가운데 건강 등의 사정 때문에 지금 사진을 놓고 직접 대화를 나눌 수 있는 분은 많지 않다. 그렇게 어려운 중에도 기꺼이 설명을 해준 분이 어머니의 한 살 아래 고종사촌 동생으로서 어머니와

01 02 03 04

1944년 마산에서의 간호원 생활을 마치고 고향 합천으로 돌아온 뒤 해방을 전후한 시기의 어머니 모습들. 사진 1의 오른쪽에서 첫 번째, 사진 4의 뒷줄 오른쪽에서 첫 번째가 어머니다. 사진 1에서 머리 모양을 똑같이 한 것이 눈에 띈다. 사진 2는 1948년 성탄절을 기념해 합천읍 교회의 청소년부 교사로서 당시 학생들과 함께 찍은 사진이다. 가운뎃줄 왼쪽에서 두 번째가 어머니다. 사진 3에는 '합천읍 예수교회 각부 임원 가야산 탐승 기념 1949.5.10'이라고 쓰여 있다. 오른쪽 그룹의 사람들 가운데 앞줄 왼쪽에서 네 번째가 어머니다.

는 일생 동안 친구같이 지냈고, 우리 형제들도 어려서부터 '회기동 이모'라고 부른 박인순 씨였다.

그는 어머니가 20대 고향에서 찍은 사진들에 거의 빠짐없이 함께하고 있었다. 사진 1에서 왼쪽에서 두 번째, 사진 2에서 가운뎃줄 오른쪽에서 세 번째, 사진 3에서 어머니의 바로 왼쪽, 사진 4에서 뒷줄 가운데가 각각 박인순 씨다.

"어마……. 어떻게 이런 사진들이 다 있나? 나는 한 장도 갖고 있지 않은데. 6·25 때 장독 속에 넣어두고 피난 갔다 와보니 다 상해서 버렸다."

어느 날 이 사진들을 보여드리자 이모님은 대단히 신기해하며 등장인물들과 그 당시의 상황 등을 먼 기억 속에서 하나씩 불러내기 시작했다.

"언니(나의 어머니)나 나나 그때는 정말 교회 일 열심히 했다. 새벽 기도회에도 거의 빠지지 않고 다들 나왔다. 결혼하지 않은 사람들이 새벽 기도회에는 더 오기 쉬웠지. 우리는 주일학교 교사도 함께하고, 성가대도 다 같이했다. 내가 그때 악보 보는 것도 배워서 풍금을 두 손으로는 못 쳐도 한 손으로는 다 칠 줄 안다. 그런데 언니는 풍금에는 별로 관심을 보이지 않더라."

'아, 그랬구나.' 하긴, 그러고 보니 아버지가 피아노와 풍금을 치는 모습은 본 적이 있어도 어머니의 그런 모습은 본 기억이 없다.

"그 대신 언니는 바느질을 참 잘했다. 아기들이나 동생들 옷도 많이 지어주고……. 내가 스물일곱 살(1952년)에 결혼해서 언니보다 조금 일찍 고향을 떠날 때까지 계속 같이 지내서 가장 친했다. 나보다 더 가까운 사람은 없다."

그의 설명에 따르면, 사진에 등장하는 20대 처녀들 가운데 어머니가 가장 연상이었다. 함께 어울리던 동년배들은 정확하게는 모두 1~4년 연하였다. 그러나 이들은 나이가 차면서 하나둘씩 결혼해서 먼저 고향을 떠났다. 마지막으로 박인순 씨까지 결혼해서 마산으로 떠났다.

"언니한테 왜 혼담이 없었겠나? 외숙모(나의 외조모)도 언니더러 결혼하라고 꽤나 다그쳤다. 합천 세무서에 근무하던 대구 청년을 누가 중매하기도 했던 걸 내가 안다. 키도 크고 잘생긴 청년이었지. 그때 시골에서야 학교 선생이나 경찰, 세무서원 같은 공무원이면 결혼 상대로는 최고였는데……. 무슨 이유인지는 기억나지 않는데 언니가 '싫다'고 해서 다 없던 얘기가 됐다."

이 무렵 속이 타는 것은 나의 외할머니였다. 그 좋다는 혼처에 모두 고개를 흔드는 어머니를 이해할 수 없었기 때문이다. 그러나 어떻게 하랴. 당사자가 싫다는 것을. 어머니의 네 살 아래 동생까지 먼저 결혼해서 고향을 떠났다. 그 무렵 한국전쟁 발발을 전후해 어머니는 고향이 답답하기도 했겠지만 외할머니의 지청구도 피할 겸 서울 삼청동의 외사촌 집과 부산 대신동의 큰언니 집에 다니러 가 몇 달씩 묵기도 했던 것 같다.

그 무렵 큰언니(나의 큰이모)가 복음의원에 다리를 놓은 것이 간호원 생활을 재개하는 계기가 되어 고향을 완전히 떠나게 되었다. 그것이, 전혀 의도한 것은 아니었지만, 아버지를 만나는 계기였다.

가장 빛나던 순간들

다시 고향을 떠날 계기가 생겼다. 고향에서 가족과 함께 지내는 생활이 편안하기야 했겠지만 어머니도 20대 후반이 되면서 친구들, 심지어 후배와 동생들까지 하나둘 결혼해 고향을 떠나자 마음의 부담이 생겼던 것 같다. 전쟁 분위기도 거의 정돈된 1953년, 당시 결혼해 부산에 나가 살던 큰언니가 부산 복음의원에 다리를 놓았다.

잘 알다시피 복음의원(현재의 '고신대학교 복음병원'의 전신)은 1951년 부산 지역의 기독교계가 힘을 모아 세운 구제 의료 기관이었다. 전쟁으로 진료와 수술을 필요로 하는 환자들은 넘쳐났지만 의료 시설과 의약품은 절대적으로 부족하던 시절이었다. 전쟁과 피난, 이산과 기아가 의료 수요를 폭발적으로 키운 것이다. 그러나 무능한 정부는 이에 대처할 능력이 없었다. 이때 미국에 유학하던 전영창 선생(1917~1976년, 거창고등학교 설립자)이 미국 현지에서 약간의 모금을 하고 의료 장비 지원을 얻은 뒤 기독교계 인사들과 함께 부산 영도의 언덕 위에 가건물을 짓고 수술대를 마련해 간판을 걸었다. 'Gospel Hospital.' 복음의원이었다. 마침 평안북도 용천 출신으로 평양도립병원장과 평양의대 교수로 있다 월남한 장기려 박사(1911~1995년)를 원장으로 초빙했다.

"아마 휴전 조금 전에 큰언니가 그때 복음의원 이사로 있던 박손혁 목사님 (제일영도교회 담임목사)의 부인에게 내 얘기를 한 모양이더라. 그 부인 김복련 씨가 거창 출신인데 언니에게는 선배가 되고 마침 여름성경학교 한다고 합천 도 몇 차례 다녀간 적이 있어서 나를 알기도 했다. 언니가 '간호원 하다가 고향 에 가 있는 내 동생이 복음의원에서 일하면 좋지 않겠느냐?'고 소개한 게 계기 가 돼서 거기서 일하게 됐다."

어머니는 "이 복음의원에서 근무하고 조금 지나니 휴전(1953년 7월 27일)을 하더라"고 기억했다. 나중에 어머니의 이력서를 찾아보니 근무를 시작한 날이 '1953년 5월 3일'이었다. 일제강점기에 마산의원에서의 의무 근무를 마치고 고 향으로 돌아간 지 9년 만에 스물아홉 살의 나이로 다시 외지로 나온 것이었다.

공교롭게도 '1953년 5월'은 아버지가 충청남도 논산의 노성을 떠나 경상남 도 통영으로 내려온 때이기도 했다. 두 분은 거의 같은 때에 비슷한 교회의 연 줄로 남해안의 부산과 통영에 나란히 자리 잡게 된 셈이었다. 그 무렵 아버지와 어머니는 서로의 존재를 전혀 알지 못했다.

그러나 어떤 인연이 있었는지는 모르지만 아버지의 1953년 수첩에는 복음 의원 관계자들의 이름이 여럿 기재되어 있었다. 어머니는 "그때 장 박사와 이북 에서 함께 내려온 의사 몇 사람이 복음의원에 있었는데, 나중에 듣고 보니, 그 분들이랑 너희 아버지가 교회 인연으로 조금 아는 사이였던 것 같더라"고 회고 했다. 이렇게 해서 이북 총각과 이남 처녀의 인연은 부지불식간에 주변에서부 터 조금씩 엮이기 시작했다.

어머니는 복음의원이 처음 개설(1951년 6월)될 때부터 근무했던 것은 아니 다. 조직이나 단체의 뜻이 아무리 좋아도 거기에서 일하는 사람들에게는 온갖 사연이 있기 마련이다. 개설 2년 정도가 지나면서 장 박사가 불러온 북한 지역 출신 간호원들 가운데 상당수가 이런저런 이유로 퇴직했던 것 같다. 무슨 일이

어머니 앨범에 들어 있던 부산 복음의원 시절의 사진들. 위 사진에서 뒷줄은 어머니(왼쪽에서 두 번째)를 포함해 모두 간호원들이고, 앞줄은 병원 식당 등에서 일하던 직원들이다. 'Gospel Hospital' 이라는 간판이 인상적이다. 오른쪽의 드럼통도 미국에서 지원받은 물품이었던 것 같다. 아래 사진 은 전영창 선생이 미국에서 지원받아 병원에 제공한 '최신식 앰뷸런스' 앞에서 장기려 박사(가운뎃 줄 중앙의 안경 쓴 이) 등 병원 직원들이 찍은 기념사진이다. 뒷줄은 대부분 병원 이사진이고, 가운 뎃줄 왼쪽 끝이 어머니.

든 성사되려면 운때가 맞아야 하는 법이다. 어머니의 표현을 빌리자면 그렇게 간호원들의 '물갈이'가 한번 이뤄지면서 사람 손이 필요할 무렵 자연스럽게 복음의원에 합류하게 되었다는 얘기다.

어머니는 그 무렵의 복음의원 생활을 회상할 때면 음성이 반 옥타브쯤 올라가곤 했다. 그뿐이 아니었다. 어조에도 듣기 좋은 비음(鼻音)이 약간 섞이면서 목소리가 평소보다 낭랑해졌다.

"이 병원이 처음엔 완전히 무료 병원 아니었냐? 환자들이 새벽부터 서너 줄씩 서서 기다리곤 했니라. 치료비는 '힘 되면 넣으라'고 함을 하나 놔두고 있었고, 내가 간 뒤에도 그렇게 했지만, 여기 찾아오는 사람들이 무슨 능력이 있어서 거기 돈을 넣었겠냐?"

인구에 회자되는 장기려 원장의 일화가 한 가지 있다. 치료비를 낼 수 없었던 환자를 위해 밤에 뒷문을 열어놓고 그곳으로 몰래 나가도록 했다는 얘기다. 그러나 어머니의 설명에 따르면 초기에는 아예 무료 병원이었다니 그건 한참 뒤의 일이었던 것 같다.

장 원장의 '무작정 사랑'에 대한 기억은 어머니도 분명했다. 이 병원에 들어온 환자들 가운데 상당수는 치료가 다 끝난 뒤에도 "심부름이라도 하겠으니 병원에 있게 해달라"고 간청하는 일이 많았다고 한다. 그럴 때마다 그걸 뿌리치지 못한 장 원장이 그러라고 하는 바람에 병원의 식당과 빨래방 등에는 시간이 갈수록 '군식구'가 불어났다. 그런 사람들이 어디 혼자 오던가? 동생이나 아들딸을 데리고 오는 경우가 대부분이었다. 이들은 병원의 뒷방을 차지하고 기식하며 병원 일을 거들거나 야간학교에 다니며 살 길을 찾았다. 말 그대로 '함께 사는' 시절이었다.

이들을 홀대하는 일은 있을 수 없었다. 천막 병원 한구석의 개천 위에 판자를 걸치고 적당히 지어진 구내식당의 메뉴는 의사·간호사나 직원이 모두 똑같

1955년 가을의 어느 날 복음의원 앞에 모인 병원 식구들. 이것은 아버지의 사진첩 속에 있던 사진이다. 어머니의 기억에 의하면 이날 야간 교대 근무자를 제외한 전원이 모였다고 한다. 의사, 간호사 외에 각종 일을 거드는 직원 및 그 가족의 숫자가 만만치 않았음을 한눈에 알아볼 수 있다. 하루는 내가 아침에 출근하며 "여기 나오는 사람들의 이름을 기억나는 대로 적어보시라"고 한 뒤 저녁때 귀가했더니 어머니는 옆모습만 보이는 아이들까지 포함해 전원의 이름을 적어놓으셨다. 이들 모두가 어머니의 기억 속에 반세기 이상 동료로서 아주 또렷하게 살아 있었던 것이다. 뒷줄 왼쪽에서 세 번째가 어머니다.

았다. 그들은 모두 한 식구였기 때문이다. 어머니가 남긴 병원 시절의 사진들 중에 의사와 간호사만 등장하는 사진은 거의 없다. 심지어 병원 이사진이 공식 회의를 마치고 기념 촬영을 할 때에도 직원의 나이 어린 아들들이 자연스럽게 끼어들어 한 자리 차지하는 경우가 많았다. 내가 기억하기로도, 어머니는 이 병원에서 빨래와 다림질을 맡았던 '동진 엄마'라고 불리는 한 아주머니와 그 뒤 수십 년 동안 오가며 우정을 나누었다.

한번은 내가 장난스럽게 물은 적이 있다. 간혹 복음병원 초창기 모습이라며 소개되는 사진들을 보면 '판잣집'이던데 왜 모두들 '천막 병원'이라고 말하느냐고. 어머니의 답은 명쾌했다.

"둘 다 맞는 말이다. 옆은 판자로 둘렀지만 위는 천막이니 다 맞지 않냐? 부산 영도 영선초등학교 옆으로 개천이 흘러가는데 그 옆의 작은 공터에 판자와 천막으로 얼기설기 지은 건물이었다. 그걸 뭐라고 부르냐가 중요한 게 아니고, 그런 가설무대 같은 건물이다 보니 겨울에 춥고 여름엔 더울 수밖에 없었니라. 그래도 밤에 수술 환자가 생기면 춥건 덥건 간에 온 직원이 동원돼서 제네레타 (generator, 발전기) 돌려서 수술 준비를 하곤 했다. 그러다 보면 여름엔 죽어나니라. 그땐 왜 그걸 아무도 싫다고 하지 않았던지……."

우문에 현답이란 이런 경우를 두고 하는 말이다. 이런 설명을 할 때면 어머니는 목소리뿐 아니라 오감 전체가 저절로 20대 그 시절로 돌아가곤 했다. 막 수술 준비를 끝낸 간호사가 수술실을 둘러보는 눈빛이 그랬을까? 시설과 장비가 부족한 것은 아무런 문제가 되지 않았다. 간절히 도움을 필요로 하는 사람들이 넘쳐나고, 병원 구성원들은 그런 요청에 부응할 의지를 갖고 있었다는 사실만이 중요했다. 그런 상황에서 부족함이 발견된다면? 그때는 하느님이 그 빈틈을 메워주리라는 믿음을 어머니를 포함해 병원의 모든 사람들이 갖고 있었다.

최선의 노력을 다하면서 나머지는 신에게 맡기는 자세는 동서고금을 막론하

01

02   03

1953~1954년경 순회 진료 때의 모습들이다. 사진 1과 사진 2는 어머니의 앨범 속에 있던 순회 진료 장면들. 장소는 알 수 없고, 진료 지역의 어느 농가를 빌려 이동병원을 차렸다. 아기 업은 어머니들이 많은 것으로 볼 때 소아과 환자가 많았던 것 같다. 사진 1의 중앙은 그 당시 병원 서무 담당이던 김지화 선생과 어머니. 사진 3은 아버지의 필름 뭉치 속에 끼어 있던 것으로 마침 고향인 합천으로 순회 진료 나갔을 때의 모습이라고 어머니가 확인해주었다. 배경에 당시 최신식이었다는 앰뷸런스가 보인다.

고 사람을 가장 편안하게 만들고 안정감을 준다. 동양의 '진인사대천명(盡人事待天命)'이 그러하고, 기독교의 "여호와는 나의 목자시니 내게 부족함이 없으리로다"(시편 23편)라는 믿음이 그러하다. 어머니도 그랬던 것 같다. 그런 믿음과 그 믿음에 바탕을 둔 노력은 자연히 일에 대한 보람으로 이어졌다. 대표적인 사례가 순회 진료였다.

"거, 왜 요즘 시내버스 중에 연두색으로 칠한 버스 있지 않냐? 그때는 그런 색깔이 참 드물었는데 전영창 선생이 미국에서 구해서 보내온 앰뷸런스가 그런 바탕색에 커다랗게 빨간 십자가를 그려 넣은 것이었다. 그걸 타고 서부 경남 지역으로 순회 진료를 다니곤 했다. 의사 한 사람, 간호원 한 사람, 서무 겸 약 분배 한 사람, 그리고 운전사까지 네다섯 명이 한 달에 한 번씩 나가서 5일이나 일주일쯤 무의촌 여러 곳을 돌고 들어오곤 했다. 진주, 산청, 함양, 의령, 합천 등 가지 않은 곳이 없었니라."

이때의 사진이 남아 있다. 몇 장은 아버지의 필름 뭉치 속에, 몇 장은 어머니의 앨범 속에 끼어 있었다. 이제는 모두 희미하게 빛이 바랬다. 그러나 나는 어머니 일생에서 가장 빛나던 순간이 바로 이때라고 확신한다. 몸은 고달팠을망정 가장 안정되고 가장 보람찬 시간이었기 때문이다. 이때의 경험과 기억이 그 뒤의 삶을 사는 원동력이 되어주었을 것이다.

'왕자님'이 '마음 굳센 공주님'에게

어머니는 복음의원에 근무한 지 8개월 만인 1954년 1월부로 '간호장'이 되었다. 그것은 요즘 식으로 얘기하자면 '간호과장'의 역할이었다고 당시 어머니와 함께 간호사로 근무한 조성순 씨가 최근에 알려주었다.

그는 "이북에 두고 온 우리 친언니와 인상도 비슷했고 신앙적인 대화도 가장 잘 통하는 사이였다"고 어머니를 회고하는 가운데 "장 박사가 어머니를 많이 믿고 일을 맡겼다"고 기억했다. 예컨대 자신은 수술실 담당, 이금숙 간호사는 내과 담당, 그리고 어머니는 병실 담당 등으로 각자 맡은 역할이 있었지만 어머니는 그런 일을 넘어서서 간호사들로부터 다달이 식대를 조금씩 걷어 그 돈으로 식당 근무자들이 부식을 사오게 하는 등 병원이 돌아가게 하는 일을 도맡아했다는 것이다. 어머니의 표현대로 간호사들의 물갈이가 한 차례 진행된 가운데 이미 어머니는 당시 6~7명의 간호사 및 간호보조사들 가운데 가장 연장자이기도 했다. 그러니 직책을 떠나 '언니' 같은 역할이 아니었을까 생각된다.

1956년 하반기의 어느 날 서울로 출타한 장 원장이 어머니에게 보낸 봉함엽서 한 통이 앨범에 끼워져 있었다. 당시 격주로 서울대 의대에 출강하던 장 원장이 서울에 머물며 간호사들의 대표에게 보내는 성격의 편지였다. 당시의 표기 그대로 옮기면 이런 내용이었다.

열이 나서 고생하는 것을 떠나와 얼마나 미안하였던지. 그러나 의를 일우는 것이
참사랑인 줄 믿고 주님의 사랑이 더욱 위로하고 강건케 하여 주실 것을 믿고 왔습
니다. 지금은 열도 나리고 모든 세포도 새로 변화되어서 모든 것이 새롭게 자라
게 될 것으로 믿습니다. 나도 이곳 온 다음다음 날부터 왼편 둘재 발구락 위에 종
기가 나서 잘 단니지 못하고 누어 있는 중입니다. 그 언젠가 김지화 선생이 다리
를 오래 알턴 것과 같은 균이 들어갓는지 퍽 불편합니다. 그리고 나는 25일쯤 이
곳을 떠나 광주 단녀 29일쯤 부산에 돌아갈 예정입니다.
박말순 간호원 다려 복음병원에 돌아가 일 보아달라고 부탁했습니다. 아마도 이
달 끝에 나려가게 될 줄 압니다. 이금숙, 김용하, 전순애, 박보원 간호원에게 문안
하오며 조성순 간호원 위에도 주님 은혜가 항상 같이 하여 주시옵기를 빔니다.

장 원장의 다면적인 성격이 잘 드러나는 편지다. 소탈하고 격의 없으면서도,
앞서 결혼식 축문에서 보여준 것처럼, 기독교 신앙인의 관점이 아주 뚜렷하다.
그런가 하면 매사를, 신앙과는 거리가 있을 수 있는 자연과학적 또는 의학적 개
념으로 해석하고 이해하는 동시에 '동역자'인 간호사들에 대해 따뜻한 배려를
잊지 않고 있다. 요즘 일상인의 눈에는 상당히 이질적인 요소들의 공존으로 비
칠 법하다.

그러나 어머니의 눈에는 이런 장 원장의 다면적 모습이 전혀 어색하게 비치
지 않았다. 어머니는 기독교인 중에서도 장 원장과 같은 '고려파' 장로교단 소속
이었다. 이 '고려파'는 1950년대 초 우리나라 단일 장로교회에서 최초로 분리·
독립한 교단으로서 일제 말기에 신사참배에 저항하다 순교하거나 옥중에서 해
방을 맞은 목사들의 뜻을 이어받아 경상남도에 큰 세를 형성하고 있었다. 바로

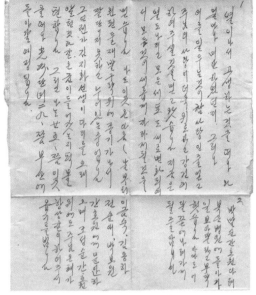

복음의원 원장인 장기려 박사가 1956년 하반기의 어느 날 서울에 머물며 간호장인 어머니에게 보낸 문안 편지의 겉봉과 내용이다. 필체는 물론 내용까지 앞에 소개한 1957년 3월의 결혼식 축문과 닮은 꼴이다.

이 지역 고려파 장로교인들의 상당수는 해방 이후 북한 정권의 기독교 배척에 따라 월남한 이북 사람들이었다. 이들은 그런 배경 때문에 근본주의적일 수밖에 없었다. 그러나 이들은 동시에 상당히 어지러웠던 1950년대의 사회적 또는 교회 차원의 각종 현안들에 대해 개혁적 시각을 갖고 있기도 했다. 대개의 종교가 그렇지만 그중에서도 근본주의자들은 특히 당위론으로 현실의 삶을 구성하려는 경향이 강한 법이다. 무엇인가 해야 할 일이 분명히 제시된다면, 혹은 '아니오' 해야 할 사안이 부각된다면 이들은 자신의 모든 것을 걸고 그것을 이루고자 한다. 그런 식으로 세상과 사물을 보는 눈이 비슷한 사람들이 복음의원에 모여들어 함께 일하고 있었던 것이다.

그런데 어머니 개인사의 차원에서 보자면, 장 원장의 다면적인 모습은 아버지의 퍼스낼리티이기도 했다. 앞서 언급한 장 원장의 몇 가지 성격은 거의 그대로 아버지의 성격이었기 때문이다. 근본주의 기독교 신앙과 자연과학의 병존!

게다가 이북(평안도) 출신인 것도 같았고, 남에게는 싫은 소리 못하지만 자기 일에는 집요하리만치 원칙적이고 열심인 성격도 꼭 닮았다.

어머니가 명확하게 그런 언급을 한 적은 없지만, '병자'에 '딸깍발이' 스타일이면서 별로 가진 것도 없던 아버지에 대해 싫다는 소리 한마디 않고 결혼하게 된 배경에는 '존경하는 장 원장'과 거의 같은 성격이었던 점이 중요하게 작용했다고 나는 생각한다. 세상에는 자기 스스로 인식하지 못하면서 부지불식간에 내리는 판단과 선택이 얼마나 많은가?

단 한 가지 장 원장과 아버지의 차이가 있다면 그것은 장 원장은 믿고 의지할 수 있는 버팀목과 같은 존재였다면 아버지는 거꾸로 어머니가 보호해줘야 하는 존재였다는 점일 것이다. 그것은 대단히 중요했다. 장 원장에게는 어머니가 개인적으로 해줄 수 있는 일이 거의 없었던 반면, 그와 비슷한 성격의 아버지에게는 절대적으로 자신의 도움이 필요하다는 점! 그것은 오히려 매력적인 일이었다. 바로 거기에 아버지와 어머니의 우격다짐 식 약혼과 결혼을 이해할 수 있는 열쇠가 있다고, 나는 최근에야 비로소 생각하게 됐다.

어머니는 요즘 시쳇말로 '골드미스'였다. 1955년 약혼할 무렵 이미 서른을 넘겼지만 결혼에 대해 그다지 관심을 두지 않았다. 자신이 사회적으로 할 수 있는 역할이 있다는 점에 만족하고 있었다. 그렇지만 아버지를 소개받은 뒤 이 사실을 장 원장에게 알렸다. 당시 '아버지 같기도 하고 큰오빠 같기도 한' 장 원장에게 그런 사실을 알리지 않는 것은 있을 수 없는 일이었다고 한다. 그러자 장 원장도 자연스럽게 아버지를 아는 병원 관계자들에게 이런저런 사실들을 들은 뒤 크게 기뻐하며 결혼을 적극적으로 지원해주었다. 이런 식이었다.

"장 박사가 서울의전 후배이자 그때 마산요양소장이던 이찬세 선생과 상의해서 너희 아버지가 거기 입원하도록 주선해주셨다. 몇 달만 가 있으면 완치될 거라고 자신감도 주고. 그때가 막 스트렙토마이신이 나와서 결핵도 치료된다

1955년 가을의 어느 주말, 어머니를 포함해 복음의원 간호사들이 부산 영도 인근으로 나들이를 나갔다. 왼쪽부터 어머니와 김용하, 이금숙, 조성순 간호원, 그리고 당시 병원에서 함께 생활하던 박보원 학생이다. 이 가운데 어머니보다 4년 연하인 조성순 씨가 최근 어머니의 복음의원 시절에 대해 상세하게 알려주었다. 그 무렵 '전문직'에 종사하던 여성들의 자신감과 전후(戰後)의 활력이 동시에 느껴진다.

는 소식이 들리던 무렵이었다. 그런가 하면 장 박사와 내가 어디론가 순회 진료를 갔다 오는 길에 그 차를 몰고 바로 마산요양소로 위문차 간 일도 있지 않나? 장 박사가 나를 위해 그렇게 수고를 많이 해주셨다."

이런 관심과 지원 속에 결혼의 약속은 더욱 굳건해졌다. 장기려 박사는 아버지가 만난 또 한 사람의 선한 이웃임에 분명했다. 햇수로 3년이고 실제로는 1년 반이던 약혼 기간 동안 사실 주위의 반대가 상당했다고 어머니는 기억했다. 특히 외할머니의 반대가 가장 컸다. 고이 기른 셋째 딸을 완치됐다고는 하지만 언제 재발할지 알 수 없는 '폐병쟁이'에게 내주다니……. 내가 생각해도 그럴 만했다. 다시 어머니의 회고.

"너희 외할머니가 약혼 기간 중에 반대한 건 물론이고 결혼 날짜 잡아놓고 부산 와서 내 동료 간호원들과 함께 물건 사러 다니면서도 내 험담을 어찌나 했던

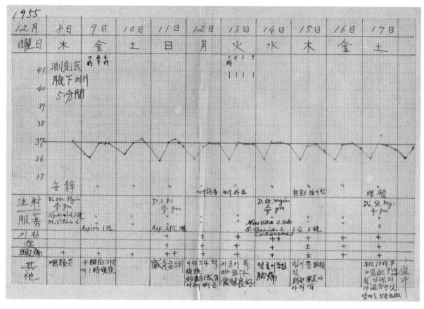

아버지는 1955년 12월 8일부터 마산요양소로 옮기던 무렵인 그다음 해 8월 6일까지 통영의 자택에서 요양하며 꼼꼼하게 병상 일지를 남겼다. 꼬박 8개월 동안 이런 방식으로 하루에 네 차례씩 체온을 측정하고 주사 및 투약 내용, 기침과 가래(痰) 유무, 두통 여부 및 기타 특기 사항들을 상세하게 기록했다.

지……. 그건 말로 다 설명 못한다. 그래도 나는 어머니가 그러거나 말거나……. 그때 하나님이 내 귀를 막았다."

그 기간 중에 흔들린 것은 아버지였다. 계룡산 시절을 거치며 기껏 나았다고 생각하고 이제 약혼까지 한 마당에 결핵이 재발하고 요양소 신세까지 지게 됐으니 낙담이 컸다. 결혼을 포기해야겠다는 생각을 지기인 최도명 목사에게 털어놓기까지 했던 건 앞(3부 '통영 I'의 '손님')에서 설명한 대로다.

물론 아버지도 필사적으로 노력했던 것은 사실이다. 병이야 본인의 것이니 두말할 필요도 없지만 멀쩡한 남의 딸 신세를 망칠 수도 없는 일이니 노력하는 게 당연했다. 아버지의 그런 노력의 일환을 보여주는 게 마산요양소에 가기에 앞서 통영의 자택에서 치료할 때의 자가 측정 및 투약에 대한 기록이다.

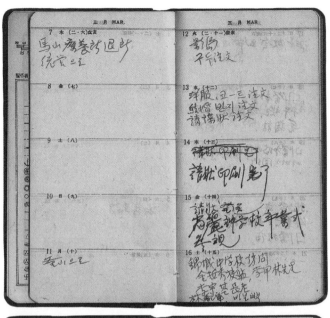

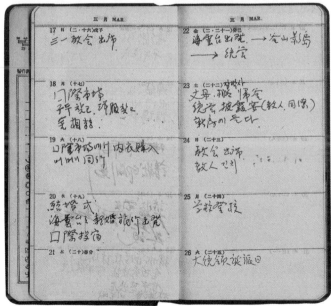

1957년 3월 7일 마산요양소 퇴소로부터 그달 20일 결혼식까지 숨 가쁘게 진행된 결혼 준비 상황을 기록한 아버지의 수첩.

그때 어머니는 부산에, 아버지는 통영 또는 마산에 있었으니 자주 만날 수도 없었겠지만 주로 방문한 쪽은 어머니였다. 어머니는 약혼 기간에 몇 차례나 만났는지도 정확하게 기억하고 있었다.

"너희 아버지가 아프기 전(1955년 12월 결핵 재발 이전)에 통영으로 한번 갔고……. 남망산 가서 사진 찍은 게 바로 그때다. 그리고 아프다고 자리에 누웠을 때 한번 또 갔고, 마산요양소로 옮긴 뒤에는 장 박사와 같이 한번 갔고, 나 혼자 한번 갔고……. 너희 아버지가 어느 해인가 음력설에 부산에 한번 와서 영화 〈마농 레스코〉를 함께 본 적이 있다. 그때 영화 보고 나서 음식점을 찾았는데 그게 마땅치 않아서 여기저기 다닌 생각이 나네. 아, 그리고 장 박사가 한산도로 여름휴가 간다고 해서 나도 그때 따라가서 너희 아버지를 거기서 만난 일도 있다. 여러 날 같이 지냈다. 그게 아마 1956년 여름에 마산요양소 입원하기 직전 아니었나 싶네."

1년 반 동안 대여섯 차례 만난 게 전부였다. 요즘 같으면 생각할 수도 없는 일이다. 그러나 그렇게 멀리 떨어져 있는 것이 오히려 어머니의 의지를 더욱 굳게 만들었던 것 같다.

"참 희한하더라. 부산에서 통영 갈 때는 배 위에서 멀미 때문에 다 토하고 죽어나는데, 하룻밤 자고 돌아올 때는 정말 아무렇지도 않게 괜찮았으니……."

이렇게 아버지 본인의 노력과 어머니의 지원 속에 드디어 1957년 초 '완쾌' 판정이 나왔다. 두 분은 결혼을 서둘렀다. 퇴원과 결혼 준비와 아버지의 학교 복직 등이 거의 동시에 이뤄졌다.

결혼 이후의 일들은 앞에서 이미 설명했고, 그 이전 약혼 시절의 일들은 더이상 구체적으로 알기 어렵다. 어머니는 언젠가 이렇게 언급한 적이 있었다.

"사실 약혼 시절에 너희 아버지가 쓴 꽤 두툼한 일기장이 있었다. 그때는 자주 만날 수도 없었으니 편지 내왕하는 게 일이었는데, 편지 내용을 포함해서 마음에 담아두었던 생각 같은 것들을 아주 세밀하게 적어둔 일기장이었다. 자기는 왕자 같다든가, 공주 같은 사람에게 편지를 쓴다든가……. 그런 내용이었는데 너희 아버지 죽고 나서 다 부질없는 것 같아서 내가 태워버렸다. 네가 이렇게 아버지 얘기를 상세하게 물어볼 줄 알았더라면 그걸 없애지 않고 두는 건데……. 내가 생각이 짧았지. 그걸 뒀더라면 너희 아버지 냄새를 잘 맡을 수 있었을 텐데……."

이 이야기를 들으면서 나는 '역시 그랬구나!' 하고 생각했다. 매사에 그토록 꼼꼼하게 기록을 남긴 아버지가 1955년의 약혼 날짜와 그날의 상황을 포함해서 약혼 시절의 이야기를 어떤 방식으로든 남기지 않았을 리가 없는데 수첩에는 없었던 것이다. 그 이유가 궁금했고 의아스럽기까지 했다. 이제 그 의문이 풀린 것이다. 그것은 수첩에 단순·명쾌·요약형으로 메모할 수준을 훌쩍 뛰어넘는 일이었다.

그 일기장에는 어머니의 표현대로 아버지의 냄새가 곳곳에 배어 있었을 것이다. 아버지 생각의 궤적을 따라갈 실마리도 풍부하게 담겨 있었을 것이다. 안타까웠다.

그러나 어머니 스스로 묻어버린 상황을 더 이상 묻는 것은 적절치 않다고 생각했다. 게다가 어머니는 '아버지의 냄새'를 이미 더할 나위 없이 분명하고 풍성하게 아들에게 전달해주었다. 그래서, 사실은, 더 물을 필요도 없었다.

다시 찾은 고향

5일(월)   합천행은 너무 추워서 연기

6일(화)   창희 발열 39°, 설사. 여행은 또 연기

7일(수)   내일은 출발하자! 창희 모(母) 밤새도록 준비

8일(목)   마산 경유 합천 착(着). 하오 1시경. 복숙 창희 영자 함께. 장모 처남 상면

9일(금)   처외삼촌(장한규)댁, 7촌댁 방문. 처고종 박무준 씨 내방

10일(토)   처고모댁 방문. 강 건너갔다가 산 넘어왔다

11일(일)   합천교회 참석(예산 140만 환)

12일(월)   7촌 숙모 방문. 해숙(海淑) 구선생(具先生). 함벽루(涵碧樓) 구경

13일(화)   정홍석 목사 방문

14일(수)   8:50 합천 발. 하오 1시경 부산 착

1959년 1월의 아버지 수첩 기록이다. 일주일 동안의 처가 방문 일정이 빼곡하다. 어머니로서는 결혼 이후 근 2년 만의 첫 고향 나들이였다. 고향으로 발걸음 떼는 일이 쉽지 않았다. 한 번은 너무 추워서, 또 한 번은 내가 아파서 출발을 연기한 끝에 1월 8일에야 길을 떠날 수 있었다. 그때는 통영에서 합천 가는 시외

1959년 1월 합천 방문 전후의 사정을 기록한 아버지의 수첩.

01

02

03

사진 1은 아버지와 어머니가 합천 황강의 강둑 위에서 겨울바람을 맞으며 기념사진으로 남긴 것이다. 사진 2는 황강 변의 함벽루 뒤의 절벽 위에 선 오래된 사찰 연호사(烟湖寺) 초입에서 두 분이 나란히 포즈를 취한 모습이다. 아버지는 이때 합천을 처음 방문한 것이었고, 어머니는 자신의 고향을 마음껏 아버지에게 보여주고 싶었던지 일주일 동안 친척 어른들께 인사드리는 틈틈이 여기저기 역사 유적과 경관 좋은 곳도 많이 찾았다. 사진 3은 어머니에게 안겨 합천을 찾은 나를 외할머니가 업어주고 있는 모습이다. 어머니는 "네가 어릴 때부터 잘 웃는 편이어서 어른들한테 사랑을 많이 받았다"면서 외할머니도 그런 나를 어쩔 줄 몰라 하며 귀여워했다고 회상하시곤 했다.

버스 노선이 없었던지 마산까지 배를 타고 가서야 합천행 버스를 탈 수 있었다.

길이 아무리 멀고 험하다 해도 남편과 갓 낳은 아들을 대동하고 처음으로 친정을 찾는 어머니의 심정은 한껏 하늘로 날아올랐을 것이다. 당시 합천을 관통해 흐르는 황강 변에서 두 분이 찍은 사진이 그런 분위기를 잘 전해주고 있다.

당초 결혼을 반대했던 외할머니도 멀쩡하게 남편과 아들을 대동하고 나타난 딸을 반갑게 맞았다고 한다. 원래 자식 이기는 부모 없다고 하지 않는가? 외할

01

02

03

합천에서 만난 사람들. 사진 1은 1959년 당시 합천의 외가 앞에 선 외삼촌과 외숙모. 어머니의 오빠 부부다. 외숙모는 지금도 이 집터에 새로 지은 집에서 살고 계신다. 사진 2는 외가 인근에 살고 있던 어머니의 고모와 고모부. 이 두 분의 딸 박인순 씨는 어머니보다 한 해 아래의 고종사촌 동생으로, 어머니와 일생 동안 친구처럼 가까이 지냈다. 사진 3은 어머니의 팔촌 동생 이해숙 씨 부부와 함께 선 장면. 사진 4는 합천 방문 기간에 마침 일요일이 끼어 있어서 어머니가 처녀 시절 다녔던 합천읍 교회의 예배에 참석한 뒤 정흥석 담임목사 등 교회 관계자들과 함께 기념 촬영을 한 모습이다.

04

머니도 고집이 상당히 센 분이었지만 결혼 문제에서만은 어머니의 고집이 이겼다고 해야 할지……

이 합천 방문은 결혼식에 많이 참석하지 못했던 어머니의 친척 어른들에게 두루 인사하는 것이 주목적이었다. 어머니의 친가와 외가 쪽 어른들을 매일 방문했다. 합천 읍내에 살고 있지 않은 분들도 있었던지 아버지는 어느 날 "강 건너갔다가 산 넘어왔다"고 기록해놓기도 했다. 겨울날 나다니기가 만만치 않았겠지만 두 분의 발걸음은 마냥 가벼웠을 것이다.

이렇게 분주한 일주일을 보내고 14일 합천을 떠나 귀로에 부산에 들렀다. 따로 살던 할아버지를 찾아뵙고 복음의원에도 들러 장기려 박사 등에게 인사하기 위한 것이었다. 그때 부산의 할아버지 댁에서 어머니와 내가 연탄가스에 중독되었던 일은 이미 앞의 '나의 첫걸음' 편에서 설명했다. 첫돌도 맞기 전에 불귀의 객이 될 뻔했던 것이다. 어머니가 필사적으로 일어나 방문을 열고 소리치는 바람에 일이 커지지 않을 수 있었다.

이런 우여곡절 속에 합천과 부산을 잇달아 방문한 데에는 사실 한 가지 숨은 목적도 있었다. 그것은 아버지 입장에서는 이제 곧 통영 시절을 끝내려 한다는 결심을 친가와 처가에 두루 알리기 위한 것이었고, 어머니 입장에서는 이제 멀리 서울로 떠나게 되니 언제 다시 올지 알 수 없는 고향을 모처럼 별러서 방문하기 위한 것이었다. 그러면 두 분은 그렇게 '멀리' 떨어져 살면서 그다음에 언제 합천을 방문했을까? 전혀 의도한 것은 아니었지만, 아버지에게는 이번 처가 방문이 처음이자 마지막 기회였고, 어머니는 20여 년 뒤에나 친정을 다시 찾을 수 있었다. 그때는 그렇게 될 줄 누구도 알 수 없었다.

이제 한 시기가 저물고 새 시기가 다가오고 있었다. 아버지는 6년, 어머니는 2년 동안의 통영 시절이 끝나가고 있었다. 그것은 두 분 모두에게 가장 아름다운 시기였다. 특히 아버지와 어머니가 통영에서 함께한 그 2년은 더할 나위 없는 최상의 시간이었다. 어머니는 그 시간을 더 특정해서 이야기하곤 했다.

"너 낳고 나서 첫돌 될 때까지 통영에서 보낸 마지막 1년이 가장 행복한 때였던 것 같다. 너희 아버지는 카메라 하나 사서 시도 때도 없이 너 찍어준다고 하고, 할아버지도 그 무렵부터 부산에서 통영 내왕하고……. 너 태어나서 일주일 되는 날 할머니가 미역국 끓여서 통영제일교회 김현중 목사님 청해서 대접했는데, 그날 김 목사님이 너를 안고 눈물로 축복기도해주시고……. 그런 축복 속에서 지낸 나날이었다. 너도 기도 잘 하고 살아라."

누구에게나 좋은 시기는 길지 않은 법인가 보다. 통영을 떠날 시간이 다가오고 있었다.

08

아듀! 통영

전근과 사직의 기로

아버지는 합천과 부산에서 돌아온 1959년 1월 하순부터 통영을 떠나는 4월 하순까지 꼭 3개월 동안 상당한 양의 사진을 남겼다. 아버지 스스로 정리해놓은 필름 상자에서 22번 롤부터 40번 롤까지 20통 가까이가 이 기간에 해당한다. 1번 롤부터 18번 롤까지가 카메라를 처음 산 1958년 9월부터 그해 연말까지 4개월 동안 촬영된 것이라는 점과 비교해봐도 그 속도가 꽤 빨랐다.

그것은 아름다운 장소를 찍는다기보다 그 장소에 담긴 아름다운 기억을 찍는 행위였다. 그때 찍은 것은 재생(再生)과 신생(新生)의 기억이었다. 아버지의 지나온 삶에서 가장 귀중한 것들이었다. 그런 귀중한 기억을 무엇엔가 담아 남기는 행위는 그곳에 계속 머무르지 않으리라는 것을 전제하고 있었다.

아버지는 1959년 초, 어쩌면 그 전해 말부터 경상남도 내의 다른 학교로 전근할 수밖에 없다는 사실을 알고 있었다. 그에 따라 많은 고민을 했고, 당연히 어머니와도 여러 차례 상의했다. 실제 1959년 4월 13일 자로 함안중학교로 전근 발령이 났다. 1953년 5월 통영에 처음 와서 전임강사로 발령받은 때로부터 따지면 만 6년, 1955년 4월 드디어 정식 교사가 된 때로부터는 만 4년이 된 시점이었다. 공립학교에 근무하는 공무원 신분이었으니 순환 보직의 원칙에 따른 전근은 당연한 일이었다.

아버지는 이 전근 명령을 수용하느냐 마느냐의 기로에 섰다. 수용하면 함안으로 가는 것이고, 수용하지 않으면 사직하는 길밖에 없었다. 또 사직할 경우 앞으로 무엇을 하느냐가 문제였다. 이와 관련해서는 어머니의 설명이 있다.

"평소 몸이 약하다 보니 장구히 교사 노릇 하기 어렵다고 보고 '내 사업'을 하겠다는 생각을 갖고 있었다."

그 무렵 어느 시점엔가 생각이 정리된 것 같다. 아버지는 건강의 문제도 있었지만, 마음에 맞지 않는 조직 생활에 염증을 느낀 흔적도 있다. 가장 결정적인 것은 병이 재발한 1955년 말 아버지를 통영여중으로 부른 주영혁 교장 선생이 다른 학교로 전근 간 일이었다. 후견인이 사라져버린 셈이었다. 새 교장 선생과는 여러 가지 면에서 맞지 않았다.

앞에서 설명한 것과 같은 구독 신문 조사는 물론이고 일하는 방식 자체가 기왕의 교사들과 이런저런 파열음을 냈다고 한다. 게다가 새 교장 입장에서도 자신이 부임하자마자 휴직한 교사를 좋아할 리 없었다. 문제는 이런 각종 문제들이 어디에서도 되풀이될 수 있다는 점이었다.

그래서 고민 끝에 찾은 길이 '전근'이 아니라 아예 '전직'하는 것이었다. 여기서 '내 사업'이란 '약국 경영'을 가리키는 것이었다. 그것이 남의 눈치 보지 않고 독립적으로 생계를 꾸리는 길이라고 생각했다. 아버지 자신이 몸이 약하고 건강이 좋지 않다 보니 약품에 관심이 많았던 것도 그런 판단에 영향을 미쳤을 것이다. 그런데 문제는 약국을 경영하려면 4년제 약학대학을 나와 국가고시를 치르고 약사 면허증을 취득해야 한다는 점에 있었다. 결코 만만한 일이 아니었다.

"너희 아버지가 해방 직후에 연희대학교를 2학년까지 마치지 않았냐? 그래서 나는 약대를 다시 가더라도 학사 편입해서 2년만 다니면 되는 줄 알았다. 그런데 무슨 이유인지는 잘 모르겠는데 약대에 가게 되면 4년을 꼬박 다녀야 했던 모양이더라. 너희 아버지는 그런 사실을 미리 알고 있었으면서도 나한테는 그런 얘기를 사전에 전혀 하지 않았다."

'생활인'에서 '만학도'로 변신하게 되면 그 학비는 어떻게 충당할 것이며, 무려 4년이나 되는 기간의 생활비는 또 어디서 마련할 것인가? 아마도 어머니에게 '교사 사직'의 동의를 얻는 것도 쉬운 일이 아니었을 텐데 새 일을 하기 위한 준비 기간이 4년이나 된다는 사실을 알리기에는 입이 떨어지지 않았을 것 같다. 내가 아는 범위에서, 아버지가 어머니에게 분명하게 설명하지 않고 다분히 얼렁뚱땅 해치운 유일한 일이 이것 아니었나 생각된다.

아무튼 교사직을 떠나 서울의 4년제 약대에 진학한 일은 아버지 인생의 한 시기가 끝나고 새 시기가 시작되는 것을 의미했다. 게다가 그것은 '제도 안'에서 '제도 밖'으로 나가는 일이었다. 통영여중은 공립학교였기 때문에 아버지는 공무원 신분을 갖고 있었다. 1950년대의 공무원 신분이란 '삶의 보장책'일 수도 있었다. 또 그 신분을 획득하기 위해 얼마나 고생했던가? 그런데 이제 그것을 미련 없이 던지고 '학생 신분으로 돌아갈 참'이었다.

그것은 1950년 5월, 한국전쟁이 일어나기 불과 한 달 전 '학생 신분을 버릴 때'의 상황과 닮았다. 외형상으로는 정반대의 상황처럼 보이지만 그때도 '제도 안'에서 '제도 밖'으로 나가기는 마찬가지였다. 기껏 얻은 신분상의 보장책을 이렇게 던져버리는 무모함이라니…… 아무래도 아버지에게는 소시민적 일상생활의 저 밑바닥에 잠재한 '결단' 또는 '방랑'의 DNA가 있었는지도 모르겠다.

지나간 시대는 한없이 아름다웠지만 새로 올 시대는 완전히 미지의 것이었다. 참으로 무모한 결정이었다. 그해 초 합천에서 통영으로 돌아오는 길에 부산에 들른 이유도 할아버지에게 경제적 지원을 요청하기 위한 것이 아니었을까 짐작된다.

이렇게 해서 통영을 떠날 때가 온 것이다. 아버지는 통영 곳곳을 사진에 담기 시작했다. 이 시기에 유난히 다양한 장소를 배경으로 하는 사진이 많이 남아 있다. 의식적으로 찍은 것이 분명했다.

마침 삼일절이었다. 이날은 온 나라가 함께 기념하는 날이기도 했지만 통영 시민들에게는 특별한 무엇인가가 더 있었다. 우리나라를 기회 있을 때마다 병탄하려 한 바다 건너 일본을 최전선에서 마주하는 군사도시가 바로 통영이었기 때문이다. 임진왜란 당시 수군의 후예가 바로 지금의 통영 시민들이다. 게다가 1955년에 통영군의 통영읍 지역이 충무공의 시호를 빌려 '충무시'로 승격한 상황이어서 이 도시를 감싸고 있는 애국적 열정은 더욱 고조되어 있었다.

이날의 행사들 가운데 통영여중 학생들의 시가행진은 시민들에게 큰 볼거리를 제공했다. 학교와 도시가 함께 어우러지는 기회를 아버지가 놓치지 않았다.

이 행사의 사진들은 몇 덩어리로 나누어볼 수 있다. 우선 사진 1~3은 당시 문화동의 교사가 좁아 도천동에 신축 중이던 새 교사의 운동장에서 오전 10시에 열린 기념식 장면이다. 아버지는 여기에 '공사장에서의 기념식'이라는 큰 제목 아래 '선언서 낭독', '기념사', '삼일절 노래 제창'이라는 설명을 각각 달아놓았다. 그날 "오등은 자에 아 조선의 독립국임과 조선인의 자주민임을 선언하노라"로 시작하는 선언서 내용과 "기미년 삼월 일일 정오 터지자 밀물 같은 대한 독립 만세"라고 목청을 틔운 삼일절 노래가 학생들에게 어떻게 다가왔는지 모르겠다.

그다음의 사진 4~9는 기념식에 이어 벌어진 시가행진이다. 도천동 신축 공사장에서 남망산의 이순신 장군 동상까지 3킬로미터 가까운 거리를 걸어가려면 불가피하게 도심지를 거치게 되어 있다. 고적대와 기수단, 태극기 등을 앞세운 500여 명의 여중생들이 당당하게 시내를 누비는 장면은 아주 유쾌해 보인다.

이들은 지금의 도천동 사거리(사진 4)를 지나서 지금의 윤이상 기념공원 자리에서 좌회전한 뒤 중앙로를 따라 동쪽으로 행진을 계속해 옛 통영군청(지금의

01   02   03

04   05   06

07   08

09

10

11

12

13

14

15

16

통영시립박물관, 사진 5와 사진 6) 앞, 한국전력 통영사업소와 적십자병원(사진 7) 앞을 잇달아 지났다. 그러다가 지금의 항남오거리쯤에서 강구항의 해안도로로 접어들어 지금의 문화마당, 중앙시장 앞을 거쳐 드디어 남망산으로 오르는 동호동 커브 길(사진 8)을 돌았다. 학생들의 행렬이 강구항 거의 전체를 감싸듯이 둘러싼 모습이 장관이다. 마침내 목적지인 남망산의 이순신 장군 동상 앞(사진 9)에서 다함께 '만세!'를 외치는 것으로 행사는 모두 끝났다. 이날 정오가 가까운 때였다. 어린 학생들이 한 시간 넘게 행진한 셈이다.

이런 날 기념 촬영이 빠질 수 없다. 고적대장(당시 중학교 2학년 박문수 학생, 사진 10)과 기수단(사진 11)에게 각각 한 컷씩 할애하는 사이에 필름이 떨어졌다. 이날 동행한 교사들과 고적대가 이순신 장군 동상 앞 계단에 자리 잡는 틈에 아버지는 얼른 필름을 갈아 끼웠다. 그런데 서두르다 보니 그만 카메라의 뚜껑을 확실히 닫지 못했던 모양이다. 처음 찍은 기념사진(사진 12)의 필름에 약간 빛이 새어 들어갔다. 뭔가 조금 미심쩍었던지 한 차례 더 촬영(사진 13)했다. 그러나 이번에는 필름이 조금 덜 감기는 바람에 앞줄에 앉은 사람들의 발목 아래가 직전 사진과 겹치고 말았다. 나중에 필름을 현상하며 아버지는 꽤나 실망했을 것이다.

그다음은 일행이 해산한 뒤의 여록(餘錄) 같은 장면들이다. 일부 교사와 학생들이 남쪽 바다를 내려다보는 뒷모습(사진 14)과 북쪽 강구항을 배경에 두고 교사들이 여유롭게 늘어선 모습(사진 15)을 파인더에 잡았다. 앞의 6부 '통영 II' 중 '통영의 향기' 편에서 '조춘방담'이라고 이름 붙인 바로 그 장면이다.

마지막 한 장은 더욱 여유가 넘친다. 남망산에서 내려와 강구항을 역방향으로 한 바퀴 다시 돌아 지금의 해수랜드 근처쯤 왔다. 마침 여수에서 오는 경복호가 입항하는 모습이 눈에 띄었다. 배경은 동피랑이다. 부둣가에 매여 있는 몇 척의 나룻배를 소도구 삼아 그 장면(사진 16)을 놓치지 않았다. 비록 흑백사진이지만 남쪽 나라에 봄이 오는 소리가 들리는 것 같다. 이것 역시 앞에서 '춘풍화향'이라고 제목을 달아본 바 있다. 이 장면을 담으며 아버지는 무슨 생각을 했을까? 자신을 태우고 떠날 배가 들어오고 있다고 생각했을까?

이렇게 이날의 사진들을 구분해서 살피다 보니 '여록'이라고 생각했던 것들이 오히려 눈에도 훨씬 더 잘 들어오고 여운도 길게 남았다. 그 이유를 한번 생각해보았다.

아버지는 냉정하게 말하자면 전문적인 사진작가라기보다는 아마추어 기록자였다. 그것도 누가 시켜서가 아니라 스스로 자임한 기록자였을 뿐이다. 사진 1부터 사진 13까지가 그 결과물이었다. 즉, 기념식과 시가행진을 있는 그대로, 그리고 가능하다면 해당 장소와 상황까지 보여줄 수 있는 방식으로 화면에 담아보려고 노력한 것들이었다. 그러나 사진 14부터 사진 16까지의 석 장은 그런 게 아니었다. 이날 행사와는 아무런 관계가 없었고, 찍지 않아도 상관없는 장면들이었다. 그렇기 때문에 오히려 훨씬 자유스럽게 배경을 선택하고, 그 배경이 되는 장소에 아버지 나름대로 성격을 부여할 수 있었다. '조춘방담'이니 '춘풍화향'이니 하는 제목이 우연히 생겨난 게 아니었다.

확실히 사진은 '자유로운 영혼'들을 위한 물건이고 뷰파인더를 통해 '자기만의 공간'을 창조해간 결과물임이 분명하다.* 그렇게 하기에 통영만큼 안성맞춤인 곳도 흔치 않았다. 자기 영혼이 마음껏 살아 숨 쉴 수 있는 곳, 통영에서 아버지는 적어도 사진을 찍는 순간만큼은 자유였던 것이다.

* 존 말루프 · 마빈 하이퍼만 · 하워드 그린버그 · 로라 립먼 지음, 박여진 옮김, 『비비안 마이어: 나는 카메라다』(윌북, 2015), 14쪽, 28쪽, 36쪽 등 참조.

통영에 허기진 사람

이 무렵 아버지의 시선은 통영이라는 도시 또는 장소에 가서 꽂히는 일이 많았다. 사실 가족사, 학교 행사 등을 촬영하다 보면 당장 눈앞에서 벌어지는 상황 자체에 집중하지 그 배경이 되는 장소를 염두에 두기는 쉽지 않다. 그러나 이제 상황이 달라졌다. 곧 이곳을 떠난다. 그렇게 떠나는 것이 기정사실화되는 순간, 모든 감각이 통영에서의 '첫날'로 되돌아갔다. 주위에 보이는 모든 것들이 새로웠다. 다시 '나그네의 눈'으로 보게 된 것이었다.

때마침 통영의 모습을 한눈에 살펴볼 수 있는 계기가 생겼다. 지역 유지가 부친상을 당했다. 삼일절 행사로부터 사흘 뒤에 거창한 상여 행렬이 시가지를 지나 도시 외곽의 화장터로 간다고 한다. 그 장례식 장면을 촬영해달라는 부탁을 받았던 것인지, 아니면 아버지 스스로 촬영한 것인지는 알 수 없다. 아무려면 어떤가? 시가지의 모습을 담을 수 있는 절호의 기회였다. 아버지는 이 이벤트에 필름 두 롤을 꼬박 투자했다. 아주 이례적인 일이었다.

우선 노제(路祭, 사진 1)에서부터 시작했다. 사진을 확대해서 보면 뒤편에 조그맣게 '우체국' 간판이 보이는데, 이곳은 유치환 시인이 편지를 쓰고 아버지도 6년 전 이곳에 도착한 직후 노성 친지들과 할아버지에게 소식을 전한 '중앙동

01   02   03

04   05   06

우체국'이다. 지금의 중앙로에서 옛 이문당 서점 옆으로 들어서는 골목 초입에 제상을 차린 것이다. 지역 인사들의 화환이 즐비한 가운데 각계 인사들이 조문 하는 장면이 필름에 담겼지만 사실 그것은 아버지의 관심사가 아니었다.

드디어 긴 상여 행렬이 출발했다. 그와 동시에 아버지의 발걸음도 바빠졌다. 목표는 중앙로를 따라 도심을 벗어난 뒤 통영 외곽에 자리 잡고 있는 화장터, 지금의 통영전문장례식장이다. 약 2킬로미터 구간을 운구 행렬이 지나갔다. 삼 일절 시가행진 때와는 또 다른 코스였다. 이건 아버지의 관심사에 비추어 행운 이었다.

사진 2~6은 모두 토성고개 모습이다. 아버지는 우선 행렬에 앞서 토성고개 중턱쯤으로 뛰어가서 기다리고 있다가 고개를 올라오는 만장 행렬(사진 2)과

07 08

화환 행렬(사진 3)을 잇달아 담았다. 배경에 보이는 미륵산의 모습을 감안하면 아버지가 선 장소는 지금의 중앙파출소를 조금 지난 곳이었다. 이어 상여 행렬을 지나보낸 뒤 이 행렬에 함께하거나 구경 나온 사람들의 모습(사진 4)도 담았다. 고인에 대한 예를 갖추기 위해 흰 두루마기에 중절모를 갖춰 쓰고 나온 주민들이 꽤 많았음을 알 수 있다. 상여가 멀리 팔작지붕의 건물 쪽으로 접근하고 있었다.

상여를 찍지 못하고 지나 보낸 것이 아쉬웠던 것 같다. 아버지는 얼른 상여 쪽으로 뛰어갔다. 상여의 전체 모습은 담지 못했지만 상여꾼들의 무표정한 얼굴(사진 5)이 인상적이다. 다시 상여 뒤를 따르는 여인들의 모습(사진 6)이다. 다시 상여가 아버지의 앞을 통과해 지나간 것이다. 여기서 보니 아까 보였던 팔작지붕 건물이 '천주교회', 즉 지금의 태평동성당임을 알 수 있다. 본래 삼도수군통제영의 영노청(營奴廳, 노비를 관리하던 관청)이 있던 자리에 일제강점기에 혼간지(本願寺)라는 일본 사찰로 지어진 건물이었는데, 해방 후에 뜻밖에도 이를 천주교회가 인수해 사용하던 모습이다.

사진사 노릇 하기가 만만한 일이 아니었다. 그 뒤 행렬은 고개를 넘어 중앙로

09

아버지를 찾아서

오거리쯤에서 우회전해서 통영공설운동장 뒤편의 북신로를 따라가다가 다시 통영해안로와 만나는 곳에서 장대길로 접어들었다. 사진사는 다시 저만치 앞서 행렬이 내려다보일 만한 언덕 위로 올라갔다. 시가지를 벗어난 풍경(사진 7)이 한눈에 들어온다. 다시 그 장소쯤에서 멈춰 서서 상주들이 곡을 하는 모습(사진 8)이다.

추측건대 이제 산으로 올라가야 하는 것 아닌가 싶다. 혹은 고인이 원래 살던 동네라서 다시 노제를 지내려 했던 것인지도 모른다. 사진 7에서 오른쪽의 트럭은 산일을 위해 준비하러 온 것 같기도 하다. 그런데 사진 7과 사진 8에서 오히려 눈에 띄는 것은 그런 것들보다 무심하게 행렬을 지켜보는 동네 주민들이다. 길 이쪽저쪽의 집 안에서 물끄러미 상여 행렬을 내다보는 주민들, 그리고 이 요란한 행렬에 무관심한 채 밭일을 계속하는 농부 등이 더 눈에 들어온다. 아무튼 상여 행렬은 멈춰 섰고, 상주들은 곡을 하고, 동네 아이들은 아무렇지도 않게 지켜본다.

다시 출발. 조금 전에 행렬 전체를 담지 못한 것이 또 아쉬웠을까? 사진사는 부지런히 행렬 앞쪽으로 뛰어가 아까보다 훨씬 더 먼 곳 언덕 위에 자리 잡고 있다가 드디어 상여 행렬 전체(사진 9)를 파인더에 담는 데 성공했다.

봄이 오는 통영 해안의 논밭에는 겨울빛과 봄빛이 공존하고 있다. 지난가을 벼를 베어내고 남은 그루터기의 우중충한 빛깔과 매서운 바람을 막 벗어난 겨울 푸성귀의 싱싱한 기운이 넓지 않은 들판에 마구 뒤섞이고 있었다. 그 사이를 비집고 실오라기같이 난 길로 누군가 마지막 길을 밟고 있는 것이다. 떠나고 있는 것이다.

이 사진 9는 시간과 공간과 인간의 3자가 절묘하게 조화를 이루는 가운데 이렇게 완전히 새로운 상황을 창조해내고 있는 것이다. 나는 이 사진이 아마추어 사진가인 아버지가 남긴 몇몇 수작들 가운데 하나라고 생각한다.

아버지는 평소에도 '본다'는 행위(seeing)와 그 결과물로서의 기록에 관심이 많았다. 경천 시절의 학교 측량도라든가 자가 측정 병상 일지 같은 것이 그 실례가 될 것이다. 또 기회다 싶으면 기념사진 수준을 넘어서서 필름 아까운 줄 모르고 다큐멘터리 수준으로 연속촬영을 하던 일들도 다 그런 관심사의 결과였다. 그런 평소의 체질이 어느 날 공간적·정황적 여건과 맞아떨어져 이런 작품을 낳았을 것이다.

여기까지 기록했으면 아버지의 목적에 비추어볼 때 사진사의 역할을 다한 셈이다. 그 뒤에 화장터에 도착해서 상주가 촌로 등 조문객들에게 감사 인사를 하는 모습이라든가 음복하는 장면 등 여분의 기록이 필름에 담겨 있었지만, 여기서는 생략한다.

통영의 여러 장소들에 허기진 사람처럼 숨 가쁘게 보낸 하루였다. 그렇지만 충분히 뿌듯했을 것 같다. 이렇게 집약적으로 통영을 기록하는 것은 흔한 일이 아니었기 때문이다. 그중에서도 봄이 오는 길목에서 떠나는 사람의 모습에는 한마디로 이야기하기 힘든 여러 가지 느낌이 담겨 있었다.

아버지는 그 무렵 통영여중 사진반 학생들을 데리고 남망산과 강구항 근처로 야외촬영을 나가는 일도 간혹 있었다. 그런 특별한 날들 중 하루가 1958년 10월 23일이었다. 그날은 통영여중과 여고의 교사 몇 사람이 각각의 사진반 학생들을 인솔해 통영 시내로 나섰다. 그다음 달로 예정된 학교 예술제의 사진 전시회에 출품할 작품들을 마련하기 위한 나들이였던 것 같다.

그렇게 촬영한 통영여중 학생들의 필름 몇 통이 아버지의 필름 박스 안에 보관되어 있었다. 아마도 아버지가 직접 현상한 뒤 인화는 사진관에 맡겼을 것이다. 전시회에 출품하려면 크게 인화할 필요가 있었기 때문이다. 그렇게 당시 통영 소녀들의 시선에 담겼던 항구의 모습이 아버지의 손길을 거쳐 전시회에서 통영 시민들의 시야에 다시 모습을 드러냈을 것이다.

01

02

03

1958년 10월, 가을 햇볕이 좋은 어느 날 오후 통영여중 학생들이 촬영한 통영 강구항의 모습들. 사진 1과 사진 2는 정문순 (중 3), 사진 3은 강숙자(중 3)의 작품이다. 사진 1은 강구항의 뱃머리(지금 거북선이 떠 있는 문화마당) 모습인데, 사진 윗부분에 지게꾼, 마차 등과 오가는 사람들이 한데 엉킨 선창가의 활기가 잘 포착되어 있다. 확대해 보면 당시 이곳에 있던 '신성당구장', '일진상회', '나포리○○'의 간판들까지 식별된다. 사진 2와 사진 3은 그날 강구항에 떠 있던 한 척의 배를 두 학생이 약간 다른 각도에서 포착한 장면으로서, 이 두 학생과 동기인 이병연 씨는 이 배가 '옹구배'(통영 앞바다의 한 섬에서 구은 옹기를 싣고 와 판매하는 배)인 것 같다고 말했다. 배경은 동피랑과 남망산이다.

그 뒤 이 필름들은 아버지의 필름 박스 안에 담겨 50여 년 동안 잠자고 있다가 이제 비로소 깨어나 그날 통영 항구의 정취를 한껏 발산하고 있다. 나는 아버지가 이 필름들을 일부러 학생들에게 돌려주지 않았을 것이라고 생각한다. 왜냐하면 거기에도 아버지가 기억하고 싶었던 통영의 빛깔과 소리와 냄새가 가득 담겨 있었기 때문이다.

준비

／

떠날 사람이 떠날 곳을 마냥 기록만 하고 있을 수는 없는 노릇이었다. 새로 찾아갈 곳, 새로 해야 할 일에 대한 준비를 서두르지 않을 수 없었다. 그러나 그 준비에 대한 기록은 별로 남아 있는 것이 없다. 어머니도 구체적으로 어떤 준비를 했는지는 언급한 적이 없다. 딱 한마디뿐이었다.

"기주 씨 통해 수속했을 거다."

'기주 씨'는 아버지가 늘 의지했던, 할아버지의 고종사촌 동생 김기주(金基柱) 씨를 가리키는 말이었다. 아버지의 당숙인 이분을 우리는 어려서 '새 집 할아버지'라고 불렀다. 용두동의 새로 지은 한옥에 사는 할아버지라는 뜻이었다. 그리고 '수속'은 새로 가고자 하는 약학대학에 대한 입학 수속을 뜻했다. 어머니도 그 이상은 알지 못하는 것 같았다. 세심한 성격의 아버지가 그런 입학 준비뿐만 아니라 입학 후의 학습 문제에 대해 준비하지 않았을 리가 없다. 새로 시작하는 일이니 상당히 열심히 준비했을 것이다. 하지만 아버지 스스로 남긴 기록이 거의 없고, 어머니의 기억도 이 대목에 대해서는 분명치 않으니 더 이상 확인할 길이 없어 보였다.

그런 상황에서 아버지가 두 번째로 다닌 대학의 학적부가 남아 있을 수 있다

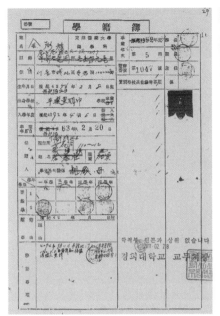

아버지의 동양의약대학 재학 시절의 학적부 영인본. 고맙게도 경희대는 이렇게 합병한 대학의 학적부까지 스캔해 보관했다가 서비스하고 있었다. 이 영인본을 통해 나는 많은 사실들을 알 수 있었다.

는 데에 생각이 미쳤다. 그 대학은 당시 한의학과, 의학과, 약학과만 있던 '동양의약대학'이라는 단과대학이었다. 이 대학이 1960년대 중반에 경희대학교에 합병되었다는 이야기를 들은 적이 있다. 무작정 경희대 학적과로 전화했다. 물어봐서 손해 볼 것 없으니까! 답은 아주 간단명료했다. 당연히 동양의약대학 졸업자의 학적부를 보관하고 있으며, 그 학적부의 영인본이든 그것을 전산이기(電算移記)한 것이든 원하는 대로 발급이 가능하다는 것이었다. '아, 그렇군! 참으로 편리한 세상이 되었네!' 학교 직원은 당시 재학생과 나의 관계를 증명하는 제적등본과 같은 서류만 지참하고 오면 언제든 발급해줄 수 있다는 설명을 친절하게 덧붙였다. 앞서 소개한, 아버지의 연희대학교 시절 학적부를 뗄 때와 똑같은 절차였다. '세상에! 이렇게 간단할 수가!'

그런 통화 이후 어느 날 경희대학교를 방문해 발급받은 아버지의 학적부, 그리고 거기에 첨부된 성적표는 많은 사실을 담고 있었다. 원 학적부의 전산본보다 영인본이 훨씬 유용했다. 거기에는 입학 당시의 '보증인'(무엇을 보증한다는 것인지는 잘 모르겠지만 훨씬 뒷날까지도 입학원서 또는 입사원서에는 이런 보증인 난이 꼭 있었다!)이 '김기주'로 되어 있었다. 그때는 할아버지가 생존해 있을 때였음에도 부친 대신 당숙이 기재된 이유는 어머니의 기억대로 이분을 통해 '입학 수속'을 했기 때문이라고 이해됐다.

그러면 그 '입학 수속'이라는 것은 무엇이었을까? 그 수속을 하려면 우선 입학시험을 치러야 했을 것 아닌가? 아버지는 교원 자격시험을 포함해 자신이 치른 모든 시험을 적어도 1953년 이후에는 하나도 빠뜨리지 않고 수첩에 기록해두었다. 심지어 몇몇 시험은 그 수험표까지 보관했다. 그런데 이 약대 입학시험을 치른 흔적은 전혀 없었다. 나는 아버지 기록의 정확성을 믿었다. 즉, 입학시험을 치르고서도 기록해두지 않았을 리는 없다고 생각한 것이었다. 그렇다면 입학시험을 치르지 않고 학적부의 기록대로 '신입생'이 되는 길은 무엇이었을까?

짚이는 대목이 있어서 아버지의 수첩과 몇 가지 문건을 다시 들춰보았다. 우선 경상남도지사가 발행한 '함안중학교 의원면직 통지서'가 1959년 5월 15일 자로 되어 있었고(말하자면, 실제로 그렇게 하지 않았음에도 그 학교에 부임해 한 달 동안 근무한 것으로 처리되어 있었다), 아버지 수첩의 그해 5월 17일 난에 "48만 환 도착"이라고 되어 있었다. 그것은 한 달 급여와 퇴직금을 합친 금액임이 분명했다. 그리고 바로 다음 날인 5월 18일 "입학원서 제출", 며칠 지나서 6월 1일 "찬조금 15만 환, 등록금 11만 7200환, 동양의약대학 약학과 1학년 입학", 6월 2일 "등교, 수강 시작"이라는 기록이 줄줄이 등장했다. 증명 끝!

아버지는 입학시험을 치르지 않고 말하자면 찬조금을 내고 '뒷문 입학'을 했던 것이다. 그 당시에 이런 찬조금 입학 방식이 얼마나 일상적인 일이었는지는

1959년 5월 중순부터 6월 초에 걸친 기간에 아버지가 동양의약대학에 입학하는 과정을 보여주는 각종 기록들.

내가 알 길이 없다. 분명한 것은 당시 아버지가 손에 쥘 수 있었던 목돈의 절반 이상을 찬조금과 한 학기 등록금으로 내고, 그것도 4월 학기 초로부터 근 두 달 뒤에 수강을 시작했다는 사실이다.

어머니의 간단한 기억이 이렇게 정확하면서도 많은 내용을 함축하고 있었음이 공식 기록과 아버지의 사적 기록을 통해 확인된 것이다. 역시 기록과 기억은 상보적인 관계다.

그런데 아버지는 왜 입학시험을 치르지 않고 이런 길을 선택했을까? 물론 내가 지금 아버지에게 질문할 수 있는 일이 아니니 추측해볼 수밖에 없다. 그해 전기(前期) 대학 입시는 2월 7일에 접수가 마감되어 3월 5일 시험이 치러졌다. 아마도 교직을 떠나 약대에 진학하겠다는 두 단계의 결심이 그 무렵에서야 최종적으로 이뤄지다 보니 입학시험을 치를 준비를 제대로 하지 못했고, 따라서 입시원서를 낼 타이밍도 놓쳤을 것이다.

그 여파는 학적부에 첨부된 1학년 1학기 성적표에 고스란히 반영되었다. 새로운 공부를 시작할 준비를 충실히 하지 못한 것은 물론이고 첫 두 달의 수업까지 빼먹었는데 성적이 제대로 나올 리 없었다. 연희대학교 시절에 전공한 '물리'와 '수학'에다 평소의 관심사였던 '철학개론', '문화사', '영어' 등 교양과목은 A 학점을 받았지만, '약품분석', '약용식물실습' 등 새로운 전공과목들은 여지없이 C 또는 D 학점으로 다양하게 깔았다. 아주 다채로운 성적표였다.

이로써 분명해졌다. 아버지가 교직을 떠날 생각을 한 지는 꽤 되지만 교직을 떠난 뒤의 구체적인 행로에 대해 결단을 내린 것은 통영을 떠나기 직전이었던 것이다. 아버지 체질에 이렇게 준비 없는 행동은 드문 일이었다.

그렇지만 아버지의 이런 급작스러운 결심의 결과로 나타난 '뒷문 입학'과 '화려한 성적표'를 확인하면서 나는, 발칙하게도, 아주 즐거웠다. 평생을 정확하고 정직하게만 산 줄 알았던 아버지가 '뒷문 입학'을 했다니! 이런 사실을 확인하는 순간, 나의 입꼬리가 올라가며 아버지가 훨씬 살갑게 느껴졌다.

망설이다 첨언한다. 아버지는 35세의 만학도로 다시 들어간 대학에서 첫 학기 이후 심기일전해 4년 뒤에는 아주 탁월한 성적으로 졸업했다. 총 평점 평균이 4.0 만점에 3.716이었다.

마지막 향기

순서가 조금 바뀐 감이 있지만 통영을 떠나기 직전의 이야기를 조금만 더 하는 게 좋겠다. 아버지가 통영을 떠난 것은 1959년 4월 21일이었다.

그 직전에 유난히 학교 행사가 많았다. 시간을 거슬러가며 그 행사들을 살펴보면, 학교 소풍(20일), 교사들만의 아버지 송별 소풍(18일), 학교 소운동회(10일), 개교기념식과 신축 교사 상량식(9일), 입학식(7일) 등이 눈에 띈다. 3월 말엔 통영여중·통영여고 졸업식과 사은회도 있었다. 심지어 통영여중 졸업식이 열린 3월 26일 오후에는 학교 운동장에서 '이승만 대통령 제84회 탄신 기념 축하음악회'도 열렸다. 아버지는 이 모든 행사를 하나도 빠뜨리지 않고 사진으로 기록했다.

그런 각종 장면들은 앞의 여기저기서 소개했다. 교사들만 따로 송별 소풍을 갔던 모습은 그럴 기회가 없었다. 그날은 마침 토요일이었다. 교사 전원이 오전 수업을 마친 뒤 입었던 옷차림 그대로 서둘러 준비한 작은 배에 올라타서 길을 떠났다. 목표는 한산도 앞의 작은 섬 죽도였다. 지금 대도시 사람들에겐 배 타고 섬에 가서 환송회를 한다는 사실이 매력적으로 들릴지 모르지만 어차피 바닷가에 사는 사람들에겐 바람 한번 쐬고 오는 것 이상의 특별한 게 있었을까 싶다.

01

02

03

04

통영여중 교사들의 송별 소풍 장면들. 사진 1은 죽도로 가는 바닷길이고, 사진 2는 죽도에서의 점심 식사 장면이다. 마침 식사를 마치고 났더니 섬 앞바다에 떠 있는 나룻배가 한 척 눈에 들어왔던 모양이다(사진 3). 배가 많은 동네이긴 하지만 이 무렵 유난히 배를 모티브로 한 사진들이 많았다. 그런가 하면 바닷가 바위 위에 올라타고 아버지(오른쪽에서 첫 번째)가 몇몇 동료 교사들과 함께 호기로운 자세를 취한 장면도 있었다(사진 4). 그날따라 바람이 많이 불었는지 아버지가 중절모의 챙을 내렸다. 이런 모습도 아버지에게 는 상당한 파격이었다.

실제 이날의 장면들도 그저 심상하다. 작은 배 한 척에 옹기종기 올라탄 교사들이 바다를 가르고 통영 앞바다로 나갔고, 죽도에서는 바닷가에 둘러앉아 늦은 점심을 먹은 뒤 기념사진 몇 장 찍고 돌아온 정도다.

그 무렵 아버지는 통영의 모습을 담는 과제가 머릿속에 꽉 차 있었던 것 같다. 평소와 다른 앵글들이 상당히 많다. 예를 들면 이런 식이다. '3월 18일 오전 7시 30분 아침 전망과 우리 집'이라는 제목 아래 여러 장의 필름을 소비했다. 세병관 뒤의 언덕 중턱에, 그리고 당시 통영여중 운동장(지금의 산복도로 자리) 바로 아래에 자리 잡은 우리 집에서 통영 시가지를 찍는다든가 우리 집 자체를 기록에 남기는 것과 같은, 전례 없는 일들을 했다. 이제 익숙해질 만했는데 떠난다고 생각하니 모든 게 새로웠을 것이다. 이것은 전형적인 여행객의 행태였다. 아버지는 또 한 번의 나그네 삶에 들어서는 참이었다.

소설가 김연수는 통영의 공기에는 특별한 색이 있다고 썼다. "창문을 열면 차가운 새벽 공기가 한류처럼 밀려들었다. 새벽 공기는 파란색으로 느껴졌다" (『파도가 바다의 일이라면』 중에서). 아버지에게도 그 특별한 파란색이 새삼스럽게 다가왔던 모양이다. 새벽까지는 아니지만 아침나절의 통영 공기를 필름에 담아보려고 시도했다.

그런데 '아침 전망'이라고 이름 붙일 정도로 한껏 의욕을 내서 찍은 두 장의 사진에 그만 문제가 생기고 말았다. 우리 집 마당에서 파란색 아침 공기를 머금은 물안개가 막 피어오르는 통영 앞바다를 찍은 것까지는 좋았는데 좌우로 나눠 두 장에 담은 풍경이 정확하게 이어지지 않은 것이다. 요즘 같으면 좁은 앞마당에서 이 정도 각도야 광각렌즈로 얼마든지 해결할 수 있고, 그게 아니라면 디지털 카메라의 파노라마 기능으로 뚝딱 사진을 만들어낼 수도 있지만, 50여 년 전에는 필름을 현상해봐야만 제대로 촬영됐는지를 확인할 수 있었다. 게다가 경험 부족이었을까? 내가 생각하기엔 오른쪽 사진에서 촬영자의 위치가 2시 방향의 앞으로 조금 움직인 것 같다. 수동으로 파노라마 사진을 찍으려면 촬영자가 정확하게 자리를 잡아야 하는데 그게 안 된 것이다. 현상과 인화 작업을

01

02

03

사진 1과 사진 2는 1959년 3월 우리 집 앞마당에서 찍은 아침 통영 바다이다. 촬영자의 위치가 조금 달라지다 보니 두장의 사진이 정확하게 이어지지 않는다. 오른쪽 사진의 대문간은 아침 햇살을 받아 환한 반면 왼쪽 사진의 닭장은 서향이어서 아직 어둑하다. 집 주인이 아침부터 사진 찍느라 부산한 기색에 닭들만 잠에서 깬 것 같다. 사진 3은 뒤편 언덕 위에서 내려다본 우리 집 전경이다.

거친 뒤 아버지는 꽤나 실망했을 것 같다.

그나마 건진 것은 우리 집의 전경이었다. '아침 전망'을 찍은 뒤 아버지는 바로 집의 뒤쪽 언덕으로 뛰어올라갔다. 거기서 비스듬히 우리 집 마당이 내려다보이는 위치를 찾았다. 사진에서 지붕이 크게 보이는 집의 뒤편으로 기와지붕의 집이 당시 우리 집의 안채, 그 건물과 'ㄱ'자로 만나는 양철 지붕의 집이 바깥채였다. 그 바깥채의 끄드머리에 '아침 풍경'의 오른쪽 사진에서 보이는 대문간이 있었고, 조그만 마당을 가로질러 바깥채와 마주 보고 있는 조그만 초가지붕의 건물은 '아침 풍경'의 왼쪽 사진에서 보이는 닭장이었다. 이렇게 두 채의 건물과 한 채의 가건물로 둘러싸인 마당이 조금 전에 아버지가 '아침 풍경'을 의욕적으로 찍던 바로 그 자리였다.

그리고 이 사진을 좀 더 확대해서 살피면 안채 뒤편으로 길이 나 있고 길 입구 자리에 조그만 기둥 두 개도 보이는데 그게 바로 통영여중의 정문이었다. 어머니는 늘 "아침이면 여중생들이 재잘재잘하면서 우리 집을 끼고 언덕을 올라가 등교하곤 했다"고 기억했다. 이 이야기를 할 때면 어머니는 유난히 입을 오므리고 '재잘재잘'에 힘을 주곤 했다. 바로 그 현장의 모습이었다. 이제 통영여중도 옮겨가고 교문이 있던 자리로는 산복도로가 지나가고 있다. 이 근처에서 이젠 여중생들의 재잘거림은 들을 길이 없다.

실패는 모든 성공의 어머니라는 말이 맞다. 아버지는 2주쯤 뒤인 4월 2일 다시 한 번 '수동 파노라마' 촬영을 시도했다. 이번에는 마음을 단단히 먹었을 것이다. 어머니가 '산가쿠(三角)'라고 일본어로 표현하곤 하던 삼각대를 사용했음에 틀림없다. 날씨도 아주 맑았다. 음영이 복잡한 아침나절을 피해 아예 햇빛이 좋은 오후 2시를 선택했다. 대상은 남망산과 세병관이 모두 한 앵글에 들어오도록 통영 항구와 시가지 전역을 선택했다. 만만치 않은 도전 과제였다.

이 과제에 도전한 장소는 지금의 산복도로 위 옛 통영여중 자리였다. 며칠 전

위쪽 사진 셋은 아버지의 필름 상자에서 찾아낸 통영시의 수
동 파노라마 사진들이고, 아래쪽 사진은 아들이 그로부터 반
세기도 더 지나 이 낱장의 사진들을 포토샵으로 이어 붙인 모
습이다. 나는 이 사진에서 유채꽃 향기를 맡고 여중생들의
재잘거림을 듣는 가운데 그 시절 아버지의 모습을 본다.

이른 아침에 우리 집을 내려다보고 찍던 곳에서 동쪽으로 100미터쯤 더 간 장소였다. 카메라를 삼각대 위에 튼튼하게 고정시킨 뒤 전경을 3등분해서 아주 조심스럽게 카메라를 돌려가며 촬영하는 모습이 눈에 선하다. 왼쪽에서 오른쪽으로 세 차례 촬영한 뒤 다시 왼쪽으로 돌아오며 두 컷을 더 찍었다. 말하자면 '1 → 2 → 3 → 2 → 1' 순서의 수동 파노라마였다. 아버지가 직접 현상하고 인화한 뒤 그 필름들을 자르지 않고 원래의 롤 형태로 정리해두었기 때문에 그 촬영 순서가 고스란히 확인된다.

이 필름을 현상·인화한 뒤 아버지는 꽤 만족했을 것이다. 지금 보아도 선명도나 노출 정도에 큰 문제가 없고, 보관 상태도 아주 양호하다. 단절된 형태로 보아도 유채꽃 피는 언덕 아래로 봄빛 가득한 통영 항구가 고즈넉이 숨을 쉬고 있다. 그러나 그 무렵의 아버지는 이 세 장면을 수작업으로 이어 붙일 기술이나 마음의 여유가 없었다. 그저 석 장의 사진을 이리저리 붙여보며 혼자 감상하는 것이 고작이었을 것이다. 이제 다시 나이 든 학생이 되는 마당에 더 이상 무엇을 할 수 있었을까?

이 석 장 사이의 이음매에 나타나는 약간의 왜곡 현상을 보정해서 이것들을 포토샵으로 이어 붙여본 것은 아들이었다. 이로써 반세기 전 통영 시가지의 전경이 파노라마로 완성됐다. 촬영은 아버지가 하고 그 마무리는 반세기도 더 지나서 아들이 했다. 그리고 앞서 몇 장의 '풍경화'에 이름을 붙였던 경험을 되살려 여기도 아들 마음대로 이름을 붙여보았다. 비록 흑백사진일망정 항구에 봄기운이 가득해서 '춘광만항(春光滿港)'이라고 했다.

이것은 유채꽃 필 무렵에 아주 의식적으로, 그리고 정성 들여 찍은 사진이었다. 통영이 아버지의 기억 속에 남긴 마지막 향기는 유채꽃의 그것이었다. 지금, 아들도 봄빛 속에 그 향기를 맡고 있다.

09

소멸 혹은 위로
다시 '노성에서 통영까지'

1.

2015년 5월 23일. 꼭 62년 전의 그날과 마찬가지로 토요일이다. 충청남도 논산시 노성면 교촌리 명재(明齋) 고택 앞. 아버지의 출발점에 아들이 선다. 과거 노성명륜고등공민학교의 교사(校舍)로 활용되던 노성향교와 그 교무실로 쓰이던 향교 옆 명재 고택의 사랑채가 지금도 의연하다. 하늘엔 새털구름만 조금 떠 있을 뿐 오가는 맑은 바람을 막는 것은 아무것도 없다. 몸도 마음도 가볍다.

출발에 앞서 이 고택의 사랑채 누마루에 올라 앞마당을 내다본다. 이 집이 자랑하는 풍광이 한눈에 들어온다. 5월의 햇살 때문에 누마루의 큰 창틀 안쪽은 암전(暗電)처럼 짙은 어둠이다. 사각의 큰 프레임 안으로 앞마당의 느티나무들이 버티고 섰고, 그 사이사이로 조각난 푸른 들판과 맑은 하늘이 언뜻언뜻 보인다. 고개를 조금 돌리면 멀리 노성성결교회의 유난히 뾰족한 첨탑이 찌르듯 시야로 밀고 들어온다. 한 폭의 풍경화다. 아버지가 바로 이곳 교무실의 앉은뱅이책상에서 1년여 동안 늘 마주하던 풍경도 이랬을까? 300여 년 전 이 집의 주인 윤증(尹拯, 1629~1714년)이 비슷한 구도로 보고, 60여 년 전 아버지가 보았던 이 차분한 풍경에 가슴이 시리다.

그러나 객은 길을 떠나야 한다. 아버지도 그러했다. 누마루에 걸린 '도원인가(桃源人家)'라는 현판은 이곳이 한때 '도원'으로 인식되는 장소였음을 알려준다. 또 하나 '이은시사(離隱時舍)'라는 현판은 시속을 떠나 은거할 때를 아는 품격 있는 선비의 집임을 상징적으로 보여준다. 윤증이 번잡한 시속을 떠나 도원같은 이곳으로 들어온 것처럼 아버지도 시속을 떠나 이곳에 왔다. 비록 윤증만큼 고매한 뜻은 아니더라도 아버지가 어려운 시절에 제자를 기르고 자신을 다스리기 위해 이곳에 오고 이 고택의 신세를 진 데에서는 어떤 닮은 뜻이 발견되기도 한다. 그렇게 살다 아버지의 필요에 따라 이곳을 떠날 때가 온 것이었다.

자, 출발이다. 정오를 조금 앞두고 나도 길을 나선다. 누마루 풍경 속의 느티나무와 연지(蓮池) 사이로 난 길을 지나자 이내 병자호란 때 강화도에서 자결한 윤증의 어머니 공주 이씨의 정려각이 나타난다. 이곳도 무심하게 지난다. 윤증의 아버지 윤선거(尹宣擧)가 그때 함께 자결하지 못한 일이 나중에 노론과 소론의 분립에 한 가지 계기를 제공했다지만 그마저도 이제는 다 과거의 일이다. 내가 시비할 일이 아니다.

교촌리를 벗어나기도 전에 양 갈래 길을 만난다. 조금 큰 길과 조금 작은 길이다. 곤혹스럽다. 너른 들판에서 길 한번 잘못 들면 낭패 보기 십상이다. '아버지는 도대체 어느 쪽 길로 갔을까?' 인근 하나로마트에 들어가 우선 모자를 하나 산다. 챙이 넓은 것은 얼룩무늬 정글모자뿐이다. 마음에 들지 않지만 할 수 없다. 점원 아가씨에게 논산 가는 길을 묻는다. 왼쪽의 작은 길을 가리킨다. 다시, 걸어서 얼마나 걸리느냐고 묻는다. 아가씨가 내 얼굴을 빤히 쳐다보더니 답을 못한다.

"걸어가 본 적이 없어서……. 차로는 15분이면 가는데……."

그 정도면 훌륭한 정보다. 길만 잘못 들지 않으면 두 시간 정도에 갈 수 있겠다는 계산이 선다. 이렇게 해서 아버지의 수첩 기록(2부 '계룡산'의 '노성에서 통영까지' 참조)에 따라 아들이 노성에서 통영까지 가는 길도 시작이다. 최근에 붙인 가로 표지판을 보니 '논산평야로'다. 실낱같이 난 길을 따라 걷는다. 작은 개천도 지나고, 아담한 언덕도 넘는다. 드문드문 인가와 창고형 건물, 교회와 농장 간판을 만난다. 버스와 승용차를 5분에 한 대 정도 만났을까? 나처럼 걷는 사람은 아무도 없다.

작은 언덕길을 막 내려서는데 코끝에 찔레꽃 향기가 살짝 걸린다. 뒤돌아본다. 하얀 작은 꽃들의 더미! 이미 지나친 자리에서는 향기를 맡을 길이 없다. 잠시 몇 걸음 돌아갈까 생각하다 그냥 지나친다. 지나간 향기는 나에게 미소를 남겨준 것만으로 족하다.

길의 양편으로 모내기 준비가 한창이다. 물을 대는 논, 물을 빼는 논이 제각 각이다. 물을 빼는 논은 오늘 내일쯤 모내기가 예정돼 있을 것이다. 내가 걷는 길에도 간혹 옮기던 중에 떨어진 모판들이 여린 잎을 흔들며 바람에 나부끼고 있다. 그러나 들판 어디에도 사람은 보이지 않는다. 인력이 없기도 하지만 기계 화 덕분이리라.

아버지가 이 길을 걸어 논산역을 향해가던 그날에는 적어도 노성면을 벗어 나기 전에 길 양편으로 모내기하는 농군들을 여럿 마주쳤을 것이며, 개중에는 당연히 아는 사람도 있었을 것이다.

"김 선생, 어디 가시오?"

뭐라고 설명했을까? 몇 마디 대화 끝에 농군은 자신이 한 번도 가본 적이 없 고 앞으로 가볼 것 같지도 않은 한 항구의 이름을 입속에서 되뇌며 망연하게 작 별 인사를 나누는 수밖에 없었을 것이다.

완만한 언덕을 대여섯 개쯤 지난 것 같다. 한 동네를 돌아 나오는데 다시 찔 레꽃 향기! 이번에는 아주 짙다. 길 건너편으로 큰 군락이 눈앞에 펼쳐진다. 몇 걸음 돌아갈까 고민할 필요가 없다. 그곳에 그냥 서서 숨을 크게 들이킨다. 아 버지도 이쯤에서 잠시 멈춰 땀을 훔쳤을 것이다. 확실히 찔레꽃은 길 가는 나그 네를 위한 꽃이다. 찔레꽃이 이렇게 지천인데 왜 평소에는 전혀 알아채지 못했 을까? 금방 답이 나온다. 그 작고 흰 꽃들은 차를 타고 지날 때는 길가에 아무리 많아도 알아챌 수가 없다. 게다가 에어컨까지 켜고 차창을 꽁꽁 닫아걸고 가는 데 향기가 어디로 스며들겠나? 향기는 멀리서 바람결에 날아와 나그네의 코끝 을 스칠 때 더욱 맑은 법인데……. 그게 바로 향원익청(香遠益淸)인 것을!

잠깐 방심하는 사이에 논산평야로가 인근에 새로 난 득안대로와 합쳐지는 곳으로 올라선다. 승용차와 트럭들이 씽씽 달린다. 500미터쯤 그런 길을 조마 조마 걸어 다시 국도로 빠져나온다. 안심이다. 마음이 놓이자 발바닥 아픈 것이 느껴진다. 왼쪽 엄지발가락이 발바닥으로부터 구부러지는 관절 위치에 굵은 모래가 밟힐 때마다 그 감촉이 강하게 전달돼 온다. 아마 오래 신은 신발이다 보니 밑창이 낡아서 그런 모양이다. 잠시 멈춰 서서 신발을 살필까 생각하다 이 내 그 생각을 접는다. 나그네는 신발을 살필 겨를이 없다. 그것은 길 떠나기 전에 할 일이다. 길을 떠난 뒤에는 갈 길을 계속 갈 뿐이다.

　하긴 이 여정을 떠나며 준비가 부실했던 것은 사실이고, 그것은 어느 정도 의도적인 것이기도 했다. 아버지 역시 논산역까지 걸어가서 거기서 기차를 탄 뒤 어찌어찌 여수까지 가서 통영항에 배편으로 도착한다는 대강의 계획표 이상을 갖지 못하고 떠난 것이 분명했다. 전쟁 직후의 교통편이 오죽했을까? 나도 그 길을 따라가기로 작정하면서 아무것도 예약하지 않았다. 차편과 숙박 모두 그랬다. 몇몇 기착지에는 지인들도 있었지만 미리 연락하지 않고 당일 또는 하루 전에 연락해 시간이 맞으면 잠시 만날 요량만 했다. 그 밖의 모든 것은 우연에 맡기기로 했다. 아버지가 그랬던 것처럼! 그 우연의 결과 중 하나가 지금 이 발바닥의 통증이다. 하는 수 없다. 돌아갈 수도 없고, 주저앉을 수도 없다. 논산역까지는 걸어가는 수밖에 다른 방법이 없다.

　들판 위로 이리 휘고 저리 휘는 길을 한낮의 뙤약볕 아래 계속 걷는다. 특별히 누구에게 묻거나 확인하지 않았지만 거의 일직선인 득안대로와 가까워졌다 멀어졌다 휘청휘청 들판을 가로지르는 이 길이 60여 년 전 아버지가 걸었던 옛 길임이 확실하다. 스마트폰으로 지도를 살피면서 나 혼자 확신한다. 그 확신으로 위안을 삼는다. 또 아니면 어쩌랴?

　어느새 노성천이 논산천과 만나면서 멀리 논산 시내가 보인다. 이제 걸을 만큼 걸은 모양이다. 길도 자연스럽게 논산천의 뚝방 위로 이어진다. 오래된 벚나무 그늘이 고맙다. 이내 논산대교다. 시내로 들어선 뒤로는 행인들에게 길을 물어 일부러 공설시장 안으로 길을 잡는다. 서울 변두리 1960년대 시장 풍경이다. 오히려 반갑다. 개고기 파는 점포에도 기웃거려 보고, 단술 파는 노점도 들여다본다. 시장을 거치고 우체국을 지나니 길은 자연스럽게 역으로 이어진다.

드디어 논산역이다. 발품을 쉬며 시계를 보니 노성 명재고택을 떠날 때로부터 꼭 2시간 10분 걸렸다. 그 정도면 양호한 편이다. 걸은 거리는 모두 11킬로미터다.

말하자면 이곳은 아버지와 할머니가 노성에서 따라 나온 이웃 사람들과 이별한 장소다. 그런데 유감스럽게도 지금의 역전 분위기에서는 그게 전혀 실감이 나지 않는다. 그런 마당에 나 혼자 감상에 젖어 있을 수도 없다. '아버지의 노정(路程)'에 따라 익산행 기차표를 산다. 입석뿐이란다. 상관없다. 30분 거리를 어떤 식으로 가면 어떤가?

2.
덜컹대는 객차 연결부에 자리 잡고 잠깐 한숨 돌리니 바로 익산이란다. 겨우 강경과 함열, 두 정거장만 지난 것 같은데……

아버지는 이곳을 '이리(裡里)'라고 적었다. 나도 학교 교육을 받는 내내 그렇게 듣고, 그렇게 불렀다. 내가 대학생이던 시절, 이곳에서 일어난 엄청난 폭발 사고는 나뿐만 아니라 전 국민의 뇌리에 '이리역'이라는 고유명사를 깊이깊이 새겨 넣었다. 기차가 역 구내에 들어설 때 차창 밖으로 얼핏 그때의 위령탑이 지나간다.

기차에서 내려 역사를 나서니 꽤 넓은 광장이 나온다. 광장 오른편에 줄지어 선 기념탑들이 눈길을 끈다. 발길이 그쪽으로 향한다. '3·1 운동 기념비', '4·19 혁명 기념탑'……. 역시 전라북도 지역의 중요한 도시답게 여러 가지 역사를 많이 간직하고 있다는 생각이 든다. 그 옆에 조금 색다른 비석이 하나 더 있다.

'1950년 미군의 이리 폭격 희생자 위령비'다. '아, 그런 일이 있었나?' 내용을 보니 한국전쟁 초기인 1950년 7월 11일 미군의 폭격으로 비전투원 수백 명이 목숨을 잃었단다. 그때의 폭격이 오폭이었는지, 작전상의 필요에 따른 조준 폭격이었는지는 아직도 명확하지 않단다. 이 좁은 땅덩어리에 아직도 진상이 분명하지 않은 일이 왜 이다지도 많은지⋯⋯. 게다가 '이리역'은 20여 년의 간격을 두고 두 차례나 불바다가 되었다니 그 운명이 모질기도 하다.

아버지가 이 역에 도착한 것은 그 폭격으로부터 3년 가까이 지난 전쟁 끝 무렵이었으니 상흔은 대부분 가셨겠으나 제대로 된 역사(驛舍)가 지어졌을 리 없었겠다. 황량한 역 광장에서 아버지는 또 얼마나 황망했을까?

아버지가 할머니와 함께 지금의 익산역에 내린 것은 기차를 갈아타기 위해서였다. 논산에서 호남선 기차를 타고 가만히 있으면 몇 시간이 걸리든 자연히 종착역인 목포까지 가서 내리게 되어 있었다. 그런데 거기서는 통영으로 직접 가는 배편이 없었다. 익산에서 내려서 전라선으로 갈아타야만 종착역인 여수까지 갈 수 있고, 거기서 비로소 통영을 거쳐 부산까지 이어지는 배편을 구할 수 있었던 것이다. 그 정도의 정보는 사전에 알고 떠났을 것이다.

그런데 문제가 발생했다. 익산을 출발하는 여수행 기차가 운행하지 않는다는 것이었다. 지금의 나로서는 당시 그렇게 된 경위를 알 길이 없다. 아예 통째로 전라선 전체가 운행을 하지 않은 것인지, 익산부터 일부 구간만 그랬던 것인지 모르겠다. 또 그런 결행(缺行)이 그날만의 일시적인 것이었는지, 일정 기간 지속된 일이었는지도 모른다. 익산에 와서 그런 사실을 알게 된 아버지는 얼마나 황망했을까?

당시에는 전라선 기차에 올라타지 않는 한 익산에서 통영까지 간다는 것은 사실상 불가능한 일이었다. 아마 아버지는 대낮에 익산에 도착해서 역무원을 붙들고 몇 차례고 물었을 것이다. 무슨 연유냐고, 얼마나 기다리면 되겠느냐고,

언제쯤 답을 줄 수 있느냐고……. 시원한 답을 듣지 못했음이 분명하다. 이런 난감한 상황의 원인을 알고, 해결책을 찾을 수만 있다면 답답할 이유가 없었 겠지만 역무원도 모르는 일을 이곳에 처음 온 사람이 무슨 재주로 알 수 있었 겠나?

결국 초여름의 해도 넘어가고 낯선 도시에서 하룻밤을 지내는 수밖에 없었 다. 두 분은 역 근처의 여관을 찾아 들어갔을 것이다. 여행에서 가장 힘든 것은 뜻밖의 일로 일정이 어그러지는 상황이다. 그것은 청운의 뜻을 품고 떠난 길에 서도 마찬가지다. 더욱이 여행 초반에 그런 일을 당하다니…….

마음이 산란하거나 복잡한 상황이 닥칠 때면 할머니는 늘 우리에게 이렇게 얘기하곤 했다. "애야, 기도하자. 기도하면 전지전능하시고 우리를 사랑하시는 하나님이 길을 열어주실 거다." 그날도 할머니는 여관에서 잠자리에 들기 전에 아버지에게 그렇게 얘기했을 것이 틀림없다. 아버지도 함께 고개를 숙였을 것 이다.

"세상만사를 주관하시고 우리를 눈의 동자와 같이 사랑하시는 하나님, 저희 가 지금 알지 못하는 낯선 곳에서 발이 묶였습니다. 약속된 날짜에 예정한 곳에 갈 수 있을지 없을지 저희는 알지 못합니다. 부족한 저희는 한 치 앞도 내다볼 수 없으나 우리 하나님께서는 모든 것을 아십니다. 그런 하나님만 믿고 저희가 이 길을 떠났으니 내일의 길을 열어주실 줄 믿습니다. 모처럼 나선 이 길이 부 디 안전하게만 목적지에 닿을 수 있게 이끌어주시길 간구합니다. 모든 것을 하 나님께 맡깁니다."

비록 내가 태어나기 훨씬 전의 일이지만 나는 그날 할머니의 기도를 어투까 지 흉내 내어 재생할 수 있다. 이런 기도는 할머니의 일상이었기 때문이다. 할 머니는 그런 분이었다. 이 여행길에서도 차편을 알아보고 역으로 가는 길을 묻 는 것은 아버지의 역할이었겠지만 그 길을 걷는 길잡이는 어디까지나 할머니였다. 할머니는 그렇게 강인한 성격에 덧붙여 무조건적인 신앙으로 무장하고 있었다. 두 분은 그렇게 여정의 첫날 밤을 참으로 애매한 상황 속에서도 비교적 편안하게 잠들 수 있었을 것이다.

문제는 나에게 있다. 나는 어차피 익산에서 하룻밤 자기로 예정하고 길을 떠난 입장 아닌가? 나는 역무원을 붙들고 전라선 기차의 상황과 다음 일정을 물어보며 조바심 낼 일이 없다. 그렇다고 한낮의 해가 주말 오후에 한창 생기를 불어넣고 있는 마당에 퀴퀴한 여관방을 찾아 들어갈 수도 없는 노릇이다. 나에게는 그것이 황망한 일이다.

할 수 없다. 이런 때는, 전혀 예정했던 것은 아니지만, 아직 가보지 못했던 미륵사지나 가보자고 마음먹는다. 과외로 남는 시간을 활용하는 것이니 말뜻 그대로 '여가 선용'인 셈이다. 물어물어 금마면으로 가는 버스를 탄다. 지척이다. 마침 해설 코스가 출발하려는 참이다. 얼른 따라붙는다. '아, 이렇게 훌륭할 수가!' 해설사가 정말 청산유수다. 60대 초반으로 보이고 손자를 한둘쯤 두었음직한 할아버지 해설사가 역사적 사실 관계를 정확하게 짚어가면서 열정적으로 설명한다. 최근 미륵사지 석탑의 복원 방식을 두고 완전 복원이냐 부분 복원이냐는 문제가 제기되는 정황과 그 배경까지 모두 꿴다. '오길 잘했군!'

해가 어스름할 무렵, 다시 역 근처로 와서 한 모텔을 찾아든다. 노성에서 떠난 이후 처음으로 신발을 벗어 발을 살핀다. 왼쪽 발바닥에 물집이 조금 잡혀 있다. 어찌할 도리가 없다. 그저 살살 걷는 데에는 무리가 없어 보인다. 그것보다 더 큰 걱정은 TV에서 흘러나오는 전북 소식이다. 내일 나의 기착지인 남원에서 지금 춘향제가 한창이란다. '나는 축제를 찾아가는 길이 아닌데……' 전혀 몰랐던 상황이다. 그리고 솔직히 춘향제에는 관심이 없다. 그 인파에 섞일 수도, 섞이지 않을 수도 없다. 어떻게 한다?

3.

잠을 청하기 전에 이날 '노성 → 논산 → 익산'의 길지 않은 하루 행정을 정리한다. 비로소 전날 밤과 오늘 아침의 일이 떠오르고, 더 거슬러 올라가 이 희한한 여행의 계기가 새삼 반추된다.

나는 그저 62년 전 아버지의 간단한 수첩 기록을 바탕으로 '노성 → 통영'의 사흘 루트를 걸어보려는 것뿐이었다. 가능한 한 옛길 그대로, 당시의 교통수단 그대로 가보는 일, 그렇게 함으로써 그 여정 속에서 인생의 한 시기를 마감하고 새 시기를 맞는 아버지의 감회를 구체적으로 느껴보는 일, 나아가 나에게 부재(不在)였던 아버지의 현존(現存)을 확인하고 그 속으로 들어가 보는 일. 그것뿐이었다. 타임머신을 타지 않는 한 똑같은 상황의 재현은 어렵겠지만 당시의 속도 그대로 가면서 당시의 장소들을 모두 거쳐보려고 작정했다.

오늘 아침 노성을 출발하려면 내가 사는 경기도 용인에서 대중교통으로 새벽에 노성까지 가야 하는데 그것은 힘든 일이었다. 그래서 우선 시도한 것이 노성면 또는 그 인근으로 미리 가서 하룻밤 묵는 방법이었다. 친족회에서 만난, 두 살 위의 생희 형님에게 며칠 전에 연락해보았다. 자신은 대전에 살고 노성 인근 상월면의 시골집에는 어머니만 계신데 마침 주말에 모내기하기 위해 상월로 갈 예정이라고 했다. 시골집 마당에서 삼겹살 구워 막걸리 한잔 하고 하룻밤 자라는 얘기였다. '이렇게 고마울 데가…….'

생희 씨 네는 고조부 대에 나의 선대와 같은 고향인 평안남도 용강에서 출향해 이곳에 자리 잡은 먼 인척이다. 그 고조부의 종손에 해당하는 생희 형님은 최근에 그 뿌리를 확인하고는 친족회 모임이 열리면 빠지지 않는 열성파다. 자신의 아버지가 돌아가신 뒤에야 북한 지역에서 내려온 일가친척들을 만나게 된 게 못내 안타깝다고 기회 있을 때마다 얘기하곤 했다. 그런 연장선상에서 나에게도 배려해주는 것이라고 생각됐다.

생희 형님의 시골집은 논산시 상월면 상도2리. 그곳은 공교롭게도 아버지가 한국전쟁 시기에 서울을 떠나 계룡산 남쪽에 거처했던 두 곳, 즉 공주시 계룡면 경천리와 논산시 노성면 교촌리의 꼭 중간 지점이기도 했다. 여러 가지로 의미 있는 기회였다.

5월 22일, 해가 지기 전에 마을 입구에서 시외버스를 내린다. 한 5분이나 기다렸을까? 마침 고향집으로 들어오는 생희 형님의 차도 도착한다. 그 어머니께 큰절을 올리고 찬물에 세수 한번 한 뒤 생희 형님의 안내로 동네 텃밭들을 돌아본다. 마(麻), 깻잎, 블랙베리……. 겨울 보리는 이제 이삭이 패고 있다.

저녁 식사. 그 어머니가 차린 밥상에는 큰 환대의 뜻이 넘친다. 텃밭에서 갓 따온 푸성귀는 단물을 가득 머금고 있고, 아들딸과 손자들 오면 주려고 준비해 두었던 두릅과 참나물은 한껏 입맛을 돋운다. 이 자리에 인공의 소음은 아무것도 없다. 풀벌레와 이름 모를 새가 우는 소리만 이따금 정적을 깬다. 그런 가운데 생희 형님의 어머니가 나직나직 말을 잇는다.

"말하자면, 나한테는 조카님이 되는구먼유?"

"네, 그렇습니다. 촌수를 굳이 따지자면 한 이십 촌 남짓 되는 것 같은데 이북에서는 오랫동안 집성촌을 유지해왔기 때문에 따지고 보면 그리 먼 관계도 아닌 듯합니다."

"선친께서 이 근처에 한동안 사셨다고 우리 아이(생희 형님)한테 들었는데, 내가 시집오기 전의 일이라 아는 게 없구먼유."

"네. 그건 할 수 없는 일이지요."

이미 생희 형님과 전화 통화하면서 들은 얘기다. 아버지가 노성을 떠난 뒤에 결혼해서 이 동네로 오신 분으로부터 아버지 이야기를 들을 생각은 처음부터 없었다. 그런데 그다음 순간 생희 형님의 어머니 입에서 놀랍게도 한 이름이 튀어나온다.

"그렇지만 육목(六穆) 씨는 나도 여러 차례 뵌 적이 있어요. 이북에서 피난 온 친척이라면서 계룡산 가까이 살면서 노성 가는 길에 꼭 우리 집에 들러서 주무시고 가곤 했어요."

'육목 씨'라니? 그가 누구인가? 흔한 이름도 아니다. 할머니와 아버지가 9·28 수복 직후 '서울특별시민증'을 받아 경천으로 떠난 뒤 두 분이 머물던 서울 북아현동 집을 거쳐 경천으로 뒤쫓아 온 아버지의 육촌 형님이다. 그런 피난의 경로 때문에 그 아들인 혁조 형님은 나에게 북아현동 집의 위치를 아주 실감 나게 설명해주는가 하면, 할머니가 기르던 앙고라토끼에게 먹일 풀을 뜯어다 주곤 했던 청년, 즉 표봉기 씨에 대해 알려주기도 했다. 육목 씨 가족은 나의 할머니와 아버지가 통영으로 떠난 뒤에도 계룡산 인근에 계속 머물렀다.

나는 아이패드에 담아둔 아버지의 사진첩 중에서 얼른 육목 씨의 옛 사진을 찾아 보여준다. 1960년대 초의 사진이니 이곳을 오갔던 때로부터는 5~10년쯤 뒤의 모습이다. 옛 사진 속에서 생전의 육목 씨가 희미하게 웃고 있다.

"아, 맞네요. 머리를 짧게 깎은 것도 그렇고, 표정도 그렇고. 내가 보았던 모습보다 조금 살이 찐 것 같기는 한데……. 우리 집에 오시면 우리 시아버지와 대화를 많이 나누시곤 했어요. 말씀도 잘하시고. 언젠가 그 부인도 한번 오신 적이 있는데 어려운 살림살이 중에도 참 착하고 얌전한 부인이었어요."

이 세상에 왔다 가는 사람은 이렇게 어떤 식으로든 누군가의 기억 속에 남는 법인가 보다. 또 한 번 그런 점을 확인한다. 그 기억으로 미뤄볼 때 아마도 생희 형님의 선친은 결혼 전에 나의 아버지를 만났을 것이다. 틀림없다. 육목 씨를 만난 마당에 2년 반 동안 지근거리에 사는 아버지를 만나지 않았을 리가 없기 때문이다. 만나서는 무슨 대화를 나누었을까? 당시 학생도 아니고 정식 교사도 아닌 아주 애매한 상황에 있던 아버지는 몇 차례 생희 형님 댁을 방문해 대접을 잘 받았을지도 모르겠다. 내가 이날 밤 그 어머니로부터 큰 대접을 받은 것처럼. 지금 그런 사실을 구체적으로 확인할 수 없다고 해서 안타까워할 것도 없다. 사람은 가고, 기억도 소멸하는 것이 피할 수 없는 운명이기 때문이다.

이어질 듯 말 듯 희미하게 전개되어온 가느다란 인연의 끈이 어느 순간 선명하게 떠오른다. 수백 년 동안 이어져온 집성촌을 선대에 각자 떠난 뒤 인척이라는 이유로 잠시 만났지만 이내 헤어져 서로 잊고 있다가 희미한 기억을 토대로 자식 대에 다시 만나는 그 인연을 무엇이라고 설명해야 할까? 그런 반가움과 안타까움이 뒤섞이는 가운데 계룡산 아래에서 밤을 지새운 게 바로 하루 전의 일이었다.

4.

날이 밝았다. 5월 24일. 일요일이다. 몸도 가뿐하다. 고민할 것 없이 익산역 인근의 시외버스 터미널로 간다.

아버지가 '이리발 전주착(빼스)'라고 써놓은 것을 보면 아버지는 이미 전날 밤 이곳 익산에서 전주로 가는 전라선 기차가 없음을 확인했거나, 기다리기를 포기했던 것 같다. 못 미더운 마음에 버스표까지 미리 사두었을지도 모른다.

나도 서슴없이 '전주행' 버스표를 한 장 산다. 운행표에는 한 시간에 네 번씩이나 다니는 것으로 표시되어 있다. 버스에 올라타며 운전사에게 얼마나 걸리느냐고 물으니 말 대신 손가락 네 개를 펴 보인다. 불과 40분! 그러나 어제 경험해보았지만 걸으면 대여섯 시간은 족히 걸리는 거리다. '어휴!' 시간 감각이 많이 달라졌음에 나 스스로 놀란다.

달라진 것은 시간 감각만이 아니었다. 버스가 10분 정도 달리자 눈앞에 펼쳐지는 들판의 규모가 어제 보았던 논산평야와는 비교가 되지 않는다. '이게 만경평야인가?' 끝이 없진 않지만 저쪽 끄트머리를 찾으려면 눈이 가물거린다. 확실히 사람은 사는 장소, 시선을 두는 위치에 따라 공간 감각이 달라질 수밖에 없겠다는 생각이 든다.

그런 생각도 잠시. 어느새 전주의 관문이라는 '호남제일문'을 지나고 터미널에 내린다. 눈에 띄는 식당에 들어가 콩나물 해장국을 한 그릇 시켜먹고 시계를 보니 오전 10시를 지났지만 11시는 아직 되지 않았다. '자, 어떻게 한다⋯⋯.' 길게 고민할 것 없이 바로 택시를 잡아타고 전주 외곽의 고백교회로 간다. 할머니와 아버지도 전주의 어디선가 주일예배를 드렸을 것이다.

예배 시간에 딱 맞췄다. 의도한 것은 아니지만. 아담한 한옥 예배당에 들어서니 마룻바닥에 앉게 되어 있다. '아, 이것도 좋다.' 잠시 묵상하고 고개를 든다. 강단의 십자가는 뒤틀린 마른 가지 두 개를 얽어 만든 것이다. 저절로 울컥한다. 이렇게 뒤틀린 세상이 바로 우리의 십자가임을 보여주는 것이라고 생각한다. 어쩌면 세상뿐만 아니라 나 자신도 저렇게 뒤틀려 있음을 자각하라는 의미까지 담고 있을지도 모른다.

"빈들에 마른 풀같이 시들은 나의 영혼⋯⋯." 찬송이 마음을 흔든다. "⋯⋯ 오늘에 흡족한 은혜 주실 줄 믿습니다." 위로도 함께 온다. 마침 이날은 성령강림주일이다. 부활절로부터 50일째 되는 날이다. 할머니와 아버지가 전주에서 예배를 드린 그날도, 이론적으로는, 같은 절기였을 것이다. 설교가 절기에 충실하다. "성령을 받은 사람의 가장 큰 특징은 마음의 평안입니다. 자유인이 되었는데 마음에 두려움이 있을 리 없지 않습니까?" '아, 자유인, 자유인⋯⋯.' 그 앞에서 늘 멈칫대게 되는 그 말을 오늘 전주에서 또다시 듣는다. '아버지가 지향한 삶도 결국은 자유인의 길이었지. 그것이 마음먹은 대로 되지는 않았지만⋯⋯.' 다시 마음이 흔들린다.

바로 마지막 찬송이다. "내가 매일 기쁘게 순례의 길 행함은⋯⋯." 그렇다. 나도 그렇고 아버지도 어차피 나그네 길을 가는 중이다. "⋯⋯ 어둔 밤이 지나고 무거운 짐 벗으니 주의 영이 함께 함이라." '그런 시간이 와야 할 텐데⋯⋯.'

위로와 평안은 홀로 오지 않는다. 번민을 동반하거나 그것을 앞세워서야 오는 것 같다. 이 길지 않은 예배에서도 그것을 확인했다. 그럼에도 불구하고 위로와 평안을 기대하며 나머지 길을 갈 힘을 얻은 것 또한 사실이다. 나에 앞서 낯선 도시 전주에서 처음 예배를 드린 두 분도 그랬을 것이다.

5.

아버지의 노정에 따라 전주역으로 간다. 여기서는 두 가지 문제가 기다리고 있다.

첫째는 이 전주역이 과거의 전주역이 아니라는 점이다. "1914년 서노송동에서 보통역으로 영업 개시, 1981년 우아동 현 위치의 역사로 이전." 역사 앞의 큼지막한 돌 표지판에 이렇게 쓰여 있다. 모르면 그냥 지나쳤을 수도 있는 사실이다. 그러나 이건 불가항력에 해당하는 일이다. 이미 전주시청 부근의 중심가로 변해버린 옛 역 자리로 가서 기차를 탈 수도 없는 노릇이고, 그곳에 가보았자 과거의 흔적을 찾을 길도 없다. 눈을 질끈 감는다. 할 수 없는 일을 하려고 애쓸 이유가 없다. 그저 '전주역'에서 기차를 탈 수 있다는 사실에 만족한다.

둘째는, 조금 미묘한 문제인데, 아버지가 기차표를 남원까지만 끊었을까, 아니면 순천이나 여수까지 끊었을까 하는 점이다. 물론 지금의 나는 아버지가 62년 전의 오늘 남원까지밖에 갈 수 없었다는 사실을 알고 있다. 그리고 다음 날에야 남원에서 다시 전라선에 올라타 순천까지 갔다는 사실도 알고 있다. 분명히 문제는 '1953년 5월 24일 일요일 남원'의 상황에 있었던 것이지만 '2015년 5월 24일 일요일 전주'에서 내가 그것을 헤아리기는 힘들다. 굳이 알자고 들면 철도사를 뒤져서라도 확인할 수는 있겠지만 그것도 다 부질없는 짓이다. 이 고민도 접는다.

나는 잠시 복잡했던 머리를 닫고 조용히 남원까지만 표를 끊는다. 여기는 좌석이 있다. 30분이면 남원에 도착한단다. 세상에! 논산 → 익산(기차) 30분, 익산 → 전주(버스) 40분, 전주 → 남원(기차) 30분에 또 머물러야 한다니! 길 떠나서 둘째 날까지 전라북도조차 벗어나지 못하고 있다. 게다가 축제로 장바닥같이 되어 있을 남원 시내를 어떻게 지나칠 것인가? 잠시 닫혔던 머리가 다시 시끄러워지기 시작한다. '닥쳐서 생각하자!'

6.

남원역. 아무 생각 없이 역사를 나서는데 춘향제 홍보대에 팸플릿이 꼭 한 가지만 남아 있다. '소리극: 판에 박은 소리 Victor 춘향.' 판소리 춘향전을 바탕으로 연극을 한다는 얘기인 것 같긴 한데 이것만으로는 도무지 무슨 내용인지 알 수가 없다. 그렇지만 남원에 본거지를 둔 국립민속국악원이 주최하는 무대인 데다 마침 오후 4시 공연 시간도 알맞고 공연장도 장바닥 시내와는 조금 떨어져 있기에 역시 아무 생각 없이 그리로 향한다. 익산에서처럼 여가 선용이라고만 생각한다.

공연장 로비에서 입장권을 어디에서 사느냐고 물어보니 무료란다. 또 마음이 흔들린다. '무료 공연이 오죽할까?' 그런데 그게 아니다. 공연이 시작되면서 해설자가 관객에게 핸드폰을 모두 꺼달라고 부탁한다. 그때 6~7명의 출연자가 무대에 등장해 기념사진 찍는 매무새로 자리를 잡은 가운데 해설자가 한마디 설명을 붙인다.

"지금은 핸드폰의 버튼만 누르면 사진을 찍을 수 있고, 버튼만 누르면 그것을 지울 수도 있지만 지울 수 없는 아주 인상적인 사진 한 장이 남았습니다. 1937년 5월 어느 날 일본 빅터 레코드사에서 우리 명창들이 춘향전 취입을 기념해 찍은 기념사진입니다."

'오홋, 이것 봐라!' 도입부가 아주 신선하다. 게다가 사진 이야기로 시작하는 것도 나에게는 아주 인상적이다. 극의 전개는 당시 정정렬, 이화중선, 임방울, 박녹주, 김소희의 분창(分唱) 형식으로 녹음된 춘향전 판소리를 지금의 배우들이 재연하는 장면과 그 녹음 현장의 스토리를 격자 형식으로 엮은 것이다. 두 가닥의 이야기 줄기가 만났다 흩어지고 흩어졌다 다시 만나는 방식으로 무리 없이 극이 흘러간다. 그러면서도 마지막에 '어사출두' 장면은 역시 클라이맥스다. 다 알면서 들어도 속이 다 후련하다. 무대와 객석이 완전히 하나가 된다. 이제 녹음은 끝나고 출연자들이 공연 시작 때와 똑같은 기념사진 찍는 장면으로 극도 마무리된다. 그때 해설자가 관객을 향해 주문한다. "여러분, 핸드폰을 다시 꺼내 전원을 켜시고 이 기념사진을 마음껏 찍어주십시오." 관객들이 환호하며 버튼을 눌러댄다. 한동안의 소란이 지나간 뒤 해설자가 마지막 한마디를 덧붙인다.

"이들이 찍은 사진에는 이들이 정말 찍고 싶었던 것은 담기지 않았을지도 모릅니다. 그건 아마도 마음속에 담겨 있고, 마음속에 찍혀 있을 겁니다."

일제강점기에 대중으로부터 판소리가 사랑받은 것은 바로 '어사출두' 장면 같은 곳에서 느끼는 카타르시스 때문이었을 것이다. 씨름 같은 전래 스포츠도 그와 비슷한 기능을 했다. 해설자가 말하는 '이들이 정말 찍고 싶었던 것'은 바로 그런 정서였을 것이다. 사진이 그런 정서를 찍어줄 수 있을까? 눈이 밝으면 사진에서 그런 숨은 정서도 읽어낼 수 있을까? 해설자가 마치 나에게 질문을 던지는 것 같다.

정말 우연찮게 귀가 호강하고, 나의 여정에 문제의식도 더하는 공연이었다. '이렇게 수지맞을 수가!' 가뿐한 마음으로 공연장을 걸어 내려와 광한루 근처의 번잡한 거리를 지난다. 시끄럽거나 말거나! 광한루 연못 옆의 공연장 빈 의자에 걸터앉아 스마트폰으로 남원 지도를 살핀다. 어차피 여가 선용도 잘 했으니, 내일 아침 다시 순천행 기차를 타기 위해서는 아예 남원역 근처로 가서 잘 곳을

찾는 게 좋겠다는 생각이다. '자, 남원역으로 다시 가려면 어느 길로 가야 하나?'

잠시 혼란스럽다. 지도에 남원역이 두 군데다. 하나는 '남원역', 다른 하나는 '남원역(폐역)'이라고 각각 표기되어 있다. 한 번 더 검색해보니, 기왕의 남원역이 문을 닫은 것은 최근인 2004년의 일이었다. '아, 여기도 역의 위치가 바뀌었군!' 전주에서의 아쉬움도 있던 터라 이번엔 아버지가 내렸을 그 '폐역'이라는 곳에 가보기로 마음먹는다. 지도를 보니 걸어서도 갈 수 있겠다. 번잡한 도심지를 벗어나 대로와 소로를 번갈아 잡으며 스마트폰의 지시대로 거의 다 왔다. 그 사이에 해는 질 듯 말 듯 서산에 걸렸다.

멀리 관광버스들이 줄지어 선 공터가 보인다. '저긴가?' 다가간다. 버스들 뒤로 거창한 한옥 지붕을 머리에 인 콘크리트 건물이 보인다. 드디어 '폐역'이다. 폐허로 버려진 공간이다. '괜히 왔나?' 과거에 역전 광장이었을 공터의 한 귀퉁이에 몇 개의 기념탑과 비석이 서 있다. 사진이나 찍자고 다가선다. 3·1 운동 기념탑이다. 역사 안에는 무엇이 남았나? 담장 너머로 기웃거린다. 안으로 들어가는 통로가 열려 있다. 안쪽으로 몇 걸음 옮긴다.

그 순간 시야에 한가득 붉은색이 들어찬다. 오로지 한 가지 색, 붉은색의 양귀비들이 폐역의 너른 마당을 완전히 채우고 있다. 그렇다고 양귀비 특유의 달뜬 색깔도 아니다. 석양이 그 끓어오르는 기를 차분히 가라앉히는 가운데 선선한 바람이 검붉은 꽃양탄자를 가볍게 흔들고 있다. 폐허에서 자라나는 꿈이 이런 것인가? 서산에 넘는 해를 배경으로 내 숨결도 그 부드러운 흐름 위에 자연스럽게 올라탄다.

역사 한 귀퉁이의 나무 등걸에 조용히 걸터앉는다. 숨이 가라앉으며 마음결도 차분해진다. 하늘과 양귀비 꽃밭의 색조가 조금씩 조금씩 변해가는 흐름에 그냥 눈길을 맡긴 채 망연히 바라본다. 마침내 석양과 꽃밭이 거의 같은 색조로 합치될 때쯤 나의 마음속에 헝클어졌던 가닥들도 조금씩 모아진다. 누가 씨를 뿌린 것일까? 버려진 기차선로와 플랫폼만 제외하고는 유난히 넓다는 이 남원 옛 역의 부지를 완전히 메우도록 양귀비 씨를 뿌려 내 눈을 호강시키는 사람은 도대체 누구란 말인가?

'귀 호강'에 '눈 호강'이라…… 짜증스러울 줄 알았던, 그래서 아무것도 기대하지 않았던 남원에서 겹호강이라……. 이런 게 여행의 재미인가? 그런 생각도 잠시. 이내 마음을 고쳐먹는다. 이것은 호강이 아니라 위로다. 지친 나그네의 발과 갈기갈기 찢어진 그의 심사를 쓰다듬는 한줄기 바람이다. 삶의 고해(苦海)에 불어오는 청신한 바람! 아버지는 이 장소에서 이유도 알 수 없이 혹은 하릴없이 하루를 더 묵으며 맥이 풀렸겠지만, 아들은 그때로부터 몇 세대를 건너뛰어 바로 그 자리에서 위로를 받고 있구나! 아버지가 남겨준 삶의 위로!

이 위로는 도대체 어디에서 오는 것인가? 곧 소멸할 운명의 폐허에서 연유하는 것인가? 아니면 그 폐허에서 피어난 뜻밖의 열정으로 말미암은 것인가?

30대의 아버지가 양귀비 꽃밭을 걸어 나와 50대 아들의 어깨에 손을 얹으며 평안도 사투리로 "힘드네?" 말을 걸고 있다. 나직하지만 낭랑한 어조다. 참으로 힘든 삶을 살았던 아버지가 오히려 나를 위로한다. 아버지를 찾아 나선 여행길이 나 자신을 어루만지는 여행이 되고 말았다. 나도 답을 한다. '아버지, 송구스럽습니다.'

7.

전날의 푸근함 때문일까? 5월 25일 월요일 아침, 일찍 눈이 떠진다. 이제 마지막 날이다. 서두르자. 미리 확인해둔 열차 시간표에 맞춰 '새 남원역'으로 간다. 기차에 몸을 실으니 또 고작 40분 만에 순천이란다. 여수까지 그대로 쭉 가면 좋으련만 '아버지도 어쩔 수 없이 이곳에서 내렸으려니……' 생각하며 나도 내린다.

사실 여기서부터는 조금 문제가 있다. 이 여행을 시작하기 전부터 예상했던 난감한 순간이 드디어 온 것이다. 아버지는 이곳 순천에서 여수로 가는 길에 '트럭'을 이용했다고 기록했다. 순천 → 여수의 기찻길이 무슨 이유로인가 막히 자 비상수단으로 길 가는 트럭을 세우고 거기에 올라탔던 것 같다. 할머니와 함께 조수석에 탔는지, 아니면 짐칸에 앉았는지는 알 수 없다. 아마도 그 무렵에는 이렇게 약간의 비용을 지불하고 트럭에 올라타는 일이 그리 낯선 풍경이 아니었을 것이다.

그때뿐만이 아니라 1970년대 무렵까지도 셋집 또는 하숙집 옮길 때 한두 명의 청년이 이삿짐 실은 트럭 짐칸의 꽁무니에 매달리다시피 올라타고 시내를 지나는 풍경을 심심치 않게 볼 수 있었다. 아마도 지금은 그게 위법일 것이다. 그러나 옛 기억 속에 남아 있는 트럭 짐칸 청년들의 표정은 늘 밝고 활기찼다. 이삿짐 옮기느라 이미 수고를 많이 했고, 앞으로 다시 이삿짐 내려 정리할 만만 치 않은 일거리가 남아 있을 터인데도 어떻게 그리도 즐거운 표정일 수 있었을 까? 그것은 그런 고생에도 불구하고 '새로운 장소', '새로운 집'으로 간다는 기대 감 때문이었을 것이다. 늘 새로운 곳은 그렇게 활기를 불러온다.

그러면 순천에서 여수까지 트럭을 타고 가는 할머니와 아버지의 표정은 어 땠을까? 쉽게 가늠이 되지 않는다. 물론 나의 어릴 적 기억 속의 청년들과 마찬 가지로 새로운 곳으로 간다는 설렘이 있었을 것이며, 궤도 위를 달리는 기차가 아니라 자유롭게 가다 서다 할 수 있는 차량을 얻어 탄 데에 따른 즐거움도 있 었을 것이다. 그러나 그와 동시에 이미 사흘째에 접어든 여행길의 피곤함이 두 분을 사로잡았을 것이다. 덜컹거리며 국도 위를 달리는 트럭 속에서 두 분은 아 무 생각 없이 곯아떨어졌을 수도 있다. "여수 포구에 다 왔다"고 운전사가 알려 주는 바람에 곤한 잠에서 깨어났을 것만 같다.

그런데 지금의 나는 히치하이킹 하듯이 그렇게 하기가 쉽지 않다. 그런 부탁을 할 만한 트럭들이 요즘은 도심지로 들어오지도 않거니와, 설사 지나는 트럭을 세우고 그렇게 말이라도 할라 치면 아마도 운전사는 "별 미친 놈 다 보겠네!" 하며 가던 길을 다시 재촉할 것이다. '그럼에도 되든 안 되든 한번 시도해볼까?' 순천 역전에서 지나는 차량들을 물끄러미 쳐다본다. 역시 짐을 싣는 트럭은 거의 보이지 않는다. '그만두자. 내가 무슨 트럭에 명운을 걸었다고……'

관광안내소에 들어가 물으니 코앞의 역전 거리에서 바로 여수행 시외버스를 탈 수 있단다. '시외버스나 트럭이나 그게 그거지!' 스스로 합리화한다.

8.

이 길도 30분이나 걸렸을까? 지척이다. 여수시외버스터미널에서 다시 시내버스로 갈아타고 항구로 간다. 아버지가 트럭에서 내려 여수 앞바다를 처음 보았을 바로 그곳이다. 지금은 '여수연안여객선터미널'이라는 간판을 달고 있다.

이곳에 들르기에 앞서 맞은편 언덕 위의 진남관(鎭南館)으로 먼저 간다. 여수 바다는 진남관에서 내려다보아야 제 맛이라는 내 나름의 생각 때문이다. 역시 그렇다. 멀리 장군도 뒤편으로 여수반도와 돌산도가 마주 보며 만(灣)을 형성하는 가운데 그 사이를 잇는 대교가 그림처럼 떠 있다. 과연 전라좌수영이 자리잡을 만한 곳이다. 우리나라에 현존하는 옛 관아 건물 중에서 바닥 면적이 가장 넓은 목조 건물이라는 진남관은 역시 그늘도 크다. 그 그늘의 한 모퉁이 돌단에 잠시 걸터앉는다.

여수는 과거에도 그랬고, 지금도 '충무공 이순신'을 통영과 공유하고 있다. 굳이 따지자면 해남에서부터 부산에 이르기까지 남해안 바다 곳곳에 그의 흔적이 서리지 않은 곳이 없겠지만 전라좌수영이 있던 여수와 삼도수군통제영이 있던 통영이 아무래도 대표적인 장소로 꼽는다.

바로 그 두 곳 사이의 바다가 풍광 좋다는 한려해상국립공원으로 지정된 것은 이율배반이다. 이 국립공원은 이순신 장군이 삼도수군통제사가 된 뒤 처음 통제영을 설치했던 통영 앞바다의 한산도(閑山島)에서 한 글자를 취하고 전라좌수사 시절 주석했던 여수(麗水)에서 한 글자를 취해 명명한 것이다. 500여 년 전 핏빛으로 물든 바로 그곳에서 지금 우리는 눈이 시리고 가슴이 서늘해지는 푸른 바다를 보고 있다. 왜 우리 눈과 마음을 정화시킬 정도로 아름다운 곳에는 거의 예외 없이 전쟁의 참화가 거쳐 간 것일까? 언젠가 임진강 변 주상절리와 옛 보루(堡壘) 답사에서도 삼국시대 고구려와 백제 간에 서로 왕과 왕을 참살할 정도의 피비린내 나는 전쟁을 벌인 일에 몸서리친 일이 있었다. 그곳의 평온한 아름다움은 결코 핏빛으로 덧칠될 수 없는 것이었다. 진남관 그늘에서 그런 전쟁과 평화의 모순, 과거와 현재의 괴리, 적(赤)과 청(靑)의 대립을 두고 잠시 상념에 빠진다.

꿈을 깨자. 아직 더 갈 길이 있다. 계단을 걸어 내려와 바닷가로 간다. 아버지가 그 한려수도의 뱃길을 거쳐 62년 전 마지막 목적지 통영으로 가는 '기선(汽船)'을 탔던 뱃머리 위치로 간다. 이미 여수항은 상당한 매립 작업을 거쳤고, 따라서 지금의 연안여객선터미널은 과거의 바다 위로 옮아앉은 위치다. 그래도 상관없다. 어쨌든 이 근처에서 아버지가 배를 탔을 터이니……. 터미널 개찰구 옆의 안내전광판에서 통영 가는 배를 찾는다. 당연히 없다. 있을 리가 없다. 이미 여수-통영 뱃길은 수십 년 전에 끊겼기 때문이다.

나는 이 같은 사실을 이미 알고 있었다. 모처럼 여수에 와서 만난 이영일 여수지역사회연구소장으로부터 그 뱃길 소멸의 역사를 한층 더 구체적으로 들었다. 한때 황금 항로로 꼽히던 여수-통영-부산 뱃길은 1971년 엔젤호 취항, 1973년 호남-남해 고속도로 개통 등으로 손님이 사실상 끊겼고, 1980년 마지막 남았던 항로마저 폐업함으로써 완전히 역사 속으로 사라져버렸다는 것이다. 요즘 여기서 떠나는 연안 여객선이라는 것은 거문도 등 여수 앞바다의 섬들만 연결하고 있다. 이로써 내가 아버지의 마지막 여정을 똑같이 밟는 일은 이미 30여 년 전에 불가능하게 되어 있었다.

다 알고 있었더라도 섭섭한 것은 섭섭한 거다. 마침 터미널 안내 데스크의 여직원이 조금 여유가 있는 것 같다. 괜히 말을 붙여본다.

"통영 가는 배가 언제 없어졌어요?"

"요즘 그걸 묻는 분들이 많네요. 그런 분들이 대개 70년대에 타봤다면서 물어요. 80년대에 타봤다는 분은 한 분도 없었어요. 그러니까 (손가락을 꼽아보며) 1990, 2000, 2010 …… 어휴, 30년도 넘었겠네요. 그런데 묻는 분들이 많은 걸보면 누군가 그 뱃길을 살릴 궁리도 하고 있지 않겠어요? 저도 그게 살아나면 좋겠네요."

참 야무진 여직원이다. 그저 섭섭해서 던진 질문에 이심전심, 내 마음을 콕 찌르는 설명을 내놓는다. 감사의 뜻을 표하지 않을 수 없다.

"내 마음도 정말 똑같네요."

고개 숙여 예를 표하고 터미널을 나선다. 이것으로 아버지의 경로를 밟는 나의 여행도 사실상 끝이다. 물론 통영까지 가기야 가겠지만 아버지가 5월 25일 밤, 통영반도와 미륵섬 사이의 판뎃목을 지나는 순간 바다 위에서 처음 보았을 통영 항구의 야경을 내가 똑같은 앵글로 시야에 넣을 방도는 없는 것이다.

그 피로 물들었던 푸른 바다를 뒤로하고 육로의 시외버스로 통영을 향한다. 북쪽의 순천으로 다시 돌아가 일단 진주까지 동진한 뒤 거기서부터 남행해 고성을 거쳐 통영으로 들어간다. 말하자면, 뱃길로 바로 가면 될 것을 여수반도의 끝에서 통영반도의 끝으로 가는 'ㄷ' 자 육로를 밟는 것이다.

9.

이날 저녁 어스름에 배낭을 멘 채로 강구(江口)항에 도착한다. 아버지가 그날

배에서 내렸던 통영의 원래 그 항구다. 그날은 아버지를 이곳으로 불러주었을 주영혁 통영여중 교장 선생의 가족 누군가가 기다리고 있었을지도 모르겠다.

옛 뱃머리쯤에 매여 있는 여러 척의 거북선 재현품들을 바라본다. '역시 여기도 이순신 장군이군…….' 그 뒤로는 고기잡이배들이 분주히 오간다. 마침 봄 멸치잡이 철이란다. 멸치잡이 배들은 이제 강구항 옆에 새로 조성된 동호항으로 그 본거지를 옮겼지만 여기서도 그 활기가 느껴진다. '아버지가 겨울 보리 이삭이 패고 모내기가 한창인 때 농촌을 떠나 봄 멸치잡이 철에 항구로 들어오신 거로군!' 계절의 순환과 장소의 변화가 피부에 와 닿는다. 활력에서 활력으로! '비록 이곳까지 오면서 여러 가지 고생이야 했겠지만 아버지는 참 좋은 계절에 길을 나섰습니다'라고 속으로 말을 걸어본다.

강구항 뒷골목의 '카페 수다'로 들어선다. 외우 장석 군이 기다리고 있다. 이 길을 떠나기 전에 첫 기착지인 노성 인근 상월의 생희 형님네와 마지막 도착지 통영의 장 군에게는 미리 연락을 해두었던 것이다.

"여~! 아버지 냄새 잘 맡고 왔나?"

글쎄, 내가 얼마나 아버지의 냄새와 빛깔을 느끼고 보았던 것일까? 사흘의 여정이 머릿속에 쭉 지나간다. 명재 고택에서 누마루의 창틀을 통해 내다보는 풍경화, 논산평야로의 찔레꽃 향기, 익산역에서의 난감함, 그리고 남원 폐역이 주는 위로……. 그 모든 것의 융합체 속에 다양하면서도 넉넉한 아버지의 진정한 모습이 들어 있었던 걸까?

장 군과 함께 강구항을 돌아 '대추나무 다찌'로 자리를 옮긴다. 컬컬한 목에 소주를 몇 잔 붓는다. 뜻밖에도 몸이 서늘해지며 피로가 풀린다. 사흘간의 여로에서 머릿속에 남은 잔상들도 그 윤곽을 더욱 뚜렷이 해간다. 그 이미지를 고스란히 안은 채 다시 강구항을 거꾸로 돌아 장 군의 정량동 바닷가 아파트에서 하룻밤 유한다. 가볍게 바람이 분다.

어린 날들이

잔잔한 물결로

잘강잘강 흔들리고 있다

그물이 있다면

그 날들을 고스란히 건져올릴 수 있는데

― 장석, 「그 섬」 중에서

10.

"이제 그만 집으로 돌아오시래요. 통영에서 기다리시겠대요"(윤대녕의 「통영 - 홍콩 간」 중에서).

5월 26일 아침에 눈을 뜬다. 나도 통영에 돌아와 있는 것이다. 돌아가야 할 곳에 돌아와 있다는 생각이 들었다. 아파트의 창문을 연다. 아침 공기가 훅 밀려든다. 통영 포구에서 불어오는 바람에는 어떤 마법이 담겨 있는 것 같다. 몸도, 마음도 상쾌해진다.

이날은 아버지가 통영여중에 첫 출근을 했던 날이다. 나도 아침 일찍 채비를 차리고 걸어서 옛 통영여중 자리로 간다.

학교 건물이 섰던 자리는 지금 산복도로로 바뀌어 그 흔적조차 찾을 길이 없다. 아버지의 통영 시절의 거점이 세월과 함께 소멸해버린 것이다. '세계 최고의 입학식'이 열렸던 운동장도, 그 '온화했던 분위기'의 교무실도, 아버지가 '그토록 조리 있게 수학 수업을 진행'했다는 교실도 이제는 남아 있지 않다. 아무것도 없다.

그러나 산복도로 바로 아래로 아버지가 신혼살림을 꾸리고 내가 태어났던 집만은 그대로 있다. 길가에서 손만 뻗으면 안채의 뒷벽에 난 들창을 열 수 있을 정도의 거리에 그 집이 있다. 옛날 학교 운동회가 열리는 날이면 "지금 김 선생님 사모님께서 이 말을 듣고 계시겠지만……"이라던 진행 교사의 너스레가 확성기를 통해 쾅쾅 울리며 그대로 들리던 학교 언덕 바로 아래의 그 집이다.

'아, 여기가 돌아와야 할 곳이었나?' 가만히 들창을 한번 열어볼까 하는 충동이 인다. '옛날에는 우리 집이었는데…….' 금세 부질없는 생각임을 깨닫는다. 이제 그곳에 나를 기다리는 사람이 없다는 사실이 비수처럼 뇌리에 박힌다. 학교는 없어졌어도 그나마 집이 남은 것만도 다행이라고 스스로 위로한다.

내가 한번 따져본 적이 있었다. 아버지는 어느 지역에 가서 살든 늘 집과 학교(학생으로건, 교사로건)와 교회의 삼각 지점을 오가는 생활이었는데 그 옛 건물들 가운데 지금도 그대로 남은 것이 있는지를. 아버지의 유년기와 만주(하얼빈과 봉천) 체류 시기, 그리고 평양 요양 시절의 거주지는 위치 자체를 알지 못하거나 갈 수 없으니 논외로 치고 서울 북아현동 → 공주 경천 → 논산 노성 → 통영 등지와 서울 거주 시기의 몇몇 곳들을 거치며 아버지가 관련됐던 집, 학교, 교회 가운데 현재 옛 모습을 유지하고 있는 것은 꼭 두 군데뿐이었다. 하나는 내가 이 여정을 시작한 노성의 명륜당(교사)과 명재 고택(교무실)이었고, 다른 하나는 이 여정의 종착점 격인 통영 문화동의 자택이었다.

어떻게 시작과 끝 지점에 꼭 하나씩만 남았는지……. 다른 것들은 모두 다른 곳으로 옮기거나 그 자리에서 신축하거나, 그것도 아니라면 아예 소멸해버렸다. 노성의 두 건물은 어차피 문화재이니 앞으로도 당분간은 없어질 염려가 없겠지만 이 통영의 집은 조금만 더 세월이 지나면 없어질 것이다. 이렇게 들창문 앞에서라도 그 모습을 볼 수 있는 게 다행이라고 해야 할지 모르겠다.

돌이켜 생각해보니, 이 집에는 어머니 품에 안겨 통영을 떠났던 내가 꼭 한번 내 발로 찾아가 들어가 본 적이 있었다. 대학 시절에 이곳에 여행 와서 옛 지인의 안내로 이 집을 찾았던 것이다. 스무 살 청년의 눈에 꽤 아늑하면서 단단한 집으로 비쳤다는 기억이 남아 있다. 낯설지도 않았던 것 같다. 아마도 사진을 통해 이 집의 이모저모를 눈에 익혀두었기 때문이었을 것이다.

이제는 실낱같은 인연이 이어지던 30년 전의 그 지인도 돌아가시고, 이 집의 주인도 바뀌었다. 그렇게 모든 것이 바뀌고 사라진다. 소멸의 운명을 피할 수 없는 것이다. 아버지의 행로를 더듬어 그 흔적을 뒤따라 온 것이 겨우 그런 사실을 확인하기 위한 것이었나 생각하니 조금 허탈하다. 그렇지만 이내 마음을 고쳐먹는다. 흔적을 찾는다는 말 자체가 많은 것이, 어쩌면 거의 모든 것이 소멸했음을 전제로 하기 때문이다. 그것은 안타까워할 일도 아니고, 허탈해할 이유도 없다.

이번에는 옛 집보다 조금 더 아래의 세병관으로 간다. 여수 진남관에서 그랬던 것처럼 앞바다가 아주 잘 내려다보인다. 아버지가 첫 출근하던 날 이 맑은 바다를 처음 보던 그 앵글과 거의 비슷하다. 아버지가 학교에서 동료 교사 또는 학생의 뒷모습을 소도구 삼아 창문을 통해 내려다보는 통영 앞바다를 여러 차례 사진으로 남긴 것은 이 첫날의 인상이 강력했기 때문일 것이다.

인상은 인상이고, 미지의 장소에서 걱정이 없을 리 없었다. '이곳이 새로운 고향이 될 수 있을까?' 걱정 반, 기대 반이었을 것이다. 만 서른 살이 될 때까지 무엇 하나 매듭을 지어본 적이 없는 아버지에게 걱정이 없을 리 없었다. 그러나 이렇게 맑은 햇살과 다시 만난 선한 이웃이 있었기 때문에 그날도 마음이 무겁지만은 않았을 것이라고 나는 생각한다. 실제로 아버지는 이런저런 고비가 있었음에도 통영에서 6년 동안 더 없이 행복한 생활을 꾸렸다.

그런 시기의 증거물들 가운데 하나가 약혼 시절 통영을 방문한 어머니를 이 세병관 앞마당에 당당하게 세우고 아버지가 찍은 한 장의 사진이다. 내가 '향원익청(香遠益淸)'이라고 제목을 붙이고 '아주 특별한 남국의 향기'라고 설명을 달았던 바로 그 사진이다. 어머니가 사진 속에서 섰던 그 장소쯤에 나도 한번 가서 서본다. 심호흡을 한다. 이름 모를 꽃의 향기가 가슴에 가득 찬다.

그 시절의 모든 걱정과 기대와 희망을 아버지가 사진과 문자의 기록에 담았고, 어머니가 기억을 되짚어 그것을 설명해주었다. 그렇다. 통영의 한 시대와 거기에 서렸던 향기가 아버지의 기록과 어머니의 기억으로 남은 것이다. 사람이 가고 건물이 사라져도 그 빈 자리에 상상의 집을 다시 짓고 그 집 안에 살던 사람의 꿈을 다시 꿀 수 있다면 그것으로 족하다. 상상과 꿈의 소재는 무궁무진하다. 나는 이미 너무 많은 것을 손에 쥐고 있다. 감당할 수 없을 정도다. 아니, 그 상상과 꿈의 실체가, 비록 아버지만 못할지언정, 바로 나 자신인데 어디 가서 무엇을 더 찾아야 할까?

이른 아침, 아무도 없는 세병관 마루에 걸터앉아 다시 바다를 내려다본다. 호젓하게 앉은 나의 시야에 아침 항구의 모습이 점점 선명하게 들어온다. 소음도 더욱 뚜렷해진다. '파란색 새벽 공기'는 더 이상 불어오지 않는다. 바다는 그 대신 밤새 간직하고 있던 생명을 항구로 마구 토해내고 있다. 그렇게 토해내는 사이에 바다는 짙푸른 색에서 어느덧 황금빛으로 바뀌어가고 있다. 아버지의 통영이 그랬고, 아들이 다시 찾은 통영 역시 그렇게 싱싱하기만 하다. 결코 싫지 않은 옅은 비린내도 코끝에 스친다.

아, 그 냄새! 아버지가 어느 날 통영과 작별해야 할 시간이 왔을 때 통영 항구를 한 번 더 보기 위해 찾았던 곳도 이 세병관 뒤의 언덕이었다. 이곳에서 아버지가 마지막으로 맡은 통영의 냄새는 갯비린내 속에 실려 오는 유채꽃 향기였다.

그것은 새로운 시작이었다. 아버지가 다시 시작한 자리에서 이제 나도 다시 시작이다. "아버지, 감사합니다."

에필로그
'자'와 '본'

1.

시간 순서대로라면 이제 아버지를 포함한 우리 가족의 서울살이를 따라갈 차례지만 그건 굳이 글로 남기고 싶은 생각이 없다. 왜냐하면 거기서부터는 내가 어떤 방식으로든 기억하고 있기 때문이다.

지금까지 내가 아버지의 흔적을 따라온 이유가 무엇이었나? 없어진 것, 복원이 불가능한 것, 그리고 무엇보다도 내가 전혀 경험하거나 기억하지 못하는 것들을 되살리려 했던 것이다. 말로는 들었으되 그것을 손으로 쥐려 하면 모두 손가락 사이로 빠져나가고 손바닥에는 그저 몇 알갱이의 무의미한 사금파리만 남곤 하던 과거사의 난감함! 그것을 넘어서서 과거의 실체를 한번 만져보고 싶었던 것이다. 그중에서도 아버지의 실체는 곧 나의 실체이기도 했으므로 그 절실함은 이루 말로 표현하기 힘들었다. 그런 마당에 굳이 내가 기억하는 아버지의 모습을 애써 찾아가는 것은 매일 뜨고 지는 해를 관찰하는 것만큼이나 불필요한 일이었다.

그렇지만 내가 전혀 기억하거나 경험하지 못한 것들을 파악하겠다는 야심 찬 계획도 사실상 애당초 불가능한 일이었다. 이 세상에 나타나는 순간 허공 속으로 사라져버린 과거의 몸짓과 목소리를 무슨 수로 되살릴 수 있을까. 이쯤에서 멈춰서는 것이 좋겠다. 징검다리처럼 띄엄띄엄 그림자를 드러낸 할아버지·할머니·아버지·어머니의 행로와 생각이 그나마 고마울 뿐이다.

그러고 보니 지금 멈춰선 지점, 즉 아버지가 상경하던 무렵의 풍경이 나에게는 과거와 현재의 경계선이다. 그 지점을 넘어서서 유년의 내가 경험하고 일부나마 기억하고 있는 현재로까지 시간여행을 연장할 이유가 없는 것이다.

아버지의 흔적 찾기를 여기서 중단하는 데에는 한 가지 이유가 더 있다. 아주 현실적이고 구체적인 이유다. 이 지점부터는 너무나 고생스러웠던 이야기일 수밖에 없기 때문이다. 물론 그 어려움은 대부분 어머니의 몫이었다.

사람이 절실한 이야기를 하다 보면 자칫 사무쳐서 감정 과잉이 되고, 그것이 남의 눈에 구차하게 보이기 십상이다. 내가 그렇게 되지 않을까 걱정스러웠다. 그래서 과감하게 이 단계에서 아버지 이야기를 그치기로 마음먹은 것이다.

2.

아무리 그렇다 해도 아버지의 '그 후'와 가족사의 흐름을 최소한이나마 기록해두는 것은 나쁘지 않을 것 같다. 나의 아버지 김필목 선생은 통영에서의 교사 생활을 정리하고 상경해서 1959~1963년의 4년 동안 동양의약대학의 약학과(경희대학교 약학대학의 전신)에서 만학도로 공부하고 졸업했다. 새로 시작한 아버지 대학 시절의 첫해에 할아버지의 실직이 겹쳤다. '따로 또 함께' 살아온 가족 구성원 모두가 어려움에 처한 것이다.

설상가상. 아버지는 약대를 졸업하는 해에 서울의 변두리 이문동에 약국을 개업해 자신의 어릴 적 이름 '경봉(京鳳)'을 약국 이름으로 사용했지만 그 이름의 효과를 누리지는 못했다. '서울의 봉황'이 되기에는 시간이 너무 짧았다. 아버지가 개업 3년 만인 1966년 세상을 떠나고 만 것이다. 내가 아홉 살 때의 일이었다. 지병 때문이라기보다는 평소 건강이 부실했던 데에다 하루 24시간을 꼬박 바치다시피 해야 했던 당시의 약국 운영 방식이 아버지의 건강을 급속히 갉아먹었던 것이다. 이것이 아버지에게는 또 한 차례이자 최후의 '미완(未完)'의 기록이 되었다.

나는 성인이 되어 이런 전후 사정을 짚어보는 가운데 "4년 공부해서 그 내용을 3년밖에 못 써먹었으니 본전도 못 찾았군!"이라며 혀를 찬 적이 있다. 그 뒤 20여 년은 우리 가족에겐 본격적인 '고난의 행군기'였다.

그렇다고 모든 것이 나쁘지는 않았다. 가장 큰 희망은 뭐니 뭐니 해도 새로운 생명의 탄생이었다. 나보다 두 살 아래의 남동생(金安熙)이 1960년에, 다시 그보다 세 살 아래의 여동생(金京熙)이 1963년에 태어났다. 두 동생은 각각 자기 이름에 태어난 장소의 흔적을 담고 있다. 남동생은 안암동에서, 여동생은 서울에서 태어났다는 표시가 그것이다. 그런 이름이 아버지의 작명 능력 또는 상상력의 한계를 보여주는 것인지, 아니면 자신의 삶의 자리를 확인하는 동시에 '경봉'이라는 이름에 담겼던 원망(願望)을 재확인하면서 그것을 영속화하려는 시도였는지는 알 수 없다. 만약 후자라면 그 뜻을 읽고 실현하는 것은 우리 형제와 그 자식들(형기, 정기, 수민, 인기)의 몫이 될 것이다.

이렇게 삼남매와 그들의 자식들까지 대개 장성한 2016년 초 현재, 선대는 모두 이 세상 분들이 아니다. 할아버지가 1962년에 돌아가신 뒤 약 30년의 세월을 건너뛰어 1990년에 할머니가 돌아가셨다. 그런가 하면 아버지가 1966년에 돌아가신 뒤 역시 약 반세기가 지나 2014년 어머니까지 세상을 떠나셨다. 모두 서울 또는 근교에서의 일이었다.

최근에 어머니가 돌아가시기 전에 나머지 세 분의 산소는 두 군데로 나뉘어 있었다. 1960년대에 돌아가신 두 분은 망우리에, 나머지 한 분은 연천에. 휴전선 이남에 고향 또는 선산을 갖지 못한 월남민들의 문제가 그런 것이다. 그때그때 상황이 허락하는 곳에 유택을 마련하다 보니 한식이나 추석 같은 때에 한꺼번에 성묘하는 일이 사실상 불가능해져버렸다. 이 문제를 해결하는 것이 오랫동안의 숙원 사업이었다. 어머니 별세 직후 삼남매가 의견을 모았다. 우선 어머니를 화장해 경기도 용인의 시립 묘지인 '평온의 숲' 봉안묘에 모신 뒤 나머지 세 분도 이곳으로 옮기기로.

2015년의 어느 봄날, 나머지 세 분의 유해가 각각 한 줌의 재가 되어 '평온의 숲'에 모였다. 마침내 네 분의 유해가 한 장의 돌판을 머리 위에 이고 한 광중에 든 것이다. 그 비석에는 아주 간단한 십자가 하나 외에는 아무런 수식(修飾) 없이 이렇게 새겼다.

김중준

* 1901.5.29. 음력 평남 용강

+ 1962.5.22. 양력 서울 안암동

송근모

* 1904.12.9. 음력 평남 용강

+ 1990.8.2. 양력 서울 불광동

김필목

* 1923.2.8. 음력 서울 종로

+ 1966.6.6. 양력 서울 이문동

이복숙

* 1925.1.16. 음력 경남 합천

+ 2014.9.28. 양력 경기 남양주

돌이켜 생각해보면, 이것은 우리 가족으로서는 역사적 사건이었다. 1938년 아버지가 봉천에서 신병 치료를 위해 할머니와 함께 귀국하면서 할아버지와 사실상 별도의 가족을 구성한 이래 전 가족이 함께 산 것은 1962년 5월 9~22일 할아버지가 돌아가시기 전의 꼭 2주간뿐이었다. 할아버지의 마지막 순간이 가까워지자 아버지가 작은할매를 고향으로 내려가게 하고 할아버지를 서울 안암동의 집으로 모셨던 것이다.

이때는 아버지가 결혼하고 나와 나의 남동생까지 태어나서 3대의 여섯 식구가 함께 사는, 우리 가족이 일찍이 경험해본 적이 없던 가장 큰 가족 구조였다. 그것은 할아버지와 할머니가 1919년 결혼하고 1920년경 분가해 두 분이 서울로 떠나온 이후 40여 년 만에 최대 규모였던 것이다.

아무튼 1962년에 한 분씩 별세하기 시작해서 50여 년 만인 2015년에 이르러서야 '평온의 숲'의 한 울타리, 한 지붕 아래 네 분이 공동의 집을 마련하게 되었다. 특별한 일이 없는 한 네 분은 이제 헤어지기도 어렵게 생겼다. 이것을 가족 재결합(family reunion)이라고 불러도 될까? 아마도 할머니는 할아버지 생전에 이렇게 길게 한 집에 살게 되었더라면 진저리를 쳤을 가능성이 높다. 그러나이제는 두 분이 떨어질 수도 없게 되었다. 그에 반해 어머니는 근 반세기 만에 '왕자님'과 상봉하게 되었다.

물론 자식들이 자기들 편하자고 이렇게 유택을 한군데로 모은 측면을 부인할 수 없지만, 이 일이 1920년대 초 할아버지의 출향 이후 4대에 걸친 가족사의한 매듭이라는 점에서 여러모로 마음이 가뿐한 것도 사실이다. 나로서는 한국근대사 100년을 가족사의 관점에서 정리하는 한 가지 방식이기도 했다. 그런점에서 나는 이제 현재와 미래의 경계선에 서 있다.

3.

이렇게 아버지의 이야기를 마무리하면서 한번 생각해보았다. 아버지는 나를 포함해 자식들에게 무엇을 남겨주었는지를. 흔히 '유산' 혹은 '유물'이라고하고, 조금 거창하게 말하자면 '유업'이라고 하는 것 말이다.

모두에 언급한 대로 아버지가 돌아가실 때 남은 재산이라고는 서울 변두리의 판잣집 한 채가 다였다. 그 외에는 아무것도 없었다. 그리고 세월이 지나면서 아버지가 사용하던 손때 묻은 물건들도 하나둘씩 사라졌다. 이제 남은 것은 사진과 문건들뿐이다. 그 문건들 가운데 혹시 지방 어딘가의 토지문서라도 끼어 있지 않았을까 추측하지는 마시라. 그런 건 애당초 존재하지도 않았다. 말하자면 환금성이 전혀 없는 증명서와 메모 쪽지 같은 것들뿐이었다. 마흔넷에 돌아가신 아버지에게서 '가업'은 기대할 바도 아니었다.

어머니가 그 낡디낡은 사진과 문건들에 기억을 보태 흥미진진한 이야기들을 풀어내던 어느 날이었다. "아, 뭔가 좀 남은 게 있긴 있구나!"라고 하셨다. 그러더니 장롱 안을 한참 뒤져 두 가지 물건을 꺼내셨다.

하나는 '자(尺)'였다. 과거 옷감을 재는 등 바느질할 때 늘 옆에 두고 사용하던 나무 막대 자였다. 귀퉁이는 모두 닳아 뭉툭하기 이를 데 없었다. 길이는 54센티미터, 자의 편평한 면에 눈금과 '육회 졸업기념'이라는 한글 명각(銘刻)이 나전(螺鈿)으로 박혀 있었다. '육회 졸업'이란 1955년 3월에 있었던 '통영여중의 제6회 졸업'을 뜻하는 것이 분명했다. 아마 졸업생들에게 주었던 것은 아니고, 교사들이 받은 사은품이 아니었을까 생각된다. '통영'의 '여중' 졸업을 기념하는 물건으로는 아주 그럴듯했다.

4부 '평양 경상골'의 '그 맑은 시냇물' 편에 마침 이 제6회 졸업사진을 소개한 바 있다. 아버지와 주숙정 선생이 함께 등장하는 유일한 사진 말이다. 주 선생도 이 자를 사은품으로 받았을 터인데 지금껏 이 자를 갖고 있을까?

나도 어려서 할머니 또는 어머니가 바느질할 때 이 자를 사용하시곤 하던 모습을 본 기억이 있다. 그러다 어느 날 그것을 더 이상 사용하지 않게 되면서 장롱 차지가 되었는데, 그것이 다시 세상 빛을 보게 된 것이었다. 반가웠다.

다른 하나는 얼른 보아선 도통 무엇인지 알 수 없었다. 한지를 이 사은품 자의 길이만큼 길쭉하게 잘라낸 뒤 다시 무엇인가의 모양으로 오려낸 것이었다. 어머니는 그것이 할머니가 사용하던 '아버지 와이셔츠의 깃 본(本)'이라고 하셨다. 아, 아버지의 와이셔츠를 할머니가 직접 지어주기도 했구나! 그리고 보니 6부 '통영 II'의 '내부를 향해 난 창' 편에 소개된 자초상 사진들 가운데 상당수가 깃이 넓은 노타이용 와이셔츠 차림이었는데, 바로 그것이 이 본으로 만든 '할머니표 와이셔츠'였던 것이다.

'자'와 '본'. 이 두 가지는 정확하게 얘기하자면 아버지가 남긴 것이라기보다는 할머니와 어머니가 사용하던 것이었다. 물론 모두 아버지와 관련된 것이긴 했다. 가계의 전승엔 밖으로 드러나는 가부장적 남성보다는 내밀하게 며느리에서 며느리에게로 이어지는 여성들의 역할이 더 중요하다는 사실을 여기에서도 확인할 수 있었다.

다시 '자'와 '본'을 생각한다. 그 모든 가족 관계와 손때와 기억이 스민 물건으로서의 자와 본. 어찌 생각하면 그 두 가지 물건이 남은 것은 우연이 아닌 것 같기도 했다. 자와 본은 흔히 지켜야 하는 것, 기준으로 삼는 것을 뜻한다. 그러나 나는 그 물건에 할머니와 아버지와 어머니가 그런 뜻 외에 다른 뜻도 담았으리라고 생각해본다. 본은 서비스다. 할머니가 아버지를 '위해' 만들고 간직했던 것이다. 자도 마찬가지다. 이 사은품 자가 더 이상 사용되지 않는 것처럼 그것은 한때의 기준으로 할머니와 어머니의 손길을 규율하다가 이제는 퇴역한 것이다. 과거 주척(周尺), 당척(唐尺) 같은 것들이 이제 더 이상 쓰이지 않는 것과 마찬가지다.

'지키되 거기 매이지 않기' 혹은 '원칙적이되 너그럽게 살기'. 이렇게 정리하고 보니 너무 어렵다. 할머니와 아버지와 어머니가 일부러 자식들 머리 아프게 만들려고 하지는 않았을 텐데…… 그럼에도 불구하고 이 '자'와 '본'을 나는 지금도 가끔씩 꺼내본다. 어머니가 그렇게 하셨던 것처럼. 그러나 거기서 보는 것은 서로 다르다. 어머니가 지나간 과거의 꿈을 떠올리셨다면, 나는 아직 오지 않은 미래의 불안한 가능성을 거기서 엿보곤 한다. 사실 내가 지난 몇 년 동안 아버지의 흔적을 더듬으면서 확인했던 것도 바로 그런 삶의 균형을 향한 노력이었다. 과연 나도 그렇게 할 수 있을까.

4.

이 한 권의 책을 만들어내기 위해 나는 참으로 많은 사람들을 괴롭혔다. 마무리하는 마당에 취재 일기를 겸해 그들에 대한 감사의 인사를 빼놓을 수 없다.

나는 가장 먼저 고 최도명 목사께 감사를 표해야 함에도 직접 그 인사를 드리지 못하는 것이 정말 안타깝다. 아버지와는 '쓴 약을 함께 먹는 친구'였던 최 목사는 때로는 등장인물로, 때로는 내레이터로 이 책의 골격을 형성해준 분이다. 내가 아버지의 필름 뭉치를 발견하기 훨씬 이전에 최 목사께서 나에게 회고담을 들려주지 않았더라면 나는 이 일을 시작할 엄두도 내지 못했을 것이다. 최 목사의 영전에 아버지의 정을 담아 뒤늦게나마 감사의 인사를 올린다.

그다음으로 감사를 받을 사람은 나의 외우 백학림 군이다. 아버지가 남긴 1000컷이 넘는 필름 자료 전체를 인화하고 스캔하는 그의 도움이 없었더라면 나는 이 자료들 속에서 길을 잃었을 것이 틀림없다. 암실에서 그와 함께한 1년여의 기간은 아버지의 암실 작업을 추체험하는 것은 물론이고, 그 사진에 등장하는 한 사람, 한 사람과 그들이 아버지와 함께 만들어갔던 이야기들을 그려보는 값진 시간이었다. 그의 수고에 어떻게 감사의 뜻을 표시해야 할지 모르겠다.

백 군이 나의 작업에 시동을 걸어주었다면, 이 작업이 가속도를 낼 수 있게 만들어준 분은 단연 하와이의 주숙정 선생이었다. 주 선생의 회고는 평양 경상골과 서울 북아현동을 거쳐 통영 시절로 이어지는 전체 흐름을 재구성하는 데에 결정적이었다. 한 번도 직접 뵌 적이 없고, 전화 통화 한 번도 한 적이 없지만 10여 차례에 걸친 장문의 이메일 대화를 통해 나는 그의 모습과 목소리와 속정까지 그려볼 수 있게 되었다. 주 선생께 마음 깊은 곳에서 우러나는 존경과 감사의 뜻을 담아 인사를 드린다.

　몇 년 동안 짬짬이 아버지의 자취를 더듬어가는 과정에서 신세를 진 사람들이 상당히 많다. 그중에서도 '통영 사람들'의 도움은 절대적이었다. 우선 외우 장석 군은 통영에 거주지를 둔 죄로 시시때때로 나의 방문을 받곤 했다. 그때마다 그가 제공한 밥과 술과 하룻밤의 거처가 큰 힘이 되었던 것은 두말할 필요도 없고, 그보다 마음에서 우러나는 그의 응원이 이 작업의 가장 중요한 동력 중의 하나였음을 밝히면서 새삼 감사의 뜻을 전한다.

　그의 소개로 알게 된 김일룡 통영문화원장이 아버지 사진들의 구체적인 장소와 그 장소의 역사적 유래들을 설명해주지 않았더라면 이 책은 그저 '이런 사진이 있다'는 소개의 수준을 벗어나지 못했을 것이다. 몇 차례씩 시간을 내 직접 그 장소들을 찾고 그곳에서 사진을 찍은 앵글까지 추정해낸 김 관장의 열정적인 도움은, 지금 생각해봐도 나에겐 행운이었다. 김 관장께 머리 숙여 감사의 예를 드린다.

　통영여중의 정형숙 동창회장(8회)을 비롯해 김애자, 주임정(이상 6회), 허인자(7회), 홍갑덕, 김순자(이상 9회), 이병연, 강숙자 씨(이상 10회) 등 그 시절 아버지의 제자들께도 각별히 고마운 마음이다. 내가 부족하나마 통영여중의 당시 일상적인 모습을 재현할 수 있었던 것은 이제 모두 70대를 훌쩍 넘긴 이들 '소녀'들의 도움 덕분이었다. 아버지를 '자상한 선생님'으로 기억해준 그들의 마음 씀씀이를 잊지 못할 것 같다.

　주숙정 선생 외에 현재 국내에 거주하는 당시 통영여중의 동료 교사들을 만나지 못한 것은 아쉬운 일이었다. 꼭 한 분과 어렵사리 전화 연결이 되었으나 그때 이미 이분은 병상에서 말씀을 나누기 어려운 상황이었다. "아, 참 순박하고 좋은 분이셨습니다." 병상의 그분은 아버지에 대해 이렇게 한마디만 들려주셨다. 그 뒤 연락을 다시 드릴 엄두가 나지 않았다. 송구스럽다.

통영 직전 계룡산 아래 경천 시절에 아버지와 함께했던 이종희, 장세홍 선생을 내가 만날 수 있었던 것은 큰 축복이었다. 60여 년 세월의 더께를 헤치고 전쟁 무렵의 경천학교 초창기를 회고하게 될 줄은 두 분 선생도 미처 상상하지 못했을 것이다. 또 아버지의 노성 시절 기록을 찾으려고 애써준 노성성결교회의 임종한 목사, 그의 소개로 당시 노성명륜학교와 동네 사정을 일일이 알려준 이방헌·이성헌 형제분과 이내강 목사, 그리고 뭔가 도움이 되는 말을 해주려고 무던히도 애썼던 표봉기 씨 부인과 생회 형님의 어머니 등이 모두 아버지에게는 물론이고 나에게도 '선한 이웃'이었다. 계룡산 아랫동네의 어른들께 감사의 뜻을 표한다.

다시 더 시간을 거슬러 올라가 아버지가 서울 북아현동에 거주하며 연희대학에 다니던 시절에 대해서는 안세희 전 연세대 총장이 나를 대신해 손수 동문들의 기억을 수소문하는 수고를 아끼지 않으셨다. 감사의 인사를 드린다.

또 그 이전 평양 시절을 그려보는 데에는 내가 지금 섬기는 향린교회의 원로 장로이신 홍창의 전 서울대병원장의 도움이 컸다. 아버지와 재학 시절이 겹치지는 않았지만 같은 평양제3공립중학교 출신인 홍 선생께서는 평3중 동창회에서 펴낸 학교 역사서를 건네주며 일제 말기 평양의 모습을 아주 자상하게 설명해주셨다. 거기가 내가 시간을 거슬러 그려볼 수 있는 상한선이었다. 크게 인사를 올린다.

이제 현재의 상황으로 내려간다. 아버지의 사진들을 살펴보며 구체적인 사진 작업 절차에 대해 친절한 조언을 아끼지 않았던 박영숙 트렁크갤러리 대표, 윤기은 전 동아일보 출판사진부장, 정주하 백제예술대 교수께도 감사드린다. 이들의 조언과 격려가 아니었더라면 사진에 문외한인 내가 이만큼이나마 절차를 밟아 사진을 살펴보기 힘들었을 것이다.

나와 『오래된 서울』 작업을 함께하고 있는 최종현 전 한양대 교수의 지리적 상상력과 조언은 서울, 계룡산, 통영 등지의 과거 양상을 이해하는 데에 큰 힘이 되었다. 그 과정에서 최 교수가 『오래된 서울』의 제2권 작업이 늦어지는 것을 양해하고 격려해준 데 대해서는 감사를 드리기에 앞서 송구스러울 뿐이다.

'흰 사발 발굴 작업'과 관련해서 받은 도움들에 대해서도 언급하지 않을 수 없다. 이웃사촌 임승준 박사는 자료를 찾아가는 과정을 일일이 지도해주었고, 이지윤 서울시설공단 본부장은 내가 이 일에서 손을 놓으려고 하는 순간 결정적인 도움을 주었다. 이 두 분의 관심과 지도가 아니었더라면 나는 당숙의 흔적을 찾아 망우리 묘지를 미친놈처럼 헤맸거나, 아니면 이 일을 시작도 하지 않은 채 포기했을 것이다. 이 발굴 작업을 계속할지는 아직 알 수 없지만, 이쯤에서 두 분께 각별한 감사의 인사를 드린다.

감사와 함께 사죄의 인사를 드려야 할 분들도 있다. 내가 아버지의 흔적을 찾아가던 초기에 아버지의 동양의약대학 동창인 김영환, 김재윤 선생 등 여러 분과 만나거나 접촉했던 일이 있다. 그들은 마치 아버지를 다시 만난 듯 반가운 마음으로 나를 대하며 하나라도 더 이야기해주기 위해 애썼다. 그러나 유감스럽게도 이 책이 골격을 잡아가면서 상경 이후의 시기가 통째로 빠지게 되었다. 죄송스럽다는 말씀을 어떻게 드려야 할지 모르겠다. 그럼에도 불구하고 두 김 선생 등이 증언해준 아버지의 두 번째 대학 시절은 이 책에 소개된 어떤 시기보다도 더 생생한 모습으로 나의 기억 속에 남아 있다는 말씀을 드린다.

이 책을 만들어가는 과정의 끄트머리에 사실상의 공저자인 어머니가 돌아가신 상황은 이미 밝힌 바 있다. 나의 그런 황망함을 이해하고 어머니와의 인연을 때로는 안타깝게, 때로는 유쾌하게 설명해준 두 분이 있다. 한 분은 어머니의 사촌동생인 박인순 씨였고, 다른 한 분은 부산 복음의원 시절의 동료 간호사였던 조성순 씨였다. 두 분께 다시 한 번 머리 숙여 감사한다. 나의 어머니 자취 찾기에 동참해서 그 짐을 나눠 져주었던 합천의 외사촌동생 이용수 부부에게도 이참에 고맙다는 말을 전한다.

이우학교 학부모들의 탁구 클럽 '탁상공론' 회원들의 격려도 잊을 수 없다. 이 책의 초고 일부를 클럽 온라인 게시판에 올릴 때마다 열화와 같이 환호해주며 건축, 약학, 문학 등 각 방면의 가르침을 폭포수같이 쏟아낸 회원들에게 어찌 감사하지 않을 수 있겠는가?

이 전체 원고의 첫 독자로서 세심하게 감수의 수고를 마다하지 않았던 동생 안희와 경희에게 각별한 고마움을 전한다. 사실 두 동생이 막 등장할 단계에서 이야기를 끊어버린 데 대해서는 이루 말로 다할 수 없는 미안함이 있다. 이해해주리라 생각하고 내가 저지른 일이었다. 그럼에도 이 책의 모든 이야기가 동생들과 공유하는 유산이자 앞으로도 함께 되씹어볼 자산이라는 생각만큼은 부언이 필요 없겠다.

마지막으로 나의 아내 심미용에게 특별히 고맙다는 말을 하고 싶다. 사실 이 책의 자료들이 세월의 무게를 이기고 보존된 데에는 어머니 못지않게 아내의 공이 컸다. 살림살이에는 도무지 도움이 되지 않는 물건들이었기 때문이다. 그리고 때로는 내가 감정 과잉이 되지 않도록 다독이고, 때로는 나와 함께 아버지의 성격을 짚어보기도 하는 것은 늘 아내의 몫이었다. 2016년 초 국립중앙박물관의 한 전시회를 함께 보러 가서 입구에 걸린 대형 〈베들레헴의 인구조사〉(아버지가 약혼 시절에 어머니에게 보냈던 바로 그 카드!) 그림 앞에 아내를 세우고 기념사진을 찍어준 것은, 그때는 말하지 않았지만, 내 나름의 감사 인사였다. 이제는 '자'와 '본'을 아내에게 넘겨야 할 것 같다.

그 밖에도 일일이 거명하지 못한 분들이 많다. 이 모든 분들이 나에게는 '선한 이웃'이면서, 나아가 이 책의 공저자라고 할 수 있다. 그 인연과 은혜에 무엇으로 보답할 수 있을지 모르겠다. 큰 숙제를 하고 나니, 이제는 큰 빚이다.

지은이

김창희(金昶熙)

아버지가 1953년에 정착한 경상남도 통영에서 1958년 출생했고, 첫돌이 지나서부터 지금까지
는 줄곧 서울 또는 그 인근 지역에서 살고 있다. 어려서는 통영을 '고향'이라고 부르다가 조금
커서 그곳이 고향이 아니라 그저 '출생지'일 뿐이라는 사실을 알고 실망이 컸다. 그러나 요즘은
다시 통영을 '고향 이상의 장소'로 인식하게 되었다. 아버지의 '재생'과 '신생'의 이력을 구체적으
로 알게 되면서부터의 일이었다. 아버지의 자취를 따라가는 지난 몇 년간의 작업이 오히려 나
자신을 찾아가는 작업이었음을 뒤늦게 깨달았다. 특히 젊은 날의 아버지를 기억하는 노인으
로부터 "아들이 아버지만 못하다"는 평가를 받고 아버지께 송구스러운 마음을 떠안게 되었다.
지난 20여 년 동안 언론인 생활을 한 것이 이 책의 취재와 집필에 큰 도움이 되었고, 『오래된 서
울』(공저)이라는 도시 역사서를 펴낸 경험도 아버지가 거쳐 간 지역들을 답사하고 그 지역의
성격을 이해하는 데에 중요한 바탕이 되었다. 앞으로도 시간과 공간의 결합체로서의 역사 이야
기를 다루는 글들을 계속 썼으면 좋겠다는 희망을 갖고 있다. 그러나 가장 큰 소망은 뭐니 뭐니
해도 '아버지만 한 아들'이 되는 일이다. ____ insight415@gmail.com

아버지를 찾아서
통영으로 떠나는 시간 여정

ⓒ 김창희, 2016

지은이 **김창희** ㅣ 펴낸이 **김종수** ㅣ 펴낸곳 **한울엠플러스(주)**

초판 1쇄 발행 **2016년 4월 5일** ㅣ 초판 2쇄 발행 **2018년 5월 31일**

주소 **10881 경기도 파주시 광인사길 153 한울시소빌딩 3층**
전화 **031-955-0655** ㅣ 팩스 **031-955-0656** ㅣ 홈페이지 **www.hanulmplus.kr** ㅣ 등록번호 **제406-2015-000143호**

Printed in Korea.
ISBN 978-89-460-6496-6 03810

* 책값은 겉표지에 표시되어 있습니다.